JN235729

中世和歌文学諸相

上條彰次　著

和泉書院

i

目次

第一篇　藤原俊成考説

序　藤原俊成の和歌と歌論

俊成的生

俊成習作期の「為忠家両度百首」に次ぐ「述懐百首」（二十七歳）中に、後代歌人たちが彼の代表作と評価する次の一首がある。

世の中よ道こそなけれ思ひ入る山の奥にも鹿ぞ鳴くなる（千載集、近代秀歌、百人一首、詠歌一体）

彼の場合、その詠作活動と後半生になって現れた評論活動とは、人間としての生きざまにより深部で統一され、それ故彼の歌論も、歌学的分析論・審美論でなく鑑賞的総合論・表現論として捉えられねばならなかったのであるが、かような俊成の生きざまの顕現を、彼の後裔たちは当詠に見たのであろう。たしかにここには、現実的日常秩序の重き流れに呻吟せざるを得ない人間として、現存在に即してしかもそれを超えた何かを見なければならないという難題を、自らに課そうとした俊成的生の原型が、あまりにもむくつけく露出していて感興を殺ぐほどである。けだし、この難問を和歌を通じて彼がどう解こうとしたかを明らめることこそが、俊成研究の重要課題なのではなかったろうか。「掬ぶ手の雫に濁る山の井のあかでも人に別れぬるかな」（古今集）を「歌の本体はたゞ此歌」（古来風躰抄・八十四歳）と評した、おそらく存在本有の悲しみを当詠の「心」にも「姿」にも観じたであろうこの批評実践は、諧謔に遊ぶ術をも心得た貫之のこの歌に顕現した側面をその全容と思い定め、その悲しみを真面に受け止めて克服しようとした彼の長い苦しい生の歩みを、語るに落ちていた類であるといえるかも知れない。

寂風と艶風

以後の和歌・歌論について、晴的創作歌の主情性回復という時代的要請に応えた、止観的詩法と、言語の詩的機能の自覚による、事理表現→複合情調的象徴的表現への志向など、俊成歌観の常識的特質を説く余裕はないが、保元の乱・重病による出家信仰・平家没落などが彼の生き方延いて詠作や歌観に与えた影響は、乏しい資料の壁にもかかわらずなお究明の必要があったろう。こうした人生体験が実存者としての彼の歌人的振幅を拡大あるいは縮小させた事情も想定され得るからだが、今はむしろ、彼の歌人的ありようを一元的に捉えるための有効性をそれに認めたい。すなわち、『井蛙抄』に伝える『千載集』の俊成歌「玄之玄」十一首中、

　夕されば野辺の秋風身にしみて鶉鳴くなり深草の里（久安百首・自讃歌）

　住みわびて身を隠すべき山里にあまり隈なき夜半の月かな（五十九歳以前作）

など一は構成的他は平明的でありながら、両首共に『伊勢物語』を面影としてその重層表現に王朝末貴族としての自証を果たさんとした本歌取歌であり、またその多難な人生を反映して「おちしづま」れる哀寂性が濃いという共通性を示す点が注目されるのである。

詞は古く心は新しく、古典を摂取して清新な歌境を深めるこの表現手法は、俊成が人間として当代に蘇生するための必然的詠法でもあり、それへの志向は最晩年を除き変化しなかったともいえるのであるが、このいわば「寂風」の方は、実は次第に「艶風」への傾斜を強めていったようだ。『千載集』成立以前にも「艶なるさまもあり」（歌仙落書）など評せられたが、比較的そうした色調の薄かった四季歌にも「またや見む交野のみ野の桜狩り花の雪散る春の曙」（八十二歳）など現れ、「六百番歌合」（建久四年、八十歳）ごろから「艶」という評語の使用率も高くなっている。晩年の俊成を考える一つの起点として重要な当歌合は、披講の順序や評定のありかたなど形態的にも説が存し、その後日判の機能に関わる考察をも含めて、外・内部徴証からの考定を要するが、「源氏見ざる歌詠みは遺恨の事なり」（六百

番歌合・冬上・十三番・枯野判詞）という信条とも深く関連した、地上的なるもの人間的なるものの美しさ豊かさへの志向ともいえるこの「艶」への傾斜は、かかる座標での考察を要請しているのである。ただその成立基盤にしても、時代背景との関連や定家ら新風歌人側からの影響と俊成の自律性との相関的定位など、解明されるべき問題はまだ多い。論としては、存在の有限性を否定的に凝視して天上を志向した評語ともいえる「さび」が、当歌合のあたりを境に消える事実などと関連づけ、存在の無限性を即天上的に肯定しようとする彼の自律的志向を説きたいのであるが、かような立場で「さび」→「艶」なる変移を立論してみてもこの単純な図式では割り切れない幾つかの疑念が残ろう。たとえば、「さゞ波や志賀つの海士になりにけりみるめは無くて袖のしをるゝ」（六百番歌合・恋十・十六番・寄海人恋・季経）に対する俊成判「いと艶にも見え侍るかな。歌はたゞかやうにこそ侍るべけれ。わざと聞きにくき事どもを求めいへる事は、道のため、身のため甚要なく」を、六条藤家を非難した「正治奏状」に曇らされない眼で受容した時生ずる、「やすらか」な詠風志向との関係定位である。幽玄な「心なき身にも」より詞浅きに似て心深き「大方の露には」を勝とした「御裳濯河歌合」判詞にまで溯れば俊成歌観の本質をどう認識すべきなのか。「艶にも幽玄にも」（慈鎮和尚自歌合）をも含め、現存在に即して万象の奏でる調べに酔わんとした俊成の心の軌跡を無意識層まで降りて辿るために、これら美的評語の相関的再考察はやはり必要であった。それはまた、漢詩文および物語への志向の関係定位とも関連している。

最晩年の俊成

最晩年の「祇園社百首」（九十一歳）などに出現した平明調の意味も、成立の場など歌合の性格的考察とともに、彼の生きざまの面からの考察をも欠き得まい。

川はみなながれ入ては海なればばう見はかみなきほとけ也けり（河

　関の名は須磨の関こそ哀なれ遠き関にはしらかはの関（関）

など、長い模索の末に達し得た「軽み」的表現の地平で、彼ははじめて古代に生きた貫之の真に玄妙な全容を垣間見ていたかも知れないからだ。

　俊成は果たして、より古代的歌人であったのかより中世的歌人であったのか。すでに古代と隔絶した中世的地点で、なおかつ存在と冥合する古代的人間と遂にはなり得た歌人であるが故に、定家とはまた別に、中世全期を通ずる煉獄の執行者たり得たのではなかったろうか。それを証し得る可能性も、ないわけではあるまい。

第一章　藤原俊成の生涯

一

　藤原道長の六男とされる正二位権大納言長家は、醍醐帝御子左大臣兼明親王邸を伝領して一家を興し、御子左家の祖となった。正二位大納言忠家、従三位権中納言俊忠と継ぎ、この俊忠を父、道長の異母弟右大将道綱の孫伊予守藤原敦家女を母とする第三子（公卿補任）として、永久二年（一一一四）俊成は生を享ける。初名親家（一説）。父は『金葉集』初見勅撰集入集総歌数二十九首の歌人で、歌会・歌合も主催している。敦家は「本朝篳篥一芸相伝棟梁也。管絃得名楽道名匠」（尊卑分脈）とある楽人。親家には、歌人と音楽家の血が濃く流れている。声調重視の大歌人俊成の出現は、この出生時すでに約束されていたともいえよう。親家のこの素質が、彼の身辺に起きたさまざまな事柄やそれを包み込んで推移する歴史社会的・歌壇的事象と関わり合いながら、開花していくのである。

　父俊忠は、このまだ親家時代である十歳の保安四年（一一二三）七月九日五十三歳（公卿補任）で没した。庇護者たるべき父の早い死は、影響が大きい。この前後、親家も姻族の葉室顕頼（為房孫）猶子となり、顕広と改名している。因みに「猶子」とは、厳密には「養子」と異なり、財産などの分与を受けない擬制的な親子関係であるといわれる（五味文彦『藤原定家の時代』〈岩波新書〉参照）。養祖父正三位権中納言顕隆は白河院の信任厚く夜の関白といわれた人物で（中右記・今鏡）、大治四年（一一二九）五十八歳の没。時に顕広十六歳。経済的に不自由せず、政界の内情を肌身で感じる生活ではなかったかと想像され、顕隆が『金葉集』三首入集勅撰歌人であったことからは、和歌への眼を開かせられていたことも察せられよう。養父正二位権中納言顕頼も鳥羽院の寵臣で、深く仏法に帰依した人物。久安四年（一一四八）五十五歳で没した。すでに三十五歳の顕広は、政界の内情についての認識をいっそう深め、また仏道への関心も抱くに至っていたに違いない。後年複雑な政治情勢の中での俊成の慎重な処世態度、さらに歌道仏道相関的姿勢へとつながる体験実習であった。

顕広の官職は、顕広の姉九条三品忠子が顕頼妻であった養家の政治力も与り、十四歳叙爵美作守、十九歳加賀守、二十四歳遠江守、二十九歳遠江守（重任）、三十二歳三河守、三十六歳丹後守と受領職を歴任している。しかし父俊忠が、忠家の二男であり平凡な中流貴族でありながら、十四歳の叙爵任侍従後、十六歳近衛少将、二十九歳近衛中将、三十三歳蔵人頭、三十四歳参議と進み、また養父顕頼が三十八歳参議と昇進したのに比べれば、決して厚遇とはいえまい。いったい、養家での顕広の精神的充足はあり得たのであろうか。次節で触れる「述懐百首」などによれば、二十歳代頃多感な時期に孤独感めいたものが身を襲い、それが顕広の歌人的な血を目覚めさせて和歌に向かわせていた機微も推察されるのである。

二

ところで、顕広時代の俊成は京のどこに住んでいたのであろうか。

実父俊忠の住居が二条室町邸であったことは、『中右記』に「二条室町宅焼亡」（嘉承二年九月十七日条）とあることによって判明する。「八条の家にて歌合に草花露」（俊忠集）とある「八条の家」は、『金葉集』では「顕隆卿家」となっていて、自邸とはいえない蓋然性が高く、「桂の家にて人〳〵歌よみしに」（俊忠集）とある「桂の家」は、当時の貴族に多く見られる桂の地の山荘と考えられる。その後「二条家にて十首の恋歌人〳〵によませし時占恋」（俊忠集）「正月廿日比雪のあした二条家の梅を折りて俊頼朝臣のもとへ送りし」（同上）などとあり、「二条帥」（散木奇歌集など）と呼ばれていることをも勘合して、焼亡した俊忠二条室町邸はその後程なく再建され、終の住家となったのである。

葉室家の猶子となった顕広が、その後もこの実父の二条室町邸に住んでいたということも一応考えられてよいかも知れない。谷山茂「俊成年譜」では、『長秋詠藻』に、

同じ日（稿者注…長寛二年・顕広五十一歳）、大宮権大夫経盛卿、まだ彼の宮の亮と云ひし時、近き程に住みつけるより贈れりし

雪降れば憂き身ぞいとゞ思ひ知る踏みわけて訪ふ人しなければ

返　し

ふり果つる憂き身は雪ぞあはれなる今日しも人の訪ふにつけても

とある贈答に関して、「故俊忠邸は二条室町にあった（中右記・嘉承二年九月十七日）。また経盛邸も二条室町東にあった（山州名勝志）」と、「近き程に住みける」を解説しているのである。しかし、疑うべき問題点もある。西行『聞書集』に、

五条の三位入道そのかみ大宮の家に住まれけるをり、寂然西住なんどまかりあひて後世の物語申しけるついでに、向花念浄土と申すことをよみけるに

心をぞ驪てはちすに咲かせつる今見る花の散るにたぐへて

かくて物語しつゝ、連歌しけるに、あふぎに桜をおきてさしやりたりけるをみて、

家主顕広

梓弓はるのまどゐに花ぞ見る

とりわき付くべき由ありければ

箭さしきことに名をひかれつゝ

とあり、こうした事実が存したことは、『長秋詠藻』に「西行西住などいふ上人ども詣できて、対花思西といふ心を

詠みしに、散花を惜しむにつけて春風の吹やる方にながめをぞする」とあるのが、恐らく同じ時のことであろうと推定されることにより裏づけられているが、この西行歌の詞書に「そのかみ大宮の家に住まれけるをり」とあることが気になるのである。この文勢や「家主顕広」とあることからみて、西行の錯覚や誤解とも思えないが、真面に受け止めて説く考察は管見に入らず、「五条大宮」と解して五条三位の「五条」と同じ地とするかに思われる受容さえも見られる。

また、『長秋詠藻』には、

西山に住ける比、暮見落葉といふ心を

木の本にいまたゞしばしこざりせばまことに夜の錦ならまし

とあって、この詞書も留意されねばなるまい。この「西山」については、やはり『長秋詠藻』に次のような用例もある。

おなじころ西山なる所にこもりゐたるに、正月司召など過て雪の降りたる朝に人のとぶらひたる返事のついでに

思ひやれ春の光も照しこぬ深山の里の雪の深さを

これは、保延五年顕広二十五歳の時に母の死に遭い、法輪寺での服籠りを終えて後さらに続いて西山に籠居していた頃の「おなじころ」である。いったい西山は、死者荼毘の地であった。後年のことであるが、顕広養家の葉室光頼薨去に際しての『粟田口別当入道集』に見える、「六日のあか月、宰相のもとへ人をつかはして、はるかに西山をながめやりて、たちのぼるけぶりをだにもみるべきにかすみにまがふはるのあけぼの」は、葉室惟方が弟の宰相成頼に、共通の兄光頼の死を悼んで送った歌であるが、同家集の後続歌詞書に「故殿の御事もおなじ月日ぞかしとおもふあさましさに」とあって、父顕頼の場合（時に顕広三十五歳）も同じであった可能性が高い。とすると、特に葉室家葬送の

地として認識すべきなのかも知れない。母の他界に際しての顕広西山籠居は、亡母の服と関連する一時的居住であったとも考えられるが、暮の紅葉を詠む「西山に住ける比」の西山は、その文勢からしても、ある期間定住していた事情を察知させるのではなかろうか。この時の歌題「暮見落葉」は、瞿麦会編『平安和歌歌題索引』を検してこの一例を認めるのみである。そのことがこの西山居住とどのように関わるかを、安易に論ずることは許されないが、前引『聞書集』の「大宮の家」とともに、すくなくとも顕広が、実父俊忠の二条室町邸に安住しての生活を送っていたのではないことを推察させるのである。

それは、養家葉室顕頼邸に住み続けていたのではないことをも察知させるであろう。顕頼猶子となった顕広が、しばらくは顕頼邸で生活していたかと推察させるものとして、『粟田口別当入道集』に次のような贈答が見える。

皇太后宮大夫俊成卿、うちぎゝ撰すとき〻しかば

もしほ草かきあつむなるわかのうらのその人なみにおもひいでずや

かへし

いまもなをなれしむかしはわすれぬをかけざらめやはわかのうらなみ

これは、平治の乱で長門流罪となった葉室惟方が、六年後許されて帰京したのちの贈答歌である。惟方の長門配流は三十五歳（顕広四十七歳）、帰京は四十一歳（顕広五十三歳）であり、顕広が本流復帰後俊成と改名したのは彼五十四歳の時のことである。俊成の皇太后宮大夫任官は承安二年五十九歳であり、その『打聞』（私撰集）編纂着手は私見によればもうすこし早い時期であったと考えるので、この贈歌の詞書は後日の極官表記とすべきであろうが、ともかく昔日のある時期、顕広と惟方（さらにいえば顕頼息達）が実質的に親密な交流生活を送り、同居していた可能性をも推測させるものがあるように読み取られるのである。同居先は、もちろん顕頼邸ということになろう。

天晴、晩有焼亡、是顕頼卿二条烏丸宅也。近日殿大納言（稿者注…光頼）、右衛門督（稿者注…惟方）同宿之比也。

皇居近隣之間、人々多参内云々。（中右記・長承四年正月十六日）

とある如く、光頼・惟方らが生活していた顕頼二条烏丸邸が焼亡した時、光頼は十一歳、惟方は十歳であった。時に顕広は二十二歳であったが、ここにその名は見えない。猶子なるが故に省略されたとも考えられるが、顕広はこの前年常盤家為忠主催の歌合に出席して、すでに歌人としての活動を開始していたのであり、為忠女との交流も芽生えていたかも知れないとすると、すでに顕頼邸を出ていた可能性も大であろう。こうした惟方側の資料に接すると、実父俊忠薨去後葉室顕頼の猶子となった顕広は、その二条烏丸邸に移り、幼い顕頼息達との同居生活を約十年間程体験していた可能性があると、思量するのである。前掲贈答の俊成歌に「いまもなをなれしむかしはわすれぬを」とある表現は、そのような彼らの思い出を背景にして、より懐かしく実感を伴って受容され得るであろう。

ただ、妻を娶るという生活の変化もあり、二十歳台の顕広は養父顕頼邸を出て独立し、前述の如く「大宮」や「西山」に居住する時期もあったと思われるのである。

では、西行が大宮の顕広宅を訪ねたのはいつ頃であったろうか。西行と顕広の交友は、谷山茂「俊成年譜」によれば、待賢門院落飾結縁のための「法華経二十八品和歌」（西行二十五歳、顕広二十九歳）を契機に始まったとされ、それより早く西行出家前に遡る可能性があるとする、諸家の説も見える。爾来約二十数年間に渡る顕広時代のその時を特定することは難しい。西行年譜に即して、三十歳前後の陸奥旅行中は外すとしても、その後の高野山や吉野山草庵生活中といえども、必要に応じて都に姿を現すことはあり得たからである。しかしながら、『聞書集』当該歌詞書に「西住」の名が見えることに留意すれば、有吉保『西行』（集英社、昭和60）にその可能性を推定する如く、保元の乱以後の訪問と限定できるともいえよう。

この限定をさらに狭める資料として、なお、『粟田口別当入道集』に見える次の贈答歌を取り上げねばならないのではなかろうか。

西行房まうできて、かへりての朝に申をくりし
よひのまにこのまもりこし月かげをいつありあけのそらとながめむ
かへし
みやこいで、やまぢの雲にきみすまばかげをならべむ秋の夜の月

という惟方と西行の贈答である。西行の返歌は、惟方が都を去って鄙に移り住むことを前提としての詠と推察できるが、惟方がそのような生活の変化を強いられたのは、平治の乱に連座して長門国に流罪となった永暦元年三月のことであり、時に惟方三十五歳、西行四十三歳であった。西行は惟方とも交友があり、別れを惜しんでの訪問であったろうが、雅友顕広の大宮宅訪問もこの頃であったかも知れないと一応想像を逞しくしてみるのである。長期的には高野山草庵生活時代中での日常茶飯とはいえない上洛であり、一人の雅友訪問が他の雅友訪問を触発することもある人間心理の機微をも思うからである。顕広五十三歳の俊成改名という上限以外、人間西行の心理のありかたという制約をも考えてみなければなるまい。惟方配流は三月のことであるが、西行の顕広宅訪問も、その歌句に徴して三月頃のことであったと考えられるのである。

ところが、西行の顕広大宮宅訪問に同伴した寂然・西住の名は、惟方家集に見えない。西行の惟方・顕広両宅訪問は、むしろ別時の出来事とするのが穏やかであるとすべきかも知れない。この立場から『聞書集』当該歌を熟読すると、現世の彼方の「後世」について話し合い、現前の散り行く桜花を通じて、それが浄土の蓮華に咲き変わることを念ずる歌意が、実は次第に、ある具体的事柄についての詠者の思いを表象しているのではないかとおのずからに感受されてくるのである。その事柄とは、桜花の散るにもたとえられるべき讃岐の配所における崇徳院の崩御に他ならなかった。このように受容すると、西行歌に後続する顕広・西行連歌の付け合いも、崇徳院生前の優美風雅な生きかたとそれを懐かしく追想する思いの表現として、深い意味を帯びきたるといえよう。崇徳院崩御は、長寛二年（一一六

四）八月二十六日。その報はいちはやく都に伝えられ、顕広は「…御供なりける人の辺より伝へてか丶ることなんありしとて折紙に御宸筆なりける物を伝へ送られたりしなり」という院の長歌と反歌に接しての長歌を「…人しれず御返しを書きて愛宕の辺になんやらせける」（詞書）と詠んだが、配所の院と歌の贈歌を続けていた西行の情報入手もさほど遅くはなかったであろう。ともに恩顧を受けた崇徳院の崩御を悼んだ顕広と西行が、その生々しい愁傷の思いもやや沈静化したその後のある日、両者相会して、昇華した思いを形象化したのが翌永万元年の春桜花散る頃であったという判断は、十分に想定可能なことではなかったろうか。西行の同伴者中に、配所の崇徳院を訪ねて西行との歌の贈答を取り持った寂然の名が見えること、前掲崇徳院遺歌および顕広返歌中に詠まれている、蓮華咲く浄土に生まれ合いたいという希望がこの『聞書集』当該歌にも主想として働いていることなども、仮説的私見の支証となっている。

この私見が認められるならば、西行・惟方贈答より四年後に、西行・顕広贈答が位置づけられることになろう。ただ、としても、前者は惟方配流に際しての雅友訪問であり、後者は配所の崇徳院崩御に際しての雅友訪問であり、そこに一脈の連続性を観取することはできる。前者に触発されての後者ではないかも知れないが、現世の敗者を温かく見つめる西行本性のしからしめるところ、より本質的つながりを認め得るのである。これも大きくは、人間心理のありかたと関わる視点からの考察であるとはいえよう。かくして、西行の顕広大宮宅訪問は、顕広の俊成改名以前という上限をさらに引き下げ、それより二年前永万元年三月頃、西行四十八歳顕広五十二歳の時のことであったと考えてみたい。

では次に、その大宮宅はどこにあったのだろうか。考察を進める糸口として、前引『長秋詠藻』の顕広と経盛の贈答歌について考えたい。この贈答が長寛二年になされたことは先述の通りであるが、とするとこの大宮宅は、経盛邸の近くにあったことが確かとなる。谷山茂「俊成年譜」で、『山州名勝志』に従い経盛邸を「二条室町東」としていることは、これも先述の如くであるが、果たしてそう特定して済ましてよいかどうかが問題点となるであろう。谷山説では、顕広邸を二条室町とする前提に立っていたのであるが、この前提が崩れた以上再考の余地が出てくるのである。

平家一族の邸宅が、六波羅の地に群集して建てられていたのは歴史の常識であり、それらの中に経盛邸も含まれていたとしてよかろう。ただ、忠盛邸を伝領した清盛西八条邸の例や、北山辺に資盛の別荘があったと思われる（『建礼門院右京大夫集』参照）例などもあり、経盛の場合も、六波羅邸以外に二条室町東別邸が存在したことは認められてよいと思われる。周知の如く、経盛はしばしば自邸に歌合を催しており、そのための歌人参集には二条室町邸が便利であったという面も勘合されねばなるまい。しかしながら、ほとんどすべてといってよい有力な平家一族の居宅が六波羅に建てられていた以上、経盛の居宅がこの地にもあったことは無視できない。

経盛邸六波羅説の立場からは、その近くにあったはずの顕広大宮宅説とどう整合されるのであろうか。「大宮」という場合、「東大宮大路」と「西大宮大路」（＝御前通）」の二路が考えられるのであるが、この場合は当然東大宮大路が適合することになる。もちろん大宮大路は南北に通じる大路なので、東西大路との関連が考慮されねばならない。私見によれば、『聞書集』前掲歌詞書の「五条の三位入道、そのかみ大宮の家に住まれけるをり」という叙述に、「何々大宮」となく単に「大宮」とだけあるのは、その前句に「五条の」とあるが故の省略ではなかったかとも思われ、とすると、ここは「五条大宮」と解してよいのではないかと推量するのである。顕広居宅が五条大宮であれば、経盛邸が六波羅北方にあったとして直線的に行くことができ、二キロ米弱の距離となる。この経盛邸を二条室町東とすると、五条大宮顕広宅とは何度か町角を曲っての三キロ米強程の距離となるのであり、相対的に遠くなる。『長秋詠藻』の前掲贈答歌詞書は、長寛二年より後年の家集編纂時の記述なので、そこに「近き程に住みつけるより」とあるのは、経盛の歌壇活動がその後活発となり、二条室町の方に住むことが多くなってからの回想的記述であり、それと比べると六波羅邸は相対的に近かったという意識が働いていたが故の叙述であったのだろう。

このように考えると、経盛邸六波羅説と顕広宅五条大宮説とを、整合的にとらえることができると思量するのである。

「五条三位入道」という時、それはだから「五条大宮三位入道」ではあり得ない。ではそれは、より詳しくは「五条何々」となるのであろうか。石田吉貞『藤原定家の研究』（文雅堂銀行研究所、昭和32年初版）は、「……京極大夫入道俊成家」（山槐記）「忠度四塚の辺より帰りて、彼の俊成卿の五条京極の宿所の前にひかへて」（長門本平家物語）「一云五条京極」（山城名勝志）などに拠り、五条京極と特定している。谷山茂氏も、同様資料に基づいてやはり顕広邸五条京極説を取るが、なお「今日未剋、大風。五条京極辺有㆓失火㆒。四条以南、五条以北、東洞院東、川原以西併焼失。民部卿顕頼卿家（中略）摂津守親忠屋（中略）皆在㆓其中㆒」（本朝世紀・久安二年三月十八日条）とあることに注目し、顕広の養父顕頼邸は厳密にはその父顕隆の五条北高倉西角邸を伝領していたと思われるので、むしろ岳父だった親忠家を譲られた可能性があると説いている。谷山氏自身ことわっている如く、顕広邸が近親者の旧邸を相続したという想定に基づく見解での補足である。因みに顕頼邸は、前掲『中右記』の長承四年（仁安元年に同じ）正月十六日記事の如く、その頃は二条烏丸にあったことを知るが、五条北高倉西角邸とは本・別邸の関係にあったか、焼亡に伴う移居であったのだろうか。

このように、細部について検討の余地が残されているとしても、顕広が本流に戻り俊成と改名してからの邸宅は、五条京極邸であったと認められる。顕広時代の五条大宮邸は、やはり五条京極邸ではなかったとすべきであろう。当初、養父顕頼の恐らく二条烏丸邸に光頼や惟方とともに住んでいた時期があったとしても、やがて結婚・独立・別居の生活に入り、西山辺に居を構えていた時期もあったらしいが、その後五条通りの東大宮辺や京極辺など、転居しながらもだいたい五条通りに沿って住んでいたのではないかと思われる。現在、烏丸通松原下ル東側に俊成町という町名が残り、そこに俊成社という中祠がある。現在の「松原通り」は昔の五条通りであるので、この俊成町が実際に俊成が住んでいた所の名残りを留める可能性もかなりあることを示す町名であるとするると、ますます、この五条通りを基軸として顕広・俊成の生活が営まれていたとする見方は有力となろう。

五条通りに基軸を置く顕広の生活形態は、親忠女の美福門院加賀と結ばれるようになってからではなかったかとも、推察できる。上引『本朝世紀』により親忠邸五条京極説を認め得るし、谷山説ではこれが俊成改名後の居宅となるのであるが、そうなる前には、つかず離れず五条大宮宅に住んで、これが五条通りとの縁の始まりとなったのではと考えるのである。とすると、顕広の三十歳過ぎ頃からこの地縁が始まっていたともいえるのであり、五条大宮宅居住がかなり長期に渡るならば、成家や定家もこの家で生まれ育った可能性がある。顕広の三十歳代は、崇徳院「久安百首」作者に加えられての活動が始まり、その部類本奏覧（四十歳）に至る時期に当たっており、その人生航路は、住居面でも社会生活面でも精神的に安定した充実期を迎えていたといえよう。

逆にいえば、こうした安定的生活に入る前の段階では、その生活は相対的に必ずしも安定したものではなかったということになろう。前節で述べた通り、実父の死に始まる養家での猶子としての当然それなりに気苦労が多かっただろう生きかた、常盤家為忠女との永続できなかった結婚生活のことなどを考えれば、そのような見方は誤っていまい。こうした背景から、次節で触れることになる孤児意識不遇意識の濃い「述懐百首」が生み出されたのであろう。たかが住居であるが、されど住居であって、こうした生活背景の実態についても、できればさらに考察が深められねばならない。

三

現存の顕広最初期の歌は、岳父丹後守藤原為忠主催歌会で詠んだ二百余首の歌群である。

(1)夏くればまのの荻原しげりあひて行ききの人は声のみぞする（常盤五番歌合〈夫木和歌抄所引〉・野径草深）

(2)あかなくにおきつるだにもあるものを行へも知らぬ道芝の露（為忠家初度百首・後朝隠恋）

(3)吹きはらふあなしの風に雲はれてなごのとわたる有明の月（為忠家後度百首・雨後月）

いずれも二十歳前後の詠作。(2)・(3)をも含め、新千載二首・新後拾遺三首と計五首勅撰集にも採られており、一応の水準に達していることを認め得るが、歌題をそのまま主題として無難に詠みこなした底の、伝統和歌の枠組みの中に収まる歌群である。独自の情念はまだ見られず、習作の域を出ていない。

顕広の本領が顕現したのは、前引保延六年（一一四〇）二十七歳（原型本長秋詠藻）の「述懐百首」である。堀河百首題による当百首から『千載集』に三首自選した以外、新古今九首・新勅撰二首・続後撰二首・続古今一首・続拾遺三首・玉葉三首・続千載一首・続後拾遺二首・風雅二首の如く、勅撰集入集全二十八首を数える表現力の進展が認められるが、「堀河百首」の源俊頼百首に見られた訴嘆調がここにも継承されている点が特に注目される。歌題が主題表現の契機となる、新しい詠法への転換であった。訴嘆調歌が不遇沈淪意識のカタルシス的機能を果たすことは、いうまでもあるまい。早く実父俊忠を、また二十六歳には実母を亡くした悲しみに堪え、養家の一応安定した環境に身を置きながらも、前節で述べた如く精神的には揺れる面があったかと推測する、受領層廷臣葉室顕広としての生活意識が、「述懐百首」という場の虚構とのみはいい切れない真率な実情として、この百首に認められるのである。だが、この「述懐百首」のもつ意味はそれだけではない。三代集的伝統から脱皮し、中世和歌の新しい地平を開く原動力となり得た意味をも認めなければならないのである。訴嘆調歌は、三代集的発想類型や詠法をもたらす貴族共同体的美のリズムに共鳴し得ない魂の、新しい美新しい歌境を求めての彷徨、という意味を荷なっていた。この百首から『千載集』に自選した一首に、次の歌がある。

世の中よ道こそなけれ思ひ入る山の奥にも鹿ぞ鳴くなる（鹿）

後年の釈阿が、「歌の本体はたゞこの歌」（古来風躰抄）と称揚する「むすぶ手の雫に濁る山の井の飽かでも人に別れぬるかな」（古今集・離別・紀貫之）と同様の主題を感受できる歌であるが、この世の存在すべての有限性を凝視すると私に受容する当詠には、失われた外界との調和を回復せざるを得ない課題を背負う、俊成的なる生の原型が鮮やかに現れている。現実的日常秩序の重き流れに呻吟せざるを得ない人間として、現存在に即してしかもそれを超えた何かを見なければならないという難題を、自らに課そうとする人間像である。その難題を和歌を通して解こうとする歌人顕広が模索した、新しい美を湛えた和歌とは、ではどのようなものであったろうか。

顕広の眼は、一つには俊頼の方に向けられていたであろう。そもそも父俊忠は、俊頼のパトロン的立場を取っていたし、また、曾祖父長家が「花の色にあま霧る霞たちまよひ空さへ匂ふ山桜かな」（新古今・春下）の如き新鮮な歌を詠んでいたことなどを勘案しても、それは遺伝子的性向とさえいえよう。訴嘆者の心で新しい歌を創造しようとした顕広が、俊頼と同様の道を歩もうとしていたことは十分に察せられる筋であるが、「俊頼いとやむごとなき人なり」と語っていたという、『無名抄』の証言もある。後年『千載集』に俊頼歌を最多の五十二首選んでいるのも、無言の傍証である。とすると、「心をさきとして珍しきふしを求め詞をかざり詠むべきなり」（俊頼髄脳）という俊頼歌観の根基は、顕広にとっても基本的に共感できるものであったろう。換言すればそれは、本質的には和歌作品自体に美の殿堂を建立しようとする、人間性無限の立場での営為かと私に考える、艶美を湛えた詠風への志向であるともいえる。顕広は、人間存在の有限性を自覚しながら、なおそれを超える方法として、俊頼的艶美への道を歩もうとしていたといわねばなるまい。ただ、「艶といふもあながち句の姿言葉の優ばみ花めきたるにはあるべからず」（ささめごと）、「或人の句は艶をいはんとするに依て句艶にあらず。艶は艶をいふにあらず」（黒ざうし）ともいう。顕広の艶美への傾斜も、人間的な自然味・真率性との結びつき、作者主体の生き方と有機的に関連する美のあり方によって真に生命を付与されることについては、「藤原俊成の源氏物語受容―「艶」をめぐる一つの場合―」（静岡女子大学研究紀要・第六号、昭和48・2）「藤原俊成の源氏物語受容続考」（同第十号、昭和52・3、のち『藤原俊成論考』所収）に説いたことがある。

ところで一方、顕広の歩みをより複雑化する要素として、俊頼の対立者藤原基俊との出会いがあった。歌道精進の決意を固めた二十五歳の顕広に基俊への入門を仲介したのは、外祖母兼子の兄弟和泉守道経である（無名抄）。八十五歳の基俊に学び、その歌学の蓄積を吸収しようとした顕広の謙虚な熱意の程が偲ばれるが、「亡父卿すなはちこのみちをならひ侍りける基俊と申しける人」（近代秀歌）から、顕広は何を学んだのであろう。古今伝授の発端をここに求め得る如く、『古今集』を中心とした歌学はもちろんのことであるが、なお「俊成卿、基俊に歌のこと尋ね給ひしに枯野の薄、有明の月のやうにと答へ給ひしは、すごく心ぼそきやうにとなり」（兼載雑談）の伝承に触発され、「寂びは本地に帰る心、艶は行き行きて帰らぬ心、さういふ哲理的の考へは後年芭蕉などの時代に至って初めて芸壇の意識となって動いたものであると思はれるが」として、基俊的系譜を前者、俊頼的系譜を後者に位置づける太田水穂説（『短歌研究』〈昭和9・4〉所載「中世歌学の文化史的位置」）を興深く思う。この二系譜の「本地に帰る心」を、私見では後述の如く和歌を媒体として天上的リズムに融化する詠風と取りたいのであるが、こうした歌観に接した顕広は、人間存在の有限性を自覚しながら和歌作品自体に天上的リズムを形象化しようとする俊頼的な道を歩むとともに、それと対蹠的な基俊的方向をも強く意識したことになる。基俊、俊頼の統一的地点に俊成を位置づける和歌史的通念とは、実はこういうことなのだと思い直すのである。それはかつて、中世和歌史を縄文的様式美と弥生的様式美という二大系譜の並立という視点から説くところのあった拙稿（『中世和歌文学論叢』〈和泉書院・平成5〉所収「歌のやすらかさ続考」参照）とも通う、重要な事象である。「述懐百首」の頃、実質的に歌人としての一歩を踏み出した顕広が自己に課した難題とは、かくの如き困難な課題でもあった。この難題を解いた上での、顕広独自の詠風はもちろんまだ生まれていない。

その後康治元年（一一四二）二十九歳の時、待賢門院落飾結縁の「法華経二十八品和歌」を詠み、家集『長秋詠藻』から三十二首を拾い得る。経旨を詠む法文歌が主で、『千載集』以後の勅撰集に十一首採られている。仏教思想の浸透する時代の影響を受けた早い時期での釈教歌詠作実践として注意され、古歌伝統との融化も見られて、後に俊成が歌道仏道の関係を真剣に考える一つの素地ともなったかと推測できる。

この頃までを、通説どおり俊成生涯の第一期青年期修業時代と考えたい。

四

かくして、俊成の第二期に入る。時あたかも崇徳院仙洞歌壇の活動期に当たり、「久安百首」作者に加えられたのが三十歳。三十七歳詠進。部類本編纂を命じられての奉献が四十歳であった。千載十一首・新古今五首・新勅撰十一首・続後撰六首・続古今四首など勅撰集入集全六十六首を数えるこの顕広百首には、さまざまな可能性を孕む多様な詠風の展開が見られ、顕広独自の詠風も形成されている。今は、二首のみ挙げて瞥見する。

(1)夕されば野辺の秋風身にしみて鶉鳴くなり深草の里（秋）

(2)住みなれし住家も常のすみ家かは旅はたびともなに思ふらん（羇旅）

(1)は、「鶉鳴く真野の入江の浜風に尾花浪よる秋の夕暮」「何となく物ぞかなしき菅原や伏見の里の秋の夕暮」「松風の音だに秋はさびしきに衣うつなり玉川の里」など、顕広の私淑する俊頼諸歌との交感も察せられるが、俊成自身「慈鎮和尚自歌合」判詞で証言した『伊勢物語』第一二三段の本説取歌であり、自讃歌である。それまでは、『伊勢物語』との重層的関連を誰も認識できなかったと考えてよいが、顕広の意識では、鶉を介して女人さらに人間存在の本質的哀れさ寂しさを詠むのが作意であり、秋季の自然に人界の実相が透視される複雑微妙な余情表現となっている。本歌・本説の単なる詞や趣向でなく、その深い心と共鳴しながら詠む景情融合的歌境は、新古今前夜の新風として定位できよう。また(2)は、多く離れて来た都を恋い旅の辛苦や不安を訴える「久安百首」の羇旅歌全七十首中、「常ならぬおなじうき世はかりそめの草の枕も旅寝と思はじ」（待賢門院兵衛）などとともに、これも人間存在の本質に触れる特異な詠口である。日常を相対化することにより旅をも相対化するこの歌は、私見では、『千載集』羇旅部の特に巻頭五首と巻尾一首に文化の対極としての純粋な自然との邂逅を喜ぶ歌を配する、独特の構成内容と関連しているようにも思われる注目すべき歌である。一斑をもって全豹をトするに過ぎないが、俊成的なる人生論的詠風が、この百首の至る所にすでに顔を覗かせているのである。

なおこの時期、顕広四十七歳以前の作とされる美福門院奉献の「極楽六時讃歌」十九首を、家集に拾うことができる。その中に、『新古今集』釈教部に採られた次の一首がある。

いにしへの尾上の鐘に似たるかな岸うつ波の暁の声（後夜）

極楽の蓮華宝池黄金の岸に打ち寄せる波の音を聞く、という立場での詠であり、法悦境に浸りながら、「いにしへとは娑婆をさしてなり」（増抄）の如く現世にいた時の山寺暁鐘の響きに波音が似ることを想起する歌意であるが、上句は時空を遡っての想念的表現であり、下句は現実的感覚的表現であるという、幻想味も感受される歌ということになろう。『新古今集』詞書「暁到りて浪の声金の岸に寄するほど」の次元を離れ現実の位相に戻れば、上句は現実的感覚的歌材に基づき、下句は想念的歌材に基づく表現ということになるが、歌材上明らかなかたちで、私にいう「実情的要素と想念的要素との等価的緊張関係」（拙稿「『志賀の山越え』考―俊成歌観への一つのアプローチ―」〈国語国文、昭和43・10〉）が、この表現を支えていることが判るのである。それは、前節で説いた顕広の歌人的課題、現実に即してなおかつそこから飛翔するための方法として、実でもあり虚でもある現実の真実を啓示する、「実と虚のあわいに花咲かせる美の妙所」（拙稿「貫之『望月の駒』詠考―俊成歌観への一つのアプローチ―」〈文学、昭和46・10〉）を志向する表現でもあった。「久安百首」の「夕されば」歌など本歌取歌一般の場合や、第七節に掲げた⑵・⑸など歌枕を詠み込む歌の場合にも当て嵌まる原理であるが、こうした特性をもつ詠歌を、実際には現実的秩序からの飛翔を不得手とする自身の個性に束縛されて、時にその優等生にはなり得ない側面を示しつつも、顕広が生涯を通じて庶幾しなければならなかった根基的詠風として、また、時代的にも要請される詠風として定位したいと思う。

四十九歳の時には、愛妻美福門院加賀との間に、先の成家（顕広四十二歳）に次いで定家をもうけ、家庭的にも平安な時期であった。

五

ところが、顕広が身を寄せていた崇徳院仙洞歌壇は、四十三歳保元の乱（一一五六）によって崩壊していた。彼の悲しみは家集（為秀本）「崇徳院をいたむ長歌」によっても察せられ一考を要するが、顕広の官途には大きい影響がなかったようである。諸国司を歴任していた顕広は、三十八歳従四位下に昇るが、これは美福門院御給によるものであり、三十九歳丹後守から左京権大夫に移った後の四十二歳従四位上昇進も後白河天皇即位美福門院御給によるのであり、四十四歳には臨時の除目で正四位下となっている。歌壇的に崇徳院と密接な関係にあった顕広は、政治的にはむしろその対立的立場の美福門院に庇護され、大枠では後白河院世界の住人であったと考えられる。処世巧者の顕広像も浮かびあがるが、葉室一族の後見さらに養祖父・養父を通じて見聞した自身の体験なども、有効に働いていたのであろう。これを品性的に劣る八方美人的生き方と見るのは、必ずしも正しくあるまい。歌業に生命を懸けようとする価値観故に、政界でも一種の多面外交を現象させた側面もあったと思われる。その後も、養父顕頼室であった実姉九条三品が二条帝乳母であったことは、二条帝治政下での実生活を安定させ、四十六歳平治の乱（一一五九）、四十七歳永暦元年（一一六〇）美福門院崩御に際しても動揺することなく、応保元年（一一六一）左京大夫に転じ、二条帝内裏歌壇で盛んに活動している。歌界の第一人者は藤原清輔であり、顕広は二番手的存在であったが、その実力は当時の歌人たちに次第に認められ始めていたのである。

すでに長寛二年（一一六四）五十一歳、「白河歌合」（散逸）の判者を勤めていたが、永万二年（一一六六）五十三歳、

「中宮亮重家歌合」判者となっている。六条藤家重家が顕広の判を乞うたのは、彼の超党派的合理主義的な考え方にもよるが、顕広にそれだけの実力が備わりつつあった証ともなろう。加判内容もその信任に応え、作者の詠作心情にまで立ち入っての充実した批評となっている。「俊成歌論の諸要素は、殆んど出揃っているといってよい」（松野陽一『藤原俊成の研究』〈笠間書院、昭和48〉）批評活動である。この仁安元年八月に従三位、翌年正月に正三位に昇り、葉室家内での微妙な人間関係（谷山茂著作集二『藤原俊成　人と作品』〈角川書店、昭和57〉所収「葉室家と俊成」）や、兄忠成（保元三年没・尊卑分脈）・忠定（久安二年没・台記）が早く他界していたこともあって本流に復し、その暮十二月二十四日には俊成を名乗ることとなった。官途的にも歌壇的にも一応安定し、充実した発展期を過ごしていたといえよう。因みに最近、家永香織「俊成兄藤原忠成の生涯と和歌」（明月記研究・6号、平成13・11）が発表され、忠成歌には孤児意識は見られないが不遇意識の見られることに触れている。参考となろう。ここまでを、俊成生涯の第二期壮年期自己確立発展時代と考えたい。

六

以後、第三期となるが、時代は徐々に平家専権的様相を呈しはじめていた。仁安二、三年には平清盛厳島詣でや高倉帝即位があり、十数年に渡る平家全盛時代が訪れるのである。その間、平家関係者張行の歌合などもしばしば催され、俊成も、嘉応二年（一一七〇）五十七歳「建春門院北面歌合」、承安三年（一一七三）六十歳「経正朝臣家歌合」（散逸）のほか、某年「経盛歌合」（散逸）などの判者を勤めている。政情の推移に関わりない活動ぶりであるが、その陰には、高倉院への定家の接近制止（明月記・治承四年十二月二十四日条）などにみられる、俊成の慎重な処世的配慮もあった。そうした一種の均衡感覚は、歌業の面にも時代の動きに即応するかたちで現れねばならない。当時、あらゆる分野で伝統的価値観の変動が起こりつつあったが、歌壇の対応はまだ微温的である。歌林苑・六条藤家歌人たちにも、新しい胎動を感じさせる何かはあるが、鎌倉新興仏教や絵画界に現れた写実的似絵、あるいは武家主導政治などに匹敵する、新時代の和歌を創造するまでに至っていない。俊成の眼が流動しつつある時代の上に注がれた時、伝統に安住した旧風への批判を抑え切れなかったのである。

嘉応二年（一一七〇）五十七歳の「住吉社歌合」判詞で、「中宮亮重家歌合」では多用されていた「なだらかなり」や肯定的褒詞として用いられていた「やすらかなり」（二例）という評語が姿を消し、誇る用法の「やすらかなり」が登場していることの意味は、いかに強調してもし過ぎることはない。当歌合に「思ひ入る」歌を「右なほおもひいれたるにやとみゆ。勝つと申すべし」（旅宿時雨十五番）など賞揚する判詞が四例程存することをも勘案すれば、旧風的類型発想への安易な依存やそれと関連する低次の平明調を峻拒し、自己独自の真情や感動を表現するための対象に深く思い入る詠風を積極的に庶幾する、俊成の根基的歌観を確認できるのである。六条藤家清輔は、歌界第一人者として歌合判者を勤める回数もこの時代俊成以上に多いが、「なだらかなり」を相変らず用い続けて変化の見られないことと比較すれば、この面での俊成の独自性が浮き彫りになる（拙稿「歌のやすらかさ―俊成を中心として―」〈解釈と鑑賞、昭和40・1〉のち『中世和歌文学論叢』所収）。

俊成歌論の研究には、また、その幽玄理念の考究が欠かせない方法であり、先学の成果も多い。審美論的には、微視的にさまざまな情調美を複合させ、巨視的に寂寥美から優艶美への変移を示すことを認めるとともに、「幽玄はまさに勝義において表現論的概念であり、俊成の場合甚深微妙という単一な概念を保持している」（田中裕「藤原俊成―その幽玄と自然―」〈『和歌文学講座7』桜楓社、昭和45・7〉）と説く見解を尊重しなければなるまい。その後吉田薫「藤原俊成」（片桐洋一編『王朝和歌の世界』〈世界思想社、昭和59〉所載）は、「幽玄は、深さ、広さ、遠さを伴った重層的イメージおよびイメージ喚起の表現手法の、審美面と表現面にわたる評語であったように思われる」の如く要約している。和歌史的には、表現主体と作者の人間主体とが乖離して詠歌が全霊的な喜びではあり得なくなり、心と詞の融合しにくくなった地平で、深い心のそれに見合う詞との調和を、万有の実相参入的機能を和歌に果たさせることにより図ろうとする要請のもとに生まれてきた理念であると思われるが（拙稿「古代中世歌論」〈福井貞助編『日本古典文学評論史』桜楓社、昭和60〉のち『中世和歌文学論叢』所収）、「住吉社歌合」の一用例以後、承安二年（一一七二）五十九歳「広田社歌合」三用例、翌承安三年六十歳「三井寺新羅社歌合」一用例という、俊成判に見られる同様用法の「幽玄」を通じて窺知できる、かような俊成歌観のありように照らしても、嘉応から承安へかけ判者として歌合に臨む俊成の立場は、すでに十分確立していたとみてよい。処世的には慎重な態度を示す俊成も、こと歌業に関しては、決して旧風に泥んでいないのである。俊成が和歌史的に王朝和歌から中世和歌への媒体的役割を果たしたという通説は、誤っていないが、それは伝統と切れることによって真の意味で伝統とのつながりを回復したという意味、換言すれば旧風のマンネリ化から脱して本来的な清新な美の創造の営みに復するという意味においてであることを思うのである。「時世はさまざま改まり、人の心も歌の姿も、折につけつつ移り変るもの」（古来風躰抄）とある歌観の実践であった。

独自の歌人的立場を確立した俊成の姿勢は、旧風からの思い切った蟬脱ができない六条藤家歌人との摩擦を必然的に招来する。「住吉社歌合」の社頭月四番・旅宿時雨二三番の清輔歌批判が反駁を招いたこと、俊成判歌合に清輔は出席するのに清輔判歌合への参加を俊成は見合わせていることなど、必読の文献谷山茂「俊成年譜」（前掲著作集二）に明らかである。ただ、摂政基房や九条兼実の重用した歌人は清輔・季経らであり、俊成に歌壇を動かす力はまだなかった。官途は、その後仁安三年（一一六八）五十五歳右京大夫、嘉応二年（一一七〇）五十七歳甥の後徳大寺実定から譲られた皇后宮大夫兼職という程度で、鳴かず飛ばず。やはり歌道に生きざるを得ない心境であったろうが、実はその和歌活動の閉幕を一度は覚悟せざるを得ない時が、俊成には訪れていたのである。「三井寺新羅社歌合」奥書に「日来雖レ有二種々病疾一」とあり、体調に関する自覚症状もあったようだが、安元二年（一一七六）六十三歳重病に罹って官を辞し、出家して法名釈阿となる。俊成の人生における一画期とすべきであろう。なおこの前後、俊成は打聞すなわち私撰集（八雲御抄私記によれば三五代集）の編纂を試みたらしく、治承二年（一一七八）六十五歳夏には家集『長秋詠藻』を自撰している。いずれも、当時こうした試みが流行していた背景を考えねばならず、特に後者は守覚法親王の召による成立事情を考慮すべきだが、この時期を生涯の一つの区切りとして捉えていた釈阿の意識を察知することも許されようか。ただし、この重病出家をもって画期とするか、二年後の家集自撰をもって画期とするかは、説の分かれるところである。私見では、家集編纂前の治承元年六月二十日に清輔が急死したため、右大臣九条兼実和歌顧問に清輔に代わって釈阿が就くことになり、翌治承二年二月には兼実との交渉が始まっていること、さらに同年三月十五日には「別雷社歌合」判者を勤めていることなど、釈阿新生の活動がすでに本格的に始まっていたことを思えば、家集自撰の半生回顧を余り重く見過ぎることは妥当でないと考えるのである。家集の増補がこの後に続けられていることも無視できまい。重病出家までを、その生活形態の変動に注目し、俊成生涯の第三期老年期成熟時代と考えるものである。

七

さて、重病からの奇蹟的生還といい、清輔の急死といい、まことに運命的な釈阿の第四期表舞台への登場であった。この歌壇第一人者としてのいわば晴舞台での和歌活動は、九条家歌壇の治承二年「右大臣家百首」詠進、同三年「右大臣家歌合」加判後、源平争乱渦中での休止を強いられたが、やがて文治四年（一一八八）七十五歳の『千載集』撰進に収斂される構図となって展開するのである。釈阿作風の特質が見事に顕現した円熟期であったといえよう。この第四期を老年期円熟時代とする所以である。釈阿が『千載集』に自撰した歌八首を、掲げる。

(1)照射する端山がすその下露やいるより袖はかくしほるらん（初恋）
(2)いかにせん室の八島に宿もがな恋の煙を空にまがへん（忍恋）

(3)雲のうへの春こそさらに忘られね花は数にも思出でじを（花）
(4)忘るなよ世々の契りを菅原や伏見の里の有明の空（後朝恋）
(5)あはれなる野島が崎の庵かな露おく袖に浪もかけけり（旅）
(6)さらにまた花ぞ降りしく鷲の山法のむしろの暮方の空（釈教）

――以上、右大臣家百首――

(7)過ぎぬるか夜半の寝覚めのほととぎす声は枕にある心地して（七番郭公）
(8)逢ふことは身をかへてとも待つべきによよをへだてん程ぞかなしき（二十番恋）

――以上、右大臣家歌合――

俊成の生涯を通じて不変であった基調美優艶体にして、また「物哀体」（正徹物語の俊成歌評）という特性を示す歌群であり、一読、三代集歌とも金葉・詞花時代歌とも異質の真率・寂寥・哀切などの情調が流露し、しかも清新な張りのある歌境が感受されるのではなかろうか。(8)については、判詞に「ものふかき心ちして」と自評する。また、(2)・(4)・(5)・(6)・(8)などに本歌取技法が見られ、古歌（省略）との重層的情調的表現に特性を示している。古歌の心は作意の主情と渾然融合しており、前述した「実情的要素と想念的要素との等価的緊張関係」はこれらの歌群にも観取できよう。注目すべきはこうした詠風が、この「右大臣家歌合」三十番の釈阿判詞中に、「優」なる歌を賞揚する場合十一例を数え、逆に「俗に近く」（四番花）「荒涼」（十五番雪）たる風体を誘る判詞例が存すること、また「心あり」「心ふかく」「思ひ入れ」た歌の評価された判詞六例が見られること、さらに本説・本歌との重層的情趣を評価する判詞例が、二番・十四番・十五番・二十三番・二十四番など見られる反面、単に古歌の皮相的模倣に過ぎない歌は、「歌の姿はしひて殊ならぬなるべし」（二番霞）「…といへる心近うも聞き馴れ侍る」（七番郭公）「文字のおき様かはる所すくなく」（十二番紅葉）「此比常に見る心ちし」（二十四番旅）「…事ふりて覚え侍れ」（二十八番述懐）など誘られ、「珍し」

き作風を賞揚する立場での判詞例が三番・四番・八番・十二番・二十八番・二十九番の如く存すること、などの歌評諸事項と整合することである。釈阿の実作は、その歌論意識と基本的に合致しているといえよう。確立した歌観と作歌技法（近時、その分析的考察が、錦仁・渡部泰明氏らによりなされている）とに基づき、安定した詠歌実践を行う熟成した釈阿像が浮かびあがるが、こうした釈阿的なるものの結晶体が『千載集』であるということになるのであろう。質的には第三期の延長線上に捉え得るともいえる、俊成生涯の第四期老年期円熟時代は、この『千載集』撰進までと考えるものである。文治六年「五社百首」の歌業も、勅撰集撰進を記念とするという制作意図から考え実質的にはこの期に含めたい。

八

釈阿は、この後なお十六年の長寿を保ち、長老的存在として衰えぬ歌壇活動を続け、第五期晩年期を過ごすのであるが、それは、残生というには余りに重い充実した晩年であった。時代がこの長老を必要としていたのである。当時のいわば朝廷幕府公武合体幻想路線とでもいうべき政治的季節の中で、ひと時の安定的環境を得て活発化した歌界は、御子左家新風と六条藤家旧風との対立抗争を激化させ、領導者の出番を促していた。建久四年（一一九三）八十歳の「六百番歌合」加判内容は、その新・旧風の対立する場で、あるべき望ましい和歌を志向する釈阿の指導理念が、自らも苦しみながら再確認されていった歌評の精髄。「面影も別れにかはる鐘の音にならひ悲しきしののめの空」（恋四・五番暁恋・左負・定家）など新風の晦渋歌に対する釈阿判は、「うち聞くに心得がたし」という方人の指難を否定しない「彼の喜撰が歌をいふに詞かすかにして終始たしかならずとはかやうの体にや侍らん」というものであり、「さゝ波や志賀つの海士になりにけりみるめはなくて袖のしほるゝ」（恋十・十六番寄海人恋・左勝・季経）など旧風の平淡風も、「志賀つの海士にといへる心姿いと艶《優イ》にも見え侍るかな。歌はたゞかやうにこそ侍るべけれ。わざと聞きにくき事どもを求めいへる事は道のため身のためその要なく侍る事なり」の如く賞揚されている。新風和歌享受のための必要条件であったともいえる、内在律受容と連関する後日判での視覚的享受をも経た、是是非非の立場での判詞であり（拙稿「藤原俊成の歌評態度―六百番歌合をめぐって―（上）（下）」〈国語国文、昭和45・2、3〉のち『藤原俊成論考』所収など）、「源氏見ざる歌詠みは遺恨の事也」（冬上・十三番枯野）「凡そは歌は優艶ならむ事をこそ可二庶幾一」（恋七・七番寄海恋）などとともに高所からの指導的立言であるが、単に長老風を吹かせたものでなく、「大方は歌の道心をいひ取らんとする歌は詞を知らず、詞を思う歌は心たしかならず、姿を知れる歌は常に題をそらす。定まれる習なり」（恋十・二十五番寄商人恋）という、完璧を期し得ない表現自体の宿命を思う地平での真剣な領導者的発言なのである。

右の季経歌評は、文治年間「御裳濯河歌合」の西行歌評で、「心なき身にもあはれは知られけり鴫立つ沢の秋の夕暮」（十八番右）を「鴫立つ沢のといへる、心幽玄に姿及び難し」としながら、「おほかたの露には何のなるな《やイ》らん袂におくは涙なりけり」（同左）を「露には何のといへる、詞浅きに似て心殊に深し。勝と申すべし」と評して、『千載集』にもこちらを採っている事例との脈絡を一考すべきであろう。これらの批評の背後には、図式的にいえば、存在の無限性を肯定的に捉えて地上的なるものの人間的なるものの美しさ豊かさを即天上的に形象化しようとする優艶歌風と、存在の有限性を否定的に凝視して天上の永遠的生命に融化しようとする平淡歌風との二系譜が意識されており（拙稿「歌のやすらかさ（続）」〈文林、平成元・12〉のち『中世和歌文学論叢』所収）、西行歌評には後者への傾斜が察知されるのであるが、季経歌評には、後者の側からこの両歌風の止揚的融和的歌風を望む釈阿歌観の重要な一側面も垣間見られる思いがするのである。

だが、釈阿は御子左家の大御所である。正治二年（一二〇〇）八十七歳、六条藤家季経らの画策による「正治初度百首」からの定家・家隆らの除外を憂えた釈阿は、「和字奏状」を後鳥羽院に奉り、この直訴によって御子左家少壮歌人たちの参加詠進が実現した。定家らの新風和歌に接した院が、以後この新風へと大きく傾斜して行く経緯については、周知の通りである。院と御子左家新風とを結びつけたこの奏状の和歌史的意義は、きわめて重い。その時歴史が動いた底の釈阿のこの行為には、歌の家としての御子左家さらにその中核として成長すべき定家を護ろうとする、父親の意思も働いていたであろう。そうした釈阿の意思は、すでに遡って種々の場面に働いていた。第六節で触れた、高倉院御仏名会への定家参仕を許さなかったことも、そうした意識の現れといえようが、寿永元年（釈阿六十九歳）、定家に堀河百首題での百首詠実践を厳訓したことも、父親としての教育的配慮の現れであったろうし、さらに文治元年（釈阿七十二歳）、定家が五節の「お前の試み」の夜に少将源雅行を打って除籍された時、いわゆる「あしたづの文」を左少弁定長を介して後白河院に奉り、その還昇を実現したことも、釈阿苦渋の対定家育成意識の現れであった（『中世和歌文学論叢』所収「俊成『あしたづの文』」参照）。そのような対定家意識の流れの中で、この「和字奏状」も書かれたのである。

かくして歴史は動いたのであるが、しかるが故に、この「正治百首」の詠進については父子ともに真剣であり慎重であった。その営みに見られる苦心の跡は、いわゆる「定家俊成勘返状」を通じて察知されるのであった（橋本不美男「正治百首についての定家・俊成勘返状」〈和歌史研究会会報・65号、昭52・12〉参照。後『王朝和歌の研究』〈笠間書院、平成4〉に補筆所収）

かくの如く、歌界の領導者釈阿の軸足が、広く歌界全般に目を配りながらも、やはり御子左家新風の側にあったことは認められてよいであろう。「…汝の歌羨ましきこと毎々なり」（ささめごと）と定家に述懐した逸話や、釈阿自身その晩年に、「駒とめてなほ水かはん山吹の花の露そふ井手の玉河」（文治六年五社百首・款冬）「またや見ん交野のみ野の桜狩り花の雪散る春の曙」（建久六年摂政太政大臣家五首）「雪降れば峯のまさかき埋もれて月にみがける天の香久山」（建久九年守覚法親王家五十首）など新古今的優艶歌風に傾く優れた詠歌実践の積み重ねがあることなどを勘案すれば、上記二系譜の融和についても、基本的には前者優艶歌風側からの止揚を模索していたと考えることができよう。

こうした立場からのあるべき望ましい詠風について説いた歌論として、類似した次の三種の立言中特に(ハ)に照明を当てみたい。

(イ)大方歌は必ずしも絵の所の者の色々の丹の数を尽し、作物司の工のさま〴〵木の道をえりすゑたるやうにのみ詠むにはあらざることなり。たゞ読みもあげ、うちも詠めたるに、艶にもをかしくも聞ゆる姿のあるなるべし。（建久六年・民部卿家歌合跋）

(ロ)歌のよきことをいはんとては四条大納言きんたうの卿はこがねたまのしふとなづけ、通俊卿後拾遺の序にはことばぬもの、ごとくに、こゝろうみよりもふかしなど申したためれど、かならずしもにしきぬもの、ごとくならねども、うたはたゞよみあげもし詠じもしたるに、なにとなくえんにもあはれにもきこゆる事のあるなるべし。（建久八年・初撰本古来風躰抄）

(ハ)大方歌は必ずしもをかしきふしを言ひ、事の理を言ひ切らんとせざれども、もとより詠歌といひてたゞ読みあげたるにも、うち詠めたるにも、何となく艶にも幽玄にも聞ゆることのあるなるべし。（建久末年頃・慈鎮和尚自歌合・十禅師跋）

(イ)「をかし」(ロ)「あはれ」(ハ)「幽玄」とある相違点は、言説の対象が順に、旧風歌人たちをも含めた歌人全般であり、女流歌人の式子内親王であり、御子左家の流れを汲む慈円であるという、それぞれの批評の場との関連で捉えてよいかと思うので（前掲拙稿「古代中世歌論」）、当面の問題点に限定していえば、文章構造上、(イ)修辞過多の技巧的作風、(ロ)複雑な言語構築的作風、(ハ)趣向的事理表現的作風、と対立する作風がそれぞれ省略された表現いわば余意として、これらの文言の後半に意識されていたのではないかと思量される。すなわち、(イ)・(ロ)では直体的平淡的様式の作風が、(ハ)では逆に複合美的情調表現的様式の作風が零表現的に意識されていたことになろう。因みに、「たゞ読みあげたるにもうち詠めたるにも」「(何となく)艶に聞ゆる」歌が三説共通の要素となるが、とすると、これらの作風がすべて、朗誦されること換言すれば聴覚的韻律的映像と意味的映像とを融合させる享受によってのみ、その漂渺として艶美の匂う表現様態を感受できるというのである。現存在に即して万象の奏でる調べに酔うためには、声調の力が大きな働きをすることを、明確に認識している。周知のように、俊成歌観の一大特質なのである。

ところで、建仁二年（一二〇二）八十九歳の「千五百番歌合」に、次の如き注目すべき判詞が見える。

風吹けば花の白雲や、消えてよな〳〵はる、み吉野の月（二七一番・左勝・女房）

左歌よな〳〵はる、み吉野の月、秋の空のひとへに隈なからんよりも艶に侍らんかしと面影見るやうにこそ覚え侍れ。右歌惜しむ今日ぞといふならばなどいへる、詞たしかに理聞えては侍るべし。たゞし歌の道、よな〳〵はるゝみ吉野の月など幽玄に及び難きさまにあらまほしく侍ることなり。

後鳥羽院（女房は匿名）の実詠に徴すれば、妖艶風の歌を「幽玄に及び難きさまに」と評しており、釈阿が御子左家優艶歌風の路線上に望ましい詠風を志向したという、前述の見通しが誤ってはいなかったことの証例となろう。(ハ)の言説と合わせて行間を読めば、恐らく釈阿は、「よな〳〵はる、み吉野の月」を朗誦してその韻律的映像と意味的映像との複合的様態を享受していたのであろうが、「歌の道云々」の文勢といい「幽玄に云々」の立言といい、(ハ)の所説と矛盾しないだけでなく、釈阿が(イ)・(ロ)よりも(ハ)の方に望ましい詠風をより強く意識していたことの証左ともなし得ると思うのである。

かくの如く、(ハ)に釈阿の〈望ましい和歌の本性〉が投影されているとして、この立場からなお考察を深めるべき重要な問題がある。それは、『古来風躰抄』の(ロ)の文言の直前に記されている、次の如き文言との関連的考察である。

（前略）いま哥のふかきみちも空仮中の三躰（諦）に、たるによりてかよはしてしるし申なり（初撰本）

歌道仏道一如観が表明された周知の有名な歌論であるが、これはこれで、釈阿にとっての望ましい和歌のありかたが表明されているとすべきであろう。初撰本は建久八年に式子内親王に献じられ、四年後の建仁元年に再撰本がやはり同内親王に奉献されたが、内容に大きな変化はない。(ロ)と(ハ)だけを比べれば、(ハ)の方により理想的歌観への傾斜が見られると上述したのであるが、それは、これらの論述に〈場の論理〉が働いているとする立場からであり、右に引いた『古来風躰抄』の文言に、釈阿の理想的歌観が現れているとする捉え方と抵触するものではない。右の文言と(ハ)の文言とが、それぞれともに望ましい理想的歌境についての説明であるとすることは認められよう。

とすると、この両文言にそれぞれ措定された歌境には、共通的に内在する最大公約数的本性があるはずと立言することができようし、またその本性を明らかにする必要があろう。その本性が究明されれば、和歌が「空仮中の三諦に似」るという『古来風躰抄』の文言について、和歌のどういう点が仏教の「空仮中の三諦」と似ているのかについての解明につながるであろうし、また「慈鎮和尚自歌合」の「幽玄」美の内容解明にも資することができよう。

このような視座で、稿者が注目するのは、『栂尾明恵上人伝』に見える有名な西行の言説である。読み下し文に改めて次に掲げる。

西行上人常に来りて物語して云ふ。我歌を読む事は遥かに世の常に異なる也。花郭公月雪都て万物の興に向かひても、凡そ有る所の相皆是虚妄なる事眼にさひぎり耳に満てり。又読み出だす所の哥句は皆是真言に非ずや。花を読め共げに花と思ふ事無し。月を詠ずれ共実に月共存ぜず。是くの如くして縁に任せ興に随ひて読み置く所也。紅虹たな引けば虚空いろどれるに似たり。白日嚇けば虚空明らかに似たり。然れ共虚空は本明らかなる物にも非ず。又いろどれる物にも非ず。我又此虚空なる心の上に於て種々の風情をいろどると雖も更に蹤跡無し。此哥即ち是如来の真の形躰也。去れば一首詠み出ては一躰の尊像を造る思ひを成す。一句を思ひつゞけては秘密の真言を唱ふるに同じ。我此哥に依りて法を得る事有り。（『高山寺資料叢書第一』所収「栂尾明恵上人伝」に拠る）

この文献資料の書誌的解説や資料的意義については、研究史（近時、平野多恵「『栂尾明恵上人伝記』における西行歌話の再検討」〈国語と国文学、平成12・4〉をはじめとする、同氏の一連の研究が目立つ）に委ね、和歌研究上の資料的意義を認める立場で論じることにする。端的にいえば、この西行歌観に基づく西行歌の本性が、前述の如き釈阿両文言を結びつける謀体の役割を果たしてくれるのではないかと、思量するのである。

一般に和歌は、現実の諸相諸事象を詠む営為であるが、西行はこの現実相を分析して、虚妄相と真実相とに区別し、自身の和歌は虚妄的現実の彼方に真実相を透視するという特性を有することを述べている。その和歌観は、『古来風躰抄』の「空仮中」、すなわち現世の万象すべて有的存在であるともいえるが、実はそれは虚妄であって万象すべて無的存在であるともいえるのであり、その有であるとも無であるともいえる微妙な境に真実があるとする世界観とも、通うものがあるのではなかろうか。俊成が「哥のふかきみちも云々」と説く、その主体が西行であってもいっこうに構わない、密接な関連性が認められよう。「空仮中」には、和歌の三要素ともいえる心・詞・姿を当てる説などもあり、多様な見方があり得るといえようが、あえて私見を提示してみたい。

このように考えると、『古来風躰抄』と同じく和歌のあるべき本性について立言した、「慈鎮和尚自歌合」の幽玄歌風の場合も、こうした西行的歌観と矛盾しない歌境として捉えることができるように思われる。すなわち幽玄歌風とは、その詠歌対象はもちろん現実界の景であり情であり、また景情融合的対象であるが、その現実のいわば現象を表層的に詠むのではなく、現象界の奥処に透視される深層的真実相を詠む風体であるといえよう。とすると、それは前述した西行歌観の本性と通う歌境として定立できると思量するのである。

いったい、われわれの生活環境としての現実界、換言すればわれわれをとりまく外界は、本来的には自然環境というべきものであろうが、人間存在のしからしめるところ、実際には人為的文化的社会的環境とでもいうべき外界として立ち現れる。そのいわば第二次的ともいうべき社会環境が、しばしば真実とはかけ離れた虚妄的性格を帯びていることは、いうを俟たないところであろう。根元的には、そもそも人間が主観的認識の枠を越えられない存在である点に原因を求めねばならないが、たとえば、学問的科学的に真実の投影であるべき気象予報や古典研究などの分野でさえ、しばしば実際の自然運行と背反し、偽作ないし改作を真作と誤認して立論する、悲喜劇を演じている。一見黒白が明らかで確実性が保証されているかに思われる、スポーツの審判でも、野球でのセーフとアウトの取り違えや、先年のオリンピックで実際に見られた、柔道での高度な技を見逃した勝負の逆判定など、その虚妄の記録が後世には真実の記録として残って了うのである。ＩＴ革命のはかなき期待や政治経済的正義のまやかし、さては恋愛生活における独りよがり的思いこみなども、こうした虚妄的外界と関わりながら生きる人間の姿であろう。中傷社会など、人間が積極的に構築する外界もあることを考えると、所詮人間とは、虚妄的外界と関わりながら生きざるを得ない、哀しい存在であるといわねばならない。

そのような虚妄的外界の彼方に、黙して語らず、しかしながら視える人の眼には視える真実の外界が、その虚妄相を包摂するかたちで（真実相が虚妄相に内在するかたちでという表現もできようが、今は一応このように説明しておく）存在することになるのである。西行と釈阿とは、この真実相の視えるあるいは視ようとする歌人であった。

もちろん、より具体的にいえば、歌人である西行や俊成にとっての現実的虚妄的外界としては、古歌伝統の陳腐化した歌界状況が大きな要素を占めて意識されていた。本来その歌界状況は、詩的感動に支えられた美の世界であったはずだが、次章「藤原俊成・定家の歌論」にも触れたごとく、当時は、類型表現の堆積による清新な主情性喪失という閉塞状況を示していたのであり、心ある歌人たちに〈伝統と創造〉の新しい関係定位を要請し始めていたのである。そして、西行も釈阿もそうしたいわば虚妄的閉塞的歌界と関わりながら望ましい和歌のありかたを真剣に模索したのであった。ただ、西行と釈阿とではその関わりかたになにほどかの差異があった。本書第二篇第一章「定家と西行」に説いた、定家と西行との差異程ではないにしても、これはこれで重要な研究対象である。しかし今は、両歌人の基本的な共通面に注目して論述を進めることにしたい。

前述の如く西行にとっての和歌は、この現実的虚妄界を超えて実相界を詠むものであるのだが、釈阿にとっても同様であることを『古来風躰抄』で証言していたことになり、それは、「慈鎮和尚自歌合」に見える幽玄理念と換言もできる歌境であると考えてよいということになるのである。しかしながら、『古来風躰抄』の前掲文言の後続文には、類似三種立言の(ロ)が続いており、それとの関係定位についてなお明確に捉えておく必要があろう。「慈鎮和尚自歌合」の「何となく艶にも幽玄にも聞ゆる」に対して、「なにとなくえんにもあはれにもきこゆる」とある相違については、場の論理を導入することによって理解すべきかという私見を述べたので、その立場を取るとして、とすると、同じ『古来風躰抄』でありながら、「空仮中の三躰（諦）に、たる」では和歌の理想的ありかたについて述べるのに、その直後には必ずしも理想的な最高歌境とはいえない「あはれ」な歌風を措定するという、首尾一貫を欠く不徹底性が露呈されていることになろう。だが、はたしてそのような理解でよいのだろうか。

これらの文言を熟読してみる。三種の立言ともに、先ず表現態度とその手法に関して述べ、次に享受面での美的特性について述べているという構造の文として捉えられよう。前述の如く、(イ)はその前文のいわば「修辞過多の技巧的作風」でなく、直体的平淡的様式の作風であっても、「をかし」き美を感受できることを説いている。この「民部卿家歌合」の釈阿判詞を検すると、全百十五番の判詞中「をかし」の延用例数は五十七例に及ぶのであって（本書第一篇第三章「『千載集』への道」参照）、「をかし」き美の達成度が当歌合の重要な批評基準となっていることを認め得るのであり、さらに、「花になき名などいへるや過言ならん」（山花・十七番）「待ちえたるといへる詞不庶幾にや」（初郭公・二番）「いとど嬉しかるべしといへる事たいだいしくや侍らん」（同上・十九番）「三わ山ひびくらん雪折や余りなるらん」（深雪・四番）「駒うち過ぐるみちとしけん事やいかが」（同上・十二番）「恋の鳩の杖つける事思ひがけぬ風情にやあらむ」（久恋・二十番）など、過度に修辞に工夫を凝らした表現が矯められた判例も目につくことを勘合すれば、この文言(イ)は、やはり当歌合の批評の場を反映しているといえるのである。

また(ロ)は、その前文のいわば「複雑な言語構築的作風でなく、やはり直体的平淡的様式の作風であっても、「あはれ」な美を感受できることを説いている。この『古来風躰抄』が式子内親王の需めに応じて奉献された和歌指南書であること、女流歌人として詠嘆調を本性とする内親王が、建久期から正治期にかけて言語構築的巧緻性に特色を示す新古今調への傾斜を示し、それなるが故もあっての指南要請と考えられること、などを思量すれば、やはりその言説の場に即しての適切な立言であったといわねばなるまい。その歌、「池さむき蓮のうきばに露はゐぬ野辺に色なる玉《露》やしく《散イ》らん」（建久五年・百首・夏）「荒れくら《てふ》す冬の空かなかきくもりみぞれよこぎり《る》風きほひつゝ」（同上・冬）「群れて立つ空も《ぞイ》雪げにさえくれてこほりの閨に鴛ぞ鳴くなる」（同上・冬）「いかにせむ恋ぞ死ぬべき逢ふ迄と思ふにかゝる命ならずは」（続後撰・恋二）などに徴して、巧緻な作風を窺う内親王の焦りのようなものを観取できるのであり、釈阿の温かい親心のようなものもこの指南書を通じて感得できるのである。(イ)・(ロ)ともに特殊な場に即しての具体的言説であって、してみると、(ロ)の前文に空・仮・中相似論の立場から和歌の理想的ありかたを説いているのとは、次元を異にした立言であったということになろう。前述した、同じ『古来風躰抄』でありながら前後不整合ではないかとした不審は、おのずから解消されるのではなかろうか。

その点(ハ)は、構文的形式的には(イ)・(ロ)とほぼ同様であるが、内容的には、その前文のいわば「趣向的事理表現的作風」でなく、複合美的情調表現的様式の作風であっても、「幽玄」美を感受できることを説くと釈文すると、趣向的事理表現的作風自体が本性として幽玄美を内包することになり、新古今調イコール幽玄美と取る和歌史的常識に照らしてふたたび疑問に逢着する。だがこれは、長明『無名抄』に「（上略）中古の歌の躰も古今集より出来り。又、此幽玄のさまも此集より出たり」とある、当代和歌史観を参照すれば、釈阿の思考論理もそうであったとして筋を通すことができよう。この(ハ)は、王朝和歌史全体を視界に収め、また、幽玄理念自体についても一義的ではない模索的変遷を経た上での御子左家幽玄新風の立場が明確に説かれているのであり、前述の通り和歌の理想的歌境についての立言としてよかった。志を同じくするはずの慈円に対して、釈阿は対症療法的にでなく望ましいありかたを見据えての本音を吐露している。

三種の立言それぞれに、背景となる〈場〉と関わり合っての必然的言説なのである。

九

だが、釈阿の最晩年、元久元年（一二〇四）九十一歳秋頃の「祇園社奉納百首」に現れた和歌世界は、俊成的なるものの本質について、なおわれわれに考えさせる何かを内包しているように思われる。

(1)あふさかの杉より椙にかすみ《ママ》より祇園精舎の春のあけぼの（立春）
(2)梅がゝを霞のうちにまがふとやおぼろならしむ春の夜の月（梅）

など妖艶風と評し得る歌が認められる一方、

(3)川はみなながれ入ては海なればう見はかみなきほとけ也けり（河）
(4)野辺はみなさがの鳥部野いまは里遠きのべこそ野は残けれ（野）
(5)関の名は須磨の関こそ哀なれ遠き関にはしらかはの関（関）

など幽かな哀愁や惚けた感味をもつ誹諧歌風の歌も目につくのであり、優艶風の側から天上的生命に昇華しようとする釈阿像だけでなく、平淡風の側からの昇華を実践しようとするもう一つの釈阿像が、その意味を問うのである。前述した「六百番歌合」季経歌評とも通い合うものがあり、さらに実は、「正治初度百首」中の「花ははる春は花をやおもふらん時も草木もちぎりしあれば」（春）「五月雨は泉のそまのたみなれや宮木は水のくだすなりけり」（夏）「恋ごろもいかにそめける色なればおもへばやがてうつるこころぞ」（恋）など幾首かの歌境とも響き合っている。上掲三説のうち、(イ)・(ロ)の立場からの作風が最終的復権的に試みられているのでは、とも思われるのである。第三節で述べた、俊頼・基俊の統一という俊成的課題を果たそうとする、釈阿の芸域ならぬ歌域は、思いのほかに広く深く多様に発展し続けていたということができよう。その明確な最終的達成には、まだ仮すに時をもってしなければならなかったとしても、だからこそ俊成に、王朝和歌から中世和歌への橋渡しを可能とさせ、中世和歌史を通じての影響力をも持続させ得たのであった。

なお、上述の「誹諧歌風の歌も目につく」と述べたことについては、いささか補足の必要もあろう。そもそも誹諧歌とは、前節で説いた望ましい和歌のありかたに即していえば、まさに現実的虚妄界に自足し、その枠内での詠歌営為にとどまるところに、その特性が認められると思うのである。すなわち、現実的虚妄界に生きる有限な存在としての人間が、それを超える実相界と交感する詠歌営為を通じて救われようとする、俊成・西行的和歌に対して、誹諧歌は現実的虚妄界をむしろ肯定的に受け止め、その虚妄界の種々相を、あるいは哄笑しあるいは嘲笑しあるいは微苦笑するなどの詠歌営為を通じて、その虚妄界を何らかの意味で逞しく生きるための機能を果たしていると思うのである。対詠誹諧歌独詠誹諧歌の場合は、虚妄界の非合理性や滑稽性などを笑い、相対化することによって奇術的に克服し、対詠誹諧歌の場合は、虚妄界での人間関係をスムーズ化する機能を果たすのである。

このような観点からいえば、釈阿の「祇園社奉納百首」の前掲歌詠は、単純あるいは純粋な誹諧歌とはいえない。(3)「川はみな」歌は、河川すべては川上から川下へと流れて海に入るので、してみると海は上下の別なくすべてを平等に受け入れるところ、すこしおどけていえば、上（かみ）すなわち神はないからさしずめ仏とでもいうべき広大無辺境だな、と掛詞など用いて惚けた味の歌意歌境を形象化している。言語遊戯により「海＝仏」という非合理的ともいえる意想外の発想へと奇術的に導く詠法には、誹諧歌に通うものがある。ただこの歌、地球存在の現実相の奥に、それを成り立たしめる神秘な秩序の存在をもおのずから感受させるともいえるのであり、その点、虚妄界の枠内にとどまらない歌境的要素もなきにしもあらず、先述の如く、あえて誹諧歌風と捉えた所以である。

(4)「野辺はみな」歌は、都の人々の生活の歴史が、周囲の野辺を嵯峨の「あだし野」あるいは東山の「鳥部野」のように火葬場や墓地に変えてしまった、純粋な野として残っているのは、人里遠く離れたところだけである、という歌意である。現実界の様相をあるがままに詠んでいるが、「野」を五度用いるなど言語遊戯的要素も濃く、下手な屁理屈に興じた独り善がりの誹諧歌ともいえよう。ただよく味わえば、人間存在の哀れさ、そうした人間と共存する自然界の変容の哀れさを幽かに感じさせるのであり、現実相に即しながらそれを超える歌境ともいうべく、厳密には誹諧歌風というにとどめなければなるまい。

(5)「関の名は」歌は、須磨の関名は、畿内の果てにあり『源氏物語』はじめ古典伝統の厚みを深々と受けるが故に、しみじみと心を打つが、まだ訪れていない遠い関所には白河の関という、これも古歌伝統を荷なう歌枕でありながらよく知らない関もあることだよ、という歌意である。因みに釈阿自身、「すまのせきありあけの空になく千鳥かたぶく月はなれもかなしき」（長秋詠藻・千載集）「ききわたる関のなかにもすまのせきなをとどめける波の音かな」（五社百首）「月をみてちさとのほかを思ふにもこころぞかよふしらかはのせき」（同上）など詠み、この歌の発想基盤が付け焼き刃ではないことを証している。この歌も、「しら（白ト知ら）」の掛詞や「関」の語の多用など言語遊戯的要素を内包し、惚けた感味をただよわせるが、特に下句には人間存在の限界性に伴う幽かな哀愁も感受されるのであり、やはり誹諧歌風と評すべきであろう。

釈阿は、『千載集』の小部立「誹諧歌」に私淑した俊頼や師基俊の歌はかなり採っているが、自身の歌はない。しかしこうした小部立を設けたところに、単に『古今集』や『後拾遺集』の先例に倣ったというだけでなく、こうした歌体の存在意義をも主体的に認めていた意識の現れを認めるべきであろう（拙著『中世和歌文学論叢』所収「誹諧歌と俊成」参照）。上掲(3)・(4)・(5)の誹諧歌風とする歌どもは、そのような否定するだけではなかった釈阿誹諧歌観のありようを察知させるのである。ただし釈阿自身は、これらの歌を誹諧歌と考えてはいなかったであろう。老年自在境の極まるところ、おのずから反映した歌境であろうが、享受の立場からは誹諧歌風と評し得るともいえるのであり、釈阿自身しかとは認識できなかったとしても、必ずしも誹諧歌全面否定ではなかったというべきその意識の深みへと、享受者を誘うのである。

元久元年十一月三十日天明、釈阿薨。享年九十一歳。終焉まで衰えを知らなかった、俊成生涯の第五期長老期歌壇領導時代の閉幕である。俊成は己の死期を察するや、十一月二十六日、九条の法性寺で臨終を迎えるべく自分の身をそこに移すことを指示した。法性寺域の南東端やや小高い松林の中には、先に逝った最愛の妻加賀が葬られていた。移居してから四日後の命終となる。後世延応元年（一二三九）に、九条道家がこの地に東福寺を創建してから次第にその寺領を移し、経通の代にはすべて東福寺に移管された（国史大辞典）。現在の俊成墓は、東福寺塔頭群ともかなり離れた人家密集の街中に、そこだけわずかに残った墓地の奥に、土塀で囲まれ、加賀の墓に隣り合わせて往昔のままに見られる。妻を亡くした釈阿が、「かりそめの夜半も悲しき松風をたえずや苔の下に聞くらむ」と詠んだ松は、あまり見当らないが、生い茂る樹木の蔭、昔を偲ぶよすがの残った心惹かれる墓地である。近代化の波にも洗われずに生き残った草の原である。臨終の模様は、その遺言も含めて、『明月記』に詳しい。また、石田吉貞「俊成終焉記」（『新古今世界と中世文学（下）』〈北沢図書出版、昭和47〉所収）や三木紀人「俊成と雪―臨終をめぐって―」（有吉保編『和歌文学の伝統』〈角川書店、平成9〉所収）を参照されたい。

なお、御子左家墓地に関していささか補足しておきたい。俊成は上述の如く現在東福寺近くに眠っているが、これは御子左家代々の墓所ではない。祖父忠家の墳墓は、「法輪寺に詣づとて故大納言の御墓の見ゆるほどに車を停めて降りて詣づとて　さらでだに露けき嵯峨の野辺に来て昔の跡にしをれぬるかな」（帥中納言俊忠集）とある如く嵯峨野にあり、実父俊忠の墳墓は、「七月九日先人故中納言の忌日に鳥部野の墓所への堂に参りて懺法にあひて夜深てかへるに草の露しげかりければ　わけきつる袖のしづくや鳥部野のなく〳〵かへる道芝の露」（長秋詠藻）とある如く、鳥部野にある。さらにまた、息定家の墓所は普広院（現在、相国寺塔頭）であり孫為家の墓所は嵯峨野厭離庵である。今、御子左家五代についてみたのであるが、それぞれ異なっている。

そもそも御子左家の本家筋に当たる藤原北家の冬嗣以下代々の墓所が宇治木幡にあり、道長・頼通などもそこに葬られたことや、また後世しばしば、先祖代々の墓所が固定化している場合も多いことなどからは、伝統を重んずる歌の家の構成員でありながら、来世あるいは共同体的永世との関係づけという点で、個の立場を重んずる意識の存在を認めざるを得ないのである。これは、厳密には御子左家にのみ限られる現象でなく、中世以前に多い一般的慣習としても捉えねばならない面が見られるであろうし、親子は一世夫婦は二世という仏教思想との関連にも配慮しなければなるまい。さらに、民俗学にいう死穢思想と関連する葬制面からの考察が必要かも知れない。そのような背景の中での御子左家墓所のありかたであるが、やはりそこに観取されるいわば個の意識は、歌の家の伝統を守ろうとする姿勢と絡み合いながらも、独特の事象を現出させたようである。「六百番歌合」の釈阿判に見られるように、基本的には御子左家優艶新風の側に立ちながらも旧風歌人の平淡風にも目を配り、あるべき和歌を志向して是是非非の立場を貫こうとしたこと、『後鳥羽院御口伝』に記されたように、定家が「さしも殊勝なりし父の詠をだにもあさ〳〵と思ひたりし」こと、大才の父祖に気圧されながらも、為家が『詠歌一躰』に「和歌を詠ずる事かならずしも才学によらず。たゞ心よりおこる事と申したれど、稽古なくては上手のおぼえ取りがたし」と説いて、分に応じた己自身の道を歩いて行ったことなどなど、それぞれの御子左家の歩みであった。

そうした事象に窺える生き方が、墳墓のあり方にも象徴的に現れているように思われるのである。

〔付記〕
俊成の呼称については、基本的に、各時期それぞれの実呼称を用い、必要に応じて時に、一般的代表的呼称の「俊成」を併用する方法を試みた。

第二章　藤原俊成・定家の歌論

一、俊成初期歌論の新古意識

歌合などの場で歌のよしあしが評価される時、平安後期の歌人達は、たとえば「詠み残したるふしもなくつづけもらせる詞も見えず。いかにしてかは末の世の人の珍しきさまにもとりなすべき」（俊頼髄脳）などと嘆く、堆積した古歌群の重圧のなかで、いかに清新な歌を詠むかに腐心していた。歌語・歌材や趣向のみでなく歌風などをも含めて極論すれば、すべての詠歌営為は古歌伝統の影響裡にあり、その束縛から逃れ得なかったといえよう。壮年期俊成の歌論意識も、そうした時代的課題と対話しながら形成されていったに違いない。

歌合判詞は、張行の場の諸要素に制約される相対的批評実践であるが、なお判者の歌観を窺い得る重要資料である。俊成以前の歌合判詞を検すると、「古めかし」「常なり」「聞きなれたり」などの評語によって古歌・近歌との類同性を否定し、「珍し」などによって清新さを称揚するのが、上記課題への対応の一般的図式であった。だが、実態はそれほど単純ではない。「石上ふるき歌どものもと末にてめづらしげなく侍ると、人ごとにみるよりは歌めきたれば（勝）」（元永元年〈一一一八〉内大臣家歌合・恋八番・基俊判）など、古めかしい要素を残していても「歌めき」たる場合は称揚されることがある。俊成現存判詞最初期の永万二年（一一六六）「中宮亮重家歌合」（五十三歳）にも、

左の歌、つねのことながらさしてそのふることとはおぼえぬにや。歌合の歌と見えたり（花十四番）

右歌はことにめづらしきところなけれども、いひしりてきこゆ。右のかちと見えたり（月七番）

などと見える。また逆に、「歌めき」「いひしり」たる要素の感受されない新奇な表現は、「露ふすこそめづらしけれ。

露はおくとこそ申しつたへたれ」（元永二年〈一一一九〉内大臣家歌合・草花九番・顕季判）「左歌『櫨紅葉《はじもみぢ》』こそ無下に耳なれず言あたらしう侍れ」（保安二年〈一一二一〉関白内大臣家歌合・野風四番・基俊判）など、指難されることがある。俊成の場合も、

いまきの山のはつこゑはまことにめづらしくはきこゆるを、このやまこそつねにききなれてもおぼえはべらね（中宮亮重家歌合・郭公十三番）

右月影やどすなどいへるは、すこしあたらしきやうなれど、心も波のといへる末の句、又よろし（承安三年〈一一七三〉三井寺新羅社歌合・湖上月八番）

など同様なのである。しかしながら、厳密にいえば、俊成以前と以後とではこの上記課題への対応のしかたに微妙な差異も察知されるようである。俊成以前には、「さらしなの月とよめる、山なくてよまん事にや、それぞおぼつかなき。証歌なくては持とすべくや」（元永二年〈一一一九〉内大臣家歌合・暮月十番・顕季判）「そこぞおぼつかなき。もし証歌あらばよきうたなり」（天治元年〈一一二四〉永縁奈良房歌合・郭公七番・俊頼判）など、「おぼつかなし」とされる歌詞の評価を、証歌を得て定めようとする判詞例が目立ち、顕著な特色を示しているが、俊成は、「右はおぼつかなきところもあれど、すがたをかしければ」（中宮亮重家歌合・月五番）など、形式的な証歌の有無と関わりなく、「おぼつかなき」歌を自己自身の眼で評価しようとする判詞を幾つか残すのであり、この事実は、〈歌の新古〉に関する俊成独自の意識、ひいて主体的な歌評態度を察知させるのである。

　このように決して単純とはいえない〈歌の新古意識〉と絡み合いながら、いわゆる本歌取技法が発達して行った。それは、一歩誤れば盗作の憂き目を見る危険な詠法であるが、古歌堆積の重圧を逆手に取って死中に活を求める、当代の必然的詠風だったのである。俊成歌論について考察しようとする時、彼の本歌取観いかんという問いが先ず発せられねばなるまい。俊成生涯の詠歌実践を通観すると、すでにたとえば、「久安百首」（三十七歳）などにもその優れ

た実践の跡を確認できるのであるが、今は、直接歌論意識が表明された歌合判詞についてみると、次の批評が注目される。

小はつ瀬の花のさかりを見わたせば霞にまがふみねのしらくも（中宮亮重家歌合・花五番・左持・重家）

左歌は後撰集にもいれるにや、すがはらやふしみの暮に見わたせば霞にまがふをはつせの山、といへる歌を、はなの歌にひきなされたるなるべし。かやうのことはいみじくはからひがたきことになん。ふるき名歌も、よくとりなしつるは、をかしきこととなむ、ふるき人申し侍りし。白氏文集・古万葉集などは、いささかとりすぐせるに、とがなきにやあらむ。まことによくなりにけるものは、かれをまなべると見ゆるに、なさけそふわざなればなるべし。ただし、ふるき名歌をばとるべきこと、いむなりなむどはおもうたまふるに、かの、ふしみのくれにといへる歌をことに心にそめならひにければにや、この、かすみにまがふみねのしら雲と侍るも、いみじくをかしくおぼえ侍るなり。（中略）をはつせ山に心をよせむとすれば、ふるきとが、さだめがたし。よりて持と申すべきや。

とあるなかの、名歌を取るのを忌む意識は、「しなが鳥ゐなのしば山、はふる歌の二句なり。いと名歌ならぬはよめる事もあれどこれは名歌に侍り。就中に歌合にはいかが侍るべからん」（安元元年〈一一七五〉右大臣家歌合・落葉九番・清輔判）などにも見られ、俊成自身にも、他になお承安二年（一一七二）「広田社歌合」海上眺望二十三番など見られて、当時の一般的通念であったが、この判詞では俊成はむしろ名歌を取ることの意義を積極的に認めようとしているようにさえ思われ、そこに前述した俊成の主体的歌評態度が観取されるのである。「ふるき名歌も、よくとりなしつるは、をかしきこと」という立場で、『白氏文集』『古万葉集』を挙げ、「まことによくなりにけるものは、かれをまなべると見ゆるに、なさけそふわざなればなるべし」と断じるところに、古典としての価値の有無を基準として、音楽における協和音にもたとえられるそれとの重層的表現効果を重視する歌論意識が窺えよう。のちの有名な「源氏見ざる歌よみは遺恨の事なり」（六百番歌合・冬上十三番枯野）などへもつながる歌観の萌芽がすでにここにある。末尾辺に「をはつせに心をよせむとすれば、ふるきとが、さだめがたし」ともいうが、ここには六条藤家重家主催歌合の場における歌合相対批評の現れ、すなわち、重家自身の歌であるだけに、むしろかえって無難に名歌を取ることを忌む通念への配慮をも示して公正さを表明しようとする意識を読み取ればよく、この重家歌が『千載集』に撰入されたことの意味をこそ重く考えるべきであろう。

なお、「はなの歌にひきなされたるなるべし」については、やはり当歌合の次の判詞が関連して留意される。

左はむかしのことばにして心めづらしく、右はちかきすがたながら、事ふりてきこゆれば、以左為勝（郭公二番）

ここには、俊成以前の「ふるき歌の心をとりてよめるなめり。などかは、さもときこえたり。うちまかせて勝つべし」（元永二年〈一一一九〉内大臣家歌合・暮月十番・顕季判）「おのれなきてや秋をしるらんといふ歌の心なればにや、をかしくはべめり。但、心詞ともにとりたるを古歌とは申すなり、心をとりてよめるはをかし」（久安五年〈一一四九〉右衛門督家歌合・秋月三番・顕輔判）などむしろ古歌の心を取るのをよしとする、六条藤家歌学と対立する歌論意識が現れている。のち、定家によって「詞はふるき歌にならひ心はわがこころよりおもひよれるや歌の本意には侍らん」（千五百番歌合・八四〇番）「ことば、ふるきをしたひこゝろはあたらしきをもとめ」（近代秀歌）と継承されていくことを勘案すると、御子左家歌学の本歌取観がここにすでに現れているのであるが、そうした歌論意識をも内包する花五番判詞であった。

そもそも、〈歌の新古意識〉に関わる問題は、伝統と創造の関係定位の問題であり、さらにいえば、空間的のみならず時間的にも生きざるを得ない人間存在そのもののありかたが、詠歌行為を通じて発現する問題であったとも換言できる。和歌が和歌である限り背き得ない「歌めく」という不易の伝統と結びつきながら、なおかつ清新な歌を創造することが必要なのであり、その時歌人は、人間としても十全に生き得たのである。この必要を満たす根基的かつ具体的詠法が本歌取技法として結晶したといえるのであり、このような重要な問題について、俊成の歌論意識は上述の通り独自の道を歩き始めていた。

二、俊成初期歌論の本歌取観

ところで、以上の考察を通じて思われるのは、俊成の歌論意識によると、和歌の評価は単なる新古意識のみによって定まるものでなく、享受者の美的鑑賞に堪え得る歌であるかどうかという、よりレベルの高い批評基準に照らして定まると考えていたのではないかということである。

当時は、一般的には末世的無常観が普遍化し、「保元以後ノコトハミナ乱世ニテ侍レバワロキ事ニテノミアランズルヲ」（愚管抄）という乱世的様相が濃くなる、暗い時代であった。また、こうした世相を背景にして、王朝教養貴族層の精神的不安が募る時代であった。感受性豊かな壮年期俊成の歌観は、このような時代状況とも対話し、心の鬱屈を癒す和歌のありようを求めて形成されていった側面があったに違いないのである。しかも早く父を失った俊成の場合、この大状況的時代環境のほかに、私的小状況としての不遇沈淪意識をも曳きずる生活環境のなかに生きていた。保延六年（一一四〇）「述懐百首」（二十七歳）の訴嘆調は、私見では、拾遺亜流的リズムや金葉・詞花時代の「軽々なる」（長明無名抄）歌風に共鳴し得ない一方、いまだ自己の歌風を十分には確立し得ない地点で、ともかく真の自己自身を凝視し、訴嘆的自己にこだわることにより、やがて外界万象の実相を透視しなければ満足できない心と眼を養う意味を担っていたと思われ、それはまた、この頃普遍化し始めた仏教的現実超越的思念にも適う営みであるが、このいわば真実への深まりを志向する実相観入的詠風は、まさに、当時の世相のなかで新鮮な美的感動に酔わせ得る和歌のありようを模索しなければならなくなっていた、和歌史的課題解決の要請に応えるものでもあった。

万象の真実相が視えてくる時、人間存在の有限性も視えてくるであろうし、逆に、自他ともに永遠なる宇宙的生命とでもいうべきもののなかに包摂されている無限の存在であるという面も、視えてくるであろう。こうした境位に達した時、訴嘆的述懐歌は主役の座を降り、代わって俊成独自の詠風がそれに相応しい美の装いを凝らして現れるはずであった。「久安百首」の「俊成百首」がすでに独特の美的世界を形成している。「夕されば野辺の秋風身にしみてうづら鳴くなり深草の里」（秋）は、『古来風躰抄』（八十四歳）に自歌としてこの一首のみ選んだ俊成生涯の自讃歌であり、例証として挙げるに値する歌であるが、存在の実相と相応する幽寂美を湛えている。『伊勢物語』第一二三段の本説取歌である当詠は、末世的乱世を生きる享受者の美的鑑賞に十分堪え得る歌境を有し、俊成がいかなる美を志向していたかを語るのである。してみると、俊成が望ましいとする本歌取歌は、古歌伝統と冥合しながら暗い現実を生きる自己の実情とも共鳴音を奏でる、古くして新しく、また新しくして古い歌であるとともに、暗い時代の暗い人の心を酔わせるに足る美を形象化した歌であるということになるであろう。重層的表現である本歌取は、あくまで協和音としての和音でなければならなかったのである。

三、俊成歌論の展開

だが、俊成自身はそうした詠風を実践し得ていたとしても、歌人一般の水準はいまだしである。俊成歌論意識は、歌界の状況とどのように関わり合いながらどのように展開して行ったのだろうか。しばらく歌合判詞に即して考えてみよう。

先ず、歌評語の用例数レベルでいえば、「中宮亮重家歌合」では、「心深し」六例が示すように詠歌対象ないし題の本意への深化に言及する判詞が比較的多く、そうした深まりを重視する歌論意識を窺い得るが、美的評語としては「優」六例「あはれ」四例「幽玄」一例（「よろし」と同義的な用法をも含む「をかし」は除く）などが注目される。いずれもそれまでの歌合判詞に登場する評語で、俊成判詞が初出ではない。しかししみじみとした対象との融化を評する

「あはれ」四例は、一つの歌合での用例としては最多であり、「幽玄」も、長承三年（一一三四）「中宮亮顕輔家歌合」（基俊判）での「幽玄」を継いでいて注目される。基俊の場合は、「見渡せばもみぢにけらし露霜に誰がすむ宿のつま梨の木ぞ」という実詠に徴して、幾分優艶味を含みながらも、脱俗的で心細く寂しい歌境を肯定評価している評語であるといえるが、俊成の場合も、「風体は幽玄、詞義非凡俗」（花二番）と称揚する「うちよするいほへの波のしらゆふは花ちるさとのとほめなりけり」は、やはり幾分優艶の美を漂わせつつ遥か無限なるものに想いを馳せる幽邃《すい》な歌境であり、影響関係を設定できるであろう。後述の如く、俊成歌論意識に優艶美への志向と幽寂美への志向とが併存するといえる面があるとすると、その萌芽がすでにこの「幽玄」に内在しているとも考えられるのである。そういえば、俊成の前掲自讃歌「夕されば」歌も、単なる幽寂美のみではなく哀艶美とでもいうべき要素をも内包しているのではなかったろうか。

嘉応二年（一一七〇）「住吉社歌合」（五十七歳）では、どうであろう。「心深し」二例「心浅からず」「心こもる」「深く境に入る」各一例「思ひ入る」四例「思へる所なし」一例など、この対象浸透的詠歌態度への傾斜を示す評語の多用は、「重家歌合」と同じ路線のいっそうの進展というべく、私見による否定的用法の「やすらかなり」が現れてくるのもこの歌合であった（拙著『中世和歌文学論叢』所収「歌のやすらかさ」参照）。美的評語についてみると、「優」十五例「艶」二例を数えて優艶美への志向が明確であるが、一方「心細し」「さびたり」「幽玄」各一例「あはれ」八例など幽寂美と関わる評語も用いられていて、それへの志向を窺わせ、「ものさびしかるとおき、みやこ心ひしも（稿者注…ここに多少の優艶味が纏綿）などいへるすがた、已に入幽玄之境」（旅宿時雨二十五番）と評された、「うちしぐれものさびしかるあしのやのこやのねざめにみやここひしも」が、「中宮亮重家歌合」の上掲幽玄詠と類似する歌境であることをも勘案し、こうした面には、「重家歌合」ではまだ萌芽的に予見されたに過ぎなかった優艶美と幽寂美との併存的志向が、次第に形を明らかにしはじめたことを観取できよう。承安二年（一一七二）「広田社歌合」（五十九歳）では、この幽寂美への志向がいっそう顕著となり、「心細し」「さびたり」「幽玄」各三例「あはれ」十五例などを数えるが、一方「優」十四例「艶」「優艶」各一例の如く優艶美への志向も依然として顕在化している。「心深し」「深く思ふ」各一例「心こもる」五例など、この一類の評語も「住吉社歌合」の延長線上に位置しているといってよかろう。対象へ深く浸透するところ、おのずから優艶・幽寂それぞれの美へ通じることになるともいえる様相が視えてくるのであるが、「住吉社歌合」と同じ嘉応二年（一一七〇）「建春門院北面歌合」で、全三十番中「艶」「心細し」各三例、承安三年（一一七三）「三井寺新羅社歌合」で、全四十番中「優」九例「艶」二例「心細し」「幽玄」各一例「あはれ」二例を数えることをも斟酌し、この頃詠歌対象ないし本意への深まりを基盤として、優艶美と幽寂美との両方向への志向を見せる俊成の歌論意識が浮き彫りにされてくるといえるのである。あくまでも評語用例数レベルでの考察であり、また「優」には品等意識の要素が見られる用法も存するなど、なお精密な考究が要請されるのであるが、それでもこうした調査を通じて、上述の如き見通しを導き出すことは許されるであろう。

美のあり方としては、なお、崇高美が定立される（『三体和歌』など参照。長高美とも）。それへの志向は、俊成にあっても「たけまさる」（重家歌合花二番・住吉社歌合述懐十九番各一例）「遠白し」（広田社歌合社頭雪四・二十八番二例）「清げに」（重家歌合月六番・建春門院北面歌合関路落葉二番・広田社歌合社頭雪二十二番各一例）などの評語を通じて察知されるが、比較的少ない。優艶美と幽寂美の二大典型美について考察することの意義を認め得るであろう。この美の二典型は、私見によれば前者は、存在の無限性を肯定的に捉えて地上的なるもの人間的なるものの豊かさを即天上的に形象化しようとする美のあり方であり、後者は、存在の有限性を否定的に凝視して天上の永遠的生命に融化しようとする美のあり方であると思われ、さらにいえば、前者は縄文的様式美の系譜に後者は弥生的様式美の系譜に位置せしめ得るかと思われるのである（拙著『中世和歌文学論叢』所収「古代中世歌論」など参照）。

以上、俊成初期歌合判詞の流れに即して考察し、そこに観取される歌論意識の特性について一つの論をも立ててみたが、なお本歌取と認定された場合の批評内容に限定して検すると、どのような様相が浮かびあがるのであろうか。「中宮亮重家歌合」「住吉社歌合」での判定が勝・持・負それぞれの評価に分かれていることは、歌合の相対批評的性格からみて一応論外とし、それらの歌の評語レベルでの評価は、「余情足らず」（重家歌合・花一番・右負）「心よろし」（住吉社歌合・述懐二十番・左持）を除き、すべて「をかし」と評されている。一般的褒詞の意以外に、趣向面について「興趣あり」の意を含む用法をも示すこの評語の多用は、「優艶」「さび」「幽玄」の美など、御子左家新風が『千載集』から『新古今集』へ向け独特の情調美を創造していく展開のなかに位置づけてみた場合、表面的にいえば、俊成がこれらの本歌取技法をそうした情調美創造のための必然的詠風として認識していたとは見られないことになる。そのような視座で検していくと、「広田社歌合」に至りはじめて、本歌取歌を「ひとつの姿」（社頭雪二十九番）と評し「幽玄なり」（海上眺望二番）と称揚する例が現れ、その翌年の「三井寺新羅社歌合」にも「にほひそふ」（十一番遥見山花）と評する用例が現れて、本歌取技法を幾分何らかの新風的美的理念と結びつける受容が生じきたったともいえるのであるが、その後の治承二年（一一七八）「別雷社歌合」・同三年「右大臣家歌合」では特に新しい展開も見られず、「心よろし」（右大臣家歌合・二十四番旅）とある場合一例を除いた他の五例は、すべて旧態依然、「をかし」と評されている。

「久安百首」さらに「右大臣家百首」などの詠歌実践を通じて、俊成の本歌取歌は〈歌の新古意識〉の問題を主体的に解決するとともに、相関的に優艶・幽寂の美を十分に創造し得ていた。しかし具体的歌論としては、この時期に本歌取技法をこうした美意識と結びつけて捉えていたとすることのできる明証は、乏しいのである。前述の如くそれは、旧風に泥む俊成周辺歌人たちの実態の反映であろうが、「優艶ならず」などマイナス評価する判詞も見えないことからいえば、またやはり、俊成の歌論意識自体に歌界全体を積極的に領導するほど明確な本歌取観がまだ形成されていなかったことを、語りかけているようにも思われるのである。実作と批評実践とは必ずしも整合しない。

このような状況のなかで、定家が登場してくる。

四、「六百番歌合」前後の俊成・定家歌論

文治四年（一一八八）『千載集』撰進当時、定家は二十七歳。八首入集。この頃の定家歌論意識はこれらの作歌実践を通じて推察するより仕方がないが、比較的巧緻な「しぐれゆくよものこずゑの声よりも秋はゆふべのかはるなりけり」（秋下）などに徴しても、定家独特の妖艶歌風、またそれに見合う歌論は、もちろんまだ十分に形成されていないとしなければなるまい。だが文治二年（一一八六）「二見浦百首」には、のち『新古今集』に撰入された「見渡せば花も紅葉もなかりけり浦の苫屋の秋の夕暮」「あぢきなくつらき嵐のこゑもうしなど夕暮に待ちならひけん」が見え、建久元年（一一九〇）「花月百首」中には、「さむしろや待つ夜の秋の風ふけて月をかたしく宇治の橋姫」などもあって、新古今調定家歌風はすでに急速に成熟しはじめていたといえよう。なにほどか歌論意識の進展も見られたと推測されるが、ただ直接的に表明された歌論面では、文治期までの俊成と定家とに大きな差異は認められない。すなわち、文治五年（一一八九）「宮河歌合」の定家判詞では、「深し」十例「思ひ入る」二例「優」四例「艶」二例「あはれ」六例「さび」二例「幽玄」一例などが目立ち、先に確かめた俊成初期歌合判詞のありように類似するが、これは、「御裳濯河歌合」の俊成判詞で「深し」十四例「心こもる」二例「優」二例「艶」三例「あはれ」二例「さび」一例「幽玄」二例とある状況と比べても、ほぼ等質的であろう。西行歌に対する批評という特殊な場合であり、若い定家の鋭敏な感性が捉えた西行歌の特質についての言及も、九番・三十六番判詞など注意されるが、なおかつ定家歌観への俊成の影響が無視できないように思われるのである。ただし、「かくれなくもにすむ虫はみゆれども我からくもる秋の夜の月」（十五番右）を「みるべき月をわれはただといふふるき歌思ひ出でられて、くもる涙もあはれふかく、もにすむ虫かくれぬ月のひかりも空清く侍れば、まさると申すべくや」と評するのは、『拾遺集』歌を本歌に取った歌の美

的様態を「あはれふかく」と称揚する批評実践であり、三代集を重視する定家本歌取観の原型的なものの萌芽的現れとして留意されよう。

その後建久期に入ると、定家ら少壮歌人の言語構築的新風の嵐が吹き荒れ、建久四年（一一九三）「六百番歌合」でピークを迎える。こうした詠歌実践にも支えられて歌論意識の進展が見られたとすると、「さしも殊勝なりし父の詠をだにもあさ〳〵と思ひたりし上は云々」（後鳥羽院御口伝）と評された定家の自覚は、あるいはこの頃のものであったかも知れない。彼自身の歌論は残されていないので、俊成判詞を通じての推測となるが、「偏に曲折微妙之風情不尽之外は非珍之由令存申之条、不被甘心事にや侍らん」（春上・七番余寒）など一般論的な新風チェック的判詞は一応除き、当面定家の場合に関してほんの一例を挙げると、

よしさらば今は忍ばで恋死なん思ふにまけし名にだにもたて（恋二・四番顕恋・左負）

年ぞふる見る夜な〳〵もかさならでわれもなき名か夢かとぞ思ふ（同右・十一番稀恋・左負）

などの晦渋歌を、それぞれ「まことに心ゆきても侍らぬにや」「難事こもりたる、いかにも難侍るにこそ」と評して負にしているのは、内在律享受にとって有利な視覚的受容を伴う後日判での慎重な加判だけに、前衛的新風とは無批判的に一体化していない俊成歌観のありようを察知すべく、定家歌観との差異をかなり強く感じていたと考えてよかろう。

だが、この加判作業を通じて、俊成の歌論意識に変化が生じたことも否定できない。第一には、たとえ無意識的であったにせよ、新古今調妖艶新風を推進する定家らからの影響である。前節からの関連でいえば、夏下十三番夕顔・秋上二十六番野分・冬上十三番枯野などの本歌取歌を、「優ならざるにあらず」「えんなるさまには侍るにや」「えんにこそ侍るめれ」と称揚するが如き判詞例が目につき始めるのであるが、これら本歌取技法を優艶歌風作詠に必要な詠法であると認識している証例として、その意味を重視したい。第二には、定家らの影響を受けながらもそれに安住

できず、より高いあるべき和歌の姿への志向が強められたのではないかということである。「大方歌の道、心をいひ取らんとする歌は詞を知らず、詞を思ふ歌は心たしかならず、姿を知れる歌は常に題をそらす。定まれる習なり」（恋十・二十五番寄商人恋）という、当歌合加判最終時点での十分自覚的な判詞は、定家的言語構築的妖艶歌風を超えた、より高い歌境への志向を俊成が抱いたことを語る証例であろう。

建久六年（一一九五）「民部卿家歌合」の判詞跋、同八年『古来風躰抄』、同末年「慈鎮和尚自歌合」十禅師十五番判詞という、類似する著名な三種の立言が、「六百番歌合」判者として真剣に和歌というものと改めて向かい合わざるを得なかった、俊成の歌論意識の一つの到達点を示す結晶であることは、いうまでもない。今や、早く「久安百首」などで達成していた実相観入的詠風に見合う歌論が、整合的に顕現してきたのである。『古来風躰抄』に自作として「久安百首」の「夕されば」歌一首を採る背景は、整ってきていたといえよう。紙幅上全文の引用を避けざるを得ないが、順次「艶にもをかしくも聞ゆるすがた」「何となく艶にもあはれにも聞ゆる事」「なにとなくえんにも幽玄にもきこゆること」とある微差については、私見では、それぞれの立言の場の相違に基因する側面を無視できないと思われ、また、慈円を意識した最終の立言にこそ俊成最高の和歌理念が顕現しているように思量するのである（本書所収拙稿「藤原俊成の生涯」参照）。これら三説に共通する艶美への志向が、今や揺るぎ得ない位置を占めていることを認めるべきであるが、それは単なる美の一様態としてよりも、人間本有の精気に基づく美の一つの原型であり（拙著『藤原俊成論考』所収「『源氏物語』と藤原俊成」参照）、上述の如く建久期における定家の活動からの影響をも考える必要があろう。

「幽玄」については第三節でも触れたが、対象浸透的表現態度に基づき、奥深い神秘的世界と交感するところに発現するやはり美の一つの原型であり、基本的には艶美と対立する美の二大原型の一つである。ただ俊成の場合、「幽玄」という歌論評語にはこれも前述の如く優艶美の要素が幾分包含されていたのであり、その要素が本来対立するはずの「艶」との結合媒体となり、さてこそ「慈鎮和尚自歌合」の「えんにも幽玄にも」という複合美的歌境も現実のものとなるのであろう。この立言の次には、「よき歌になりぬれば、其の詞すがたのほかに景気のそひたるやうなることあるにや」という所説が続くが、これは三説中他の二説には見えない立言であり、やはり俊成歌論の一つの到達点ではある。俊成は「景気」を、「かへるかりかすみのうちにこゑはしてものうらめしきはるのけしきか　左歌、霞中帰雁景気ことに見るやうにこそ覚え侍れ」（千五百番歌合・一八一番〈左勝・女房〉）の如く、「想念的に描かれた景色（心象風景）」の意でも用いているが、ここは異なり、この頃すでに「御所の御会」参加の直前であり、建久末歌壇の情況を分析想起する能力を有していた可能性のある長明が、「幽玄の躰（中略）詮はたゞ詞に現れぬ余情、姿に見えぬ景気《気色イ》なるべし」（無名抄）と説明した、「姿に見えぬ景気」をも参照し、客観的景色というよりも情調に近い意で用いられているとしてよかろう。「艶」といい「幽玄」といい、無限に広がる言外の余情を根基とする歌境なので、それと整合させる立場でもこのように受容しておきたい。「なにとなくえんにも幽玄にもきこゆる」歌境が情調的表現として立ち現れることは、極めて理解し易い。さらに、三説ともに「もとより詠歌といひて、たゞよみあげたるにも、打ち詠じたるにも…」（慈鎮和尚自歌合）の如く説かれて、そうした情調美が朗誦という聴覚的享受を伴ってよりよく感受されるとする歌論意識も、注目されねばならない。和歌は韻文であり、韻文はなべて韻律を生命とする。このことも、「六百番歌合」加判作業を通じて改めて俊成の強く自覚したところであった（拙著『藤原俊成論考』所収「藤原俊成の歌評態度」参照）。

五、「千五百番歌合」の定家歌論

建久期末年に一つの達成を示した俊成の歌論については、なお『古来風躰抄』の和歌道統観や歌道仏道一如観などにも触れなければならないが、紙幅上割愛し、既成研究書に委ねるとして、俊成歌論がこのように固まっていくなかで、定家の方はどうであったろうか。

「正治初度百首」などの詠歌実践は定家的作風に一種の落着きを加えて、それなりの進展を示すが、歌論意識の直接的現れは建仁二年（一二〇二）「千五百番歌合」判詞（四十一歳）である。その分担範囲（全百五十番）判詞についてみると、歌評語では「深し」九例「思ひ入る」六例「優」二十例「艶」九例「あはれ」二例「さび」一例「幽・幽玄」三例「面影」三例「景気」二例「うるはし」三例「ことわり」七例「たけ」三例などの如く用いられ、おおよその傾向を察知できるが、当歌合の俊成分担判詞（定家と同番数）で「深し」三例「心こもる」四例「優」九例「艶」十八例「妖艶」二例「あはれ」五例「心細し」一例「わび」一例「幽玄」一例「面影」三例「景気」一例「うるはし」三例「ことわり」五例「たかし」五例などの如き様相を示すのと比較し、定家には対象浸透的詠歌態度に触れた場合が多く、俊成には艶美への志向を示す場合の多いことが浮かびあがってくる。特に、「妖艶」が俊成に二例数えられるのに定家にこの評語が見られないのは、定家を余情妖艶美の積極的推進者とする通念からは不審である。歌合相対批評における単純な評語用例数レベルの調査結果ではあるが、定家が「ふかし」「優なり」などと評した歌には、「あきはなほくずのうらかぜうらみてもとはずかれにし人ぞこひしき」（七五二番・左持・左大臣）「とふ人もあらしふきそふあきはきて木の葉にうづむやどのみちしば」（同上・右・俊成卿女）など妖艶と評し得る歌がなかったわけではない。俊成の「幽玄」（二七一番）が艶美への傾斜を多分に示すのに、定家の「幽玄」（七五一・七七一・七八〇番）がむしろ幽寂風への傾斜を示すのも、関連する同傾向の問題である。

また、〈歌の新古〉問題に関する両者の批評実践にも疑問がある。古歌・近歌との類同性が否定されるのは、俊成（一六〇・一六二・二七三・二七七・二九九番）、定家（七七五・八一六・八二五・八九五・九〇〇番）ともに同じであり、その他一般的に古めかしい類型的表現をマイナス評価する場合は、俊成の「聞きなれたり」三例「めづらしからず」一例に対し、定家の「聞きなれたり」二例「めなれたり」「見なれたり」「みみなれたり」各一例「ふりたり」「めづらしからず」各三例が目につく。反面、清新な表現をプラス評価する場合は、俊成の「めづらし」四例に対し、定家の「めづらし」十一例が目立っている。〈歌の新古〉に関する批評意識は両者ともに強いが、少なくとも量的には、定家の方がより細かく多様に目配りしているのではないかと思われるのである。そうした傾向は、次のような面にも現れているであろう。俊成の場合には陳腐な類型的表現を否定する評語である「聞きなれたり」を、定家は七八七・八三四・八七六番などプラス評価の評語として用いており、マイナス評価の際も「すこしききなれたる心地し侍るにや」（七八五番）「あまりにききなれてや侍らん」（八四五番）の如き用法を示している。定家にとって「聞きなれたり」はむしろ、古歌伝統とのあるべき間合いを計る尺度として用いられているとするのが妥当であろう。こうした伝統尊重的姿勢からは、清新味を称揚するはずの「めづらし」についても、「あまりめづらしきつづきにや」（七八七番）「あまりめづらしきことばにや」（八〇一番）など否定的ニュアンスへの転化を示す場合を生じている。これらは、新風推進前衛歌人としてはあまりに慎重過ぎる定家像を思い描かせるに足る現象ではなかったろうか。

当歌合の本歌取技法をめぐる判詞内容にも、定家独特の様相が観取される。本歌取歌と認定する立場での批評及び何らかこの技法に言及する批評が、俊成二十九例程に対して定家十例程と案外少ないのは、定家がこの技法に関して厳格な見解を有していたことの現れともいえよう。本歌取歌の美的様態についての批評内容を検すると、俊成の場合「をかし」と称揚する十三例、単に本歌取であることを指摘して肯定的あるいは否定的に評したり、その詠風を「よろし」と評したりする九例以外、「心いみじくえん」（一六七番）「すゑの句のこころあるやうにも見え侍れば」（一七一番）「いうに侍るべし」（一七九番）「いうには侍る」（二四六番）「おもかげ覚えて見ゆるやうにこそ覚え侍れ。…ことにえんに見え侍り」（二五六番）の五例が、前節で述べたが如き美的様態と結びつく評価となっている。定家の場合、「よろし」（八〇三番）「をかし」（八一三番）以外、「心あり」（七九三・八二四番）「艶」（八〇〇番）「面影をかし・心ふかし」（七九七番）と結びつく評価が見られるが、その他本歌取技法の取るべき古歌範囲（七九二番）や取り方（八一四・

八四〇番）について具体的に説く判詞や、「ひとつのすがたにはいひしりてきこえ侍るにや」（八〇六番）のように本歌取歌を一つの歌体として定立する判詞、本歌取歌と認めながら「あまりや本歌とかはらず侍らん」（七九八番）と否定する判詞も見られるなど多彩な批評内容となっている。

俊成にも、「撰集などにいらぬ歌はさりあふべきにあら（ず）」（一六二番）「万葉集伊勢物語もよきことをとるべきにや侍らむ」（二九一番）など若干の技法論はあるが、何といっても「をかし」と結びつく用例の多いことが目立つのであり、これは文治期までの状況とあまり変化がない。二七七・二八七番などは直接この技法に触れて本歌に詠みまさると称揚する判詞であるが、これも『俊頼髄脳』本歌取論の応用的継承である。総じて当歌合では、独自の理論を新しく展開しているとはいえない。それに対して定家は、漠然と「をかし」と評して済ます場合が少なく、本歌取の範囲や取り方にまで立ち入っての批評が目立つのであるが、重要なことは、ここに表明された歌論意識が実はすでに「六百番歌合」までに説かれた俊成のそれの継承であり、また後日『近代秀歌』『詠歌大概』などの歌論書に説く本歌取論の礎論となっているということである。

すなわち、中世和歌の指導理念としてあまりにも有名な、

ことばゝふるきをしたひ、こゝろはあたらしきをもとめ…むかしのうたのことばをあらためずよみすへたるをすなはち本哥とすと申す也。かの本哥を思ふにたとへば五七五の七五の字をさながらをき七々の字をおなじくつゞけつれば、あたらしき哥にきゝなされぬところぞ侍。五七の句はやうによりてさるべきにや侍らん（近代秀歌）

情は新しきを以て先となし人のいまだ詠ぜざるの心を求めて、これを詠ぜよ詞は旧きを以て用ゆべし詞は三代集の先達の用ゆる所を出づべからず。新古今の古人の歌は同じくこれを用ゆべし。…古歌を取りて新歌を詠ずるの事、五句の中三句に及ばば頗る過分にして珍しげなし（詠歌大概）

などの歌論は、すでに「千五百番歌合」の七九八・八一四・八四〇番の定家判詞に表明されていたそれと同じであり、

同様の本歌取観は、建暦三年（一二一三）「内裏歌合」にも「右歌のさまもいうに心もあはれに侍るを、つくばねのこのもかのも、君が御かげ、三句おき所、ただ、かげはあれど、ますかげはなしといふ二句ばかりやかはりて侍らん、古歌を本とすれど三句おなじ所におかばあたらしき歌の心いくばくならずとかや、そのかみ老父申す旨侍りき。猶以左為勝」（十三番寄風恋）と表明されているが、これらは実は、「中宮亮重家歌合」郭公二番、「広田社歌合」海上眺望二十三番、「六百番歌合」恋五・十七番遠恋などの俊成判詞にすでに現れていた本歌取観にその源を発しているのである。あえていえば、〈歌の新古意識〉をめぐる望ましい方向を見定め、むしろ新風の行き過ぎを反省して、歌界全体にやや乱脈な様相を呈していた本歌取技法のあるべき詠法を確立しようとする、慎重な定家歌論のありようが浮き彫りになってくるのであり、やがて新古今調とは異なる歌風の『新勅撰集』撰者として立ち現れる定家を十分に予見させるそれであるが、こうした定家歌論の形成には、思いのほか父俊成からの影響が大きく働いていたことを改めて正しく認識しなければなるまい。「六百番歌合」当時の嵐が過ぎて、「千五百番歌合」当時の定家の眼は「六百番歌合」までの俊成の眼とすでに同化し、さらに『近代秀歌』の時点では、それは「をろかなる心にまかせてわづかにおもひえたることをかきつけ侍し」などと記す、いわば親離れした自前の歌観とまでなり得ていたのである。歌人定家の父殺しは、結局は蕩児帰るであったのかも知れない。

対して俊成は、定家によって、その和歌のあるべき姿を求めようとする本性を鋭く捉えられ、定家歌論の形成に庭訓として活かされながらも、時代様式的新風からの影響を知らず知らず受け、自己の本性からはややずれた地平で妖艶美への傾斜を強めていた側面が、見え隠れするように思われる。同年張行「水無瀬恋十五首歌合」判詞での「優」「艶」各九例という評語用例数なども、その支証となろう。しかし反面、一三八番など、「花になごりのなどいへる、こころえがたきやうにや侍らむ」と評する、右雅経歌「みやし野やたのむのかりのこゑすなり花になごりのはるのあけぼの」よりも、「やすらかなるものから姿詞宜しく見え侍り」と評する、左良平歌「はなのちるやまのたかねのかすまずはくもらぬ空のゆきと見てまし」を勝とする判詞も見られて、晦渋過ぎる新風歌をも含めての無批判的傾斜ではなかったことが判る。「やすらかな」る歌とは逆の作意が過ぎて仰仰しい歌を矯めようとする評語であり、定家判詞にはまったく見えない「ことごとし」が五例用いられていることも、その傍証となる。第一節で述べた、〈歌の新古〉問題に関する俊成歌観のありようは、基本的には本性違わず変化していないとすべきなのであろう。こうした問題については、なお建仁元年（一二〇一）「神宮撰歌合」「撰歌合」や同二年「水無瀬桜宮十五番歌合」などを含めた考察を必要とするが、衆議判さらに両判的要素を内包し諸本の異同も多いこれらの歌合を考察する余紙は尽きた。「祇園社奉納百首」（九十一歳）の詠歌実践など、私に妙高風と呼ぶ歌風が、いわゆる優艶風と幽寂風という美の二大原型の融合した高次の歌境を志向する俊成最晩年歌観生成の萌芽を予測させるのではないか、ということのみを述べるに止めて、今は省略に従う（拙著『藤原俊成論考』所収「序章」など参照）。

定家の場合も、やはり別途の考究を要請する建保四年（一二一六）「内裏歌合」や貞永元年（一二三二）「光明峰寺摂政家歌合」「名所月歌合」などをも含めた、晩年の歌観究明は興趣ある考察対象である。通念的定家歌論を象徴する「妖艶」の評語も多用され、「秀逸」と評された歌も妖艶美が濃いのである。しかしこれも今は、寛喜四年（一二三二）「石清水若宮歌合」判詞（七十一歳）に、俊成卿女歌二首に対してその妖艶美を明確に推賞するとともに、全般的には『新勅撰集』的「優」なる歌を称揚する態度が顕著であることや、「左は妖艶に、右は理かなひて侍れば、持と申すべく侍らん」（建保二年内裏歌合・二十六番秋虫）「時しあれば秋なき色も年波のなかば越行末の松山　末の松山年波半越行心又古き物の具新宝となり候」（順徳院百首・秋・定家評）などとある、比較的純粋に定家歌論の表明された批評実践を通じて、その本歌取観も、妖艶一辺倒ではない歌観のありかたも、基本的には「千五百番歌合」当時すでに予見されていた路線の延長線上に位置させ得るのではないか、ということのみ立論するに止めておきたいと思う。定家歌論は、すくなくとも巨視的総体的には、その実作程は俊成の歌論から離れていなかった。

以上、すでにしばしば考察の対象とされてきた著名な歌論的文言に即して考究する方法を取らず、俊成・定家の歌論意識全般について、広く両者の歌人活動を背景として捉える立場から、父子相関連させつつ概観的に考察する方法を取って論述した。主として前者の方法論による考察として、近時の優れた成果を示す、藤平春男『歌論の研究』（ぺりかん社、昭和63・1。のち『藤平春男著作集第3巻』〈笠間書院、平成10〉に収録）などをも参照いただきたいと思う。本稿は、歌論文言をいわば点として独立させる考察でなく、歌論意識の生成・流動相を、線あるいは面として明らかにしようと試みた考察にほかならない。

第三章　『千載集』への道

一

『千載集』が現在見られるような内容で出現した道程を解明するためには、すでに幾多の研究がなされている通り、撰集過程や『古今集』以来の勅撰集史と関連させた考察も重要である。しかし本稿では、『詞花集』撰進の仁平元年（一一五一）以後を仮に千載集時代と呼び、その範囲における、後述の如き一つの問題に絞っての考察を行いたい。

先ず、前提的考察。『詞花集』は、成立当初から、十巻仕立ての規模、当代歌軽視の歌人構成、古今的抒情性の希薄化した歌風などをめぐる批判にさらされ、この風潮のなかから、意図的・非意図的の差はあれ、難ないし補正ないし補完『詞花集』的性格を示す私撰集編纂が相次ぎ、『古今拾遺』（散逸）『後葉集』『続詞花集』（本来は勅撰集たるべきもの）『今撰集』『月詣集』などが成立している。周知の如く俊成も、永万元年（一一六五）五十二歳頃から六十三歳の重病出家頃にかけて、『打聞』（私撰集）の編纂を進めていたことが、『長秋詠藻』『清輔集』『山家集』などの詞書を通じて推定され、『三五代集俊成』（八雲御抄私記）がそれに当たると一応考えられている。一条帝～高倉帝の「一五代の御代の集」の意と取り得る可能性も指摘されている（和歌大辞典）。本論はその考証を意図せず、この仮設を認める立場で論を進めたい。そもそもこの俊成の『打聞』編纂は、後年俊成自身が「この近き世となりて私の打聞撰集せぬ者は少なかるべし」（古来風躰抄）と回顧するように、もちろん時代の動向と無縁ではあるまい。しかしそれだけでなく、崇徳院との邂逅と別離が重い内発的動機として働いたようにも思われる。

それは、保元の乱による讃岐流謫の崇徳院の崩後、俊成の許に届けられた長歌及びそれに対する俊成の返歌（為秀本長秋詠藻）を読むと、この頃俊成が自己のあるべき進路を自覚するという意味での、いわば歌人的自立を果たしていたと思われるからである。崇徳院長歌にいう。「…本の心し変らずは事につけつつきみは猶こと葉の泉わくらめど見しばかりだに汲みて知る人もまれにやなりぬらん…」と。対して、俊成の長歌は、「かやうの道にも仕うまつりし人は多かりしを取り分き思し召し出だしけん事もいとかなしく」として、「…言葉の露はをのづから玉にせよる時もあれど浅茅が下にかつ消えてあはれ知るべき人もなしさりともまれにたちかへる浪もやあると思ひしをつゐに千里のほかにして秋のみ空に月かくれ旅のみ空に露消ぬとしほぢへだてて吹く風のつてにきこえし夕べより今ははかなき夢のうちにあひ見む事は泣く〳〵ものちの世にだに契ありて蓮の池に生まれあはば昔も今もこの道に心をひかむもろ人はこの言の葉を縁として同じみ国に誘はざらめや」と応える。この贈答を通じて、「久安百首」における、古典と交感しながらの主情性豊かな俊成の詠風が、よき理解者崇徳院を得て世に浸透していこうとしていたこと、院を失なった俊成は、もはや代わるべき庇護者もいない歌壇的孤児として生きていかねばならぬ欠落感を、すくなくとも主観的には抱いていたこと、さらに、その欠落感の補償を、和歌を媒体とした浄土での共生に求めざるを得ない心境になっていたことなどを感得できるのである。崇徳院との邂逅は、「久安百首」部類本編纂者として、俊成を歌界の第一線に押し出すことになったが、院との永遠の別離は、仏の御国に共に生きる媒体となる、あるべき和歌についての自覚と、その普及についての実践の決意とを、俊成にもたらすことにもなったのではなかろうか。すなわち、「久安百首」に基づく俊成の自立とは、歌界の一流歌人に格づけられたという意味だけでなく、あるべき和歌の確立、さらに時代的風潮とも関連したその集成たるべき『打聞』編纂への内発的具体的意志として、捉えられねばならなかったように考えるのである。

この『打聞』は、『千載集』と何らかの関係があると従来も想定されているのであるが、かくの如くに考えきたると、『千載集』開花の芽はやはりこの時点ですでに胚胎していたのであると改めて認めてよいであろう。ところで、この幻の『打聞』（三五代集）と『千載集』との関係は、その後は具体的にどのように定位したらよいのであろうか。今は、この『打聞』が『千載集』の土台として何らかの役割を果たしていたという立場を取るのであるが、その関係については、次の三通りの場合が考えられるであろう。

(1)『千載集』編纂時に、新しく集めた資料類に基づき新規に撰・採歌する（『打聞』との直接的つながりを認めず、撰集体験のノウハウ的影響のみを認める立場）。

(2)歌会・歌合など毎に、その都度撰・採歌した歌を資料として保管し、『千載集』編纂時に活用する（長期に渡る『打聞』編纂事業を移行導入して、『千載集』に組み入れたと想定する立場）。

(3)『千載集』編纂時に、新しく集めた資料以外にすでにある程度撰・採歌し保管してある諸累積資料をも撰歌対象とし、最終的に改めて検討を加え採歌を決定する（(1)と(2)の折衷的立場）。

常識的には(3)が穏当であり、私見でもその立場を取ることになるのであるが、実際に『打聞』がどの程度『千載集』の内容に影響を与えているのかということになると、まったく判明していないのが実状である。困難な問題なるが故に以下闇中模索してみるが、冒頭に述べた「一つの問題」とは、実はこのことである。

二

模索の方法としては、撰集の直接的撰歌資料になったと推定できる俊成判歌合（初出以外は適宜略称を用いる）からの『千載集』入集歌をめぐり、俊成が多用した評語「をかし」と関連づけての考察を試みる。判者としての俊成は、実は意外なことに、「をかし」という評語の濫用者あるいは駆使者であった。

『千載集』時代を中心とし、多少その前後にも目配りして、現存諸歌合での「をかし」の使用状況を整理して示すと表(1)の如くになる。

表(1)

A歌合張行年	B歌合名（主に新編国歌大観による）	C番数	D千載集採歌数	E「をかし」の延用例数	EのCに対する百分比
長承三年（一一三四）	中宮亮顕輔家歌合（基俊判）	三六番	2首	0	—
久安五年（一一四九）	右衛門督家成歌合（顕輔判）	三三	0	7	二一・二%
永暦元年（一一六〇）	太皇太后宮大進清輔歌合（通能判）	三五	7	0	—
永万二年（一一六六）	中宮亮重家朝臣家歌合（俊成判）	七〇	9	76	一〇八・六%
仁安二年（一一六七）	太皇太后宮亮経盛歌合（清輔判）	六〇	0	9	一五・〇%
嘉応二年（一一七〇）	左衛門督実国歌合（清輔判）	六〇	0	20	三三・三%
同　右年	住吉社歌合（俊成判）	七五	8	46	六一・三%
同　右年	建春門院北面歌合（俊成判）	三〇	8	40	一三三・三%
承安二年（一一七二）	広田社歌合（俊成判）	八七	5	68	七八・二%
同　三年（一一七三）	三井寺新羅社歌合（俊成判）	四〇	0	17	四二・五%
安元元年（一一七五）	右大臣家歌合（清輔判）	三〇	0	1	三・三%
治承二年（一一七八）	別雷社歌合（俊成判）	九〇	5	68	七五・六%
同　右年	二十二番歌合（顕昭判）	二二	0	4	一八・二%
同　三年（一一七九）	右大臣家歌合（俊成判）	三〇	8	25	八三・三%
同　四年（一一八〇）	三井寺山家歌合（観蓮判）	四〇	0	4	一〇・〇%
文治二年（一一八六）	太宰権帥経房歌合（衆議判）	八五	1	2	二・四%
同　三年（一一八七）	御裳濯河歌合（俊成判）	三六	10	14	三八・九%

同　五年（一一八九）	宮河歌合（定家判）	三六	1	4	一一・一%
建久二年（一一九一）	若宮社歌合（顕昭判）	四八	―	9	一八・八%
同　四年（一一九三）	六百番歌合（俊成判）	六〇〇	―	75	一二・五%
同　六年（一一九五）	民部卿家歌合（俊成判）	一一五	―	57	四九・六%

〔備考〕太皇太后宮大進清輔歌合・太皇太后宮亮経盛歌合・太宰権帥経房歌合の呼称は、平安朝歌合大成による。

俊成判に見られる「をかし」多用ぶりは、六条藤家顕輔・清輔・顕昭らの判の場合と比較し、一目瞭然である。「…とくに俊成の判詞まで下ると『をかし』は心・詞・姿のすべてにわたって見られ、その使用頻度も最多期最盛期に達する。と同時に、俊成時代の『をかし』はもはや様式判断というよりもむしろ価値判断を示すものが多い」（和歌大辞典）のであるが、主として俊成に見られる特殊現象であった側面を無視できない。この多用の理由は、端的にいえば、和歌はどうあるのが望ましいかという基本的歌観がある程度確立しており、その批評基準に照らして一応首肯できる歌が、比較的気楽に合点でも付すような調子で、「をかし」と評せられた面もあるのではないかと思われる。すなわち、俊成自身の自己合点的性格が著しいという意味での、いわば私的性格の強い評語であるともいえるのではなかろうか。たとえば、『千載集』成立後ではあるが、「六百番歌合」という六条藤家歌人らを意識した加判の場では、「をかし」の使用率はきわめて低率である。このことは、俊成が多用したこの評語の私性について考えさせるのである。もちろん、知巧的趣向美を批評対象としたという本来的用法も見られ、質量両面での用法の微妙な変化が注意されねばならないのであるが、私性の強い俊成の特殊現象であるからには、そこにはまた探究されるべき何らかの意味が案外無意識的に隠されているかも知れないのであり、考察に値する変化ではあった。

先ず、俊成判歌合からの『千載集』入集歌について、「をかし」と評された歌がどの程度含まれているかを調査すると、後掲の表(2)の如くである。「御裳濯河歌合」を除き、表面的に見ると、特に注目すべき点はないともいえよう。しかし、量的にはさほど差異のない「中宮亮重家朝臣家歌合」と「右大臣家歌合」とを比較すると、『新古今集』入集歌が零首と五首であるというところに現れた微妙な詠出歌作風の差をも背景として、質的には問題が潜在しているように思量される。それぞれの和歌と判詞を記すと、次掲の如くである（本文は新編国歌大観による）。

表(2)

歌合張行年	歌合名	千載集への入集歌数	「をかし」と評された歌数
永万二年（一一六六）	中宮亮重家朝臣家歌合	9首	6首
嘉応二年（一一七〇）	住吉社歌合	8首	4首
同　右年	建春門院北面歌合	8首	5首
承安二年（一一七二）	広田社歌合	5首	1首
治承二年（一一七八）	別雷社歌合	5首	2首
同　三年（一一七九）	右大臣家歌合	8首	4首
文治三年（一一八七）	御裳濯河歌合	10首	0首

1小はつ瀬の花のさかりを見わたせば霞にまがふみねのしらくも（花五番・左持・重家）

左歌は後撰集にもいれるにや、すがはらやふしみの暮に見わたせば霞にまがふをはつせの山、といへる歌を、はなの歌にひきなされたるなるべし。…ふるき名歌も、よくとりなしつるは、をかしきこととなむ、ふるき人申し侍りし。…いみじくをかしくおぼえ侍るなり。

2ささなみやながらの山のみねつづき見せばや人に花のすがたを（花十二番・左持・西遊）
　左、ことばつづきいひしりて、やすらかにきこゆ。
3なごりなく過ぎぬなるかな郭公こぞかたらひし宿としらずや（郭公一番・左勝・実国）
　左歌、ききなれたる心ちこそすれど、すゑの句いとをかし。…左の、こぞかたらひし宿としらずやといへる、すがたいとをかし、左可為勝。
4夕づくよいるさの山の木がくれにほのかにもなくほととぎすかな（郭公三番・左勝・宗家）
　左歌、すがたことばいとをかしくこそ見えはんべれ。右歌、すぐる雲ぢのなどいへる、すがたをかしく見ゆるに、せきとならばやといへるほど、すこしにはかなる心地ぞする、また、ありがたきことどもおぼゆれば、左のいるさの山の木がくれは、なほをかしくおもうたまへられて、左をかちと申すべし。
5くまもなきみそらに秋の月すめば庭には冬の氷をぞしく（月四番・左持・左大弁）
　左歌、銀漢雲尽秋月澄澄、沙庭霜凝冬氷凛凛、見其体、已以詩篇、心匠之至尤可翫之。
6雪降れば大木の木ずゑに咲きそむる枝よりほかのはなもちりけり（雪十四番・右勝・俊恵）
　右は、大木の梢にさきそむる枝とつづけるほどぞ、いかにぞやききまがへらるる心ちすれど、枝よりほかのなどいへるすがた、いとをかしければ、以右為勝。
7しほたるる伊勢をのあまや我ならんさらば見るめをかるよしもがな（恋一番・左勝・権中納言）
　左歌、伊勢をのあまやわれならむとおきて、さらば見るめをなんどいへるすがた、いとどをかしくも侍るかな。
8恋しともまたつらしともおもひやるこころいづれかさきにたつらん（恋六番・右勝・師光）
　右歌は又すがたことばいとをかしくて、かたがた思ひわづらはれ侍れど、なほ、またつらしともおもひやるといへるけしき、あはれにも見え侍れば、以右為勝。

9われゆゑの涙とよそにこれをみばあはれなるべき袖のうへかな（恋九番・右勝・隆信）

左、ことのいはれをかしくも見ゆるを、あひ見る事ををしへざるらん、をさなきやうにやきこゆらん。右歌、よろしく侍るにや、仍為勝。

——以上、中宮亮重家朝臣家歌合——

1霞みしく春のしほぢを見わたせばみどりを分くるおきつしらなみ（二番霞・左勝・女房）

左歌いとをかしくこそ見え侍れ。春の霞、蒼海のうへにひきわたるさま、あさみどり色をそへたる、おきつ白なみたちわけたらむほど、面影おぼえ侍れ。

2すぎぬるか夜はのねざめの子規声は枕にあるここちして（七番郭公・左持・皇太后宮大夫入道）

子規の歌に、雲路に関をするましといへる心、ちかうもききなれ侍る。声をやとどむ、などいへるはいますこし有りたくやとぞ聞ゆ。姿はをかしくこそ侍れ。左歌宜しからずこそ侍らめ。且は依例不能勝負。

3あふ事は身をかへてとも待つべきによよをへだてむほどぞかなしき（二十番恋・左持・皇太后宮大夫入道）

4おもひねの夢になぐさむ恋なればあはねど暮の空ぞまたるる（同右・右持・丹後）

左歌ものふかきここちしてをかしきさまにも見え侍るべし。右歌、あはねど暮の空ぞまたるる、といへる、けぢかきさましして恋の歌とおぼえてこそ。但勝負不能定申歟。

5思ひ出づるそのなぐさめも有りなまし逢見て後のつらさなりせば（二十一番恋・左勝・季経）

左の歌、恋のこころもさる事と聞えて、すがたも優に侍るめり。右、姿はをかしき様に侍るを、うき身は恋に、といへる、少おそくしれりけるにやときこゆらん。以左為勝。

6ゆきかよふ心に人のなるればや逢見ぬさきに恋しかるらん（二十三番恋・左勝・女房）

左歌、おもひつつへにけるとしをしるべにて、といへる歌の心にかよひて、これは、あひ見ぬさきに恋しかるらむ、といへる、すがたをかしくこそ侍るめれ。

7旅ねする庵を過ぐるむらしぐれ名残までこそ袖はぬれけれ（二十五番旅・右勝・資忠）

左右ともにことなる事なく優には侍るにとりて、右の、名残まで袖はぬれけれといへる、いとよろしくきこゆ。右勝ち侍るべし。

8いまはただいけらぬ物に身をなして生まれぬ後の世にもふるかな（二十九番述懐・左勝・師光）

左歌、心ふかくすがたをかしくいとよろしくこそ侍れ。…左なほめづらしく見え侍る。為勝。

――以上、右大臣家歌合――

「をかし」の語義内容の探究は、様式判断か価値判断か判然としない用法も多いので、あまり有効ではない。明らかなのは、両歌合とも姿を批評対象とする場合が多い点と、前者（重家歌合）の1と後者（右大臣家歌合）の6とがそれぞれ本歌取技法を用いた詠風を「をかし」と称揚する共通性を有する点以外、前者は比較的ストレートに「をかし」とのみされる歌が選ばれているのに対し、後者は、「面影おぼえ」（1）「ものふかきここちして」（4）「心ふかく…めづらしく」（8）とある如く、単なる趣向の目新しさではなく歌境の深さを湛える様式美との関連が見据えられているのであり、そこにたとえば前者の6などやや軽々なる趣向美の歌が「をかし」とされることとの微妙な変化が読み取れる点などである。特にこの第三の点についての疑念は、なお後者の2・5が「をかし」と評せられた歌を差し置いて採られた歌であることを思えば、この「右大臣家歌合」での「をかし」という評語の重みのいわば下落をも推測させて、注意されよう。2の「をかし」は俊成自詠との番で「依例不能勝負」とされ持となった場合であり、また5は、「右、姿はをかしき様に侍るを、うき身は恋に、といへる、少おそくしれりけるにやときこゆらん」と欠陥をも指摘された場合であり、手放しの称揚ではない。また、「重家歌合」にも9などこの5のような場合が見られる。しかしながら総合的にみて、この「右大臣家歌合」では、すくなくとも「をかし」は最高的な価値判断を示す評語とはいえない用法となっていることがいえるのではなかろうか。

こうした傾向は、「御裳濯河歌合」に至って決定的となる。この歌合が『千載集』の直接的撰歌資料となったかどうかは、西行からの加判依頼が文治三年秋頃とすると際疾いところであり、『山家心中集』が撰歌資料として扱われる立場からはいっそう慎重にならざるを得ないが、撰集最終段階での参考資料としている蓋然性は高いので、その立場で考えると、全三十六番中延べ十四例の「をかし」が用いられ約39％の使用率となっているが、この歌合からの『千載集』入集歌十首は、いずれも「をかし」とは無関係であることが判るのである。それどころかうち三首は、「左の歌、うるはしくたけたかくみゆ。右歌、これも歌のすがたいとをかし。…左、こともなくうるはし、かつとや申すべき」（三番左）「左も心ありてをかしくは聞ゆ。右歌猶よろし、勝と申すべし」（二十七番右）「右歌、末句などいとをかし。但、左歌、殊に甘心す。よりて勝とす」（三十一番左）の如く、「をかし」と評せられた歌と番えられ、勝となった歌なのである。西行歌という特殊事情も考慮しなければなるまいが、それでも必ずしも西行に迎合するのみでなく、王朝貴族歌人としての批評基準を保持している俊成判であることを正当にふまえて考えると、『千載集』成立に最も近い時点での撰者俊成の撰・採歌意識がどのようなものであったかを推測させ、先の「右大臣家歌合」の場合をも勘案して、「をかし」の変容という、俊成歌観の微妙な推移が見られたことを察知せしめるのである。「重家歌合」から「右大臣家歌合」までの十三年間の歳月が、俊成の撰歌意識にある変化をもたらしたと考えてよいであろうか。

それぞれの歌合の場の制約は一応論外とし、判者としての確立した歌観に基づきそれぞれの時点で良心的に対処したとしても、十三年の歳月は判詞内容に何らかの変化をもたらすことは十分に考えられるが、歌観自体に多少の変遷があったり、判者としての指導意識に相違があったりすると、いっそうはなはだしいであろう。俊成についても、そうした面の研究が進んでいるのである。「をかし」をめぐる批評意識の変容ということも、十分にあり得るのである。とすると一般に、歌合張行時点における判者の批評意識と後年における勅撰集編纂段階での撰者の批評意識とは、その両者が同一人物であっても、相違していてむしろ当然であるということにもなろう。俊成の場合でいえば、「重家歌合」と「右大臣家歌合」の『千載集』入集歌にみられる批評意識の微差もさることながら、それらの歌がそのまま採られているという事実は、『千載集』編纂時点における批評意識さらに撰歌意識による調整統一が完全にはなされず、『千載集』の時点とは異なる両歌合張行時点での批評意識、さらにそれに基づいて選ばれた歌が、そのまま認められているということを意味することになるのである。ということはまた、両歌合張行時にそれぞれ何らかの目的で撰歌がなされ、それが『千載集』編纂事業に参考資料以上の意味をもって影響を与えたのではないか、という考え方につながっていくことにもなるのである。その何らかの目的とは、ほかならぬ『打聞』編纂のことであった。

前述した『千載集』と『打聞』との関係定位についての問題設定に立ち戻っていえば、やはり(2)を無視できず、したがって実際にはおそらく(3)の立場を取ることが妥当となるのではなかったろうか。

三

『千載集』と『打聞』の関係をこのように定位するためには、なお、他の俊成判歌合の『千載集』入集歌をめぐる考察によって検証されなければならない。俊成判現存二番目の歌合は、嘉応二年（一一七〇）五十七歳の「住吉社歌合」である。「をかし」の使用率は表(1)の如く「重家歌合」より低率となっているが、次に掲げる『千載集』入集歌の判詞を通じてもそうした変化が看取される。

1ふりにけるまつものいはばとひてましむかしもかくやすみのえの月（社頭月一番・左勝・実定）

左歌、むかしもかくやすみのえの月といへるこころすがたいとをしく《ママ》も侍るかな。かみのくはかやうのこころききなれたるやうなれど、さしてかくいへるはおぼえはべらぬうへに、ふりにけるとおき、まつものいはばなどいへるこころありがたくこそおぼえ侍れ。

2すみよしのまつのゆきあひのひまよりも月さえぬればしもはおきけり（社頭月三番・左勝・俊恵）
左右おなじくまつのゆきあひにおもひよれるこころ、ともにをかしくはみゆ。……左のひまよりもといへるもの字、ふかくさかひにいれるにや、よりて又左のかちとす。

3たまもふくいそやがしたにもるしぐれたびねのそでもしほたれよとや（旅宿時雨十二番・右勝・仲綱）
右歌のたまもふくとおき、たびねのそでもしほたれよとやといへるすがたもじつづきいとあはれにも侍るかな。よりて右のうた、なほかつと申すべし。

4くさまくらおなじたびねのそでにまたよはのしぐれもやどはかりけり（旅宿時雨十九番・左勝・小侍従）
左歌、おなじたびねのそでに又といひて、よはのしぐれもやどはかりけりといへる心すがたいとをかし。……ただし、左歌こころなほよろし、かつと申すべし。

5もしほぐさしきつのうらのねざめにはしぐれにのみやそではぬれける（旅宿時雨二十三番・左勝・俊恵）
左、もしほぐさしきつのうらのといへるこそいとをかしく、かくぞいふべかりける。すゑのくに、しぐれにのみやとといへるも、こころことばやすからずこそみえ侍れ。……左歌ことによろし。よりてかつとす。

6かぜのおとにわきぞかねましまつがねのまくらにもらぬしぐれなりせば（旅宿時雨二十四番・左勝・実房）
左歌、わきぞかねましまつがねのとおきて、まくらにもらぬしぐれなりせばといへるこころすがた、又いとありがたくも侍るかな。…左尤為勝。

7かぞふればやとせへにけりあはれわがしづみしことはきのふとおもふに（述懐十番・左勝・実定）

8いたづらにふりぬるみをもすみよしのまつはさりともあはれしるらむ（同右・右負・俊成）
左歌、たれの人のなにとならむとはしること侍らねど、ただうちみるうたのおもて、こころすがたいみじくあはれにも侍るかな。……右歌、かみのくかやうのこころつねのことに侍るべし。しものく又すこしこころをやれるところあるやうにみえ侍れど、いささかおもふところありて、判者愚老の拙歌に侍るなり。又依例不加判。

ただし、神慮定在左歌歟とぞおぼえ侍る。

「をかし」と評せられて採られたのは、七番八首中の四首であって、「重家歌合」の九番九首中六首であったのと比べると、やや低率となっている。周知の如く当歌合には、俊成独自の歌観を反映した判詞が多く目につく。「さびたり」「心細し」「思ひ入れたり」などのほか、私見による否定的用法の「やすらかなり」（「歌のやすらかさ」〈解釈と鑑賞、昭和40・1〉のち『中世和歌文学論叢』〈和泉書院、平成5〉所収参照）など、いずれも注目すべき評語。

前掲の諸例についてみても、1・6の「ありがたく」は独特の用法ともいえる。俊成以前は用例も少なく、永承六年「斎院歌合」鵜川題歌の一例は称揚の意も感受できるが、永久四年「六条宰相家歌合」八番月の一例は「現実にはあり得ず納得し難い」の意で用いられていてそれが一般的であると思われるのに、俊成のそれは、和歌表現に関する「めったにない秀逸の表現」という意であり、語義の転換が見られるのである。因みに俊成は、以後「建春門院北面歌合」関路落葉五番一例、「右大臣家歌合」七番郭公一例など以下しばしば用いているが、『古来風躰抄』の六用例が好例となる如く、いずれも最大級の称揚に近い意での用法を示している。当歌合に見られるこのような俊成の批評態度は、「をかし」についてみても、「重家歌合」のそれが「姿」あるいは「姿詞」を対象として批評する場合であったのに対し、「心」あるいは「心姿」を批評対象とする相違となって現れているように思われる。1は心姿の「をかし」き歌であるが、同時に「こころありがたく」感受される歌であり、2・5も、前者は「も」一字により歌境が深められ、後者は第四句によって平懐な歌境に堕することを避け得た場合で、ともにしみじみとした深みを湛える歌を「をかし」と賞しているのである。4の「をかし」も、趣向の目新しさがある程度認められるにしても、むしろ旅宿時雨のわびしさの方がより強く感得され、沈潜した調べの落ち静まれる歌を見据えての批評であり、その歌境は、「いとあはれに」と評された3と比べて紙一重である。当歌合中には、「右、こころすがた又いとをかし」（旅宿時雨二十番）

と評した歌を、また「げにさこそ侍らめとこころぼそくきこゆ」とする判詞例なども存して、この批評意識が特殊ではないことを示しているのである。3・4・6など、具体的に歌詞句を取りあげてこれを「こころをかし」「こころすがたをかし」とする、いわゆる構成批評（錦仁『中世和歌の研究』〈桜楓社、平成3〉参照）の場合であり、俊成批評の独自性はこうした面にも具現している。

このように、当歌合での『千載集』入集歌に関わる「をかし」の用法は、全般的に見られる当歌合の特色と密接に連関しているというべきであろう。当歌合には、「重家歌合」とは微妙に異なる哀寂風の出詠歌が多くなっている。それは、「旅宿時雨」など歌題による面も大きかったであろうが、こうした歌題を設定させた時代相も考慮されねばならず、両々相俟っての現象であったろう。その特性に呼応して俊成判詞中にも「さびたり」「心細し」「あはれ」などの評語が用いられ、「をかし」にもその影響が現れていると考えられるのである。「重家歌合」の場合と比較し、『千載集』入集歌に関する俊成の批評意識さらに撰歌意識の変化を読み取ることができるであろう。

もっとも、俊成の批評意識と撰歌意識とは必ずしも完全には合致していないともいえる。「すみよしのまつふくかぜのおとさえてうらさびしくもすめる月かな」（社頭月八番・左勝・経盛）「うちしぐれものさびしかるあしのやのこやのねざめにみやここひしも」（旅宿時雨二十五番・左持・実定）という、それぞれ「すがたことばいひしりて、さびてこそみえ侍れ」「ものさびしかるとおき、みやここひしもなどいへるすがた、已に入幽玄之境。よろしくこそきこえ侍れ」と独自の評価を与えられた歌が、『千載集』に採られていないことなどが、疑念の種となるのである。前歌は平家歌人歌だが、読人不知歌として入集させる道は残されていたし、後歌は『玉葉集』に採られて勅撰集歌となっている。これらが採られていると、当歌合における俊成の撰歌眼は「重家歌合」より数段進み出ていたといえるが、そこまでは徹底していない。しかし、一歩の進展はあったであろうし、その意味は大きい。「重家歌合」と「住吉社歌合」との『千載集』歌を、同一時点における同一基準による採歌であったとは考えにくいからである。それぞれの成立時における撰・採歌であったとすると、理解し易い。この知見は、『打聞』と『千載集』の関係を考える上で重要な意味をもつものであろう。

四

同じ嘉応二年の「建春門院北面歌合」はどうであろうか。「をかし」の使用率がきわめて高く、『千載集』入集歌に限っても、

1山おろしに浦づたひする紅葉かないかがはすべき須磨の関守（関路落葉二番・左勝・実定）

左歌、うらづたひするとおきて、須磨の関もりなどいへる姿こころいとをかしく侍るかなや。山おろしにといへる五文字よくおかれたりとこそみえ侍れ。

2きよみ潟せきにとまらで行く舟はあらしのさそふ木のはなりけり（関路落葉四番・左勝・実房）

左の歌、心すがたいとどをかしく侍り。…すがたも猶左いとをかしく侍れば、勝とさだめをはりぬ。

3都にはまだあを葉にてみしかども紅葉ちりしく白川の関（関路落葉五番・右勝・頼政）

右歌、彼能因法師の秋風ぞふく白河のせきといへるをおきて、かやうによみいでん事ありがたくはみゆれど、但上の句や霞と共にたちしかどといへるには及びがたくやと思う給ふれど、紅葉ちりしきたりけん日数の程も心ぼそく思ひやられて侍るうへに、人人もよろしきやうに侍りしかば、右をもちて勝とす。

4もみぢ葉を関もる神に手向けおきて相坂山を過ぐる木がらし（関路落葉七番・左勝・実守）

左歌、関もる神に手向けおきてなどいへる心姿いとをかしくみゆ。

5紅葉ばのみな紅に散りしけば名のみなりけり白河の関（関路落葉九番・右持・親宗）

右歌、名のみなりけり白川の関といへる心をかしくみゆるを（下略）。

6思ひきやしぢのはしがきかきつめてもも夜もおなじまろねせんとは（臨期違約恋一番・右勝・皇后宮大夫）
右歌、すがたことざまよろしきよし、人人定め侍りしかば、おさへ侍らんも又あやしくやとて、右の勝になりにしなるべし。
7今しばし空だのめにもなぐさめで思ひたえぬるよひの玉章（臨期違約恋八番・右持・通親）
右、空だのめにもなぐさめでといひて、思ひたえぬるよひの玉づさといへる末の句、ことによろしく侍るなり。
但、左も上下あひかなひたり。よりて持とす。
8そま河のあさからずこそ契りしになど此暮を引きたがふらん（臨期違約恋九番・左勝・盛方）
左、すがた詞はをかしきを、杣河のこの暮などやいひながしたる事ならむと申し侍りしにや。…左のそま川さすがにさして其歌とはなけれども、猶ゆゑあるにやとて勝つべきにやと、申し侍りしにや。

の如く、八首中の五首が「をかし」と評せられているのであるが、実詠に徴すれば、その語義内容も知巧的趣向美への褒美詞となっており、「住吉社歌合」とは異なるものとなっている。「住吉社歌合」の延長として、その採歌が『千載集』の哀寂風形成の一要因となっていることをさらに押し進める立場を取れば、「鴫のうきすのゆられきてといへるけしき、ことわりなくもとめいでてめづらしくみゆる。子を思ふとおける五文字も、あはれに聞え侍りしかば、以右勝としをはりぬ」と評された「子を思ふ鴫のうきすのゆられきて捨てじとすれやみがくれもせぬ」（水鳥近馴五番・右勝・頼政）や、「をかし」と評された場合でも、「わびつつは偽にだにたのめよとおもひし事を今夜しりぬる」（臨期違約恋四番・右勝・実家）という、『月詣集』・『玉葉集』に選ばれた歌などをこそ採るべきであったと思われるのに、あえて採らなかったところに、「住吉社歌合」の路線とは異質の俊成の批評・撰歌意識を読み取らねばならないであろう。当歌合がこうした実態を示す背景には、やはり場の問題があったと思われる。中村文「建春門院北面歌合をめぐって」（和歌文学研究・第62号、平成3・4）は、当代政治情勢・歌壇情勢の微視的分析的考察を通じて、歌林苑的風雅志向の側面を包含する平安末期後白河院・高倉朝時代の文化質を、単に「俊成を頂上とする文芸性によってのみ文化状況を解読し」てはならないことを説く論考であるが、この論考の主旨に沿って、当歌合の出詠歌・判詞内容を解読することができるように思われることが、そうした見方の妥当性を保証している。

「住吉社歌合」の路線を押し進めたのは、やはり道因法師勧進による社頭歌合の承安二年（一一七二）「広田社歌合」であったといえる。「をかし」の使用率も「重家歌合」や「建春門院歌合」よりずっと少なくなっているが、『千載集』入集歌は、

1おしなべてゆきのしらゆふかけてけりいづれさかきのこずゑなるらん（社頭雪四番・左勝・実国）

左歌、ゆきのしらゆふかけてけり、といへるこころすがたまことにとほしろく、よままほしきさまにも侍るかな。

2けふこそはみやこのかたの山のはもみえずなるをのおきにいでぬれ（海上眺望九番・左持・実家）

左、みやこのかたのやまのはもみえずなるをの、といへるなにとなくこころぼそき心ちしてうたのすがたもめづらしくこそ侍めれ。

3はりまがたすまのはれまにみわたせばくもゐになみのたつかとぞおもふ（海上眺望十一番・左持・実宗）

左、すまのはれまにとおき、くもゐになみのなどいへるこころすがた、いひしれるうたとみえていとをかしくこそ侍れ。

4はるばるとおまへのおきをみわたせばくもゐにまがふあまのつりぶね（海上眺望十二番・左勝・頼実）

左歌もじつづきうるはしくくだりて、くもゐにまがふあまりのつりぶね、といへるすゑのくもいとよろしきうたとこそきこえ侍れ。右歌はこころありてをかしくはきこえ侍るを、……うたざまはをかしくも侍れどうたあはせのときはすがたをさきとしなんをのぞく事なれば、なほ左のかちにやとみえ侍るなり。

5あはれてふ人もなき身をうしとてもわれさへいかがいとひはつべき（述懐八番・右持・盛方）

左、のりのをしへをそむきつつ、といへるすがたいとをかしくこそ侍めれ。右歌かやうのこころなるうたはすこしききなれたるやうには侍れど、われさへいかがなどいへるすがた、これもいとあはれにきこえていづれともおもひわきがたく侍れば、なほ持と申すべきにや。

「をかし」き点が評価されて採られたのは、3一例のみなのである。4・5は相手方の「をかし」き歌を差し置いて選ばれた場合であり、特に5の「いとあはれにきこえて」とある歌境は、2の「こころぼそき心ち」する歌を選んだこととともに、当歌合における俊成の撰歌意識が「住吉社歌合」の延長線上にあることを証している。ただ「住吉社歌合」と同様、ここでも、「ことばをいたはらずして又さびたるすがたひとつの体に侍めり。…幽玄にこそみえ侍れ」「みおきうなばらなどいへるすがた幽玄の体にみえ侍めれば」「すがのはしのぎなどいへるすがた幽玄にこそきこえ侍れ」と評された、「むこのうみをなぎたるあさにみわたせばまゆもみだれぬあはのしまやま」（海上眺望二番・左持・実定）「こぎいでてみおきうなばらみわたせばくもゐのきしにかくるしらなみ」（同上八番・右持・盛方）「かづらきやすがのはしのぎいりぬともうきなはなほやよにとまりなん」（述懐二十八番・右持・浄縁）などが採られていないことは問題である。この頃の「幽玄」という評語に俊成の最高理念の発現を認めることには疑問もあり（藤平春男『新古今歌風の形成』〈明治書院、昭和44〉のち『藤平春男著作集』第1巻〈笠間書院、平成9〉として改訂版刊行など参照）、必ずしも決定的論点とはなり得ないかも知れないが、なお「ながめやるとおきて、なみぢははてもなしとこそきけ、といひすてたるすがたいとをかしくこころもあはれにこそみえ侍れば」と評され、「いひすてた」表現によってかえって余情味豊かとなる哀寂風の歌「ながめやるこころをさふるゐじまかななみぢははてもなしとこそきけ」（海上眺望十四番・右勝・道因）などが採られていないことをも勘合すると、俊成の批評意識と撰歌意識との間には何程かの乖離があったようにも思われる。撰・採歌の最終的決定には、集の配列構成や作者入集歌数の妥当性などの制約があり、そうした面を考慮すると、前記の『千載集』編纂と『打聞』との関係定位に関する三通りの分類整理中(2)はやはり成立し難く、(3)とせざるを得なかったのであって、とすると、この両意識の乖離が『打聞』編纂時のものか『千載集』編纂時のものかまでは不確かであるが、どちらの場合であっても、各歌合判者としての俊成と『千載集』撰者としての俊成とはまったく同じ顔を示しているわけではない。現代のわれわれの鑑賞眼に従えば、『千載集』撰者としての俊成はその立場で完全には燃焼し尽くしていないように思われるのである。

とまれ、以上三種の歌合についてみると、細かくいえば批評意識と撰歌意識のずれはあるが、そのことを含めても、大きく捉えるとそれぞれの歌合の場を背景にしての加判であったという側面が著しく、その批評意識に基づく撰歌であったという基本的見方を否認することは難しいであろう。そして、このような見方は、『千載集』の撰歌作業が具体的には各歌合張行時の撰・採歌の集成的性格をもつ草稿段階の『打聞』をも有力資料、あるいは土台として行われたことを立論しようとする、私見につながっていくのである。

各歌合判者としての俊成と『千載集』撰者としての俊成とのいうなれば齟齬は、実は翌承安三年「三井寺新羅社歌合」に最も端的に現れている。「をかし」の使用率は前掲表(1)の如く低率であり、「艶」「幽玄」「ふるまふ」など注目すべき評語も用いられているが、『千載集』入集歌零首という歌合なのである。「此両首、とりどりにをかしくこそ見え侍れ。左風体、尚故実いひしりて見ゆ。右はことなくいひくだしたるさまながら、新羅の御前より眺望し下したらん、さこそは侍らめと見るやうに侍るうへに、棹歌一曲釣漁翁といへる詩のこころおぼえて、心ぼそく聞ゆ。右、いささかは勝り侍らん」と評された「からさきや志賀の浦わに月すめばはるかにうかぶ沖のつりぶね」（二十一番湖上月・右勝・観宗）など、金葉・詞花の叙景的詠風を承けての千載風という視点からは採られてもよさそうな一例であり、こうした歌をもかなり含む歌合でありながら、一首も採られていない。不審というべきだが、その理由は、元来三井寺関係歌合は六条藤家歌人との縁が深く、当歌合でも、左方歌人たちが季経に代作を依頼していることを説く『平安朝歌合大成八』の解説を参照すれば、表(1)で明らかとなった、六条藤家歌人判の歌合を完全に無視した『千載集』編纂の原則に照らして理解すべきもののようである。俊成は、自判歌合であり、そのなかにしかるべき歌が含まれていても、六条藤家と関係の深い歌合はかなり徹底して採歌源とはしていないのである。後年、「この千載集はただ我が愚かなる心ひとつによろしと見ゆるをばその人はいくらといふ事もなく記しつけて侍りし程にいみじく会釈なく人すげなかるべき集にて侍るなり」（古来風躰抄）と述べた撰歌方針は、厳しくいえば偽りである。『千載集』は千載集時代の完璧なアンソロジーではなかった。

五

その後、治承二年（一一七八）「別雷社歌合」の場合はどうであったろうか。「をかし」の使用率は、前掲表(1)の如く再び増加気味であるが、『千載集』入集歌についてみると、

1年をへておなじ桜の花の色をそめます物は心なりけり（花二十一番・左勝・公時）

左、おなじ桜の花の色を染めます物はといへる心すがたいとをかしくも侍るかな。…左歌なほめづらしくもみえ侍れば左勝つべきにや侍らん。

2花ざかり四方の山べにあくがれて春は心の身にそはぬかな（花二十三番・右負・公衡）

左右の花ざかり、共に宜しくみえ侍るにとりても、右はなほ春はこころのなどいへるわたりいとをかしくおぼえ侍るを、あくがれながら花のもとにしもむかはぬにやとぞみえ侍るうへに、左歌まことに社の花をめでたることや、もし勝とも申すべからん。

3位山はなを待つこそ久しけれ春の宮こに年をへしかど（述懐八番・左勝・実守）

左歌、花をまつこそひさしけれといひて、春の宮こに年をへしかどといへば心すがたまことに宜しくも侍るか

な。

4世の中のうきは今こそうれしけれ思ひしらずはいとはざらまし（述懐十八番・右持・寂蓮）

右もことなるよせありてはみえ侍らねど、歌姿文字つづき優に侍るなるべし。

5すべらぎのねがひを空にみてたまへわけいかづちの神ならば神（述懐三十番・右勝・重保）

右の歌、祈精するには聖主万年之栄、かけたてまつるとては下社上社之恵、こころことばかたがたかけまくもかしこし。ねがひをそらになどいへる心尤是祝言。是叶神慮歟。仍為勝。

の如く、「をかし」き故に採られたのは五首中の一首に過ぎず、「広田社歌合」に近い傾向を示していることが注目される。ただし1は、桜花に対する年々の心の深まりというわば〈不変の変〉を詠む「めづらし」さが称揚されている場合であるが、2は、特別の目新しさもない陳腐な趣向歌の「春は心の」という詞の続けがらに興趣を催している場合であり、内容的には連続性が乏しいといえよう。

当歌合は、それまでの歌合とはやや異なる事情を内包している。清輔没後歌壇の第一人者となり、かつ重病出家後に乞われて判者となったこの歌合は、あるべき和歌への志向に基づく批評態度において『千載集』編纂態度と基本的に整合しているとみてよく、事実そのことを証する判詞もかなり目につくのである。「優」「艶」「あはれ」また「いひしりたり」と称揚される反面、「俗」「褻」の歌が非難される点、本歌取技法への肯定的言及が多い点、さらに俊成独特のいわゆる構成批評によって「心姿」の「をかし」さを称揚する場合が多い点など、注目されよう。そうした立場からいうと、1・3は構成批評の実践例としてまた4は「歌姿文字つづき優」なる場合としてもっともな撰歌であるとしても、2は、負歌と判定されていることからみても当歌合の批評意識と撰歌意識のずれを示している場合である。

この2については、どのように考えるべきなのであろうか。当歌合が『打聞』編纂期間のおそらく最終段階に位置していることもあり、あるいは『千載集』編纂時における採歌であった可能性も否定し切れまい。しかし翌治承三年の「右大臣家歌合」で「心深く姿をかし」き歌などを主に撰歌した意識傾向と比べて、「さてもいとはぬなどいへる心いとをかしくあはれにこそ侍るめれ」と評された「とにかくに浮世を夢と知りながらさてもいとはぬ我やなになる」（述懐一番・左勝・隆季）などを採らず、2の歌などを採る撰歌意識を同時のものとすることには抵抗がある。負歌と判じた直後の撰歌とすることにも疑問は残るが、今はこの立場を取っておきたい。たとい『打聞』の事業が重病出家や九条家和歌顧問就任という身辺の変化によって頓挫していたとしても、歌合張行後に何らかのかたちの撰歌が一種の惰性としてなされていたとする方が穏やかであろう。

六

以上、検証を重ねてきた如く、俊成自判歌合に限っていうと、それぞれの成立時に何らかの撰歌がなされて、それが『打聞』延いて『千載集』を構成する歌となっていく実態を、一応推測し得たように思われる。「重家歌合」から「右大臣家歌合」ないし「御裳濯河歌合」まで、約十三年間ないし二十年間にわたる各歌合が、出詠歌においても判者の批評意識においても、完全に等質であるはずはない。また、各歌合自体の批評意識と撰歌意識との微妙な差異や歌合間の批評・撰歌意識の差異も認められた。『新古今集』の編纂が、複数撰者といいながらも後鳥羽院を核とした求心的撰集事業であったのと比較すると、俊成単独撰でありながら、前節までに述べたような、各歌合張行毎の撰歌を資料とする『打聞』を土台として、長期に渡る断続的撰歌の集成体であるともいえる『千載集』は、より多様な作風を包含する集として現出することになったのである。一例を示すと、

きよみ潟せきにとまらで行く舟はあらしのさそふ木のはなりけり（建春門院北面歌合〈千載・秋下〉）

紅葉ばのみな紅に散りしけば名のみなりけり白河の関（同右〈千載・秋下〉）

はるばるとおまへのおきをみわたせばくもゐにまがふあまのつりぶね（広田社歌合〈千載・雑中〉）

霞みしく春のしほぢを見わたせばみどりを分くるおきつしらなみ（右大臣家歌合〈千載・春上〉）

など、いずれも『千載集』を彩る叙景歌であるが、前二者と後二者との歌境の差異は歴然たるものがあろう。「千載おちしづまり誠に勅撰がらはめでたく候」（越部禅尼消息）と評せられる反面、「詞花千載大略後拾遺の風なるべし」（長明無名抄）あるいは「詞花千載両集の比ほひより誹諧の姿みだれまじはり」（源承和歌口伝）など評される多面性となって現前することになったのである。「千載集こそはその人のしわざなればいと心にくく侍るを、あまりに人にところをおかるるにや、さしも覚えぬ歌どもこそあまた入りて侍るめれ」（無名草子）という批評も、六条藤家歌人判の歌合を撰歌資料から除外し、自判の場合も、各歌合成立時でのその都度の撰歌が『千載集』の基礎資料として累積されていったプロセスを考えれば、むしろ当然のことだったかも知れない。

ところで、歌合類がこのようであったとして、百首和歌類はどのようであったのだろうか。結論からいえば、基本的にはやはり『打聞』資料としてその成立時に近い時点での採歌と考えてよいかと思われるのである。それは、これら百首和歌の『千載集』入集歌と『古来風躰抄』所載の『千載集』秀歌とを、比較考察することによって得られる知見である。

『千載集』では、「堀河百首」歌七七首・「久安百首」歌一一六首・「右大臣家百首歌」一五首という分布であるが、『古来風躰抄』の『千載集』秀歌四五首中、「堀河百首」歌は八首、「久安百首」歌は九首、「右大臣家百首」歌は零首となっている。両者を比較し、その比率においてかなりの相違を示していることが判るであろう。「右大臣家百首」からの『風躰抄』採歌が皆無であることは不審であるが、おそらく建久七年（一一九六）の政変による九条家失脚という政治的問題が絡んでいるであろうと考えるべく、とすると、『千載集』採歌時と『古来風躰抄』採歌時とで、撰歌意識の差があったことを認識しなければならないことになるのである。「右大臣家百首」の場合はその差が極端に現れたのであるが、「堀河百首」の場合にも純粋な和歌次元の問題としてある程度当て篏まるように思われる。すでに谷山茂著作集三『千載和歌集の周辺』（角川書店、昭和57）に説かれている如く、「堀河百首」からの『千載集』入集歌中には、

わぎもこがそでふる山も春きてぞかすみのころもたちわたりける（春上・匡房）
よもの山にこのめはるさめふりぬればかぞいろはとや花のたのまん（春上・匡房）
まぶしさすしづをの身にもたへかねてはとふく秋の声たてつなり（恋四・仲実）

など金葉・詞花的印象の歌も含まれているが、『古来風躰抄』に採られたのは、

道絶ゆといとひしものを山里に消ゆるは惜しきこぞの雪かな（春上・匡房）
煙かと室の八島を見しほどにやがても空の霞みぬるかな（春上・俊頼）
春日野の雪を若菜に摘み添へて今日さへ袖の萎れぬるかな（春上・俊頼）
照射する宮城が原の下露に忍ぶもぢ摺りかわく間ぞなき（夏・匡房）

など千載的静寂風といってよい歌ばかりなのであり、撰歌意識の相違をやはり認めなければなるまい。『千載集』成立時から『風躰抄』までは約十年の歳月を隔て、建久期という新旧歌風対立の激化した時期を経ているだけに、俊成歌観の変化ないし深化も考えられねばならないが、『千載集』の時点においてすでに、集の主調である静寂風あるいは哀寂風を確認しようとする立場からは違和感を与える歌が採られていることは、それ以前おそらく『打聞』編纂着手時頃になされた採歌であったが故であるとして、より穏当に理解することができるのではなかろうか。

もっとも、「堀河百首」・遇不逢恋題の「呉竹のあなあさましの世の中やありしやふしのかぎりなるらん」（基俊）を『千載集』で初句「笛竹の」に改め誹諧歌に入れているのは、これが百首成立時からの採歌であったのか、誹諧歌小部立設定時での採歌であったのかは不明として、ともかく『千載集』編集時に最終的手直しがなされたことが十分

に想定されるべく、その時点ですべての歌の採歌が正式に決定されたのであり、それまでの断続的撰歌の過程は一挙に同列化されることにもなる道理である。しかしなお、最初時における撰歌の内容が、何らかの痕跡を残し名残りをとどめることもあり得よう。「堀河百首」の場合も、前述の如き視点から、第一次的には『打聞』編纂開始頃に一応の撰歌がなされ、第二次的には『千載集』編纂時に、第一次撰歌内容の制約から完全には自由になれないかたちで、正式採歌が決定したと推察することが許されそうである。第一次撰歌の内容が後々まで影響を残すところに、諺にも〈最初が肝心〉といわれる人間的営みの面白さあるいは限界について、物思わせられるものがある。俊成判歌合の場合と同様であった。

「久安百首」の場合も、『千載集』入集一二六首のすべてが採るに値する秀歌ばかりとは限らないところに、同様の事情が察知される。一例を挙げると、「神がきのみむろのやまは春きてぞ花のしらゆふかけて見えける」（春上・清輔）「あかでゆくはるのわかれにいにしへの人やう月といひはじめけむ」（夏・実清）など、俊成判歌合の他の歌をもって代替させることの十分にできる、平凡な趣向歌のように思われるし、「春の夜はふきまふ風のうつりがをきごとにむめと思ひけるかな」（春上・崇徳院）なども、誹諧歌に配してそれほど違和感を与えない歌であろう。そもそも『古来風躰抄』で、「堀河百首」より一首多いだけの九首しか採っていないことが、そうした見方の傍証となっているのではなかろうか。『風躰抄』では俊成自身の秀歌を採ることを抑制しているので、それが少数撰歌の一因となる面もあったろうが、根本的には、『打聞』編纂のための第一次撰歌数が、崇徳院歌壇での記念すべき百首であるとの思い入れによって、必要以上に多過ぎたことの付けが、このような結果となって現れたのであろう。そして、この必要以上の多数歌入集が『千載集』歌風の多様化をいっそう強めることにもなったのである。

「右大臣家百首」についていえば、周知のように秀歌精選の観がある二十五首入集という数字は、『打聞』との関係意識も弱くなり、『千載集』編纂時点に近いが故の批評・撰歌意識の類同性による結果だったのではないかと解しておく。

七

前節までの論述によって明らかにしたように、『千載集』に見られる作風・歌境の多様性は、俊成が意図的に構想した結果ではなく、俊成自判歌合や百首和歌それぞれの成立時におけるいわば一次的撰歌の痕跡としてもたらされる面が大きかった、と考えられる。さらに、そのような結果がもたらされたについては、新古今調を創出した後鳥羽院歌壇のようには統一されていなかった、清輔や俊成を領導者とする平安末期歌壇の状況が、背景的大状況として考えられねばならないようである。俊成自身「…しほぢはるかにおくあみのひきひきなる人のこころなれば、あまのうけふねこころひとつにさだむることはありがたくなむある。（中略）おなじうたなれども、人の心よりよりになむあるうへに…」（住吉社歌合跋文）という認識を有していたのであり、当時の歌界には、歌人たちの多様な歌観・作風が混在していたといえよう。そうした平安末期和歌史の流れのなかで、その時どきの自判歌合・百首和歌に『打聞』撰者として対処した俊成は、もちろん先述の如く、あるべき和歌を模索する強い意志を堅持していたのではあるが、同時に時代の子であったという側面もまったくは無視できず、同時代歌人たちの多様な歌観・作風の影響を知らず知らずに受けて、撰者の眼をいうなれば曇らされる結果となっていたのである。このようにしてなされたその時どきの撰・採歌の集成としての『千載集』が、その過程のしからむるところ、『新古今集』のような比較的統一体として現出しなかったのは、むしろ当然であった。

以上述べきたったような視点からいえば、「…かつはこのむ心ざしをあはれびかつはみちをたやさざらむために、かはらのまどしばのいほりのことのはをもみるによろしくきくにさかへざるをばもらす事なし」（千載集序文）とある立言は、結果的に多様性を招来したことの弁解の辞とも取れるし、「千載集は、…いみじく会釈なく人すげなかるべき集にて侍るなり。しかれども今はその事力及ばぬことになんありける」（古来風躰抄）とある述懐は、謙譲の外交辞令ではなく、良心的立場での苦い反省の弁のようにも読み取れるのである。また同じ『風躰抄』に、「千載集はまた愚なる心ひとつに選びけるほどに、歌をのみ思ひて人を忘れにけるに侍るめり。されども後拾遺のころまでの歌の数多く残りて侍りけるなん集の冥加には見えける」とあるのは、前半は第四節で触れたように真実の表明ではなく、後半は、私に説くその時どきの断続的撰歌のマイナス的痕跡をカバーすることになった、『千載集』編纂時の採歌にかかる一条朝頃の歌群の役割に対する、掛け値なしの賛辞あるいは謝意を表明しているようにも思われる。

『千載集』中の勅撰集重出歌は、九首ある。そのうちに、俊成が被見したと思われる再度本『金葉集』にはなく、初度本や正保四年板本にのみ見える歌が四首含まれるが、これらは厳密には重出歌といえないであろう。『金葉集』関係で問題になるのは、再度本諸本に見える「よの中はうき身にそへるかげなれや思ひすつれどはなれざりけり」（千載・雑下・俊頼）だけである。また『拾遺集』関係では、俊成が撰歌資料とした『拾遺抄』にはない『拾遺集』との重出歌が三首見えるが、これらも厳密には重出歌といえまい。他の一首は、『詞花集』諸本に見える「竹の葉にたまぬく露にあらねどもまだ夜をこめておきにけるかな」（千載・恋四・実方）という、これは真の意味での重出歌である。俊頼歌は、長歌の反歌として必要と意識された事情が考えられるので、問題は実方歌一首のみに絞られてくる。重出理由の考察は紙幅が許さないが、この『詞花集』歌の作者実方は拾遺歌人なのである。「後拾遺のころまでの歌の数多く残りて侍るなん集の冥加」（前掲）という具体例となる一首であろう。精彩に富む集を編むためには、そもそも批判の対象たるべき『詞花集』歌との重出をもあえて避けなかった、撰者俊成の苦心の跡を認めたいとは思うのである。

『千載集』は、第一節で想定した『打聞』（三五代集か）との三通りの関係定位のうち、やはり(3)のプロセスを踏んで成立した。すなわち『千載集』は、あるべき勅撰集を志向しながら、『打聞』という約二十年に渡るその時々の撰歌の痕跡をも曳きずって成立したのである。それなりの〈生みの苦しみ〉を伴っていたといえよう。ただしもちろん、『千載集』の評価が、一般にその真骨頂を切って血を流させる批評の礼義に従うべきことは、いうまでもない。『千載集』への道は、『新古今集』への道にもちろんつながってはいるのである。

第四章　「藤原俊成筆自撰家集切」考

一

平成八年四月四日〜九日、松坂屋大阪店七階大催事場で開催された財団法人日本書芸院主催の創立五十周年記念書芸院展の際に、特別展観として「日本・中国の名蹟展」も併催され、藤原俊成筆の古筆断簡類も、了佐切・昭和切・日野切などのほか「自撰和歌集切」と呼称されての古筆切が出品された。

該品は、本紙縦三〇・一センチ、横三一・〇センチ。総丈縦一三三センチ、横五〇センチの軸装一幅。料紙はやや厚手の斐紙。掲出縮小写真のごとく「雑謌」と端作りし、和歌八首が各二行書きされている。この古筆切は実は決して新出資料ではない。呉文炳氏の旧蔵で、その後藪本荘五郎氏の所蔵するところとなったが、小松茂美編『古筆学大成・25』などにもくわしい解説を付して載せられている。またすでに『月影帖』（田中槃薄堂、明治41）にも載り、伊井春樹編『古筆切資料集成・巻三』（思文閣出版、平成元）がこれを翻字収載しているのである（ただし八首中の最初の五首）。今この八首を、仮に歌番号を付し、翻字して示す（次頁参照）。

ところで、この雑謌八首についてみると、一つの大きな疑問に突き当たらざるを得ない。それは、第六首目に位置する「おしめともなみたハ月に」歌が、実は俊成歌ではなく俊成卿女歌ではなかったかと思われるからである。すなわちこの歌、『新古今集』雑下部に、

（和歌所にて述懐のこころを）　　皇太后宮大夫俊成女

をしむとも涙に月も心からなれぬる袖に秋を恨みて（一七六四・新編国歌大観本）

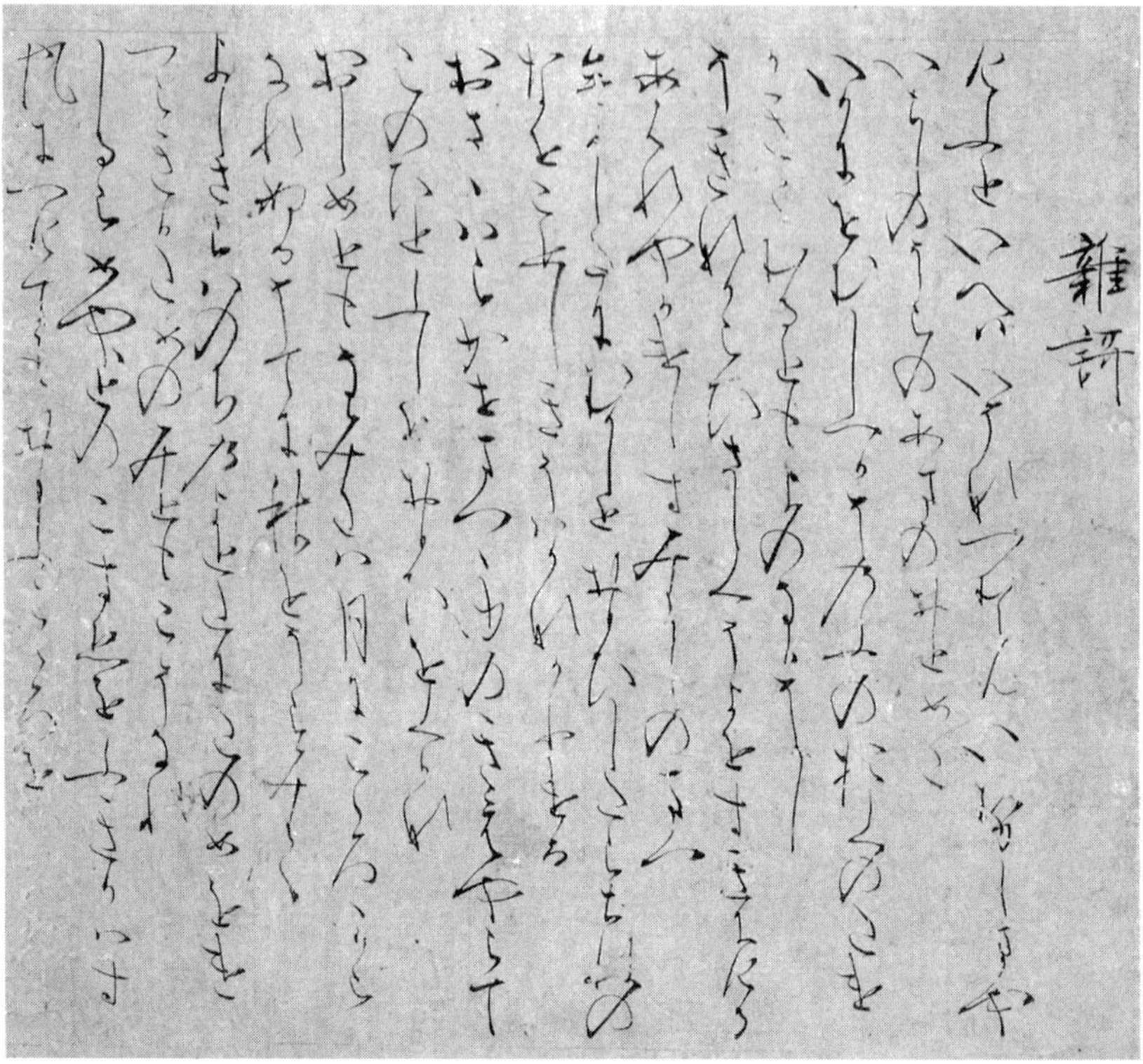

雑　訶

(1)けふといへハいそなつむらんいせしまや
いちしのうらのあまのおとめこ
(2)いかにせむしつかそのふのおくのたけ
かきこむるともよのなかそかし
(3)うきなからひさしくそよをすきにける
あはれやかけしすみよしのまつ
(4)むかしたにむかしとおもひしたらちねの
なをこひしきそハかなかりける
(5)おさゝハらかせまつゝゆのきえやらて
このひとふしをおもひをくかな
(6)おしめともなみたハ月にこゝろから
なれぬるそてに秋をうらみて
(7)よしさらハのちのよとたにたのめをけ
つらきかためのみともこそなれ
(8)しるらめや、とのこすゑをふきかハす
風につけてもおもふこゝろを

として載る俊成卿女歌である蓋然性が高く、とすると、その詞書に徴して、建永元年（一二〇六）秋八月和歌所で催行された「卿相侍臣嫉妬歌合」での出詠歌であることになる。俊成薨後二年のことであり、当然切入歌としての『新古今集』入集であった。この歌は、『俊成卿女集』にも「和歌所にて述懐のこころを　をしむとも涙に月も心からなれぬる袖に秋をうらみて」として、収められている。字句に多少の異同はあるが、「俊成筆自撰家集切」（仮称。以下この称を多用する）の第六首目の歌と変わりがないといわざるを得まい。

もしこの「俊成筆自撰家集切」が、俊成筆跡を模倣しての偽物であるならば、事柄はいかようにも簡単に解決できるであろう。定家だけでなく俊成にもその筆跡を模倣した後世の偽物はかなりあるし、俊成と俊成女との作者名も類似する。たとえば偽物制作過程で、凡ミスのため俊成卿女歌が紛れ込んでしまったのだなどと、処理することもできるのである。

したがって論を進めるためには、この古筆切が真に俊成の手に成るものであるかを確定することが、先ず必要となる。小林強「中世古筆切点描―架蔵資料の紹介―」（仏教文化研究所紀要・第三六集、平成9・11）には、「藤原俊成筆日野切の模写切」が根津美術館蔵の真物と並べて見分けがたく掲載されている。こうした学習的模写の場合も含めると、俊成筆かどうかの真贋鑑定は慎重さを要する難しい仕事であるが、『月影帖』制作者である吉田知光・田中親美両氏や呉文炳氏ら手練れの認定は尊重されるべく、私に試みた真物日野切などとの比較考察の結果も、俊成真筆を疑わねばならない点は見当らない。この俊成筆古筆切を一先ず真物として扱うことは、許されるでろう。

ただ、端作りに「雑謌」とある表記については、なお一考の要がある。俊成自筆に限っていえば、同表記の例を他に見ないからである。自筆本『古来風躰抄』や住吉切・日野切など、ほとんど「哥」を用い、自筆伝本の現存する資料類でも「哥合」などと「哥」を用いる場合が多い、けれどもこのことをもってこの俊成筆古筆切を直ちに偽物と判定することはやはりできまい。同時代的に検すると慈円筆古筆切に「新古今和謌集巻第七」、伝良経筆古筆切に「千載和謌集巻第十」、為家筆古筆切に「新古今和謌集巻第三」などとあり、「続後撰和謌集巻第一」（冷泉家時雨亭叢書6参照）、「新古今和謌集巻第一」（同上叢書12参照）などをも勘合して、俊成が「雑謌」と記した可能性が絶無ともいえないのである。因みに、「建久二年俊成本古今集」や「俊成卿九十賀和歌」など俊成関係文献の伝本類には、しばしば「謌」字が用いられている。

二

ならば、「俊成筆自撰家集切」の第六首目「おしめとも」歌の問題は、どのように考えたらよいのであろうか。実際に俊成歌であるとすると、俊成薨後にこの歌の存在を知った俊成卿女が、あたかも自詠であるかのごとくに扱い、建永元年の「卿相侍臣嫉妬歌合」に出詠し、切継期の切入歌として『新古今集』に採られたということになるかも知れない。現代的にいえば盗作であるが、後述のごとくそう単純には扱えない面があり、こうしたケースも皆無ではなかったであろう。

もっとも、問題はこれで解決したのでなく、関連するいくつかの疑問点を突き付けてくる。この「雑謌」八首の第一首目から第五首目まで、順に、「けふといへハ」歌は「五社百首」歌、「いかにせむ」歌は「述懐百首」歌、「うきなから」歌は「住吉社歌合」歌、「むかしたに」歌は「五社百首」歌、「おさ、ハら」歌は子息定家の中将転任のことにつき範光許に贈った生活歌として、『源家長日記』にも載る歌であり、いずれも俊成歌として出所明らかであるのに対し、この第六首目「おしめとも」歌は出典を指摘できず、俊成歌であることを示す痕跡を何も残していないことを、どう考えたらよいかという疑問点である。強いていえば、異本俊成家集『続長秋詠藻』に載ることだけが俊成歌であることを示す根拠となるが、この水府彰考館文庫蔵『続長秋詠藻』には、他にも、

風かよふねさめの袖の花の香にかほる枕の春の夜の空

おのれのみはるをやひとり忍山花にこもれる鶯の声
ひかりさす里を尋てすむ月の影をみかける玉河の波
橋姫の氷りの袖に夢絶てあしろうちそふ宇治の河波
氷りゐるしかの浦はにゐる田鶴の千代のつはさにはらふ白雪
小夜千鳥八千世をさそふ君か代にあふくま河のしき波の声
へたて行よゝの俤にさ《本》くらし雪とふりぬる年のくれかな
ほしわひぬあまのかるもに袖《ママ》たれてわれからかゝる袖の浦波
俤のかすめる月そやとりけるはるやむかしの袖のなみたに
はかなしや夢もほとなき夏のよのねさめはかりの忘かたみは
したもえにおもひ消なむ煙たにあとなき雲のはてそかなしき

など、本文に多少の異同はあっても、俊成卿女歌とされている歌どもが見えるのであって、もし俊成「おしめとも」歌を俊成卿女が借用したのだとすると、これらもすべて同様のケースとして整合性を図る必要性も生じてくるといえるのである。事は大きくなり、迂闊に決定することは難しい。俊成最晩年の詠作の数々を含む異本『続長秋詠藻』は、俊成卿女が自身の歌として借用し、後世それが定着してしまった歌をも、おそらくは俊成最晩年歌と重なることも多い形で有する、貴重な家集であるとするか、あるいは逆に、この異本『続長秋詠藻』は俊成卿女歌をかなり混在させた杜撰な家集であるとするか、あるいはまた両要素を有する家集とするか、根本的判断を強いられることになるのである。[1]

性急な解決は、急ぐまい。もう一度この古筆切「俊成筆自撰家集切」自体に眼を移し、観察してみよう。すると、新たな疑問が生まれてくる。それは、端作り「雑謌」とあるこの八首中の末尾二首は恋歌であり、事実、第七首目は

『新古今集』恋三部に第八首目は二十一代集最後の『新続古今集』恋一部に採られていることを、どう考えたらよいかという疑問である。今は第六首目をめぐる疑問の解決は後廻しにし、この新たな疑問点について考えることにしたいと思う。二つの疑問点を相関的に絡み合わせて考えることにより、二つながらに氷解するということも、あり得るからである。

三

幸い、後者の疑問点は、この古筆切「雑謌」八首のツレと目すべき古筆切が、やはり藪本氏の私製手鑑中に存在していたことにより、解決の糸口を得られることになった。難問を解くための鍵ともなった、この古筆切は、縦三〇・八センチ横一五・〇センチで、料紙は「雑謌」八首の場合と同じく、斐紙。和歌四首が各二行書きで記されているのも同様の形態である。今、その縮小写真を掲げるとともに、翻字して示すと次の如くである。

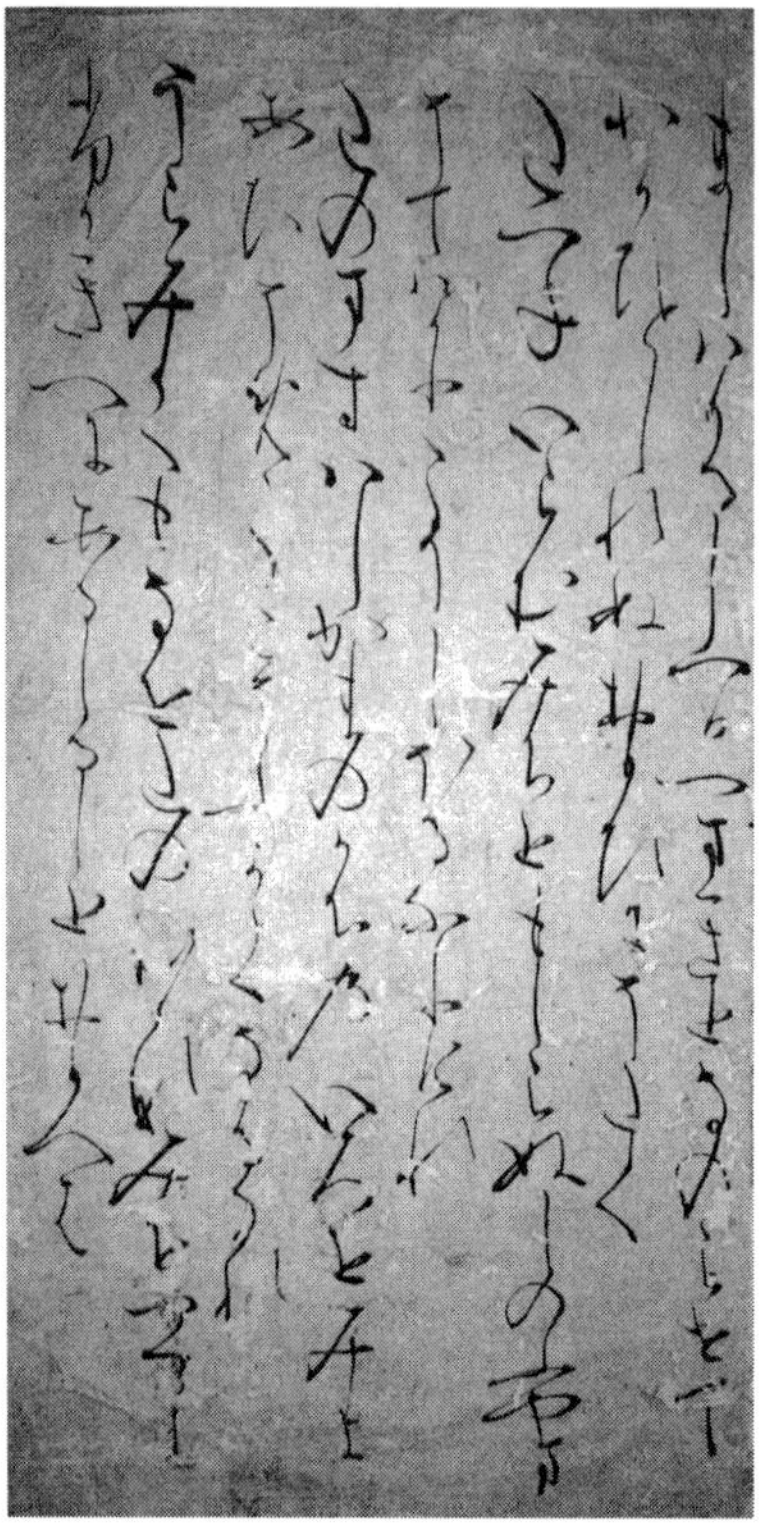

(9)ましハかるしつかつまきとなのらせて
　わかひとしれぬおもひにそたく
(10)たつねいらむみちともしらぬしのふやま
　そてハかりこそしほるなりけれ
(11)たのますハしかまのかちのいろをみよ
　あひそめてこそふかくなるなれ
(12)うらみてもなをたのむかなみをつくし
　ふかきへにあるしるしとおもへは

(9)・(11)・(12)歌は、書陵部蔵『長秋詠藻』に載り、(10)歌は彰考館文庫蔵『続長秋詠藻』に載る。さらに、(10)歌は「千五百番歌合」出詠の俊成歌、(11)歌は「右大臣家百首」の俊成歌であり、いずれも俊成歌であることを確定できよう。(9)・(12)歌はそうした確認は難しいが、この四首とも『新続古今集』恋部に、俊成歌として採歌されている事実は、尊重されてしかるべきであろう。(2)

ところで『新続古今集』といえば、先掲「俊成筆自撰家集切」の「雑詞」の最後の第八首目「しるらめや」歌も、書陵部蔵『長秋詠藻』に載り、やはり『新続古今集』恋一部に採られていたのであり、この古筆切とこの勅撰集との関係は、「雑詞」八首をも含めてやはり熟考しなければならない問題であると思われる。

かような立場から、改めて先ず『新続古今集』の俊成歌入集状況についてみると、その全二十二首入集歌中恋部採歌は五首であるが、この五首すべてがこれらの二つの古筆切から採歌されていることになる。ならば一歩を進め、これらの古筆切を撰歌資料として措定する視点も必要となってくるであろう。そしてこの視点は、「雑詞」八首の最後の一首はあるいはこの四首の古筆切と元来一体のものではなかったか、という推察へと稿者を導くことにもなった。かくして、「俊成筆自撰家集切」を再検討することになったが、熟視の結果、第六首目と第七首目の間に幽かにではあるが切り継ぎの跡があることに気づくに至ったのである。

両古筆切を比べると、本紙の大きさに僅かな差異は見られるようであるが、切り継ぐ際に大きさ（縦の寸法）を整えればさして問題ではなく、現にそのように整合的に処置されているので、これは、稿者の想定する継ぎ目の前後が別紙であることの証拠とはなし得ない。しかし、前後紙両者それぞれに天地の界線が引かれていて、その天地界線間の長さに僅かではあるがはっきりした差異のあることが注意されるのである。すなわち、継ぎ目前紙の天地界線の間隔二六・七センチであるのに対して、後紙のそれは二六・九センチであり、微妙な相違がある。切り継ぎに際しては、天の界線を揃えているので地の界線に乱れが生じて下方にずれているのである。後紙の天地界線の間隔二六・九センチが、前掲のツレ古筆切に見られるそれと見事に一致していることを確認すれば、この後紙が元来はツレ古筆切の一部分を切り継いだものであることは、もはやいうまでもないであろう。「雑謌」八首の本来の姿は、最後の二首を除いた形のものであったと考えてみたい。

では、この切り継ぎ部分二首は、ツレ古筆切の最初部分であったのか最後部分であったのか、それとも直接には接続していない別の部分であったのか。(7)の「よしさらハ」歌が恋歌であり、(6)までの歌と同じ『新古今集』に採られていること、(8)の「しるらめや」歌がツレ古筆切四首と同じ『新続古今集』の恋一部に採られ、しかもこの四首が順に恋一、二、三、五と配列されているのと整合させられることを勘案すると、最初部に位置していたとするのが穏当であろう。想像を逞しくすると、切り継ぎ前の六首分に、「雑謌」という部立名が端作りされているのと呼応させ、(7)歌の前に「恋謌」という部立名の付されていた可能性が高いといってもよかろう。

以上考察したごとく、「俊成筆自撰家集切」は元来「雑謌」の部立名を端作りした六首分のみであった、と理解するのが正しいとせねばならない。そしてほぼ同じ頃、「恋謌」六首なる家集抄（以下、この語を用いることも多い）も作成されていたのではないか、と推測される（以下、「雑謌」六首、「恋謌」六首という呼称を用いることが多い）。

さて、俊成はこれらの家集抄をいかなる目的で制作したのであろうか。「雑謌」の六首すべてと、「恋謌」（があったとしてその）最初歌一首が『新古今集』恋三部に採られていること、「恋謌」の中に「千五百番歌合」歌が存すること、また『千載集』の俊成歌が一首もないことなどから、稿者は、単に歌だけを記す私的メモ的な性質のものではあるが、『新古今集』撰歌資料の一つとして俊成最晩年に作成されたものではなかったかという仮説を抱いている。とすると、これらの他にも、おそらく四季部なども制作されていたとするのが穏当なところであろうが、資料の発見されない今は憶測を慎まねばならない。これらの撰歌資料は、多分俊成の手から撰者の一人であった息男定家に渡され、取捨選択の委任があったものと思われる。以下この立場で考察を進めてみるが、(6)の「おしめとも」歌は、もちろん俊成みずから自歌として採り、書写しているとしてもよいのである。

四

俊成の撰歌資料を受け取った定家は、どのように処理したのであろうか。周知のごとく、『新古今集』撰集の第一期における撰者たちの撰歌時期は、基本的に各撰者の個別的作業であったと考えねばならないので、定家の場合も、同様であったとしてよかろう。俊成の撰歌資料中現存の「雑誨」「恋誨」十二首分についてみると、定家の採歌はそれほど多くなかったように思われる。『新古今集』入集歌七首中、定家の採歌分を撰者名注記によって調べると、(2)「いかにせむ」歌、(4)「むかしたに」歌、(7)「よしさらハ」歌の三首に過ぎなかったことが判る。もちろん定家の独撰とはいえず、(2)歌は雅経、(4)歌は家隆、(7)歌は有家・家隆・雅経が撰者名注記に名を連ね、(5)歌は家隆・雅経の撰歌にかかるものであるが、これらはそれぞれの撰者による独自の資料源からの採歌であったと考えるべきであろう。(1)・(3)・(6)歌には撰者名注記がないので、いわゆる撰集第四期の切継期間における後鳥羽院主導の切入歌であったということになろう。父俊成から手渡された撰歌資料から、定家は雑歌を二首、恋歌を一首しか選ばなかった。父の委任に十分応えたともいえないが、無視したわけでもないであろう。

そもそも『新古今集』入集の俊成歌についてみると、恋歌部入集八首、雑歌部入集二十二首であって、雑歌の方が三倍近い歌数となっている。これは、『詞花集』以下の勅撰集における俊成の恋歌と雑歌の入集状況に照らして、異常な様態を示しているのである。(3)そのことをめぐる本格的考察は他稿に委ねざるを得ないが、一応確かめられる撰者名注記によれば定家の撰歌数は恋歌六首雑歌十首であって、してみると定家の俊成歌撰歌資料は、父から手渡されたこれらのメモ的家集抄以外にも多様に存在していたように思われるのである。当然定家のこれらの資料ないし採歌源に接する姿勢は、フリーハンドを堅持する主体的なものであったといわねばなるまい。

このように考えると、結果的には『新古今集』に採られている、(6)「おしめとも」歌に対する定家の姿勢も、かなり思慮深く種々多面的に配慮して行こうとするものだったのではないかと思われてくる。そして稿者は、やや飛躍的推考となるが、こうしたいわば複眼的思考のなかで、定家以外には誰も知らないはずの俊成最晩年の歌について、『新古今集』には採らないが他の仕方で世に生かす途もあるように考えはじめていたのではないか、と推察してみたいのである。その「他の仕方で世に生かす途」とは、俊成卿女歌として活用することであったと思われる。突飛な推理のようであるが、こう考える以外に、明確に俊成歌として認めねばならない歌が、俊成薨後の建永元年「卿相侍臣嫉妬歌合」に俊成卿女歌として出詠されることになった謎を解く道はあり得ないと、思量するからである。

俊成卿女は、尾張守左少将藤原盛頼と俊成女八条院三条との間に生まれ、元久元年頃には三十四歳位。建久初年源通具に嫁していたが、建仁頃には疎遠となり、間もなく別居したらしい女性である。『明月記』建仁元年（一二〇一）十二月廿八日条には、通具が定家に、新妻（後鳥羽院女房按察局＝土御門幼帝の乳母）を迎えるが旧妻（俊成卿女）を離婚するわけではないと告げた記事が見える。その後七ヶ月余の建仁二年七月十三日には、俊成卿女が院御所に出仕することになるのであるが、この出仕の世話は通具父の権臣通親によって取り計られ、「俊成卿女」という父（実は祖父）の名を冠した女房名も、通親の意向によるものであったらしい。単に息男通具との離婚問題の代償的意識によるのみでなく、「正治初度百首」以来、後鳥羽院の高い評価に支えられた俊成・定家の歌壇的名声を利用しようとする、計算高い老獪な政治家通親の思惑があったのだと説かれる。こうした事情は、稲村栄一「『明月記』片々」（島大国文・第26号、平成10・2・28）により教えられるところであるが、当時のこうした情況からすると、出仕した俊成卿女がその女房名に相応しく歌壇的にも活躍し、宮内卿がそうであるように院の覚えめでたからんことを何となく希求する心理状況が、俊成や定家にあったことは容易に察せられ、通具とてもそうあってほしいと願う立場にあったことがいえるであろう。さらにいえば、院出仕の俊成卿女をその女房名に恥じないように歌壇に登場させせようとする明確な積極的目標が、やがて俊成特に定家の意識に芽生え、徐々に強まっていたことも十分に想定できるのではなかろうか。

五

　このように考えきたると、他人未見の俊成歌を保管して置きやがて俊成卿女歌として世に問う機会を持ちたい、と定家が考えたとしても、それはすくなくとも主観的には不謹慎な所為とは決して意識されていなかったように思われる。義務感とまではいわないが、罪悪感を伴うような思案ではおそらくなかったであろう。

　しかも和歌史上、類似の現象は多々見られるところであった。たとえば代作歌は『万葉集』以来の長い歴史を持つものであり、臼田昭吾「西行の代作歌」（静岡英和女学院短期大学『紀要』第16号、昭和59・3）に、西行を中心にしてそこに至るまでの種々相が詳説されているが、それによると、清輔『袋草紙』上巻には「歌仙も晴の時歌を人ニ乞常之事也。花山院歌合之時、高遠卿令レ読二好忠一云々」とあり、俊成『長秋詠藻』にも代作例を二例数えることが判るのである。

　　おなし人宇治にて、河水久澄といふ題を講せらるへしとて、ある人のよませし時、代人て
　みなかみにちとせすめとやさためけむやそうちかはのたえぬなかれを
　　又人にかはりて
　ちはやふるうちのはしもりこと丶はむいくよすむへき水のなかれそ（私家集大成本）

とあるのがそれに当たる。こうした事例を参照すれば、俊成も、代作することに否定的ではなかったといってよかろう。だがこの場合は、名義上の作者は裏に隠れていて、実質的作者の存在が表に現れているのであり、本稿で考察している俊成と俊成卿女の場合が実質的作者名を表に出さないのとは、微妙に相違している。

　この実質的作者名を伏せた代作歌も、決して少なくはなかった。勅撰集に多数見られる読人知らず歌にそうした場

合があったことは、拙著『中世和歌文学論叢』（和泉書院、平成5）所収の「中世和歌史私論」の中に説くところがあるが、(4)「撰集の時、撰者或は古歌を引き直し、少々又自詠を読人知らずと称し、之を入るる定例なり」（今川文雄『訓読明月記』建永二年三月十九日条）とある、定家の言が端的な証言となっている。この場合、名義上の作者が「読人しらず」として表に現れているのであるが、もし具体名で記されたならば、実質的作者の影は時とともに薄れて行くことになろう。『小倉百人一首』の小式部内侍歌をめぐる定頼と小式部内侍との有名なやりとりは、こうした場合すなわち名義上の作者名を表に現す代作歌が当時実際にあり得たことの証左であり、前掲『袋草紙』も証言となる。

代作ということに拒否反応をしめす必要もなく、実質的作者名を伏せて名義上の作者名で通す事例もあるとすると、『新古今集』撰歌資料として手渡された俊成自撰家集抄に接した定家が、それらの歌のうち他者未見の俊成歌を俊成卿女歌として、いうなれば管理活用しようと考えたとしてもそれほど不自然ではない。俊成卿女の境遇はまさに前述のごとくである。歌の家御子左家を背負って行くべき立場の定家は、むしろ義務感に近い積極的思考を働かせていたのではないか、とさえ推察されるのである。

六

しかしながら、ひとたびは俊成歌として詠まれ、文書化されて作者の手を離れた歌の痕跡が、世上から完全に消え去ることは難しい。現に、実質的作者名が消え去ることを望まれていたともいえる俊成歌を含む、「俊成筆自撰家集切」が伝来していたのである。とすると、過去においてこうした資料が他者の眼に触れる機会も絶無ではなかったであろう。彰考館文庫蔵『続長秋詠藻』が、今問題としている(6)「おしめとも」歌を含むのも、決して不思議ではないといわねばならない。この異本『続長秋詠藻』を後世編纂の杜撰な家集として評価することは、やはり許されないのではなかろうか。

ただしこの異本家集の正当な評価に至るためには、なお考察すべき問題が多い。たとえば、この異本家集中の「千五百番哥合之百首」の「春二十首」中に、先述のごとく、

風かよふねさめの袖の花の香にかほる枕の春の夜の空

という、結句に異同はあるが、やはり「千五百番歌合」出詠の俊成卿女歌で『新古今集』にも採られた、「かぜかよふねざめのそでのはなのかにかをる枕のはるの夜の夢」（一二〇番・右歌）と同一歌と認められる歌が見られて、その意味を問いかけるのである。(6)「おしめとも」歌をめぐり考察してきた結論に従うならば、この場合も当初俊成の「千五百番歌合百首」の草稿的なものには、「風かよふ」歌が含まれていた一時期があったと考えねばならないと思うのであり、とするとやはり、この百首詠進を求められていた俊成卿女を支援して好首尾の結果を出したいと希望していたはずの、俊成と定家の話し合いによる供出という線が浮かびあがってくる。このいかにも女性らしい、というより女性の立場になって詠んだ歌は、俊成卿女歌として供出するのにまことに相応しかったといえよう。現存の俊成「千五百番歌合百首」では「風かよふ」歌がなく、一番ずらして、

いまはわれよし野の山に身をすてんはるよりのちをとふ人もがな

に差し換えられているが、おそらく慌ただしい差し換えの一幕があったろうと想像されるのである。こうした一幕の演出主導者は、もちろん定家であったように思われるが、「正治初度百首」詠進の際には俊成と定家とが互いの歌を見せ合うなど、事前の情報交換をかなり緊密に行っていたらしい(5)ので、この場合も俊成が相当に深く関与していた可能性が高い。ただ、『新古今集』に採られた際の撰者名注記が雅経とのみあり、定家の名がないことは不審ともいえるが、演出者定家としては表面的に目立たない工夫もしなければならなかったのであろう。

彰考館文庫蔵『続長秋詠藻』には、なお他にも前掲のごとく九首の俊成卿女歌ともされる歌が含まれているのであるが、これらは、建仁元年「仙洞句題五十首」歌一首、建仁二年「水無瀬殿恋十五首歌合」歌二首、承元元年「最勝

四天王院障子和歌」歌三首、建保三年「内裏名所百首」歌二首、他一首などであり、多くはその作詠の場を示す詞書を付して収められている。俊成生前の歌もあれば薨後の歌もあるということになるが、これまでの考察と同様の事情を想定するならば、前者は「颪かよふ」歌、後者は「おしめとも」歌の場合と同様に考えることになる。前述のごとく、『新古今集』撰歌資料としての「俊成筆自撰家集切」であるならば、「雑詞」六首「恋詞」六首のみでなく、すくなくとも数十首程度の歌数があり、なかには新詠も含まれていたであろう。(6)「おしめとも」歌をめぐる定家の俊成卿女を意識した配慮が認められるならば、それは一首にとどまらなかったと考える方が自然であろう。

七

俊成歌を俊成卿女歌として供出するという、定家主導による一幕が演出されたとして、その後俊成自筆の家集抄はどのように扱われたのであろうか。

「雑詞」六首が、その後切り継ぎのプロセスを経たとはいえ伝存しており、「恋詞」六首も変形しながら一応現伝していることからいえば、焼却などの処置は基本的に取られなかったと考えられよう。父、大俊成自筆の資料を疎かに扱うことなど、定家には思いも及ばぬことであったろうと思量する。また、後世編纂の『続長秋詠藻』が存在する事実が、さらに『新続古今集』入集の俊成恋歌全五首がこの「恋詞」六首から採られたと推定されることが、これらの資料が何らかの形で世に伝えられていたことを語っていると考えざるを得ないのである。

ただ定家が、自身の演出内容についてできれば秘密にしておきたい気持ちを抱いていたことは、これまた十分に察せられる。「颪かよふ」歌の『新古今集』撰者名注記に定家の名が見えないことは前述の通りであるが、『続長秋詠藻』に載る俊成卿女歌「したもえにおもひ消なむ煙たにあとなき雲のはてそかなしき」の場合にも、演出者定家の含羞ないし自律的規制のようなものが感じ取られるのである。この「したもえに」歌は、建仁元年「仙洞句題五十首」詠進歌であるが、『新古今集』撰者名注記に定家の名が見出されないだけでなく、この定数歌の歌人別配列本である『花月恋五十首』（陽明文庫蔵）についてみると、後鳥羽院・良経・俊成・寂蓮の合点を付したこの秀歌に、定家の合点は付されていなかったことも判明している。定家の演出者としての含羞を読み取るべきではないかと思うのであるが、いかがであろうか。老俊成の合点が付されていて、この方は比較的単純に、裏事情を知っているにもかかわらずにかあるいは知っているが故にか、俊成歌たる俊成卿女歌を賞していると思われるのと相違している。定家のやや屈折した心情を察知するとともに、このいわば零合点によって、この俊成卿女歌が元来は俊成歌であったことを語るに落ちているともいえよう。

こうした定家であったとすると、「俊成筆自撰家集切」など父俊成から手渡された資料類が人目に触れることを、極力避けたのではないかと思われる。しかしながら、隠す程に顕れるのが世の常でもあろう。さまざまな形で人目に触れることになった結果の一つが、前掲古筆切二種であったといえるのである。

ただ、さまざまな問題点は存在する。「恋謌」六首については、最初の「よしさらハ」歌のみが『新古今集』に採られていて、他の五首がずっと後世になり『新続古今集』に採られていることは、どう考えたらよいかという問題がある。これは、「よしさらハ」歌は他の撰歌資料からすでに選ばれていたのであり、この古筆資料に接した『新続古今集』の撰者雅世もそのことを承知していたので、以下の五首だけを採ることにしたと考えることができよう。このように考えると、この時点では「恋謌」六首がまだ前二首と後四首に分割されない状態であったとするのが穏やかであるといえる。では「恋謌」六首が分割され、前二首が「雑謌」六首に切り継がれた時期はいつかといえば、厳密にはもちろん不明であって後述するところもあるが、上述のことからいえば今はその上限を一応室町中期頃として考えねばなるまい。その際配慮すべきは、やはり問題の古筆切「恋謌」六首を手にする機会のあった飛鳥井家の存在であろう。歌の家・書の家として名高く、古筆にも接する機会の多かった飛鳥井家関係の文献資料類を調査することの必要性を思うのであり、第六節で述べたごとく「風かよふ」歌の撰者名注記が雅経独りであるのも想像力を喚起するのであるが、今は力に余る。もし「恋詞」六首が雅世以前かなり早くから飛鳥井家に伝わっていたとすると、この第二首目「しるらめや」歌の『長秋詠藻』における、比較的希少の歌題である「恋隣女」と、雅有の自撰家集『隣女和歌集』という名称との一致も偶然であるのかどうか一考の余地が出てくるかも知れない。「巻頭に自序があり、それによれば集名は『西施捧心』の故事による謙称である」（『和歌文学辞典』〈桜楓社〉）とあり、それで尽きるともいえるが、そうなる契機としての俊成家集抄との接触の意味を考えることが必要かも知れないと思うのである。飛鳥井家が御子左家と親密な関係にあったことは雅有『嵯峨のかよひ路』に徴してもいうまでもなく(6)、こうした俊成関係資料が伝来する可能性はかなりあったようにも思われる。

八

もっとも、この「雑詞」六首、「恋詞」六首などの古筆切には詞書が付されていないので、その点をどう考えるかという問題が残ろう。『新古今集』撰歌資料としての作成という私見に基づいて考えるのであるが、たとえば、『千載集』の編纂と何らか関連する資料として自撰抄出したとされる俊成ミニ家集『保延のころほひ』(7)は、充実した詞書を有していて、これらの古筆切の私見による制作意図を疑わしめるといえよう。だが、俊成私撰とされる『三五代集』（現存せず）など打聞の撰歌資料として自撰された可能性があるとも説かれる(8)、西行『山家心中集』などは、詞書を付すことの少ない前半とかなり付している後半とに分かれているのであり、いちがいにはいえない。『山家心中集』（宮本家本に拠る）で詞書なく『山家集』でも「月」とだけだが、『千載集』（竜門文庫蔵本に拠る）では「月前恋といへる心をよめる」とある、例の「なげけとて月やはものをおもはするかこちがほなる我涙かな」（恋五）や、『山家心中集』で「しつかなるよのふゆの月」、『山家集』でも「閑夜冬月」であるのに、『千載集』の詞書に「寒夜月といへる心をよみ侍ける」とある、「霜さゆるにはのこのはをふみわけて月は見るやととふひともがな」（雑上）などを見ると、そもそも撰者の立場では、撰歌資料の詞書を絶対的に重視するというより、撰集編纂における配列面への顧慮などによる、主体的な詞書改変などもあり得たことを認めねばならなかったようである。こうした事情は、俊成自身、『保延のころほひ』（冷泉家時雨亭叢書本に拠る）での詞書「梅の哥とてよみ侍りける」を、「（題不知）」と改変して『千載集』に入れ、同じく『保延のころほひ』での詞書「山家にて月の哥よみける時」を、「山家月といへる心をよみ侍ける時」と改変して『千載集』に入れたところにも、端的に現れている。

してみると、撰歌資料として作成する家集抄に詞書が省略されていたとしても、それはこうした場合の詞書の扱い方を熟知する者にとって、それ程致命的欠陥であるとは思われなかったのではなかろうか。俊成の意識では、『新古今集』の撰者たちが『長秋詠藻』など他の資料に基づき適切に記してほしい、という位の考え方であったのかも知れない。そうした考え方であったとしても、それはむしろ歌壇の最長老であり九十歳近い老齢歌人に相応しい処置であったともいえよう。しかも、その撰歌資料を内々に手渡そうとする相手が息男定家であってみれば、いっそうである。

したがって、飛鳥井家の雅有が「恋謌」六首に接して、「しるらめや」歌の詞書「恋隣女」に特別の感懐を抱いたのではと想定するにしても、『長秋詠藻』など他の資料源を参照する手続きを経てのそれであったということになる。この「恋謌」六首が密かに飛鳥井家に伝えられ、雅世撰の『新続古今集』編纂に際してそのうち五首が陽の目を見るに至った、と説くことができればとも考えるのであるが、実証的に論じるべくすべてはまだ闇の中であり、今後の考察、というより考察を進めるための新資料の出現に俟たざるを得ない。

九

ただ、「恋謌」六首分割時期の上限を前述のごとく『新続古今集』撰進頃以後と一応想定したことについては、なお補足考察すべき問題点がある。第一節で触れた古筆複製手鑑である『月影帖』に、「雑譌」六首のうち五首のみが掲げられていることの意味が、問われねばならないように思われるからである。明治四十一年刊行の本書編纂の頃には、やはりまだ「恋譌」六首は世上に姿を現さず、「雑譌」六首が存在するだけであったと理解するのが穏やかであるとすると、古筆切「恋譌」六首の最初の二首が「雑譌」六首に切り継がれた時期は、あるいは、明治四十一年以後のこととなるのかも知れない。私に飛鳥井家に秘蔵されていたかと仮想する、「恋譌」六首の世の表面への出現は、案外新しいことであるかも知れないのである。分割、切り継ぎのことは、さらにその後ということになろうが、学問的にはまだ比較的開拓の余地を残す研究分野の問題であり、よく判らない。そうした古筆に関するいわば文化的活動をも含めた、総合的「古筆文化史」とでもいうべきものの恩恵に浴して、あるいはこの時期かと仮説的にせよ特定できる日の近からんことを願うのみであり、斯道識者のご示教を得たいと思うこと切である。

なお関連していえば、『月影帖』が掲げた俊成筆古筆切「雑譌」が最初の五首のみで、第六首目をカットしているのは何故かという問題も残っている。単に、一頁分に見合う歌数が五首であったに過ぎない問題かも知れないが、本複製手鑑の編纂者、吉田知光、田中親美両氏それなりの慧眼によって、この第六首目は俊成歌でなく俊成卿女歌であることを比較的単純に見定めてのカットであったかも知れない。またあるいは、縷縷述べてきたがごとき真相を認識した上での君子危うきに近寄らずの措置であったかも知れない。ともかく受容者の立場からいえば、事実を尊重して六首すべてを掲げてほしかったところである。その点、切り継ぎ歌二首を含めた八首すべてを掲げた『古筆学大成』の事実尊重的態度に敬意を表するものであるが、その解説は、事柄の真相に肉迫するには不十分であった。

十

さて、大分横道に逸れた嫌いもあるが、俊成のこれらの家集抄を秘匿する意識が定家ないしその周辺にあったとして、それでも世上に漏れ出ることを完全に防ぐのは難しく、興味ある種々の痕跡が残されていたことをめぐって考察してきた。強いていえば、なおたとえば、定家撰『新勅撰集』恋四部の、

題しらず　　　　　　　　侍従具定母

ほしわびぬあまのかるもにしほたれてわれからぬるる袖のうらなみ

という歌も問題を孕んでいる。この恋歌の作者、侍従具定母は俊成卿女のこの集独特の署名であるが、為家撰『続後撰集』の異本（宮内庁書陵部蔵、四〇〇・一〇）には、

（恋歌中に）　　　　　　　皇太后宮大夫俊成

ほし侘びぬあまのかるもにしほたれて我からかかる袖のうら浪（恋二）

として載る、俊成歌となっていることが注意されよう。『続後撰集』の撰者為家が、この歌がすでに『新勅撰集』に採られていることに気づき削除していたのに、何らかの事情で改め得ず、さらに「女」を書き落とす二重の誤りを犯したに過ぎないという、たかだか一異本の作者名誤記であるかも知れないが、それでもこの写本の書写者は俊成歌と意識していたのである。

しかもこの歌、『続長秋詠藻』下に、

恋の哥の中に

ほしわひぬあまのかるもに袖《（ママ）》たれてわれからかゝる袖の浦波

として載っていたとすると、簡単に無視し去ることもできかねるのではなかろうか。折角『新勅撰集』では、俊成卿女歌として密かに世に出したのに、定家秘匿の網の目を潜り抜けて真相を語る、一例証となっているともいえよう。

丹念に調査すれば、彰考館文庫蔵『続長秋詠藻』中には、俊成卿女歌として供出されたというい わば秘事の痕跡を有する、こうした歌が他にもあるかも知れない。そこに採られている俊成卿女歌がすべて俊成歌であるなどと主張す

るのではもちろんないが、そのように考えざるを得ない歌も含まれているように考えられるので、そうした観点からの再考察が必要ではないかと思われるのである。しかし本稿では、そうしたおそらくは定家主導の演出にかかる秘事があったらしいことを、基本的に明らかにする主旨に従い、その発展的考察は後人研究者に委ねざるを得ない。

十一

以上、たまたま書道展で目にした「俊成筆自撰家集切」に端を発し、そのツレと目すべき古筆切や、彰考館文庫蔵『続長秋詠藻』をも含めての相互関連的考察を通じて、和歌史の表面からは見えなくなっていた、一つの真実をめぐって論じてきた。近時特にその重要性が認識されはじめてきた、古筆切の国文学的研究に関する一試論であるが、秘事あるいは私事を暴かれたともいえる俊成・定家さらに俊成卿女の胸中やいかん、とも思う。

ただし、定家らの所為が近代的意味での盗作に当たらないことは、第二節でも触れた通りであるが、当代「家」の意識が現代人の思う以上に強かったことを無視した考量は、たしかに許されまい。この「家」の問題に関する詳説は、他の研究成果に譲らざるを得ないが、「六百番歌合」や「正治初度百首」における六条藤家と御子左家の対立、御子左家内部における二条家為世と京極家為兼の葛藤などを顧みると、「歌の家」を維持発展させるために当代歌人たちがいかに真剣に努めたかを認めざるを得ない。当然、「歌の家」内部の身内意識も強くなろう。そこに、第五節で説いたごとき代作歌の伝統意識が絡んでくると、もはや定家らの所為を近代的倫理観で裁断することはできなくなるといわねばなるまい。

定家主導になる俊成卿女歌壇進出劇一幕の演出は、実はこうした「歌の家」の身内意識に基づいてなされたのである。さらにまた、それは代作許容意識ともいうべきいわば身代わり意識あるいは虚構的作為的構成意識(9)に基づいてなされたのである。その功罪を問おうとすれば、和歌史上に見られた〈この日本的なるもの〉という観点から批評されねばならないであろう。換言すれば、近代的個我意識の確立の有無を自らに問いかける視座が、要請されるといわねばならないのである。歴史は繰り返すことを、忘れてはならない。

十二

本節では、「雑詞」「恋詞」の当該古筆切歌本文の問題について補足的に考察する。第一節に掲げた八首、第三節に掲げた四首の和歌本文には、通行本文と比べて異同を示す歌があり、俊成自身の作った本文であるだけに、無視できないのである。通し歌番号(1)～(12)のうち、独自異文を有する問題歌の本文を、①古筆切歌本文、②勅撰集歌本文(新編国歌大観本による)のように並べて掲出し、順次説明を加えることにする(独自異文箇所に傍線を施す。また、(6)歌は次節で扱う)。

(1)①けふといへハいそなつむらんいせしまやいちしのうらのあまのおとめこ
　②けふとてやいそなつむらんいせしまやいちしのうらのあまのをとめご

この初句、『新古今集』諸本すべて「けふとてや」であり、出典の「五社百首」や『続長秋詠藻』の場合も同じ。「今日は若菜の節日であるとて、代りに磯菜を摘んでいることであろうか」(新大系脚注を参照する)の意となろう。それに対して字余り句「けふといへば」本文の場合、「若菜の節日に当たる今日であるということになると、代りに磯菜を摘んでいることであろう」の意となろう。歌意上、良否の決定は難しいが、「けふとてや」は第三句「いせしまや」と「や」が重複するので、その点を嫌っての俊成自身の改変であったかともいえるが、実はそれだけではない。用例的には、「けふとてや」の例は俊成以前ほとんど見られず、以後も少ないのに対して、「けふといへば」は俊恵などにも見られてあるいはこれが初出かとも思われるが、何よりも俊成自身に「けふといへばもろこしまでもゆくはるをみやこにのみと思けるかな」(右大臣家百首)という詠がすでにあったのである。俊成にはなお、「われといへばすゞしき水のながれさへいはまにむせぶをときかすなり」（述懐百首）なども見られる。初句「けふといへば」という表現が、その後慈円、良経、雅経、寂身に見られることを考えると、俊恵・俊成的表現の影響力の大きさが認められるようにさえ思われるのである。①の「けふといへば」という独自異文こそが、俊成が責任を負うべき本来の本文であったといわねばなるまい。

(2)①いかにせむしつかそのふのおくのたけかきこむるともよのなかそかし

②いかにせんしづがそのふのおくのたけかきこもるとも世中ぞかし

この第四句は、『新古今集』諸本・出典「述懐百首」・『続長秋詠藻』の本文すべて「かきこもるとも」であり、文法的にはこの方が正しい。すなわち、「かき籠もる」の終止形に「とも」の接続した形で落ち着くが、「かきこむるとも」では、「籠む」が四段活用なので文法的に成立しない表現となるのである。「籠む」を下二段活用の他動詞としても、終止形ではなくなるので「とも」との接続がスムーズにいかなくなる。変体仮名の字母漢字「无」と「毛」の草体は類似するので、変体仮名「む」と「も」も明確でない場合がなきにしもあらずだが、古筆切本文は明らかに「む」と記されていて適用できない。これはおそらく、俊成の誤用誤記とすべき本文例であろう。

(5)①おさゝハらかせまつゝゆのきえやらてこのひとふしをおもひをくかな

②をざさ原風まつ露の消えやらずこのひとふしを思ひおくかな

この第三句、『新古今集』諸本は、「きえやらず」「きえやらで」両本文区区であり、『続長秋詠藻』も「消やらす」とあって結着を見ない。してみると、この俊成自筆本文「きえやらて」で尊重されねばならない場合であるともいえよう。『源家長日記』掲出歌も「きえやらで」とある。

(7)①よしさらハのちのよとたにたのめをけつらきかたためのみともこそなれ

②よしさらばのちのよとだにたのめをけつらさにたへぬ身ともこそなれ

この第四句、『新古今集』諸本および家集『長秋詠藻』諸本の通行本文「つらさにたへぬ」の場合、「あなたの冷い仕打ちに堪えきれず死ぬ身となればいけませんから」（新大系本脚注）の意となり、「つらきかための」本文の場合は、「あなたの冷たさ故の（どうしてよいか判らない）身となるといけませんから」とでも釈文することになろうか。前者②の「つらさにたへぬ」が、正保四年板本『新古今集』本文では、「つらさに絶ぬ」と作るごとく、「死ぬ」と同義的に機能しているのに対し、後者①はもうすこし広い、あるいはあいまいな広がりを見せる表現となっている差異があろう。前者の方が心情的により切迫し、後者の方が多少のゆとりを感じさせるともいえるのである。家集詞書に「つれなくのみみえける女につかはしける」とあるごとく、元来は加賀との真剣な恋の渦中にあった俊成の思いを託した生活実情歌だったのであり、家集本文に照らしても、おそらく「つらさにたへぬ」本文が原態であったと思われる。とすると、俊成晩年における本文改変であったということになるが、それは、この褻の歌の恋の相手と認められる美福門院女房加賀と首尾よく結婚を果たした安堵感、さらにその死を看取った思い出などを積み重ねた後の、俊成晩年における心情が反映された本文であると考えられないであろうか。撰者定家は老俊成の改作本文に接してこれを否定し、事実に即して往年の俊成歌に戻したことになる。撰歌資料として自撰家集抄を手渡された定家は、父親の心情を微笑しながら理解するとともに、「駄目だよ」と低く呟いていたかも知れない。

(9)①ましハかるしつかつまきとなのらせてわかひとしれぬおもひにそたく
②真柴こる賤のつま木と名のらせて我人知れぬ思にぞたく

これは、関係諸本はすべて②の「ましばこる」本文を有する場合である。「しつか」と「しつの」は「かる」と「こる」へと係る語調的問題として処理できるので、この場合は結局、「かる」と「こる」との相違について検討することになろう。「かる」は「刈る」であり「こる」は「樵る」「伐る」である。いずれも一応の歌意は通り、真柴との関係でどちらがより適切かという問題となるが、用例に即して伝統的表現との関連を考察し直さなければなるまい。『新編国歌大観』によって検すると、勅撰集では『千載集』『続拾遺集』『玉葉集』の各集に「ましばかる」一例ずつ見えるのに対して、「ましばこる」は『新続古今集』のこの俊成歌一例のみであることが判る。その他では、俊成歌よりすこし前に詠まれたと思われる「落花埋路　ましはかるすそのゝみちのみえぬこそ花こきちらす山をろしの風」（出観集）や、俊成が判者として臨んだ承安二年「三井寺新羅社歌合」の「真柴かり庵さしやどる宮城野にきたげを寒み雪降りにけり」（蓮忠）という掛詞的表現など、いずれも「ましばかる」であるのに対して、「ましばこる」は、「六百番歌合」恋十・十九番寄樵夫恋・右歌に「ましばこるしづにもあらぬ身なれどもこひゆゑわれもなげきをぞつむ」（中宮権大夫）と見え、判者俊成に「右歌は、ましばこるとおき、又、なげきをぞつむなど、すこしおなじことにある様に聞え侍るにや」と評されている例が存する位である。「六百番歌合」の用例は、俊成判のものだけに無視できないし、諸本「ましばこる」であるのも軽視できない。しかし小西甚一編著『新校六百番歌合』の校異によると、桂宮本甲本など「ましばかる」本文であり、小西氏蔵本も「ましばと《かイ》る」である。こうした状況をふまえて判断すると、転写本『長秋詠藻』の「ましばこる」と自筆古筆切の「ましばかる」とどちらが俊成の責任を持ち得る本文か、と問い直せば、後者の優位性もいちがいには否定し難いのである。

⑽①たつねいらむみちともしらぬしのふやまそてハかりこそしほるなりけれ

②尋ねいらむ道もしられぬしのぶ山袖ばかりこそしをりなりけれ

第二句「みちともしらぬ」の独自異文は、通行本文「みちもしられぬ」と表現的にどう異なるのであろうか。後者の場合、この第二句は初句を受け、「尋ね入ろうとしてもその道も判らない忍ぶ山」という係り受けとなるが、前者の場合は、この第二句が初句とより緊密に結びついて第三句へ重く係るように思われ、未経験の忍ぶ恋の苦しさが強調される表現となる微妙な相違があるのではなかろうか。この表現的微差は、結句の考察にも大きな関連を有している。「しをりなりけれ」の場合、「尋ね入る道も知らない山なので自分の涙で濡れる袖が栞となる」という意となり、恋歌として適当とはいえない。「しをり」を「しないたわむもの」「なえるもの」の意と取っても落ち着かないであろう。ここは、涙で濡れる意の「しほるなりけれ」として、未経験の忍ぶ恋の苦悩のために袖が涙で濡れるという歌意がすっきりと受容されるのである。「しほる」については、「しぼる」「しをる」を含めた表記の問題があるが、[10]今は直接の関係がないと思われるので触れないことにする。①の古筆切本文の優位性が認められるのではなかろうか。

⑿①うらみてもなをたのむかなみをつくしふかきへにあるしるしとおもへは

②恨みても猶たのむかなみをつくしふかきえにあるしるしと思へば

これは、「え」と「へ」の慣用的混用という表記次元の問題である。『長秋詠藻』諸本も「ふかきえにある」本文が多いし、日野切について調査しても歴史的仮名遣い通りの表記が多いのであるが、日野切中にはなお、

おもひいてゝたれをか人のたつねましうきにたえたるいのちならすは（恋四・小式部）

のような例も見える。この場合、「うきにたへたる」の意でなければ歌意が通じないにもかかわらず「たえたる」となっているのは、俊成の表記意識が、「え」と「へ」に関しては甘かったことの一明証となろう。とすると、①の「ふかきへにある」本文も、俊成の書き癖レベルの問題として扱えばよいであろう。

以上、「俊成筆自撰家集切」の和歌本文について、特に独自異文の良否、表現的特性をめぐり検討してきた。それぞれ一応合理的に説明できたように思われるし、むしろこれらの本文の良質性を指摘できる場合も多いように思われる。それはまた、この「俊成筆自撰家集切」が確かに俊成自筆の家集抄であることを、文字表記的にも証しているのだといえよう。

ただ、この「俊成自筆家集抄」が私説の通り『新古今集』撰歌資料として作成されたものであるとすると、『新古今集』入集歌の本文がそれと異なっているのは何故か、という疑問が生じるであろう。答えは簡単である。撰者名注記によって知る定家撰の場合には、(2)は単純誤記の訂正であり、(4)は原歌そのままであり、(7)はすでに述べた通りの

復原的手直しであるとして処理できよう。他の撰者たちの場合には、撰歌資料を異にしていたとしてこれも合理的に処理できるのである。

しかしながら、『新続古今集』との関係については、別途の考察が要請されよう。特に⑽歌の場合には、この勅撰集諸本の実態とも絡めて、撰者雅世の意識を探らねばならないのであるが、これも今は手に余る。

十三

本節では、前節で取り上げなかった⑹歌について考察する。

⑹①おしめともなみたハ月にこゝろからなれぬるそてに秋をうらみて
　②をしむとも涙に月も心からなれぬる袖に秋を恨みて

第一、二句、『新古今集』諸本は「おしむともなみだに月も」であり、『続長秋詠藻』は「おしむとも涙に月は」となっている。第三句以下には、関係諸本異同を見ない。新大系本脚注には「月も私の心のせいで—私が秋の悲しさに堪えられず、涙を袖にこぼすので—夜毎に涙に映っている。その袖であるのに、すべては秋のせいだと恨んで、過ぎゆく秋を惜しもうともせずにいる」と歌意を記し、さらに「袖に映り馴れる月を見る悲しさに、『心から』と知りながら、秋を恨むという趣向」と作意に触れている。一応適切な享受であろう。けれども、涙は何故こぼれるのか、何を何故に惜しもうとするのか、惜しむ主体はどうか、本歌はあるのかどうか、あるとするとどういう歌かなど確かめはじめると、この歌、実は案外歌意を取りにくいことが判明してくる。新古今集古注集成の会（代表・片山享）編『新古今集古注集成』（笠間書院、平成9～）の恩恵に浴して、古注類を検しても、古くからその受容は苦心苦闘の跡を示しているのである。それらについての全面的考察は小論のよくするところでなく、別途になされねばならないが、そうした古注類中、今は和歌本文とも関わる注意すべき受容に限って述べてみる。国立公文書館内閣文庫蔵『新古今和

歌集書入本』には、

おしむ《め》ども涙に月も心からなれぬる袖に秋をうらみて

皇太后宮大夫俊成

月もわが心ながら涙になれて秋を恨むやうにおしめども、暮秋にはなくなり行くと云心。

とある。作者を俊成とするほか、初句もミセ消チ訂正した「おしめども」本文であって、去り行く秋を月も惜しむという注説もそれに呼応している。「注は校異本文に基づいてなされている」「冷泉流の系統を引くかと思われるふしがある」「他の注釈書との直接的な関係が認められないことは、かえって本注が独自な面を持つことを示唆しており」と説く、青木賢豪氏の解題にも導かれて、室町期の冷泉家周辺に初句「おしめども」本文の俊成歌として伝承されていた一事実を認知することができよう。後藤重郎氏蔵本『新古今集之内哥少々』に、「おしむとも」本文ではあるが作者名を「俊成卿」としているのも、いちがいに誤記誤写とはいえないかも知れない。

また、同じく後藤重郎氏蔵本『かな傍注本新古今和歌集』に、やはり「おしむとも」本文ではあるが、

吾泪にて月ハくもる也。心から月をくもらする也。月のとがニなし、此方の咎也。おしめども心からくもらする也。心からなれ曇也。秋をうらミてもせんなし。くる〳〵として切ぬうた也。

のごとく、「おしめども」本文の立場での享受がなされているのも、注目すべき注釈実践であろう。

これらの注説は、「おしむども」本文より「おしめども」本文の方が歌意の受容上無理がないともいえる機微について語りかけるとともに、「おしむとも」本文歌を俊成が詠んだという俊成筆古筆切「雑謌」六首が証している事実が、後代に継承されていることを示す痕跡でもあった。逆にいえば、『新古今集』の「おしむとも」本文歌は、俊成歌を俊成卿女歌に転用する際になされた少々無理を伴う本文改変ではなかったかとも思われるのである。

以上、これらの古筆切所載俊成歌の主として独自異文の考察を通じて、それぞれを合理的に説明することが可能であり、これらの本文の正統性あるいは俊成らしさを指摘できたように思量されるのである。それはまた、これらの古筆切が本文的に難しそうな問題を抱えているようでいて、かえってその考察を通じて、紛うかたなき俊成自筆古筆切であることを、改めて立証することになったのだともいえよう。無責任な偽書制作者の手になる、異端の本文として処理することは許されない、と思量するのである。

注

（1）彰考館文庫蔵『続長秋詠藻』は、松澤智里校『長秋詠草異本』（古典文庫）中に翻刻され、解説とともに収められている。「風かよふねさめの袖の花の香にかほる枕の春の夜の空」はじめ、「おのれのみ…」「ひかりさす…」「橋姫の…」「氷りゐる…」「小夜千鳥…」の各歌計六首の俊成卿女歌であることが明らかにされているのであるが、「続長秋詠藻の特色が最も顕著に表わされているのは、中巻と下巻であって、これには他本に所見のない歌が多いのである。ただしこの中には、俊成卿以外の定家の歌や、俊成卿女の作歌が少数混じており、詞書中の年号にも誤記と思われるものが見られる」のごとく、事実関係についてのみ述べ、その特色の価値評価などは読者の考察に委ねられている。本稿は、俊成卿女歌と目せられる歌がなお他にも含まれていることに触れながら、この異本家集の和歌史的意義について、まだ側面的にではあるが及ぼうとするものである。

なお該本は、巻末識語によれば寛永十二年夏四月藤原言員（稿者注…水戸藩歌人）の手になる清書本を、翌寛永十三年十月十八日に藤原政縄が転写したものを、元禄七年にさらに謄写したものであり、孤本である。いまだ実見の機会を得ず、古典文庫の恩恵に浴するのみであるが、その成立事情は、内容の検討と相関的に今後おおいに研究考察されるべき文献資料であると思われる。杜撰な面とそうとはいえない面とがある。

（2）⑼・⑿歌の『新続古今集』における詞書には、それぞれ「人におほする恋といふ事を」「後徳大寺左大臣家に十首歌よみけるに、寄源氏名恋といふ事を」とあり、『長秋詠藻』でのそれと対応している。⑽・⑾歌の場合も同様の対応が見られる。

（3）勅撰集における俊成の恋歌・雑歌の入集状況一覧表を作ると、次の通りである。

	俊成入集総歌数	恋歌	雑歌
6 詞花	首 1	首 1	首 0
7 千載	36	9	7
8 新古今	72	8	22
9 新勅撰	35	8	7
10 続後撰	29	8	4
11 続古今	27	6	2
12 続拾遺	22	4	6
13 新後撰	18	2	0
14 玉葉	61	9	14
15 続千載	20	4	0
16 続後拾遺	13	1	2
17 風雅	28	0	7
18 新千載	15	3	3
19 新拾遺	14	2	2
20 新後拾遺	9	1	0
21 新続古今	22	5	2

〔備考〕調査は新編国歌大観による。

『新古今集』で雑歌の恋歌に対する比率は約二・七五倍で、非常に高いことが判る。結果的には、俊成をいわば雑歌歌人として評価していることにもなる。『千載集』の場合、俊成自身は必ずしもそのようには自認していなかったといわねばなるまい。『新勅撰集』でも、定家は同様の認識であったといえよう。その後『続拾遺集』でのやや偶然的要素もあると思われる逆転現象を経て、『玉葉集』では再び雑歌偏重がかなり目立つようになり、『風雅集』ではその雑歌優位性が明確に現れるという推移が読み取れるのである。『玉葉集』『風雅集』という、ともに京極家系統の新古今時代憧憬的傾向の見られるこれらの勅撰集における、恋歌と雑歌の比率は、単に『新古今集』のあり方の継承という側面を示すだけでなく、『新古今集』のそれが偶然的な結果ではないことの、後代的証明であると理解してよいかも知れない。京極為兼ら撰者たちが、『新古今集』における俊成評価を継承するに値するものとして自覚的に重く受け止めていたことを、われわれは正当に理解しなければならないと考えるのである。

『新古今集』撰集事業の第一期における各撰者の撰歌進覧作業は、本論中にも述べた通り、基本的には各撰者個別の営為であったので、俊成の雑歌を多数採ろうという共通の意思が働いていたわけではない。雑歌が恋歌の約三倍弱となったのは、結果的現象というべきなのであろう。ただ、後鳥羽院撰「時代不同歌合」に院の選んだ俊成歌三首が、『千載集』の雑歌一首、『新古今集』雑歌一首、同羇旅歌一首であったことなどをも勘案すると、撰集事業第二期における院主導勅撰期の影響とまではいえないにしても、俊成の雑歌多数入集は、当代的動向としての何らかの必然性を示すものともいえるのではなかったろうか。

こうした歌壇情勢の渦中に定家が呼吸していたとすると、俊成から手渡された家集抄に接した時の定家の意識内容を推測する手がかりも得られるし、延いて「恋謌」六首中から一首のみを選んで済ませたことをも説明できると思われるが、真相究明のための一試案である。

（4）その「私論」で、稿者は、勅撰集に見られる編纂態度を仮に二大別し、「実際的に存在する和歌を尊重し、軽軽しく応急の創作歌を隠名で挿入することなどは慎む傾向が強いので、稿者はこれを仮説的に〈事実的自然的構成性〉として規定し、後者は、実際には存在していなかった和歌を存在していたかの如く応急に創作して挿入したり、すでに詠まれていた撰者自身の歌であっても隠名など不自然な扱いをする傾向が強いので、これを仮説的に〈虚構的作為的構成性〉として規定する」と説き、さらに前者から後者への変移を、「公的に『成る』ものから私的に『成らしめられる』ものへの性格の変化を意味するといえる」とも説いた。「実質的作者名を伏せた代作歌」は、こうした「私的に成らしめられる虚構的作為的構成性」という、和歌史上に見られる伝統的側面とも密接に関わるであろう。

（5）橋本不美男「正治百首についての定家・俊成勘返状」（和歌史研究会会報65〈昭和52・12〉のち『王朝和歌資料と論考』〈笠間書院、平成4〉に収載）参照。

（6）飛鳥井雅有の日記『嵯峨のかよひ路』には、為家を訪問して親交を結び、為家・阿仏尼から源氏物語の講釈を受けた記事が見られる。

（7）松野陽一『藤原俊成の研究』（笠間書院、昭和48）および『和歌大辞典』（明治書院、昭和61）の松野陽一氏解説など参照。

（8）和歌関係の諸辞典や、諸研究論文をふまえての岡利幸「山家心中集の成立について」（国文学研究・117集、平成7・10）、および『日本古典文学大辞典』（明治書院、平成10）の西澤美仁氏解説など参照。

（9）注（4）参照。

（10）檜垣孝「『しほる』か『しをる』か―俊成『久安百首』第二〇番歌の解釈―」（解釈・517集、平成10・4）参照。

第五章　「藤原俊成筆自撰家集切」考補説

一

拙論「藤原俊成筆自撰家集切考」（文林・第33号〈本書収録〉。以後多く「拙論前稿」と称する）に関する補説を記す。この論説は、通説に反する私見を述べたものだけに、なお検討を要する多くの問題を抱えていることはいうまでもない。そうした諸問題のうち、最重要なものは、やはり拙稿で紹介した俊成筆古筆切が真に俊成自筆切と認めてよいかどうかという問題であろう。以下、偽筆かと疑われる若干の問題点について、検討的考察を加えることにする。

二

最初に、用字法に関する疑問。近時俊成筆文献資料の用字法についての研究が進み、たとえば、伊坂淳一「藤原俊成の用字法・試論—自筆本『広田社歌合』における機能的用字法—（Ⅰ）（Ⅱ）」（学苑、昭和63・1、2）、同上「藤原俊成の用字法・試論（二）—昭和切本『古今和歌集』における用字法—」（千葉大学教育学部研究紀要・第38巻・第1部、平成2・2）、同上「藤原俊成の用字法・試論（三）—顕広切本『古今和歌集』における用字法—」（同上研究紀要・第39巻・第1部、平成3・2）、同上「藤原俊成の用字法・試論（四）—日野切本『千載和歌集』における用字法—」（同上研究紀要・第40巻・第Ⅰ部、平成4・2）や、豊田尚子「藤原俊成自筆『古来風躰抄』における異字体をもつ仮名について—『記述部分』特有の仮名字体を中心として—」（『鎌倉時代語研究』第21輯〈武蔵野書院、平成10〉などの業績が見られる。今、本稿趣旨にとって直接関わりをもつのは、伊坂氏の諸論と考えられるので、その説くところから該古筆切を俊成自筆と認定するのに支障を来たすことになるともいえる用字法を取り上げ、検討を加えたい。

第一に、「八」「者」を字母漢字とする変体仮名の用字法についてであるが、伊坂氏によると、「八」の場合には語句頭で使われた例がなく、非語句頭表示機能をもつと説かれる。また「者」の場合には、語句末での使用が見られないという。こうした知見に基づけば、該古筆切の不審箇所として次の二例が咎められるであろう（拙論前稿で付した歌番号を再記する）。

(4)「八かなかりける」　(12)「しるしとおもへ者」

たしかに、「八」を語句頭に用いた例はきわめて少ないが、それでも広く調査すると、俊成自筆御家切に、

八るやときはるやをそきとき丶わかむうくひすたにもなかすもあるかな

という歌が見出されるので、用例皆無ではない。また語句末に「者」が用いられた例は、これを俊成自筆資料中に見出し得ないので気がかりであるが、俊成周辺にまで眼を向けると、

いさけふは春の山辺にましりなむくれな者なけの花のかけか者（定家筆伊達本古今集）

ゆく年のおしくもある哉ますか丶み見るかけさへにくれぬと思へ者（同右）

人もおし人もうらめしあちきなく世を思ふゆへにものおもふ身者（為家筆続後撰集）

など多数例が在するのである。とすると、俊成自筆現存資料に、当用字法が見出されないからといって、それをもって該古筆切の俊成真筆を疑い、否定することは、かえって軽率の誹りを免れ得ないのではなかろうか。

第二に、「介」「遣」を字母漢字とする変体仮名の用字法であるが、「介」が語句頭で用いられることは比較的少なく、逆に「遣」は非語句頭での用例が少ないと説かれる。該古筆切に照らせば、

(1)「介ふといへは」　(2)「おくのた遣」　(3)「あはれやか遣し」　(4)「はかなかり遣る」　(7)「たのめを遣」

が不審箇所となる。しかしながら、『古来風躰抄』を始めとする俊成自筆文献資料類を検すると、具体例を挙げるま

でもなく「介」の語句頭での使用例はかなり多いことをしるべく、[1] 該古筆切に頻出して不審度の高い「遣」の語句中・語句末使用例もかなり多い。[2] 伊坂氏自身、「『広田社歌合』において、〈遣〉は語句頭専用の仮名であったが、『顕広切』ではすべて非語句頭の位置に使われており、この点では大きく異なる」と述べられてもいる。不審は解消されてしかるべきであろう。

第三に、「乃」を字母漢字とする変体仮名の用字法では、現行と同字体の「の」でなく字母漢字に近い「乃」は、すべて助詞的用法に限定されていると説かれる。たしかに、語句中に用いられた字母漢字「乃」に近い用例を俊成筆文献資料に見出すことは難しい。しかしこれも丹念に調査すると、

たかためにひきてさらせるぬ乃なれやよをへてみれとゝる人もなき（顕広切）

さか乃にてむまよりおちてよめる

ちりぬれは乃ちはあくたになるはなをおもひしらすもまとふてふかな（了佐切）

乃ちまきのおくれておふるなへなれとあたにはならぬたのみとそきく（同右）

みよし乃、やまへにさけるさくらはなゆきかとのみそあやまたれ遣る（同右）

などを見出し得るのであり、不審箇所と一応は考えられた、

(2)「しつかそ乃ふの」

という用字法も、この該古筆切の俊成筆を疑わせるものとはなり得なかったのである。語構成の一部として字母漢字「乃」に近い変体仮名「乃」を用いることは、時に俊成のなすところであった。

以上、用字法の面から、俊成真筆を疑わせる不審点についての検討をしてみたが、真筆とする私見を覆す論拠を得ることはできなかった。「それぞれに例外――とかりに呼んでおくが――があることもまた事実である」と、自説を絶対的なものとしない伊坂氏の哲学にも助けられて、そのように考えたいのである。もちろん、こうした用字法の考

察では、現存文献資料に用例が見えないので、その用字法が否定されることがあってはならないと同時に、たまたま若干の用例が見出されるので、そうした用字法が自覚的になされていたと安易に決定してしまうことも問題であろう。顕広切や御家切についてこれを俊成真筆と認めない見方もあるようだが、今は通説に従っておく。そのような自制自戒を伴った立場での、なおかつ主張してみようとする俊成真筆説なのである。

三

次に、和歌二行書き書写法に関する疑問。俊成が和歌を二行書きにする場合、二行目の頭字をほんの少しではあるが下げて書く癖があるともいえるが、該古筆切ではほとんどが並んで書かれているので、俊成真筆かどうか、なお慎重に考えねばならないという問題である。

たしかに、日野切や『古来風躰抄』を通覧すると、和歌の二行目が心持ち下がっているかと感じられる場合がかなり多いともいえるが、並べて書かれている場合も多いし、さらにより重要なのは、二行目をほんの少しではあるが上げて筆を下ろしている場合も見られることが注意される。(3) より早い時期における俊成筆の他の古筆切にも、二行目を少し上から書いている場合があり、(4) こうした例は大きな意味をもつといわねばなるまい。つまり俊成は、二行目を基本的には一行目と並べて書こうとしていたのであるが、現実には多少の凹凸が生じていたと考えるのが、穏やかではないかと思量されるのである。二行目がやや下がり気味に書かれている場合がかなり見られるのは、明確に二行目を下げて書く書法が実際にあることとの影響が及ぶ、心理的問題としてとらえ得るかも知れない。ただ十二首程度の該古筆切に、二行目を下げて書いた例がないので俊成真筆を疑うというためには、それは理由として薄弱であると考える。

なおいえば、俊成真筆の筆跡としては、少し線が細く粘り強さに欠けるのではないかとも思われるが、この点も偽筆説の決め手とするにはやや主観的理由に傾き過ぎるように思われる。最晩年俊成の老筆が、このような現れ方をする可能性も想定されてよい、と考えたい。

四

該古筆切の俊成真筆を疑わせる若干の不審点に関して、このように私見を述べ来たると、拙論前稿で取った俊成真筆説の立場は、これを変更する必要を認め得ないということになるであろう。

俊成真筆を認定すると、該古筆切の第六番目に普通俊成卿女歌とされる歌が何故記されているのか、という疑問も、拙論前稿のように解かざるを得なくなるのではなかろうか。この疑問に十分な解答を用意しない偽筆ないし偽作説は、成立しないであろう。該古筆切が『新古今集』と『新続古今集』の歌ばかりから成り、しかもそれぞれの集の配列順序通りであることを不自然とし、これらの集から抜き出しての俊成仮託古筆切であると考えようとする偽作説もあるが、俊成卿女歌の扱いがネックとなるであろう。この卿女歌の作者を皇太后宮大夫俊成とする東大本『新古今集』などの伝本もあるので、それらによる書き抜きもあり得ないわけではないが、「(和歌所にて述懐のこころを)」とある詞書から窺われる出典のことをも勘案すれば、いかにも不細工な偽物ということにもなり、従い難い。書き抜き説では、この古筆切の本分が諸本のそれとかなり異なっている点も、だから偽作であると短絡させない限り、処理しにくい難点の一つとなるであろう。

私見を肯定する立場からいえば、これまで明快な解決を得られなかった俊成卿女に関する疑問について、新しい考察の糸口を得られる利点があるようにも思われる。たとえば書写山円教寺所蔵『遺続集』に「俊成卿女一品経施入之時歌」として載る、次の三首の歌、

花ノミノリ又ヒラクベキ朝マデスムナル月ノカゲニヲサメン
筆ノ跡ヲ色ニカザリシ人モミナ仏ノミチハサダメヲキケン

種マキシ心ノ水ニ月スミテヒラケヤスランムネノハチスモ

（森本元子『俊成卿女の研究』に拠る）

のうち、第三首目「種マキシ」歌が、『続千載集』釈教部に皇太后宮大夫俊成の作者名で、

一品経を書写山におくるとてそへて侍りける歌の中に

たねまきし心の水に月すみてひらけやすらんむねの蓮も

の如く載ることをいかに理解すべきか、という問題があった。この疑問について、森本元子「俊成卿女」（和歌文学講座7『中世・近世の歌人』〈桜楓社、昭和45・7〉）に、「この第三首『種まきし』の歌は『続千載集』釈教に俊成の作としてはいっているが、問題である。後考をまちたい」と述べられているが、その後の『俊成卿女の研究』（桜楓社、昭和51）にも特に解答らしい説明がなく、他にも、この疑問に答えようとした研究者の存在を知らない。

この疑問を私見の立場から説けば、どうなるのであろうか。俊成・定家・俊成卿女ら御子左家肉親の間に、一種の協同体意識のような雰囲気があり、特に俊成卿女にこうした環境の中で育てられた甘えないし馴れのような意識が生じていたとすると、俊成歌と自歌とを峻別する感覚が多少鈍麻していた機敏も察せられる。してみると、『続千載集』での詞書が事実に基づいていたとして、当時、書写山に近い越部庄に行くこともあり、そんな実績を買われて奉納使者を依頼された俊成卿女が、俊成から一品経とともに送られて来た元来は俊成歌であった歌を、自歌として扱うことがなかったともいい切れまい。この詞書に「…そへて侍りける歌の中に」とあるのは、添えた歌数が一首ではなかったことを示しているといえようが、もし三首であったとすると、その全部を自歌として書写山円教寺に奉納したことになる。俊成歌が二首であったとすると、俊成卿女歌も一首加えて奉納したことになる。俊成歌中から「種マキシ」の一首だけ採り、自歌を二首加えて奉納した可能性もあろう。実態は不明である。そのように考えてくると、『遺続集』に「俊成卿女一品経施入之時歌」とあるのも、俊成卿女の意識としては、祖父俊成の代理としての一体感により、

自他の区別をそれほど厳密に考えることなく一品経と三首の歌とを自己からと受け取られるようなかたちで、施入していた実状を反映している文言であるともいえるのではなかろうか。

拙論前稿の仮説的私見を認める立場からは、このような解答を出すこともできるのである。逆にいえば、こうした解答を提出できるということが、仮説的私見の有効性ひいて正当性を主張するのに役立つことになろう。

因みに、この「種マキシ」歌は、『続長秋詠藻』の中に、

一品経書写山にをくるとて遣しける

種蒔し心の水に月すみてひらけやすらんむねの蓮は

の如く、詞書と語句とに『続千載集』とは多少の異同を伴うかたちで載せられている。この異同を重視すれば、『続千載集』ひいて勅撰和歌集に俊成歌として載るから引き抜いた、という編纂意識だけで編まれた異本家集でもなかったといえよう。『続長秋詠藻』の撰歌資料についての考察が、今後の課題として残るであろう。

五

俊成卿女と俊成とに関わる疑問は、他にもある。森本元子『俊成卿女全歌集』（武蔵野書院、昭和41）に「未詳歌合切」（自歌合カ）、久曾神昇『仮名古筆の内容的研究』（ひたく書房、昭和55）に「源通具・俊成女五十番歌合切」、部矢祥子『源通具全歌集』（思文閣出版、昭和62）に「通具・俊成卿女五十番歌合切」、小松茂美『古筆学大成』に久曾神氏と同じく「源通具・俊成女五十番歌合切（仮称）」として収められた。藤原定家筆歌合断簡中の五十番右歌をめぐる問題もそれに当たろう。

五十番

左持

かすみたち秋風ふきしゆめのうちにこぞのこよひになりにけるかな

右

へだてゆくよゝのおもかげかきくらしゆきとふりぬるとしのくれかな

春霞秋風ゆめのうちにすぎて、こぞのこよひほどなくめぐりきにける。

（本文は『古筆学大成』に拠る。(5) 濁点・句読点は、稿者）

という番の右歌である。

この歌合は、『明月記』正治二年九月二十八日条に、

（上略）、一日《ひとひ》の一巻、頭中将の許に返し送り了んぬ。彼の家、密々歌合せなり。判すべきの由、命あり。仍て注し付け了んぬ。其の歌尤も宜し。是れ室家の詠む所か（下略）。

（今井文雄『訓読明月記』に拠る。以下同じ）

とあるものに当たるとされている。佐藤恒雄「通具俊成卿女五十番歌合の成立について」（中世文学研究・第14号、昭和63・8）を参照されたい。頭中将は源通具であり、室家は俊成卿女のことで、両者結婚後十年程を経た頃の催しであった。間もなく両者の関係は順風でなくなるが、通具新妻のことが『明月記』に記されたのは翌建仁元年十一月二十八日条であるので、両者の間にはまだ強く心の通い合うものがあった時期としてよい。

ところで、この『明月記』に「其の歌尤も宜し。是れ室家の詠む所か」とある記述が注目される。「尤」は「左」とも読める漢字を校訂した今井氏訓読本文であるが、たしかに「其歌左宜」とする「左」本文には疑問を感ぜざるを得ない節がある。疑問助詞「か」（原文「歟」）を用いるこの本文が成立するためには、第一に左・右歌を通具、俊成卿女のどちらが詠むかが定家には不明であったこと、第二に全般的に右歌よりも左歌の方が優れているとの認識を定家が持っていたこと、第三に通具より俊成卿女の方が優れた歌を詠むという認識を定家が持っていたこと、が前提条

件として認められねばなるまい。しかし、第三の条件は認められるにしても、他の二条件は難しい。第一の条件は、貴人を左方に配する歌合故実に照らして非現実的であるし、第二の条件も、この歌合断簡の現在判明している計十三番[6]中、左歌勝三首右歌勝四首という結果であることから、素直には肯定し難くなろう。左歌は通具歌であることを知っていた上で、その左歌が案外宜しいのでこれは実際には室家が詠んだせいかと解するには、文章が簡略に過ぎ、後述の如く読む立場の根本的転換が要請されると思われる。してみると国書刊行会本などが作る「其歌左宜」本文は、常識的にやはり無理であったと判断され、今井氏がこの「左」を「尤」と校訂したのは、妥当な処置であったということになるであろう。

しかしながら、「其歌尤宜」本文にも問題があり、「其歌」とあるのがどの歌を指すのか、曖昧となる。「左」本文では、この歌合の出詠歌全般を指して「其歌」と記したと解し得るが、「尤」本文でこのように解すると、この歌合の出詠歌すべてが優れていてしかもこれらの歌を俊成卿女が詠んだかと考えていたことになり、この歌合の性格の根幹に関わる発言として簡単には諾否をいえなくなるし、かといって左・右どちらかの歌を指すとすると、定家らしからぬ不明確な表現となるのである。この歌合現存判明歌から、左通具歌「秋のよはやどかる月もつゆながらそでにふきこすおぎのうはかぜ」一首、右俊成卿女歌「うらみずやうきよをはなのいとひつゝさそふかぜあらばとおもひけるをば」「たちばなのにほふあたりのうたゝねはゆめもむかしのそでのかぞする」「へだてゆくよゝのおもかげかきくらしゆきとふりぬるとしのくれかな」三首が『新古今集』に入集し、撰者名注記によると、通具歌と俊成卿女「うらみずや」歌を定家も採っているので、左・右どちらかの一方を優れているとすることと整合しなくなり、またそのどちらかすべてを俊成卿女が詠んでいると推察することにもなって、文意把握に苦しむこととなる。今井氏がどのような立場でこうした校訂をしたのかは判らないが、やはりすっきりしない疑問点が残ろう。

以上のように、「其歌左宜」としても「其歌尤宜」としても、常識的受容の立場からはどちらの本文も成立し難いのである。といっても、他の本文のあり得ないことはもちろんである。ではこのアポリアをどのように解決したらよいのであろうか。

私見によれば、この歌合の性格を根本的にとらえ直す必要があったように思われる。その切っ掛けとなるのが、この歌合の五十番右歌の俊成卿女歌に他ならなかった。この歌については、すでに久保田淳『新古今和歌集全評釈』第三巻（講談社、昭和51）中に詳説されている。要約して紹介すると、この五十番の定家判詞が左歌に関してのみのそれで右歌にはほとんど触れていないこと、この右歌の歌意が「比較的若い、人妻でもあった作者などを想像しにくい作である。そのため作者に関して疑義が唱えられてきた」という問題があること、尊経閣本、鷹司本『新古今集』などは作者を俊成とし、現代注釈書中にも石田吉貞『新古今和歌集全註解』や窪田空穂『完本新古今和歌集評釈』は俊成作者説を取り、塩井正男『註解』や日本古典文学大系本頭注も俊成作説に留意していること、などの解説を経た上で、結局は尾上八郎『評釈新古今和歌集』の〈俊成卿女の創作歌〉と見る説に同調し、「作者は、自らの晩年を透視」する立場で仮構作を詠んだとする説明・受容である。新古今調の特性をふまえた傾聴すべき受容である。

ただ、この歌が前述の如き特質を有する『続長秋詠藻』に入ることが気にかかり、私見の立場からの想像力を刺激して止まない。元来俊成歌であった歌が、俊成卿女歌として扱われる事情があったとして、ひとたびそれを肯定する視点を持てば、さまざまな疑問点が次々と氷解していくように思われるのであり、こうした試みの誘惑から逃れることが難しい。上記事情については、拙論前稿で説いたところを参照願いたいが、この歌合催行の正治二年（一二〇〇）九月は俊成卿女が「千五百番歌合」の作者に選ばれて詠進した建仁元年（一二〇一）六月を溯る九ヶ月であり、通具新妻披露のことはなお五ヶ月後の同年十一月二十八日であって、俊成卿女をバックアップしようとする御子左家内部の動きを想定するには時期的にやや早過ぎる嫌いもあろう。だが、この正治二年は、後鳥羽院主催の「初度百首」「第二度百首」や「石清水若宮歌合」「二十四番歌合」「十月一日歌合」「仙洞十人歌合」などが催行され、「初度百首」（七月十五日下命、十一月二十二日披講）の際には例の「俊成和字奏状」が奉じられてもいた、歌壇的動きの激しい年であった。俊成卿女はまだこれらの百首や歌合の作者に選ばれていないが、通具は「二十四番歌合」（九月三十日催行）の作者となっている。通具・俊成卿女共にこれから後鳥羽院歌壇で活動する前夜の時期に当たっていたが、「俊成和字奏状」を介して、後鳥羽院と御子左家の蜜月時代が始まろうとする動向の中で、歌人たちの御子左家新風に肖《あやか》ろうとする意識の変化も察知されるべく、それは通親・通具父子の場合も同様であったといえよう。一方、通具・俊成卿女の結婚生活は表面的にはまだ平穏に続けられていたという見方もできるが、翌年建仁元年十一月二十八日に通具新妻のことが定家に告げられているのであり、とするとそうした破綻の前兆が、この夫婦の生活にすでに何程かの暗い翳を落とし始めていたのではないかとも考えられる。後藤重郎「通具と俊成卿女―新古今和歌集所収歌をめぐって―」（山崎敏夫編『中世和歌とその周辺』〈笠間書院、昭和55〉所収）にも説かれていることであるが、『明月記』正治二年正月三日条には、「御参内の間、太理、陣に逢ひ奉る。自ら笠を取り（此の間に雪降る）地上に坐す。件の卿の新妻典侍、今日参内と云々」とあって、すでに新妻典侍を伴っていた大理（検非違使別当の通具）のやや恐縮した態とも取れる振舞いを記録している事実が、その辺の状況を察知させるのである。

歌壇情勢といい、通具・俊成卿女の私生活情況といい、上昇気流に乗り始めた御子左家内部で、俊成卿女を歌壇に押し出すかたちで護るべしという動きが始まり、具体化していく気運は、環境的に整っていたという見方ができよう。この「源通具・俊成卿女五十番歌合」が誰の発案で企画され、具体的にどう進められたかは不明であり、前掲『明月記』正治二年九月二十八日条の記事が唯一の考察資料であるに過ぎない。けれども、上述の如き想像ないし想定の立場で、俊成歌が俊成卿女歌としていうなれば供出され、そうした事情を定家も十分に心得ていたとすると、形式的な発案者が誰であれ実質的には、俊成・定家・俊成卿女ら御子左家そのものが主体となっての歌合開催であったともいわなければなるまい。通具がそうした事情をどこまで知っていたか判らないが、まったく局外者であったとも思えない。ある程度は俊成卿女を通じて通具に不利にならないかたちで知らされていたと考えるのが自然であろう。通具にも花を持たせるかたちの催しでなければ、そもそもの趣旨に沿わないことになるし、御子左家的新風を出詠させるための何らの細工もなしに、通具本来の歌才に任せてよい程、彼が優れた新風推進歌人であったとは思えないからである。そうした点では、俊成卿女の歌歴に徴して彼女の新風歌詠出力量に対する信頼度が絶大であったともいえなかった。俊成・定家側に、その辺についての配慮があったとすると、俊成卿女を軸に置いた、彼女にもまた通具にもプラスとなる実質的指導ないし援助がなされたことが、十分に推定できるのである。その指導ないし援助には出詠歌そのものの供出もあり得たのではないか、というのが拙論前稿の仮説であったが、同様のことがこの歌合の場合にもすでに、というより最初の試みとしてあったことを想定してみたいと思う。

このように考えると、先述の如く解釈に難渋した『明月記』正治二年九月二十八日条の「其の歌尤も（あるいは左）宜し。是れ室家の詠む所か」という記述にも、新しい読解の可能性が出てくるように思われる。すなわち、この歌合出詠歌全体に接する立場の判者定家には、御子左家的新風歌として一応水準に達した歌群であるという、基本的意識があったと考えられるのであり、その意識からは、全体の歌を指して「其の歌尤も宜し」という包括的評価がなされてもおかしくなかったし、それは、歌合の故実通り左歌は通具歌という立場で、その左歌も良い出来映えであるが、何故かならば俊成卿女延いて彼女を窓口とする御子左家母体の息がかかっているから、とする認識をも含んでいたはずであろう。もちろん、その息のかかりかたの具体的内容については種々の取り方ができるのであり、必ずしもすべての歌を一様的にとらえてはなるまい。だが今は、その具体的内容を想定することは困難であり、またその必要もないと思うので、この点は深く追究しないことにする。「室家の詠む所か」は、御子左家母体との関わりの程度、さらに個々の歌との関わりの程度については何も触れない曖昧な表現であるが、それだけ多様な読み方が可能であり、またそう読むことが期待されている表現であったと解したい。『明月記』該条に「彼の家、密々歌合せなり」とある

「密々」は、そのような、いわば公開を憚らねばならないような要素を含む私的性格についての語るに落ちたともいえる表現であったのではなかろうか。

以上要するに、「其の歌尤も宜し」本文でも「其の歌左宜し」本文でも、私見仮説の立場では『明月記』該条記事内容を整合的に筋を通して読むことができるといえるのである。すなわち、普通の歌合を常識的にとらえる立場では、「尤も宜し」本文でも「左宜し」本文でも、該条記事を筋を通して整合的に詠むことができなかったというアポリアが、私見仮説を導入することによって解決されることになるのである。

してみると、このアポリア解決の力を持つ点においては、私見仮説はその成立妥当性を獲得できるともいえよう。さらにいえば、先にこの歌合五十番右俊成卿女歌に関して述べた、㈠老齢歌人の詠みそうな歌であること、㈡後日入集した『新古今集』伝本に作者を俊成とするものがあること、㈢歌合催行時の定家判詞にこの歌についての言及がないこと、などの諸点についても、私見を認める積極的立場からの一貫した筋を通しての理解受容が可能になると考えられるのである。

御子左家内部における、こうした一幕の演出者は、拙論前稿でも述べた通り定家であると考えてよかろう。定家にこのような演出を構想実行する側面があったことは、他の生活面でも種々認められるようであり(7)、特殊な事例ではなかった。

六

ともかく、俊成歌が俊成卿女歌として転用され、そうした事情の背後に演出家的立場での定家の存在が見え隠れしている、とする稿者の仮説を肯定することによって、俊成卿女に関わる種々の疑問点を合理的に説明することができるのは、注意すべきことである。

なおやや応用的問題に属するが、「千五百番歌合」での通具詠進歌には俊成卿女の代作歌が見られるという問題についても、自身御子左家母体の支援に甘んじながら何故代作したかという疑問がある。これについては、すでに森本元子氏の前掲『俊成卿女の研究』や後藤重郎氏の前掲論文「通具と俊成卿女」などに説くところがあり、結婚生活が破綻しかかっていたにもかかわらず、俊成卿女の対通具意識にはこうした代作を実践する心理的要素があったようである。ただ、このように理解してみても、自身が俊成歌の供出を受けながら何故に、という疑問がまったく解消して了うとは言い切れない不審が残るのも事実であった。

この不審を解決する有効な視点となるのが、前節で取りあげた「通具・俊成卿女五十番歌合切」をめぐる考察結果なのである。この歌合での俊成卿女がリードした二人の共生的詠歌営為が、その後もしばらく慣習的に続いていた側面をも加味してこそ、この代作問題は十全な解答を得られるのではなかろうか。私見仮説は、この疑問においても有効性を発揮するように思量されるのである。

七

このように考察を重ねてくると、拙論前稿で、該古筆切を俊成真筆と受容した私見は、これをいっそう強く主張すべきであるとはいえるが、変更しなければならない理由は認められないといわねばなるまい。また、その真筆説に基づいて推論し、御子左家内部における俊成卿女バックアップ劇を想定した私見仮説も、その妥当性はいっそう強化されるといえそうなのである。

もっとも、俊成古筆切真筆説といっても、その保証度は100％ではあり得ない。とすると、その確率をいっそう高めるために、近時古文献の成立年代測定に科学的威力を発揮するといわれる「加速器質量分析計」（ＡＭＳ）などを使用しての、厳密な年代測定も必要となろう。ただし、この測定器も100％の正確さは保証できない。その誤差が最大約百四十年程とされているのである。しかしながらまた、第三節で述べた如く、該古筆切偽作説として『新続古今集』（一四三九年）後成立とする立場があることからいえば、拙論前稿の『新古今集』（一二〇五年）前成立の立場との時間差約二百数十年であることに照らして、やはりなお本稿にとっての有効性が認められるのではなかろうか。

注

（1）冷泉家時雨亭叢書『古来風躰抄』中には、「介さはかすみの」（二七七頁）、「介ふをすくさす」（三〇七頁）、「介ふりにそはぬ」（三二二頁）、「介ふくれぬまの」（三二九頁）、「介ふりも浪も」（三六六頁）、「介ふりかと」（三七五頁）、「介ふさへその」（三七六頁）、「介ふくれぬ」（三七八頁）など、枚挙にいとまがない。（頁数は、依拠本のそれによる）。その他にも、「介ふよりはいまこんとしのきのふをそいつしかとのみまちわたるへき」（了佐切）など。

（2）同じく『古来風躰抄』には、「さ遺のなを」（九一頁）、「さや遺さは」（三四八頁）など。他にも、「やへむくらさしこもりにしよもきふにいかてかあきのわ遺てきつらん」（俊成自筆久安百首断簡）など。

（3）もろともにみし人いかになりにけん　月はむかしにかはらさりけり（日野切）
しもさゆるにはのこのははふみわけて　月はみるやと、ふ人もかな（同右）
ふるさと、なりにしならのみやこにも　いろはかはらす花そさきける（古来風躰抄）

（4）もみちはを風にまかせてみるよりも　はかなきものはいのちなりけり（顕広切）
よしのかはいはなみたかくゆくみつの　はやくそ人をおもひそめてし（御家切）
みつのうへにうかへるふねのきみならは　こゝそとまりといはましものを（同右）
しきたへのまくらのしたにうみはあれと　人をみるめはおひすそありける（同右）
なきとむるはなしなけれはうくひすも　はてはものうくなりぬへらなり（了佐切）
あさみとりいとよりかけてしらつゆを　たまにもぬけるはるのやなきか（昭和切）
秋の、にみちもまとひぬまつむしの　こゑするかたにやとやからまし（同右）
花のいろはた、ひとさかりこけれとも　かへす〳〵そつゆはそめける（同右）

（5）森本元子『俊成卿女全歌集』、久曾神昇『仮名古筆の内容的研究』（ひたく書房、昭和55）、部矢祥子『源通具全歌集』さらに『新編国歌大観』本が作る本文とは、判詞の部分が大きく異なるが、断簡写真に照らして、『古筆学大成』に従う。伊井春樹『古筆切資料集成』巻五（思文閣出版、一九九一）の本文も同じ。

（6）勝・負・持という判定の窺い得る番を集計しての番数。

（7）例えば、辻彦三郎『藤原定家明月記の研究』（吉川弘文館、昭和52）に収められた、「定家の一計とその破綻」には、「ここにおいて定家は、一計を案じるに至った。すなわち為家に『五献瓶子』の役を勤仕させないようにするためには、理由もなしに為家を内裏から退出せしめたのでは公事懈怠の譏りをまぬがれないから、為家を俄かの病気に仕立てることによって内裏から退出させるに如くはなかった。一計とは為家に虚病をつかわせることであったのである。（下略）」の如き、一件についての記述が見られる。家を護るという目的のために、手段を選ばないところがあった、というべきであろう。周知の如く、定家が官途昇進のための執拗な猟官運動を行っていたことが説かれているが（村山修一『藤原定家』〈吉川弘文館・人物叢書〉など）、男為家のために宇都宮氏との姻戚関係を結んだことなどとともに、定家の性格ないし生活意識を察知することができよう。上述の「一計」も、こうした性格の現れであると考えるが、俊成卿女をめぐる配慮も同様にとらえてよいであろう。

ただしこのような定家のありかたは、歌の家延いて歌道を守るためのものであって、それによって、定家の人生に傷がつくことは決してない。人間の評価は、その優れた頂点を切ることによってなされねばならないのである。

〔付記〕

俊成筆古筆切資料に関しての写真掲載および論文発表をお許し下さった、所蔵者の藪本荘五郎氏（故人）に、深謝の意を表します。

〈付説〉「源通具・俊成卿女五十番歌合」について

一

右の第四、五章の拙論に関し、特に「源通具・俊成卿女五十番歌合」の取り扱いをめぐって、渡邉裕美子氏の異見が提出された。「『通具俊成卿女歌合』について―俊成歌供出説に及ぶ―」（国語国文、平成13・12）においてである。堅実にして犀利な論であり、傾聴すべき見解も少なくない。

しかしながら、その批判にもかかわらず、私見を基本的に改めねばならない必要性は考えられなかった。すなわち私見と渡邉氏の異見とは、それぞれ一説としての存在理由を有し、今後の両説止揚的考説を要請していると思われるのである。次に、私見の立場からの渡邉説に関する疑問点を記すことにする。

私に考える最大の問題点は、この「源通具・俊成卿女五十番歌合」（渡邉論文では「通具俊成卿女歌合」と呼称）が、『明月記』正治二年九月二十八日条に記された「密々歌合」に当たるのか否なのかということである。渡邉説は異なるという立場であるが、疑念も残る。別の歌合とすると、それは左通具右俊成卿女となっているので、正治二年歌合の場合の左右配置も同様であったとするのが、先ず穏やかではないだろうか。とすると、『明月記』の「是室家の詠む所か」とある定家の言をどう捉えるかが問われねばならない。それも、「其歌」が「尤宜」なのか「左宜」なのか「右宜」なのか、想定されたそれぞれの場合と関連させての考察が要請されるのであり、こうした手続きを経ての別歌合説（対して私見は同歌合説となる）であることが望ましいといえよう。

また、別歌合とすると、『明月記』に記録を残さない歌合からの『新古今集』入集が四首数えられるのに、記録を残した上にわざわざ「其歌左（あるいは右、尤）宜」と評する卿女歌ないし出詠歌が一首も採られていない不審についても、説明の要があろう。無視しての立論は許されないのではなかろうか。もっとも渡邉論文は、私見の如き同歌合説の立場では、「密々」の歌合なのに『新古今集』に採られていることの不審を拭い切れないと説き、この考え方が別歌合説の有力な根拠ともなっているのであり、延いて上述の疑問点に関する一応の解答となっているともいえよう。だが、あえて私見を挟むならば「密々」には、当時盛行し始めていた後鳥羽院主導の如きいわば公的性を強く意識してのいわば私的性を意味する用法もあり得たのでは、と考えるのである。その歌合が成立するまでは、公開を避けて私的に営まれるのであるが、ひとたび成立した後は撰集資料となることを厭わないし、時には積極的にそうなることを望むという「密々」の歌合があり得てもよいのではなかろうか。成立後の段階での撰集資料化は、私性の濃い私家集の場合を見てもそれほど不審なことではあるまい。かくの如く、「密々」に基づく論拠には素直に従えないのであるが、たとえ従うとしても、「密々」の歌合のことが『明月記』に記録され、『新古今集』に四首採られた歌合の記録が見えないという不審は依然として残り、説明を待っていると思うのである。

以上、『古筆学大成』に収められた「源通具・俊成卿女五十番歌合」と『明月記』正治二年九月二十八日条記載の歌合との、同歌合説に固執する所以である。

二

次に、右の同歌合説、別歌合説どちらの立場を取るにせよ、こうした歌合が催される当時の歌壇的背景、具体的には通具の属する土御門家と俊成卿女の属する御子左家との関係についての諸状況を正確に把握することが重要となろう。渡邉論文の捉えるところもちろん詳細かつ正確な所説に参看すべき点が多いが、思考経路の立脚点に一致しない面があり、それが考察内容や結論の出し方の相違となって現れているようである。私見で重要視する立脚点に、正治二年七月二十六日から同年八月八日までの間に成り、後鳥羽院の許に奏呈された「俊成卿和字奏状」のことがある。この奏状についての解説は辞典類に委ねて今触れないが、六条藤家・土御門家と御子左家の歌壇的立場を大きく変える底の、いわば、その時歴史が動いたとでもいうべき出来事であったと思われる。
こうした立場で、通具・俊成卿女両者の関連事項のうち、当面の考察に必要な事項を時系列に従って記すと次の如くである。

通具と俊成卿女との婚姻…建久元年（一一九〇）頃（両人とも二十歳位）
俊成卿女の母八条院三条没…正治二年（一二〇〇）二月二十一日
俊成卿和字奏状…正治二年八月八日頃か

通具邸「密々」歌合（『明月記』所載）…正治二年九月二十八日
正治百首披講…正治二年十一月二十二日
通具と新妻按察局信子との婚姻…建仁元年（一二〇一）秋冬頃か
千五百番歌合詠進…建仁元年六月頃

新古今集和歌所設置寄人任命…建仁元年七月（撰者任命は同年十一月三日）
通具父通親没…建仁二年十月二十一日
（田淵句美子「俊成卿女伝記考証―『明月記』を中心に―」〈明月記研究記録と文学・6号、二〇〇一年十一月〉を参照する）
渡邉論文は、通親が頻々と自邸で歌合を開いている理由について、後藤重郎氏の指摘に基づき、息通具の歌壇進出援助、具体的には『新古今集』撰者下命を実現するためとしている。首肯すべき見方であろう。ただ、『新古今集』撰集事業に伴う和歌所設置・寄人さらに撰者下命と、「千五百番歌合」詠進とは、ほぼ同時期に進行していたので、そうした動きも視野に入れて考えてよかろう。「源通具・俊成卿女五十番歌合」も、この場合は俊成卿女も関わるので特にそうであるが、私見では成立下限を「千五百番歌合」詠進に伴う歌人選出など事務手続きが始まる以前、建仁元年春頃以前と考えたいのである。

その点渡邉論文は、この歌合の俊成卿女出詠歌を分析考察し、「千五百番歌合」歌の影響を受けた歌があると思われること、また「隔てゆく世々の面影かきくらし雪とふりぬる年の暮かな」の「世々の面影」が正治二年二月二十一日の母八条院三条の死去を下に踏まえている可能性があり、とするとすくなくとも、年を越しての建仁元年詠作とするのが相応しいこと、などの理由で「千五百番歌合」詠進後それに近い時点での成立を想定している。しかし、主観性を免れない歌の享受を客観的根拠とする見方には疑問もあり、上述の如き理由での「千五百番歌合」事務作業開始以前を下限とする、私見を主張しておきたい。

では、どこからをこの歌合成立可能性の上限とすべきであろうか。通具と俊成卿女とは、建久初年頃とされる両人ともに二十歳位での結婚以来、夫婦仲は決して悪くなかったと思われ、二子を儲けている。建久五年頃にはともに歌壇にも登場し、順調な社会人としての発展を遂げて行くかに見えたのである。ところが、この幸福な生活に水を注すような事柄が生じた。先ず、上述したところでもあるが、俊成卿女母八条院三条の死没である。八条院は当時政治的経済的に絶大な影響力を持つ存在であり、その女房も利用価値まことに大なるものがあった。憶測すれば、通具と俊成卿女の婚姻には、そうしたことを視野に入れた通親の思惑も見え隠れするのである。したがって三条の死は、遣り手の政治家通親にとって大きな問題であり、翌建仁元年末に通具新妻披露の構想も、極端にいえばこの時点ですでに芽生えていたのではないかとさえ推察されるのである。土御門家と御子左家の家レベルでの友好関係は、通具と俊成卿女の個人レベルでの親愛関係を無視するかたちで破綻の道を進み始めていたといえよう。

ところが、このいわば没人情的道を歩み始めた通親にとって、思わぬ伏兵が現れた。それが、次に問題となる事柄、の「正治二年俊成卿和字奏状」であり、家のレベルでも個人のレベルでも通親構想のスムーズな展開を妨げ、その後の歩みを複雑化して行ったと思われる。

すなわち、「六百番歌合」（建久四年張行）で御子左家新風の進出ぶりを肌で感じた六条藤家歌人たちは、後鳥羽院「初度百首」の企画に際し、通親と手を結んで歌壇の主導権を手に入れようとしていた。周知のこと故委細は省略に従うが、一つだけ通親の心理についていえば、八条院三条の死没した今、そして通具新妻構想を進めようとする今、御子左家側に対する配慮は無用に近く意識されていたのではなかったかと想像してみるのである。したがって、俊成からの五、六度に及ぶ陳状にもかかわらず、通親は終始冷淡に振る舞うことができたのだと思う。そんな状況の中での「俊成卿和字奏状」であり、この直訴状に心動かされた後鳥羽院と御子左家新風との蜜月時代の始まりであった。院機を見るに敏な通親が、新時代に処すべく既定路線になにほどかの修正を加えることはむしろ当然であったろう。院命を楯に定家ら御子左家系少壮歌人を「初度百首」歌人に加えることは、容易であったかも知れない。難物は、土御門家の新風馴化と院歌壇進出、さらに通具新妻構想の早期実現のことであった。前者は、前述の如く自邸ないし通具邸での頻繁な歌合催行によって対応したが、御子左家新風的レベルアップを図るためには、俊成卿女の存在が大きな意味を有していたことはいうまでもない。そうした微妙な情勢は、夫婦仲は悪くなかったと推察される俊成卿女にも以心伝心となり、母体である俊成や定家の察知するところともなっていたであろう。憶測の類であるが、そのように捉えるのが実際的であると思う。

こうした情勢、雰囲気の中で、通具新妻の儀を具体化することは苦渋の選択となったろうが、既定路線の基本を変更する程通親の神経は弱くなかった。当初の予定より多少遅れたかも知れないが、『明月記』の建仁元年十二月二十八日条に通具新妻按察局婚姻の記事が載ることになるのであった。「旧妻更不可離別之由」などとある定家への通具の挨拶や、通親の尽力による俊成卿女の後鳥羽院出仕などは、通親・通具父子が事を穏便に進めるため御子左家に対して取った精一杯の配慮であった。「千五百番歌合」詠進も終わり、通具の『新古今集』撰者下命も済んだ後の記事である。

このように当時の事実関係や通親・通具の心理状態などを勘案すると、「源通具・俊成卿女五十番歌合」催行の上限は、「俊成卿和字奏状」献上後の正治二年八月八日以降ということになる。この時を上限とし、建仁元年春頃を下限とする七、八ヶ月の間にこの歌合は催行されたとみてよかろう。さらに、通親の心理に即して推測すれば、土御門家の歌壇的ステータスを御子左家新風に沿って向上させるために催す、こうした性格の歌合は、通具新妻の構想があるだけにできるだけ早めに済ますことが望ましかったのではないかと思われる。しかも正治二年十月から建仁二年二月へかけ、通親は六条家歌人でなく御子左家歌人を召して自邸での影供歌合を頻繁に催し、『明月記』によると四度の張行が記録されている。これらの歌合は、御子左家を抱え込むことにより後鳥羽院歌壇での自己の立場を固めようとする、通親の意図による面もあったであろう。それに比べると、影で糸を引くにしても、通具を表に立てての歌合張行はまだるこいものであったに違いない。さらにその間を縫い、この正治二年十一月には院の熊野御幸に供奉している。とすると、通具と俊成卿女を中心とした歌合を催すゆとりと意味のある時期は、正治二年九月頃までとかなり限定されてくるのである。

以上の考察結果は、先に論述した、「源通具・俊成卿女五十番歌合」と『明月記』正治二年九月二十八日条「密々歌合」との距離を限りなく縮め、同歌合説をかなり強力に支えることになるであろう。渡邉氏の批判反論が提出されたにもかかわらず、やはり自説に固執せざるを得ない所以である。

三

従来、通具新妻のことに触れた『明月記』の最初の情報は、「御参内の間、太理、陣に逢ひ奉る。自ら笠を取り（此の間に雪降る）地上に坐す。件の卿の新妻典侍、今日参内と云々」（正治二年正月三日）であるとされていた。しかしこの理解は誤りであり、実は藤原宗頼とその新妻兼子のことである真相を明らかにした、田渕句美子「俊成卿女伝記考証―『明月記』を中心に―」（明月記研究・6号、二〇〇一年十一月）が発表され、旧説を論拠にした考察を根本的に考え直す必要が生じた。

第五章第五節でも、この『明月記』の条を引き、正治二年初頭頃すでに通具新妻のことが定家らに察知される情況であったとし、通具・俊成卿女結婚生活破綻の前兆が、その頃のこの夫婦生活にすでに何程かの暗い翳を落とし始めていたのではないか、と論じている。この論述部分はカットされねばならないが、研究史的意義ないし渡邉論文との比較考察的便宜性を重視して、修正することを控えたのである。

ただこの付説では、右の正治二年正月三日条に遅れること二ヶ月弱程の二月二十二日条、俊成卿女母死没の記事を取り挙げ、土御門家と御子左家の家レベルでの関係に暗い翳が落ち始めたのではないかと論じている。しかし母死没の影響について、想定したところを具体的に論じたのは通親側に限られ、俊成卿女ないし御子左家側の心理などに関してまでは論じ及ばなかった。したがって、通具新妻のことを正月三日の時点でいちはやく察知した定家らが、俊成卿女護るべしという動きをし始めていたとまで想定することは慎まねばなるまい。『明月記』正治二年九月二十八日の「源通具・俊成卿女五十番歌合」もやはり形式的には土御門家主導で催されたものと考えた方がよい。だが内容的には、前節で触れた如く御子左家の息がかなりかかっており、俊成卿女延いて土御門家を援助しようとする姿勢を否定することはできない、と思量するのである。通具夫妻の決して悪くなかった個人レベルの親愛関係が、俊成・定家らのこうした姿勢に影響していたことは、前述した通りであろう。

定家の対俊成卿女意識の実態究明や、それなりの辛酸を嘗め、成長して行った俊成卿女の対御子左家および対土御門家意識の実態究明は、別個の課題としてこの付説では触れない。ただ、定家に家の「面目」意識が強かったことを論ずる渡邉説には当然同調することになろう。

第二篇　新古今時代歌人考説

第一章　定家と西行
――その一断面――

一

藤原定家が西行法師に対して、公的立場から批評的意識をもって接した時が幾度かある。父俊成の『千載集』撰進に際して、何らか助手的役割を果たすことがあったとすると、すでにそこに定家の西行歌批評実践が見られたのかも知れない。[1] しかし、その具体的状況は不明である。また、文治二年（一一八六）～同四年成立とされる「二見浦百首」で、定家が西行の勧進に応じて、時にその影響を表現上に示しながらも二番煎じに甘んぜず独特の歌風を具現して見せたところにも、その背景として西行歌風に対するいわば間接的批評意識を察知すべきなのかも知れない。しかしこれも、その百首歌を通して推測するよりしかたがなく、定家の死とともに永久に消え去った、厳密には実証できない領域の事柄であったろう。したがって、第一に取り上げるべき顕著な事例は、文治五年（一一八九）成立とされる「宮河歌合」での加判作業であったとすべきであろう。この西行続三十六番自歌合でも定家判の結果は、勝歌二十二首、持歌二十八首、負歌二十二首に区分されるが、これらの歌群から『新古今集』に選入された歌十六首、『新勅撰集』に選入された歌二首を数える。『新古今集』への西行歌入集は全九十四首なのでその約17％（因みに「宮河歌合」と対になる「御裳濯河歌合」からの『新古今集』入集は計二十一首、約22・3％）、『新勅撰集』への西行歌入集は全十四首なのでその約14％（因みに「御裳濯河歌合」の場合は計三首、約21％）である。『新勅撰集』は定家独撰であり、この数値がそのまま定家批評意識の反映となるが、『新古今集』の場合も、いわゆる撰者名注記をもつ伝本が多数存し、それを通じて定家の批評意識をかなり正確に商量することができる。[2] いま、両勅撰集入集の「宮河歌合」歌を記すと次の如くである（本文は新編国歌大観本に拠るが私に校異を傍記した。また、論述上の便宜を図って定家撰としてよいと思われる場合は「定」を歌番号の下に付し、さらに定家の秀歌撰『二四代集』[3] に存する場合は「採」を歌番号の上に付した）。

A『新古今集』入集歌（計十六首）

1定　世の中を思へばなべてちる花の我が身をさてもいかさまに《いづちかもイ》せん（雑上〈九番左勝〉）

2　山かげにすまぬ心は何なれやをしまれて入る月もある世に（雑中〈十三番左負〉）

3　月の色に心をふかくそめましや宮こを出でぬ我が身なりせば（雑上〈十四番左負〉）

4定　すつとならばうき世をいとふしるしあらんわれみば《にはイ》くもれ秋のよの月（雑上〈十六番右持〉）

採5定　しら雲を翅にかけて行くかりの門田の面の友したふなる（秋下〈十九番左勝〉）

採6定　秋篠やとやまの里や時雨るらんいこまのたけに雲のかかれる（冬〈二十番左勝〉）

7　小倉山ふもとの里に木の葉ちれば梢にはるる月をみるかな（冬〈二十四番右持〉）

採8定　おしなべて物をおもはぬ人にさへ心をつくる秋のはつかぜ（秋上〈二十六番左持〉）

9定　誰すみて哀しるらむ山里の雨ふりすさむ夕ぐれの空（雑中〈二十六番右持〉）

採10定　年月をいかで我が身に送りけむ昨日見し人《の人もイ》けふはなき世に（雑下〈二十九番左負〉）

採11定　昔思ふ庭にうき木を積みおきてみし世にも似ぬ年の暮かな（冬〈二十九番右勝〉）

採12定　またれつる入あひのかねの音すなりあすもやあらばきかむとすらん（雑下〈三十番左持〉）

採13定　何事にとまる心のありければさらにしも又世のいとはしき（雑下〈三十番右持〉）

14定　身をしれば人のとがとも思はぬに恨がほにもぬるる袖かな（恋三〈三十四番左負〉）

採15定　あはれとてとふ人のなどなかるらん物思ふ宿の荻のうはかぜ（恋四〈三十五番左持〉）

採16定　思ひしる人あり明の世なりせばつきせず身をばうらみざらまし（恋二〈三十五番右持〉）

B『新勅撰集』入集歌（二首）

1　をぐら山ふもとをこむる夕霧に立ちもらさるるさをしかの声（秋上〈十八番右勝〉）

2　風さえてよすればやがて氷りつつかへる波なきしがのからさき（冬〈二十五番右勝〉）

（新編国歌大観本による）

二

『新古今集』の選歌に当たり、定家の積極的評価を受けたと認め得る「宮河歌合」歌は十三首を数えるのであるが、当歌合加判時の評価についていえば、勝歌四首、持歌七首、負歌二首の如くに分類される。勝歌は一応さておき、持歌・負歌の場合は検討が必要となろう。先ず持歌についてみると、二十六番・三十番・三十五番の如くそれぞれ左右歌ともに選ばれた場合が多いので、4「すつとならばうき世をいとふしるしあらん」歌のみが問題歌として浮かびあがる。この歌を定家はどのような意識で選んだのであろうか。定家の判詞には「月はうき世のといふ歌の詞につきて心をおもへる、共にふかくみえ侍れば、持とや申すべからん」とだけあって、左持歌「憂世にはほかなかりけり秋の月ながむるままに物ぞかなしき」とこの右歌とをまったく等価的に評しているに過ぎない。判詞の「月はうき世のといふ歌の詞につきて云々」は、「妻に遅れて侍ける頃月を見侍て　ながむるに物思事のなぐさむは月は憂き世の外よりや行く」（拾遺・雑上・大江為基）という古歌を取り、憂き現世を超えた存在としての月と関わりながらも、なお本歌の趣向あるいは作意に安住できないと詠む西行歌独自の作意の深さを鋭く理解した批評であり、その趣向受容のレベルではたしかに左右歌は等価的である。だがたとえばここには、歌の調べに関する批評は見えない。もしそうした点に思量が及べば、左歌の方がずっと平明あるいは平懐風であることは、論を俟たないのではなかろうか。現世とは別次元の存在である月を見るにつけても、憂き世の埒外に超出できないわが身の悲哀を痛切に自覚するという〈歌の心〉が、沈静した調べで素直に平明に詠まれている。あえて平懐風と評し去りたいような歌である。それに対して右歌は、すくなくとも平明風ではない。憂き世を超出する大事の出離遁世をするためには、なまじっか俗世の憂さを慰めてくれる月などない方がよい。わが身にだけは天界の月よ曇って、厭離に徹することのできるきざしを示してくれるだろうかと詠むこの歌は、現世とは別次元の存在である月に対して、自分とだけは次元を超えての交流をしてほしいと要求しているといえよう。「くもれ」というのは、本歌の『拾遺集』歌に即せば、「憂き世のほか」のよそよそしい態度を取らずに地上的存在であるわが身と同列になって、わが身の憂き世超脱を介助せよと迫っているのであり、この無い物ねだりをする歌想はかなり激越である。その激情のしからしめるところ、歌調は決して平明ではない。すくなくとも左歌より屈折的で、その調べを通じて作者主体の深い苦悩が生なましく感受されるように稿者には思われる。しかし定家の判詞は、そうした機微にまでは踏み込まず、持の判定を下したのである。だが、若き日の定家判詞が十全な内容であることを期待するのは、たぶん酷であろう。『新古今集』撰集時に、同列の持歌でありながら左歌を選ばずに右歌のみを選んだところに、むしろ定家の成長ないし反省あるいは変貌を読み取るべきなのではなかろうか。このように考えると、持歌の4「すつとならば」歌の選入も、恣意的とばかりはいえない相応の根拠が潜在的にはあったように思われてくる。そもそも、この「宮河歌合」の三十六番右歌「哀哀此世はよしやさもあればあれこむ世もかくやくるしかるべき」を「右、此世とおき、こむ世といへる、偏に風情を先として、詞をいたはらずは見え侍れど、かやうの難は此歌合に取りては、すべてあるまじき事に侍れば」と評し得た定家にとって、この十六番左右持歌二首ともをでなく、右歌のみを採る可能性は潜在的に十分あり得たことであったろう。この潜在的傾向が、十数年後の『新古今集』撰集時に顕在化する例証として、前掲の当歌合での負歌が『新古今集』に選ばれた場合についても考えてみる。10「年月をいかで我が身に送りけむ昨日見し人けふはなき世に」（二十九番左負）の入集は、右勝歌との両首選入なので一応さておくとして、14「身をしれば人のとがとも思はぬに恨がほにもぬるる袖かな」（三十四番左負）が選ばれた不審が解明されねばなるまい。歌合では、「中中になれぬ思ひのままならばうらみばかりや身につもらまし」（右勝）と番えられて負となっている。勝歌をえらばずに負歌を採っているのであるから、『新古今集』撰進時におけるこの負歌に対する定家の評価は、逆転的にかなり高いものがあったと考えねばなるまい。藤平春男氏は、「左も心あるさまなれど、右、猶優にきこえ侍れば、勝と申すべし」とある判詞の「優にきこえ侍れば」という批評を重視し、左歌の「かなり深く思い入った気分を的確に言いえているのを『心あるさま』と認めており、決して左を悪い歌としているのではないらしいが、それにしても右が『優に聞え』るとしてそれに勝たしめているのは、宮廷歌人としてのつねに流麗典雅を頭においているためであるかと臆測されるのである」と説かれている(4)。歌合の場における批評では、いわゆる歌合歌の特性として優雅性を重視する姿勢は歌界全般に見られる共通の傾向であり、若い定家にこのような判詞が存することもそれほど不審ではない。しかしながらまた『新古今集』撰進時に新しい眼で西行歌に接した時、この一見女々しいが人間的矛盾に満ちた煩悩心の深淵を凝視するいかにも西行らしい特性の具顕した左歌を選ぶ変化が生じることも、その後十数年に渡る〈心の深さ〉重視という歌界の動向を考えれば、不思議とはいえないであろう。ともあれ、この事実は、十六番の右持歌のみを選んだ事実と通底する現象ではないかと思量され、前述したその選歌意識についての私見の妥当性を相互補完的に保証するように思われるのである。

『新古今集』撰進時における定家は、自身の和歌観からいえばかなり異質であり、したがって必ずしも積極的には高く評価できなかった西行歌を、改めて見直し、その人間的かつ激情的な〈心の深さ〉という特性を認めようとしていたように思われる。今は多少の事実と推測的知見とのみを記して深くは触れないが、この態度は、いわゆる新古今調路線を推進しようとするこの時代の定家の歌人的ありかたと、基本的に通じる姿勢であったのであろう。

三

ところで、『新古今集』成立後約十年を経て成ったとされる、建保三年（一二一五）『二四代集』についてみると、前節で論じるところのあった4「すつとならば」歌と14「身をしれば」歌の二首ともが採られていないことが判る。『二四代集』をめぐる研究史は、かなり層が厚い(5)。その学恩を受けていえば、この歌集を単純な秀歌撰として扱うことには慎重でなければならず、本歌取実践の立場からの参考資料歌集成という側面を無視することはできないであろう。ただ、本歌として相応しい歌には秀歌ないし留意すべき歌が多いであろうという道理から、おのずから結果的に、この歌集が大きくは秀歌撰としての性格を示すと考えることは許されるであろう(6)。そのような立場での秀歌撰的性格を認めた上でいえば、『新古今集』撰進時には西行の秀歌あるいは入集に値する歌としてあえて認定した歌を、約十年後の『二四代集』の時点では評価しなかったことになり、定家の西行歌観に基本的な面での何らかの変化があったことの例証となるのである。「宮河歌合」まで含めていえば、「宮河歌合」（定家二十八歳頃）→『新古今集』（四十一歳頃）→『二四代集』（五十四歳頃）と、定家の西行歌評価基準に大きく二度の変化があったことを、想定してみなければならなくなる。

このような仮説を立て、「宮河歌合」からの定家撰新古今入集歌をさらに広く検すると、次の、

7小倉山ふもとの里に木の葉ちれば梢にはるる月をみるかな（二十四番右持）

なども注意される。左の「霜うずむ葎がしたの蟋蟀あるかなきかのこゑ聞ゆなり」と番えられた持歌であり、判詞で「両首歌、左、暮秋霜底、聞暗蛬残声。右、寒夜月前、望黄葉落色。意趣各宜、歌品是同。仍為持」と評された歌どもである。「意趣各宜」とあり、それぞれの暮秋寒夜寂寥の気を詠む歌境は「宜し」と評されているので、それなりに高い評価は受けているが、定家はどちらも『新古今集』に選んでいない。二首いずれも前述した4・14歌とは異質

の平明調であるが、とすると4・14の場合が、持歌あるいは負歌であるにもかかわらず西行らしい特色の現れた激越調としてあえて選んでいたのと、この平明調を採らなかったのとは見事に整合するのではなかろうか。4・14歌を選ぶ立場からは、7歌を選ばないのはその裏返しとしてむしろ当然であったろう。そしてこの7歌は、『二四代集』にも採られることはなかった。

『新古今集』撰進時における定家の西行歌評価基準が、平明調に辛く激越調に傾き易いところにあったことは、やはり一応認めてよさそうであるが、『二四代集』編纂時の定家の批評意識が必ずしもそうではなくなっていたことについては、なお検証の要があろう。7歌が『二四代集』で復活することがなかったことなどは、さらに一考を要請するからである。

四

「宮河歌合」の勝歌で、『新古今集』でも定家の撰者名注記を有する次の歌、

1世の中を思へばなべてちる花の我が身をさてもいかさまに《いづちかもイ》せん（九番左勝）

などは、定家判に「左歌、世の中を思へばなべてといへるより、をはりの句の末まで、句ごとにおもひ入れて、作者の心ふかくなやませる所侍れば、いかにも勝ち侍らん」と評せられた、いかにも西行らしい激情の迸る歌であり、定家が『新古今集』に選んだのは、4・14歌を選ぶのと同じ評価基準による結果であるともいえようが、『二四代集』では採られていない。この事例などは、前節での想定的仮説を裏づける一証たり得るであろう。

では、次の場合はどのような真相を開示するのであろうか。

8おしなべて物をおもはぬ人にさへ心をつくる秋のはつかぜ（二十六番左持）

9誰すみて哀しるらむ山里の雨ふりすさむ夕ぐれの空（同右番右持）

定家判には「左の秋風、右の暮雨、心かれこれにみだれて、又わきがたく侍れば、持とや申すべからん」とあり、左右歌ともに『新古今集』に選んでいるが、『二四代集』では8歌を採り9歌を除いている事例である。左歌は、「物をおもはぬ人」に西行自身も含まれているとして、その歌意を自卑・自虐・自慰・自誇などのいずれと取るか、深く考えるとかなり難解な歌であるが、歌調は平明であるといえよう。とするとその『二四代集』入集は、たとえば「…にはかにかたはらよりやすくとしてよみいだしたる中にいかにも秀逸は侍べし。その歌はまづ心ふかくたくみにことばの外まであまれるやうにて、すがたけだかくことばなべてつゞけがたきがしかもやすらかにきこゆるやうにて…」（毎月抄）などともあるように、深い心を蔵した平淡風の歌として、定家の変わらぬ評価を得ていた結果であると論じることもできると思われる。先に、『二四代集』の時点では、1・4・14歌などの不採用を通じて推察される平明風への傾斜が生じたことについて述べたが、その平明風とは、単なる平懐風でなく、「ことばなべてつゞけがたきがしかもやすらかにきこゆる」平淡風とでもいうべき詠風であったといえよう。では、右歌の場合はどうであろう。『二四代集』では同じ持歌の8左歌が採られたのに、9右歌が何故選ばれなかったのかは簡単に説明できない。歌語「すさむ」をめぐる定家の好尚とも関連するかと考えてみるが、むしろ『新古今集』に近い時点で「すさむといふ詞ふるくき、ならはずや侍らん」（千五百番歌合・七百九十二番）など難じたこの歌語も、『二四代集』成立の前年頃の建保二年八月「内裏歌合」や建保四年八月二十二日『歌合』ではいささかも難ずるところがなかったのであり[7]、その面からの考察も無益であろう。したがって、前述したが如き詠風の左歌が採られ、一見それと同様の平明風右歌が採られなかった事実をあえて意味づけようとするならば、右歌は左歌よりも平明に過ぎ、平懐一歩手前の歌境として受容されていたのではと論じてみるより仕方があるまい。『二四代集』中の俊成歌五十三首に対しての西行歌五十首という歌数は、俊成息定家の立場では妥当なところである。右歌を採ることによる一首の増加がもつ意味は、かなり大きいであろう。しかしながら、『二四代集』の時点においてもまったく等価的に意識されていたならば、その8左歌と9右歌の一方を捨てることによってあくまで五十首という歌数を守らねばならないほど、この数値は絶対的なものではあるまい。すくなくとも、この数値を意識して一方の9右歌を捨てようと考えた程度には、両歌の比較評価がやはり微妙になされていた蓋然性が高かったように思われるのであり、さてこそ上述の如くに論じてもみなければならなかったのである。現代のわれわれにはもう感受できない定家独特の享受であったのか、あるいは定家の享受とはいう条主観的恣意的揺れを想定しなければならない実態であったのか、は問わないとしてもである。9右歌についてのかような考察結果は、前節で述べた7歌が『二四代集』にも選ばれなかったことをめぐっての些かの疑念を解くのにも、有効となろう。この7歌が、『新古今集』撰進時のみでなく『二四代集』編纂時においても、平明に過ぎるが故に定家の選ぶところとならなかったということは、十分にあり得たと思われるのである。

以上、主として「宮河歌合」加判時さらに『新古今集』撰進時と『二四代集』編纂時の三時点における、定家の批評意識の不整合性に着目し、そこから想定される定家歌観ないし和歌評価基準の二度の変化について立論してみた。この想定はどの程度の信憑性を持ち得るのであろうか。「宮河歌合」での定家判の内容と整合するその後の批評実践を、『新古今集』『二四代集』に確かめることもできる。2・3番歌のような「宮河歌合」での負歌が、また5・6番歌のような勝歌が、その後の『新古今集』『二四代集』でも同じように前者は選ばれず後者は選ばれるという評価を受けている場合もあり、12・13番歌と15・16番歌のように、「宮河歌合」でともに積極的評価を受けた優劣つけにくい持歌が、『新古今集』『二四代集』でも一貫して選ばれている場合もある。三時点を見通して、定家批評意識の整合性を認め得る事例も多いといえよう。10・11番歌なども、一応勝負の判定を付されてはいるが、判詞を読めばともに「哀に侍るを」あるいは「猶優に侍れば」と評された歌として、『新古今集』にも『二四代集』にも選ばれ、特に前歌を通じては人生の実相を凝視する〈心の深さ〉への定家の志向が三時点を通じて変わらなかったことをも察知し得るのである。定家批評意識の時流にとらわれない安定した一面を認め得るのであるが、私見によれば、こうした現象は本論にとって決してマイナスとはならないように思われる。それどころか、こうした安定面が基盤となっているからこそ、1・4・14番歌などをめぐる定家批評意識の変化面が、むしろ無視できない重い意味を担っているのではないかと思われるのである。

特に、『新古今集』撰進時から『二四代集』編纂時への間に見られた変化が注目される。「宮河歌合」と『新古今集』を比べても、先述した14番歌などの評価に現れた変化は留意されねばならない。10・11番歌の場合には、「猶優に侍れば」と評された11番勝歌とともに、心の深さを「いと哀に」と評された10番負歌も『新古今集』『二四代集』と選ばれ続けて、定家歌観の安定面浮き彫りに一役買ったのであるが、14番歌の場合は、「猶優にきこえ侍れば、勝と申すべし」と評された右勝歌「中中になれぬ思ひのままならばうらみばかりや身につもらまし」を採らず、「左も心あるさまなれど」と評されていたこの左負歌が『新古今集』に逆転的に選ばれていたのであり、既述の如く、西行らしい激越調の姿の歌に対する定家の評価は『新古今集』においていっそう高い。しかしそれは、「宮河歌合」加判時にすでに何程か現れていた批評意識のいっそうの自覚化ないし発展としてとらえることもできるであろう。『新古今集』から『二四代集』への変化は、もはや大きくは同一路線の進展ないし深化ということを許さない、いわば質的変貌であった。この『二四代集』に窺える西行歌評価の変化は、実は西行歌のみにとどまらず、他の歌人の歌に関しても見られる現象である。（注3）に述べた『二四代集』の研究史に照らすと、『新古今集』を飾ったいわゆる情調構成的な歌で、この秀歌撰に採られなかったものがかなり多いことを認めねばならない(8)。定家の撰者名注記を有する歌で、『二四代集』から漏れている歌には、たとえば次のような例歌を容易に拾うことができる。

鵜飼舟高瀬さしこすほどなれや結ぼほれゆくかゞり火のかげ（夏・寂蓮）

雲まよふ夕べに秋をこめながら風もほに出でぬをぎの上かな（夏・慈円）

風わたるあさぢが末のつゆにだに宿りもはてぬよひの稲妻（秋上・有家）

さえわびてさむる枕にかげみれば霜ふかき夜の有あけの月（冬・俊成卿女）
面影のかすめる月ぞやどりける春やむかしの袖の涙に（恋二・俊成卿女）
いくめぐり空ゆく月もへだてきぬ契し中はよその浮雲（恋四・通光）
いま来んと契しことは夢ながら見し夜ににたる有あけの月（恋四・通具）

第一首目の寂蓮「鵜飼舟」歌は、建久四年「六百番歌合」夏上二十四番右負歌で、定家の他に雅経の推薦も受け隠岐撰抄本にも残された歌。同歌合では負歌となっているが、「夜かはたつさつききぬらしせぜをとめやそとものをもかがりさすはや」（左勝・顕昭）と番えられ、「右申云、左歌ききよからず。左申云、火のむすぼほる、心えず」という左右方人指難を受けとめた俊成後日判に「判云、よかはたついみじく事事しくいはんと思ひて侍るめり。むすぼほれゆくかがりびのかげも、たかせこさん程はさも見え侍りなん。但、左の歌、ききよからぬさまには侍れど、かくしもかやうにいひいづることも、ゆるすかたも侍りぬべし。左などか勝侍らざらむ」と評されている歌である。「事事し」い新奇な詞に旧風的類型からの脱却を志向する六条藤家顕昭の歌に対しても、必ずしも否定一辺倒ではない俊成判の特性が観取されるのであるが、右寂蓮歌に対しても、左方に指難された第四句の表現を「たかせ（稿者注…浅瀬）さしこさん程はさも見え侍りなん」の如くその実情性を認めて評価しており、負という判定は旧・新風の対立するこの歌合の場に臨む判者俊成の歌壇領導者的姿勢に基づく結果であって、(9)この場合マイナス的要素とはなるまい。定家らにより『新古今集』に選ばれるに値したこの歌の文学性ないし文学作品としての価値については、稲田利徳「新古今集の『古』と『今』―『むすぼほる』世界―」（和歌文学論集8『新古今集とその時代』風間書房、平成3）に説くところがある。いわば新古今調の一首としてこの集を飾った秀歌であろうが、『二四代集』では除かれて了った。この一事例だけでも、『二四代集』編纂に際しての定家の評価基準が奈辺にあったかを象徴的に語っているように思われる。第二首目慈円「雲まよふ」歌、第四首目俊成卿女「さえわびて」歌、第五首目俊成卿女「面影の」歌、第六首目通光「いくめぐり」歌、第七首目通具「いま来んと」歌なども、それぞれ「風さわぎむら雲まよふ夕べにも忘るるまなく忘られぬ君」（源氏物語・野分）「牀前看月光、疑是地上霜、挙頭望山月、低頭思故郷」（李白・静夜思）「月やあらぬ春やむかしの春ならぬわが身一つはもとの身にして」（古今・恋五・業平〈伊勢物語〉）「忘るなよ程は雲居になりぬとも空ゆく月のめぐり逢ふまで」（拾遺・雑上・橘忠幹〈伊勢物語〉）「いま来むといひしばかりに長月の有明の月を待ちいでつるかな」（古今・恋四・素性）を、本歌・本説・参考歌として重層的に享受し得る新古今的情調歌である。また、第三首目有家「風わたる」歌は『六百番歌合』秋上十八番稲妻の左勝歌で、家隆歌と番えられ、右方からも「右方申云、左歌宜歟」と賞せられている。撰者名注記には定家のほかに家隆・雅経も名を列ね、隠岐撰抄本でも残された新古今時代の秀歌であるが、この清艶な情調歌を『二四代集』に選ばない批評意識はきわめて自覚的なものであったはずである。その他、西行歌ではあるが、有名な「こゝろなき身にも哀はしられけりしぎたつ沢の秋の夕暮」（秋上）が『二四代集』から外されたのも、自覚的所為であったといえる。この「こゝろなき」歌は「御裳濯河歌合」（俊成判）の負歌であり、『千載集』入集も見送られた歌であるが、その非入集をめぐる西行の不満が『今物語』や『井蛙抄』『水無瀬の玉藻』などにも載る有名歌で、おそらく当時すでに歌人たちの批評意識を刺激していた状況が推測されよう。そうした状況を背景にしての『新古今集』入集は、定家・家隆・雅経の推薦によるものであり、隠岐撰抄本でも残されている。この歌を『二四代集』から外すについては、前述したが如き入集総歌数の大枠もさることながら、しかるべき評価基準の確立がなされていての判断があったと思わざるを得ない。定家のこの歌についての享受内容を説くことは今は慎み、後節に委ねることにするが、上句と下句の疎句的連関によって構成される歌境はすくなくとも平明あるいは平淡風とはいえず、定家の判断が前掲歌群を『二四代集』に採らなかった批評意識の延長線上でなされていた一例証とはなるのであり、前述した『二四代集』における定家の西行歌批評意識の変化が、単に西行歌についてのみでなく、他の新古今調歌一般に見られる変化と歩調を合わせての現象であることの証例ともなっているといえるのである。

五

定家の撰者名注記を有しない『新古今集』歌の場合は、どうであろうか。

梅の花あかぬ色香も昔にておなじかたみの春の夜の月（春上・俊成卿女）

昔おもふ草のいほりの夜の雨になみだなそへそ山郭公（夏・俊成）

雨そゝくはなたち花に風すぎて山郭公雲になくなり（夏・俊成）

あふちさくそともの木かげ露おちて五月雨はるゝ風わたるなり（夏・忠良）

あだにちる露の枕にふしわびてうづらなくなりとこの山風（秋下・俊成卿女）

ながめつゝいくたび袖にくもるらん時雨にふくる有あけの月（冬・家隆）

かぎりあれば信夫の山のふもとにも落葉がうへの露ぞ色づく（恋二・通光）

見し人のおもかげとめよ清見潟袖にせきもる浪のかよひ路（恋四・雅経）

思いる身は深草の秋の露たのめし末やこがらしの風（恋五・家隆）

などなど、いずれも新古今調の典型歌あるいは父俊成の歌（特に「雨そゝく」歌は家隆・有家の撰者名注記をもつ）が選ばれていなかったのであるが、これらを除くのは決して恣意的所為ではなかったと考えるのが穏やかであろう。俊成「昔おもふ」歌は有名であるが、これはやや構成的趣向の目立ち過ぎる歌であるとも思われ[10]、その点は「雨そゝく」歌も同様といえよう。総じて、巧緻な情調構成的複合美的表現に対して、定家の否定的批評意識が強く働いていることが察知されるのであり、前節までの考察をこの面からも裏づけることができそうなのである。

ただ、このような視座からは理解しにくい場合もある。たとえば、「逢坂やこずゑの花をふくからにあらしぞかすむ関の杉村」（春下・宮内卿）のような定家の撰者名注記をもつ知巧的情調構成歌が『二四代集』にも依然として残されていること、「したもえに思ひきえなん煙だに跡なき雲のはてぞかなしき」（恋二・俊成卿女）のような、これは定家の撰者名注記をもたない妖艶な新古今調歌で、建仁元年「花月恋五十首」でも定家の合点を付されなかった歌がやはり『二四代集』に残されていることなどを勘案すると、現代の享受者の理解を超えた定家批評意識の実態についてのより深い考究が要請されねばならなくなる。いったい、定家自身の歌に対する場合はどうであったのだろうか。

そもそも定家は、自身の歌を『新古今集』に選ぶことはなかったし、それは他の撰者が自歌に対する場合にもわずかな例外を除いて大方は当て嵌まる原則であるが、さすがに『二四代集』では自撰している（前述したように単なる秀歌撰ではないことの一つの現れであろう）。だが、その歌数はたった十六首に過ぎない。[11] それだけに精選された歌どもであったといえよう。ところが、それらのなかに

春の夜の夢のうき橋とだえして峰にわかるゝ横雲の空（春上）
おほぞらは梅のにほひに霞みつゝくもりもはてぬ春の夜の月（春上）
梅の花にほひをうつす袖のうへに軒もる月のかげぞあらそふ（春上）
霜まよふ空にしほれしかりがねの帰るつばさに春雨ぞふる（春上）
見わたせば花も紅葉もなかりけり浦のとまやの秋の夕暮（秋上）
さむしろや待つ夜の秋の風ふけて月をかたしく宇治の橋姫（秋上）
とこの霜まくらの氷きえわびぬむすびもおかぬ人の契に（恋二）
松山と契し人はつれなくて袖こす浪にのこる月かげ（恋四）
忘れずは馴れし袖もやこほるらんねぬ夜の床の霜のさむしろ（恋四）
消えわびぬうつろふ人の秋の色に身をこがらしの森の白露（恋四）
かきやりしその黒髪のすぢごとにうちふすほどは面影ぞたつ（恋五）

など、現代の批評家たちが定家の代表作であり、したがってまた『新古今集』の精髄であると賞賛を惜しまない、歌どもはついに見出せないのである。こうした典型的新古今調歌を除くのが定家の基本的撰歌姿勢であったかというと、そうとも断じられない。

時わかぬ浪さへ色にいづみ河はゝそのもりに嵐ふくらし（秋下）
年もへぬいのる契ははつせ山をのへの鐘のよその夕暮（恋二）
帰るさの物とや人のながむらん待つ夜ながらのありあけの月（恋三）
しろたへの袖のわかれに露おちて身にしむ色の秋風ぞふく（恋五）
藻塩くむ袖の月かげおのづからよそに明かさぬ須磨の浦人（雑上）

など、前掲歌群と比べて特に異質の歌境とも思えない自歌を選んでいる事実もあるからである。一方を取り一方を捨てる評価基準の内実を完全に明らかにすることはきわめて困難であろう。(12) 定家自身の歌について検しても、『二四代集』編纂時における定家の批評意識は、厳密には現代のわれわれの理解を超えているといわねばならないようである。
かくの如く、『二四代集』における定家の批評意識の実態は、前節までに説いたような綺麗事では済まされない渾沌を蔵していた。第二節に掲げた「宮河歌合」西行歌群中の九番歌について苦しい説明をせざるを得なかったのも、こうした渾沌と無縁ではなかったからであろう。

六

このように考えてくると、『二四代集』編纂時における定家の西行歌評価基準が妥当なものであったか、疑問も生じよう。だが、はたしてそうであったろうか。試みに先ず、現代の評者が取りあげる西行の代表歌と『二四代集』中の西行歌との重なり状況を調べると、次表の如くである。

（A表）

参照研究書名	刊行年	とりあげられた西行歌延歌数	二四代集との重複歌数
久保田淳『西行山家集入門』	昭和53	218首	20首
山木幸一『西行の世界』	昭和54	313首	7首
有吉　保『王朝の歌人8　西行』	昭和60	320首	11首
久保田淳『旅と草庵の歌人　西行の世界』	昭和63	248首	18首
高橋英夫『西行』	平成5	139首	9首
饗庭孝男『西行』	平成5	617首	23首

〔備考〕(1)　詞花集（読人不知）～新古今集の三集における西行歌入集歌数…113首。
(2)　二四代集中の西行歌数…50首

現代の評者が西行を論じるために拠る西行歌の世界と、定家が結果的にではあるが西行歌の秀歌的世界として構成した世界とでは、大きな懸隔のあることがよく判るであろう。定家の西行秀歌観は、現代の評者が西行和歌の世界について論じる範疇とは異なった次元で形成されていたのであり、逆にいえば現代の西行論は、定家の意識していた〈西行秀歌の世界〉とは異なった側面に照明を当てて、別次元で営まれているともいえるのである。現代評者の批評の立場や視点については、なお吟味考量の必要があろうが、それを捨象してもこの差異を無視することはできないであろう。

だが、定家自体に角度を変えた照明を当てて考えると、また異なった側面が現れてくる。すなわち、定家の意識した西行秀歌の世界はかなり強固なものでもあった。『二四代集』から約二十年後、天福二年（一二三四）成立とされる定家撰『八代集秀逸』に、西行の秀歌としてその『千載集』歌二首、同じく『新古今集』歌三首が採られている。

aこの世にて又あふまじきかなしさにすゝめし人ぞ心みだれし（千載・哀傷）

ｂなげけとて月やはものをおもはするかこちがほなる我涙かな（千載・恋五）

ｃあはれいかに草葉のつゆのこぼるらん秋風たちぬ宮城野の原（新古今・秋上）

ｄあきしのや外山の里やしぐるらん生駒のたけに雲のかゝれる（新古今・冬）

ｅくまもなきをりしも人を思出でて心と月をやつしつるかな（新古今・恋四）

『新古今集』歌三首はいずれも定家の撰者名注記を有する歌であり、[13]さらにこの五首とも『二四代集』に選ばれている歌どもである。定家にとっての究極の西行精髄歌世界は、『新古今集』撰進時と『二四代集』編纂時と『八代集秀逸』撰進時とを通じて、一貫して変化しなかったことを認め得るともいえよう。ところが、最初の「この世にて」歌と最後の「くまもなき」歌は「御裳濯河歌合」にも「宮河歌合」にも入っていないので、西行自身の自讃歌世界とは微妙にくい違うのであり、現代評者の西行歌評価とも相違するようである。前掲Ａ表の参照研究書について、これらの歌を取りあげているかどうかの有無を調べると、次の如くである。

（Ｂ表）

参照研究書名	a	b	c	d	e
久保田淳『西行山家集入門』	有	有	有	無	無
山木幸一『西行の世界』	無	有	無	無	無
有吉　保『王朝の歌人8　西行』	有	有	無	無	無
久保田淳『旅と草庵の歌人　西行の世界』	有	有	無	有	無
高橋英夫『西行』	有	有	無	無	無
饗庭孝男『西行』	有	有	有	無	有

饗庭孝男『西行』（小沢書店、平成５）は、西行歌六一七首を引く大冊だけに五首中の四首が重なるが、それでも西

行自讃の「あきしのや」歌を欠き、他の研究書は二首ないし三首を欠いている。つけても、定家『八代集秀逸』で選んだ西行歌五首を通じてとらえることのできる西行的世界とは、いかなる特性を示しているのであろうか。因みに安田章生『西行と定家』（講談社現代新書、昭和50）についてみると、西行と定家をその関係深さにおいて意味をもつ存在としてとらえたこの一書でとりあげた西行歌六十八首中に、上掲五首はまったく含まれていないのであり、改めて、定家の認識していた西行秀歌の世界をこの五首を通じて把握することが要請されているように思われるのである。

a「この世にて」歌の作意は、本来俗世への未練を断ち切ることを勧めるべき西行本人が俗世的感情に溺れて人間的真情を吐露するというところにあり、地上的存在としてのわが身に忠実な歌であるといえる。b「なげけとて」歌の作意は、元来現世超出的存在であるべき月について、本来そうであるはずなのに、地上的存在であるわが身に涙させる密接な関係を思わざるを得ないというところにある。e「くまもなき」歌も同趣であって、現世超出的存在であるべき月なのに、あの恋しい人を思い出して了ったが故に、その月を地上に引きずりおろして了ったとぼやく作意の歌である。以上三首いずれも、凡俗煩悩の人西行像を浮き彫りにする歌どもであり、定家が西行秀歌としてこれらの歌を選んでいる事実のもつ意味を重視せざるを得ないであろう。c「あはれいかに」歌、d「あきしのや」歌はともに自然観照歌である。歌の姿についても、下句が嘱目の景であり、それに基づき上句の推量表現が発想されるという共通性が指摘されるのである。非常に確とした自覚を伴う選歌であったように思われる。

さらにいえば、c「草葉のつゆのこぼるらん」d「外山の里やしぐるらん」という、自然が涙しているとも受容し得る悲哀感の漂う歌境は、a・b・e歌三首のいわば地上的存在の人間が涙するという作意を通じて感得される悲哀的歌境と相通じるものがあるように思われるのである。自然は永遠不変の存在であり、人間は無常可変の存在であって、異質的な存在であるともいえよう。しかしそれは、たとえば人間が自然と密接な有機的関連をもつという視座に立てば、あるいは結局量的相違に過ぎないのであって質的相違ではないのかも知れない。ひとたびそのような見方をすると、自然と人間は本質的に同じ存在なのである。明らかに現世超出的存在であるはずの天上の月さえも、西行にとっては、地上の自己と共生している存在であった。これら『八代集秀逸』の西行歌五首についてみると、定家は、そのような西行の人間的ありよう、さらにそのありようから真率に発想される歌を西行らしい秀歌としてとらえていたように思われる。

b「なげけとて」歌は、西行の代表的一首として『百人一首』にも選ばれている。また、後鳥羽院「時代不同歌合」に選ばれた西行歌三首中の二首は、このb「なげけとて」歌とd「あきしのや」歌である（他の一首は「降り積みし高嶺のみ雪解けにけり清滝川の水の白波」で『二四代集』には入集）。定家『八代集秀逸』における西行歌の選歌は決して偏ったものではなく、十分な自覚を伴う所為でもあったし、同時代的な客観的評価に堪え得るものでもあった。

ところで、ここにいう同時代的評価の一つとして『西行物語』をとりあげ、それとの関係について調べるとどうなるであろうか。この作品の成立・諸本の問題は研究者の今後の考察に委ねるとして、仮に広本系統の宮内庁書陵部蔵文明本『西行物語』（新編国歌大観本による）についてみると、他人歌・漢詩などを除いた西行歌全一九〇首中に『二四代集』所収西行歌五十首中の実に四十二首が含まれていることが判明する。この含有率は、先述した現代の評者の場合A表と比較し、単に量的とはいえない質的相違を示しているといわねばならないであろう。この点からも、定家の西行歌評価は当代的評価とそれほど齟齬するものでなかったことがいっそう確かなものとしてうべなわれる。ただ、『西行物語』と重ならなかった『二四代集』の西行歌八首は次の如くであり、一考の要があった。

おしなべて花のさかりに成にけり山のはごとにかかるしら雲（千載・春上）
もろともにながめながめてあきの月ひとりにならむ事ぞかなしき（同右・哀傷）
この世にてまたあふまじきかなしさにすすめし人ぞ心みだれし（同右・哀傷）
なげけとて月やはものをおもはするかこちがほなる我涙かな（同右・恋五）

霜さゆるにはのこのはをふみわけて月は見るやととふひともがな（同右・雑上）
こむよには心のうちにあらはさむあかでやみぬる月のひかりを（同右・雑上）
あかつきのあらしにたぐふかねのおとをこころのそこにこたへてぞきく（同右・雑中）
あはれとも心に思ふほどばかりいはれぬべくは問ひこそはせめ（新古今・哀傷）

（出典の勅撰集歌として掲出）

すなわち、定家の西行秀歌観が凝縮しているともいえる『八代集秀逸』中の前掲西行歌五首中、実に二首がこの八首中に見えるという事実についての考察をして置かねばなるまい。「この世にて」歌と「なげけとて」歌の二首が該当歌であるが、前述の如く定家の西行本性観に基づく西行秀歌観を具現する歌であり、これらが見えないということは、『二四代集』と『西行物語』とで西行歌の選歌意識に微妙な差異があり、ひいて定家の西行秀歌観が独自的に形成されていたことを示唆しているように思われるからである（因みにこの二首は『自讃歌』諸本の西行歌十首中にも見えない）。しかしなお、『西行物語』の広本・略本・采女本・永正本各系統本を検すると、[14]たとえば慶応大学図書館蔵『西行絵詞』（詞林・第十六号所載）などは上掲八首中「なげけとて」歌を除く七首をすべて含んでいる。因みにこの本は、西行歌一三五首中の三十五首が『二四代集』の西行歌と重なっているのであり、その本自体の含有率は前掲書陵部蔵文明本『西行物語』などより高い。定家の西行歌選歌意識の当代的普遍性は、やはりこれを基本的に認め、その上での独特の評価について考察するのが穏当であるということになるであろう。さらに、その独特の評価について具体的にいえば、『百人一首』にも採った「なげけとて」歌に絞って考察するのが妥当な方法となる。前述した『八代集秀逸』の西行歌に関する考察は、こうした面からも当然なさるべきものであったといえるであろう。西行のこの一首としての『百人一首』に「なげけとて」歌を選んだ、定家の矜持を思うべきなのである。因みにこの歌は、『自筆本近代秀歌』や『秀歌体大略』にも選ばれ、定家の好尚度の強さを裏づけている。またこの歌は、「御裳濯河歌合」にも入っているので、実は西行自讃歌の一首でもあった。

以上、『二四代集』における定家の西行歌評価が、現代評者のそれとは大きく異なるものの、当代的評価とはそれほどの相違がなく、その基盤に立っての独特の西行秀歌観は『八代集秀逸』『百人一首』などを通じて察知し得ることを、論じてみた。第五節で論じたように、『二四代集』に観取される定家の批評意識は、いうなれば『新古今集』から『新勅撰集』への道程に位置する和歌史的営みとして、なにほどかの渾沌的様相を示していたが、西行歌に関する限りすくなくとも結果的にはそれほど偏頗なものではなかったことが認められるのである。『西行物語』の世界は、『二四代集』西行歌群の世界を包含する形で成立しているとさえいえよう。しかしながらまた、定家独自の批評領域もあったと思われ、それは『百人一首』に採られた「なげけとて月やはものをおもはする」歌が多くの『西行物語』と重ならないという微差となって、具顕しているのではないかと思われるのである。

つけても、古典和歌の歌風研究に際して、現代人の眼と心によるのみの考察が内包する方法的限界についての認識ないし反省をもつことの必要性を思わざるを得ない。この方法による優れた成果はそれはそれとして、当代におけるさまざまな具体的和歌享受、和歌評価の実践結果を資料として用い、できるだけ主観を排して事実に即するという考察方法を見直したいと思うのである。それは、事実の羅列にとどまるべきではなく、事実のもつ意味を明らかにするところまで責任をもつべき研究方法でなければならないが、古典作品の本文・解釈に関する文献学的研究にも相応する、歌風考察のいわば一種の文献学的実証的研究方法とでも称すべきものであろう。現代人の古典和歌評価ではなく、その古典和歌作品成立時頃の当代的評価を復原しながらの研究考察となる。もちろん、こうした方法がこれまで無視されていたわけではない。ある程度有効にあるいは適宜に応用されていたといえよう。だが、現代人の眼と心がこうした方法論に徹することを妨げる面もあり、当代的事実に即し切ることは容易でない。

小論とても不徹底きまわる模索に過ぎないが、こうした方法論を意識しての一つの貧しい考察実践なのである。

七

本節では、二つの問題を設定し、多少補遺的考察を行う。まず、第一節にとりあげた「宮河歌合」からの『新勅撰集』入集歌二首についての考察であるが、西行の歌としてはたいへん肌理の細かい繊細典雅な詠風というべく、『新古今集』入集歌と比較すると、その地上的存在としての矛盾的自己を凝視する底のいわば煩悩の人西行らしい特性のにじみ出た詠風とは異なっていることが感受される。微妙な自然の摂理に融化して、長高き感味さえ漂う幽遠な歌境であり、「我歌を読む事は、はるかに世の常に異なる也。花・郭公・月・雪すべて万物の興に向ひても、凡そあるところの相、皆これ虚妄なる事眼にさひぎり耳に満てり。又読み出すところの歌句は皆これ真言にあらずや。花を読めどもげに花と思ふ事なし。月を詠ずれどもげに月とも存ぜず。かくの如くして縁に任せ興に随ひて読み置くところ也。紅虹たな引けば虚空いろどれるに似たり。白日かがやけば虚空明らかに似たり。しかれども虚空はもと明らかなるものにもあらず。またいろどれるものにもあらず。我又この虚空の如くなる心の上において種々の風情をいろどると雖もさらに蹤跡なし。この歌すなわちこれ如来の真の形躰也。されば一首詠み出ては一躰の尊像を造る思ひを成す。一句を思ひつづけては秘密の真言を唱ふるに同じ。我この歌によりて法を得る事有り。若ここに至らずして妄りに人この詞を学ばば大いに邪路に入るべし」（栂尾明恵上人伝）と伝えられる西行歌観を具顕した詠風とは、まさにこうした歌であったと私には思われるのである。

この二首、「宮河歌合」ではいずれも勝とされている。判詞を添えて具体的に記すと、次の如くである。

十八番　左

山里はあはれなりやと人とはば
しかのなくねをきけとこたへよ

二十五番　左

よし野山ふもとにふらぬ雪ならば
花かとみてや尋ねいらまし

右勝

をぐら山ふもとをこむる夕霧に
立ちもらさるるさをしかの声

たちもらさるるさをしかのこゑ、まだきかぬたもとまで露おく心ちし侍れば、猶まさると申すべし。

右勝

風さえてよすればやがて氷りつつ
かへる波なきしがのからさき

左も、うるはしきさまによろしく侍れど、帰る浪なきなどいへるは、花にまがふ吉野の雪よりは、深くや侍らん。仍以右為勝。

とある、判詞にも助けられ、決して凡作とはいえない左歌よりも「猶まさると申すべし」「深くや侍らん」と称揚する右歌のそれぞれの第四句、「立ちもらさるる」「かへる波なき」という天来とも評すべき表現に注目した若き定家の眼光はさすがといわざるを得ない。すでにこの頃から、こうした歌境への定家の志向があったことを認め得るのであるが、『新古今集』には選んでいなかった。後鳥羽院歌壇の和歌所を舞台として『新古今集』撰集事業が進行する熱気に溢れた時代には、すくなくとも西行の最高秀歌としては認められなかったのであろうが、晩年の定家にとっては勅撰集歌に相応しいと評価されたのであろう。家郷隆文「新勅撰集における定家の選歌意識」（藤女子大学藤女子短期大学紀要・第12号・第1部、昭和49・12）に説くところのある、「詞は古きをしたひ心は新しきを求め」（近代秀歌）という選歌意識に即していえば、これらの歌はたしかに、「野分せし小野の草ぶしあれはててみ山にふかきさを鹿の声」（新古今・秋下・寂連）「たぐへくる松のあらしやたゆむらんをのへに帰るさを鹿の声」（同上・秋下・良経）「大淀の松はつらくもあらなくにうらみてのみもかへる浪かな」（同上・恋五・読人不知）などと比べて、奥山に鳴く鹿の声に対する山麓の夕霧のなかから洩れてくる鹿鳴、沖合いにかえるべき波に対するかえることのない波という表現は、古歌伝統に見られない新しい心に基づく発想であった。

因みに、定家は『新勅撰集』に右の二首以外、次の十二首を選んでいる。

かぜふけば花のしらなみいはこえてわたりわづらふやまがはのみづ（春下）
あはれわがおほくのはるのはなを見てそめおくこゝろたれにつたへむ（同右）
たまにぬくつゆはこぼれて武蔵野のくさの葉むすぶあきのはつかぜ（秋上）
やまざとはあきのすゑにぞおもひしるかなしかりけりこがらしのかぜ（秋下）
かぎりあればいかがは色のまさるべきあかずしぐるゝをぐらやまかな（同上）
おほはらはひらのたかねのちかければゆきふるほどをおもひこそやれ（冬）
あづまぢやしのぶのさとにやすらひてなこそのせきをこえぞわづらふ（恋一）
きえかへりくれまつそでぞしほれぬるおきつるひとはつゆならねども（恋三）
あらはさぬわがこころをぞうらむべき月やはうときをばすてのやま（雑一）
あととめてふるきをしたふ世ならなんいまもありへばむかしなるべし（雑二）
たのもしききみきみにます時にあひてこころのいろをふでにそめつる（同右）
若の浦にしほ木かさぬるちぎりをばかけるたくものあとにてぞ見る（同右）

この歌どもについて、いま詳説する余裕はないが、贈答歌などを含む雑歌はさておき、他の歌群はいずれも『新古今集』西行歌に見られることの多い叫び調的詠風(15)とは異質の沈静した調べを奏で、「宮河歌合」からの採歌前掲二首とも諧和しているように思われる。新古今時代とは異なった、『新勅撰集』における定家の西行秀歌観を窺い知るべきであろう。それは当然、前述した如き『二四代集』が内包する渾沌のなかで西行秀歌を精選しようとした営みとも無縁ではなかろうが、また、若き日西行に依頼されて「宮河歌合」判者となった二十八歳の定家の心奥に、すでにかなり明瞭な形で自覚されていた事実も、無視されてはならなかったのである。三つ子の魂百までという諺は、定家の場合にもあるいは定家の場合にこそ、当て嵌まるのではなかったろうか。

次に、「こゝろなき身にも哀はしられけりしぎたつ沢の秋の夕暮」（新古今・秋上）という有名な西行歌が『二一四代集』に選ばれなかったことをめぐって、考えてみる。「御裳濯河歌合」十八番で、左歌「おほかたの露には何のなるならんたもとにおくは涙なりけり」と番えられ、「しぎたつさはのといへる、心幽玄にすがたおよびがたし。但、左歌、露にはなにのといへる、詞あさきにて心ことにふかし、勝つべし」と判ぜられて負となったこの歌に関しては、左勝歌「おほかたの」歌が『千載集』に採られたのにこの歌は選ばれなかったことをめぐって、鎌倉期すでに『今物語』や『井蛙抄』に西行が不満を洩らしたという挿話を残し、謡曲『西行塚』にも取りあげられ、また現代においても両歌の詠風あるいは様式美をめぐっての甲乙の立論がなされている。『新古今集』編纂に際しても撰者たちの強い関心を呼んだ歌であろうが、撰者名注記には定家・家隆・雅経が名を列ね、隠岐本でも残されていた。「御裳濯河歌合」では相対的に負歌となったが、「心幽玄にすがたおよびがたし」と俊成に評せられたこの秀歌を選んだ定家の意識は、十分自覚的であったとしてよかろう。それにもかかわらず定家は、この歌を『二一四代集』から除いたのであった。この西行歌の欠落現象は、問われるに値する問題の一つではあろう。

『二一四代集』の西行歌五十首という歌数は、俊成歌五十三首という入集歌数に照らして妥当な歌数かも知れないが、この大枠あるが故の「こころなき」歌不入集であったとする根拠もない。とすると、その不入集の理由は歌自体に求めなくてはならなくなろうが、この歌の解釈・鑑賞を試みた受容の歴史は長く、種々説かれている。いまはその難路に踏み込むことを避けたいと思うが、この歌が、西行らしい自己凝視性、上句と下句との関係に見られる疎句的構成性、秋夕暮の情調的表現により小宇宙を歌自体に形象化しようとする象徴性に特性を示すことだけは押さえておかなければなるまい。この歌境が新古今時代の歌界の好尚にも適い、定家もおそらくその点を評価しての選歌であったのだろうといってよかろう。したがって、この歌を『二一四代集』に採らなかったのは、とりも直さず、こうした歌境への評価の変化が定家の意識に生じていたことを意味する、と解せざるを得ないのである。すくなくとも、『二一四代集』

への西行入集総歌数五十首の大枠を一首増やすことはあえてしない程度には、この西行歌に対する評価の低下が見られたといってよいのではなかろうか。この現象は、実は第三節から第四節にかけて論じた、定家の『二四代集』撰歌意識の一般的状況ともかなり整合的に捉えることができるのであり、この西行歌の取捨採否をめぐって、当時における定家歌観の変貌を誇張的に立論することもある程度可能であると思われる。しかしながら、気になることがある。それは、歌合での勝歌「おほかたの」歌も『二四代集』に採られていないことである。「御裳濯河歌合」での俊成判詞をも斟酌し、「こころなき」歌とは根本的に歌風ないし美的様式を異にするこの歌についての受容史も長く、稿者もしばしば論じて来た。(16) いまは贅言を慎むが、もしこの歌を定家が『二四代集』に選んでいたならば、上述した定家歌観の変貌に関する立論はいっそう筋の通った精彩に富むものとなるであろう。ところが、この歌も採られなかったのであり、その点の考察が要請されるのであった。

この「おほかたの」歌を、一応平明風として捉えた場合、定家の評価に堪える平淡風秀歌であったのかどうかがなお問われねばなるまい。たしかに『二四代集』には、すでに述べた如く平明調への傾斜をある程度認め得るのであるが、第三節で考察した「宮河歌合」の「小倉山ふもとの里に木の葉ちれば梢にはるる月をみるかな」のように、『新古今集』にも定家自ら選ぶことはなかったし、『二四代集』にも採らないということが、平明調必ずしも無条件な称揚につながるわけではないことを証しており、同様の証例は、「岩間とぢし氷もけさはとけそめて苔のしたみづ道もとむらん」(新古今・春上・西行)「み吉野の山かきくもり雪ふればふもとの里はうちしぐれつゝ」(同上・冬・俊恵)などにも見られるのであって、結局は個別的に、おそらく紙一重の微妙な歌風の差異が平明調歌の肯・否定の評価につながっていくので、そうした点を究明しておくことが重要であると思うからである。だが、この問題は難しい。現在われわれが優艶調とか平淡調とかと呼ぶ詠風にも、当然のことながら細かく味わえば微妙な差異が無限にあり、それが評価の揺れとなって現れる機微が推察されるのである。一般的には芸術作品鑑賞に本有の主観的評価の壁である。

この主観性は、特に短詩型文学に関して評者を異にする場合かなり顕著に認められる。古典和歌の世界における両判歌合や定数歌の合点状況が端的に示すところであるが、現代の諸新聞短歌欄などの複数撰者による評価状況はその点がいっそう甚しく、短詩型文学の宿命といってよい。美意識の具体的内容には、本来個人的好尚性が大きな要素を占めるからであるが、この個人的好尚性がまた曲物で、同一評者の場合にも時間的空間的制約を受けた結果としての揺れを見せることがままある。このように考えると、和歌評価基準の絶対性など現実的にはほとんどあり得ないといわねばならなくなるのであった。こうした和歌評価の宿命的相対性からいえば、定家が西行「こころなき」歌を『二四代集』に採らなかったのもさして驚くに当たらず、宿命的揺れの範囲内での一現象に過ぎなかったのであり、「おほかたの」歌の不入集など究明するにも当たらない一瑣事であるということにもなりかねないのである。そもそも先述した、歌風の文献学的実証的研究方法の提唱など、蚯蚓のたわ言であったということになろう。個々の歌に即して、何故あの時は選ばれこの時は外されたのか、何故あの歌は選ばれこの歌は選ばれなかったのかを大真面目に論じても、定家歌観の内実を厳密に精細に捉え切ることは難しかろう。矛盾する現象に直面して、ごまかすか立往生するか窮地に立たされよう。

このような問題があることを認識した上で、なおかつ説くとするとどう論じたらよいのであろうか。一つの方法は、周辺的事実（あるいは事実と推定できる蓋然性の高い事柄）と関係づけながら、その軌道から外れないように種々の可能性を追究して比較考察し、妥当な結論を導き出していく方法論に従うことである。当面の課題に即せば、定家の意識には、「御裳濯河歌合」十八番の俊成判詞とその後の「六百番歌合」における俊成加判実践状況などが、たえず絡みついていたという事実を確認し、その意識と関係づけながら推理し考察してみることになる。「宮河歌合」判者となった定家が、父俊成の「御裳濯河歌合」判詞を脳裏に刻み込んだことは、100％の事実として扱ってよかろう。『新古今集』歌として「こころなき」歌を選んだ時も、すでに『千載集』入集済みの「おほかたの」歌とともにこの俊成判の意味するところを想起したのは、確実であろう。そして、「おほかたの」歌が『千載集』に採られたのに対して、『新古今集』では「こころなき」歌が選ばれたことに、一種のバランス成就の満足感を覚えたのも、きわめて可能性の高いことであったろう。当初、いささかのバランス感覚もなかった可能性がないわけではない。しかし「御裳濯河歌合」俊成判を想起した瞬間に、結果的に一種の治定感を覚えたことを否定することはできないと思われるのである。こうした背景があっての『二四代集』編纂時における「こころなき」歌不入集であるとすると、それはこの私にいう治定感といかなる関わりを持つのであろうか。また、その時定家の意識に去来した選択の幅は可能性として幾通りあったのであろうか。この二つの疑問点を組み合わせて、あえて推理すると、(1)「こころなき」歌を採り「おほかたの」歌も選入する、(2)「こころなき」歌を採らず「おほかたの」歌も選入しない、(3)「こころなき」歌を採り「おほかたの」歌は選入しない、(4)「こころなき」歌を採らず「おほかたの」歌は選入する、という四通りの可能性が考えられるが、そのうち、(3)・(4)は治定感と整合しないという理由でこれを除外し、(1)・(2)の選択肢についての比較考察を行うことに問題は絞られてこよう。定家の意識がどのように働いていたかは、推測の限りでないが、「こころなき」歌が採られていない事実に即せば、定家は(2)の道を歩いたことになるのであり、「おほかたの」歌は、たとえその詠風が好もしくて選入したい意志があったとしても、治定感を破壊してまでこの歌を選入することはできなかったと考えねばならないのであった。

成り行き上、「おほかたの」歌が何故『二四代集』に見えないかということについての推理を試みた。「御裳濯河歌合」俊成判の残像を引きずる「こころなき」歌を採らないことの余波が、「おほかたの」歌の不入集に必然的に及ぶという筋が視えてくるのである。可能性としては逆に、「おほかたの」歌を採らないが故の「こころなき」歌不入集という筋もあり得るが、結局、前述した治定感との関わりが鍵となっての落着という点に変わりはない。歌風の恣意的主観的批評に基づく研究方法の非科学的不毛性を克服するために、周辺的諸状況の中のある事実と関連づけながら考究するという、本稿の歌風研究方法の立場では、この程度の考察にとどめておくよりしかたがないのではなかろうか。

以上、補遺的に二つの問題についてのみ論じてみた。『二四代集』初撰本をも視界に収めての考察など、残された課題は多いが、一先ず擱筆する。

「定家と西行」は、魅力ある永遠のテーマであろう。本稿は、その一断面に照明を当てようとした一試論にほかならない。

注

（1）『先達物語』（定家卿相語）に、最初俊成が入集に否定的であった寂蓮歌「をのへよりかどたにかよふあき風にいなばをわたるさをしかの声」を、定家が強く推薦して採歌された記事が見える。「此集作者之位署、題之年月等、甚無謂事多。昔雖諫申惣不被信用、只任意被注付。今見之慙思事多云云」（明月記・天福元年七月三十日条）は、『千載集』撰集作業における、定家の何らかの積極的関与を窺わせる資料であろう。自主的にせよ何らかの関与意識があったればこその「今見之慙思事多」なのであると読みたい。ついていえば、「あふと見しその夜の夢のさめであれなながきねぶりはうかるべけれど」（千載・恋四）という西行歌の入集に、定家の関与はあり得たのかどうか。定家がこの歌をすくなくともより強く意識したのは、「宮河歌合」加判中であったと推測され、その加判完了は文治五年十月のことなので、文治四年四月～八月頃と推定される『千載集』奏覧完成とは無関係の営みとなる。この歌の採歌源は一応『山家集』ないし『山家心中集』とすべきであろう。だが、「宮河歌合」の加判作業は二年間の歳月を費しているのであり、「心共にふかく、詞及びがたきさまにはみえ侍るを」（定家判）と評したこの歌を意識したのは、『千載集』奏覧よりもかなり早い時期であったといえる。同時に加判を依頼された俊成判「御裳濯河歌合」から幾首も（計十首）選ばれているのを横目で見ながら、積極性に富む二十七歳頃の若き定家が「宮河歌合」からの選歌入集について何らかの意思表示をしたことは、十分に推測できるところである。この歌合からの入集がこの一首のみであることは、この推測にとって不都合な現象であるが、正式には成立していない作品を撰歌資料とすることを基本的あるいは公的に避けたが故の微妙な事情の反映として処理できないこともない。とすると、この西行歌をめぐる定家の批評意識について、この歌が『二四代集』に採られていないことなども含めて論じることが可能となろうが、実証的考察とはならない。

（2）後藤重郎『新古今和歌集の基礎的研究』（塙書房、昭和43）の「撰者名注記一覧表」の学恩に浴しての判断。なお、「撰者名注記」に関する参考文献などは省略に従う。後藤氏上掲著書などについて見られたい。

（3）『定家八代抄』とも（現在はこの呼称が一般的。新編国歌大観第十巻の樋口芳麻呂氏解題参照）。久曾神昇「二四代集と定家の歌論―近代秀歌・詠歌大概・秀歌大体―」（国語と国文学、昭和10・7）、石田吉貞『藤原定家の研究』（文雅堂銀行研究社、昭和32）所収「二四代集」など以来、後藤重郎「『定家八代抄』と藤原定家」（中世文学・第36号、平成3・6）に至るまで、樋口芳麻呂・細谷直樹・藤平春男諸氏による研究が厚い層を形成している。なお本稿では、テキストとしていわゆる再撰本の安永四年刊流布版本（大坪利絹編『二四代集　全』〈親和女子大学国文学研究室発行、平成2〉による）を用いた（ただしその歌を引く場合には、その勅撰集歌としての本文によって掲げる）。論旨展開の便宜上、『二四代集』という作品の定家の最終的歌論意識を考察対象としたいためであり、それはまた、この作品の秀歌撰的性格をも無視しないための措置でもあった。

（4）藤平春男『新古今歌風の形成』（明治書院、昭和44）所収「新古今集における歌合負歌の入集」参照。

（5）注（3）参照。

（6）注（4）藤平氏著書所収の「『定家八代抄』と『近代秀歌』」参照。その後の「『定家八代抄』をめぐって」（徳川黎明会叢書・月報6、昭和62・2）にも説くところがあり、自身の既論について「本書が定家の好尚を示す秀歌撰であるとともに重要な作歌技術上の参考書でもあることを指摘した」と解説している。本稿では、氏が説く「作歌技術参考書的性格」をも正当に認識した上で、その秀歌撰的性格をも重視しての論述を試みる。

（7）拙著『藤原俊成論考』（新典社、平成5）第三章第二節「『千五百番歌合』の歌論評語『あたらし』考」参照。

（8）細谷直樹『中世歌論の研究』（笠間書院、昭和51）の第二章第五節「『二四代集』について」参照。

（9）注（7）拙著の第二章「『六百番歌合』と藤原俊成」参照。

（10）注（7）拙著の序章第四節「寂風と艶風」参照。

（11）『二四代集』の初撰本（大東急記念文庫蔵本）・再撰本ともに十六首。樋口芳麻呂『平安鎌倉時代秀歌撰の研究』（ひたく書房、昭和58）の第三章第二節第一項「定家八代抄」に、初撰・再撰両本の多数歌入集歌人についての選入歌人別歌数比較一覧表が掲げられているが、定家のみ変化がない。因みに西行歌は、初撰本入集歌数三十六首である。

(12) 注（8）の細谷氏論文に「選び採られた歌と選び落された歌とでは、いずれも巧緻妖艶な新古今的特色の濃厚な歌で、その質的相違は、樋口氏の言われるように、今日の目からは容易に見分けがたい」とある、樋口芳麻呂『定家八代抄と研究下』（未刊国文資料、昭和32）参照。

(13) 樋口芳麻呂「新古今和歌集写本にみられる撰者名注記と定家八代抄」（かがみ、昭和40・3〈『日本文学研究叢書　新古今和歌集』有精堂、昭和55所収〉）には、「新古今集における『定』の撰者注記をもつ歌が多く定家八代抄に選入されていて、両者の間に密接な関係が存する」と説かれている。当面問題とする三首についてみても、諸本撰者名注記の状況を検してたしかに定家推薦の歌であることが認められる。

(14) 久保田淳編『西行全集』（日本古典文学会、昭和57）所収の静嘉堂文庫蔵伝阿仏尼筆本西行物語・徳川黎明会蔵西行物語絵巻・久保家本西行物語絵巻、『室町時代物語大成』（角川書店、昭和52）所収の神宮文庫蔵永正六年古写本・赤木文庫蔵正保三年版本・歓喜寺蔵西行物がたり、『続群書類従・第参拾弐輯上』所収の西行物語絵詞、大坪利絹編『西行一代里巷伝』（和泉書院、昭和60）所収の宝永二年版本など。

(15) 拙著『中世和歌文学論叢』（和泉書院、平成5）第五章第一節「西行法師の人と歌」参照。

(16) 注（15）拙著の第一章第一節「古代中世歌論」、第二章第二節「歌のやすらかさ続考」など参照。

〔付記〕

本稿は、平成六年八月二十三日催行の稿者勤務大学夏季公開講座（演題「千載集と新古今集」）において提起した問題意識に基づく、みずからのささやかな研究実践である。

また、本稿では取り上げることができなかったが、現代評者の西行歌評として特記すべき業績に、塚本邦雄「西行百首」（『歌壇』〈本阿弥書店〉に連載）がある。そこで取りあげられる西行歌には、本文中に検証した他の西行歌評と同様、やはり『二四代集』の西行歌とは重ならない歌が多いようである。しかし、本論脱稿前にはその連載がまだ完了していなかったので、詳細は後日の再考に委ねることにしたい。（連載完了後の調査によると、『二四代集』の西行歌五十首中、重なる歌は十四首に過ぎず、また『八代集秀逸』の西行歌五首中、重なる歌はc・dの二首に過ぎなかったことを、追記しておく）。

なお、本稿とほぼ同じテーマを扱った論文に、すでに早く寺沢行忠氏の「定家にみられる西行観―その評価をめぐって―」（芸文研究・第34号、昭和50・2）がある。しかしあまりに類似するテーマであるため、本稿では、先入見にとらわれない独自的思考を進めることを意図し、あえて参照することなく論述してみた。結果的には、部分的に重なる面も当然見られるものの、論述の力点箇所の精疎や論点の運び方に関するすれ違いの面も見られて、本稿の存在理由も多少あるのではないかと思われる。もとより寺沢氏の論は、俊秀若き時代の優れた切り込みであり、本稿は老耄繰り言の類であるが、彼此参照されて、読者諸賢がこの永遠的テーマに参入される際の一助ともなれば幸いである。

第二章　後鳥羽院「遠島百首」の一首

――一類本・二類本の先後関係に及ぶ――

一

承久の乱により隠岐島に遷幸された後鳥羽院のいわゆる「遠島百首」という作品は、[1] 近時、田村柳壹氏の文献学的研究を通じて、第一類本から第五類本まで、院自身による改訂の跡を見せる諸本の系統別研究が進み、諸本のうち第一～第四類本の代表的伝本の翻刻もなされて、古典文庫444『中世百首歌・二』（昭和58）に収められている。「第三、四、五類は、第二類本を母胎とするもので、第二類本に対して数首の歌を差し替え、歌序に改変を加えた形態の伝本である」（上記書・田村氏解説）と説かれるが、事実その通りであって、伝本間の差異は第一類本との間が最もはなはだしい。その異同については、小原幹雄「校異遠島百首」（島根大学論集人文科学・第4号、昭和29・3）にも触れるところはあるが、[2] なお、田村柳壹「遠島百首伝本考」（日本大学語文・57、昭和58・5）・「遠島百首の伝本と成立」（国語と国文学、昭和58・6）・『中世百首歌・二』解説が参照されねばならない。そこには、要約すれば第一類本が改変されて第二類本になったという、第一類本→第二類本改変説が説かれている。そしてさらに、この田村説に対して逆に第二類本→第一類本改変説を説く、寺島恒世「『遠島百首』の改訂」（山形大学紀要〈人文科学〉11、平成元・4）が注目されるのである。

この「遠島百首」の文学作品的研究についても、寺島恒世「後鳥羽院遠島百首について」（『峯村文人先生退官記念論集和歌と中世文学』〈東京教育大学中世文学談話会、昭和52〉）や樋口芳麻呂『後鳥羽院』（王朝の歌人10・集英社、昭和60）などが考察を深めている。従来ともすると、孤島隠岐の悲愁生活のなかから詠まれた実情性豊かな百首であるという受容に傾きがちであった研究史は大きく転回させられ、古歌伝統と切り結ぶ後鳥羽院のいわば専門歌人的詠作技法の実態が解明されてきた。

ただ、ここで考えねばならないことは、そもそも「遠島百首」のたとえば文芸性ないし文学的価値を云々する場合、その考察対象として措定すべき伝本をどう捉えたらよいのかという問題である。おそらくここには、文献学的伝本研究の成果が密接に絡んでくるであろう。具体的にいえば、改変作業の種々相を内包する諸伝本総体を措定すべきなのか、それとも第一類本あるいは第二類本などいずれかの伝本を措定すべきなのか、現在はまだ最終的に判断できないが、解明されなければならない問題であろう。

そうした問題へのアプローチの一段階として、やや迂遠なようであるが、本稿では、この「遠島百首」中の一首をめぐり、第一類本と第二類本の先後関係についても多少の考察を加え、厳しくいえば前記の如き田村説と寺島説とが並立して一種千日手的状況をも示している、学界の閉塞的状況の活性化を図る一契機となればと願うものである。

二

以上のような問題意識に基づき、本節では上述の通り、先ず第一類本にあって第二類本にはない一首の歌をめぐって、考察を進めたい。

問題とする一首は、第一類本「遠島百首」春部の第八番目の次の歌である（前掲『中世百首歌・二』所収本〈底本書陵部蔵鷹・三四二本〉による。ただし、雑部の欠脱歌一首を補う[3]。以下同じ）。

8沖つ浪たつや霞の絶間より《にもイ》あまの小ぶねのはるけくぞ見ゆ

この歌の第三句「絶間より」に見られる異同は、一応「より」の方が自然であると思われるが、「にも」とあるのも捨て難い。「より」は素直な叙景として安定した構図を示しているが、「にも」には何かを希求してやまない情念が表現されているように思われる。海上遥か沖合いに漂う漁舟は、遠い都へとつながる思いの象徴のように感受されるのである。前者が静安な自然の世界をイメージさせるとするならば、後者の自然はそれに託された情念の世界と等価であるといえよう。院自身の改作であったとして、どちらの方が初案であったのか興味を引くが、今はこの問題を後日の追考に委ねて、第二類本にこの歌が見えないことに拘泥してみたいと思うのである。長い引用となるが、第一類本の春部所収歌全二十首を掲げる（濁点稿者）。

1霞行高ねをいづる朝日かげさすがに春の色を見るかな
2墨染の袖のこほりに春たちてありしにあらぬ詠めをぞする
3とけにけり紅葉をとづる山川の又水くゝるはるのくれなゐ
4百千鳥囀るそらはかはらねどわが身の春ぞあらたまり行
5里人のすそ野のゆきをふみわけて唯わがためとわかな摘てむ
6降ゆきに野守の《か》庵もあれはてゝわかなつまんとたれに問まし
7根芹つむ野沢の水のうす氷まだ打とけぬ春風ぞふく
8沖つ浪たつや霞の絶間より《にもイ》あまの小ぶねのはるけくぞ見ゆ
9かぎりあれば垣ねの草も春に逢ぬ常《つれイ》なきものは苔深き袖
10遠山路幾重もかすめさらずとておちかた人のとふもなければ
11春かぜに山田の畔を行賤のみのふきみだる暮ぞ淋しき
12うら山し長き日かげの春に逢て伊勢をの海も《のイ》袖やほす蘭
13もえいづるみねのさわらび雪消て打過にける春ぞしらるゝ

14分のぼる袖はる雨に打しほれみねのさくらも色ぞものうき
15ながむればば月やはありし月ならぬうき身ぞもとの春にかはりぬ
16春雨も花もときぞと袖にふるさくらつゞきのやまの下みち
17やどからむかた野のはらのかり衣日もゆふぐれの花の下かげ
18山姫のかすみの袖やしぼるらむ花こきたれてはる雨ぞふる
19すみぞめの袖も《やイ》あやなく匂ふ哉花ふきわたるはるの夕かぜ
20物おもふに過る月日は《もイ》しらねども春やくれぬるみねの山ぶき

1・3・7・16・17・18などは春の情景を比較的描写型表現として詠む歌であり、13・19などにもそうした要素が多分に認められよう。ただ、このような歌を含みながらも、全体的にはさすがに遠島流謫の悲愁に沈む心情が色濃く投影していて、2・4・10・12・15などには、深い嘆きの端的な吐露がみられる。従来、後鳥羽院の隠岐詠に実感実情性を読み取る受容がなされてきたのは、こうした詠歌実践が多く目につくからであろう。もっともそれらの歌は単純素朴な実感詠ではなく、和歌伝統が培ってきた縁語・掛詞・本歌取など諸種の詠歌技法を駆使していることを、前掲寺島論文が説いて鮮やかである。この考察に従うべきはもちろんであるが、また、隠岐遷流という運命の急転が、後鳥羽院をして何を見、何に接しても、わが身とひき比べ、わが身のことのみもの思わざるを得ない心境に陥らせ、これらの歌にたとえ間接的にせよそうした身の上に関わる実情が投影されていることをも、まったく無視することは許されないように思われるのである。

このような詠みぶりを示す春部歌群二十首中で、8番歌はどのような特性を示しているのであろうか。端的にいえばそれは、この二十首中にただ一首、海原を詠んだ歌であるということであった。そもそも隠岐島は日本海の孤島に近い島。島後と島前三島（西ノ島・中ノ島・知夫里島）とから成るこの隠岐島は、現地に臨んで歩いてみると、遠隔の地で想像するよりはそれなりに大きく感じられるともいえるが、四島合わせても琵琶湖の半分程の面積に過ぎない。周りはすべて海であり、その気になってちょっと高所に立てばいやでも周囲の海峡や海原に接することになる。断崖・岩礁・洞窟など奇岩奇壁が続き起伏に富む北海岸線の魅力もさることながら、この島に足を運べば先ず、海漫漫の印象はきわめて強烈である。そこでの生活は、いわば海原のなかでの生活であった。ところが、前掲春部歌二十首中に海を詠んだ歌は、この8番歌一首のみであったということになるのであり、問題意識をもたざるを得ないのである。

こうした傾向は、実は夏・秋・冬部の計五十首についてみても、それほど大きな相違はない。嘱目的に海と関わる自然詠は、「夕すゞみ芦の葉みだれよる浪にほたるかずそふあまのいさり火」（夏・33番）の一首といえよう。この歌とても、漫々たる海原を詠んだというような歌ではなく、夜の浜辺での実感に基づくとしても「蛍は…イサリビ」（和歌初学抄）という歌学意識に触発されての描写型趣向歌である。たださすがに雑部ともなると、その三十首中に次の如く、

74藻しほ焼海士のたく縄打はへてくるかとだにもいふ方ぞなき
75鷗なく入江のしほのみつなへに芦の上葉をあらふ白浪
76波路わけ隠岐の小嶋に入船のわれとこがるゝたえぬおもひに
77塩かぜにこゝろもいとゞみだれあしのほに出てなけどとふ人もなし
79我こそはにゐ嶋守よ隠岐の海のあらき浪かぜこゝろしてふけ
84夕月夜入江にしほやみちぬらむ芦のうら葉の田鶴の諸声
97隠岐の海にわれをやたづぬ友千鳥なくねはおなじ磯の小莚

ともかく多少実景としての海と関わる歌を、七首程数え得る。しかし、74・77番歌の海との関わりは希薄であって、除く方が妥当であろう。76・79・97番歌なども、自身の述懐を綯い交ぜた景情融合的表現であり、海の実景性はそれ

ほど強くはないが、それでもイメージとして海が意識されているとして、描写型表現の要素が濃い75・84番歌とともに一括すれば、これらの五首を実景としての海と関わる歌として認定することになる。いずれも漫漫たる海原を詠んだ歌ではないが―そして実はむしろそうした歌ではないからなのかも知れないが―、これらの歌どもはいわゆる第二類本にもそのまま存在しているのである。大海のなかに浮かぶ隠岐島という孤島における詠歌環境の一側面の強さをやはり思いみなければならない、ともいえるのである。

とするならば、上述した如く四季部七十首中にこうした海辺環境を反映する歌がきわめて少ないこと、延いて前記春部の「沖つ浪」歌一首の特殊性がいやでも際立ってくるであろう。四季部にこそ海原関連歌が含まれていてしかるべきなのに、そうでないこと、さらにこの一首が第二類以下の諸本には存在しないことの意味は、やはり問われるに値する問題であると思われる。

ただ、もしこの四季部に、総体的に描写型自然詠ないし客観的叙景歌が少ないということであれば、右の問題意識の基盤も弱くなるであろうが、必ずしもそうではない。前掲春部歌の1・3・7・11・13・16・18・19番歌など、和歌的趣向や景情融合的要素を含みながらも、詠者主体の眼は外界の環境に向かって開かれていることを示す歌どもであるし、夏部以下について検しても、たとえば、

22あやめふくかやが軒端に風過てしどろに落るむらさめの露（夏）
27五月雨に池のみぎはもまさるらんはすのうき葉をこゆる白浪（夏）
31夕立のはれ行みねの雲間より入日すゞしき露の玉笹（夏）
50岡の辺の木の間に見ゆる槙の戸にたえ〴〵かゝる葛《蔦イ》の秋かぜ（秋）
56冬来れば庭のよもぎも下《お歟》はれてかれ葉の上に月ぞさえ行（冬）
59神無月しぐれわけ行鴈がねのつばさ吹ほす嶺の木がらし（冬）

62染残しうらみし山もほどもなく又霜がれのかぜおろすなり（冬）

66山かぜのつもるはやがて吹はて丶ふれどたまらぬ峯のしら雪（冬）

などの歌を容易に数え得る。前述の33番歌「夕すゞみ芦の葉みだれよる浪にほたるかずそふあまのいさり火」（夏）などもこの類に加えることができる。56・62番歌など、自然界を動的にとらえて時間の推移を重ねて詠む手法は、玉葉・風雅的叙景歌の先駆としても位置づけられ、後鳥羽院の自然観照の鋭さを証してもいる。そしてなお重要なことは、これらの自然詠が第二類本以下にも依然として存在しているということなのである。

今や十分に問われるに値する問題となった、「沖つ浪たつや霞の絶間より《にもイ》あまの小ぶねのはるけくぞ見ゆ」（春）の一首が第一類本にのみ存在して他の第二類本以下の諸本に見えないことは、では、どう理解したらよいのであろうか。

三

本節では、この問いに答える前提的考察として、先ず主に第一類本と第二類本（依拠本は一類本と同様『中世百首歌・二』所収本〈底本高松宮蔵『類聚百首』所収本〉）との異同を、できるだけ客観的にとらえておくことにする。

最初に四季部の異同（小異を除く）についてみると、前節で触れた「沖つ浪」歌を含め、一類本にある次の三首、

8沖つ浪たつや霞の絶間より《にもイ》あまの小ぶねのはるけくぞ見ゆ（春）

18山姫のかすみの袖やしぼるらむ花こきたれてはる雨ぞふる（春）

45いたづらにみやこへだつる月日とや尚秋かぜの音ぞ身にしむ（秋）

が二類本になく、これらに替わって次の三首、

15ながむればいとゞうらみもますげ生る岡べの小田をかへす夕暮（春）

19散花に瀬々の岩間やせかるらん桜にいづる春の山川（春）

44いたづらに恋ぬ日数はめぐりきていとゞ都は遠ざかりつゝ（秋）

が、歌頭番号の如く多少配列位置を異にして、二類本に存在している状態が判明する。一類本の8・18番歌のことは後に説くので今は触れないことにして、二類本15番歌のことと、歌想を類似する一類本45番歌と二類本44番歌のことについて考察すると、多少の知見を得られるようである。二類本15番歌は、

14ながむれば月やはありし月ならぬ我身ぞもとの春にかはれる

という14番歌の次に配列されているのであるが、初句「ながむれば」を同じくするこの両首を並べる積極的意図があるとすると、初句の同字による配列構成面の平板さという一種の難点を無視しても、この15番歌の必要度が高かったということであったろう。では、この歌はどのような意義をもつ歌なのであろうか。一解として第三類本・付注本「遠島百首」（書陵部蔵〈伏・一八八〉）に、「かならずあれたる田には薦といふ物おふる也。然とはいへども、春は一たびかへさるゝ事あり。御身づからの御帰洛は有まじければ、岡辺のを田をかへすに付て、恨もますげおふるとあそばしたるなり」（第四類本・付注本も同趣旨の注文）とあるが、これは十分に首肯できる受容であると思われ、してみると、この哀切な心情を当二類本百首に是非とも投影したいという意図を読み取ることは、それほど的外れの理解ではないであろう。この「御身づからの御帰洛はあるまじければ」という受容は、後鳥羽院の隠岐生活がある程度経過し、当初のやがて帰京の機会もあるべしという期待の甘さが痛感されはじめた頃の詠作であり、それを採っての二類本編纂であるという解釈に基づくことになるともいわねばならないのである。そのことは、一類本45番歌と二類本44番歌との差し替え現象とも少なくとも矛盾しない。一類本45番歌も、後鳥羽院の承久三年（一二二一）八月五日の隠岐遷幸御所源福寺著御（吾妻鏡による）後、ある程度の月日を経過した某年秋季の詠作であることはいえるが、同年陰暦九月晩秋の述懐であった可能性も認められる。それに対して、二類本44番歌は、「恋ぬ日数はめぐりきて」（圏点稿者）「いとゞ都は遠ざかりつゝ」（同上）とある表現が、この歌の詠作時期を遷幸後かなり長い物理的時間を経過した頃とし

て措定していることを認めねばならないようである。心理的疎隔感に帰してしまえない、望郷の思いなどとは無縁である時の流れの非情さに触れてしまった人間の無力感が感得されるように思われるのである。一類本45番歌でなく、この44番歌を採ったところに、上述した如き15番歌撰入の場合と同様の編纂意識を認め得るといえよう。

ただし、この44番歌は、前掲田村柳壹氏の研究によると、第三類本に属する書陵部蔵一本や第四類本に属する田村氏蔵版本などでは切り出されているのであり、秋題歌としてはいわゆる無季の落題歌だったためではないかと説かれている歌である。氏によれば、「第二類本の伝本中には、この『いたづらに』詠を雑部の『長き夜をながなが明かす友とてやゆふつけ鳥の声ぞまぢかき』の一首と部立の入れ替えをしている形態の伝本を存している。（中略）第四類本に至ると、最終的には『いたづらに』詠は改作されることになるのであり、推敲の必要が認められていた歌であったことがわかる」（「『遠島百首』の伝本と成立」〈国語と国文学、昭和58・6〉）という扱いをされている歌である。因みにその改作は、「いたづらに秋の日数はつもり来て（以下同じ）」という本文を提供している。かくの如く揺れに揺れている歌であったが、こういう不安定な歌をあえて採ったところに、この歌延いて二類本「遠島百首」に託した院の思いの深さを受けとめねばならないのであろう。一類本も悲痛の思いに満ちているが、四季部の異同に関する限り、この考察段階では二類本の方がより深い悲痛の思いを表出しているように私には思われる。

次に、雑部における第一類本と第二類本との異同をめぐって考えてみる。

一類本にあって、二類本にない歌は、次の三首である。

85宮古人とはぬほどこそしられけれ《りイ》むかししのぶのかやが軒端に
98水茎のあとはかなくもながれゆかばすゑの世までやうきを流さん《と、めんイ》
99問かしなたがしはざとや胸のけぶりたえまもなくてくゆる思ひを

また、二類本にあって一類本にない歌は次の三首である。

79とはるゝも嬉しくもなし此海の《をイ》わたらぬ人のなげのなさけは
96おもふら《人イ》んさてもこゝろやなぐさむと都鳥だにあらばとはまし
98とへかしな大宮人のなさけあらばさすがに玉のをだえせぬ身を

これらの異同についてみると、一類本85番歌と二類本79番歌との差し替えは、どちらからどちらへという先入見をできるだけ排していうのだが、前者の「都人と音信のない間柄であることは、昔華やかなりし頃を偲ぶしかない。この辺鄙な葦葺きの軒端に住んでみて判ったことだ。（都離れた敗者には関わるまいとする大宮人の薄情さが今こそ判ったよ）」という歌意が、まだ都人との交信がない頃の詠作であることを示すのに対して、後者の「問はるるもうれしくもなし」とあるのは、音信があった後の感懐であり、音信によりかえって都人との心の断絶を知って了った人間の苦い心の表出であると思われ、実際には孤島を訪れることのない音信を頑なに拒もうとする僻んだ心理の現れであることを示しているといえそうである。とすると、後者は前者よりも後日の詠作であるということになるのであろうか。また、一類本99番歌はその84番歌と密接に関わるとも読めるが、その立場では、音信のまだない都人への失望に陥りながらもなお「問かしな」と要望している歌であると受容できよう。同様に、二類本98番歌も、その79番歌で「とはるゝも嬉しくもなし」と拗ねながら、なお「とへかしな」と詠んでいると取ることができよう。この「とふ」は、あるいは海を渡って訪ねるの意と取るのがよいかも知れない。「なさけあらばさすがに玉のをだえせぬ身を（とへかしな）」という表現には、その命あるうちにという切実な思いに、79番歌の突っ張りとは異なる、溺れる者藁をもつかむ底の心情が籠められているのであり、強気から弱気への心の揺れが見られるようである。この98番歌は、あるいは79番歌より後日の詠作ではなかったかと思われるのである。以上述べた如く、一類本の85番歌と99番歌、二類本の79番歌と98番歌は、それぞれ密接に関わるペアとして読むことができるのではないかと思われるが、それはおのずから、一類本両首よりも二類本両首の方が詠作時期を後にするのではないかという見方を、導くことになるであろう。

一類本98番歌についてみると、前掲田村氏論文では「配流後まもない」頃の憂愁・悲憤の心情を読み取り、寺島氏前掲論文は、むしろ初撰本（＝具体的には二類本）を改訂した後の心情の表出に相応しいと受容するのであり、その詠作時期はいちがいに決し難いように思われる。二類本96番歌も、客観的判断をくだし難い歌であるが、この歌が本歌として『伊勢物語』の「名にしおはばいざ言問はむみやこどりわが思ふ人はありやなしやと」（第九段）を取っていることは十分に察しがつく。さらにいえば、同じ『伊勢物語』の「おきのゐて身を焼くよりも悲しきはみやこしまべの別れなりけり」（第一一五段）が状況を同じくする後鳥羽院の共感を誘ったが故の、「名にしおはば」歌との出会いであったのかも知れない。初句の異同は、「おもふ人」の方が「（京に残る）私の思う人」の意で歌意を解し易いが、「おもふらん」本文とすると、「（都に住む廷臣たちは）今頃私のことを思っているであろう」という歌意となり、都人の自分を思いやる気持ちを前提とする推察が、98番歌の懇願調へとつながる受容をかえってよりスムーズにするとも思われるのである。「おもふ人」本文、もちろん98番歌と整合しないわけではない。この初句の異同をも含め、かくして二類本に存する79・96・98番歌は、有機的連関をもち得る歌どもであるといえるのであり、してみるとこの二類本にのみ存する歌ども三首は、すくなくとも一類本85・99番歌二首よりは後の詠作であるとみておいてもよいのではなかろうか。雑部についてみても、一類本と二類本の差し替え歌に関しての比較考察を通じて、一類本より二類本の方が後の成立であるという印象を何となく抱かせられるように思われるのである。

四

一類本と二類本の間には、なお、田村氏が「対立異文の存する歌」とする歌が十三組あり、これらについても考察しなければならないのであるが、本稿標題に即して、今は前節の考察で得た印象程度にとどめておき、本節では第二節で提起した、一類本第八番歌「沖つ浪たつや霞の絶間より《にもイ》あまの小ぶねのはるけくぞ見ゆ」（春）が二類本に見えないという問題をめぐって、考えることにしたい。

この歌は、実景を詠んでいると考えてよかろうが、下句の「あまの小ぶねのはるけくぞ見ゆ」という表現が、この歌を詠んだ地点を暗示しているといえる。それは高地であるのが相応しく、とするとその高地は、当然中ノ島の内と考えるのが穏やかであろうから、具体的には松尾山一名金光寺山ではなかったかと思われるのである。正確にいえば、隠岐島島前の中ノ島の阿摩郡苅田《かった》郷（＝現在ノ海士町大字海士）にある標高約二〇〇メートルの山。行在所源福寺から東北東約四・六キロメートルに当たる、当時は松尾山といった山である。後鳥羽院はしばしばこの山に登ったらしい。山頂の金光寺参詣のためである。『金光寺縁起』（『海士町誌』に全文復刻）には「いざさらばここを都と定むべし松尾の山のあらむかぎりは」という『後鳥羽院御集』に見えない伝承歌が記され、今は廃寺となっているこの寺の跡地に、この院歌を「去来佐良婆　許々乎都杼　定牟畝志　松尾乃山濃　将有可義利般」と万葉仮名で刻んだ歌碑も建っている。また、『隠州記』には「（後鳥羽院ハ）海士村松尾山金光寺へ御登山なされ、東西北の海を御覧ありて、しづの女が横なしはたを立て置きてまた見るも海また見るも海、此外法皇の遊ばされたる隠岐百首とて在り」とある。現在は廃寺となっているが、この真言宗金光寺山には、本尊として地蔵仏が安置されていた。この仏像は、この地に流謫生活を送った小野篁作といわれる（隠岐島誌）。地蔵菩薩は、娑婆世界の衆生を救済する菩薩として、平安末期から人びとの信仰度を強めていたが、さらに上掲『縁起』によれば、この寺は中ノ島における山岳信仰の一つの拠点であり、熊野権現との関係も指摘されている。遷流の悲運に苦しみ、今やかつて頻繁だった熊野御幸もできなくなった院がこの寺にしばしば足を運んだという伝承は、十分に信じられるであろう。現在は展望台地として観光の目玉となっている所であるが、「あまの小ぶねのはるけくぞ見ゆ」という表現は、この金光寺山から外洋を見はるかして爽快感を伴う実情詠として落ち着くのである。対岸の西ノ島とは一衣帯水であって、その海峡に浮かぶ小舟は「はるけくぞ見ゆ」という表現にそぐわない。

ただもしも、この歌を詠んだ後のいつか、ふたたび都へ帰る望みも絶え果てた時点でこの歌を読み直した場合、どのような享受がなされるであろうか。いたずらに都との遠隔感を増大し、絶望感を深めるだけの歌として受容されることもあったのではなかろうかともいえよう。逆にいえば、この歌は帰京の望みも持てるある程度のゆとりのある時点での詠作ではなかったかと、思われてならないのである。もちろん、帰京の望みを断たれた絶望の苦しみのなかからこそこうした歌が詠まれるという、主観の相違に基づく享受もあり得たし、一類本先行説を無意識に前提としての誘導的論述を試みることは許されないが、一類本第十五番目に配列されている次の歌が、二類本（第十三番目に配列がえ）では本文に異同の見えることとも関連づけて考えると、一つの論としては、仮説的に必要な推理であると思量するのである。問題となる歌は次の二首である。

15分のぼる袖はる雨に打しほれみねのさくらも色ぞものうき（一類本・春）

13をのれのみあふを春ぞと思ふにも峯《カイ》のさくらの色ぞ物うき（二類本・春）

この一類本歌の初句「分のぼる」については、寺島氏前掲論文に説くところがある。「勅撰集には見られない先例の少ないものであった」のであり、定家の「わけのぼるいほのささ原かりそめにこととふ袖も露は零ちつつ」（拾遺愚草）などを重層させた本歌取歌であるという受容が、正当になされている。寺島氏の論は、「遠島百首」各類本に共通する他の定家歌を本歌とする二首を重視し、この「分のぼる」歌をも改訂過程の最後まで残された歌と認めること、延いて二類本先行説を想定することへと展開するのであるが、拙稿では今はむしろ、この「分のぼる」の地理的具体的背景について考えておかねばならないと思うのである。

この「分のぼる」は、寺島氏が前掲定家歌について「『山家』題の一首で『わけのぼる』は山路を踏み分けて登る意」と解するように、やはり高地に「分のぼる」と考えるべきであろうが、この高地は、前述の如く金光寺山とするのが穏やかであろう。もっとも、隠岐島前三島のうちの西ノ島焼火山も一つの候補ではあり得る。この焼火山雲上寺に祀る焼火権現への後鳥羽院参詣は、『隠州視聴合紀』（注1参照）などにも記され、また、ここで詠まれたとされる「千早振る神の光りを今の世にけさで焼火のしるしみすらん」という家集に見えない歌なども伝承されているので、かなり可能性があり、ここからの眺めではないかと一応は考えてみる必要もある。しかし地理的にみて、やや難点がある。標高四五二メートルの焼火山は三島中最高峰ではあるが、雲上寺（現在は焼火神社）は山の中腹にあって、その点山頂にある金光寺の場合と異なり、またたとえ山頂まで登ったとしても、見はるかす外洋は北東・北西の背後の山々や東・南方海上の中ノ島・知夫利の二島にさえぎられて視界必ずしも良好ならず、むしろ三島に囲まれた内海・海峡を展望することになるのである。このように考えると、「分のぼる」高地は金光寺山の方であったとしてよいのではなかろうか。やはり、行在所近くの金光寺参詣のための登山だったのである。

この「分のぼる」歌に対して、二類本「をのれのみ」歌は上句を異にする。この歌の歌意は、第三類本付注本の注に「本哥に梅はとび桜はかる、世の中に何とて松のつれなかるらん、この御詠哥にはじめて松もとびたることあり、草木だにも夢相悲の御流罪をばあはれみあるに、桜ひとり春にあひがほなることをねたみたまひて峯の桜の色ぞ物うきとあそばしたるなり」、また第四類本付注本の注に「菅相丞の流罪の時は、梅はとびさくらはかる、世間に何とて松のつれなかるらんと侍ける、かやうにありければ、草木もかれあはれおもひをしりつるに我が流罪にはさやうの事もなきとおぼしめして、峯の桜我やがほにさきける色ぞものうきとよめる也」とあるのによって知り得るが、してみると、下句を共有しながらも、「分のぼる」歌と「をのれのみ」歌に籠められた作者の悲傷述懐の情には、大きな懸隔がある。前者は、春雨に濡れた袖と同じように「桜も」その色が物憂いかのように見える、というのであって、春雨に濡れた袖と桜とが同次元で物理的にとらえられ、「桜も」の「も」が利いている。対して後者は、自己と次元を異にする桜への恨み節であり、その悲嘆の心情は桜を物憂い色としてしか受けとめさせない、というのであって、もうここでは「桜も」でなく自己と異なる存在としての「桜の」となっている。この歌の恨み節は、一度でなく二度、三度と幾度か春を迎え送った頃の春の詠作として相応する、感情の表出であるように思われるのであるが、いかがであろうか。「春」には自然の春とともに人生の春が重層的に表現されているのである。

この両歌の異同の比較考量を通じていえば、「分のぼる」歌が手直しされて「をのれのみ」歌になったとする方が、後鳥羽院の隠岐生活を追想する時、その逆の場合よりも蓋然性が高いであろう。幾年かの歳月を経過して、金光寺地蔵菩薩への信仰のむなしさをも思わざるを得ない時点で、帰京の望みも遠退き、桜に向かっても慷慨せざるを得ないという激越調に替えて、金光寺参詣途次の歌それも比較的平懐な歌を詠んだと考えるためには、後鳥羽院の時を経ての精神の平静化というよりも、精神の衰弱化を想定しなければならないようである。そしてこうした考察結果は、二類本から一類本への改作でなく一類本から二類本への改作ではなかったかという心象を抱かせることにもなるのであるが、それはまた、前述した一類本第八番「沖つ浪」歌が二類本に見えないことについての推測とも整合するのであって、両々相俟ち相互補完的に一類本→二類本という方向での改訂説を今や浮上させるように思量されるのである。

さらにまた、金光寺参詣を主目的としての金光寺山登高は、後鳥羽院の場合結果的には国見的意味をも付与し得ていたかも知れないと考えてみる。院がこの中ノ島の行在所に着いたのは、承久三年（一二二一）七月十三日の離京後二十余日を経た同年八月五日であったが、しばらくは新しい生活環境に慣れるのに忙しかったであろうし、やがて訪れた北海の厳しい冬雪は、院の外出を妨げたことでもあろう。だが、一陽来復のはじめての春最初に金光寺山に登って、島前の他の二島や島後の島々、さらに洋々と広がる大海原を眺望した時、後鳥羽院の心にはかつての帝王としての気概が一瞬過ることがあったかも知れないのである。かつて、「見渡せば山もと霞む水無瀬川夕べは秋となに思ひけん」（元久詩歌合・新古今・春上）などと詠んだ気概が、院の心に蘇ったのではなかろうか。だが今や、院の運命は急転し、現実の国見はもはやあり得ないことであった。いうなれば金光寺山からの展望は、擬似的国見にしか過ぎなくなっていたのである。一瞬心に蘇った帝王的気概が詠ませた「沖つ浪」歌であったが、所詮擬似国見歌にしか過ぎないと自照することがあったとすると―そしてそれは十分にあり得ることであったが―、その時院の心はいい知れぬわびしさに襲われたはずである。

後鳥羽院は、隠岐の地で、「遠島百首」「遠島五百首」「遠島歌合」などの作品を残すとともに、『新古今集』から約四百首を除棄する、いわゆる『隠岐本新古今集』をも編纂している。その切り出し作業で、院は春部中の自詠六首のうち四首を除棄したのであるが、「見渡せば」歌の一首は除かれることなく残されている。この真実の国見歌的一首は、もちろん集の配列構成面からの配慮などもあって残されたのであろうが、より根本的には、隠岐の地に生きる院の心情からも肯定的にとらえられていたからであるとしなければなるまい。この歌を残そうとした時の院の心境を付度すると、この帝王調的な歌（注4参照）を生涯の記念として積極的に肯定しようとしていたのではないかとさえ思われる。この歌が残されているという事実は、院にはまだそうした自恃自尊の念が保たれていたことを証しているのであり、そのような院の自尊心は、擬似国見歌的「沖つ浪」歌の一首を、「見渡せば」歌を肯定し残したのとは表裏の関係で、否定せざるを得なかったのではなかろうか。

五

ところで「遠島百首」中には、一類本から五類本まで各類本を通じて、次の有名な一首、

78我こそはにゐ嶋守よ隠岐の海のあらき浪かぜこゝろしてふけ（一類本・雑）

が見える。一説に帝王調の典型ともされる、この歌が残されていることについても触れざるを得まい。擬似的にせよ国見歌的要素もあると受容し、広義の帝王調に属するともいえる「沖つ浪」歌が改訂過程で消えたのに、この「我こそは」歌は残され続けたことの一見不整合と思われる不審な現象が、問われねばならないからである。その疑問は、この「我こそは」歌を、桐原徳重「『新島守』の歌について」（常葉国文・第6号、昭和56・6）が説くように(4)、隠岐の

支配者として海に号令している帝王調ではなく、これ以上自分を嘆かせないでくれと詠む嘆願調であると享受することによって、ある程度解決するであろう。なおいえば、「沖つ浪」歌がいわゆる〈眺める歌〉であるのに対し、この「我こそは」歌はともかく一応〈呼びかける歌〉であることとも関連する現象であったかも知れない。真の帝王調とは何らか〈呼びかける歌〉的性格を帯びていることが多いのではないかと考える立場で、両歌の差異が気になるからである。前掲「見渡せば」歌も、和歌の発想類型あるいは歌人たちの通念への問いかけという意味で、大きくは〈呼びかける歌〉の系列に属するといえよう。「沖つ浪」歌は、擬似的にせよ一応国見歌的性格を認め得たとしても、真の帝王調に相応しい呼びかけ調本有の激しいエネルギイを有しない歌であったといえるのであり、後鳥羽院はそこに、擬似帝王としての衰弱した自己の姿を見ざるを得なかったのだとは考えられないであろうか。

〈眺める歌〉には〈眺める歌〉としてのよさがある。私にいう「弥生的様式美の系譜に属する歌(6)」とも関わる、こうした性格の歌の価値は正当に認識されねばならない。ただ、こうした歌の表現・享受には、作者主体・享受主体との関わりが重要な意味を帯びきたるのであり、たとえ表現時に作者主体との関わりにおいて十全なる美的感動に包まれ得た自詠であったとしても、後日享受主体としてその自詠に接した時、常に同じ感動をもたらし得るとは限らないのではと思われるのである。

前掲田村氏論文は、「遠島百首」第一類本には「配流直後の絶望・悲憤・憂愁などの心の動揺が直接的に投影している作」が、特に二類本で差し替えられた歌に見られるとし、「配流後の時間の経過に従い、帰京の望みが適い難い夢であるということを認識した時点での詠作と見做すことができるように思われる」歌を含む第二類本には、「歌の前面には悲嘆する自己の姿は表現されておらず、寂寥感の漂う自然詠であると言えよう」とする歌が目につくことを説いている。氏の享受は、これも前掲寺島氏の論文における同一歌の享受としばしば逆であり、そこに和歌鑑賞の難しさ、さらに面白さを思わざるを得ないのであるが、私見によれば、一類本のなかにも着島後ある程度の時間すくなくとも半年位を経過した頃の詠作は含まれており、それらは幾分の平静さを回復した穏やかな歌境を具現し得たであろうし、二類本のなかにも、かなり強い絶望や憂愁の情の投影された歌があり得たと思われる。むしろ二類本には、総体的に身の不遇を嘆く暗い色調の歌が多くなり、後鳥羽院の波立つ心の状態が伝わってくるようにさえ思われるのである。このような心境の時、静安な平淡調の歌を詠めといわれてもそう急には詠めるものでない。激越な心境が何程かの時を経て沈静化し、はじめて平淡調の歌を詠むことが可能となるのであり、さらにこうした歌を詠むことを通じて、作者の心はいっそう静安な心境へと深まっていくことになるのである。作者主体の心境と作詠歌の歌境とは、実際には単一の図式的関係では処理し切れないとしても、ともかく有機的に相関している。「わがこころ澄みゆく時に詠む歌か詠みゆくほどに澄めるこゝろか」（若山牧水『くろ土』〈大正10〉）などが、そうした詠歌の機微を語っている。

　後鳥羽院の場合も、同様原理での応用的考察が可能であろう。着島して間もなく、急変した運命との応接も一段落し、帰京の望みもまだ持ち得て、離島の風物もそれなりに素直に目にすることのできた頃、おそらく貞永の年号に改まらない承久四年陰暦四月一日以前のある春の日に金光寺山に登った時には、外洋を眺望して「沖つ浪たつや霞の絶間より《にもイ》あまの小ぶねのはるけくぞ見ゆ」と極く自然に詠まれたし、その詠歌実践はまた、院の心をいっそう明かるくもしなごませてもくれたであろう。しかしながら次第に時も経ち、訪れる人とてなく帰京の希望もさだかでなくなった、その頃の暗い心境を激越な悲嘆調の歌によってしか表現できなくなった時、明かるい平淡調の歌との調和した関係は破綻する。一類本のなかでも特に明かるくおおらかなこの「沖つ浪」歌は、そもそもその長高き眺望的叙景性が春部の配列構成上やや異質でもあったのだが、院の違和感をいっそう増幅し、心境と歌境との調和を回復するためにこの歌の手直しがやはり必要となったのである。

六

「沖つ浪」歌が第一類本にのみ存して、第二類本以下の系統本に見えないことの理由を、以上のように想定してみた。一類本と二類本との間に見られる同様ケースの他の差し替え歌や、一類本「分のぼる袖はる雨に打しほれみねのさくらも色ぞものうき」歌をめぐる考察とも矛盾しなかったのであるが、なお、その立場で全般的な検討を加えてみると、次のような一類本手直しに関する知見も参照できそうである。

一類本春部末尾辺の歌は、次の如くである。

18山姫のかすみの袖やしぼるらむ花こきたれてはる雨ぞふる
19すみぞめの袖も《やイ》あやなく匂ふ哉花ふきわたるはるの夕かぜ
20物おもふに過る月日は《もイ》しらねども春やくれぬるみねの山ぶき

ところが、二類本では次のように変わっている。

18黒染の袖もあやなくにほふかな花ふきみだる春の夕風
19散花に瀬ゝの岩間やせかるらん桜にいづる春の山川
20物おもふに過る月日はしらねども春やくれぬるきしの山《藤なみイ》ぶき

この一類本「山姫の」歌と二類本「散花に」歌の差し替えについてみると、その理由は不明であるが、「山姫のかすみの袖やしぼるらむ」という、歌意からいえば、しとしと弱い春雨なのにそれに濡れた山姫が衣をしぼったものだから桜を散らす程強く春雨が降るのだよと擬人的に詠んで、やや明かるさが目立ち諧謔味も感得される歌が、(7)実は「遠島五百首」に重出する「遠島百首」歌唯一のものであること、さらにこの「五百首」が強く都憧憬の思いを籠めたおそらく院晩年の作品を多く含むことなどを考えると、あるいは総体的に暗い悲嘆調の多い「遠島百首」の構成面における違和感が気になるなどの、しかるべき理由があったのかも知れない。差し替えの「散花に」歌は、それかあらぬか、散る花によって瀬々の岩間が塞がれている情景を詠み、「山姫の」歌よりも沈んだ調べが感得できるようでもある。「山姫の」歌の場合よりも一番後にずらし末尾歌の「物おもふに…きしの山ぶき」の前に配列されたのも、春の終りをともどもに強く印象づけるのに効果的な配列構成を意図したものとも考えられ、総合的に勘案して、一類本より二類本の方により細かな配慮が窺われるのではなかろうか。

春部から夏部への移行をスムーズにする配列構成面の配慮は、夏部から秋部への移行面においても、次のように現れていると立論することができる。一類本の夏部末尾、

32見るからにかた〴〵すゞし夏衣日もゆふ露の大和なでしこ
33夕すゞみ芦の葉みだれよる浪にほたるかずそふあまのいさり火
34下もゆるむかひの森の蚊遣火におもひもさそひ行ほたるかな（二類本では30番歌）
35呉竹の葉ずゑかたしきふる雨にあつさ隙あるみな月の比

が二類本では、

32夕だちのはれ行峯の雲間より入日すゞしき露の玉ざゝ（一類本では31番歌）
33夕すゞみ芦の葉みだれよる波にほたるかずそふあまのいさり火
34呉竹の葉末かたよりふる雨にあつさひまあるみな月の空 比イ
35みるからにかたへすゞしき夏衣日も夕ぐれのやまとなでしこ

のようになっているが、この34番歌の「あつさひまある」の次に一類本では32番歌の35番歌「みるからにかたへすゞしき」を配することによって、秋部への移行はいっそうスムーズとなるであろう。一類本では「見るからにかた〴〵すずし」とあったのを「みるからにかたへすゞしき」と改作した意識も、そのことと無関係ではないであろう。

秋部で、一類本に次の如く連接する二首、

44思ひやれいとゞなみだもふるさとのあれたる庭の萩のしら露

45いたづらにみやこへだつる月日とや尚秋かぜの音ぞ身にしむ

が二類本で、

44いたづらに恋ぬ日数はめぐりきていとゞ都は遠ざかりつゝ

45思ひやれいとゞ涙もふるさとのあれたる庭の秋のしら露

のように歌順を逆にしているのは、稿者には、45番歌「思ひやれ」の受ける内容を44番歌として設定するためのより緻密な構成意識によるのではないかと思われる。一類本45番歌が二類本44番歌で改作されている問題については、すでに第三節で説くところがあったが、その改作と配列上の歌順の変更とは緊密に結びついていたのかも知れない。

冬部頭初で、一類本の次の二首、

56冬来れば庭のよもぎも下《お歟》はれてかれ葉の上に月ぞさえ行

57見し世にもあらぬたもとをあはれとやおのれしほれてとふ時雨哉

が二類本で、

56みし世にもあらぬ袂のあはれとやをのれしほれてとふしぐれかな

57冬くれば庭のよもぎもしたはれて枯葉のうへに月ぞさえ行

のように歌順を逆にするのも、晩秋から初冬にかけて降る時雨の歌を初頭に置くことによって、秋部から冬部への移行を具象化しようとする、構成意識の現れであったといえようか。

雑部では、先ず一類本頭初の、

71いにしへのちぎりもむなし住よしやわがかたそぎの神とたのめど

72置わびぬ消なばきえね露の命あらば逢世《せイ》を待となき身を

が二類本で、

71いにしへの契もむなし住吉やわが丶たそぎの袖とたのめど

72なまじい《（ママ）》にいければうれし露の命あらばあふせをまつとなけれど

のようになっていることについて考えておきたい。71番歌が本文にも異同なく頭初に据えられて動かないのは、住吉明神への不信という思いがこの雑部の基調として重要であるという、院の構成意識の堅さを語っているといえよう。そのことは、後述の如く二類本の末尾辺の歌の配列構成と呼応し、延いて一類本よりも緻密かつ一貫性のある二類本の構成意識を立論することにつながるのであるが、今は72番歌の改作について触れねばならない。

この改作についての田村・寺島両氏前掲論文には正反対の享受が見られる。田村氏は一類本「置わびぬ」歌に「現実の状況に対する絶望と自棄の心境とを読み取ることができよう」とし、二類本「なまじひに」歌は「配流後ある程度の時間を経て現実を冷静に見詰めるゆとりの生まれた時点での詠作と解することができよう」とするが、対して寺島氏は、「置わびぬ」歌が拾遺集歌（「なまじひに」歌の下句も同様）・堀河百首歌さらに定家歌を本歌として「和歌としての表現の周到さ」に優る歌であり、「なまじひに」歌は「表現における感情の表出性」の強い歌であると読み、一般に「感情の表出性」を二類本の特徴としてとらえるのである。両論の当否は、そう簡単には論定できまい。そこで今はやや遠回りになるが考察視点を変え、一類本・二類本それぞれの末尾歌群の配列構成に目を転じてみる。

一類本の末尾辺は、

96おなじ世に又すみの江の月や見んおもへばかなしをきのしま守

97隠岐の海にわれをやたづぬ友千鳥なくねはおなじ磯の小莚

98水茎のあとはかなくもながれゆかばすゑの世までやうきを流《とゞめんイ》さん

99問かしなたがしはざとや胸のけぶりたえまもなくてくゆる思ひを
100なびかずは又もや神に手向なんおもへばおなじ和哥のうら波

となっているが、これが二類本では、

96おもふらんさてもこゝろやなぐさむと都鳥だにあらばとはまし
97われこそは新嶋守よ隠岐の海のあらき浪風心してふけ
98とへかしな大宮人のなさけあらばさすがに玉のをだえせぬ身を
99おなじ世に又住の江の月やみむけふこそよそのおきつしまもり
100なびかずは又やは神にたむくべき思へばかなし和哥のうら浪

のように変わっている。先ず一類本98番歌が二類本96番歌に差し替えられていることについて考え、頭初部72番歌改作問題に関する考察の端緒をつかみたい。「水茎の」歌は、寺島氏論文に説く如く、「後代での自詠に関心を寄せる態を取る」「差し替え歌六組計十二首中、他の十一首に対して一首性格を異にする」歌であるが、私見によると、こうした歌を詠みながらなお一類本百首という作品をこの歌をも含めて残していること、してみると、厳しくいえばこの歌は一種のポーズであるともいわねばならないことを、無視できないように思われる。そのようなポーズに対するいわば自照性と関連させて、この歌のあるなしが論じられねばならないように思われるのである。とすると、この歌を入れた一類本は、このポーズ換言すれば虚飾に対して甘く肯定的であり、二類本はこの一種の虚飾を否定し、真の自己ないしあるがままの自己を、そのよしあしを超えて後世に残さざるを得ない心境であったことを語っている。たとえ「憂きをとどめ」たとしても、それに拘泥せずに弁解さえも止めて、ただ作品そのものを残そうとする姿勢は、赤裸々な自己投影に徹しようとする近代自然主義文学にも通じる表現態度を思わせるものがあろう。かくの如くに考えきたって、翻って72番歌に関する田村・寺島両氏の受容に戻り改めて考え直すと、歌自体の表現質については寺島氏説に賛意を表することになるのであるが、どちらからどちらの方向への改作かという点については、一類本→二類本の立場を取る田村氏に同調することになるといわねばならないようである。

このような視点で、雑部末尾辺の上掲歌群に目を転じると、一類本99番「問かしなたがしはざとや」歌の二類本98番「とへかしな大宮人の」歌への改作については、すでに第三節で前歌より後歌の詠作時期が後れることを述べ、それは上述の考察とも整合するのであるが、一類本96番歌が二類本で99番歌として配されているのも、前掲の雑部頭初歌「いにしへのちぎりもむなし住よしやわがかたそぎの神とたのめど」との照応性を重視して配列を見直そうとする、より緻密な構成意識を認め得るようである。一類本の「おもへばかなしをきのしま守」が二類本で「けふこそよそのおきつしまもり」と改作されているのは、裏切られた悲哀に受動的に沈むのではなく、「けふこそ」の「こそ」を通じて表現された、住吉明神とも別世界の住人となった隔絶感の能動的認識ないし決意の現れであろう。「けふ」とあるのを、隠岐着島の今日と取る受容も一応可能であろうが、「遠島百首」の総体的享受に即して、上述の如き隔絶感を自覚した今日の意で解したい。71番歌の「ちぎりもむなし」に対し「けふこそよそのおきつしまもり」と詠むのが、もしそれほど時を経ていなかったとするならば、「おもへばかなし」と詠むよりも表現としてはかえって弱い。遷流生活の歳月をある程度経た後の決意の表明として、重い実情性が感受されるのである。二類本96番歌・98番歌には、都人に対する嘆願めいた思いが籠められているし、97番「われこそは新嶋守よ」歌も、一類本の79番の位置からここに配列変えされることによって、その嘆願調はいっそうはっきりしてくる。このような弱い心の表出も、前述の如くありのままの自己を詠みかつ残す二類本の立場からは、虚飾に逃れることなく隠すところがないのであるが、とすると、前掲99番歌の冷徹ともいえる現実認識は違和感を与えることになるかも知れない。しかし、そうした嘆願の心情あるが故の現実認識の切実さであり深さなのであろう。都人への哀願調を内包しながら、それと主体的意志的に断絶するところに、院にとっての真の救済があるはずであるが、そうした構造の配列構成がこの末尾辺に見られるとも立論することができるのではなかろうか。一類本100番歌「又もや神に手向なん」と二類本100番歌「又やは神にたむくべき」との間にみられる改作も、前歌の再度の神への祈願から、後歌の神への失望断念を詠む反語表現への変化は、この雑部の配列構成に相応しい。

以上、春部末尾、夏部末尾、秋部44・45番歌入れ替え、冬部頭初、雑部などの構成についての一類本・二類本の比較検討を通じて得られた知見は、前節までに説いた「沖つ浪」歌に関する想定の支証となるのではなかろうか。二類本先行成立説の立場からの反論もなお出されて、より高次の真実相究明への一契機となればと念願するものである。

七

以上説ききたった如く、この「沖つ浪」歌の除棄という事実は、「遠島百首」の一類本→二類本という方向での改訂を象徴するものと思われるのであるが、ことほどさように、この一首のもつ重みは稿者には無視できないものがある。かつて高木市之助「万葉文学への一つのアプローチについて―風土文芸学的操作を語る―」（文学・語学・第20号、昭和36・6）は、「文学に扶けられて自然を求める関係を、自然に扶けられて文学を求める関係にすりかえることが出来ない」のように説いたが、一昨秋、「遠島百首」をまったく意識することなく隠岐の地を訪れて後、この百首に目を通した時、一類本にただ一首漫々たる大海原を詠んだ「沖つ浪」歌が鮮やかな景観を伴って強烈に眼底に焼き付いたのであった。それはまさしく、「自然に扶けられて」認識できた和歌一首との邂逅であったが、この歌が二類本以下の各類本から消え失せていることを知った時の驚きも衝撃的であった。この特異な歌―しかし隠岐の風土的環境からは実は最もノーマルな歌―が、何故一類本にしか存しないのか。それは稿者にとって、探求するに値する重い課題となったのである。

八

本節では、補足的にすこし論点を変えて考えておく。「遠島百首」にたとえば第一類本→第二類本というような成立先後関係をも内包しての改訂の手が加えられ、第五類本までの各類本を生じているということは、後鳥羽院が、この「遠島百首」という作品を、長い隠岐生活における心理心情の推移に合わせて推敲し続けたということを意味するのであろう。前掲田村氏論文は、「第二類本から第五類本への改訂意図は、後鳥羽院の現実認識の変化を投影させつつ、雑部全体を配流後の時間の流れを軸とした配列によって再構成しようとする点にあった」と説き、前掲寺島氏論文は、一類本後行成立説の立場から「多種の形の伝本を有する「遠島百首」は、大別して二つ、即ち、改訂されるごとに都に将来された〈流布本〉の系統（第二類本～第五類本）と、それに対し次元の異なる改訂の施された〈異本〉（第一類本）との二種の本文に類別されると見てよいであろう。晩年に至って、かく他の手直しとは性格を異にする改訂が試みられたという事実の意味する所は、院の文学全体にとって決して小さなものではない。その差異に認めた〈共時性〉に対する〈通時性〉とは、ここでは現在の都へという〈空間的〉な関心に対する歴史的未来へという〈時間的〉な関心を言い換えたものに他ならず、この改訂を境として相異なる二つの形態を「遠島百首」は持つことになったからである。そして、その差異とは、かつての拙稿が述べてきた所の〈実情実感の系譜〉と〈題詠歌の系譜〉の差にも、最終的には、収束してゆくはずの、異なる二方向の志向によるものに違いない」と説いて、一類本改訂意識が他の場合と異なるという独自の見解を示している。生活環境と関わる心理心情の推移に伴う推敲の結果としての改訂作業ではあるが、単に時間の流れに即しての受動的直線的平面的改訂作業ではなく、思想をもつ人間主体の営みとしての能動的曲線的立体的な、要するに単純ではないおそらくは行きつ戻りつの改訂作業であったことは、容易に推察できるのである。本稿は、第一類本と第二類本との先後関係について、一説としての私見を述べたのみであるが、この「遠島百首」全体を視界に収めての総合的考察に照らして、その当否が検証されるべきことはいうを俟たない。しかしながら今、各類本を通してその内実により深く迫る用意は、稿者にはない。田村・寺島両氏をはじめとする、研究者諸氏の今後の考究に注目したいのである。

ただ、なお一つ、いわゆる隠岐本『新古今集』の存在は気になることである。後鳥羽院親撰的性格の著しい『新古今集』から、なお約四百首を除棄し去った隠岐撰抄本を院が編纂し、

たちまちにもとの集を捨つべきにはあらねども、さらに改め磨けるは優れたるべし（隠岐本跋）

とみずから記す、勅撰集改訂の精神ないし執念と、「遠島百首」改訂のそれとの間には、何らかの有機的関連があるかも知れないと思われるからである。院自身の「見渡せば山もと霞む水無瀬川夕べは秋となに思ひけん」歌が隠岐撰抄本に残されていることと関連させての「沖つ浪」歌の考察は、第四節に説いた通りであるが、こうした側面からの切り込みによる考察も今後の研究課題となるのではあるまいか。

かつて目崎徳衛氏は、この「遠島百首」に触れて、「院の「遠島百首」を、楸邨（＝稿者注、加藤楸邨）とともに、私も絶唱と思う。そこには隠岐の実景がうたわれ、加えて運命の激変への歎き、孤独と望郷の思いがなまなましいまでに表出された。新古今はさて措いてこの百首だけでも、院は不世出の大詩人というべきであろう」のように、絶賛された。(8) その「遠島百首」に投影された後鳥羽院の精神についてものをいう場合、われわれは何を批評対象としなければならないのか。一類本なのか、二類本なのか、五類本なのか、それとも各類本の総体なのか。すでに第一節で提起した問題意識であるが、改めて提唱せざるを得ない。第一類本春部の「沖つ浪」歌の除棄をめぐる問題意識は、たまたま一個人の抱くところであったが、それは、より大きな根元的問題とつながっていたのではないかと思われる。

注

（1） 隠岐在住時代の後鳥羽院について考察しようとする場合、『吾妻鏡』『古活字本承久記』『増鏡』などの古文献や近世の斎藤勘助豊宣『隠州視聴合紀』（寛文七年序・続々群書類従所収。実際に現地を訪れて古老の話をも参照した見聞記）・島風水『おきのすさび』（宝永二年刊・柿衞文庫版本など）などの他、学問的に隠岐島における院の歌業全体をとらえようとした先駆的論文として、尾上（現姓野中）春水「隠岐に於ける後鳥羽院」（帚木、昭和8・1）が顧みられねばならない。その後の論攷としては、平賀春郊「後鳥羽院遠島御百首—Y君への返事を兼ねて—」（短歌研究、昭和12・10）・小原幹雄「校異遠島百首」（島根大学論集人文科学・第4号、昭和29・3）「在隠岐『遠島百首』について」（隠岐の文化財・第1号、昭和59・3）「隠岐五百首和歌注釈」（隠岐の文化財・第2号、昭和61・3〜）などがあり、小原氏の諸論文は書誌・注釈など文献学的研究の本格的開拓としての意義を担うものである。単行本研究書には、丸谷才一『後鳥羽院』（筑摩書房、昭和48）・樋口芳麻呂『後鳥羽院』（新典社、昭和60）など必読の文献であるが、樋口氏該著書付載の参考文献欄には、保田与重郎『後鳥羽院』（万里閣、昭和16）・村崎凡人『御歌人としての後鳥羽上皇』（鶴書房、昭和18）・西野妙子『後鳥羽院—光臨流水—』（国文社、昭和54）・小原幹雄『遠島御百首注釈』（隠岐神社社務所、昭和58）などをも含む参考書名が記されている。このような研究史のなかに、田村柳壹「『遠島百首』伝本考」（語文・第57輯、昭和58・5）「『遠島百首』の伝本と成立」（国語と国文学、昭和58・6）「『後鳥羽院御集』の伝本と成立—伝本分類の再検討ならびに資料性の吟味を中心として—」（国語国文、昭和59・3）および寺島恒世「後鳥羽院遠島百首について」（『峯村文人先生退官記念論集和歌と中世文学』〈東京教育大学中世文学談話会、昭和52〉所収）「後鳥羽院隠岐の歌—『自歌合』『遠島歌合』にふれて—」（国語と国文学、昭和53・7）「後鳥羽院『詠五百首和歌』考—雑の歌を中心に—」（国語と国文学、昭和56・1）「『時代不同歌合』の一性格—秀歌選としての在り方から—」（山形大学紀要〈人文科学〉第11巻第1号、昭和61・1）「『遠島百首』の改訂」（山形大学紀要〈人文科学〉第11巻第4号、平成元・1）などの諸論文が最近時最高レベルの研究業績として位置づけられるといえよう。本稿との関係でいえば、これらのうち、「遠島百首」関係の論文類は、前掲小原氏の『遠島御百首注釈』（一、二類本には属さない島根大学付属図書館蔵本が底本であるが）とともに、必読の文献となる。

（2） 第三類本とされる続群書類従本を底本とし、校合には第一類本に属する村上家蔵本・隠岐島誌本などや第二類本に属する列聖全集本などを用いているので、そのことを認識した上での利用が望まれる。

（3） 『中世百首歌・二』所収の第一類本底本である書陵部蔵本は、雑部の「かもめ鳴入江のしほのみつなへにあしのうは葉をあらふしら浪」の一首を欠脱している。同書の一類本百首はしたがって、この歌を除いた九十九首となっており、その歌については「解題」で触れているが、本稿では、一類本他本によって、それらの配列位置（74番歌と75番歌の間）にこれを補い、全百首としての歌番号を付して引用することにした。

（4）　桐原氏論文によると、戦前の小島吉雄『新古今集講話』（出来島書店、昭和18）のこうした立場での受容は、戦後も、丸谷才一『後鳥羽院』（注1参照）・塚本邦雄『煉獄の秋』（人文書院、昭和48）・佐佐木幸綱『中世の歌人たち』（日本放送協会、昭和51）・池田弥三郎「藤原定家」（『NHK歴史と人物⑤』〈日本放送協会、昭和53〉所収）・西野妙子『後鳥羽院』（注1参照）などに受け継がれている。なおいえば「見渡せば」歌についても、これを帝王調と規定することには問題があろう（和歌文学講座第6巻『新古今集』〈勉誠社、平成6〉所収の片山享氏論説参照）。一応帝王調的として扱った所以である。

（5）　「呼びかける歌」という術語とともに、これらの概念で、和歌を大きく二つに分類して論じた、時枝誠記『国語学原論続篇』（岩波書店、昭和30）参照。

（6）　いわゆる平淡美と評される作風とも通い合う歌。なお、拙著『中世和歌文学論叢』（和泉書院、平成5）の第一章第一節「古代中世歌論」、第二章第二節「歌のやすらかさ続考」など参照。

（7）　この歌の上句については、「しぼるらむ」とするか「しほるらむ」とするか、両説を見る。小原幹雄氏は「隠岐五百首和歌注釈（二）」（隠岐の文化財・第4号、昭和62・3）で、「『新編国歌大観』本には、第三句が『しをるらん』とある。『しをる』は、雨や涙などに濡れて弱る有様に言う。ここは『絞る』が適当と思われる」とし、「袖を絞るのは、春愁の涙で袖が濡れるからである」「桜の花を散らす春雨を、山姫が春愁の涙に濡れた袖を絞る、その涙と見立てての作。趣向的な歌であるが、艶麗な趣がある」の如く鑑賞している。歌意は「桜の花を、しごいたようにほろほろと散らして、春雨が降っている。その雨は、山姫が涙に濡れた霞の袖を絞っているのであろうか」とする。首肯される解釈であろう。一類本からこの艶麗な歌が消えたのは、隠岐撰抄本『新古今集』では「風かよふねざめの袖の花の香にかおる枕の春の夜の夢」（春下・俊成女）「散りにけりあはれ恨みのたれなれば花のあとゝふ春の山風」（春下・寂蓮法師）などが除棄されていることと、一脈通じる手直し意識であったのかも知れない。ただ本稿では、そうした先学の受容を尊重しながらも「遠島百首」の一首として、あえて私説一解を試みてみたのである。「袖やしぼるらむ」を涙で濡れた袂を絞るという意に取るべきは、古歌伝統の示すところであるが、その通念に従わず、「つい山姫が春雨に濡れた袂を絞ったものだから、花を散らすような春雨となってしまったなあ」と、「花こきたれて」を強調する歌想を表現したところに、院の誹諧歌詠作意識をも読み取り得るかと受容してみたのである。院が隠岐着島した翌春の頃には、こうした心のゆとりがまだあったように思われる。「沖つ浪」歌なども、そうした生活のなかから詠作されたのである。しかし、その誹諧歌とも取れるあまりの明かるさ故に、一類本の手直しの網を潜り抜けることはできなかった。ただし、院にとっては忘れられない、強く印象に残る歌であったのだろう。後に「五百首和歌」を編纂した際に、「遠島百首」の除棄歌を含めた全歌のなかからこの一首のみを採ったことが、この歌に対する院の思いの特別なものであったことを語っている。その特別な思いとは、たとえひとときにせよ底抜けの明かるさに興じ得た、承久の乱後唯一の精神的解放の想い出にほかならない。都における院還京運動に応じて、幕府の許可も期待されるという情況のなかで詠まれたともされる「五百首和歌」は、この歌の再録の場として相応しかったであろう。あるいは院の享受意識では、「袖やしぼらむ」を和歌の通念に従い涙で濡れた袂を絞る意とする、変化が見られたかも知れない。その方が、伝統的発想の世界で息づく「五百首和歌」のなかでは、より調和するかとも思われるからであり、前引小原氏解釈の正しさが認められることになる。自作でありながら、時の経過とともに作者自身の享受内容に変化が見られる現象は、決してあり得ないことではない。私説一解はかくの如くであるが、「山姫の」歌の一類本差し替え理由の解明に傾き過ぎた嫌いもあろう。小原氏受容に即してのより穏当な解明がなされれば、それに従うに吝かではない。

（8）　目崎徳衛「楸邨・隠岐・後鳥羽院」（隠岐の文化財・第4号、昭和62・3）参照。

〔付記〕

本稿は、和歌文学会・第五十一回関西例会（平成五年四月二十四日・於関西大学）における研究発表の内容を、多少敷衍して文章化したものである。発表の際、隠岐における後鳥羽院歌観歌風のあり方に関する、田村柳壹氏の質問を受けたが、本稿では、そうした考察にまで発展させることをせず、標題の範囲に限定して論じている。しかし、表現面からのアプローチによる歌風考察がなお並行的に進められ、後鳥羽院の隠岐歌業の全体像をよりいっそう明らかにしなければならないことは、いうまでもない。注1に記した、寺島氏諸論文に、そうした内容をもつ優れた考察が多く見られるので、参照されたい。

第三章　『百人一首』追考

――『明月記』関連記事の周辺など――

一

『小倉百人一首』について考えようとする際に拠るべき資料とされる、『明月記』中の有名な記事若干をめぐって、いささかの私読を試みる。

午終、中院より頻りに招請。壁の耳を怖ると雖も、逃れ難きに依り輿に乗り、北の土門を入る。出で逢ふ……、連歌を始む。（文暦二年五月一日条）

――今川文雄『訓読明月記』（河出書房新社）による。以下同じ。――

この「壁の耳を怖る」については、いかなる理由によるものか、再考の余地があるのではなかろうか。この時、『百人秀歌』ないし『百人一首』についての打ち合わせもあったかと推測される、定家の蓮生入道中院山荘訪問の記事であるが、すくなくとも表向きは連歌会への招待であり、定家が何故その行動を秘匿しなければならなかったのかやや不審なのである。同じく『明月記』の「申の時許り密々に輿に乗りて中院に行く」（文暦二年四月二十三日条）とともに、従来はむしろ、鎌倉方の眼を恐れての隠密行動ではないか、とそれも漠然と考えられてきたように思われるが、いち度洗い直してみる必要はあった。嵯峨中院山荘障子色紙形の注文主蓮生入道と、その制作を依頼された定家と、それぞれのその頃の生活環境や生活意識はどんな風であったのだろうか。

先ず、蓮生入道について。若くして関東の豪族宇都宮一族の当主であった頼綱は、元久二年（一二〇五）『新古今集』撰進の年の七月、平賀朝雅事件に連座して二十八歳で出家している。出家しても、俗的生活とすっかり縁を切り、仏道専念の生活に入ったわけではない。『明月記』の「宇津宮入道一昨日入洛。入道一人と唯二人騎馬。法師原少々歩行と云々。偏えに是れ法文を学ぶ為也。明年一年を過ごして帰るべしと云々」(嘉禄二年十月十三日条)という、蓮生の名前初出の記事からも推測されるように、しばらくは京・関東の往反生活を続けていたとも見られるが、建保二年(一二一四)三十七歳の時には園城寺修造のことに当たり(吾妻鏡・建保二年五月七日条)、同四年三十九歳の時には、壬生野庄押領事件を起こしているし(吾妻鏡・建保四年十二月八日条)、承久三年(一二二一)四十四歳時承久の乱の際には、「……宇都宮入道蓮生……以下の宿老は、上洛に及ばず。各鎌倉に留まり、且は祈禱を廻らし、且は勢を催し遣はすと云々」(吾妻鏡・承久三年五月二十三日条)とあるように、いわば幕府後備軍の一員として関東方に属しているのである。そうした功もあってか、乱後伊予国の守護職に新補され、嘉禎頃までその任にあった(国史大辞典)。その頃すでに、承久元年(一二一九)には定家息為家と女《むすめ》との婚儀のことがあったのだが、蓮生と京との関係はいっそう強まり、京における住居としての中院山荘に居住することも多くなっていたのであろう。障子色紙形を定家に依頼したのも、このような生活のなかでなされたのであるが、その後建長二年(一二五〇)七十三歳の時には、閑院殿造営奉仕のことに関与している。『吾妻鏡』建長二年三月一日条には、「造閑院殿雑掌の事……その目録の様。後日に注し入れらるる分」として、たとえば「紫震殿《ママ》　相模守(時頼)」などと記すなかに、「西の二の対　宇都宮入道」とある。すなわち蓮生入道は、たとえ京に居住することが多くなっていたとしても、鎌倉幕府との従属関係は基本的には継続していたと考えるのが、穏当であろう。蓮生の性格は、上述した壬生野庄押領事件などからも判るように、生来豪胆であったと思われるが、出家後も基本的には幕府方に帰属する行動を取っているだけに、その対鎌倉幕府意識には特に疚しいところもなく、堂々と対処する生活意識をもって暮らしていたのではないかと思われる。

次に、定家について。元久二年(一二〇五)四十四歳の『新古今集』撰進頃から、後鳥羽院との人間関係が悪化しはじめていたことはすでに種々論じられてきたが、その生活は、承久の乱頃を境にして新しい様相を公私ともに呈しはじめていた。早く、三代将軍源実朝との和歌を介した交流があり、関東との関係は悪いとはいえなかったが、承久元年頃、上述の如く蓮生女を嫡子為家の嫁として迎えてからは、いっそう関東への関心は深まっていたであろう。したがって、承久の乱に際して傍観者的立場を取ったといわれるのも、故なきことではなかったといえるのである。さらに乱後は、妻の実弟西園寺公経が関東申次として勢威を振るうことになり、その引き立てで定家の廷臣としての地位も順調な昇進ぶりを見せ、貞永元年（一二三二）七十一歳にして権中納言に昇っている。そして、翌天福元年七十二歳には出家して明静を称し、以後『新勅撰集』撰進、古典校勘の仕事に精力を傾けることになるのであるが、そうした歩みのなかでの定家の意識は、かなり複雑であったように思われる。蓮生入道との姻戚関係といい、公経との被庇護関係といい、身辺の利害打算とも絡んで基本的には鎌倉方を強く意識せざるを得ない生活であったろうが、公経の権勢過剰な生活態度に対しては、『明月記』安貞・寛喜年間（一二二七〜三二）頃の記事、たとえば、「生を濁世に受け、過差の時儀に交はると雖も、その前鋒の所作貧老の好まざる所なり」（安貞元年十一月十七日条）「故無く遊放し給ふ事、人定めて傾け思ふか。歓娯の外、更に他無し」（寛喜二年閏正月十四日条）「公事繁多の比、自由の事なり。……毎事棄て置くか。不便なり」（同上年三月十八日条）「天下遊放するか、所々に到り向はれ、各々海内の財力を尽くすと云々」（寛喜三年八月十八日条）などに現れる如く、かなり批判的な心境であったことが判るであろう。公経に対するこの批判意識は、良識に基づく一般論的批判であるといって了えばそれまでだが、また、王朝教養貴族の一人として関東武家側に密着しての権勢ぶりを苦々しく思ふ心情も、働いていたのではあるまいか、とも推察される。承久年間、院庁を中心とする討幕運動の熾烈化する渦中で、定家書写承久三年五月二十一日本『後撰集』の奥書に「紅旗征戎非吾事」と自書している周知の事実なども、こうした推測を可能とする有力な傍証となろう。公経と一心同体化しての浮薄な生活を定家が送っていたとは到底思えず、公武対立のはざまでかなり複雑な生活意識をもって過ごしていたことが、十分に考えられる。

以上のような点を押さえた上で、ふたたび「壁の耳を怖る」の記述に立ち戻るが、その理由は、あるいはやはり当時すでに障子色紙形の制作依頼があったことと関連するのかも知れないと、一度は疑ってみる必要もあろう。だが、その具体的な内容はまだ披露されてもいなかったはずであり、定家自身の胸中にさえまだ決定版ができていなかったと考えるのが穏やかであるとすると、別にこのことで外聞を恐れる必要はなかったといわねばならない。しかも「密々」の行動を強いられるというのは、蓮生の中院山荘へ行くこと自体が実は避けるべき行動であったということを意味することになる。では、定家はいったい、何を恐れていたのであろう。この頃定家は『新勅撰集』の撰進直後であったが、前年の十一月に後鳥羽・順徳両院歌の削除問題という嵐を体験していた(1)。定家も鎌倉方に対して鋭い神経を向けていたことは、十分に考えられる。しかし当面の問題からいえば、この中院山荘訪問の場合もそうであるということは、蓮生入道が鎌倉に睨まれている要注意人物であるという前提に立って、はじめて成り立つ論理なのである。今この前提を完全に否定できる知見を有しないので、なお今後の検討課題として残ることになろうが、前述したような程度の論拠で一応蓮生入道の関東帰属意識を認める立場を取ると、定家が恐れていたのは鎌倉方ではなく、むしろ、朝廷方に対してではなかったかと考えざるを得なくなるのである。すくなくとも、そのような視点からの考察をして置く必要のある問題である。

当時、いわゆる両院還京案が朝廷方から幕府に対して提案され、審議中であった。この提案ないし懇請は、後述の如く結局幕府の拒否にあい、改めて幕府の峻厳な対朝廷姿勢を再確認することに終わったのであるが、ともかく、公武の綱の引き合いという息をのむような緊張した時間が過ぎていく時期であった。こうした情況のなかで定家はどのような意識で過ごしていたかが、問われねばなるまい。『明月記』中の参照すべき関連記事を、次に掲げる。

或人云ふ、師員（稿者注…在京中の幕府評定衆。道家により使者として鎌倉に派遣された人物）馳せ帰るべき由案を成せども、鞭を揚げ、帰洛するの日無し。更に妻子を迎へ寄すと云々。群賢の議、定めて嬰児に異ならざるか。金

吾悩む所有る由告げ送る。（文暦二年五月二日条）

密々の説、東方の書状。家人等一同に然るべからざる由の趣を申す。泰時の状を以て申す。将軍の御消息なし。又別して禅室に申さざる由、密かに語り給ふと云々。賢者の案ずる所、向後尤も不便。（同右年五月十四日条）

ここで問題にすべきは、先ず「群賢の議、定めて嬰児に異ならざるか」「賢者の案ずる所、向後尤も不便」とある所感であろう。定家にそのように批判されているのは、道家はじめ上層廷臣たちの楽観的見通しの甘さに対してではなかったかと思われるが、確かに道家らの見通しは、鎌倉側の事態を正しく把握しているものではなかった。当時幕府側では、道家の子頼経を四代将軍に担ぎ、執権泰時が、評定衆制度の実施（嘉禄元年〈一二二五〉）や御成敗式目の制定（貞永元年〈一二三二〉）などに具現した幕府体制の整備強化に努めていたのであるが、その動きに逆行するように、頼経の周辺に集まる御家人の反執権勢力が形成されるという、容易ならざる情勢が展開されはじめていたのであった。仁治三年（一二四二）の泰時没を境にしてこの対立は激化し、やがて頼経の強制的辞任後、寛元四年（一二四六）の宮騒動、宝治元年（一二四七）の宝治合戦へと急テンポで進展していく。両院還京案が提案された頃、両勢力の対立的様相はまだはっきりとは顕在化していなかったといえるが、こうした幕府内部の紛争の火種は、泰時らによって鋭く嗅ぎつけられ、何程かの懸念を抱かせる情勢となっていたようには思われる。にもかかわらず道家の許には、あるいは頼経を核とする新しい勢力の形成が対幕府交渉を有利に運ぶ好条件の要素として伝えられていたかも知れず、概して楽観的な情勢が寄せられていた可能性が十分にあり得たであろう。だが、頼経を利用する反執権勢力の芽生えを敏感に感じ取りつつ、幕府の基盤強化を図ろうとする執権泰時が、そう易々と両院還京案を許可することなどまったくあり得ないことであった。それは、幕府内部に朝廷と密接に結びつく反執権勢力を育成することに手を貸すことであった。すこしく幕府の内情を知るものであれば、その程度のことは容易に察知できたはずである。子の頼経が将軍職についており、しかも決して孤立しては居らず、ある面での衆望もあるらしいという情報が、道家の眼を曇らすことになったのである。ただ道家が、単に甘い楽観論だけをふりかざしていたのではなかったことも事実である。というのは、還京案が拒否される前年の天福二年（一二三四）十一月九日に、前述の如く、道家・教実主導による『新勅撰集』草案からの両院歌除棄強行のことがあったからである。このことに見られる厳しい状況判断と還京案提示の甘い見通しとの矛盾は、どのように捉えたらよいのであろう。道家の人物器量をある程度高く評価する立場から、この二つの矛盾的事柄を整合的に捉えるとすると、『新勅撰集』からの両院歌除棄さらに『百錬抄』に「又有二被レ入之人一」とあるように、おそらくは泰時ら関東方武家の歌の切り入れは、還京案提示と連動しており、それを幕府に受け入れ易くさせるための環境作りという意味があったのではないかとも考えられるのである。とすると、両院歌除棄は周囲からの強制的圧力による止むを得ない措置であったというよりも、朝廷側自身の戦略的意味合い濃厚な自発的措置であったということになろう。とするとまた、還京案が拒否されたという現実の中での定家の意識からいえば、何故両院歌を除棄したのか、その意味がまったくなかったではないかという批判が吹き出すことになったとしても不思議ではない。『明月記』の前掲記事の「群賢」「賢者」に対する批判的口吻は、こうした事情を想定することによってよく理解することができよう。だがここで見逃し得ないのは、定家の批判は朝廷側に対してだけでなく、当然のことながら、幕府の両院還京案拒否という返答に対してもなされていたことである。

いうなれば定家は、関東方にも朝廷方にも批判の眼を向けるという、複雑な心情を抱かざるを得ない立場に立たされていた。関東との世俗的関係を断ち切っていない蓮生入道と姻族関係を保ち、関東申次たる公経とも親しい定家にしてみると、公武の微妙な関係について余人よりも多少は精しい情報を得ることができたであろうし、いわば公家側と武家側の中間的存在としての立場から、両者にこうあってほしいと求める願望も強いものがあったかも知れない。『明月記』によると、「東方の書状、家人等一同に然るべからざるの趣を申す」とあるので、還京案を承認する返答を期待していたことが判る。これは、朝廷側に立つ廷臣定家としてのもっともな期待であると同時に、また、関東側ともかなり密接な関係をもついわば二重国籍的立場の者がもつべき最善の願望でもあったといえる。だが、現実は厳しかった。すでに定家は、五月三日の時点で、「或人云ふ、師員馳せ帰るべき由案を成せども、鞭を揚げ、帰洛するの日無し。更に妻子を迎へ寄すと云々」（前掲『明月記』）の如く、事態の推移を悲観的に捉えていたが、「金吾悩む所有る由告げ送る」とあるところには、その前後の記事に特に為家病気のことが記されていないことをも勘案し、この公武交渉に際しての為家の苦悩を窺い知るべく、延いて、定家・為家の置かれた微妙な立場も浮き彫りになってくるのである。「群賢の議、定めて嬰児に異らざるか」という、朝廷の打つ手の甘さに対する定家の批判的姿勢は、この頃すでに種々のかたちで何となく外部にも察知される程度になっていたのではなかろうか。「泰時の状を以て申す。将軍の御消息なし」（明月記・五月十四日条）には、将軍頼経を過大評価している道家らに対する、皮肉を籠めた批判が強烈である。還京案の幕府による受け入れを真剣に願うが故の失望・不満なのであるが、個性の強い定家の場合、上述の如くかなり早くから批判的姿勢が顕在化していた可能性が高い。そして、このような定家のありかたは、朝廷方からみると何か煙たい存在として目に映っていたことも、十分に推測されるのである。蓮生入道を通じて、幕府方の情報を得るようなこともしていたとすると、朝廷側からは、幕府側に近い胡散臭い人物として目に映っていたかも知れない。

このように考えきたると、定家が蓮生入道の中院山荘を訪れるのに「壁の耳を怖る」と思ったのは、鎌倉方に対する配慮というよりも、むしろ朝廷方に対する配慮という面が強かったように思われるのである。そもそも、貞永元年（一二三二）六月十三日召しにより参内、勅撰集撰進の勅命を受けてから、鋭意定家は『新勅撰集』編纂に励んだのであるが、当初はもちろん最終段階近くまで後鳥羽・順徳両院歌は撰歌対象として扱われていたように思われる。佐渡で詠まれた「順徳院百首」が『新勅撰集』撰歌資料として作成されたのかどうかは、近時の諸研究に徴してしばらく措くとしても、(2)両院歌の撰入はほぼ疑い得ないであろう。『明月記』の天福元年（一二三三）六月十一日条、六月十六日条には為家さらに蓮生入道が撰歌の状況を見に定家の許を訪れている記事を載せるが、同年八月十五日条によると、撰集事業の具体化を知った佐渡院が自己の撰歌についての打ち合わせをしたいという希望を寄せていたことも判る。為家・蓮生入道が披見した集の草稿的なものには、ある程度両院歌も入っていたとするのが穏当であろうし、それに対して両人とも特に異議をさしはさむことはなかったように推察されるのである。この段階では、定家の意識はもちろん為家・蓮生の意識でも、両院歌の撰入は問題となっていなかった。だからこそ、文暦元年（一二三四）十一月九日の道家・教実指示による両院歌削除という事態に立ち至ったのであったろう。結果的には関東武家歌人の歌を多く採ることになり、宇治川集と謗られることにもなった。定家にしてみると心外な結果であった。この勅撰集に対する人々の関心は、公武それぞれにきわめて高かったといえる。『明月記』文暦二年一月二十七日条には、入道大納言（教家）と入道按察（隆衡）が撰歌について見たいと申し出ているし、同年二月十四日条には、六波羅探題の北条重時が定家を訪ねたことについて、源具親が悪口に及び、これを耳にした重時が勅撰は他に異なるかと憤慨したという記事が見える。両院歌削除の当事者ともいうべき道家らは一応別としても、他の廷臣たちの間には、鎌倉側の人物が定家に接触することを疎む空気、定家の鎌倉寄り姿勢を危険視する批判的空気が広がっていたことを察知できるような気がするのである。『新勅撰集』編纂の過程のなかで、このような情況が展開されはじめていた。定家が怖れた「壁の耳」とは、朝廷側の批評家流廷臣たちの刺のある眼ではなかったろうか。このような情況と意識のなかで、定家は蓮生入道から歌仙秀歌撰的作品、障子色紙形制作を依頼されたのである。

二

その依頼は、おいそれと素直に承諾できることではなかったであろう。『百人一首』を考える際の第一等資料としてあまりにも著明な、『明月記』の、予、本より文字を書く事を知らず。嵯峨中院障子の色紙形、故に予に書くべき由、彼の入道懇切なり、極めて見苦しき事と雖も、愁ひに筆を染めて之を送る。古来の人の歌、各一首、天智天皇より以来、家隆・雅経に及ぶ（文暦二年五月二十七日条）

とある件《くだり》の「予、本より文字を書く事を知らず……極めて見苦しき事と雖も、愁ひに筆を染めて……」という言辞についても、従来は、定家がおのれの悪筆を恥じての反省の弁であるというような受容がなされてきたが、なお吟味を要する点が残されているのではないかと思われる。

そもそも、後世〈定家流〉として一流派をなすその筆風は、単に大歌人の筆風なるが故の尊重であり、流派形成であったのだろうか。また、定家の「見渡せば花も紅葉もなかりけり浦の苫屋の秋の夕暮」歌が茶室の掛軸として重宝されたが故の、ご本尊歌人の書法流行であったのだろうか。私見では、その書風自体に一流派として聳立する価値が内在していた側面をも、正当に理解しなければならなかったように思われるのである。では、その価値は奈辺に認められるのか。迂遠のようだが、先ず定家の父俊成の場合について考えてみる。俊成真跡とされる写本類を検すると、比較的若い時期に書写したもの、たとえば先年蒲郡市博物館で開催された、特別展「藤原俊成の古典」（平成三年十一月一日〜十日）に出品された顕広切古今和歌集断簡（個人蔵）・御家切古今和歌集断簡（個人蔵）・了佐切古今和歌集断簡（個人蔵）などの書法は、後年に見られる日野切千載和歌集断簡・古来風躰抄（冷泉家時雨亭文庫蔵）などの雄勁・勁直な俊成書法と比較すると、同一人の筆とはどうしても思えない丸みを帯びた温和な筆跡を示しているのである。承安二年（一一七二）「広田社歌合」の俊成自筆本（尊経閣文庫蔵）が伝存しているが、それはもう日野切などと比べてかなりそれに近い書風となっており、五十九歳のこの頃には、すでに後年の書法が確立しはじめていたと考えられる。どこで線を引いたらよいか厳密には判然としないが、一応、若い顕広時代と五十四歳に俊成と改名した以後の後半生とを比べると、大きく書風が変わったことを想定しなければならないように思われるのである。この俊成書風変遷の原因としては、当時の政治的宗教的文化的な歴史的転換期を生きる人々の精神にみられる変化、王朝教養貴族的価値観ないし美意識から中世的価値観・美意識への変化、という世相の変化が背景的遠因として考えられ、和歌史の流れにおいても、王朝的優美流麗な旧風から中世的詰屈聱牙な新風へという変遷が見られるのであって、これも一連の動向であり、俊成後年の雄勁な筆致と相応しているともいえよう。だがこうした、俊成の書風変遷の原因として、私見ではなお、たとえば中国北宋末期の徽宗の書法などからの影響が直接的契機としてあったのではないかとも考えている。徽宗のいわゆる痩金体という強い線描による書風と、俊成晩年の前記自筆文献『千載和歌集』日野切や『古来風躰抄』などの書風とを比べてみると、何らかの類同性があるようにも思われるからである。具体的にその影響の跡を実証することは、難しい。細かい筆法の比較などに及べば、むしろ相違点が目立つことになり、おそらく実証不可能なことでもあろう。だが、宋の文化がわが朝に輸入され、種々の分野で影響を与えていたことは、明確に指摘できることである。二、三の事例を挙げておく。藤原佐世『本朝見在書目録』には、「宋略二十巻」「宋書百巻」などと見え、『通憲入道蔵書目録』にも、「宋人密語抄上局」「宋書七局《帖イ》」「皇宋百家詩三帖」などと見えるが、これらは宋文化輸入の証となり得るし、延久四年（一〇七二）の成尋阿闍梨入宋、永保二年（一〇八二）の戒覚入宋の事実も重視されるべく、平清盛の大輪田築港による日宋貿易の実施も重要な史実である。「宋商の来船を報じ、珍品の購入をすすめる」（雲州消息・下）「大宋商主満献二鸚鵡幷種々霊薬一」（百練抄・治暦二年五月一日条）「仁平の比、宋朝商客劉文冲、東坡先生指掌図二帖・五代記・十帖・唐書九帖・名籍をそへて宇治左府にたてまつりたりけり……」（古今著聞集・四〈文学第五〉宋客劉文冲宇治左府頼長に典籍を贈る事）などの記述を通じても、日宋の交流はかなり頻繁に行われていたことを認めねばなるまい。そうした交流のなかで、北宋の法書も輸入されたであろうし、そのなかに徽宗の法書が含まれていた可能性も高かったのではないかと思われる。

俊成後年の書風について、もしたとえば徽宗痩金体などからの影響を想定することができるとするならば、その子定家にあっても同様の事情が考えられないであろうか。定家が若い頃に書写したものは、伝定家筆といわれる天理図書館蔵『源氏物語』など俊成と同様やや丸みを帯びた優美な書風である。これは真跡かどうか確認はできないので仮説に過ぎないが、後半生にはいわゆる筆太な定家風となっており、それと比べると大きな違いである。その変遷に何らかの契機が考えられるとすると、やはり中国書家、具体的には宋代書家のたとえば北宋の米芾《べいふつ》や、特に禅僧らの書風に影響されるところがあったのではないかと想像してみたくなる。専門家による今後の研究に期待したいと思うのであるが、私見では、すくなくとも晩年の定家には書法に関する一家言もあり、密かな自恃の念も抱いていたのではないかと思われ、してみると、前記文言に反省の弁を読み取るとしても、それは表面的外交辞令的なものに過ぎず、本心からそう思っていたかどうかきわめて疑わしいといわねばならないのである。辻彦三郎氏は定家流について、「写真でもわかるように独特の筆法で印象が強い。勿論当時としても甚だ異色の風であるが、いま拡大写真を丹念に調べると、定家は従来の筆法を無視しているどころか、ちょっとやそっとでは真似できない、もし本当に真似しようとするなら複雑で高度の技巧を要する筆法であることに気付く」（人物叢書・付録第95号、吉川弘文館）と述べている。石川九楊氏の『日本書史』（名古屋大学出版会、平成13）をはじめとする数多くの著書が説く如く、書は文学であり、書体は文体であると思量されるのである。

　当時の定家は、老眼と中風に苦しみ、そのため蓮生入道からの染筆依頼にも直ちに応じるわけにいかなかったのではないか、という見方もある。たしかに『明月記』文暦元年四月七日条には、中風の手に悩まされながら草子二帖を書き終えたという記事も見える。しかしながら、天福元年（一二三三）七十二歳の『千載集』書写、文暦元年七十三歳の『伊勢物語』『後撰集』書写、文暦二年七十四歳の『新勅撰集』清書進献、嘉禎三年（一二三七）正月七十六歳の孫女のための『古今集』書写、また同年八月、十月の二度、三度に及ぶ『古今集』書写、さらにこの頃の『土佐日記』書写、「順徳院御百首」加判など、頻繁な古典校勘・書写の仕事ぶりを考慮すると、このような見方は成立しないといってよかろう。老眼・中風といった老齢的症状が、蓮生入道からの染筆依頼に二の足を踏ませる真の理由であった、とは思えないのである。それならば、定家が二の足を踏んだのはいかなる理由によるものであろうか。悪筆以外の真の理由が他にあるとして、それを憶測すると、歌仙秀歌撰的作品の作成という蓮生入道からの依頼内容自体に、問題を感じていたからであるといわねばならなくなる。「予、本より文字を書く事を知らず」を、悪筆についての謙退の辞とのみ取ることは許されず、素直に引き受けるには問題のあり過ぎる依頼であるという情勢判断が背景にあっての、困惑の気味合いを蔵した言辞であったのではなかろうか。

　定家が自己の書法を「極めて見苦し」の如く述べるのは、「(良経)仰せに云ふ、詩序を書かんと欲すと。汝、和歌の序を書くべし。見苦しきの由申すとも、強て仰せらる。仍て之を書く」(明月記・正治二年閏二月二十八日条)「源氏物語の料紙を給はる。老筆更に叶ふべからざる事なり。桐壺を書くべき由仰せらる。甚だ見苦しき事か」(同上・寛喜二年三月二十七日条)など、定家の常套であったともいえるのであるが、前節で説いた通り当時の政治状況を背景にした場合、難しい判断を強いる、蓮生入道からの障子色紙形染筆の依頼と関連しての言辞であったことを考慮すると、ここにはなお、できるものなら断りたいという切実な思いも含まれていると読み取ることが要請される。万事、よい加減に処理して済ますことのできない自己の性格を自覚しているが故の逃避であった。「慭(なまじ)ひに」とは、〈気が進まずよせばよいのにと思いながら、中途半端に無理を押してするさま〉の意であるが、したがってこの言辞は、言葉通りの重みで受けとめられねばならないと思われるのである。蓮生入道の依頼が懇切極まるものであったままに、心ならずも依頼を承諾せざるを得なかったということになる。しかし引き受けたからには自己に忠実に意味のあるものを作りたい、作らねばならないという思いが、定家の胸裏に湧いてきたことも、定家の性格からみてまた容易に推察できるところであった。特に、前節で述べた、両院還京案が拒否されるという現実のなかで、『新勅撰集』からの両院歌除棄の無意味さを痛感した時から、その思いは次第に募り始めていたのではないかという気がする。蓮生入道の懇請から最初は何とか逃れようとする気持ちの方が強かったとしても、懇請がおそらく度重なるにつれて、その両院歌除棄の苦い負的体験転化の場を、この歌仙秀歌撰的作品に見出そうとするような心境に、次第に変わっていったのではないかと考えてみたいのである。いうなれば、蓮生入道の懇請を素直に承諾するのに二の足を踏ませた複雑微妙な政治状況が、今や逆に、この色紙形制作を自己に忠実に積極的に推し進めようとするエネルギー源となり始めていたのである。

三

では、ひとたび引き受けた以上はという立場で、この色紙形制作に取り組むことになった定家は、どのような抱負・構想で臨むことになったのであろうか。客観的にいえば、公武の対立が基本的にはまだ解けないままの政治状況を背景にしての撰歌は、具体的にはやはり、両院歌と実朝歌の扱いが問題となり、『新勅撰集』の内容に照らして同様の扱い方、すなわち両院歌は外して実朝歌を入れるという形態となる可能性が高いはずであろう。だが、定家の心情に即していえば、上述の如く『新勅撰集』補正的意識が強かったように考えられるのであり、そのほかにも、この色紙形が依頼主蓮生入道の中院山荘障子を飾るためのものであったという、場の問題も無視できない要素であることを考えると、実際には、どのような構想に基づきどのような内容のものとして形成されていったか簡単には決められない。おそらく、揺れながら迷いながら進められていった営為であったろうが、そのプロセスを敢えて復原的に想定すると、基本的には数年前に発表した拙稿「百人一首試論」（文教国文学〈平成元・12〉のち『中世和歌文学論叢』〈和泉書院〉に収録）のようになるかと思われるのである。しかし細部では、多少の補正さらに補足説明の必要もあるので、その立場で改めて私見を整理し、再度仮説を要約しておくことにする。

私見の根基は、『現百人秀歌』『現百人一首』より前に、『原百人秀歌』的なるものの存在を想定し、これを『明月記』文暦二年五月二十七日条の歌仙秀歌撰的作品に当てる点にある。先ず後鳥羽院歌に関しては、『新勅撰集』では最終的に道家の指示により除棄せざるを得なくなったが、『原百人秀歌』の時点では採っていたと考えた。天福二（一二三四）年九月八日、仁和寺宮道助法親王の仰せによる制作であった『八代集秀逸』には『新古今集』十首中の三首まで院歌を選んでいるのであるが、法親王が後鳥羽院皇子であることを割り引いても、こうしたところに秀歌撰制作における後鳥羽院の扱いについての定家の基本的立場が現れているとみてよかろう。この基本線を変更する契機として働くものに、『新勅撰集』撰進の苦い経験があったといえるのであるが、前述した如くこの体験はむしろ定家の批判精神に火をつける原因になったと思われるのであるし、前掲「紅旗征戎非吾事」の揚言に投影されたいわば芸術家魂や、関東中次公経の行動に対する批評的言辞、さらに特に、両院還京案却下をめぐる廟堂批判のいらだちなど斟酌すれば、この時点では院歌を除く事など到底考えられないことであったといってよい。『原百人秀歌』は、樋口芳麻呂氏が「百人一首への道（下）」（文学〈昭和50・6〉のち『平安・鎌倉時代秀歌撰の研究』に収録）に説く如く、『新勅撰集』補正的性格が著しかったと思うのである。ただ、後鳥羽院歌の位置は秀歌撰冊子の巻尾ではなかった。私見では『明月記』の記載通り、巻軸に家隆・雅経歌が配されている立場を取るので、そのように想定するのである。順徳院歌についても、前稿で述べた通り採られていなかったのではないかと考えておきたい。次に右大臣実朝歌についてであるが、これも前稿で述べた通り『原百人秀歌』では採られていなかったと考えられる。蓮生入道出家の原因となった平賀朝雅事件を生なましく想起させる実朝歌を選ぶことは、普通の神経の持ち主にはでき難いことではなかろうか。依頼主蓮生入道は、前述の如く豪胆な人物であったろうが、その障子色紙形として貼付された状態を思い描きながら撰歌作業を進める定家は、神経の細かい人物であった。またこれは、後述の如く、王朝和歌史縮図的作品制作意識という、この秀歌撰の主題とも関わることであるが、年齢的にみても、順徳院の場合と同様、実朝はやや若過ぎる嫌いがあろう。定家自身の歌も、前稿で説いた通り含まれてはいなかったと考えたい。『原百人秀歌』は、『現百人秀歌』と比較して、実朝・定家歌二首が減じ、後鳥羽院歌一首が加わるので、全百首の形態となるのである。

以上、最も重要な点についての私見を再確認したが、『原百人秀歌』の内容の根幹をかくの如くに捉えると、その巻尾を家隆・雅経歌で結ぶ構成の必然性は、どのように考えたらよいのであろうか。巻頭を天智天皇歌で飾った作品の巻軸に後鳥羽院歌を配する結構はまことに整った構成となるのであり、そうした構想が定家の脳裏を掠めた段階もあったと思われるが、前述の如く承久の乱時に、蓮生入道が鎌倉にあって後備軍的役割についていたことなど勘合し、さすがの定家も院歌をあまり目立たない位置に配する程度の考慮は払っていたとして、代えるに雅経歌をもってした、しかるべき積極的理由を考えねばならないのである。この点についての私見は、実はすでに「藤原雅経『み吉野の』歌」（短歌〈平成2・4〉のち『中世和歌文学論叢』収録）で述べるところがあったが、人といい歌といい、この秀歌撰の巻尾を飾るに相応しかったともいえそうなのである。すなわち雅経は、建久八年（一一九七）後鳥羽院命により鎌倉での生活を閉じて上洛し、やがて侍従となったが、院歌壇においても頭角を現しその主要メンバーとして活躍した近臣であり、久保田淳「後鳥羽院歌壇はいかにして形成されたか」（国文学、昭和52・9）は、後鳥羽院の和歌への志向が雅経に触発されてのものではなかったかとさえ推測している。雅経は、その後も京・鎌倉の間を頻繁に往復しており、関東との縁も深い公卿歌人なのであった。また採られた歌は、建仁二年（一二〇二）八月二十五日百首和歌（明日香井集）の一首であるが、その『新古今集』撰入は院の切り入れによるものであった。したがって定家が、当詠をこの秀歌撰に選んだ時、院撰歌の妥当性を追認する結果ともなったのであるが、『原百人秀歌』巻尾歌と定める際にも、この院切り入れ歌であったという思いはなにほどか纏綿していたことであろう。しかし採歌の理由は、もちろん人の面だけではなく、むしろ歌自体の内容によらねばなるまい。遠征の夫を恋うという砧の音を聞いて秋夜悲愁の情を催すこの歌は、遠島悲傷の後鳥羽院を思う情に通うものがあって、後述の如くこの秀歌撰の主題の一つであると私に考える対後鳥羽院応答意識を定立する立場からも、それが具体的にこの雅経歌を巻尾歌として配した根本的理由であったといってよかろう。さらにいえば、後鳥羽院親撰的性格の著しい『新古今集』の巻頭歌、「み吉野は山も霞て白雪のふりにし里に春はきにけり」（藤原良経）との関連が注意される。「故郷とは吉野、昔皇居にてありしかば云也」（経厚百人一首抄）とある雅経歌は、かつて自然の春とともに歴史の春が訪れた吉野の旧都に、今や凋落の秋も深まり、砧の音が余韻嫋嫋として物思わせるのであり、定家の意識では、この雅経歌は『新古今集』巻頭の良経歌とも幽かに響き合っていたのではなかろうか。巻尾から二首目に配した歌人家隆も、改めていうまでもなく、後鳥羽院と終生心を通わし合った歌人である。強いていえばその歌も、夏の終わりの歌であって、もし巻頭天智天皇歌の次に持統天皇歌が配されていたとするならば（そしてそれは、『現百人秀歌』『現百人一首』ともにそうした配列であるところから蓋然性は非常に高いのであるが）、この『原百人秀歌』は、秋歌・首夏歌で始まり晩夏歌・秋歌で終わるという構成、しかも首夏歌・晩夏歌ともに、夏の初めと夏の終わりを外物によってそれと察知する共通項を有する歌を対応させる構成となろう。巻尾辺を、家隆・雅経歌という後鳥羽院の身替り的存在の歌で結ぶこの構成は、然るべき必然的理由を立論することも、また対後鳥羽院応答意識という制作意識を定立する立場から意味づけることも、可能であると思われる。『明月記』文暦二年五月二十七日条の私案『原百人秀歌』に関する巻頭・巻尾歌についての記述は、見方によっては十分に受容可能であるといえるのではなかろうか。

では、私案『原百人秀歌』と『現百人秀歌』との差異は、いかにして生じたのか。おそらく五月二十七日夕刻頃(3)に届けられた『原百人秀歌』を手にした蓮生入道は、なにがしかの不満ともいえる意見を述べたのではないかと憶測され、そのことを起点としての手直しがなされた結果であったように思われるのである。蓮生の意見の第一は、定家自身の歌が選ばれていないことについてであったかも知れない。前掲拙稿「百人一首試論」に説いた通り、秀歌撰に自歌を入れる習性を持たない定家の立場に対する、注文主の立場からの当然の再考要請であったろう。『現百人秀歌』『現百人一首』の成立について考えようとする場合、『現百人秀歌』の改定版説を前提として論を進めることを要請するという意味で、極論すれば定家歌をめぐるアプローチの方法もあり得たかと商量する程であり、決して荒唐無稽な想像ではないと思うのである。さらに第二には、実朝歌の選ばれていないこと、また逆に後鳥羽院歌の選ばれていることに関しても、何らかの感想が漏らされた可能性があると推量する。この点でも、定家と蓮生入道の立場の相違、特に幕府の両院還京案拒否に対する立場、受けとめ方の相違があったと思われるのであり、前掲拙稿に説いたように、両者の話し合い・具体的接渉が持たれたと思われるのである。自己の芸術家的意地もさることながら、依頼主蓮生入道さらにその女婿である嫡子為家の身上のことも配慮せざるを得ない立場であることを忘れて了う程、あくまでも向きになる定家の年齢でもなかった。迷いながら苦しみながらの制作であっただけに、蓮生入道の意向は、定家にとってむしろ時の氏神的な意味があったかも知れないとさえ思われる。

『原百人秀歌』の改訂がなされたとして、その時期はそれほど間を置いてはいなかったとするのが自然であったろう。憶測すれば、五月二十七日翌日の改訂であったかも知れないし、二、三日かけての改訂であったかも知れない。この秀歌撰に採られた歌人中、当時の生存者は公経・家隆・定家の三人のみであるが、文暦二年九月十日に従二位（公卿補任）となった家隆の位署表記が『現百人秀歌』で正三位となっているのは、この改訂のなされた下限が同年九月十日以前であることを示している。しかし実際には、成り行き上それよりずっと早く、五月二十七日に近い時点での改訂であったとするのが穏当であろう。『明月記』を見ても、二十八日条には、「午の時許りに菅相公、駕を抂ぐ。驚き扶けて相謁す」、二十九日条には、「午の時許りに、寂身入道入り来たりて言談す。程を経ず帰り了んぬ」、六月一日条には、「世事を聞かず。永日暮る」、六月二日条には「夜に入り金吾来たる」などとあるだけで、時間的なゆとりは十分にあった。

私案『原百人秀歌』と『現百人秀歌』との関係を合理的に定位しようとすると、こうした事情を想定してみなければならないのであるが、第二節冒頭に掲げた『明月記』の記述を信ずる立場を取る以上、必然的にそうなるのである。

こうした改訂は、単に定家・実朝歌の切り入れ、後鳥羽院歌の切り出しのみにとどまらない、歌の配列についての手直しをも伴うことになり、その手直しには巻軸歌の改変も含まれていたのであった。後鳥羽院歌を除くという配慮は、蓮生入道の立場を尊重して対幕府意識を優先させるという意味を持つが、そのような意識の進展するところ、院の身替りとも理解できる家隆・雅経の巻尾歌に替えて、関東中次公経の歌を配する新しい構成を選ばせることになったのではなかろうか。障子和歌としてのペア意識が働いていたとすると、第九十九番目の家隆と第百番目の定家が双璧的歌人として客観的にも相応しいペアとなり、巻尾の公経歌はむしろ食み出しの付載歌という性格を有することになるであろう。「はなさそふあらしのにはのゆきならでふりゆくものは我身なりけり」というこの付載的巻尾歌は、すべての人を襲う老年の悲哀を詠む点で一首の普遍性をもつ歌である。家隆・定家歌の前には、雅経・実朝歌というこれも緊密な一体性をもつペア歌が配列されているが、それらを包摂して恩讐の彼方へ開放する機能を果たしているともいえる歌である。関東中次の歌としては、最も適切な歌が選ばれているともいえるのである。『現百人秀歌』の巻尾辺構成にも、それなりの工夫が凝らされていたと考えられるであろう。私案『原百人秀歌』から『現百人秀歌』への移行は、決して投げ遣り的な作業ではなかったと思われるのである。

ただし、一応私見が成り立つとして、『明月記』がこの『原百人秀歌』のことのみ記して、その後の手直しのことなど一切記録しなかったのは何故かが、問題となるであろう。しかし明らかに『百人一首』関係と認定できる記事もまったく見えないので、『現百人秀歌』のことが記されていなくても、それほど不審であるとはいい切れないかも知れない。定家の意識では、五月二十七日夕刻頃に、「憖ひに筆を染めて之を送」った時点で、この制作営為は基本的に終了したのであり、その後の改訂などはそれに付随する一連の作業として、特に記録する必要も感じなかったのではないかと考えておきたい。なお、『現百人秀歌』から『現百人一首』への改訂についての主として理念的な考察は、前掲拙稿に委ねて本稿では省略するが、その改訂に臨む定家の心情に即していえば、精神的には『原百人秀歌』への復帰という側面が著しかったことを忘れてはならない。あるいは、定家の意識の中でのみ第一次的に成立した『原々百人秀歌＝現百人一首』への復帰であったという想定さえもしてみたい程である。巻尾を後鳥羽・順徳両院歌で結び、巻頭の天智・持統両天皇歌との首尾結構の統一を図っていること、後鳥羽院と鎌倉三代将軍実朝という公武トップの歌を同一百首の世界に共存させたこと、などのもつ意味の重要性については、定家顕彰、古典作品享受の意義という立場で繰り返し説きたいところであるが、これも前掲拙稿に委ねることにする。

四

ところで、『現百人秀歌』の伝本は、書陵部蔵本と志香須賀文庫蔵本の二本が広く知られている。その書誌的解説はすでに十分なされているので省略に従うことにして、その前者の末尾に付加された『金葉集』からの抄出歌について触れておきたい。この書陵部蔵『百人秀歌』には、奥書の記された丁の裏丁から、「金葉和謌」と端作してその春部の和歌十二首が記され、末尾下方に「成長」と署名のある、四丁分が添えられている。『百人秀歌』とは同筆である（両本の祖本とされる冷泉家時雨亭文庫蔵本は別筆）。この『金葉集』抄出歌の部分を私に「付加部分」と呼び、その内容について考察する。

当歌群は、作者名を記さない抄出歌群であって、再度本『金葉集』の春部巻頭歌から始めて、最初の二十三首中から十二首抄出している。それらの作者を明らかにすると、顕季・顕仲・皇后宮肥後・前斎宮河内・顕季・長実・顕季・顕輔・雅兼・俊頼・忠季・白河院となっている。ここで注意すべきは、顕季三首、長実・顕輔各一首と六条藤家歌人特に顕季の歌が目立つこと、白河院御製で終わっていることであろう。顕季は勅撰集入集歌数五十七首の一流歌人で、後拾遺一首、金葉二十首、詞花四首、千載六首、新古今・新勅撰各一首（以下略）の如く採られている。また白河院は勅撰集入集二十九首で、後拾遺七首、金葉五首、詞花・千載各一首、新古今四首（以下略）の如く採られている。『現百人秀歌』の中の天皇歌人で勅撰集入集歌数の多いのは、崇徳院の七十八首を別格として、光孝天皇の古今以下入集の十四首、三条院の後拾遺以下入集八首がそれに続くに過ぎないのと比べると、漏れているのが不審であるともいえばいえよう。十二首中に顕季の歌を三首も取り、白河院歌で擱筆していることに何らかの意味を見出そうとすると、『百人秀歌』部分の奥書に、「……名誉之人秀逸之詠皆漏之、用捨在心、自他不可有傍難歟」とあることを受けての、いわば補正『百人秀歌』的性格を付与されての追記ないし付加部分ではなかったかとも考えられよう。その他、春歌のみの抄出であることも後述の如く注意されるのである。ただし、署名は「成長」とあり、また祖本と目される冷泉家蔵本では『百人秀歌』部分と別筆らしいので、定家自身の付記などではもちろんあり得ない。

『現百人秀歌』さらにその後の改定版『現百人一首』には、たしかに王朝和歌史の縮図的性格が見られる。この作品に主題が内在するとして、その一つと看做すこともできよう。『現百人秀歌』について、その勅撰集別採歌数を記すと、古今二十四首、後撰七首、拾遺十一首、後拾遺十五首、金葉六首、詞花五首、千載十三首、新古今十六首、新勅撰四首という構成になっている。金葉・詞花からの採歌が少ないのは、十巻本なるが故のむしろ当然の結果として、後撰七首が量的に問題となる。だが、褻の恋歌を多量に含むこの勅撰集から採った七首中の四首がそうした性質の歌であることは、質的には必ずしもこの集を無視したことにはつながるまい。量的のみならず質的視点からの考察も要請されるのである。そうした観点から、王朝和歌史縮図的性格がどの程度投影されているかを検証してみよう。『古今集』独特の知巧的趣向歌が文屋康秀「ふくからに」歌、春道列樹「山がはの」歌位である点やや物足りないが、『後撰集』の特性である恋歌は陽成院「つくばねの」歌、元良親王「わびぬれば」歌、三条右大臣「なにしおはゞ」歌、参議等「あさぢふの」歌など含まれているし、『後拾遺集』以後頃の新風的表現の歌は、義孝「君がため」歌、実方「かくとだに」歌、和泉式部「あらざらん」歌、大弐三位「ありま山」歌、道雅「いまはたゞ」歌などの比較的直情的な抒情歌や、能因法師「あらしふく」歌、定頼「あさぼらけ」歌、経信「ゆふされば」歌、俊頼「山ざくら」歌などの比較的描写的な叙景歌が見出されて、これもある程度格好がついている。しかし新古今調として積極的に取り挙げるべき歌は、多くない。式子内親王「たまのをよ」歌、寂蓮法師「むらさめの」歌、後京極摂政前太政大臣「きり〴〵す」歌、雅経「みよし野ゝ」歌、定家「こぬ人を」歌などを取り挙げてみても、新古今調の典型をより余情妖艶的作風に認める立場を取ると、かなり物足りないことは否めないであろう。王朝和歌史縮図的性格はある程度認められるとしても、必ずしも完全な縮図とはなり得ていないことを認識しなければなるまい。そして、成長の付加部分を参照して批判的に読むと、特に先ず人の面で次に春歌の面で、かなり大きな欠陥を有していることが浮き彫りになってくるように思われるのである。

これは『百人一首』に関する言説であるが、すでに最古の注釈書『応永抄』にも、「そも〳〵此百首の人数のうち世にいかめしく思ふものぞかれ又させるさくしやとも見えぬ人も侍るふしんの事にや」とある如く、人の面での問題は早くから気づかれていた。したがって今は、春歌の問題に限って触れてみる。『現百人秀歌』の部立別構成は、春歌八首、夏歌四首、秋歌十六首、冬歌六首、離別歌一首、羇旅歌四首、哀傷歌一首、恋歌四十三首、雑歌十八首の配分となっているが、一見して春部歌、特に立春歌の少ないことが指摘できるであろう。成長の付加部分は、こうした面からみても一種の補正『百人秀歌』的性格を帯びているとはいえるのである。

かくの如く、この付加部分は、『現百人秀歌』の欠落面を照らし出している。そもそも成長とはいかなる人物か、興味を覚えるのであるが、判然としない。先ず第一に、俊成の甥に当たる吉田大納言経房の弟定長の三男、従三位成長が考えられる。定長は、例の「あしたづの文」で俊成との関わりも深かった人物であり、成長が俊成や定家にある程度近い縁者であることを推定できるのである。ただこの成長は、天福元年（一二三三）七月三日に五十三歳で没しており（公卿補任）、してみると、『現百人秀歌』が文暦二年（一二三五）五月二十七日以後の成立と考えられることと整合せず、困ることになる。第二には、伊勢神宮禰宜職の荒木田氏で、『新勅撰集』にも一首採られた人物の成長が挙げられる。『玉葉』の文治期の記事中にもしばしば登場するが、書陵部蔵『長秋草』跋文によると、文治六年（一一八五）の俊成「五社百首」の伊勢奉納の際に世話をしている。そのほかでは、文暦二年には七、八十歳位になると推測されるが、付加部分署名の成長に擬して矛盾しない人物ではある。そのほかでは、『玉葉』嘉応・寿永年間の記事に登場する成長法師なる人物や、良仁良世公孫流藤原成長という人物（尊卑分脈）ら、定家との縁を具体的には指摘することの難しい人物が視界に入るが、前者は年齢的に合い難く、後者も和歌との関わりは特記することもないので、今は一応、最初に取り挙げた二人の成長、特に荒木田成長に絞って考察を進めるのがよいであろうか。ただ、冷泉家蔵本『百人秀歌』の表紙に掛けられた帯状紙片には「為広卿外祖父也」とされる成長の名が記されており、この為広が、俊成の岳父でもあった常盤家の為忠息為業（寂念）の孫の為広であるとすると、むしろ最有力候補として浮かびあがってくるであろう。さらにこの伝本については、付加部分が別筆であるという立場で、その取り合わせの事情や時期などが今後考究されるべき課題として残されている。しかし、そうした課題をも含めた総合考察の必要を、今は指摘するにとどめておきたい(4)。

とまれ、以上の考察からいえることは、『現百人秀歌』制作意図ないし主題として、王朝和歌史縮図的性格の付与をある程度意識したとしても、定家がそれだけに拘泥したのではなく、他の意図・主題によってあるいはより強く規制されていた実態が明らめられねばならないということである。『応永抄』でも、前引言説の後続文に「たゞし定家卿のこゝろ世の人のおもふにかはれるなるべし」とあるところを読めば、歌人選入面での不適切と思われることを、単に表面的に欠陥とのみ受容してはならないことが説かれていたとすべきなのであった。定家の真の意図ないし主題、あるいは多様な主題意識の複合的状況の実態が究明されねばならないのである。稿者は先に、対後鳥羽院応答意識と王朝文化顕揚意識という主題が有機的に結びつき、より高次の統一的主題意識として働いていたことを想定したことがあった（『百人一首古注抄』〈島津忠夫氏との共編者。和泉書院、昭和57初版〉解説）。対後鳥羽院応答意識は、『新勅撰集』

補正意識のように換言できる側面があるし、王朝文化顕揚意識は、王朝和歌史縮図制作意識あるいは定家歌観を具現する和歌入門書作成意識のように換言できる側面があり、これらの諸要素を分析し総合する考察は、言うは易く行うは難い研究であろう。しかしながら、今後粘り強く進められねばならない研究視点である。

注

（1）「中納言入道定家卿於二前関白家一、披二覧新勅撰一先帝御時。披二奏覧一。両殿下監臨、有二用捨事一。被レ切二棄百首一云々。又有二被レ入之人一云々」（百錬抄・天福二年十一月九日条）とあり、定家も『明月記』天福二年十一月十日条に、「百余首を除棄して、これを進上す」と記している。その他、「……さばかりめでたく候御所たちの一人も入らせおはしまさず。……入道殿のえり出でさせ給ふ歌七十首とかや聞え候し。……」（越部禅尼消息）参照。

（2）鈴木徳男「『順徳院御百首』をめぐって」（中世文芸論稿・5号、昭和54・5）、奥田久輝「順徳院御百首について」（園田国文・3号、昭和57・3）、唐沢正実「『順徳院御百首』考―配列構成及び詠作態度を中心に―」（古典論叢・12号、昭和58・6）同上「『順徳院御百首』の伝本について」（語文・59輯、昭和59・5）、同上「『順徳院御百首』の「裏書」について」（和歌文学研究・49号、昭和59・9）、大取一馬「『新勅撰和歌集』の位置―『順徳院御百首』の裏書を手がかりに―」（竜谷大学論集・433、平成元・2）、藤田百合子「『順徳院御百首』の性格―その詠作目的と定家評語の成立まで―」（片野達郎編『日本文芸思潮論』〈桜楓社、平成3〉所収）、唐沢正実「『順徳院御百首』の成立をめぐって」（平成四年度和歌文学会第三十八回大会〈於慶応大学・十月二十五日〉研究発表）、樋口芳麻呂「順徳院の和歌と歌論―承久の乱以後を中心に―」（芸林、平成4・10）など参照。近時、本百首の『新勅撰集』撰集資料たらしめんとする制作意図についての論が、大取・藤田氏らにより説かれ、それに対する唐沢氏の慎重な成立論も出ている。

（3）『明月記』文暦二年五月二十七日条の記事中、「予、本より文字を書くことを知らず。（中略）家隆・雅経に及ぶ」という問題の箇所の前後には「典侍参ず。未の時許りに帰る」（前）、「夜に入り金吾示し送る」（後）とあるので、色紙形を蓮生入道の許に送ったのはこの為家の行為より前の一応夕刻頃と考えておく。なお関連していえば、『明月記』中「金吾示送」（文暦元年七小月六日、八月三日、九小月九日など）とある場合は、為家が何らかの用件を記した書状などを定家に送る意と解せられる。しかもこの場合は、そのコメントの内容が以下に記され、「……云々」のように結ばれる文体となっている。このスタイルを取っていない場合も、文暦二年正月六日の記事などに見えるが、少ない。それに対し、定家が為家に書状などを送る場合には、「示送金吾」（文暦元年七小月五日）などの如く記されているようである。上掲文暦二年五月二十七日条の記事も、この原則に従って理解できる。なお、この「金吾示送」が前文にでなく後文に続くことを教示した、石田吉貞「小倉百人一首の文学性」（『新古今世界と中世文学（上）』〈北沢図書出版、昭和47〉所収）参照。

（4）　その後、井上宗雄氏が、『尊卑分脈』の丹波氏に「盛長―成長（改重長）」とあり、『公卿補任』によると「（延徳）二年正月出家、五月八日卒」とある人物ではないかということを示教されたとのことである（島津忠夫「百人一首成立論の諸問題」〈「百人一首注釈書叢刊」別巻―『百人一首研究集成』和泉書院、平成15・2〉参照）。なお、この注（4）は追記。

〔付記〕

この論文校正終了後、島津忠夫・鵜飼芳江「『百人一首』から『百人秀歌』へ」（武庫川国文・第40号、平成4・11）に接し得た。題名通り、通説と異なる内容の論説である。ただ、この論説にいう『百人一首』を『原百人一首』の如くに取ると、拙稿にいう『原百人秀歌』との類似性についての指摘が可能となろう。『現百人一首』が、『現百人秀歌』とは異なる『原百人秀歌』、さらに、定家の脳裏に第一次的に存在したあるべき『原々百人秀歌』への回帰という性格を有することに関しては、本拙稿においても再度説いている。その面をめぐる考察が今後の課題となるのかも知れない。因みに、私の勤務する大学の授業でも、『原百人一首』を起点として論を進めるレポート、西村律子「百人一首成立問題についての一考察」が提出された。

（平成五年二月記）

第四章　『百人一首』の性格一面

一

『百人一首』の研究は、作者の伝記や各歌の注釈的受容を除いては、大きくとらえて〈成立の問題〉と〈性格の問題〉の二分野に絞られて、考察されてきたようである。前者については、定説いまだしという難しい面があり、私見を発表したこともあるので、(1)本稿では後者についていささかの私見を述べてみたい。

とはいえ、この問題についてもすでに多くの論説が発表されている。最近も島津忠夫氏の「百人一首の性格―第一次本から第二次本へ―」(京都語文・第5号、平成12・3)が発表され、〈成立の問題〉とも関連させての総括的見解が示されている。たしかに、〈性格の問題〉は〈成立の問題〉と有機的に関連するので、本論もそうした問題に触れざるを得まいし、さらに〈注釈の問題〉にも相互る面があろう。

だが、本論の主旨としては、『百人一首』という国民的古典ともすべき作品が、何故永くその生命・価値を保ちつづけたかを、その性格ないし内容面から究明するところに重点を置いている。換言すれば、この作品の全体的価値について、定家がどのように受容してほしいと考えていたかを、内容面から推察しようとする試みであるともいえよう。島津論文とはその観点を異にするので重なる面と重ならない面とがあり、また重なっても該論文に委ねて詳説すべきを省略したり、また再説となることを避けたりしたところがある。

また、近時この歌書の性格について、一般的に説かれているごとき歌仙秀歌撰ではないとする立場での所説も見られるが、本稿はもちろん、形態的にはその一般的見方に基本的に従うものであることを断っておきたい。

先ず、『百人一首』が基本的に王朝和歌史の縮図的性格を有し、さらには、それとも連関して和歌入門書的性格を帯びていることが考えられよう。すでに、川村晃生「和歌史としての百人一首」（国文学・第37巻1号、平成4・1）や島田良二『王朝和歌論考』（風間書房、平成11）中に収められた「『百人一首』の撰歌について」中に詳しく説かれていることとも、重なる面があり、改めて説かずもがなともいえるが、本稿の論述上必要な程度に触れておく。

勅撰集からの採歌入集歌数面で、周知の如く、古今二十四首・後撰七首・拾遺十一首・後拾遺十四首・金葉五首・詞花五首・千載十四首・新古今十四首・新勅撰四首・続後撰二首という数値を示していることは、古今尊重の伝統意識や各集の総歌集、さらに『続後撰集』の場合の特殊事情などをも勘案し、ほぼ王朝和歌史全般に正当な目配りをしている、定家の制作意識を予想させよう。王朝和歌史の実態を反映させようという、こうした意識の存在は、歌風面からも諾われるであろう。いわゆる古今的ないし三代集的歌風の主調をなす優美繊細な歌が、9小町歌以下多数見られるとともに、やはりその主要な側面である知的趣向歌も、22康秀・32列樹のすくなくとも二首は見られること、いわゆる後拾遺的直情的抒情歌が52道信・56和泉式部・63道雅・65相模の各首、同じく後拾遺から金葉・詞花へかけての客観的叙景歌が64定頼・71経信・76忠通・79顕輔の各首に見られること、また千載・新古今時代のいわゆる復古新風的幽寂優艶歌も、87寂蓮・89式子内親王・90殷富門院大輔・91良経・97定家などの各首に見られ、この時代特有の修辞技法である本歌本説取りも多くこれら千載・新古今集から選んだ歌に見られることなどを勘案すれば、王朝和歌史の歌風変遷への目配りも正当になされているといえるのである。

詠歌の場についてみても同様のことがいえよう。出典勅撰集で「題しらず」とされた歌二十六首を一応除くと、歌合・歌会・定数歌など晴的題詠歌とされる歌三十七首、褻的生活歌とされる歌三十七首という均整のとれた数値を示し、しかも、大きく褻歌から晴歌へと傾斜する王朝和歌史の流れをも反映して、晴的題詠歌は『百人一首』の後半に多く配列されていることが、注意されねばならないのである。因みに、やや図式的ではあるが前部歌群七十首と後部歌群三十首（71経信歌以下）に分けて調査すると、明らかに晴的題詠歌とされる歌は前部中に十三首（約19％）、後部中に二十一首（70％）となる。前部中にも60小式部内侍・62清少納言など晴的創作性をもつ褻歌や、後部中にも83俊成歌など褻的述懐性をもつ晴歌を含むという、豊かな多様性が光る点も注意されよう。

部立面についても、四季歌三十二首・恋歌四十三首・雑歌二十首（雑秋一首を含む）・羇旅歌四首・離別歌一首という数値は、恋歌が相対的に多く(2)、そこに『百人一首』の特性ないし定家の構成意識が具現しているといえるが、総体的にいえばそれ程大きなバランスの崩れはない。この点でも王朝和歌史の縮図的性格が、認められよう。ただし、各勅撰集別に整理すると、次表の如く、

	春	夏	秋	冬	恋	雑	羇旅	離別	計
古今	4	1	6	2	4	3	3	1	24首
後撰			2		4	1			7
拾遺			1		8	2			11
後拾遺	1		2		9	2			14
金葉			1	1	1	2			5
詞花	1				3	1			5
千載		1		1	8	4			14
新古今		1	4	2	5	2			14
新勅撰		1			1	1	1		4
続後撰						2			2
計	6首	4	16	6	43	20	4	1	100首

『古今集』のみが各部立から万遍なく採歌されているのであり、それに次いで『新古今集』などにある程度のバランス感覚が窺える以外は、実態の反映というべく必ずしも徹底した様相を呈していない。この現象はどうとらえたらよいのであろうか。さすがの定家もそこまで緻密に配慮できなかったというより、おそらく、後述の如き他の構想意識がより強く働いたが故に、各集個別的レベルでの部立歌調整を重視しなかったという側面もあったのであろう。

歌語の一環としての歌枕についてみると、前記島津論文に、増補改訂前の第一次本（原百人秀歌とも原百人一首ともいうべきもの）に見られる六つの特色のうち、第五番目に取りあげられている通り、「多くの名所が詠まれている」（同論文）のである。『古今集』で総歌数千百首中に約九十三箇所、『後撰集』で千四百二十五首中約百八十八箇所、『拾遺集』で千三百五十一首中約二百五十三箇所と次第に多く詠まれるようになり、『千載集』では千二百八十七首中約三百六十箇所、『新古今集』では千九百七十八首中約三百四十七箇所となっているのと比べて、『百人一首』で百首中に三十六箇所（延べ四十二箇所）詠まれていること、さらに右の各勅撰集での用例数が詞書中のそれをも含んだ数値であり、また『百人一首』中には三代集歌が四十二首を占めていることを勘案すれば、この作品に名所が多く詠まれていることは否定できない。量的にも多いが、質的にも、用例の多い比較的良質の歌枕が多いといえるのであり、定家がかなり意識的に歌枕に肩入れしようとしていた機微を察知できそうである。

当時の歌壇を領導した藤原俊成の歌論書『古来風躰抄』や『栂尾明恵上人伝』中に記された西行法師の和歌観などを通じ、(3)この時代の望ましい和歌として、現実を超える深奥なる世界との交感が庶幾されていたことを知り得る。その深奥なるものは、天空を流れる宇宙的リズムであるとともに、大地から聴こえてくる地霊の声でもあろう。すでに『千載集』には、八代集中最も高率の歌枕数値が見られたが、その撰者俊成の息定家に歌枕への関心が深いことは、当然であったともいえるのではなかろうか。ただし『百人一首』中の歌枕は、大部分が畿内（高砂・いなば山などはこれに準じて扱う）に属し、他には東国歌枕が七箇所（田子の浦、富士の高嶺、筑波嶺、男女の川、陸奥の信夫、末の松山、雄島）見られるだけで、『千載集』にはあった生の松原・岩屋山・気色森・薩摩潟・飾磨・筑紫・鳴門・播磨潟・松山など、また、『新古今集』や『新勅撰集』（雑四など）に見える、吉備の中山・松浦沖・香椎浦・鞆浦・虫明瀬戸・門司関など、さらに『定家八代抄』にわずかに見える、吉備中山・美作久米さら山など、西国の歌枕は見事に欠落している。東国歌枕への好尚度の高さは、一般的伝統的にいえる傾向であり(4)、定家もその伝に従ったのかも知れないが、とすると、『百人一首』に内在する王朝和歌史の縮図的性格、さらにはいっそう和歌入門書的性格は割り引かれざるを得ないことになろう。定家の好みが優先したが故の不徹底性といわねばなるまいが、歌枕重視の熱意は、その歌枕の良質性によってかえってよく伝わり、王朝和歌史の縮図的性格の弱化と引き換えに、和歌入門書的機能をより効率化したともいえるかも知れない。

修辞技巧面についてみても、王朝和歌の特質である縁語・掛詞を用いた歌が多いこと、やはりその特質である寄物陳思的あるいは心物対応的序詞が十七首を数えるうち、①同音反復の利用四首、②比喩法利用八首、③掛詞利用五首など(5)いわゆる各種用法を万遍なく採歌していること、見立て七首、擬人法七首(6)という数値も王朝和歌としてほぼ妥当であると考えられることなど、王朝和歌史の縮図的性格と認めてよいであろう。本歌取技法の問題は先述の通りであり、王朝和歌史の流れに即しているといえるであろうし、枕詞三例という数値も、『万葉集』で多用されたこの修辞表現が王朝和歌に少ない実態の忠実な反映として、むしろ有意義であったろう。

こうした内実から、定家がすくなくとも結果的には最終段階の『百人一首』に、王朝和歌史の縮図的性格さらにあえていえば和歌入門書的性格を付与しようと考え、その構想はある程度基本的性格として達成されていたことが、一応認められてよいと思量するのである。

三

ただし、前節で立論したが如き『百人一首』のいわば基本的性格は、これも先述の如く、他のさまざまな構成意識によって浸潤され、何らかの歪みないし不徹底性が露呈することを余儀なくされているのである。

たとえば、私にいう対後鳥羽院応答意識(7)に基づく浸潤として、82道因歌「おもひわびさてもいのちはあるものをうきにたへぬは涙なりけり」を挙げてみよう。最初、『原百人秀歌』ないし『原百人一首』を制作しようとした時の参照資料として、通称『定家八代抄』が用いられた可能性が推察されているにもかかわらず、この道因歌は55公任歌とともに例外であり、その撰歌理由が問うに値する疑問点となっている。かつて稿者は、「後鳥羽院自歌合」（院の隠岐遷流後、嘉禄二年〈一二二六〉成立）中の「さらぬだに老は涙もたえぬ身にまたく時雨ともの思ふころ」（八番・右・雑）に接した定家が、それに触発されてこの道因歌を選んだのではないかという論を立てたことがある(8)。もしそのことがなければ『八代抄』にある『千載集』の道因歌「嵐ふくひらのたかねのねわたしにあはれしぐるる神無月かな」（冬）が採られていた可能性もあり、とすると『千載集』からの部立別採歌は、四季歌三首・雑歌三首・恋歌八首となり、そのバランスは多少回復されるのである。逆にいえば、後鳥羽院との関連で王朝和歌史の縮図という基本的性格は、多少歪んだことになるのであろう。55公任歌なども、「此歌、家の教に滝ばかり思ふべからず、ものごとに名は惜かるべき物也。此歌より百首は思初けるよし、撰者のことばに見えたり」（米沢抄）「此百首は、公任卿一人いれんためなり」（同上小書）とある古注説を敷衍し、もし定家の脳裏に後鳥羽院慰問の意識があったとするならば、やはりこうした浸潤の具体例としなければなるまいが、実証困難な恣意的憶測へのこれ以上の深入りは慎まねばならない。

対後鳥羽院応答意識は、これも私にいう王朝文化顕揚意識と深部で有機的に絡み合っている(9)。この後者の意識は、たとえば56和泉式部・57紫式部・58大弐三位・59赤染衛門・60小式部内侍・61伊勢大輔・62清少納言という配列に見られる如く、一条帝女流文学全盛時代の女性歌人が一群として集められ、しかもそれぞれの人物像に相応しい歌風の歌が採られているところに、動かし難い証しとして具現しているのであろう。またそもそも、王朝文化が男と女の綾なす恋愛絵巻を一つの重要な核として形成されていることを考えれば、『百人一首』中の恋部歌が四十三首と比較的高率であったのも、こうした意識のしからしめる結果であるといわねばなるまい。厳密にいえば四季歌三十二首と比べて多過ぎるアンバランスは、やはり王朝和歌史の縮図という基本的性格への王朝文化顕揚意識の浸潤的現象として、理解できるのである。

このような、いわば側面的構想意識に基づく基本的性格への浸潤ないし影響は、他にも見られる。次節で、そのことについての考察を試みたい。

四

私見によれば、『百人一首』には歌意歌境的に対立する歌がかなり見られ、それは偶然の結果であるよりも、何程かの自覚を伴う構想意識に基因しているように思われる。

巻頭二首の天智帝・持統帝父子歌が『原百人秀歌』ないし『原百人一首』をはじめとして、『現百人秀歌』にも『現百人一首』にも存在していたとして、巻尾二首の後鳥羽院・順徳院父子歌をこのかたちで据えようとした構想はどの時点で芽生えたのであろうか。原初的構想の段階では順徳院歌の撰入はなかったとする私見[10]にしたがって、一応『現百人一首』での具体化であったとしておこう。すくなくともこの時点では、明らかに巻頭二首と巻尾二首を対立的に配列する構成意識が見られ、すでに早く「本に二帝の御製をはじめて末に両院の御歌を載らる。是又壱部の首尾なり」(三奥抄・順徳院歌注)と指摘されている通りなのである。それも単に形式的に父子歌を対照させたというだけでなく、内容的にも対立相が看取される。天智帝歌「秋の田のかりほのいほのとまをあらみわが衣手は露にぬれつつ」が「農民の辛苦を思いやられた聖帝の歌」（角川文庫『新版百人一首』）とすると、持統帝歌「春すぎて夏きにけらし白妙のころもほすてふあまのかぐ山」は「それまで気づかなかった夏の到来を、衣服を乾す情景から、覚らされた心境ということになる。藤原京の宮殿にあって、執念のメカニズムと化したこの女帝には、いままで、そうした季節の推移にも、繊細な神経を配する余裕を、持たなかったのであろう」（塚原鉄雄「執念の寡婦」〈『華甲夢幻』・静江堂、昭和59所収〉）という享受を参照し、政務尽瘁の女帝の歌として受容したい。いずれも皇室上昇期の君臣一体的エネルギーを感受させる歌どもである。それに対して、巻尾二首は、改めて説くまでもなく皇室下降期の暗く悲痛な述懐歌である。「此御哥と巻頭の御哥いづれも王道の心をよみ給へるうちに上古の風と当世の風との姿かはれるなり。よくおもひさとるべしとぞ侍し」（幽斎抄＝応永抄の祖述）という以上の対立相が看取されねばならず、延いて定家の明確な対立相構成意識を確認すべきであろう。その立場からは、順徳院歌の「ももしきやふるき軒ばのしのぶにもなほあまりあるむかしなりけり」の「むかし（昔）」を、島津氏と同じく（角川文庫『新版百人一首』参照）、吉海直人『百人一首の新考察』（世界思想社、平成5）にいう「天智天皇の御代」説（平間長雅説の継承）に与したいと思う。すくなくとも定家は、『百人一首』の順徳院歌がそのように受容されることを願っていたといえよう。

問題は、巻頭二首と巻尾二首とを対応させることによって浮き彫りになる、いわば対立相構成意識が『百人一首』全体の中でどのように機能しているかということである。巻尾二首の据えられたのが『現百人一首』成立時であるという立場からは、こうした視点での考察はあるいは無意味化されかねまい。何故ならば、現存する『百人秀歌』と『百人一首』を比べても、両院歌を除いては大きな根本的差異がなく、この作品の本体的内容はすでに早く固まっていたと考えねばならないからである。しかしながらまた、事象を対立相でとらえるとか、事物に内在する対立矛盾相を見抜くとかの能力ないし思考法が、定家の本性として認められるとするならば、その本性に由来し、定家自身は無意識であったとしても、結果的には対立相を示す歌が何程か含まれている可能性があり、そうした視点からの考察が要請されるともいえるのである。

実際に、そのような歌はかなり見出される。明瞭にそれと判るケースから取りあげてみると、先ず84清輔歌「ながらへば又この比やしのばれんうしと見し世ぞいまは恋しき」と89式子内親王歌「玉のをよたえなばたえねながらへばしのぶる事のよわりもぞする」が目につく。いずれもそれぞれの歌意の解釈を必要としない程、生き永らえるということについての正反対な意思表示をしている歌であると読み取れる。清輔歌は未来に対して明るく肯定的に向き合い、式子内親王歌は暗く否定的に向き合う。未来観の対峙関係である。

50義孝歌「君がためをしからざりしいのちさへながくもがなとおもひけるかな」と54儀同三司母歌「わすれじの行すゑまではかたければけふをかぎりのいのちともがな」についても、義孝歌が、仏教的立場からはいつ死んでも惜しくないと思う命だが、あなたに逢ってから長く生きたいと思うようになったと詠む(11)のに対して、儀同三司母歌は、将来のあなたの心変わりが不安なので、あなたに逢って幸福の絶頂にいる今日死んで了いたいと詠むのであり、愛をめぐる生き方について正反対の意思表示をしている。定家としては、どちらも人間の真実であると受容するが故の採歌であろうが、両歌が対峙的歌意を示すことに定家が気がつかなかったとすることは、先程の清輔歌と式子内親王歌の場合とも同じで、歌番号の近似からみてむしろ困難である。定家は、両歌が対立相を示すことを肯定的に受け止め、その対立相を意識しながらの配列構成を試みたと考えねばなるまい。愛をテーマとする歌では、次のような二首ずつの歌群も対峙関係を構成している。

19難波がたみじかきあしのふしのまもあはでこの世をすぐしてよとや（伊勢）
20わびぬれば今はたおなじなにはなるみをつくしてもあはむとぞ思ふ（元良親王）

43あひみての後の心にくらぶればむかしは物をおもはざりけり（権中納言敦忠）
44逢ふ事のたえてしなくは中中に人をも身をもうらみざらまし（中納言朝忠）

とある前二首は、どのような危険を冒しても、またほんの瞬時であっても恋人に逢いたいという熱い思いを詠んでいるのであるが、後二首は、恋人との逢瀬を持ったばかりに苦しみ、逢わなければよかったかも知れないと悩む歌であり、前二首とは正反対の心意を詠んでいる。どちらも人生あるいは恋愛生活の真実であるが、対峙的ないし表裏の心情を詠むのであり、対立相を呈しているといわねばなるまい。二首ずつ並べて配列しているところに、定家の自覚的な構成意識を読み取ることができるのではなかろうか。

その他、配列的にかなり隔たっており、歌意的にもうっかり読み流しそうなケースであるが、23千里歌と86西行法師歌「なげけとて月やは物をおもはするかこちがほなるわが涙かな」との間にも対立関係を読み取ることができそうである。架蔵『色紙和歌』には、「月見ればちゞに物こそかなしけれわが身ひとつの秋にはあらねど、といふ本歌をうちかへしてよみたる也」（西行法師歌注文）の如く、西行歌が千里歌の本歌取りであることが説かれている。「うちかへして」とあるのは、この本歌取が『井蛙抄』に「本歌に贈答したるすがた」とある技法に当たると考えられるが、[12]それは千里歌が月と自己との関係を外発的にとらえ、月が原因となって悲哀感に包まれるとするのに対して、西行歌はこれを否と受容し、むしろ内発的に自己の心故に月を見ると悲哀感を覚えるとする詠法であることを意味しよう。月という対象と自己との関係づけで、両歌は対立相を呈しているといえよう。

また、8喜撰法師歌「我がいほは宮このたつみしかぞすむよをうぢ山と人はいふなり」と83俊成歌「世の中よみちこそなけれおもひ入る山のおくにもしかぞなくなる」も同様ケースと考え得る。両歌の「山」は遁世の聖地を意味するがそのとらえ方が相違し、喜撰歌が、世人は「う（憂）し山」と噂するけれども自分にとっては安楽世界であると明るく希望的にとらえるのに対して、俊成歌は、俗世のみならず山にも安楽世界はあり得ないと暗く絶望的にとらえるからである。両歌は対立的様相を呈して対峙するといわねばなるまい。『百人一首』に選ぶ父俊成の代表歌をこの一首に思い定めた定家は、この歌の重さを理解していた。それは、『近代秀歌』（原形本）の俊成歌六首（五首の伝本もある）中に、また定家撰『八代集秀逸』の千載集歌十首中に、この歌を入れていることで判ろう。それに対して喜撰歌は、六歌仙歌であるとはいえ、たとえば勅撰集に十一首採られた同じ六歌仙の大伴黒主と比べ、特に喜撰法師を選ばなければならない理由を見出し難い。定家あえての採歌は、人よりも歌を重視して、俊成歌と対峙させるのに相応しい歌を選んだためである、と立論してみたい誘惑を覚える程である。萩谷朴氏説(13)に従い、「たつみ」は「巽」と「辰・巳」、「しか」は「然か」と「鹿」、「うぢ」は「宇治」と「憂し」と「丑」の掛詞であるとすると、動物をあしらった言語遊戯的な歌となり、古今集からの知的趣向性歌入集が先述の如く二首とやや少なかったことを補う結果ともなる。王朝和歌史の縮図という基本的性格を補強する、この場合はよい意味での浸潤、プラス的影響結果として、定家の採歌をよりスムーズに運ばせることになったかも知れない。

さらにまた、3人麿歌「あし曳の山どりのをのしだりをのながながしよをひとりかもねん」と97定家歌「こぬ人をまつほのうらの夕なぎにやくやもしほの身もこがれつつ」の関係も一考に値する。もし人麿歌が、「此歌題なき歌也。昔日此歌に題を付よと有し時二条家為重は逢恋とをき冷泉家の為邦は待恋と置て訴状など上げ論の有しことなり。去共逢恋の方増りて拾遺伝受の時も逢恋と言義用也。是秘説也。逢恋にする子細は上古の歌心深く詞を言つめぬにより数返吟ずれば弥意味深成也。此長き夜を独かもねんと侘つるに問れてある嬉さを言残したる歌也」（師説抄）という如く、逢恋の歌と受容される立場を取れば、待恋の歌であること明らかな定家歌と対峙する関係となるのである。人麿歌は、『拾遺集』恋三部で「独り寝をする主題の歌が並ぶ」（新日本古典文学大系・脚注）中の一首であり、逢恋とするには無理があろうが、こうした受容が容認される背景に、単に二条家と冷泉家の家の対立という要素だけでなく、『百人一首』に見られる定家の私にいう対立相構成意識をある程度察知しながらの発想基盤があったとするならば、そういう意味で一考に値する材料を提供していることになろう。『百人一首』に登場する時間差からいえば人麿歌の方が先であると考えられる(14)。おそらくは蓮生入道との話し合いによって、定家がこの自歌を選ぼうとした時、さまざまな撰定理由の一つとして人麿歌との関係——それも、「ひとりかも寝ん」の「か」を、「独かもねんのもの字やすめ字。ひとりかねんねられはせじと打かえしたる心也」（百敷のかがみ）などともある如き、反語的ニュアンスを帯びた意に解する享受をした上での関係——が意識されていた一時期があったかも知れないとさえ推測してみたい。

五

以上、『百人一首』には定家の対立相構成意識の反映とでもいうべき側面的性格が内在することを、論じてみた。一歩を譲り、それが定家の自覚的意識でなかったとしても、結果的にはそう見られてもしかたのない様相が存在することは無視できない。この結果が、先述の如く定家の人間的本性に基因するものであるならば、それはもはや『百人一首』に内在する定家的性格といってもよいであろう。

たしかに、定家の文学精神が顕在化した歌論書類を繙くと、周知の如く「詞は古きを慕ひ心は新しきを求め」（近代秀歌）「詞なべて続けがたきがしかもやすらかにきこゆるやうにて」（毎月抄）など、矛盾的自己同一といった哲学用語を口にしたくなるほど、現象的な対立関係を超えたより高くより深いものを志向する精神のありかたが察知されるのである。

一般的にいっても、現世の事象ないし事物の多くは、対立的矛盾相を内在させたり、対立的様相をその周辺に呈示している場合が多いといえよう。そのような現実に対処して、より高次のより真実なる立場を確立するためには、弁証法的正反合の論理による思考法が要請されることはいうまでもない。絶対者後鳥羽院とも対立するところのあった定家の本性のしからしめるところ、和歌の享受にも対立的な歌意歌境の歌を連想し、そのことを通じて、和歌という形を取って現れた人生の真実についての思考を深めようとする営みがなされた、と透視してみることもできよう。

六

このように考えきたると、直接歌意歌境が対立するケースではないが、広い意味で、それに準じて扱い得るさまざまな歌と歌との関係が目につく。

たとえば、40兼盛歌と41忠見歌とは、天徳四年「内裏歌合」の同番で勝負を争って対峙したケースであるし、74俊頼歌と75基俊歌とは、『無名抄』などにも喧伝された当代歌壇のライバル同士の歌であり、改めて喋喋するまでもない、定家のそれぞれの対立関係を意識した配列構成であったと認められよう。後者の配列が定家の自覚的構成意識に基づくと考えられるのは、『百人秀歌』では76俊頼・82基俊の如く隔たっていたのを並べ、さらに俊頼歌が、「山ざくらさきそめしよりひさかたのくもゐにみゆるたきのしらいと」（百人秀歌）から、「うかりける人をはつせの山おろしよはげしかれとはいのらぬものを」（百人一首）という、旧風歌人とされる基俊に対峙する新風歌人俊頼にとって、より相応しい歌に差し替えられていることによるのであるが、『百人一首』で巻首歌二首に対峙する巻尾歌二首が配列された構成意識の延長線上に位置する手直しであったともいえよう。対後鳥羽院応答意識と対立相構成意識とは、有機的に関連する面がある。さらに、新古今時代の代表的歌人である後鳥羽院歌が正当に採歌されるようになったこと、新風歌人俊頼らしい歌に差し替えられるようになったことを考えれば、これらの意識に基づいて形成される『百人一首』の内容は、その王朝和歌史の縮図ないし和歌入門書的な性格に対して、それを補強するプラス的影響を及ぼしている。

93実朝歌と99後鳥羽院歌という、公武それぞれトップの歌がこの『百人一首』に共存していることも、実は見逃すことのできない重い意味を有しているのであり、かつて声を大にして論じたことがある。(15)

さらにいえば、こうした対立相構成意識に具現した定家の眼は、それが定家の本性に基因するものである以上、歌と歌との関係にだけでなく、しばしば一首の歌それ自体の選択にも働くことがあったのではないかと思わざるを得ない。すなわち、一首の発想に対立矛盾相を内在させる歌があるのではないか、そうした視座で受容することによって、定家の享受の実態にも迫り得るのではないか、という思いである。考察対象とし得る歌を列挙すれば、4赤人・8喜撰・15光孝帝・18敏行・23千里・27兼輔・33友則・35貫之・38右近・40兼盛・41忠見・43敦忠・44朝忠・47恵慶・50義孝・52道信・54儀同三司母・57紫式部・59赤染衛門・62清少納言・65相模・68三条院・70良暹・73匡房・74俊頼・75基俊・77崇徳院・80堀河・81後徳大寺・82道因・83俊成・84清輔・85俊恵・86西行・88皇嘉門院別当・89式子内親王・90殷富門院大輔・91良経・92讃岐・93実朝・97定家・99後鳥羽院・100順徳院、などを挙げ得るし、よく読めば他にもまだあるかも知れない。

たとえば、4赤人歌「たごのうらにうち出でてみればしろたへのふじのたかねに雪はふりつつ」などは、現代の受容多くは下句実景説を否定し、山頂を想像しての幻想的表現と解するのであるが、古注には「歌の心は見る様の躰とて眼前より外に別に心を付ず」(天理本聞書)「田子の浦に打出てかぎりなき眺望の面白きに白妙に雪ふりつもりたる富士の山の景まで見えたる事無比類てうまうをのべたる歌也」(雑談)「是は田子の浦の面白に富士の山をそへ、其上に白妙の雪をくはへてみたる心を有のまゝに詠じたれども其所の景気もとよりすぐれたれば歌も奇異に聞ゆるもの也。所のさまをいふ時はみえたるまゝにいひのぶることからの歌におほくかくのごとし」(三奥抄)など、実景説の方が多い。実際に富士は百態の姿を示し、眺める地は晴れているのに富士が曇って雪降りはじめる気配となるのも、非現実的なことではない。すでに冠雪している場合は、「雪はふりつつ」が実感となろう。あるいは一説(水無月抄所引)に従い、海上富嶽の構図を期待しながらとしてもよいが、晴れた大富士を眺望できるかと、うち眺めた意に反して、大自然は富士を雪模様と化しはじめた気配。人間の思惑通りにはいかない自然の動き、人界の秩序と自然界の秩序との対立相がそこに感受されるという見方もできよう。定家の本性からみても、このような享受の一過程があったのではと推察してみるのであるが、もとより対立相はより高次の立場へと止揚されねばならない。詠者赤人の立場では、晴天の富士が現れぬからとて不平のみでは歌も生まれまいが、やがて人界の思惑や期待を絶して己の秩序に生きる自然界の非情さが、人智を超えて人界をも包摂するより根源的大自然として目に映るようになった時、歌が生まれる。定家は、「恋の歌を詠むには凡骨の身を捨てて業平のふるまひけむ事を思ひ出でて我身をみな業平になして詠む」（京極中納言相語）など、生まの人間主体から表現主体への化身について述べているが、それは歌の享受に際しても、歌人と一体化する享受主体への転生の必要性を説くことに通じるのではなかろうか。定家は赤人とともに対立相を超え、ということは万葉歌としての単なる叙景歌であることを超え、大自然の神秘な奥深さに触れていたように思われる。このことは、「田子の浦ゆうち出でて見れば真白にぞ富士の高嶺に雪は降りける」という万葉赤人歌を、否定することにはつながらない。すでに冠雪した富士を詠む、こうしたシンプルな叙景歌で大自然の奥処に触れ得た万葉人の幸福を思うべく、人界と自然界との対立矛盾相の止揚を通じて、はじめて大自然の神秘に参入し得る新古今人の苦心を思うべきであろう。

33友則歌なども、「ひさかたのひかりのどけき春の日にしづこころなく花のちるらん」の「春の日に」とある「に」が曲者である。古来、逆接の接続助詞と取るか、時・所を表す格助詞と取るか、両説が並立していた。しかし近時は、あまりに理が目立ち過ぎる接続助詞説を避け、駘蕩とした春の味わいを詠むとする格助詞説が優勢であり、それは正当な享受であろう。ただ、周知の如くこの歌は、定家が友則の代表歌として選ぶまでまったく世に評価されることなく埋もれていたのであり、定家独自の享受によって陽の目を見たのであるが、定家の思い入れの深さが何に由来するかの究明はまだなされていない。稿者は、最初定家がその本性によってこの「に」を逆接と解し、そこに対立的矛盾相を感受したが故の受容が出発点となったのではという仮説を抱くのである。当然この対立相は、友則に成り代わるより深い享受によって止揚され、享受者自身駘蕩たる春に融け込んでいく歌境として受容されることに結局はなるのであろうが。

65相模歌「うらみわびほさぬ袖だにあるものを恋にくちなん名こそをしけれ」についても、言挙げできる。この歌の第二、三句「ほさぬ袖だにあるものを」の解には、やはり古来両説があり、(16)「心は人を恨わびてほすこともなき袖だにくちずしてあるにこひに名の先立てくちずかなしき也。又儀ほさぬ袖のくつるだにあるに又名さへくちぬとなり」(天理本聞書)の如く、両説併記の古注もある。現代諸注の受容は後者「又儀」説に傾斜しているようであるが、前者の「袖はくちやすき物なるにそれさへあるを」(応永抄)以来の説も捨て難い。稿者は、定家もすくなくとも最初の段階では、その本性のしからしめるところ袖と名の対立相を感受して、この『応永抄』的立場での享受をしていたのではないかと立論してみたいと思う。やや理に堕したこの対立関係を受容した定家が、その後この論理を超える歌境の享受へと止揚のプロセスをどのように進めたか、あるいはまた進めなかったかは、軽く断案できる問題ではあるまい。ただ、袖は朽ちないのが現実であり、袖が朽ちるというのは虚構であるが、虚構表現に詩的真実が現れるということもある。また第一、三句に類似句を有する、82道因の「おもひわびさてもいのちはあるものをうきにたへぬは涙なりけり」を、命は堪えているのに涙は堪え切れずに流れ落ちるとする、上句と下句の対立相に基づく通説を超えて受容し、「思い侘び、絶え絶えの状態で辛うじて堪えている」の如き、「命絶ゆ」と「命堪ふ」の融和的受容を試みた私見の立場もある。(17)止揚的享受によって、「涙にかわく間もなく、今にも朽ちそうな袖さえがまだ朽ちずにいるのに」と、定家が両説融和的受容をしていた蓋然性は高かろう。

今は、以上三例をめぐるいわば原理的説述にとどめるが、歌自体に内在する対立矛盾相に着目して選ぶという撰歌基準が定家にはあったように思われる。こうした視点から、さらに個々の歌の受容を深めることも必要であろう。

七

とまれ、『百人一首』には、基本的に王朝和歌史の縮図ないし和歌入門書的性格があるとしても、他になおいくつかの制作意識が絡み合ってその内容が形づくられて行ったと考えられる。対立相構成意識も、『百人一首』の性格の一面を形成する重要な要素であった。

こうして世に現れた『百人一首』は、特にそのさまざまな人生の対立相に彩られた内容故に、単なる王朝和歌史の縮図ないし和歌入門書的性格の秀歌撰たるにとどまらず、人生についての深い思索へと誘う、いわば人生入門書的性格をも帯びきたることになった。

『百人一首』が、国民的古典として永くその生命・価値を保つ理由として、この人生入門書的性格は、きわめて重要な役割を果たしているといわねばならないのである。『伊勢物語』『源氏物語』さらに『平家物語』がそうであるように、『百人一首』も、その内部に豊かで深い人生が存在している。この小さな歌集が、中・近世を通じて古今伝授の対象となる重要作品としてその価値を重視されて来たのも、宜なるかなである。だが、古注釈をはじめ現代諸注に至るまで、こうした側面に留意した注釈実践は案外少ない。

注

（1）「百人一首試論—百人秀歌と百人一首—」（文教国文学・第24号、平成元・12。後『中世和歌文学論叢』〈和泉書院、平成5〉に所収）参照。

（2）

	古今	後撰	拾遺	後拾遺	金葉（二度本）	詞花	千載	新古今	新勅撰	続後撰	八代抄	拾遺抄	金葉（三奏本）
四季部	342首	506	262	424	304	160	475	706	442	530	580	163	309
恋部	360首	568	379	228	166	85	318	446	395	373	614	148	143

〔備考〕新編国歌大観本（異本歌は除く）に拠る。

一覧して、三代集では四季部歌より恋部歌の方が多く、『後拾遺集』以後は断然四季部歌の方が多いと判る。しかし、『定家八代抄』では恋部歌が多いのであり、『百人一首』もその延長線上にとらえることができる。（参考までに、『拾遺抄』と三奏本『金葉集』とを加えた。『拾遺抄』ですでに四季部歌の方が多くなっている点が注意される）。

（3）「（上略）哥のふかきみちも空仮中の三躰《イ諦》に、たるによりてかよはしてしるし申なり」（古来風躰抄）
「西行上人常ニ来テ物語シテ云、我哥ヲ読事ハ遥世ノ常ニ異也、花郭公月雪都テ万物ノ興ニ向テモ凡所有相皆是虚妄ナル事眼ニサヒキリ耳ニ満リ、又読出所ノ哥句ハ皆是真言非ヤ、花ヲ読共ケニ花ト思事無、月詠スレ共実ニ月共不存、（中略）一首詠出テハ一躰ノ尊像ヲ造ル思ヲ成ス、一句ヲ思ツ、ケテハ秘密ノ真言ヲ唱ニ同」（栂尾明恵上人伝）

（4）『最勝四天王院障子和歌』なども、陸奥・武蔵・駿河・遠江・信濃・尾張の歌枕計十三（他に因幡一）を数えるのに対して、明らかに西国の歌枕とすべきは、松浦山（肥前）一箇所のみである。その数年後に成立した、『定家八代抄』にも西国歌枕の少ないことは、本論中に述べた通りである。『百人一首』もそれらの延長線上にある。『最勝四天王院障子和歌』関係の諸論考は今回は省略に従うことにするが、なお佐佐木忠慧編『東国名勝志―東国歌枕名所集』（新典社、昭和62）の解題など参照。

（5）この分類には異論があるかも知れない。18敏行歌などは、①に分類したが、③の掛詞利用の場合とする見方もある。また25三条右大臣（定方）歌を③に属する序詞使用の場合と解する説もある。
なお、序詞を用いたとする十七首は次の如くである。①に属するもの―18敏行・27兼輔・39等・51実方の四首。②に属するもの―3人麿・13陽成院・14河原左大臣（融）・46好忠・48重之・49能宣・77崇徳院・92讃岐の八首。③に属するもの―16行平・19伊勢・58大弐三位・72紀伊・88皇嘉門院別当の五首。

（6）見立ては、6家持・12遍昭・17業平（仮に結句を「くくり染め」と解する受容の立場）・32列樹・37朝康・69能因・96公経の七首。擬人法は、26貞信公（忠平）・32列樹・33友則・36深養父・66行尊・86西行・96公経の七首。

（7）『百人一首古注釈「色紙和歌」本文と研究』（新典社、昭和56）の第二部第二章第五節「西行法師歌注文考」や、『百人一首古注抄』（和泉書院、昭和57）の「百人一首概説」など参照。

（8）注（7）の「西行法師歌注文考」参照。

（9）注（7）の「百人一首概説」（『百人一首古注抄』〈和泉書院、昭和57〉および『中世和歌文学論叢』〈和泉書院、平成5〉に収載）参照。

（10）注（1）の拙稿参照。

（11）平野由紀子「百人一首藤原義孝詠について」（和歌史研究会会報・第74号、昭和55・8）参照。

（12）『竹園抄』に、本歌の取り様を説いて「三に本歌の上下の句をうちかへしてとる」というケースに当たるかとも考えられるが、西行歌は千里歌の「上下の句」を逆にした場合とは異なるので、やはり『井蛙抄』に従って、歌全体の趣向発想が逆になっている場合と考える。

（13）「都のたつみしかぞ住む」（解釈、昭和39・5）参照。

（14）注（1）の拙稿参照。

（15）注（1）の拙稿参照。

（16）拙稿「『色紙和歌』余説―相模歌のことなど」（和歌史研究会会報・第78号、昭和56・12。後『中世和歌文学論叢』〈和泉書院、平成5〉に「『百人一首』相模歌小見」として所収）参照。

（17）「百人一首道因法師詠考」（『論集日本文学・日本語3中世』〈角川書店、昭和53・6〉。後『百人一首古注釈「色紙和歌」本文と研究』〈新典社、昭和56〉に「道因法師歌注文考」として所収）参照。

〔付記〕

本稿は、平成十二年八月二十七日の静岡女子大学・女子短期大学国文科同窓会総会での講演、および同年秋の仏教大学四条センターでの講話に補訂を加え、文章化したものである。なお、『百人一首』の本文は、便宜上『新編国歌大観』本を用い、古注類本文は多く『百人一首注釈書叢刊』（和泉書院）所収本に従った。

第三篇　女流作品考説

第一章　『建礼門院右京大夫集』補説

一

右京大夫の初出仕は、通説的には「平清盛の娘徳子は、承安元年（一一七一）十二月後白河法皇の猶子とされ、高倉天皇の女御として入内、翌年二月には中宮とされた。右京大夫がその女房として出仕するようになったのもその頃であろうか」（『建礼門院右京大夫集・とはずがたり』〈新編日本古典文学全集〉の久保田淳氏解説）と考えられている。その年齢は、出生時を厳密に考証できないので確定が難しいが、二十歳前後と推察されている。

その後、いつ頃からか平資盛と恋仲となり、寿永二年（一一八三）七月二十五日の平家都落ち頃まで、時に親疎の関係を示す恋路ながら、右京大夫は平資盛と恋愛関係にあった。この都落ち頃、右京大夫は三十歳位、資盛は二十三歳位となる。

右京大夫が初出仕した頃、資盛は十三歳位である。二人の恋愛感情が、いつ頃どんな状況で芽生えたかはよく判らない。『建礼門院右京大夫集』の最初部の方に配列された、承安四年（一一七四）の春・夏の記事には、右京大夫が資盛の兄維盛に気があるのではないかなど、実宗にひやかされたりしたという記述も見られるので、この頃資盛は、右京大夫にまだそれほど強くは意識されていなかったのではないか、すくなくとも周辺の人達にはそのように見られていたのではないか、と思量される。この記事の次に配されている故建春門院一周忌の御八講の記事は、治承元年（一一七七）七月上旬のことであったが、維盛さらに重衡は重要な登場人物として名を連ねているのに、資盛の名は依然として見えないのである。

二

この作品中に、資盛が最初に登場するのは、この御八講の記事の後に配列された次の記事の中でである。

近衛殿二位中将と申し比隆房しげひらこれもりすけもりなどの殿上人なりしひきぐせさせ給て白河どのゝ女ばうたちさそひて所〳〵の花御らんじけるとて又のひ花の枝のなべてならぬを花みける人〳〵の中よりとて中宮の御かたへまいらせられたりしかば

さそはれぬうさもわすれてひと枝の花にぞめづるくものうへ人　隆房少将

返事

雲のうへに色そへよとて一枝をおりつる花のかひもあるかな　すけもりの少将

もろともにたづねてをみよ一枝の花にこゝろのげにもうつらば

（九州大学附属図書館蔵細川文庫本による。以下同じ。濁点稿者）

冨倉徳次郎『右京大夫・小侍従』（三省堂、昭和17）は、この資盛歌をふまえて、右京大夫と資盛との交流の芽がこの頃から生まれたかも知れないと論じている。以来、同様の立論がなされて来た記事である。

だが、はたしてそのように考えてよいのであろうか。この記事の背景となる花見の時期と関連して、稿者には再検討を要する問題のように思われる。隆房が近衛少将であったのは、永万二年（一一六六）六月六日〜治承三年（一一七九）十一月十七日の長期に渡っている。『隆房集』などによると、不遇意識に悩む因となる官位停滞の時期であった。対して資盛の場合は、多少の揺れがある。『公卿補任』によると、その少将在任期間は治承二年（一一七八）十二月二十四日（右近衛権少将）〜養和元年（一一八一）十月十二日のこととなるが、『安元御賀記』によると、安元二年（一一七六）頃まで溯る可能性も出てくる。しかし『山槐記』にも治承三年一月二日条に「去十二月二十四日任五位少将」とあるので、『公卿補任』に拠って誤りないのではなかろうか。この時期資盛が少将であったことを示す資料には、他にも国立博物館本『平家公達草紙』などがあり、「治承の比にや」とする〈東北院の遊び〉の条に「少将資盛」として記されている。大林潤「平資盛小伝（その2）—建礼門院右京大夫との恋—」（呉工業高等専門学校研究報告・第10巻第1号、昭和49・10）もすでに早く同じ見解を示されていた。

基本的には右京大夫の回想に基づく記述といえる、この記事の隆房・資盛の官職名に、誤認誤記がまったくないとはいえまい。しかし比較的短期間の在任であり印象も薄かったはずの資盛の場合を考えると、そのことを特記する営みには誤認誤記の可能性が少なかったのではなかろうか。とすると、隆房・資盛が共に少将であったのは、治承二年十二月二十四日から治承三年十一月十七日までの一年足らずであったことになり、さらに桜の咲く季節に限定すると、治承三年春が浮かびあがってくるのである。この記事中、近衛殿基通が二位中将であることとも、それは矛盾しない。

以上の考察を経て、通説に反する面もあるが、この記事の花見遊覧は治承三年春のことであったと確認しておきたい。ところが『建礼門院右京大夫集』研究史に徴して、資盛が藤原氏北家頼宗流の基家女婿となった治承二年夏頃から、すでに相愛的関係にあった右京大夫と資盛との間に暗い翳が落ち始めたことが知られている。してみると、両者の愛が芽生え始めたかとされる治承三年春の花見にまつわる和歌贈答の一件とは、時系列的に整合しないことになろう。問題意識が喚起される所以である。

三

この治承三年春花見の記事は、右京大夫と資盛の恋の発端と読むことを許さず、むしろ両人の間に秋風が吹き始めた後の出来事であったことを、正当に認めなければなるまい。

では、時系列的配列からいえばもっと後方に置かれるべきこの記事を、両者の恋愛関係の最初期の出来事とも取れば取れる危険を冒して、何故現在の位置に配列したのだろうか。作者右京大夫の構成意識が問われねばならなかったのである。

この花見記事後、『建礼門院右京大夫集』中に資盛の名が明確に記されることはなかった。強いていえば、ずっと後、二冊本で下巻冒頭の平家都落ちの件《くだり》に、蔵人頭の官名で登場するのみである。もとよりそれと判る叙述の記事は多いが、右京大夫は資盛の具体名を自覚的に用いることなくこの作品を執筆しようとした、と基本的にはいえるであろう。周知の如く、右京大夫と資盛の間に割り込み、複雑な恋愛三角関係をもたらした隆信の場合も、その具体名は一切出していないので、この基本的執筆姿勢は資盛に対してだけのものではない。自己の恋愛生活そのものに対する自覚的な姿勢であった、と理解しなければならない。平家一門の他の人びとや、実宗・隆房・公衡・公経・親長・親宗らが、具体名で明確に記されているのと比べて、はっきりとそういえるのである。

自己の恋愛問題をめぐる、こうした匿名的ないし朧化的叙述は、相応の目的意識を伴っていたことであろう。この作品が、定家撰『新勅撰集』の撰歌資料として編まれた家集であるという立場では、定家と同じ御子左家隆信を実名で登場させることを憚っての朧化法ではなかったかという考え方もできよう(1)。ただ私見では、この作品は勅撰集撰歌資料としてのそれとはかなり内容を異にすると考えるので、なお別の視点からの理解をも試みねばならないと思量し、すでに私案を提示したこともあった(2)。それは、自己の恋愛生活の実態を秘匿しようとするよりも、その真実を読み取ってほしいと願うが故の一種の暗示的方法であったとする論であるが、この読解の基本的立場は今も変わらない。

この作品を支えた目的意識は、なお多面的に探究されねばならないが、治承三年春の花見記事の配列問題も、何故そのような意図的構成をしたのかは、関連的に問われるに値する問題であると考えるのである。

四

この問われるに値する問題であるということを、念のため、この作品の叙述内容に照らして確かめておきたい。

当該花見記事の後、一番最初に配列された資盛関連記事は、

なにとなくみきくことに心うちやりてすぐしつゝ、なべての人のやうにはあらじとおもひしをあさゆふ女どちのやうにまじりゐてみかはす人あまたありし中にとりわきてとかくいひしをあるふ（ママ）しきことやと人のことをみきゝてもおもひしかど契とかやはのがれがたくておもひのほかに物おもはしきことそひてさま〴〵おもひみだれしころさとにてはるかにしのかたをながめやるこずゑはゆふひのいろしづみてあはれなるにまたかきくらししぐるゝをみるにも

ゆふひうつるこずゑの色のしぐるゝに心もやがてかきくらすかな

という、資盛との愛にすでに何らかの破綻が見え始め、その苦しみに耐えられなくなったこともあって、里に帰っている時の悲哀に満ちた記事である。

当該花見記事との間には、事項別にいえば、高倉帝のおもしろき笛の音をめぐる記事をはじめ、小松大臣菊合せ、重盛・宗盛兄弟左右大将任官、安元内裏火災、八島大臣宗盛をめぐる思い出の記事など、平家全盛時代の五つの記事と、題詠歌群四十首が介在する。八島大臣宗盛の記事は、「やしまのおとゞとかやこのころ人はきこゆめるその人の中納言と申し比」の懐古談であり、全体的に、平家全盛の明るい雰囲気を殊更に強調しようという、意図的構成意識が明らかに読み取れるのである。

本節冒頭に掲出した、資盛関連記事は、こうした明るい色調の記事が続いた直後の記事だけに、一転して暗い色調を帯びるこの記事をこの位置に配したのには、これはこれで、しかるべき構成意識が働いていたからであるといわね

ばなるまい。それは、平家全盛の明るい生活環境の中での右京大夫の私的状況がどのようであったか、具体的には資盛との苦悩に満ちた恋の〈さだめ〉のあらましを、この位置で総括的に表面化しておこうという意識であったように思われる。この記事の後、宮中での詠か里での詠か特定できない歌もあるが、宮中での詠作と認められる歌をも含めての四つの記事五首の歌、その中には「露のおくおばなが袖をながむればたぐふなみだぞやがてこぼるゝ」など、予兆的意味をもつ歌も見られる歌どもを隔てて、

かけはなれいくはあながちにつらきかぎりにしもあらねど中〳〵めにちかきは又くやしくもうらめしくもさま〴〵おもふことおほくてとしもかへりていつしかはるのけしきもうらやましう鶯のおとづるゝにもものおもへば心のはるもしらぬ身になにうぐひすのつげにきつらむ

とにかくに心をさらずおもふこともさてもとおもへばさらにこそおもへ

という、宮中で顔を見合わさざるを得ない、資盛との愛の苦悩を吐露する歌へと続いている。これらの全七首中には、直接苦しい心情を詠むとはいえない歌も含まれるが、全体としては暗い色調が目立つ私的状況の歌どもであるといえよう。これらの愛の苦悩を詠む歌は、いずれも先述した如く治承二年夏以後の詠作であったとしてよいと思われる。してみると、本節冒頭掲出記事は、その前に配列された平家関係の五つの記事が明るい色調を帯び、その後に配列された私的関係の五つの記事が主調として暗い色調を帯びるという、非常に対照的な記事群の中間に位置して、後者を総括的に先導する役割を果たしている。資盛の名はもちろん一切伏せた、朧化表現であった。

このような、『建礼門院右京大夫集』最初部のかなり整然とした構成（題詠歌群についてはこれらを除いて考え、今は触れない）に照らした場合、治承二年夏以後の愛の苦悩期最中に行われた花見遊覧記事を、資盛の実名を明らかにして、平家全盛時代の数々の記事の中に時間的系列を無視して挿入したことの意味が、やはり厳しく問われなければならなかったのである。私見を、次節に記したい。

五

それは、この作品の冒頭「序」に当たるとされる記述中に、その執筆目的を「我めひとつにみんとてかきおくなり」と述べたのとは、まったく異なる、他者の目を強く意識しての配列構成であった。

その他者の目に、右京大夫が期待したのは何であったのか。資盛の実名が明記されていることをもふまえ、平家全盛時代の花見行事の際に、解釈のしかたによれば資盛の右京大夫へのある種の能動的求愛意識が働いていたとも読み取れる記事を配列することにより、二人の恋愛関係についてのある認識をもつことを期待していたのではなかったか、と考えてみたいのである。

前述の如く、右京大夫と資盛との愛情関係はすでに順調でなく、右京大夫が花見に誘われなかったのも、あるいはそうした状況での右京大夫のともすれば引込み思案的な消極的態度が原因となっていたのかも知れない。とすればその辺の微妙な事情を、資盛は十二分に察知していたはずであるし、右京大夫の陰鬱な心情に対する気分転換を促す思惑もあって、このような誘掖的ともいえる歌を詠み贈ったのではなかったろうか。だが、それを正しく受容できたのは右京大夫のみであって、第三者の眼にはむしろ、資盛が右京大夫に何程かの気があるのではというような享受があり得ても、不思議とはいえない歌であるともいえよう。そうした効果を、この花見行事記事をこの位置に配列させた右京大夫は、期待していたともいえるのである。

こうした読みの立場からは、第二節で紹介した冨倉徳次郎説のような受容を、右京大夫は期待していたのだとも考えられる。その意味では、結果的に冨倉氏は、作者の意図に沿う読みかたをしたといえよう(3)。

『建礼門院右京大夫集』という作品は、比較的素直に叙述された時系列的作品であるとする見方もあるようだが、実はやはりそうでなく、その構成に非常に工夫を凝らした、一筋縄ではとらえられない作品なのであろう。

注

（1）　久保田淳『建礼門院右京大夫集・とはずがたり』（新編日本古典文学全集・小学館、平成11）の解説には、「隆信との恋というか、むしろ情事の場合は、それとは直ちに知られない記述のしかたをとってある。さらに読者を混乱させるような後人の注記かとも見られる文すらも存在する。おそらくそれは、この家集が隆信にも極めて近かった定家の手元に提出されたものであることと無関係ではないのであろう」と説かれている。

（2）　「建礼門院右京大夫集私見―隆信との恋をめぐって―」（静岡女子大学研究紀要・第十一号、昭和53。後に『中世和歌文学論叢』〈和泉書院、平成5〉所収）参照。

（3）　冨倉徳次郎説は、この花見行事記事について、作者右京大夫の錯覚もあり、花見行事は治承元年春のことであったとする立場でなされている。そう受容することによって、右京大夫と資盛との恋の芽生えがこの治承元年春頃であったと推定できることとの整合性を図るのである。両者の恋の芽生えが、治承元年春頃であるとする見方は首肯すべきであるが、だからこの花見行事もその頃であるとする見方には、従えない。本末転倒となる。私見では、両者の恋の芽生えは治承元年春頃であるが、この花見行事は治承三年春のことであり、その確定事実の上にたっての合理的受容が必要と考えるのである。本論は、そうした立場での試論に他ならない。冨倉説あるが故に、事実を事実として確認することなく、あいまいに過ごしてきた従来の研究姿勢への反省に基づいているともいえよう。

第二章　『とはずがたり』の一遠景

一

二条作『とはずがたり』の巻五、亡父故大納言雅忠三十三回忌のくだり、「かたのごとく仏事などいとなみて」後、「かぐら岡といふ所にてけぶりとなりし跡をたづねてまかりたりしかば、きうたひつゆ深く道をうづみたる木の葉がしたを分すぎたれば、石のそとばかた見がほにのこりたるもいとかなしきに」つけても、二条の脳裏を去来するものがあった。二条自身の語るところによれば、次のごとくである。

さても、このたびの勅撰にはもれ給けるこそかなしけれ。我世にあらましかば、などか申いれざらむ。続古今よりこのかた、代々のさくしやなりき。また、我身のむかしを思ふにも、ちくゐん八代の古風むなしくたえなむずるにやとかなしく、さいごしうゐんのこと葉などかずく\おもひつゞけて、

ふりにけるなこそおしけれ和歌の浦にみはいたづらにあまのすて舟

（本文は、宮内庁書陵部蔵孤本による。以下同じ）

二条はいう。亡父雅忠が「このたびの勅撰」すなわち『新後撰集』に採歌されなかったことが、悲しいと。その思いはさらに、二条自身の過去・現在に、また未来にさえ因果の糸をはりめぐらせて及ぶのである。「我世にあら」ざること、すなわち後深草院宮廷社会からの追放退去が、亡父勅撰不入集をとどめ得なかった要因とも考えられること、そうした「我身のむかし」を思い起こせば己れ自身の勅撰入集などいっそう期待もできず、竹園八代（＝具平親王以来雅忠まで八代、勅撰入集の伝統の家）という久我家の歌運も、今や衰えるかと悲しまれること、そして遂には、ふた

たび過去に戻り、亡父「さいごしうゐんのこと葉」が、こうした結果を招来する上に、いまさらながら己れの人生にとって重要な意味を有していたことが回想され、これら数々の思いは、今や自己を支える家の伝統が消失し、換言すれば宮廷文化協同体世界そのものである和歌の世界から疎外されようとする不安を詠む、上掲一首の和歌として集約されるのである。

上掲のくだりを、このように読解すると、久我家歌運衰退の悲しみが必然的に想起させる、亡父雅忠終焉遺言の場面が改めて繙かれねばなるまい。次に記すのは、周知のごとき巻一の雅忠臨終遺言のくだりである。

（上略）十五年の春秋を、くりむかへて、いますでにわかれなんとす。君につかへ世にうらみなくは、つゝしみてをこたる事なかるべし。思ふによらぬ世のならひ、もし君にも世にも恨もあり、世にすむちからなくは、いそぎてまことのみちに入て、我後生をもたすかり二のをやのをんをもおくり、ひとつはちすのえんといのるべし。世にすてられたよりなしとて、またこと君にもつかへ、もしはいかなる人の家にもたちよりてよにすむわざをせば、なきあとなりともふけうの身と思べし。ふさひのことにをきてはこの世のみならぬ事なれば、ちからなし。それも、かみをつけてかうしよくの家に名をのこしなどせむことは、返々うかるべし。たゞ世をすてゝのちは、いかなるわざもくるしからぬ事なり。

だが一読して、ここには、女《むすめ》二条の後深草院に仕える行く末を案じる夜鶴教訓の数々は述べられているが、二条の歌道精進ないし代々勅撰歌人たりし久我家の伝統云々の言辞は、遂に見出し得ないであろう。

そもそも雅忠は、その終焉時にはたして久我家歌道の招来を案じなければならない状況認識を有していたのであろうか。雅定終焉時、文永九年（一二七二）ころの歌壇情勢について、いささか検証しておかねばなるまい。それは、『続古今集』（文永二年〈一二六五〉成立）と『続拾遺集』（弘安元年〈一二七八〉成立）のほぼ中間に当たる時期であるが、久我家の歌道盛衰はたしていかん。勅撰集入集歌数のみがバロメータではあり得ないが、無視することは許されない。

久我大相国通光は、時代もやや古く歌人としても一流であり、新古今十四首、新勅撰四首、続後撰四首、続古今二首、続拾遺四首、新後撰四首、玉葉一首、続千載二首、続後拾遺一首、風雅一首、新拾遺四首、新後拾遺一首、新続古今六首のごとき連続入集歌人なので別格とし、一応歌人の列に入ると認められるその子息・孫たちの入集状況は次のごとくである。

	通忠	雅忠	通有	通基	通雄	有房	実兼
続後撰	1首	1	0	0	0	0	0
続古今	2首	3	0	0	0	0	0
続拾遺	2首	1	0	1	0	0	7
新後撰	1首	0	1	0	0	3	27
玉葉	0	0	0	0	1	1	60
続千載	0	0	0	1	3	7	51
続後拾遺	0	0	0	0	1	2	13
風雅	1首	0	0	0	2	0	17
新千載	0	0	0	0	0	5	11
新拾遺	0	0	0	0	0	4	12
新後拾遺	0	0	0	0	0	1	8
新続古今	0	0	0	0	0	1	1

〔備考〕(1) 通忠・雅忠・通有は通光男。通基は通忠男。通雄は通基男。有房は通有男。
(2)「雪の曙」のモデルとされる、西園寺実兼の入集歌数を、参考までに掲げた。

通光は、承久の乱後一時籠居を余儀なくされたが、寛元四年（一二四六）後深草朝とともに従一位太政大臣として政界に復帰し、翌々年宝治二年（一二四八）薨後も、前記のごとく『続後撰集』以下の勅撰集に連続入集を果たしているし、その息三人のうちやや歌才に乏しいと思われる通有を除いては、通忠も雅忠も『続古今集』に二首、三首と採られている。村上源氏通光の流れは、歌壇の主流とはなり得なくても、その一隅にいわば力量相応の処遇を受けていたとはいえるのではなかろうか。雅忠が薨じた文永九年頃はすでに亀山朝の晩期であり、後嵯峨院の院政も同じ文永九年二月十七日のその崩御によって終わりを告げ、亀山天皇の後宇多新帝への譲位と院政開始を迎えんとする過渡期であったが、後深草院は依然として健在であり、持明院統と大覚寺統の確執ひいて歌道師範京極家と二条家の対立もまだ表面化していない時期であった。亀山帝が後院を設置し院政を執る姿勢を示したのは文永十年五月のことであり、これを不満とする後深草院の出家騒ぎと幕府仲介による両統迭立の決定があったのは、翌々年秋であり、両統の対立的構図はこの頃からはじめて次第に顕在化するのである。また、文永十一年正月、八歳の大覚寺統後宇多帝が即位した翌年建治元年（一二七五）十一月の持明院統熙仁親王（のちの伏見天皇）立坊に伴い、京極為兼が春宮大夫として歌壇の表面に躍り出て、二条為世との対立が激化しはじめるのは、なお数年ないし十数年後のことである。文永九年八月の雅忠薨去時、都の政界もそれと密接に結びつく歌界も嵐の前の静けさをまだ十分に保っていた。

してみると、こうした政治的歌壇的状況のなかでなされた雅忠遺言には、当時十五歳の女二条に対して歌道精進を強い、久我家の歌風伝統を固守することを誓約させねばならない必然性・切迫性は、もともとあるはずがなかったとするのが穏やかであろう。二条の周辺には、庇護者後深草院以外に治天の君亀山帝が居り、愛人雪の曙こと西園寺実兼の存在も察知されていたとすると、父雅忠の遺言が、前掲のごとくもっぱら男女の問題に絞られていた事情が容易に察知される。歌道にも励めというような教えは、日頃からあったかも知れないが、特にそのことをまだ十五歳の女二条に強い教戒として遺言せねばならない程の必然性はなかったとするのが、正しい受容であろう。巻一の雅忠終焉の場面には、こうした教戒は、たとえ巻五への密かな伏線的言辞としてであっても書かれてはいなかったのである。

二

ところが、前節冒頭引用文について述べたごとく、久我家歌道衰運の現状認識は、亡父最期終焉の言葉と苦い思いを伴って分かちがたく結びつくのである。歌道の問題とは無関係であった巻一の亡父遺言と、巻五亡父三十三回忌記事の久我家歌道衰運の思いとは、何故分かちがたく結びつくのであろうか。三十二年の歳月を隔てた両記事の整合的受容が要請されるであろう。改めて、巻五の記述が熟読されねばならない。久我家歌道衰運の思いは、先ず「このたびの勅撰には（父ガ）もれ給ける」こと、すなわち嘉元元年（一三〇三）奏覧の『新後撰集』に雅忠歌不入集であったことに起因する。この頃、歌壇情勢は京極家新風の台頭によって大きく動き、対抗して、二条家の伝統的歌風固守の姿勢も顕著となっていた。『新後撰集』撰者二条為世の撰歌基準も、二条派歌人優遇の路線を強力に押し出す結果となる。それは、弘安十年（一二八七）からの伏見朝および後深草院政時代、さらに永仁六年（一二九八）からの後伏見朝および伏見院政時代も終わり、大覚寺統の後二条朝および後宇多院政時代が正安三年（一三〇一）から始まっていた政治情勢と呼応する歌界現象であり、雅忠歌『新後撰集』不入集も、こうした政治的歌壇的背景から、当然の結果として理解すべきであると一応はいえよう。勅撰不入集の原因は雅忠側になく、政治情勢ひいて歌壇情勢の変化にあったという理解であり、そうした見方は、やがて諸情勢再度の変化に伴い撰歌事情も好転するであろうとする楽観的認識にもつながっていくはずの理解である。しかしながら、この『新後撰集』に、雅忠の兄通忠歌一首、弟通有歌一首、通有男有房歌三首が採られていること前節掲出表のごとくであり、持明院統側の京極為兼歌も九首入集している。有房などは後述のごとく大覚寺統側廷臣であるが故の三首入集であるが、雅忠も厳密には政争と無縁の両統分裂以前の歌人として位置づけられるべく、してみると、歌壇情勢と結びつけるのみの短絡的理解には慎重でなければなるまい。たしかに、通忠・通有歌が一首ずつにせよ入集しているのに雅忠歌が採られなかったのは、宝治元年「院歌合」・文永二年八月十五夜「歌合」・文永二年九月十三夜「亀山殿五首御歌合」などにも出詠したその生前の歌歴からみてやはり不審は残るのであり、何らかの純粋ならざる撰歌事情のなせる結果であったといわねばならないのではなかろうか。二条の意識に即せば、その原因について直接触れるところはないが、「我世にあらましかば、などか申いれざらむ」とあるので、二条自身の後深草院後宮退去が雅忠歌不入集の直接的原因になったとまでは意識していないとしても、すくなくともそのことが、採歌の最終的可能性を失わせることにつながったと考えていた機微が察知できる。この一文から読み取り得るのはここまでであるが、さらに後続の「さいごしうゐんのこと葉かず〳〵おもひつゞけて」まで読み進むと、後深草院宮廷との縁が切れた後宮退去のことを、久我家歌道衰運の重大な転回点としてとらえる苦い思いが絡んできているのではないかと推察できるのである。後宮退去が単に雅忠歌勅撰入集嘆願の機会を失わせたというだけでなく、それ自体が雅忠歌不入集さらに二条自身をも含めた久我家歌道衰微と因果関係の糸で結ばれているとする、重苦しい判断がここには現れてきている。

客観的事実はどうあれ、二条の主観的心理に即してこのように読み取ると、前節で述べたごとく、父雅忠の遺言には歌道に関する教えがなく後深草院に仕える女の身のありかたに関する教戒のみがあったが、その時はそれで十分だったのであり、男女の道に関する父の教戒に必ずしも忠実ではなかったその後の二条の生き方こそが、約三十年後の久我家歌道不振につながる意味において、巻一亡父遺言の場面と巻五亡父三十三回忌の場面とは、まさに整合的に結びつくといえるのである。ただし、巻一の時点では、前節で説いたごとく雅忠は三十年後の久我家歌道衰運を予見すべくもなかったのであり、この因果関係の認識は、あくまで巻五の時点での二条の意識であった。そしてさらに、家運衰微の苦悩ないし不安のなかで得たこの過去に遡っての二条の認識は、意志強く聡明な人柄のしからしめるところ、未来へ向けての何らかの行為となって具現するはずであるともいえるのではなかったろうか。すでに周知のところであるが、次節ではその点について触れる。

三

巻五の亡父三十三回忌の記事は、なお次のように続く。

かやうにくどき申て帰たりし夜、むかしながらのすがた、我もいにしへのこゝちにて、あひむかひてこのうらみをのぶるに、そふ久我の太相国（ママ）は、おち葉がみねのつゆの色づくこと葉をのべ、我は、をのが心ちもはるのわかれかはといひしより、代々のさくしやなり。外祖父兵部卿たかちかは、わしの尾のりんかうに、けふこそ花の色はそへつれとよみ給き。いづ方につけても、すてらるべき身ならず。具平親王よりこのかた家ひさしくなるといへども、わかのうらなみたえせずなどいひて、たちざまに、

　なをもたゞかきとめてみよ藻塩草人をもわかずなさけあるよに

とうちながめて、たちのきぬとおもひてうちおどろきしかば、むなしきおもかげは袖のなみだにのこり、ことの葉はなを夢のまくらにとゞまる。

これより、ことさらこの道をたしなむ心もふかくなりつゝ、このつゐでに人丸のはかに七日まいりて、七日といふ夜、つやして侍しに、

　契りありてたけのすゑ葉にかけしなのむなしきふしにさてのこれとや

このとき、一人の老翁夢にしめし給事ありき。この面影をうつしとゞめ、このことの葉をしるしをく。人丸かうのしきとなづく。先師の心にかなふ所あらばこのしゆく願成就せん。しゆくぐわん成就せば、この式をもちいてかのうつしとゞむる御影のまへにしておこなふべしとおもひて、はこの底に入て、むなしくすぐし侍に、又のとしの三月八日、この御影を供養して、御影供といふ事をとりおこなふ。

古代の夢は、不意に彼方から来るものであった。その神仏その人がわれを思うが故に、わが夢に姿を現し、いわゆる夢枕に立つのである。だが中世に入って鎌倉中期ともなれば、近代的夢観の忍び込む余地なきにしもあらず、疑いの眼を向ける必要もあろう。右の場面、たしかに亡父雅忠が女二条の夢枕に立つ文脈で運ばれているが、そもそも雅忠が『新後撰集』不入集を泉下で知り、二条に恨み言を述べたと解するのは、あるいは古代的に過ぎるかも知れない。右の文章の受容は、先ず「あひむかひてこのうらみをのぶるに」の「このうらみ」が、だれのいかなる恨みなのかを

明らかにするところから始められねばならないのである。

諸注についてみると、新日本古典文学大系本には触れるところがなく、「この不満を述べると」（呉竹同文会全釈）「この恨み言を述べると」（講談社学術文庫）などにも具体的説明を欠くので外すと、次のごとき受容が注意される。

aこの我が家の歌の道の絶えようとする口惜しさを述べると（筑摩選書）

b落選の恨みを述懐し合ったのだが（角川文庫）

c父が「このたびの勅撰」に洩れた恨み（新潮日本古典集成）

cの受容が最も明確であるが、とすると、この後続文に二条の「このうらみ」を宥める父雅忠霊の言葉として「…すてらるべき身ならず」とあるのを、「〔お前は歌道で〕捨てられる筈の身ではない」と受容するのといささか整合しにくくなるのではともいえよう。整合的に受容するためには、「このうらみ」も、すくなくとも二条自身が歌道から疎外される恨みの意を内包したものとして解したいところなのである。「すてらるべき身ならず」は、「見捨てられるはずの身ではない」（全釈）「和歌の道で見放されるようなものではない」（角川文庫）など漠然とした解釈も多いが、「お前は和歌の道で捨てらるべき身ではない」（筑摩選書）「おまえはどちらからいっても見捨てられるような身ではない」（講談社学術文庫）など明確な解釈もあり、新潮日本古典集成本の前引解釈ともども、これが諸注釈書の共通理解として認められてよいし、また正しい受容であると思量される。「すてらるべき身ならず」のあるべき受容かくのごとくであるとすると、「このうらみ」も、亡父の『新後撰集』不入集の恨みだけでなく、そうした家運衰微の流れのなかで二条自身の勅撰集不入集はもちろん望むべくもなく、歌界での存在価値も希薄になったこと、二条自身の言葉を借りれば、「ふりにけるなこそおしけれ和歌の浦に身はいたづらにあまのすて舟」状況になったことの恨みと解すべきではなかろうか。前掲a・bの受容は、多少そうした要素を含んでいるのかとも推察されるが、やはりやや明確さに欠けている。亡父の恨みは女二条の恨みでもあるが、久我家歌道の伝統を継ぎ得ない自分自身の不運に関する恨みへの傾斜度も決して無視することはできないのである。亡父雅忠も「このうらみ」をこのように受容したからこそ、「なをもたゞかきとめてみよ藻塩草人をもわかずなさけあるよに」と詠み、歌道精進を継続して勅撰集入集の望みを捨てないようにと、二条を諭し励ましたのであろう。

この亡父雅忠との夢中再会と励ましにより、二条の意識は変化する。父大納言終焉時遺言との因果関係に思いをいたし苦悩するという、いわば過去からの桎梏を断ち切り、眼を未来へ向けての新しい歩みを始めるのである。具体的には、歌道精進であり、人丸影供の執行であり、自身の勅撰集入集をも含めての久我家歌運再興の宿願を抱くことである。そうした二条の思いを、本節冒頭の前引記事に即して跡付けると、「これより、ことさらこの道をたしなむ心もふかくなりつゝ」「契りありてたけのすゑ葉にかけしなのむなしきふしにさてのこれとや」と詠んで反語的にわが名空しからじと願う、「このしゆく願成就」のために、「御影供といふ事をとりおこなふ」のである。この宿願とは、久我家の歌運再興をいうのみでなく、結果的にはそれとつながる、自身の歌の勅撰集入集の願いとも解さねばならない。巻二の六条院女楽のくだり、席順の争いが因となった二条出奔の際に詠んだ「数ならぬうきみをしれば四のをもこの世の外におもひきりつゝ」という歌を、亀山院が「この歌こそみゝにとゞまりしか。りやうえん八代の古風といひながら、いまだわかきほどにありがたき心づかひなり云々」と賞したと聞き伝え共感したのは近衛大殿兼平であったが、このことからも、二条は相応の歌才を有していると認められてもいたといえる。二条には、五部の大乗経書写奉納という宿願がすでにあり、作品中にも巻四以来しばしば現れてくるが、この巻五も後半部に至り、時に四十七歳となる二条に新しい宿願が生まれたのである。

跋文とされる部分に、

（上略）さても、しゆく願のゆく末いかゞなりゆかんとおぼつかなく、とし月の心のしんも、さすがむなしからずやとおもひつゞけて、身のありさまをひとりおもひゐたるもあかずおぼえ侍うへ（下略）。

とある「しゆく願」についても、比較的早期の注釈書類は、「写経の宿願」(筑摩選書)「自分が再び宮廷と縁を結ぶようになり、久我家の家運が開くという事ではあるまいかと思われる(願望)」(全釈)「私の往生極楽の宿願」(角川文庫)など多様に揺れているが、その後「通説に五部大乗経書写の宿願とするが、むしろ久我家の家運ないし歌道再興の宿願であろう」(新潮日本古典集成)「五部の大乗経を書写供養することだけでなく、和歌の道に精進して勅撰集作者になることも含まれていよう」(新日本古典文学大系)など、共感できる受容がなされている。巻五後半部には、大乗経書写を急ぐ記述が多いので、跋文を書く時点ではあるいはこうした宿願はすでに達成されており、直接的具体的には二条自身の勅撰集入集のことだけが宿願として残されていた可能性も大きい。

四

跋文を除き、『とはずがたり』巻五本文の末尾は、次のごとく結ばれている。

御幸のくわんぎよは、こよひならせおはしましぬ。御所ざまも御人すくなにしめやかに見えさせおはしまししも、そゞろにものがなしくおぼえて、かへらん空も覚侍らねば、御所ちかき程になをやすみていたるに、久我のさきのおとゞはおなじくさ葉のゆかりなるもわすれがたき心ちして、時〴〵申かよひ侍に、ふみつかはしたりしつゐでに、かれより、

　都だに秋のけしきはしらるゝをいくよふしみの在明の月

とふにつらさのあはれも、しのびがたくおぼえて、

　秋をへてすぎにしみよもふしみ山またあはれそふ在明のそら

又たちかへり、

　さぞなげに昔をいまと忍ぶらむふしみのさとの秋の哀に

まことや十五日は、もし僧などにたびたき御ことやとて、あふぎをまいらせしつゝみ紙に、

　おもひきや君が三とせの秋の露まだひぬ袖にかけん物とは

後深草院の三回忌が済んだ後、二条はしばらく伏見辺に滞在して、久我前大臣すなわち従兄の通基あるいはその子通雄と文通する。文通相手が通基か通雄か確定できないが、諸注「通基か」とするものが多い。たとえば新日本古典文学大系本は、「源通基か。右大将通忠の男。前内大臣、六十七歳。その男通雄も前内大臣、五十歳であるが、中院を号したらしい」としている。ただ普通に考えると、この場面では、従兄とはいえかなり年配の通基よりも、二条と同年配であった通雄を文通相手として想定する方が相応しいように思われるのである。にもかかわらず通雄を採りにくいのは、「久我のさきのおとゞ」とあるのに通雄が「中院と号したらしい」という理由によるのであろう。しかし、当時徳治元年（一三〇六）の『公卿補任』散位の欄に、通基も通雄も「久我」として記載されているのであり、『玉葉集』（正和元年〈一三一二〉成立）に採られた通雄歌の作者位署も「前内大臣通」である。『風雅集』（貞和二年〈一三四六〉）に至ってはじめて「中院前太政大臣」と記されるのであり、それより前、その薨去を記録する『公卿補任』元徳元年（一三二九）の散位欄にも、「前太政大臣　従一位　久我源通雄七十三　十二十一子刻薨　号中院」と載るのである。通雄が中院を号したのは確かであるといえようが、これらの文献を通じて推理すると、それは比較的晩年のことであって、二条と文通した頃は「久我前大臣」で記される可能性の方が大きかったのではなかろうか。当時すでに六十七歳であった通基は、翌々延慶元年（一三〇八）十一月二十九日に薨じており、多少の老衰の気味などもあったかも知れないと我田引水的な想像もしてみるのである。

　二条の文通相手を、かくのごとく一応通雄であると措定するとして、では、二条の波乱に富んだ生涯の自叙伝ともいうべき『とはずがたり』の終幕を、何故この通雄との文通記事を叙して閉じることにしたのであろうか。後深草院三回忌後の実生活上の出来事を事実のままに叙したに過ぎないともいえるが、としても後日読み直したりした時に、

二次的に深い意味を籠める構成意識が働きはじめていなかったとはいい切れまい。私見によれば、少々深読みするに値するくだりであると思われるので、この終幕場面の読解を試みたいのであるが、その前提として関連的に押えておかねばならない問題があると思われる。しばらく迂回しての考察にしたがうことにする。

五

この後深草院三回忌の頃、二条の勅撰集入集願望はすでに宿願として自覚され、いよいよ強まっていたと考えねばならないが、それは『新後撰集』の次の勅撰集に焦点を合わせた願望として、具体的に意識されていたはずであろう。時あたかも、後宇多院政末期（延慶元年〈一三〇八〉同院政終る）に当たり、政治的にはまだ後二条帝・後宇多院の治政時代であり、歌壇的にも依然として二条家為世の領導が続いていたが、一方、乾元二年（一三〇三）佐渡遠流から許されて帰洛した、京極家為兼の伏見院を背景にした政治的歌壇的活動も活発化して、「為兼卿家歌合」（福田秀一氏説によると乾元二年閏四月佐渡から帰洛直後の張行）が二条家歌人を排除して行われている。次期天皇たるべき春宮は、正安三年（一三〇一）すでに伏見院第二皇子（後の花園天皇）に決定していた。このような政治的歌壇的状況のなかで、次の勅撰集入集を見据えての二条の心にもし戦略的な動きがあるとするならば、そしてそれは二条宿願の強さから推してあったに違いないが、大覚寺統派二条家との関係を良好に保つとともに、持明院統派京極家との関係にも配慮の眼を注ぐものであった、といわねばなるまい。

このようにとらえた場合、二条にとっての不安材料ないし問題意識はどのようであったろうか。先ず対二条家関係は、『新後撰集』の父雅忠歌不入集という事実などからみても、後深草院後宮に仕えた二条はもともと有利な立場ではなかったので、基本的姿勢としてはむしろ持明院統京極家に希望をつなぐというのが本音としてあったのではないかと推測されるのである。しかも為兼周辺の和歌活動の状況は、そうした新しい歌壇の展開を予測させるに十分なものもあったといえよう。だが、第二節で述べたごとく、二条の追放にも似た御所退去が勅撰集撰集の営為にも関わる宮廷文化圏からの疎外感を彼女自身に意識させていたことが、『とはずがたり』の前掲箇所から読み取れるので、おそらく二条は、その問題のサバイバル的克服をしなければならないと考えたであろう。具体的には、御所退去のもつ意味あるいは当事者でなければ判らないその真相を語って聞かせ、後深草院の流れを汲む関係者の共鳴を得なければならなかったのである。御所退去がみずからの意思にはよらない不可抗力のものであったことを語ることによって、その正当性を得られるともいえるが、持明院統とのいわば関係修復が自分一身のみのことでなく久我家全体の歌道に関わる課題であれば、この正当性の主張にも熱が入るであろう。その熱意は時に、事実に反する虚構的筋立てへと作者二条を駆り立てもする。たとえば、二条の外祖父四条隆親が二条御所退去を促す重要な役廻りを演じているくだりなど、そうした作為の現れである。隆親は弘安二年（一二七九）九月六日に薨じている（公卿補任）。二条の御所退去は弘安六年秋であり、史実と作品での扱いとに大きな相違がある。この事実との離反を、作者の錯誤として処理する立場もあり得よう。御所退去正当化の熱意の余り、時間の感覚が狂わされた思いこみの誤謬に陥ったとする理解である。しかしながら、御所退去を迫る東二条院の意向に沿っての「秋のはじめになるに、四条兵部卿のもとより、つぼねなどあからさまならずした丶めて、いでよ。よさりむかへにやるべし、といふ文あり」という、隆親の役廻りは、二条生涯の運命を決するきわめて重大な行為だったのであり、その当事者であった二条が、すでに数年前に死者であった外祖父隆親と種々の交渉をもったと誤認することなど、絶対にあり得ることではなかったと思われる。してみると、隆親が登場するこの場面は、作者の明確な自覚に基づく虚構的設定がなされていたのだと受容すべく、その意図を読み解くことが要請されるのである。どう読解すべきかの私案についてはすでに述べたことがあるので、それを注記採録するが(1)、要するに、御所退去が二条自身の自発的意思によるものではなかったことを訴えんがための虚構であったと考えたいのである。巻四、伏見御所での後深草院と二条の再会場面(2)、「おもはざるほかにわかれたてまつりて、いたづらにおほくのとし月を、くりむかふるにも云々」とある叙述も、そのような延長線上で受容すべき表現であろう。

ところで、右の伏見御所再会の場面、御所退去後の二条の男女関係についての執拗なまでの院の問いつめ、それに対する二条の異常なまでに激しい向きになった弁解のくだりを、二条はいったい誰に向かって書き進めたのであろうか。後深草院は『とはずがたり』の最終執筆時すでにこの世にいない。冥界の院の霊に語りかけたかとも考えてみるが、史実として認めてよいと思われるこの場面の直接会話の相手であるから、その必要もない。とすると、止むを得ざる運命的な御所退去後、一切の男女関係を断って修行に専心したことを誓う二条の言葉に感動し、院も「なに、も人のおもひしむる心は、よしなき物なり。まことには、にをくれち、にわかれにしのちは、我のみはぐ、むべき心ちせしに、ことのちがひもてゆきしこともげにあさかりけるちぎりにこそとおもふに、かくまでふかくおもひそめけるを、しらずがほにてすぐしけるを云々」と得心したことを読んでほしいと思う相手には、院と同様二条の人生ないし素行に疑いを抱き、それなるが故に、前述のごとき二条の勅撰集入集ひいて久我家歌道復興という宿願にとって障害となる人たち、逆にいえば、この自己弁護調訴えを読んで疑念を晴らし、二条の宿願成就に協力的になってくれる人たちが想定、というより願望されていた可能性が高い。その人たちは必ずしも持明院統圏内の人々だけとは限るまい。史実に即していえば、伏見御所再会の永仁元年（一二九三）秋当時には、すでに伏見天皇の勅撰集撰進の企てがあり、二条為世・京極為兼・飛鳥井雅有・九条隆博の四名が撰者に任命されて撰集事業が開始されていたのである（伏見院宸記）。このいわゆる永仁勅撰議は、為世と為兼の対立を生じて数年後に中絶したが、次期勅撰集の撰者任命をめぐる為世・為兼の対立的構図は、やがて著名な「延慶両卿訴陳状」に具顕するごとく、その後も続いていたのであり、二条の眼は二条・京極両家にいわば両睨み的に向けられていたといえよう。さらにいえば、持明院・大覚寺両統の交錯する複雑な政界を巧みに泳いでいる権力者の西園寺実兼なども、あるいは眼に映っていたかもしれない。もちろん、この伏見御所再会の時点では、二条の宿願はまだ生まれていなかった。したがって、もしこのくだりの記事が再会後間もないころに書かれていたとするならば、上述したようないわば一首の歌界遊泳戦略的意識は二条になく、院に対する真剣な自己弁護、あるいは院への愛いまだ覚めやらぬが故の恨み節のみであったともいわねばなるまい。ただ、それからおそらく十数年を経てのこの作品完成時における、往時を回想しての執筆ないし補筆であったとすると、『新後撰集』成立後に形成されたと考える二条の宿願との関連は十分考察の対象となり得るし、さらに、よしんば伏見御所再会後間もなくの執筆であったとしても、後年の完成時に改めて読み直された時点で、新しい表現的意味づけがなされたことが十分に考えられるので、こうした視点での読解も成り立つと思うのである。巻一の故大納言雅忠遺言の場面は、巻五の雅忠三十三回忌の場面で新しい意味を帯びて結びついたのであり、それは、現在の状況を理解するための現在↓過去という関係づけであったが、巻四の伏見御所再会の場面は、現在の状況を変化させるための現在↓未来という関係づけを意識しながら——たとえ完成時における加筆ないし書き直しであったとしても——新しい意味を帯びさせられたくだりとして、熱意を籠めて執筆されねばならなかったのである。

六

さて、このように考察を進めてくると、第四節冒頭部分に掲げた、この作品の私にいう終幕部分のもつ意味についてもやっと一つの読みが可能となるであろう。

私見によれば、同年配の「くさ葉のゆかり」久我通雄との文通場面であるが、もし伏見御所再会のくだりを読んでほしいと二条の願望する人物が通雄であるならば、そうした面での必然的つながりをもつが故の終幕場面での通雄登場であったとして、それなりの緊密な作品構成ぶりを受容できるのである。しかし、その望ましい読み手として、二条と同様久我家歌運衰退の被害者ともいえる通雄らが措定されていた道理はない。通雄はむしろ、久我家全体をも視野に入れてのものであった二条の宿願に共感し、その成就をともに祈る立場の人物であった。終幕部分のもつ意味があるとして、その解明はまだ先送りせざるを得まい。

では、二条が望ましい読み手として期待していた人物は誰であったのか。前節では一応、持明院統京極家側の伏見院・為兼らや大覚寺統二条家側の後宇多院・為世らさらに西園寺実兼らが、想定されることを述べたが、本節ではなお、憶測の域にとどまるものの、本命として遊義門院をとりあげ考えてみたい。門院は、後深草院と正室東二条院との間の長女姈子内親王であり、伏見院の妹に当たる。その意味では持明院統側に属する人物である。二条に対して必ずしも好意的ではなかった東二条院の女であり、二条にとっては多少の隔意を抱く存在であったかもしれないが、当時の男系社会において、後深草院女としての親近性をより強く感じていたようであり、すくなくとも『とはずがたり』のなかではそのように扱われている。巻五の二条石清水八幡宮参詣の場面で、遊義門院御幸に際会し、社殿から下り煩う門院に「かたをふませおはしましてをりさせおはしませ」と声を掛けるくだりなど、二条の対遊義門院意識を端的に表現しているのである。ところが、この門院、大覚寺統との関係もきわめて深い。周知のごとく、伏見御所再会の翌年、永仁二年（一二九四）六月三十日、後宇多院妃として実質的にその後宮に入ったのであり（女院小伝）、伝説的な見初めのいきさつといい（増鏡・さしぐし）、女院薨後の悲嘆ぶりといい（同上・浦千鳥）、寵愛まことに深いものがあった。すなわち門院は、いわば持明院・大覚寺両統の掛け橋的存在であったともいうべき人物である。歌人としても優れ、勅撰集に全二十七首入集しているが、その内訳は『新後撰集』七首、『玉葉集』十一首、『続千載集』六首、『風雅集』一首、『新千載集』二首であり、たしかに京極・二条両家撰者の勅撰集に万遍なく採られていて、そのことを証している。出自といいその後の経歴といい、先述のごとく、当時の複雑な二元的政治歌壇状況のなかでの宿願成就のために、二条はいわば両睨み的戦略を採らざるを得なかったのであるが、そうした立場からは、遊義門院は最も相応しい人物であったといえるのではなかろうか。位藤邦生「『とはずがたり』と遊義門院」（中世文学研究・二〇号、平成6・8）は、この遊義門院を「雅忠女にとっては、院と東二条院を中心とする人間関係、悲喜こもごもの宮廷生活の『証言者』」としてとらえるのであるが、すくなくともそうあってほしいと二条が願っていたことは確かであろう。

佐々木孝浩「『とはずがたり』の人麿影供―二条の血統意識と六条有房の通光影供をめぐって―」（『国語と国文学』〈平成5・7〉のち、渡部泰明編『秘儀としての和歌―行為と場』〈有精堂、平成7・11〉に収録）は、本稿第三節で触れた、二条の人麿影供執行の意味について説き、二条の従兄六条有房が嘉元二年（一三〇四）に行った通光影供との関連的考察に注目すべきものがある。有房は、早逝した父通有とともに後宇多院の信任厚かった廷臣であり、『新後撰集』にも三首の入集を果たした大覚寺統二条派歌人なので、二条にとっては、同族とはいえむしろライバル的存在であった。久我家歌運衰退の意識は、通有一首、有房三首という『新後撰集』入集の事実や有房執行の通光影供などに接して、いっそう強まり、次期勅撰集での家運挽回を期して歌道精進を誓う二条は、より溯源的に人麿影供を行ったのであろう。佐々木氏はなお、『とはずがたり』跋文に「こぞの三月八日、人丸の御影供をつとめたりしに、ことしのおなじ月日御幸にまいりあひたるもふしぎに」とある、遊義門院との邂逅と人麿影供との、ともに三月八日であることの意味を問い、「二条がこの両者を結び付けざるを得なかったのは何故であろうか。僅かでも神慮に叶った身と自らを慰める為か、或いは、折角の人麿夢想が何らの利益ももたらさぬままでは、人麿の神威を貶めることになるのを恐れた為でもあろうか。三月八日という日付の隠し持つこれ以上の特別な意味が摑めない現状では、不用意な想像は戒めなければなるまいが、遊義門院との邂逅という数少ない我が身の幸せに、影供を行った日を後から一致させたのではとでも考えなければ、この記述の決着が付かないように思われるのである」と述べている。それは、「この偶然の一致を人麿の霊験であると感じているのであろうか。しかし、これでは本来の願とは些かずれた神徳であると言わざるを得ない。一見、神意に叶ったようであまり叶っていないのである」と考える立場での当然の結論であるが、私見のように、久我家歌道復興の宿願と遊義門院との接触とが緊密な有機的つながりをもつと二条が意識していたと考える立場からは、むしろ逆に、人麿影供の霊験あらたかにして遊義門院との邂逅があり得たと書いていたのだと、ごく素直に読解することになるのである。すでに松本寧至『中世宮廷女性の日記―「とはずがたり」の世界』(中公新書、昭和61・7)には、「遊義門院との再会は、二条の宿願である。歌道の名門としてのわが家の再興ということへの期待にもつながっていたことであろう。跋文に、柿本人麿の御影供を三月八日に行ったら、同じ三月八日に遊義門院御幸にめぐり会うことができた、といっているところを見ると、旧知の門院に近づいて、この宿願を達する手だてを考えていたのかも知れない」とあり、従うべきであった。余りに符合し過ぎる三月八日という日付は、あるいは佐々木説のごとく、史実として確定できる遊義門院狩尾社参詣の日付を後から人麿影供施行日ともしたのであろうが、としてもそれは、影供施行の霊験を思わざるを得ない門院との邂逅会話に感激した余りの作為であったのだろう。二条の宿願成就のために、門院は心底頼りになる存在であった。

遊義門院との邂逅は一時的なものに終わらず、「いまはつねに申せ」という門院の仰せに従い、その後も「京へのぼりて御ふみをまいらす」「いませから《ぶカ》ぬほどに申うけ給ける」蜜月的関係が続くのであるが、宿願をめぐる二条の門院への期待感が上述のごとくであるとすると、会話の内容には、その宿願に関わるものも何程か含まれていた蓋然性が高いと思量することも許されるのではなかろうか。とすると、二条の宿願成就にも具体的に明かるい光が射しはじめる、希望に満ちた新しい状況の展開となるはずであろう。ところが、『とはずがたり』ではその後、後深草院三回忌仏事聴問の記事が書かれているのみで、次に、前掲通雄かと推定する「くさ葉のゆかり」との相互に寂しさを慰め合うような哀調歌贈答の場面を続けて、この作品は幕を閉じて了うのである。その後の跋文は、あくまでも作品全体に関わる跋文である。その前の部分で、何故もうすこしこの作品は書き続けられなかったのだろうか。跋文に、「さても、しゆく願のゆく末いかゞなりゆかんとおぼつかなく、とし月の心のしんもさすがむなしからずやとおもひつゞけて、身のありさまをひとりおもひゐたるもあかずおぼえ侍上云々」とある、宿願の行末をもうすこし書くことを、何故しなかったのであろうか。後深草院三回忌の徳治元年（一三〇六）から、二条が宿願の立場で期待をかけていた『玉葉集』奏覧の正和元年（一三一二）まで六年間の歳月を、二条は宿願成就という課題を抱えておそらくまだ生きていたはずであるし、その採否結果は、『玉葉集』成立の時点で判明しており、二条も宿願の適えられなかったことを知り得ていたはずである。二条がそれまで生存していたとする以上、『とはずがたり』はいっそう何とも尻切れとんぼに終わっていると思わざるを得ない。このように考えきたると、後深草院三回忌の翌徳治二年（一三〇七）七月二十四日、遊義門院三十八歳で薨じている史実の意味をも重く受けとめざるを得ないように思われるのである。

周知のごとくこの作品に、遊義門院薨去に関する記述はない。前年で記事を終える『とはずがたり』年表に即していえば、それは時間的に無い物ねだりの記述であった。だが、事柄の本末はそれで尽くされるものではあるまい。遊義門院薨去の前年で『とはずがたり』が終わっているからそれに関する記述がないのだというのは、いかにも皮相な見方であって、門院薨去に関する記事を書く心境にならなかったからこそ、『とはずがたり』はその前年で終幕になったと考えることができるかも知れないのである。門院の薨去が二条に与えた衝撃は大きく、『とはずがたり』執筆の意欲をも失わせる底のものであったとする読解であるが、二条の宿願成就に関して前述のごとき期待を担う門院であってみれば、折角明かるい希望の灯となった門院の突然の死による二条の失望悲嘆も大きく、そのような意欲の喪失があったとしても不思議ではない。

もちろん、このいわば遊義門院薨去二条執筆意欲喪失説が成立するためには、なお考うべき問題がある。まず厳密には、『とはずがたり』が門院に読んで貰う目的で執筆されたものであるという前提条件を必要とするかも知れない、という問題である。ただ、その立場では極端にいえば門院薨去後直ちにこの作品が破棄されることもあり得たと考えられるのに、この作品が厳然として今に存在することは確かであり、具体的にはその点の考察が要請されるのである。

この事実を重視すれば、この作品が門院薨去前にすでにほぼできあがり、二条の手を離れていたとでも想定しないかぎり、執筆目的には他の要素も絡んでいたかと考えねばならなくなるのではなかろうか。宮廷編とされる前編のかなり赤裸々な愛欲的生き方は、門院に読んで貰う目的をもつ内容として相応しくないと思われることも無視できず、この想定は、誤っていないと思われる。二条がこの作品を読んでほしいと願望する人には、第五節および当節に繰り返し述べたごとく、次期勅撰集への久我家歌人歌入集につき影響力をもつ人々も小さからぬウエイトを占めて位置していたことであろうし、そのほかにも、自己自身の純粋に生ける験《しるし》としての自叙伝的な何かを書き残そうとする思いがなきにしもあらずだったのではないかとも考えられるからである。改めて、跋文全文について読み直してみなければならない。

深草の御かどは、御かくれの後、かこつべき御事どもゝ、あとたえはてたる心ちして侍しに、こぞの三月八日人丸の御影供をつとめたりしに、ことしのおなじ月日御幸にまいりあひたるもふしぎに、みしむば玉の御おも影もうつゝにおもひあはせられて、さても、しゆく願のゆく末いかゞなりゆかんとおぼつかなく、とし月の心のしんもさすがむなしからずやとおもひつゞけて、身のありさまをひとりおもひゐたるもあかずおぼえ侍うへ、しゆ行の心ざしもさいぎやうが修行のしき、うら山しくおぼえて社おもひたちしかば、そのおもひをむなしくなさじばかりに、か様のいたづらごとをつゞけをき侍こそ。のちのかたみとまでは、おぼえ侍ぬ。

「しゆ行の心ざしもさいぎやうが修行のしき、うら山しくおぼえて社おもひたちしかば、そのおもひをなむしくなさじばかりに」徒事と承知しながら、なおかつ書き残そうとするのは、一応表面的にいえば自己自身のために書く無償の行為といえよう。あるいは、その自己自身には、自己の分身ともいえる二条と雪の曙実兼との間の所生昭訓門院瑛子などが内包されていたことも考えられるかも知れないが、ともかく二条の『とはずがたり』執筆動機は単一であったとは限らないといえそうである。だがまた、西行の修行の仕方すなわちその生の歩みのありかたに重ねて自己の人生を歩いて行こうとする二条の生き方は、西行がそうであったように歌道にも精進して勅撰集にも入集することを願う生き方であるともいえるのであり、久我家歌運再興という二条の宿願成就のための生き方とまったく無縁でもなかった。このように読み解いてみると、この跋文は、やはり宿願に拘泥する二条の思いを述べるのに重心がかかっていると読まれねばならないように思われる。そうした主旨の中でも最も中核となる部分は、「しゆく願のゆく末いかゞなりゆかんとおぼつかなく」という一節であろう。「とし月の心のしんもさすがむなしからずやとおもひつゞけて」は、その「おぼつかなく」という事態のなかでの溺れる者藁をも摑むがごとき心の動きなのであり、「しゆ行の心ざしも云々」とあるのも、関連しての副次的付随的理由づけにほかならず、いずれも、今や「いたづらごと」と自覚せざるを得ないこの『とはずがたり』という作品を、なお書き残そうとする、というより破り捨てることをしなかった一種の弁解であって、なんとなく迫力に乏しい。核心的部分を上述のごとく見定めた所以であるが、では、すこし前まで、人麿影供の霊験あらたかで遊義門院との邂逅も果たすことができたと喜ぶ明るい状況であり心境であったのに、今や宿願の行く末を「おぼつかなく」気がかりで不安に感じることになるのは(3)、何故であろうか。その変化の原因が具体的に究明されねばなるまい。社会事象の変因は、まま人間関係にある場合が多い。久我家歌運衰退の重要な一因になったと、たとえ主観的にせよ二条が考える、自己の宮廷生活時代に関わる歌道関係者の誤解を解消すべく綴られたこの作品の読者に、前述のごとき人たちが措定されていたとして、そこにどのような変化が生じていたのか。伏見院・後宇多院も、為兼・為世も、実兼・昭訓門院らも皆健在であり、その意味での根本的変化はない。権力者実兼の両統游泳的策謀、為兼の失脚佐渡遠流と帰洛復権など、持明院統と大覚寺統をめぐる複雑な政情は見られたとしても、二条の宮廷文化ないし歌界復帰の宿願の将来に基本的支障を来たすような人間関係の変化は、これらの人びとに関する限り徳治元、二年頃には生じていなかったとみてよかろう。そうしたなかで、思えば遊義門院のみが舞台から消えていたのであり、私見によれば、二条の期待するところ最も大きかった人物だけに、門院薨去のもつ意味の重さは決して無視できないのである。諸状況斟酌して、「しゆく願のゆく末いかゞなりゆかんとおぼつかなく」とは、やはり門院薨去が原因となっての暗い不安であったと考える。その思いは、まだ次期勅撰集成立までに何程かの歳月を要する徳治元、二年頃という時点の故もあったろうか、この『とはずがたり』という作品を破棄するまでには至らしめなかったが、すくなくとも、すでに書かれている以上に積極的に増殖させ書き進めるエネルギーを失わせるには十分なものがあったであろう。以上、クリアすべき問題点をめぐって縷々述べてきたが、遊義門院薨去二条執筆意欲喪失説は、やはり成立するように思量されるのである。「この文章（稿者注、跋文）はその前か後かは判然としていないが、どちらにしても、遊義門院とのめぐり合いが、この記（稿者注、『とはずがたり』）とくに後篇を書き残そうという活力のはずみになったことだけは確かである」（次田香澄『とはずがたり全訳注』〈講談社学術文庫、昭和62〉）とある見解も、参照されてよい。

表現には、誇張もあれば韜晦もあり、自尊もあれば自卑もある。しかしこの跋文には、それらのいずれの要素も感受しがたいように稿者には思われるのである。「のちのかたみとまではおぼえ侍ぬ」には、あるいは韜晦や自卑の気味が多少あるかも知れないが、「か様のいたづらごと」には縷縷述べてきた通り実情が籠もっていると思われ、全般的にあるがままの現在の心境を書き留めた跋文であるように読み取れるのであるが、いかがであろうか。それだけに、宿願の行く末に暗い不安を覚える二条の真情いかんと掘り下げる、深い受容がなされなければならなかったのである。

七

以上の考察を経て今や、第四節冒頭に掲げた、私にいう『とはずがたり』終幕場面のくだりに立ち戻って読み直してもよいのではないかと思われる。

このくだりを読み、先ず気になるのは、三首の歌特に「秋をへて」歌と「さぞなげに」歌の二条と通雄の贈答歌が、いずれも過去に眼が向けられた哀切の調べに満ちているということである。後深草院三回忌記事に続いてのくだりなので哀切調がマッチしているともいえるが、また、前節までに確かめた二条の宿願成就を祈る思いが、遊義門院との邂逅を契機として、後深草院崩御後の新しい明かるい希望を生み出しつつあったと思われることからいえば、かなり不調和であるという印象を否みがたく、張りを失った暗い幕の引き方であるともいえるのである。このような読みからは、むしろ跋文と調和するくだりのようでもあるといえよう。もちろんこのくだりの執筆時期は、この作品の時間的秩序に即していえば、後深草院三回忌後間もない頃の秋のうちということになるはずである。しかし、前述した二条の御所退去に際しての隆親関係記事にも窺知できたように、この作品に内在する虚構性をふまえていえば、このくだりの執筆時期ないし跋文との関係は必ずしも作品の表面的秩序通りとはいえないかも知れない、と疑いの眼で読み直す必要性も感じるのである。

疑いの眼は、先ずこのくだりの贈答歌中の二条歌「秋をへてすぎにしみよもふしみ山またあはれそふ在明のそら」に向けられる。この二条歌の初句の解釈は、実は「初句分りにくく諸説あるが」（新潮日本古典集成頭注）とある通り、いまだ揺れ動く歌なのである。呉竹同文会『全釈』が「秋を経で」と取り、「秋を終えないでおなくなりになってしまった後深草院の御時の事も云々」と解するのは除くとして、「悲しい秋を三年経て、過ぎ去った御代《みよ》を思って」（筑摩選書）「秋色の立ちこめたこの伏見の御所で、故法皇様の三回忌にめぐり合いましたが」（角川文庫）「後深草院の崩御から三回の秋を経て、過ぎ去った御代（みよ）を思いながら」（研究大成）「悲しかった秋を繰返して御所様の三回忌にあい」（講談社学術文庫）など、諸注多くは「院三回忌までの三年の秋を経過して」の意に解するのに対し、新潮日本古典集成本は「秋になって日数も経ち」の意であろうとして、「秋の日数も経って、過ぎ去った（後深草院の）御代を偲《しの》んで」のごとく解釈するのである。院の三回忌と関連させての三年の秋にこだわらない受容として注意される。ところが、その後はまた、「三めぐりも亡き法皇さまのご命日を迎えて」（新日本古典文学大系）のように上掲諸注釈書の延長線上の受容に戻るのであった。あるべき解釈いかんということになるのであるが、私見では、この作品の前文から切り離し和歌自体に即して享受する限り、「三年ないし三回の秋」と取らねばならない理由はどの字句にもないように思われる。「秋を経て」の類似表現「春を経て」についてみると、

毎春花芳といへる心をよめる　　　　　　源仲正

春をへてにほひをそふるやまざくらはなはおいこそさかりなりけれ（千載集・春上）

などのごとく、「毎春」の意で「春をへて」の歌句が用いられていることを知り得るが、とするとこの歌詞は、二春や三春でなく多くの春を経ての意に解するのが穏当であるということになろう。「秋をへて」も同様に受容してよさそうである。こうした知見に基づいて、なお広く用例に当たると、八代集では『古今集』に「秋をへて」一例、『後拾遺集』に「春をへて」一例、『千載集』に上掲例をも含めて「春をへて」二例「秋をへて」一例、『新古今集』に「春をへて」一例「秋をへて」二例が見出される。以降、この歌詞は多用され、二条がこの歌を詠んだ時代の勅撰集『新後撰集』にも、

彦星の契絶えせぬ秋を経て幾夜かさねつあまの羽ごろも（秋上・通重）

潮風の浪かけ衣あきを経て月になれたる須磨のうらびと（秋下・為氏）

秋をへてなれ行く月のます鏡つもれば老の影を見るかな（雑上・国平）

と「秋をへて」三例が存するのであるが、いずれも「多くの秋を経過して」の意で受容すべき用法である。『とはずがたり』の二条歌も、こうした背景に基づいて、同じ用法と取るべきであろう。前後の文脈から推して三回の秋と限るのは、和歌史の流れに沿わない無理な解釈である。さてこそ、この二条歌に対する通雄の答歌といえる「さぞなげに昔をいまと忍ぶらむふしみのさとの秋の哀に」の「昔」も、「久しい年月を隔てた過去」をいう本来の意で、一首の中で落ち着くのである。

疑惑の眼で読み直した結果、この二条・通雄贈答歌のくだりは後深草院三回忌直後の出来事でなく、その後何程かの時を隔てた頃の贈答に関わる事柄であることを推定することになった。ただし作者二条は、このくだりを院三回忌直後の連続的事柄として受容することを願っているようである。贈答歌の前文、「そゞろにものがなしくおぼえて、かへらん空も覚侍らねば、御所ちかき程になをやすみていたるに、久我のさきのおとゞはおなじくさ葉のゆかりなるもわすれがたき心ちして、時〳〵申かよひ侍に、ふみつかはしたりしつゐでに、かれより」とある、「…やすみていたるに」が「…申かよひ侍」に係るとすると、「…やすみていたるに…申かよひ侍に」という「に」の反復が耳障りの文章となるが、その後文の「ふみつかはしたりし」に係るとすると、「久我のさきのおとゞは…時〳〵申かよひ侍に」は『新潮日本古典集成』の頭注通り過去時のことについて述べる一種の挿入句的部分となり、文章全体としてはより落ち着いた構造となるので、おそらく作者二条はこのような表現意識を有していたと考えられ、そこに、院三回忌直後伏見御所近辺に滞在している二条が「ふみつかはしたりし」なのであったとする、作者の表現意図を察知し得るからである。さらにこの二条・通雄贈答歌のくだり、実はその次に続く部分、前掲跋文の前に、

まことや、十五日は、もし僧などにたびたき御ことやとて、あふぎをまいらせしつゝみ紙に、

おもひきや君が三とせの秋の露まだひぬ袖にかけん物とは

という短文が記されていた。「前日にさかのぼらせての追記」（新日本古典文学大系）部分であるが、「君が三とせの秋の露」とある和歌詞句とともに、前文贈答歌のくだりが院三回忌直後の出来事であることをこれも証言していることになるのである。この追記短文はいかにも取って付けたようで表現の必然性を欠き、不自然の感を否めないが、それだけに上述のごとき作者の表現意図が露わに透けて見える。しかしながら、作者の表現意図がそうであるが故に、その意図を裏切って「秋をへて」歌が語りかける真実にこそ謙虚に耳傾けることが、いっそう必要となるのではなかろうか。

では、その耳傾けるべき真実とはいったい何であったろうか。また、「都だに秋のけしきは知らるるを幾夜伏見の有明の月」は一応三回忌直後頃の詠歌であるとして、この贈答歌のくだりは、実際にはいつ贈答が行われいつ執筆されたのであろうか。改めて触れておくと、先ず後者の時期を限定する考察視点として、徳治二年（一三〇七）の遊義門院薨去との関連を挙げることができよう。跋文が門院薨後の執筆であろうという推定はすでに述べたが、このくだりも、全体的に感受される哀切な調べをも斟酌して、院三回忌直後というより何程かの時を距てた頃、約一年後に当たる、二条の希望の星門院薨後の贈答であったと考える方が、やはりよさそうであると私には思われる。御所すなわち伏見殿付近に一年程滞在していたことになるのであるが。

次にはさらに、正和元年（一三一二）成立の『玉葉集』との関連を挙げることができよう。ただしこの場合は、跋文・贈答歌部分ともに、その執筆が『玉葉集』より先か後かはいちがいにはいえまい。贈答歌部分についていえば、通雄の方にある種のゆとりがあり、二条に対する思いやりないし同情といった心が働いていることが感受できると思うのであり、もしこの享受が正しいとすると、あるいは『玉葉集』成立後間もない頃の贈答ではなかったかという推測も十分にあり得るとしてよかろう。すでにしばしば説き及んだごとき二条の宿願については、それが久我家全体の歌運に関わる事柄であっただけに、「時〳〵申かよひ侍に」とあったことをもふまえて、通雄も十分承知していたというべきであろうが、次期こそはと期待されていた勅撰集の『玉葉集』に、二条歌も亡父雅忠歌も一首も採られておらず、通雄歌のみは一首採られていたことを背景にしての贈答であったとして、この場面の二条の暗い失望的な気持ちと通雄の二条慰問の気持ちとが織り成す、文章の機微をよく理解することができるとも思うからである。因みに、日常生活面においても、通雄のそれは安定していたように思われる。その理由としては、通光薨後の久我家遺産の伝領問題が関わっていた。しかし跋文についていえば、むしろ『玉葉集』成立以前の執筆ではないかと考えられる。「しゆく願のゆく末いかゞなりゆかんとおぼつかなく」の言辞が、遊義門院薨後の不安の情に悩まされていると同時に、なお、まだ絶望とまではいえない多少の希望も持ち得る微妙な時期であることを示しているとも思われるからである。もちろん、贈答歌部分も跋文も厳密には上述のように断定できることでなく、それぞれ『玉葉集』との先後関係が逆であっても、絶対にあり得ないとはいえず、その意味では多分に主観的な仮説に過ぎないのであるが、一つの読みとしての問題提起的私見なのである。

このように考えてくると、作者の表現意図を越えて透けて見える真実とは、二条の久我家歌運再興の宿願が成就せず、過ぎ去った宮廷生活の亡霊に祟られたままその生涯を空しく閉じなければならない、自己の悲運な人生への惜別あるいは鎮魂の思いではなかったかということも、おのずから視えてくるのである。そうした視座からは、贈答歌の相手として通雄はまことに相応しかったといえよう。大きくは同じ久我一族であっても六条有房などは、「才かしこく」（増鏡）という才人で、『新後撰集』三首『玉葉集』一首という入集実績からしても二条側の人物ではなかった。このくだりに隠されていた真実、作者の意識をも越えた真の主題に奉仕するために、通雄は相応しい人物なのである。贈答は実際に行われたのであろうが、この作品の構成・主題の上に果たす役割は、重いものがあったのである。それは、この作品を最終的に整理し清書する意欲を失わせる程の底知れぬ悲しみや脱力感を伴う思いでもあったろうが、前述のごとく結局は、「か様のいたづらごとをつゞけをき侍こそ。のちのかたみとまではおぼえ侍ぬ」という一応の形としては無償の行為として書き残したのであった。しかし、その時の二条の心情をさらに深読みしてあえて忖度すれば、「のちのかたみとまではおぼえ侍ぬ」といいながら、実はやはりなお、表現というものの魔性に自己の魂を救済する最期の手段を求めようとする心が働いていたのかも知れない。久我家歌運再興の宿願破れた二条に、もしなお残された生きる力があるとするると、この表現の魔性を信じることだけではなかったろうか。それは、あるいはなおかつ次代勅撰集への亡父雅忠なり二条自身なりの和歌入集を期待することにつながる、無意識的な心の働きであったとも読める。「本云、こゝより又、かたなしてきられて候」とある注記から、跋文の後に歌集的部分が付載されていたかとする推測へもつながる読みである。だがまた同じく表現の魔性といっても、二条の眼は、もはや勅撰集入集などという次元とは異なる、現世的価値観を越えたいわば聖なる地平を見据えはじめていたかも知れないとも思う。しかし今は、そこまで発展させては論じないことにする。

八

『とはずがたり』という作品には、さまざまな風景が描かれている。二条の成長とともに風景も変化し、また、明瞭に描かれた景もあれば朧化的手法で描かれた景もある。それらの風景換言すれば場面々々、件くだりを有機的に関連づけながらこの作品が読み解かれていくのであるが、ともかく読者の眼で現象的に捉えることのできる具体的出来事を、仮りに近景と呼ぶならば、具体的には叙述されていなかったり間接的に一部が叙述されたりしているだけで、したがって読者の意識には訴えるところがないか正当には受容されないかであるが、その要素を無視しては、近景をも正しく受容しにくくするいわば遠景とでも呼ぶべき風景が、この作品をこの作品たらしめる支えとして取り巻いていると考えられるのである。

これまで説いてきたところでいえば、持明院統と大覚寺統の歌壇史的対立（政治的対立についてはすでに巻一に記される）についてはまったくといってよいほど記されていなかったが、特に晩年、二条はその宿願と関連してこのことを絶えず配慮せざるを得なかったのであるし、巻一の故大納言雅忠遺言は、巻五の亡父三十三回忌のくだりに二十数文字記されているだけであるが、宿願成就を願うその後の二条の生き方にとってのたえず付き纏う遠景として重い意味を有していたことを認識すべきであろうし、こうした要素を無視することは、『とはずがたり』という作品を読み解く上で近視眼的表層的受容に陥らせる恐れがある。こうしたいわば遠景は、遠景なるが故に近景の影に隠れて容易には見えにくいのであるが、その存在はしかと認識されていなければならない。

本稿は、私に認識するそうした遠景の一つ[4]と有機的に関連させて論じた、『とはずがたり』試論である。この作品の執筆動機や主題、さらに成立時期の問題について考察する上でも、関連的に多少触れることができたかと思われるのであるが、そうした問題は当然改めて考察整理し直されねばなるまい。文字通りの模索である本稿を、そのための私見構築の糸口ともなし得れば、幸いである。

注

(1)「一つの解を得るために、恋二における源氏物語六条院女楽を模しての催しに起因した二条御所出奔の件から、二条と隆親とのこの作品における基本的関係を、先ず把握しておくのが有効のようである。この場面で、「四条　権威　アリアマリ」（正元二年院落書）と評された権力者で、その気になれば二条の強力な後見人にもなり得べき隆親が、二条の敵対者として立ち現れていることは注目したい。このほか、二条の終始変らぬ敵対者として後深草院の中宮東二条院が存在し、院の寵愛を得た二条を嫉妬し、恨み続けることはいうまでもない。それに対して、子でありながら隆親に疎まれた隆顕と孫の二条とは、亡父雅忠の遺言および有明の月の存在を介して、「まめやかに報いにやと覚ゆる」（巻二）といういわば共犯下降者として現れてくるであろう。後深草院や亀山院は、むしろ二条への好意を示すこと多き味方であったともいえるが、見方によれば結局は傍観者的存在であったともいえるのであり、二条・隆顕に敵対者として東二条院・隆親が配されるという、この作品の基本的構図があったと思う。二条をめぐるこの構図は、その後、共犯下降者の群である有明の月や隆顕の死、さらに二条の御所追放となって発現する一方、本質的には傍観者である後深草院らは、遂に最期までその立場にとどまり、東二条院と隆親という敵対的存在の手によってなされた、二条の御所追放という破局を救い得なかったという形で、その立場が明確化されている。後深草院や亀山院の果たした役廻りについては、別の視点からの考察も必要であろうが、今は一つの解釈として図式化してみたのである。

かくの如き基本構図に基づいて、二条御所追放の場面における、虚構的表現の意味について考えてみる。本来二条を庇護すべき立場にいる身内の隆親が、敵対者として現れるところに、二条の悲劇性が濃く描かれているが、この悲劇的構図を完成させるためには、実質的な追放といえる二条の御所退出の際まで隆親を生かし、東二条院と組ませることが効果的であったのではなかろうか。とまれ、史実としては弘安二年九月六日であった隆親の薨去を知らないはずの絶対にない作者二条が、なお隆親を生かしつづけて、自己の御所退出に重大な一役を買わせたことは、作者のある明確な意図に基づくものと考えねばならない」(「中世文学跋渉（その三）」〈静岡女子大学研究紀要・第十七号、昭和59・2〉)。

(2) 二条の御所退去後、後深草院との再会は、厳密には正応四年（一二九一）二月、石清水八幡宮での邂逅をさすべきであり、永仁元年（一二九三）九月伏見御所での出会いは、二度目の再会とでもいうべきことであるが、初度からの再会という意味で仮に用いる。なお、伏見御所は伏見殿と称する方が妥当であるともいえようが、作中、「伏見殿の御所」「伏見の御所」など記すところに従い、この語を用いることにする。

(3) この一節については、「『おぼつかなく』は、かなわぬのではないかと心細く思う場合に使われるのが一般であるが、ここではむしろ、或は叶うのではあるまいかとの、かすかな希望をあらわしている」(玉井幸助『問はず語り研究大成』〈明治書院、昭和46〉)のごとき受容も見られるが、採らない。

(4) 巻一の善光寺参詣や巻五の足摺岬行など、虚構説も存するが、とすると、こうした虚構を設定してまでも二条が表現したかったものは何であったのか、表層的には現れない隠された風景が、『とはずがたり』を取り巻く一種の背景として遠くに見えるはずであるということになろう。また、巻五の巻頭を曽祖父通親ゆかりの厳島参詣の記事で始める構成にも、単に久我家歌運再興の「宿願」と関連づけての受容(当然この「宿願」自覚後、最終執筆時までの構成意識ということになるが)のみにとどめ得ない、いわば遠景が望見されねばならないのかも知れない。他のあり得べき遠景をも想定して、あえて「遠景の一つ」とする所以である。

〔付記〕
本稿は、平成三年夏から三年六ケ月にわたって行われた、大阪中世文学談話会の『とはずがたり』読書会で問題提起的に述べた私見を、発展させた試論である。

第三章　後深草院二条の生活断面

一、父雅忠遺戒の背景

1

『とはずがたり』巻一の後深草院二条に対する父雅忠の遺戒については、これまでにも種々論じられてきている。これに関して説くのは、いまさらの感なきにしもあらずだが、私見によれば、このような内容でこの遺戒を述べざるを得ざらしめた背景について、なお押さえておくべき重要な問題が残されていると思われるので、そうした側面についていささかの考察を加えてみたい。少々長くなるが、遺戒の全文を次に掲出する。

あなはかなや、けふあすともしらぬみちに出たつなげきをも、わすられて、たゞ心くるしきことをのみ、思ゐたるに、はかなくねたるを、みるさへかなしうおぼゆる。」さても二にて母にわかれしより、我のみ心くるしく、あまた子どもありといへども、をのれ一人に三千のてうあいも、みなつくしたるこゝちをおもふ。ゑめるをみては、百のこびありとおもふ。うれへたるけしきをみては、ともになげく心ありて、十五年の春秋を、ゝくりむかへて、いますでにわかれなんとす。」君につかへ、世にうらみなくは、つゝしみてをこたる事なかるべし。思ふによらぬ世のならひ、もし君にも世にも恨もあり、世にすむちからなくは、いそぎてまことのみちに入て、我後生をもたすかり、二のをやのをんをもおくり、ひとつはちすのえんといのるべし。世にすてられ、たよりなしとて、またこと君にもつかへ、もしはいかなる人の家にもたちよりて、よにすむわざをせば、なきあとなりとも、ふけうの身と思べし。」ふさひのことにをきては、この世のみならぬ事なれば、ちからなし。それもかみをつけて、かうしよくの家に名をのこしなどせむことは、返々うかるべし。たゞ世をすて、のちは、いかなるわざもくるしからぬ事なり。（本文は、宮内庁書陵部蔵孤本による。句読点・濁点稿者。以下同じ）

西沢正二「『とはずがたり』における『源氏物語』の受容―「父の遺言」をめぐって―」（学苑、昭和62・9）などの段落分けに従い、全体を四段落に分け、」をもって示した。西沢論文は、この遺言に『源氏物語』の「若菜上」の巻の受容が投影していることを説いた、注目すべき業績であり、『とはずがたり』に『源氏物語』への耽溺的同定化が窺えるとする視座で、具体的にはこの遺戒の場面に作者二条の「女三の宮の人生に自己の人生を同定化する」営みをとらえようとしている。父の遺戒は、叙述の流れからいえばあくまで父の肉声であり、客観的事実であるとして記されていたといわねばならないが、しかしまた、厳密に事実そのままであったかといえば、保証の限りではない。『建礼門院右京大夫集・とはずがたり』（尚学図書、昭和56）で『とはずがたり』を担当した福田秀一氏の解説に、「この段の本文の半分以上を占める父の語が現実に父の語った通りであったかどうかは疑わしい」とあるごとく、作者の虚構的創作性という要素がなにほどか含まれているかも知れないという読みを無視できまい。西沢氏だけでなく、この遺戒に『源氏物語』の影響を見定めようとする研究者は[1]、そうした立場から発想されているのである。しかしながら上述のごとく、作品の自律的流れに即して、客観的事実としての父の発言がおおよそこのような内容であったと読み取ることも必要なのであった。日記文学的作品の読みが、この事実性と虚構性の両面をふまえて進められねばならないことはいうまでもなく、福田氏も、上引解説を「…疑わしいこと前に述べたごとくであるが、ここに父の語として記すところは、娘を一人残して先立とうとする父の心中をよく表して、読者の心を打つものがある」と、いわば文学的表現の真実性ないし必然性について述べている。

西沢氏の「女三の宮の人生に自己の人生を同定化する」という読みも、もちろんそのような立場に基づくものである。ただ西沢氏の場合、作者二条がその晩年、この『とはずがたり』を最終的にまとめるに際しての構想ないし心情が、この遺戒の文言に投影しているとする見方を強調し過ぎた嫌いなきにしもあらずではなかろうか。「二条の人生が父の心配したような軌跡をたどったことを考えるとき、晩年の彼女は、父と娘をつなぐ運命的な人生への暗示として、父の遺言の部分を書き綴ったのではないだろうか」という氏の知見は、首肯すべき面もあるが、それだけでこの遺戒部分を十全に受容し得たとはいい切れないように思われる。稿者は、上述のごとく父の遺戒自体に事実性の重みを受容する考察も肝要であると思量するのである。そのように考えるのは、もし作者二条が最終的にこの『とはずがたり』をまとめる際の立場からのみこの遺戒のくだりを執筆したとするならば、巻一と巻五とでは首尾整合しているとはいえない点があり、この作品の構成的欠陥に言及せざるを得ないことになると思うからである。すなわち、拙稿「『とはずがたり』の一遠景」（文林・第30号、平成8・3〈本書前章収録〉）で論じたごとく、二条の歌道精進に関する教戒がこの遺戒には欠落しており、巻五における父雅忠三十三回忌関係記事の内容に照らして整合性に欠ける点が、問題となるのである。遺戒がこうした現れ方をしているところに、父終焉時におけるなにほどかの客観的事実性が、頭隠してしり隠さず式に仄見えるといえるのではなかろうか。遺戒が文書として残されていない以上、決定的なことはいえないが、当時の父の遺言として矛盾するような内容にまで作者の文飾が及んでいたとはいえないようである。父雅忠の脳裏に『源氏物語』若菜上巻あるいは椎本巻[2]が過ぎっていたらしいこと、さらに、巻三後半に述べられた二条の御所追放や巻四以下の出家生活へと展開する筋の伏線的意味を読み取る必要性のあることもさりながら、それだけでは処理し切れないいわば客観的事実性の面へも正当に眼を配らねばならない、と思うのである。当時十五歳の二条の思考をはるかに越えた、父雅忠の思いのよって来たるところ、何故父が、このような内容での遺戒をせざるを得なかったのかを、真面に受けとめてみなければならないのである。

　さて遺戒本文にもどり、四段落に分けた叙述内容についてみると、第一、二段は父の娘に対する懐旧別離の述懐的挨拶であり、遺戒としての実質的内容は第三段に述べられている。この部分を要約すると、後深草院に「つ、しみてをこたる事な」く仕えること、もし将来院の寵愛を失なって「世にすむちからなく」宮廷生活に堪えられなくなったら、直ちに出家することを説く前半が眼目となる教戒である。後半の「世にすてられ、たよりなしとて」以下「ふけう（＝不孝か）の身と思べし」までの教戒は、出家の指示に従わない場合のいわば第二次的補足的教戒であって、雅忠の願いの主旨はあくまでも前半にあったとしてよいであろう。古代日本の刑法についてみると、周知のごとく「律」の「八虐（八逆とも）」の中に不孝罪というのがあり、親権者の懲戒権は多少形を変えながらも江戸時代さらに近代まで、勘当などの用語で生き続けていたのであるが、この「ふけうの身」という語を用いての教戒に、雅忠の真剣さを汲み取らねばなるまい。おのれの人生体験に基づき、現在では永遠に続くかと思われる後深草院の娘への寵愛も、やがては薄れることあるべしという人生智に裏打ちされた雅忠の懸念と、その場合の身の処し方としては出家しかあり得ないという雅忠の強い意思とが込められているのである。第四段も、出家した場合の利点についてのやはり老婆心的補足として受容できると思われるので、この遺戒の中核的部分を第三段の前半に見定める理解は誤っていないであろう。もっとも第四段の叙述には、「かうしよく（＝好色か）の家」など諸注釈書の解釈も区区である語もあり、「ふさひ（＝夫妻か）のことにをきては、この世のみならぬ事なれば、ちからなし」とか、「たゞ世をすてゝ、のちは、いかなるわざもくるしからぬ事なり」という、第三段の叙述から続く文脈の中でどう位置づけるか理解に苦しむ文も含まれていて、一筋縄にはいかない。

もちろん、諸注釈書を批判的に検討した後に、先ず「好色の家」を『古今和歌集』真名序・仮名序の「好色之家」「いろごのみのいへ」と関連づけて「いろごのみ」の翻訳語とし、「『いろごのみ』というのは、風流の意でもあり、これが文学をすることにもつながってくる」という立場から、この困難な課題に挑戦した、向井たか枝「『とはずがたり』における父の遺言―「好色の家に名を残し……」の問題―」（日本文学、昭和59・10）など注目すべき論考があり、今関敏子『〈色好み〉の系譜』（世界思想社、平成8）もこの向井説に基本的に賛同し、「好色の家」を「色好みの人」

あるいは「色好みの場」の意と解している。今後、この立場での考察が進められねばなるまいし、すでになされた向井論文の「髪をつけたまま『色ごのみの人々の間に浮き名を残しなどすること』はいけないが、出家してからはよいということになる」という受容も、「『名を残す』は、『浮名を流す』よりも『名をしっかりとどめる』『汚名を残す』というニュアンスであろう。『髪をつけて好色の家に名を残し』は、『在家のまま色好みの人物としての評判を後々までとどめ』、あるいは『在家のまま色好みの人々の間に名をとどめ』の意ではあるまいか」という今関氏の受容も、尊重されねばなるまい。ただ特に向井論文では、「ふさひ（夫妻）のことにをきて云々」の一文に触れるところがないのであり、その点に問題が残るといえよう。この一文を第三段の流れのなかで捉え、後深草院以外の帝王ないし貴人に身を委ねて宮仕えを続けるならば不孝の身と思うが、「他の（一般の）男性と夫婦などの男女関係を結ぶというのであれば、それは前世からの宿縁でもあるのでいたしかたあるまいが」という意で解すると、後文との続き具合はどうなるのであろうか。「それも」を「だからと言って」と解する今関氏の受容は正しいが、「在家のまま色好みの人物としての評判を後々までとどめ（ることは絶対にならぬ）」と続けると、一般人との夫婦生活を営みながら「色好み」の道換言すれば風流の道を歩むことが何故「返々うかるべし」なのか、原文誤写などの問題もあるかも知れないし、いささか釈然としないものがやはり残るのである。在家のままでは許されない「色好み」の生き方が、出家すれば何故許容されるのかに関しても、なお考究の余地が残るであろう。私見では、立川流横行の時代的背景などに言及して論じるつもりはない。そもそもこの遺戒には、上述のごとく実の要素と虚の要素とが存するこというを俟たないが、虚の要素には、晩年の最終的執筆時における何らかの自己整合的意識の混入も推察され、たとえば後述するところの巻四末尾に想定される省筆部分との関連的考察が要請されると思うのである。一種の構成上の破綻であったといえるかも知れない。

2

　しかしながらいまは、稿者が遺戒全体のなかでは補足的部分として位置づける第四段についての考究を後考に委ねるとして、第三段の私に遺戒の眼目とする部分に関するいくつかの疑問について考えてみる。第一の疑問。雅忠が、自分の死後に遺された娘に対し、後深草院に怠りなく仕えよと教戒するのは当然として、院の寵愛が失われ世（宮廷）を恨まねばならなくなることが生じるかも知れないと、何故雅忠は推察しなければならなかったのだろうか。この疑問に、辻本裕成「密通と寵人―『とはずがたり』の周辺―」（『とはずがたり』の諸問題〈和泉書院、平成8〉所収）が鮮やかに答えてくれる。二条は、「寵人」と呼ばれる院寵愛の女房だったのであり、「帝王の妻妾ではなく、性を以て仕える者」「帝王はその寵人の性を完全に所有し、帝王との関係を一方的に破棄されかねなかった」存在であると説いている。従うべきであろう。いわば二条は、完全に院に生殺与奪の権を握られていたのであり、その安泰であるかどうかは、全く院の意思次第であるというきわめて不安定な存在だったのである。したがって雅忠が、何よりも先ず院への怠らざる奉仕を二条に教示したのは、至極もっともなことであった。

　しかし、二条が院の不興を買い、院の寵愛を失った時直ちに出家せよと指示したのは何故であったろうか。雅忠が後嵯峨院の恩顧を受けて深い信頼関係によって結ばれ、法皇の崩御に際しては「君すでにかくれまし〳〵ぬ、我、よにありとも、たのむかげかれはて、立やどるべきかたなく、なにのしよくにゐても、そのかひなくおぼえ侍。よはひすでにいそぢにみちぬ。のこりいくとせか侍らん、をんをすて、むいに入は、しんじちのほうをんなり。御ゆるされをかうぶりて、本意をとげ、聖霊の御跡をもとぶらひ申べきよし、ねんごろに申されしを」（巻一）という心境になったことを、松本寧至氏は「後深草院に対しての期待がさしたるものでなかったととれる」（角川文庫『とはずがたり』解説）と鋭く指摘している。こうした要因もあっての配慮でもあったろうが、なお解せないものが残り、これが第二の疑問となる。二条が高年齢であればともかく、必ずしもそうでない場合をも含めての教戒と取るのが穏やかなこの教示は、やや酷ではなかったかと思われ、父親の愛情の発露するところ他の方途はあり得なかったのかという疑念を消すことができないのである。たとえば、御所退出後父親の邸宅であった実家に移り、相続した遺産を資とする安定した生活を送るようにというような教示はできなかったのだろうか。田端泰子『日本中世の女性』（吉川弘文館、昭和62）や飯治賢司「後家の力」（『中世を考える・家族と女性』〈吉川弘文館、平成4〉所収）によれば、鎌倉期は女性が遺産相続して一族の差配をするという点で、他の時代に見られない社会的慣習を示す注目すべき時期であるし、二条は雅忠にとって「あまた子どもありといへども、をのれ一人に三千のてうあいも、みなつくしたるこゝちをおもふ」という、鍾愛の娘であった。

それにもかかわらず、出家させるという道を選ばざるを得なかったのは、それ以外の道では二条の生活の安定を保証し難かったこと、換言すれば娘に譲るべき遺産の目処が立たなかったことが、大きな理由ではなかったかと推察される節がある。「世にすむちからなくは、いそぎてまことのみちに入て」とあった、「世にすむちからなくは」についていえば、その時もし「世にすむ」力があったら出家する必要もなかったことになるはずであり、この「世にすむ」力とは、結局宮仕えをバックアップする経済力をさすと考えねばならないからである。岩佐美代子「問はず語り・表現衝動の内実」（国文学、昭和54・8）には、自身の体験をもふまえての「女房づとめは無報酬である。衣裳も従者もすべて持出し、父兄の後見なくして勤まる仕事ではない。臨終の父雅忠が作者を最後まで案じたのも一つにはその点があり云々」という、まことに機微を衝いた的確な見解が述べられている。

3

そうした立場から注意すべき資料を次に掲げる。

久我通光置文案

さき〳〵かやうの事かきをきたる事ハなけれ／ども、氏神の御はからひもしりが□《たカ》きうへ、子どもの情性もいと見おほせたる事もなければ、たゞ／さき〲わが世にありつるにつゆたがふ事なく、／久我をハじめとして庄〻・家の宝物・日記・文書／にいたるまで、一向女房のさたにてあるべし。／たゞし、子とおもひたるハ大納言通忠・三位中将《雅忠》・／中将《雅光》・姫御前《如月》、これぞこと思て候。そのほかの子ハ／あまたあると申せど、子のぎにてなき也。内々いかに／申ものありとも、ちゆべからず。三人の子ども／者、日記・文書も女房に申て見るべし。他事略之（句読点・濁点稿者）

宝治元年十二月三日　　通光在裏判

早く『国学院雑誌』（第1号～・昭和32）に載り、その後『久我家文書』（国学院大学久我家文書編集委員会編、昭和57・11）第一巻に収められて公刊された周知の文書であり、平成八年四月十日～五月六日開催の京都国立博物館特別展観「中世の貴族」に原物が展示された文書。雅忠の父源通光の遺産は、これをすべてその女房（後室である三条。のち出家して西蓮）に譲渡するという置文（遺言）は、雅忠の家にとってまことに大きな影響を与えねばならなかったであろう。この問題についてはすでに、松本寧至『とはずがたりの研究』（桜楓社、昭和46）に説くところがあり、そのことがもつ意味の重さは認識されていたが、父の遺戒と結びつけての深い考察は十分にされていないと思われるので、いささかの考究を加えてみたい。この置文の内容は、その後通光男通忠（雅忠同母兄）の陳状により多少の手直しがなされたことを、次の文書によって知る。

後嵯峨院々宣案

久我をバ右大将ニつけられ候。家記をバ宰相中将／にかきうつされ候べく候。又両本候ハん書、諸家の／記ハわかたれ候べきよし、大将におほせられ候ぬ。／このほかの庄園ハ御さたにて候べきよし、／おほせくだされ候。

閏十二月《宝治二年》廿九日　左兵衛督　定嗣卿判

三条どのへ

久我家の全財産を相続した通光後室三条に対して、都の久我荘は通忠が相続し、家記は宰相中将雅光が書写し、他の荘園は三条が相続すべき旨を命じている。通忠の生活基盤はかなり安定することになるであろうが、雅忠にとってはほとんど影響のない手直しであったといえよう。といっても、雅忠の生活が貧窮することはもちろんあり得ない。洞院公賢編『拾芥抄』（室町中期成立）の「御給部第九」によると、大納言の場合、

目一人、一分一人、封戸六百戸、職田廿町

とあり、また正二位の場合、「封百五十戸、位田六十町」とある。この位田は、「薨卒之後、一年勿レ収」とも付記されており、雅忠にもこの規定が適用されるはずであろう。とすると雅忠の四十九日、一周忌の仏事などを不自由なく執行できる資産は保たれていたとしてよかろうが、伝領する資産に事欠く場合には、それ以後の生活を豊かに営む保証はなかったように思われる。死に臨む雅忠の資産に関する状況がこのようであるとすると、娘二条の将来について、父親が万一の場合を真剣に案じるのは無理からぬことであった。では、宮廷での生活が院の寵愛面からも経済的な面からも成り立たなくなった時、出家を奨めるのは妥当な判断であったろうか。

4

そもそも出家者の生活は、俗世間の生活秩序とは異なる別乾坤である。大化改新によって施行された班田収授法によると、出家得度した僧尼はそれまで与えられていた口分田を失ない、還俗すれば再び給せられたことが判る（延喜式）。これは、僧尼の生活が俗界とは異次元の仏教界という世界で保証されていたことを前提とした規定であろう。鎌倉期になると、僧尼の増加によって規定の改正もなされ、『拾芥抄』の綱所部第七には、僧正以下の僧官や法印大和尚以下の僧位相当の給禄が記載されているが、そこに載る最下僧位「伝燈入位」でさえ「准六位或八位」とある。寺院などに所属する僧尼らが生活に困ることはなかった、と考えてよいであろう。竹石たか枝「『とはずがたり』における愛欲と出家」（『女流日記文学講座・第五巻』〈勉誠社、平成2〉所収）には、法華寺などの尼寺に身を寄せる、薄幸

な中世女性の生き方があったことが説かれている。宮仕えに堪えられなくなったら出家せよという雅忠の教戒は、雅忠の経済状況や僧尼の生活状況からみて一応妥当な判断であったといえる。

だが、この「一応」を「全く」に変えるためには、なおクリアすべき問題がある。それは、出家以前に打つべき手として娘の庇護を頼むべき人物が雅忠周辺にほんとに居なかったのかどうかということである。愛する娘に出家を奨めるよりも、しかるべき庇護者を頼れと教示するのが親心としての自然の筋ではなかったかとも考えられるからである。

5

先ず、雅忠の息男雅顕の場合はどうであったろうか。亡父四十九日の仏事を雅顕少将が営んだことが、『とはずがたり』巻一に記されており、二条の庇護者に相応しい人物であるようにも思われる。だがそのような方途を雅忠は採らなかったし、また、実際にはできない相談だったようである。中陰果てて、「今日はゆきちがひなれば、めのとが宿所、四条大宮なるにまかりぬ」（巻一）とあるように、二条は四条大宮の乳人（家司藤原仲綱）の家に赴いているのであり、その後もこの家に住み続けて雪の曙との逢う瀬も経験し、やがて後深草院の子を出産するに及んで、「（父ガ）むかしながらにてあらましかば、かはさきの宿所などにてこそあらましかなど、よろづ思つゞけらるゝに」[3]と述懐せざるを得なかったことを考慮すると、父雅忠の没後しばらくは雅顕が伝領していたらしい河崎邸に、二条の住みついて居れない事情があったものと考えねばなるまい。ともかく雅顕という人物は、二条にとりそれほど頼りになる存在ではなかったようである。いったい雅顕はどのような人物か。諸注釈書に二条の異母弟とするが、あるいは異母兄かも知れない。次田香澄『とはずがたり全訳注』（講談社学術文庫、昭和62）に「『尊卑分脈』によれば、『母舞女』とあり、左少将で終わっているから、おそらく夭折したのであろう」と説かれているが、『公卿補任』に記す久我家一族の任右少将の時期は通光十三歳、通忠十歳、雅忠十五歳・雅光十一歳などであって、「母舞女」という雅顕の少将昇任はそれより遅くとも早くはなかったであろうし、亡父四十九日の仏事を主宰し得たことをも勘案すれば、当時十五歳の二条より年長であったと考えるのが穏当ではなかろうか。しかし、この問題は今はさして重要ではない。それよりも、二条家族圏の人物たちの考察に先駆的業績を挙げた松本寧至氏前掲書の考証に、『尊卑分脈』に「雅忠―雅顕―顕知―為顕―定顕」とある頭注に、「雅顕、按前田本系図下文　通持卿子而顕方卿為子」と記されていることから、「雅顕は、父なきあとは、通持（＝通親孫）、顕方（＝通方の子で定通の子となる）など、親戚を転々としたのかも知れない」と説かれていることが参考となる。広く公卿日記類を検しても、『勘仲記』文永七年二月二十八日条の「春日行幸」項に列記された舞人の中に雅顕の名が見えるだけであり（弘安九年二月三日条の「文永例文」参照）、雅忠の息男として貴族社会に重んじられた人物ではなかったようである。雅顕が、死に臨む雅忠をして後顧の憂えなからしめる底の人物ではなかったことは、ほぼ認められてよかろう。雅顕は一応四十九日の仏事を営む程度のことはできても、二条の世話を含めて、長く後事を托すことのできる人物としては、雅忠の眼に映っていなかったと思われる。

次に、前引通光置文により、その全財産を譲渡されることになった後室三条（西蓮）の場合はどうであったろうか。通忠の訴えに基づく後嵯峨院の裁定により、その後久我の地の庄園を通光の嗣子通忠に譲ったことは前述の通りであるが、依然として大きな経済力を持っていたことはいうまでもない。この三条尼は、『とはずがたり』中に直接的には四回程間接的場合をも含めると八回程登場する。一回目は、雅忠の生前後深草院がはじめて雅忠の河崎邸を訪ねて二条と契りを結ぼうとする日に、「は、のあま上などきあつまりて、そゝめく時に」とある場面。血はつながっていないが、雅忠の義母、二条の祖母として、後深草院と二条の新枕に関心を抱き気を遣う存在であった。二回目は、雅忠の病臥薨去の場面。雅忠が「おほたになる所にて、念仏のありし、ちやうもむして帰る車にて」黄病に罹り発病した際に、「しばしは、六かくくしげのやにてありしが」[4]のごとく緊急養生の場所を提供し、さらに「七月十四日のよ、かはさきの宿所へうつろひし」後に、死期も迫り、「やさかのてらの長老よびたてまつりて、いたゞきそり、五かいうけて、れんせうとなづけられて、やがてぜむちしきと思はれたりしを、などいふ事にか、三条のあま上、かはらの院の長老しやう光房といふものにさたせさせよと、しきりにいひなしてそれになりぬ」とあるごとく、雅忠の家の内部の問題に深く関わり、引導僧の聖を指定する指図さえしている。発病の当初から義母として関わりを持ったことも大きな理由であったろうが、その発言力は大きなものがあった。三回目は、巻二の粥杖事件の場面。四回目は同じく巻二の女楽の場面。席順のことが原因となっての二条出奔の際、二条の行方を捜す後深草院が先ず「四条大宮の御は、がもと、六かくくしげのむばのもとなど、人を給りて御たづねあれども」とあるごとく、二条が隠れて生活している所と見当をつけた二つの候補のうちの一つがこの六角櫛笥の祖母の家であるとする叙述中にも、間接的にではあるが登場している。二条が身を寄せる可能性の高い所と見られる存在であった。

雅忠さらに二条と三条尼との関係はかなり親密のようでもあり、三条尼は二条に好意的であったという見方もできよう。その上三条尼は二条の生活を助けるに十分な資力を所有していた。病重き雅忠にとって、三条尼は二条の将来を委ねるべき有力な後見人として映っていたことも一応は考えられる。しかしながら、粥杖事件の際に、二条の親類一同が贖いをさせられているのに、「…我身にはふびんにも候はねば、ふけうせよの御気色ばし候はば、おほせにしたがひ候べく候」と考えていたことは、二条への愛情に疑いを抱かせるに十分であり、また、次に述べるごとく三条尼の豊かな資産については問題なしとしないし、年齢の問題も関連的に絡んでくることを無視し得ない。すなわち、久我家文書の他のいくつかを通じて(5)、三条尼が譲り受けた通光の遺産がその後通光女の如月へ、さらに西園寺実兼室藤原顕子へと譲渡されていること、その時期は弘安から正安、嘉元頃であったことが注意されるのである。弘安という時期は、『とはずがたり』巻三の二条御所退去の記事が見える頃であるが、このような成り行き、つまり三条尼に譲渡された通光遺産のその後の行方について、雅忠はある程度の予測めいた勘を働かせることもできたのではなかったろうか。実証を要する仮説であり、今後に残る課題であるが、前述のごとく後嵯峨院への通忠訴状に顕在化した久我家内部の遺産相続争いが将来激しくなり、どろどろした一族の争いが生じるかも知れないという予感を、相続の恩恵にそれほど与れなかっただけに逆に事態を客観的に観察できたともいえる雅忠が抱いていた可能性はかなり高いであろう。三条尼が、弘安頃如月に遺産を譲る条件として、如月没後は久我家の一族でもある西園寺実兼室顕子への再譲渡を指図しているのも、三条尼が久我家内部の相続争いを懸念したからであると推察されるのである。そして、弘安頃三条尼がこうした処置をしていることは、その頃かなりの高齢となり、自分の没後のことを考えざるを得なかったからであるとも思われ、八年程前に当たる雅忠発病時の三条尼の年齢もそう若くはなかったと推定することは許されよう。二条の宮廷生活が不調に終わる時期を、今日明日と雅忠が考えていたとは思えず、ある程度先のことと考えていたと取るのが穏やかであろうが、してみると、一時的な庇護者としてはともかく、ある程度遠い将来を見据えて二条の後見を依頼する人物として、三条尼は必ずしも相応しくはなかったといえるのではなかろうか。

雅忠、二条の肉親では、二条が幼くして死別した生母大納言典侍の父四条隆親やその息隆顕らも、宮廷から離れた場合の二条の後見庇護者たり得る有資格者であるかも知れない。事実、雅忠没後の二条出産時には、この外祖父や叔父が何かと世話を焼いているのである。しかし隆親は、後深草院の正室であり二条に対して好意を抱き得ない東二条院の叔父という立場もあって、『とはずがたり』の中では、たとえば巻二女楽の場面などむしろ二条の敵対者として立ち現れている。年齢的にも雅忠が後事を託すことのできる人物ではなかった。同じ四条家でも隆親の息隆顕は二条に好意的な人物で、巻一での二条出産の際や巻二での女楽事件の際にも二条の立場で世話を焼き、心底二条良かれと思う叔父であり、期待できる人物であるともいえる。しかし、こうした二条寄りの姿勢も災いしたのか、「与父卿不和不調之所行等之故云々」（公卿補任）とあるごとく父隆親との関係は悪化していたらしい(6)。個人的な好人物という要素だけで、二条の行く末を委ねるには、この四条家はやはり複雑過ぎたともいえるのではなかろうか。

巻一に「北の方」として登場する雅忠の後室は、当時しばしば見られる慣習でもあったが、夫雅忠薨後の初七日に出家している。こうした成り行きは当然雅忠の予知するところであったろうから、もちろん二条の将来を委ねることはできない。

親族以外では、乳人の藤原仲綱やその妻の乳母も、当時はまことに頼りになる存在であった。雅忠四十九日の仏事後、二条がしばらく身を寄せていたのもそこであり、前述のごとく巻二女楽の場面での失踪後、後深草院が二条の隠れ先として推定した所の一つもここであった。しかし、雅忠の忠実な家司であり乳人（母）であるこの人物たちも、夫の方は初七日前にすでに出家する立場であったし、妻の方も次節二で述べるように年齢の問題が絡んでくると思われ、身分も低い。この夫婦も雅忠が二条の将来を託するに十分な条件を備える人たちではなかったように思われる。

以上、死後に遺される娘二条の将来を気遣う父雅忠の胸中を忖度してみたのであるが、その遺戒が冒頭に掲げたがごとき内容で現れる必然性を認めねばならないようである。父親に代わるべき庇護者を求め得ないということは、後深草院の寵愛を失うといういわば必要条件に加えるに十分条件をもってし、娘への出家の教示の必然性を完璧なものとしているのである。

二条の晩年、『とはずがたり』の最終執筆時における表現内容として、この遺戒に『源氏物語』椎本巻、若菜巻上との同定化的姿勢を立論することもできようし、また奇しくもこの遺戒に指図された通りの人生を送ることになった運命を回顧する心情を投影しながらの執筆であったと立論することもできよう。そうした側面も否定できない。ただ、この遺戒的内容が当時の雅忠および二条の生活現実ないし客観的状況に照らしても決して矛盾するものでなく、すくなくともその主要部分である第三段落がこのような内容で現れる必然性もまた、正当に受容されねばならないと思われる。

○　　○

巻一の父雅忠遺戒をめぐる考察は、二条の生活環境を露わにし、おのずから関連して二条の居所についても考えざるを得なくしたようである。出家した二条は、しかるべき寺院に所属していたようにも見えない。一介の沙弥尼としての生活であったとすると、国家の僧綱制度から食み出し、父雅忠の意図したような生活の安定は得られなかったことになろう。二条の生活実態を考察するためには、その居所について具体的に確かめる作業も避けて通れまい。次節では、その問題について考察することにしたい。

二、二条の居所

1

巻一の父雅忠薨去さらにその四十九日仏事までの二条の居所が、基本的には河崎観音堂近くの雅忠の邸宅と後深草院の富小路御所であったことは、改めていうまでもなかろう。問題は、それ以後の居所である。

文永九年九月二十三日に営まれた雅忠の中陰果ての仏事後、二条が四条大宮の「めのとが宿所」に移り住んだことについては、前節に記した。しばらくこの乳人の家に住んだ後、「いかなるかたに思なりて、かくのみさとずみか《久歟》へしかるらん云々」という院の催促もあって、十一月初旬に院御所に帰参している。二条のこの乳人（母）宅での生活を院が「さとずみ」と述べているので、御所退去後の住居としてこの乳人の家が意識されていたことを認め得るが、その後も二条の唯一の居所であったと定めることはできまい。「里」「里居」「里住み」などとある場合の具体的居所を一所には特定できないのであって、二条の生活実態を究明する立場からの考察が要請されるのである。先年稿者は、島津忠夫・廣田哲通両氏との共編になる『「とはずがたり」の諸問題』（和泉書院、平成8）所収の小考「二条の和歌二首私考」（本書次章収録）の中で、「巻二に『里』『里居』『里住み』などの語で多出する二条の在所」を、巻一の雅忠河崎邸に比定する私見を述べてみたが、そのように単純には断じ切れない問題も介在する。

稿者の勤務大学の今年度四回生ゼミ学生菅谷広美提出のレポート「生活者としての二条」は、すでに次田香澄氏が、父薨後の二条の居所について「作者は今後主としてここ（稿者注、乳母の家）に起居する」（講談社学術文庫『全訳注』）と記しているように、おおよそは推定されているところであるが、なおこの問題を整理し、巻一の二条出産の場面に「むかしながらにてあらましかば、かはさきの宿所などにてこそあらましか」（前章引用）とあって以後、「河崎」の地名は一切出て来ないのでこのいわゆる実家との縁は父の死とともに切れたらしいこと、御所を退出した際の居所が四条大宮乳人の家、東山綾戸の仮寓先、醍醐の勝倶胝院、伏見小林の乳母の母の家、六角櫛笥の祖母（三条尼）の家など多種に分かれていて、これらを比較検討すると、すくなくとも巻三までは四条大宮の乳人の家が中心的位置を占めることなどを説いている。醍醐勝倶胝院に籠っている二条を迎えに来たのは乳母であったし、先述のごとく巻二女楽事件で出奔した際に二条の隠れ家を院が推測し、「四条大宮の御は、がもと、六かくくしげのむばのもとなど」と第一にこの乳母の家を挙げていること、巻三の嵯峨嵐山法輪寺での二条参籠中、嵯峨殿へ御幸あった後深草・亀山両院の間に処して気が重くなった時も「四条大宮なるめのとがもとへいでぬ」という退避行をしていること、また同じ巻で、東山の仮寓先（＝『集成』『新大系』ともに綾戸辺とする）から都への帰路車中に見る有明の月の幻影に失神した時にも、傍の人に助けられ「めのとがしゆく所へまかりぬるより」とあること、さらに「六角櫛笥の屋」など「や」と表現されているのに、乳母の家は川崎邸などとともに「宿所」と表現されていることなどから、二条の意識中におけるく自分の住居〉としては、この四条大宮の乳母の家を措定できるのではないか、という考察である。六角櫛笥の祖母の家が、前章で述べたごとく三条尼の年齢などをも考慮すると特に巻三での里帰り先としては必ずしも適当でないと思われること、伏見小林の乳母の母の家もその年齢を考えれば本命とはし難いだろうということなどを勘案すると、たしかに「宿所」とされる四条大宮の乳母の家の比重が増すのであり、御所退出の場合にそこをいわゆる里帰りの居所とすることは実際に多かったといえるのである。

しかしながら巻四以後、すなわち二条の御所退去後の居所となると、根本的に考え直さねばならないと思われる。

2

雅忠の臨終に際して、家司であり二条の乳人でもある仲綱の嫡子で「おさなくより、おほしたて、、身はなたずつかはれし」仲光に、病身を起こさせるくだりがあるが、一応仲光の年齢を二十歳代とすると、その父仲綱は四十歳台、後妻ではあったが乳母もそれほど若くないと考えられるであろう。さらに、雅忠薨後四十九日の仏事も済み、この乳母宅に二条が移り住んで間もなく、すでに出家して千本釈迦堂に住んでいた仲綱も戻り、「めのとごども、つどひゐて、ひしめく」何人かの乳人子たちのうちの末子仲頼がすでに亀山帝に蔵人として仕えていることを斟酌すれば、仲綱の年齢はもっとずっと高くなるであろう。仮りに乳母の年齢を四十歳台後半とすると、二条二十六歳の御所退去時には五十歳台後半、それから三、四年後の二条鎌倉下りの頃は六十歳位となり、巻五では八十歳台ということにもなる。いつまでも四条大宮の乳母宅のみを頼りにすることもできかねるのであり、慎重な考察が要請されるのである。

特に巻五で、廻国修行から都に戻った時の居所については、これを四条大宮の乳母の家とし難い理由が認められるように思われる。

（東二条院ガ）はや、御事きれさせ給ぬとてひしめく。おりふし、ちかきみやこのすまひに侍れば、何となく、御所さまの御やうも、御ゆかしくて、みまいらせにまいりたれば云々。

とあるこの「ちかきみやこのすまひ」は都に近い住居の意でなく、御所に近い都の住居の意でとらえねばなるまいが、この「御所」は伏見殿をさすので、それに近い都の住居としては四条大宮の乳母宅などが有力な候補となろう。当時賀茂川の東の地は洛外と意識されていたのであり、伏見殿に最も近い小林の地の乳母の母伊予殿宅（伊予殿自身はすでに他界していたであろうがその子女が生活していたと考えられる）は候補から外れるのである。巻三には、「ひむがし山のすまゐのほどにも、かきたえ御おとづれもなければ、さればよと心ぼそくて、あすはみやこのかたへなどおもふに」とあり、二条の意識では東山辺もやはり洛外（都の外）と認識されていたことの明証となっている。かくして修行の旅から帰洛した時の二条の居所は、四条大宮乳母宅（乳母がすでに没している可能性が高いのであるいは乳母子宅）と定めてもよさそうであるが、なお「おりふし」という表現に留意しなければならないのではなかろうか。東二条院崩御の際は、折節（たまたま）乳母宅に居たことになるのであり、主たる住居は他にあったことを証しているといえるからである。あるいはこの「おりふし」は、都離れて旅に出ていたがたまたま都に帰っていたの意で用いられているのだという解釈も、成立するかも知れない。しかし二条は、前文に「みやこへかへり侍ぬ」ともあり、実はすでに早く都に帰っていたらしいので、今は以上の私説を述べておきたい。ともかく、都の中には二条の帰るべき本拠としての居所があったと考えたいのである。そのことは、東二条院の後を追うように七ヶ月後に崩御した後深草院の三回忌仏事後の記事に、

御所さまも、御人すくなに、しめやかに、見えさせおはしまししも、そゞろにものかなしくおぼえて、かへらん空も覚侍らねば、御所ちかき程に、なをやすみていたるに云々。

とあり、御所（＝伏見殿）近き居所は仮寓（『新潮日本古典集成』頭注は、乳母の母伊予殿の住む小林かとする）であって、「かへらん空」換言すれば帰るべき本拠としての住居があったことを示していることによっても証せられる。

では、二条が帰るべき本拠である都の居所とは、これをどこに求めたらよいのであろうか。私見では、巻三までにしばしば登場する「四条大宮のめのとの宿所」という表現が用いられていないところに、やはり大きな意味が隠されているように思われ、年齢的にも難点のある乳母の家は除外する方向で考えたいのであるが、この立場では、すでに巻三に見える。

五月のはじめ、れいの、むかしの跡とふ日なれば、あやめの草のかりそめに、さとずみしたるに云々。

という叙述が注目されよう。五月五日であった亡母命日の法要のために里住みしたという記事であるが、この亡母はおそらく二条の生母大納言典侍であろう。二条の継母「大納言の北方」（巻二）ではあり得ない。雅忠薨後の初七日

に出家したこの継母は、その後嵯峨の地に住み巻三にも登場するからである。してみると、この叙述に「さとずみ」とある里とは、この亡母の忌日法要をするに相応しい所である可能性が高い。そして、これも私見によれば、雅忠の旧宅であり二条の実家であった河崎邸が有力候補として浮かびあがってくるように思われるのである。この家はおそらく一応雅顕が伝領し、四十九日仏事も営んだのであったが、前章で述べたごとく、雅顕はその後同族の通持さらに顕方の養子となったかと推定されているので、この河崎邸が二条の所有となっている可能性もないとはいえまい。そのように考える根拠としては、なお次のような傍証をも挙げ得るかと思われる。上引の亡母忌日法要での里住みを素早く知った雪の曙から、「さとゐのほどのせきもりなくは、身づからたちながら」という文が届き、それに応じる二条の返歌によって「いたうふかしてをはした」る雪の曙が、逢えずに過ごした憂き節々を語りもあえず、「三条京ごく、とみのこうぢのほどに、火いできたり」という人々の騒ぎによって、急ぎ富小路の後深草院御所へ参上したとある記述は、二条のこの里帰りの居所が富小路御所に近い所であったことの証となっているのではなかろうか。この場面の後文に、「かくてしばしも里ずみせば、こよひにかぎるべき事にしあらざりしに、この暮に、とみの事ありとて、車をたまはせたりしかばまいりぬ」とあるのも、もうしばらく里居を続けていたら雪の曙との密会もできただろうとか、夕暮れに後深草院から迎えの車が来て急に御所へ戻ったとかの叙述を通じて、この居所が院も当然知っている比較的小廻りの利く位置にあり、二条のかなり自由に振る舞える家でもあったことを印象づけられるのである。巻一、二にしばしば現れる四条大宮の乳母の家とか六角櫛笥の祖母の家とかの称呼でなく、「里」という表現が用いられていることにも注意したい。この表現は、宮仕えの女房たちが御所を退下した時に暮らす実家という、本来の意味で用いられているようである。

以下はまったくの憶測であるが、二条が河崎邸に里住みすることになったのには、雪の曙こと西園寺実兼の力が大きかったように思われる。実兼と二条との間柄は、単なる愛人関係というだけでなく、実兼は二条のパトロンとして経済的面倒をも見るという関係になりつつあったのではなかろうか。通光の遺産が後室三条尼から通光娘如月へ、さらに実兼室顕子へと譲渡されることになる経緯は、前節で述べた通りであるが、その時期は弘安二年頃から具体的に始まっており、顕子への実質的譲渡は嘉元二、三年頃であろう。上述の里住み場面が展開する巻三の弘安四年頃には、やがて遺産を管理する立場となる見通しを実兼は十分に予知していた可能性が大である。雅顕が他家へ養子となって去ったような場合、雅忠旧宅を二条に斡旋することは実兼にとって愛の復活ないし発展という利を伴ううれしくもあり容易でもあることであった。憶測ついでにいえば、前節で、後深草院の寵を失い生活に困る時に出家することを奨める父雅忠の遺戒について考察したが、出家が生活を保証する問題については『延喜式』の規定を紹介するだけで、二条の実際について深く追究することはしなかった。その点について補足すれば、後年二条の出家生活がしかるべき寺院に所属しての安定したものでなく、してみると、回国修行の経費などどうしていたかが問題となる。こと改めていうまでもない見解ではあるが、やはり経済的支援者としての実兼の存在を想定するのである。巻一、二では比較的明らかに居所が示されていることが多いのに、巻三の不審を感じさせる叙述箇所がいくつか見られるプロセスを経て、巻四、五になるとその居所がほとんど具体的に明記されなくなっていることの意味、いわば居所欠落の意味を深く考えてみなければなるまい。だが、本論の主旨からは逸れるので深くは触れない。

さて、巻三の時点ですでにこのようであるとすると、二条の御所退去後あるいは回国修行時代の都における居所も、亡父雅忠旧宅の河崎邸であった可能性がかなり高いといえる。巻五の東二条院崩御のくだりで、「ちかきみやこのすまひに侍れば」とあった記述も、ある程度都に近い旅先きの居所ではなく、比較的伏見殿に近い都内の家すなわち親譲りの河崎の実家に居たのでの意に解することもできるのではなかろうか。稿者の勤務大学の今年度四回生ゼミ学生金村知恵および鶴森さとみのレポートは、それぞれこの作品中の独詠歌などの詠歌状況、「をかし」「あはれ」「心細し」などの語の使用状況から、巻三の性格が、巻三までの前編と巻四からの後編とに截然と分けることを拒否する媒体的要素を示すことを論じている。居所の面からも、巻三はそうした要素をもつのかも知れないと思うのである。

3

修行の旅に出で立つ際には、父母の形見の手箱や硯を人に預けたのであったが、「修行に出たつおりも、心くるしきみどり子を跡にのこす心ちして、人にあづけ、かへりてはまづとりよせて、二人のおやにあふ心ちして云々」（巻五）と述べている。旅から「かへりてはまづとりよせて」とあるのは、二条の都での居所がやはり所縁の人の家とは別に存在していたからこそ記すことのできる表現であったのだろう。ただこの都の居所は、必ずしも快適ではなかったらしい。巻四には、鎌倉からの帰途熱田神宮での写経を済ませ「都へ返のぼりぬ」とあるのに続けて、「十月のすゑにや、都にちとたちかへれ（ママ）たるも、中〳〵むつかしければ」とある。たとえ自家であっても、長期間留守をしていれば、生活を軌道に乗せる苦労が何かとあったに違いない。かつての宮仕え中に交渉のあった人々との再交流に伴う煩わしさもあったろう。考えようでは、寺社などに籠っての修行生活の方が気楽に過ごせる面もあったかも知れない。都での住所としては、すでに巻三の御所退去後祇園社裏の庵室に四百日余籠っているが、巻五でも東山双林寺（厳密には洛外であるが）にしばらく籠って写経をしている。

4

以上、『とはずがたり』の作者二条の実生活上の居所について考察してきたが、巻三までと巻四からとでは当然のことながら様相を異にし、巻三までであっても、巻一、二と巻三とでは微妙な相違の認められることがいえそうである。一所に特定できない多様な居所のうち、巻一、二では父雅忠薨後四条大宮の乳母宅が中心的位置を占め、巻三を媒体として、巻四以後ではおそらく種々の経緯を経た後に使用することになったと推測される、亡父雅忠河崎邸が本拠としての位置を占めるようになるのではないかと思われるのである。巻三以後、河崎という具体的地名がまったく現れていない点が不審となるが、前述のごとく背後に実兼の存在を想定しなければならなかったとすると、陰画的人物とされる実兼の朧化的表現と軌を一にする執筆姿勢によると立論することもできようが、今はこれ以上の憶測を差し控えたい。

諸国を経廻っての修業生活に入った巻四、五においても、二条は生活の本拠としての住家を都のうちに確保していたと思われる。その点二条が、九歳の時「西行が修行のきといふゑ」（巻一）を見てその生き方に憧憬し、巻四以後それを実践したともされるこの作品の読みに照らして、西行の居所のありかたとの相違が気にかかることになるのである。こうした観点からの西行と二条の比較考察が要請されるのではなかろうか。

西行の場合、その居所は、高野・吉野・伊勢・嵯峨などの地における修行生活と一体のものとしてとらえられねばならず、これら各地の寺院ないし草庵での生活が基本となっていた。それに対して二条の場合は、沙弥尼として諸国の寺社に参詣し、祈願したり参籠したりして修行に努めているのであるが、いずれもそれぞれの付属施設での宿泊が多く、それ以外は俗界俗家での宿泊が基本であったといえよう。関連していえば、旅のしかたにも両者の相違が見られる。二条は旅先きでの寺社参籠写経の折などに、「供養には、一とせ御形見ぞとて、三給はりたりし御衣、一はあつたの宮のきやうの時、しゆ行の布施にまいらせぬ。このたびはくやうの御ふせなれば、これを一持てふせにたてまつりしにつけても云々」（巻五）のごとく、持参している衣服を献納したりしているので、こうした所持物を持ち歩く従者の存在が推察されるのであるが、「みちのほどの名所なども、やすらひみたかりしかども、大ぜいにひきぐせられてことしげかりしかば、なにとなくすぎにしを、おもひのほかにむつかしければ、しゆくぐはんの心ざしありてしばしこもるべきよしをいひつゝ、かへさにはとゞまりぬ」（巻四）のごとき証例も見られて、女性である二条の旅にある程度の人数からなる従者あるいは時衆仲間が伴われていたことを認めねばなるまい。それに対して西行の旅は、家集や『西行物語』を通じて西住など同行者が伴われている場合もあったことを認め得るものの、多くは孤独な旅であったと思われる。かくのごとく西行と二条の生活形態は、かなり大きく相違していたのである。

それでもなおかつ、二条はほんとに西行を模範とする生き方を庶幾したのであろうか。外形的な生活形態はともかくとして、内面的な精神生活においてはどうであったのだろうか。二条の居所についての考察は、関連してこのような新しい問題の究明へと『とはずがたり』研究を導いてくれるといえよう。

○　○

二条の居所という、一見瑣末な具体的問題の考察であるかに似て、それは実は、二条における西行の受容いかんという重要な問題究明へと進展する要素を孕んでいた。

三、二条の西行受容

1

『とはずがたり』への西行の影響を否定する研究者はいない。諸注釈書は、引歌・本歌取・本説取・構想などの面におけるその影響の跡を指摘して詳しい。しかしながら、表現の細部における影響の有無についての見解や作品全体に及ぼす影響の質的深浅度についての判断など、学会的にすべてが確定しているとはいえないのも現状である。本節では、そうした立場から、二条の西行へのいわば同定化が主観的あるいは形式的にだけでなく、客観的あるいは本質的にも認められるかどうか、という問題を設定し、いささかの模索を試みたい。二条の主観的な西行同定化意識は、巻一の「九のとしにや、西行が修行のきといふゑをみしに、…なん行くぎやうはかなはずとも、我も世をすてゝ、あしにまかせて行つゝ、花のもと露のなさけをもしたひ、もみぢの秋のちるうらみをものべて、かゝるしゆ行のきをかきしるしてなからん後のかたみにもせばやと思しを」とか、巻五跋文の「しゆ行の心ざしも、さいぎやうが修行のしきうら山しくおぼえて社おもひたちしかば」とかある記述を通して、これを認め得るが、この作品の特に修行編とされる巻四、五から読み取れる二条の人生が、西行との同定化意識に貫かれた歩みとして客観的にも認められるのかどうかを、検証してみたいのである。

ところで、二条の脳裏に生き方の規範として描かれていた西行像ないし諸国行脚修行者像は、「西行が修行のきといふゑ」（巻一）から得られたものであった。しかるにこの作物は現伝していない。改めて述べるまでもなく、『とはずがたり』のこのくだりに記されている西行歌「風吹は花のしら浪岩こえてわたりわづらふ山川の水」（『新勅撰集』に西行歌として入集）を載せるこの種の作物が現存しないので、そのようにいわざるを得ないのである。とすると厳密にいえば、二条の受容した西行修行者像がいかなるものか不明となるのであるが、幸い類似の作物が『西行物語』『西行絵詞』など種々の呼称で伝来しており、これらを通じての考察を進めることはまったく無意味ともいえないであろう。

三角洋一「『とはずがたり』における構想と執筆意図」（『女流日記文学講座・第五巻』〈勉誠社、平成2〉所収）は、二条の見た作物を「現存する文明本よりやや規模の大きな本と考えられる」と説き、新日本古典文学大系『とはずがたり・たまきはる』（岩波書店、平成6）の同氏脚注には「西行物語絵巻の一本か」と記されている。また、島津忠夫「『西行が修行の記といふ絵』をめぐって」（『「とはずがたり」の諸問題』〈和泉書院、平成8〉所収）は、二条が九歳の時に見たのは「現存の徳川家本・万野家本の完全な形のものとほぼ同一の内容のもの」であるとし、「当時にすでにいくつかの異本が存在していたと想定するにはおよばないであろうと思うのである」のように説いている。二条の見た作物に最も近似する伝本あるいは絵巻を特定することは困難であるかも知れないが、西行像をめぐり『とはずがたり』と比較する考察対象として、一応文明本『西行物語』を基準にするとともに、適宜他の伝本や絵詞類をもとりあげて批判的に考量しながら論を進めるならば、方法論的に肯定できる考察も可能となるであろう。山口真琴「享受と再編―西行物語の伝流と形式―」（仏教文学・14号、平成2・3）には、文明本の古態性に触れた論述が見られる。また、小島孝之「『西行物語』小考」（『論集西行』〈和歌文学の世界14〉笠間書院、平成2所収）には、現存最古写の記録（大阪市立大学蔵『藤門雑抄』に記す『西行発心修行物語』の冒頭部分）および現存最古の古筆切である伝近衛道経筆「高尾切」の西行往生場面を基にして諸本を比較すると、それらに文明本など広本系が近似していることが説かれている。（以下、これらの諸伝本を総体的にとらえていう場合、便宜単に『西行物語』あるいは『西行絵詞』などの呼称を用いることがある）。

2

二条が早くから眼にし、その影響を受けたとされる作物を一応文明本『西行物語』などと類似の本文をもつ『西行が修行のきといふゑ』とし、これを『とはずがたり』巻四、五の内容と比較すると、かなり多くの類似点と相違点とを指摘できる。いくつかの問題点を、とりあげてみる。

出家当時の事情についての叙述は、どうであろうか。『西行物語』の文明本がやはり詳細であるが、他の諸本も基本的な筋に大きな変化はない。文明本(7)に従えば、「心のうちには世のはかなき事をのみおもひて」という西行の資質は、宮廷の生活に埋没することなく「出仕のいとなみわりなくおぼえて、あはれのみ心におもくなりまさり」「出家は一定とおもひさだめ」たこともあったのに、「いまだそのごやきたらざりけん」という状況で推移していたが、親友佐藤憲康の頓死が契機となり、ついに「ち丶御ぜんのきたれるがうれしとい丶て、袖にとりつきたる」愛娘を縁下に蹴落とすことまでして出家を決行する。本来往生の妨げとなる愛恋の妄執を断ち切った西行は、すでに彼岸の人であった。その経緯の叙述は、世俗のしがらみの中で必死に出家に踏み切ろうとする、西行の苦悩を描いて十分である。西行物語絵巻の詞書の類は、欠脱本である徳川美術館蔵本・萬野家蔵本などその性質上簡略であるが、文明本などの広本原初形態本からの抄出と思われる詞書本文はこうした西行像を同様に伝え得ているし、他の久保家蔵本や慶応義塾大学図書館蔵『西行絵詞』などが伝える西行像も同様である。

してみると、二条が眼にした『西行が修行のきといふゑ』の詞書も、西行出家のくだりは同様の内容を示していたと考えてよかろう。しかるに『とはずがたり』の現行本には、二条出家に関する具体的記述が欠落している。もっとも『とはずがたり』では、巻三の末尾弘安八年二条二十八歳時から巻四の冒頭正応二年二条三十二歳時まで、満四年近くの時間が消失している。『増鏡』の伝える史実としては、正応元年六月二日二条三十一歳の時にはまだ出家しておらず、西園寺実兼女鐘子（永福門院）入内に際して二条は三条の召名で出仕していることが判明するので、御所退去後のこの時期あるいは実兼を含めた複雑な人間関係の絡む世俗的事情が背後にあり、あるいはその後の出家さらに鎌倉下向にも実兼の意向が働いていたかも知れないことさえ憶測できよう。前章でも述べたように『とはずがたり』での実兼こと雪の曙の描き方は、周知のごとく陰画的である。この時期の二条の生の軌跡が消失しているのは、叙述することに憚りあり、むしろ一切をカットすることが複雑な世俗的事情に対処できる唯一の方法だったのではないかと思われるのである。ただ確証があるわけでなく私の推論にほかならないが、出家に関する叙述の欠如は、あるいは書くことを拒絶する程の精神的苦悩の深さの現れであるとする理解も、美化していえば可能であろう。

だが私見によれば、そう思えないのである。二条の出家には西行程の苦悩は伴っていなかったように思われる。出家後に西行が、

身のうさをおもひしらでややみなましそむくならひのなき世なりせば（文明本・永正本・正保版本西行物語、久保家本絵巻詞書）

と詠んでいるのに対して、『とはずがたり』には、「うきはうれしきたよりにもや」（巻二）「うきはうれしかりけむと、をしはかられしか」（巻二）などとあり、この二条の考え方は有明の月にも感情移入され、有明の月をして「うきはうれしきかたもやとおもふこそ」（巻三）といわしめている。『恵心僧都法語』や九冊本『宝物集』などに類想文があり、特に『千載集』雑中部・寂蓮歌に明確に見える慣用句で、二条の思考パターンともなっているのであるが、「憂きことがなければ俗世への未練を断ち切り難いから」という意味でこの句を解すれば、常識的論理的に理解できる思

考である。それに対して、出家という身の処し方があるからこそ身の憂さを認識することができるのだ、という西行歌の論理は理解し難いものがある。思うにこの歌意は、出家を決断する飛躍によって人間わが身の本質的な憂さが視えてくる、というのであろう。二条のいう憂さは、世俗的に不如意の憂さであろうが、西行のいう憂さは、たとえ世俗的には栄耀栄華であっても本質的にはむしろ憂きことであるとする、次元の違いがみられるのであろう。二条の出家は、いわば同次元での移行的脱出であり、西行の出家は異次元への飛躍的超出であった。西行と二条とでは、人生における出家の関係定位がその深さの点でまったく異なっているのである。桶谷秀明「西行」（解釈と鑑賞、昭和51・6〜52・5連載。のち『中世のこころ』〈小沢書店、昭和52〉所収）にも、西行についてのみであるが同様の記述が見える。

二条二十六歳時の御所追放は、まさしく憂きことの最たるものであったろうが、それは直ちに二条と宮廷との完全な絶縁を決定づけるものではない。大宮院の依頼による北山准后九十賀出仕ということもあったし、上記『増鏡』の伝える史実なども勘案すると、西園寺家を介して宮廷と地下でつながっていたともいえよう。巻一の父雅忠遺戒が二条出家の伏線となるようなこの作品の構成ではあるが、それは実は随分間延びした、時間的にも心理的にも緊密度を欠く構成であったといわねばならないのであり、「うきはうれしきたより」という表現がすこぶる観念的な麗句の類である側面も無視できないかも知れない。

もちろん、西行の時代から約百年を隔てた二条の時代では、出家行為の厳しさ重さも変化し、社会慣習として日常化しつつあったということも考慮されねばならず、二条の間延びさ加減もあながち非難されるに当たらないが、二条の場合その出家は、やはりなおいくぶんの深刻さを残す「うきはうれしきたより」というのともすこし違うかたちで行われたのではなかろうか。たとえ巻三の末尾に続いて出家の場面が構想されていたとしても、『西行物語』のそれと比べて、『とはずがたり』の叙述が迫真性に欠ける内容として現れることは疑いない。そうした内容のものを書くことは、ともかく西行志向を建て前とする『とはずがたり』に相応しくないと、二条は自省できたであろう。出家場面および前後の経緯一切を執筆しなかったのは、作者二条のむしろ賢明な選択であったと読みたい(8)。

3

『西行物語』と『とはずがたり』とでは、出家後の生き方にも大きな相違が見られる。『西行物語』では新しい人生の第一歩を、「年ごろ心にねがひ思ひし事なれば、先吉野山を尋て、花に心をかけて詠ぜんがためにゆけども」（文明本）のごとく吉野山に印し、次に「いよ〳〵入於深山、思惟仏道とおこなひ、こゝにあかれども、熊野のかたへまいらんと思て」のごとく、法華経序品を下敷きに、いわゆる二重出家遁世の世界に住すべく熊野権現へと歩を運ぶのである。西行の実生活に即せば、二十三歳での出家後数年間は東山や嵯峨など洛外に草庵を結び、おそらくは、

捨てたれど隠れて住まぬ人になればなほ世にあるに似たるなりけり

世の中を捨てて捨てえぬ心地して都はなれぬわが身なりけり

などの詠に反映するような心境で、それなるが故にまた、仏道修行に徹すべく模索精進していた。その後二十七歳頃には陸奥の歌枕探訪へと旅立ち、三十二歳頃には高野山に草庵を結んでここを本拠とする生活が約三十年程続くのである。だがこれらは『西行物語』に全ては描かれず、吉野・熊野の修行生活と陸奥の旅とが修行の厳しさを語って特に詳しい。

それに対して二条の場合は、巻四でいきなり阿仏尼『十六夜日記』にも似た鎌倉への旅の叙述で始まるのであり、鎌倉着到後は、柳営の儀典服飾指南的役割を果たしたり、風雅の士との交流を通じて一種社交界の花形のような生活を送ってもいるのである。『西行物語』に見られる出家生活の厳しさを読み取ることは、困難であろう。

たしかに、『とはずがたり』巻四、五の紀行篇あるいは修行篇と呼ばれる内容のそこかしこに、西行の影が色濃く見られる。具体的な指摘は研究史に委ねて省略に従うが、丹念に読めば『西行物語』の影響を指摘できる表現がまだ残されているとさえ思われる程である。前述のごとく『とはずがたり』に欠落している二条の出家場面に関しても、

しいていえば影響の跡がないわけでない。『西行物語』の冒頭部、西行の出家事情を語るくだりに「妻子珍宝及王位　臨命終時不随者　唯戒及施不放逸　今世後世為伴侶と心にかけて」（文明本）とある、この大集経・巻十六・虚空菩薩品の経文を、『とはずがたり』の巻四、出家後鎌倉に住む二条が都での生活を回想し現在の心境を述懐するくだりで、「さいしちんぽうきうわう位りんみやうしゆじふずゐしや、おもひすてにしうき世ぞかしとおもへども、なれこし宮のうちも恋しく云々」と引くところに、西行の影響を認め得るであろう。因みにこの経文は、伝阿仏尼筆本・永正本・久保家本絵巻詞書・正保版本・慶大図書館蔵『西行絵詞』（経文の前半部）などにも記されており、二条が目にしていた可能性は高い。しかしながら、二条自身語るに落ちているともいうべく、この経文の説く悟りに徹し切れないと告白しているのであり、西行と二条と、両者の精神的差異にやはり言及せざるを得ないと思量するのである。

4

総じて、二条が真に能動的に『西行物語』ないし『西行物語絵巻』の西行の生き方に同定化しようと自覚していたかどうか、すくなくとも出家をめぐる前後の叙述についてみると、客観的には疑わしい。その後も『西行物語』の場合は、特に熊野・大峯での参籠や荒行など厳しい修行生活が語られている。『とはずがたり』の場合はそもそもそうした草庵生活とは無縁であった。男性と女性の相違に基づく当然の結果であったともいえようが、この生活形態ないし様式の相違とは無関係に、その内側に燃えたつ精神のありかた、信仰心の同定化はこれを認めてもよいというのであろうか。

比較するには、共通の基盤が必要である。今仮りに、『西行物語』（文明本）と『とはずがたり』に共通する、伊勢大神宮参拝の叙述を取り挙げ比較考察してみたい。

西行の参詣した主要な神社は、後述の熊野権現を除くと伊勢大神宮だけであるが、文明本はもとより伝阿仏尼筆本・久保家本詞書・正保版本など、かなり詳細に記述されている。

いづくをすみかとさだめねば、命をかぎりにくに〴〵をしゅ行せんと思ひて、まづいせ大じんぐうへまいらんとおもひていでたつ（文明本）。

とあり、同様の文言は、伊勢参宮記事全体は比較的簡略であるにもかかわらず、永正本や慶大図書館蔵『西行絵詞』などにも見られて、西行の伊勢参宮が重要な目的意識をもつ行動であったことを伝えようとしていると読み取れよう。

文明本によると、

伊勢大神宮にまいりつゐて、みそもす川のほとり、杉のむらだち中に候て一の鳥井を見つけまいらせて、かたじけなくもくぎやうらいはい（＝恭敬礼拝）して、ひそかにおもふ様、我君あまの岩とをおしひらきまし〳〵て、我朝日本伊勢のわたらひのこほり、神地山のすそに一の勝地をしめて、あまのはたほこをくもして（ママ）、あまくだらせ給ひてよりこのかた、御すいじやくのいくわう《光》は三千せかいをてらし、万民平等の利やくをすゝめ、いすゞ川のみなかみにあとをたる。内宮・外宮両所の別宮は日月四明にひかり、大日胎蔵界の秘事、弥陀金剛界の尊容なり。慈悲くわうだいの利生は、正直のいたゞきをまもりて、一度もこの地をふむともがらは、ながく三界のくげんをはなれ、極楽安やうの土に往生をとぐ。

のごとく、「一度もこの地をふむともがらは、ながく三界のくげんをはなれ、極楽安やうの土に往生をとぐ」という霊験あらたかな聖地であるから参拝するという目的意識によるのだ、ということになろうが、何故それほどの霊威があるかといえば、その根基は「御すいじやくのいくわう（＝垂迹の威光）」になるのではなかろうか。それも、「我君あまの岩とをおしひらきまし〳〵て」とある、すなわち天照大神と、「大日胎蔵界の秘事、弥陀金剛界の尊容」とある、すなわち大日如来との神仏習合の本尊が霊験あらたかでないはずはない。伝阿仏尼筆本『西行物語』、正保版本『西行物語』や久保家本『西行物語絵巻詞書』さらに永正本系とされる慶大図書館蔵『西行絵詞』なども、その精粗の違いはあるがこの大日如来の垂迹に重点を置いている。高野山に約三十年間住み、当然真言密教の法界に生きていた西行にとって、本地を大日如来とする伊勢神宮信仰はまさしく恭敬礼拝すべき内実を備えていた。西行はこの伊勢の地で、「神宮に心をとゞめて日数つもること、三とせあまりになることよしなし」とあるごとく、約三年余の歳月を過ごしているのである。

『とはずがたり』では、二条は鎌倉よりの帰途熱田神宮に立ち寄り、夜通しの参籠や写経をしたりした後帰洛したが、間もなく奈良へ赴き、春日大社・法華寺・中宮寺・法隆寺・当麻寺や石清水八幡宮（ここで後深草院と再会する）の寺社参詣を重ねている。西行の諸国修行が「まづいせ大じんぐうへまいらんとおもひていでたつ」とあったのと比べての相違が目立つが、二条はその後も、いったん都へ帰った後宿願の写経目的で再び熱田神宮に参籠し、たま〳〵火災に遭遇したために、この機会にというわけで「つしまのわたりといふことをして大神宮にまいりぬ」ということになるのである。これが二条の伊勢大神宮参拝の状況であり、先ず何をさしおいてもという思い切なる所為ではなかったのである。

ただし、二条の伊勢参詣希望は、実は鎌倉からの帰途における熱田参籠の際に、大神宮からやって来た修行者に津島渡りという通行の利便があることを聞き知り、「いとうれしくてまいらんとおもふほどに」病気になって都へ帰らざるを得ない仕儀となったことがあったのであり、してみると二条の伊勢神宮への関心は以前から強かったものと考えねばならない。では何故二条は、伊勢への関心を抱くことになったのだろうか。そうした関心の底流に神宮への信仰心があったことを認識する必要はあろう。二条のこの信仰について三角洋一氏は、「伊勢への信仰は、参詣記がしきりに書かれるような時代の趨勢もあるであろうし、久我家が皇室の出であることもあろうが、たとえば巻一で父の四十九日ののち、雪の曙が面会にやってきて、『かかる御身の程（後深草院の御子を懐妊中の身）なれば、つゆ御後ろめたき振る舞ひあるまじきを。年月の心の色を、ただのどかに言ひ聞かせん。よその仮臥しは御裳濯河の神も許し給ひてん』と誓っているように、二条が後深草院の後宮に列したこと、つまり夫の信仰にちなむという要素がもっと大きいと見られるのではなかろうか」（『日本文学と仏教・第一巻』〈岩波書店、平成5〉所収「後深草院二条」）のように説いている。この皇室の信仰厚き神社であったという要素を無視することは、もちろん許されないであろうが、私見ではなおやはり、『西行物語』の影響をも汲み取らねばならないのではないかと思うのである。

伊勢へ赴いた二条は、内宮・外宮はもちろん二見浦をも訪ね、御裳濯河や神路山にも注意を払い、神官たちと和歌の贈答をすることになるのであるが、それは『西行物語』の伊勢参詣記事の内容ときわめて類似している。二条が『西行物語』（『西行が修行のきといふゑ』）を読んでいなければ、これほどの類似は決してあり得ないであろう。二条が『西行物語』を読んだ上で同定化意識をもってこの伊勢参詣記事を執筆したことは、疑い得ない。

しかしながらまた、吟味して読むと、両者を比べてその実質的内容は大きく相違するように思われる。繰り返しを厭わずにいえば、そもそも『西行物語』では何よりも先ず訪れるべき修行の要所としての伊勢参詣であり、三年余も滞在していて、まさしく神祇信仰さらに本地垂迹の立場からの大日如来崇仏の対象として認識されていたのである。「生をも死をも共にいみ、仏法を修行し、浄土菩提をねがふ人、殊に神の御こゝろにもかなひ、只今生の栄花、福徳をのみいのり、道念なからん者は、神慮にもかなふべからずなんど、本地のふかき利益を仰ぎ、和光の近き方便を思に、信仰の涙、墨染の袖にあまる」（久保家本西行物語絵巻詞書）なのである。『とはずがたり』の場合には、そのような切実性を読み取ることが難しい。上述のごとく熱田神宮参籠時の火災に遇ってのいわば予定外参詣であったし、外宮・内宮それぞれ七日間ずつの参籠であった。本地垂迹といっても伊勢大神宮は皇祖天照大神を祭神とし、王権を支える精神的中心とする性格上、他の神社とは異なって神宮寺も古くは多気郡多気町の逢鹿瀬寺（おがせじ）など神域をかなり離れた地に造営されていたし、古来僧尼の参拝も禁じられていた。そうした外的条件もあったからか最初外宮に参拝した時、「おとこ二三人、宮人とおぼしくて、いできて、いづくよりぞとたづぬ。都のかたより、けちえんしにまいりたるといへば云々」という目的意志の表明は、西行に比べ薄弱といえるし、「宮人はらへかう〳〵しくして、ぬさをさしていづるにも、心のうちのにごりふかさは、かゝるはらへにも、きよくはいかゞとあさまし」とあるのも、二条の主体的姿勢が確立されていないことを窺わせる。それかあらぬか、この外宮に七日の参籠をして「しやうじの一大事をも、きせい申さんとおもひて侍ほど、めん〳〵に宮人ども、歌よみてをこせ、れん歌いし〳〵にて、あかしくらすも、なさけある心ちするに」という、宮人らとの風雅な交流の記述へと流れてしまう。二条の関心はむしろ「この御やしろのちぎは、上一人をまぼらんとて、うへ、そがれたるときけば、なにとなく、ぎよくたいあんをんと申されぬるぞ、我ながらいとあはれなる」のごとく、都の後深草院の上へと馳せたりする。二条の心中の「にごりふかさ」が事に触れて現れる。二条の熱い信仰心を関係記述の行間から感受することは、やはり難しい。巻四の巻末、再度の伊勢二見行がどのような事情と心境によってなされたかは、今は憶測を慎みたい（注13参照）。

西行も僧であるからには、神宮の外的条件に規制され、「杉のむらだち中に候て一の鳥井を見つけまいらせて、かたじけなくもくぎやうらいはいして」（文明本）とあるごとく、一の鳥居はくぐらずに遥拝しているのであるが、「和光のちかきほうべんをおもふに、しんかうのなみだ、すみ染の袖にあまる」（伝阿仏尼筆本）という信仰心の深さが伝わってくるであろう。『とはずがたり』にも、「かみぢの山を、わけいづる月かげ、こゝにひかりをますらんとおぼえて、我くにのほかまで、おもひやらるゝ心ちして侍」のように、神仏習合の意識が見られる。だが、『西行物語』に明確に言及されていた本地大日如来に関する叙述はどこにも見えず、具体性に欠けている。

以上、要するに、『西行物語』の西行が全身全霊もて伊勢大神宮を崇拝し、それは本地垂迹の立場から本尊大日如来への深い信仰質に由来するといえるのに対して、『とはずがたり』の二条の場合、表層的には伊勢参詣のことを詳細に記述し、『西行物語』を読んだ上での構成であることを確信させる叙述となっているのであるが、形作って魂入れずというか、実質的には信仰質の主体的深さに欠け、いっこうに二条の本尊の顔が見えて来ない内容となっているのである。西行との同定化を意図しながら、いわば語るに落ちて両者の本質的差異がかえって露わになっているというべく、この伊勢参詣記事をめぐっては、二条西行同定化説ひいて女西行説を手放しで首肯するわけにいかないのである。

5

二条と西行の信仰質に関わる本質的差異は、外面的にみると、『とはずがたり』に数多く登場する石清水八幡宮が『西行物語』にほとんど見られないところにも、顕在化している。

この神社は、「たのうぢよりはとかや、ちかひ給なるに」(巻四)と二条も自覚している源氏の氏神であるが、その本地は阿弥陀仏である。とすると二条信仰の本尊は、この阿弥陀仏であったということにもなろう。石清水八幡宮はしばしば、「八幡大菩薩」という言葉で表現されている。この神社で後深草院と邂逅し、旅先での男女関係を疑われたのに反論した際、「一夜のちぎりをも、むすびたること侍らば、本地みだ三ぞんのほんぐはんにもれて、ながくむげんのそこにしづみ侍べし」(巻四)と述べているところ、あるいは「あづまへくだりはじめにも、まづしやだんをはいしたてまつりしは、八まん大ぼさつのみなり」(巻四)「いつも年はじめには、まいりならひたるもわすられねば、やわたにまいりぬ」(巻五)など述べているところに、二条の本尊阿弥陀仏への信仰質の深さを認め得よう。

『西行物語』にも「弥陀」の語が「外宮は金剛界の大日、或は弥陀ともならびたてまつる」(久保家本西行物語絵巻詞書)と見え、同様本文が正保版本にも採られている。しかし、伝阿仏尼筆本や文明本さらに永正本系統とされる慶大図書館蔵『西行絵詞』には出て来ないのであり、無条件には従い得ない本文であろう。また、多くの伝本に見られる(伝阿仏尼筆本にだけはない)本文として、西行往生のくだりで唱えた「若人散乱心云々…」という、『法華経』方便品の句中に「…即往安楽世界　阿弥陀仏　大菩薩衆　囲遶住処」とある箇所が問題となろう。しかしこれも、経文中に「漸見無数仏」とあることや、後文に「…紫雲もしづかにおるれば、廿五の菩薩まのあたりに見え給ふ。観音はれんだいをさゝげておはしませば、すなはち乗てつゐにわうじやうをとげつ」(文明本)「…紫雲たなびきて、異香薫じて、廿五の菩薩は、聖衆共に影向し、観音勢至は、蓮台をかたぶけて来、往生をとげぬる事の目出さこそ、まことにありがたくは覚えけれ」（永正本）などと関連づけての考察が要請され、経文中の常套的表現として引かれていると理解すればよいのであり、西行の信仰質の表明とまで解するには及ばないように思われるのである。

もっとも、実在人としての西行についていえば、その晩年浄土教への傾斜を含む雑宗的信仰質を考慮せねばならないことは、西行研究史の教えるところであるし[9]、伊勢参詣記事中に、上引「金剛界の大日、或は弥陀ともならびたてまつる」（久保家本・正保版本）のごとくあったのと符合するように、臨終の場面に「…紫雲遥にたなびきて、三尊来迎のよそおひ、聖衆歓喜の儀式、万人耳目を驚かし、往生の素懐を遂けり」（久保家本・正保版本）と記されているのも、これら諸本に、筆写者の浄土教への傾斜あるいは平安末期頃から次第に強まった雑宗的信仰形態の浸潤を読み取る必要があるかも知れない。しかしながら、『西行物語』を通じて受容する西行像にはそうした阿弥陀信仰は比較的希薄であり、一応、『とはずがたり』に内在する信仰質との差異をやはり極立たせているのだといえよう。

ただ、ここに一つの疑問がある。それは、永正本『西行物語』に看取される不審である。すなわち、永正本とされる一本神宮文庫蔵『西行物語』（内題）は永正六年の書写奥書を持ち、久保田淳編『西行全集』（日本古典文学会、昭和57）の解説に「まさにそのころの写しと認められる古写本である」とある伝本であるが、この永正本のみは「弥陀」の語が要所々々に用いられ、石清水八幡参詣の記事も見えるのである。「さて都へ帰りけるが、男山をふしおがみ、出家の後はいまだまいらぬぞかしと思ひてぞ、まいりける」という能動的行為であり、「六八弘誓の、超世の悲願はふかくして、光明は普く十万にてらして、念仏の行者を摂取すととき給へる本誓ぞかしと思ふに、いとゞ貴く覚て、夜もすがら往生の素懐を祈申候ける処に、ふだん読誦の御経も六根さんげの懺法も身にしみて、御宝殿にうちまどろみければ、左の袂に阿弥陀の三尊やどらせ給と夢に見てうちおどろき、いとゞありがたく貴き思にて、かやうにぞちはやぶる神の心もうち解てこけの袂にやどりける哉」のごとく、本地阿弥陀仏の垂迹した尊さを記述する、充実した内容である。出家直後の述懐中にも「弥陀一念の悲願」とあり、娘に再会してその行末の指針を与える父西行の言葉も、「阿弥陀仏は、諸仏にかはりて、今生祈をば更きゝ入給はず、あまりに道念なき物をば殊あはれみ、親子の別をさせてうゐ無常のことはりを、知せ給ふ」のごとく、阿弥陀仏の広大無辺な慈悲を引き合いに出して説くのである。他にも、「出家遁世して、弥陀三尊の来迎をおこして、つゐに三界の火宅をいとひ云々」などと記されている。さらに重視すべきは、浄土教への傾斜が見られるこうした執筆態度と呼応するように、伊勢参詣記事は簡略であって、四国善通寺参詣の記事も見えないことである。

総じて永正本が、『西行物語』諸本中特殊な位置を占めていることを、認めねばなるまい。この系統とされる慶大図書館蔵『西行絵詞』なども伊勢参詣記事は比較的簡略であり、その点、同系統本という見解は首肯されるが、上述した他の諸点については異なり、他の諸本にむしろ近い叙述となっていることを勘合すると、永正本の特徴はいっそうはっきりしたものとなろう。書写者に、浄土宗あるいは時宗の僧などを想定すべきであろうか。山口真琴「西行物語の構造的再編と時衆」（高知大国文・23号、平成4・12）には、やはり永正本による『西行物語』の再編が時衆との深い関係を有していることが説かれている。

このように、『西行物語』内部の問題は必ずしも単純ではないが、二条はこの永正本を眼にしていなかったと思われる。たとえ永正本の親本が鎌倉中期の成立であったとしても、その伊勢参詣記事の簡略さと『とはずがたり』の詳細さとの相違に留意せざるを得ず、そのように考えるのである。二条が眼にした『西行が修行のきといふゑ』をめぐっていえば、二条出家後の生き方は、居所を中心とした外形的生活面のみでなく、精神生活の信仰質の面においても、西行のそれとは同定化されていないとやはりいわねばならない。

6

本項では、『とはずがたり』の熊野関連記事をめぐって考察したい。

『西行物語』では、西行出家後「今は山林流浪の行をせんとおもひて、いでたつ初こそあはれなれ」（文明本）とし、「年ごろ心にねがひ思ひし事なれば、先吉野山を尋て、花に心をかけて詠ぜんがためにゆけども云々」と吉野山へ赴き、さらに「いよ〳〵入於深山、思惟仏道とおこなひ、こゝにあかねども、熊野のかたへまいらんと思て、行道いとゞあはれのみにて云々」と熊野入山のことが叙述される。伝阿仏尼筆本・久保家本絵巻詞書・正保版本などはこの熊野関連記事を欠くが、文明本・永正本・慶大図書館蔵『西行絵詞』などは、内容の細部には異同もあるが大筋では変わらず、かなり詳細な叙述が見られる。今は文明本を主にしてその熊野関係記事を取り挙げ、『とはずがたり』中に見えるそれと比較してみたい。

二条の熊野入りは、その四十八歳時後深草院の一周忌も済み亀山院の病を伝え聞いた頃の秋が、最初にして最後であった。その熊野参詣の目的は、「はんにや経の残り廿巻を、ことしかきをはるべきしゆく願、としごろ熊野にておもひ侍しが云々」（巻五）とあるごとく、宿願の写経にあった。この熊野で写経最後の仕上げをしたいと希望しているので熊野の重視されていることが判るが、熊野重視の理由は特には記されていない。それに対して、『西行物語』は、「日本第一の御熊野へまいらんと思ひて」（永正本）「日本第一大霊験熊野三所権現へ参らんと思出て」（慶大図書館蔵本絵詞）のように、霊験あらたかという一般的評価に導かれての熊野入りであったのだろう。文明本には「日本第一」という語はないが、後文には出て来るので、同様の意識であったと考えてよかろう。この熊野の地で百日の修行をして如意輪の滝を拝む資格を得、「きびしき山、岩かどをつたひのぼりてこの滝にまいり」（文明本）「いよ〳〵たとくおぼえて涙もとゞまらず。心のうちすみておがみゐたる」（文明本）という体験をしたり、さらに「この山にとし久こもりて、南無帰命頂礼、日本第一大りやうごんげん、なちの御山、三重はくせき大悲大きやうし、ひりようごんげん、ひれう薩埵、ざんきさんげ、六根罪障と念ぐわんし」（文明本）て、大峯入りをし、修行している。「なんぎやうのこう（難行の功）ありて」（文明本）とも見えて、西行の熊野入りの目的がこの大峯修行にもあったことを認め得る。すなわち二条の熊野入りは写経目的であり、西行のそれは修行目的であったと一応いえよう。

ただ二条の仕上げの写経は、何故熊野でなければならなかったのか。二条の果たすべき写経が般若経の残りの二十巻であったことが、疑問を解く鍵となりそうである。二条が籠ったのは、熊野といっても那智大社の方で、その本地は十一面千手観音であった。「千手観音のもち給へる蜜経も、この般若経なり」（法華百座聞書抄）とあることを思えば、二条の仕上げの般若経写経が熊野那智大社でなされた必然的脈絡が一応理解できるであろう。しかしながらその必然度は完璧でない。二条がすでに写した般若経の前半二十巻の写経は、四カ月程前に河内国聖徳太子陵付近での所為であったので、後半二十巻の写経が熊野以外の地でなされる可能性も否定できないからである。その必然度は、前引「としごろ熊野にてとおもひ侍し」（巻五）という二条の心情に支えられて、はじめて完璧なものとなり得るのではなかろうか。

二条には、般若経書写の最後の仕上げをそれに相応しい所で行いたいという願いがあったのである。二条がそのように願う背景には、あるいは熊野本地譚を流布させた熊野比丘尼の活動の影響などをも想定すべきかと考えるが[10]、なお、『西行が修行のきといふゑ』を見た二条の脳裏に刻み込まれていた、西行の熊野入りの記事の影響を無視できないと思う。二条九歳の時に読み感銘を受けたと自証する、この絵巻の「かた〳〵にふかき山をかきて、まへには、河のながれをかきて、花のちりかゝるに云々」（巻一）とある場面は、西行熊野参りの道中の風景に当たるかと推定されている。

さらにこのように考えきたると、『とはずがたり』熊野関連記事でかなりのスペースを割いた夢の記事も、『西行物語』の「紀の国に千里のはまのあまのとま屋にふしたる夜の夢に見るやう云々」（文明本。永正本・慶大図書館蔵本絵詞も同じ）という夢に関する記述との影響関係を一考すべきかも知れない。実際に記述する通りの夢を二条が見たのかも知れないし、いたずらに『西行物語』からの影響のみを論うことは許されないが、分量的に広狭の相違こそあれ、いずれも都の生活と関連する内容でありそこで生じていた問題の解決に寄与するものであったことは、留意される。二条の帰洛の途次石清水八幡宮で遊義門院の御幸に偶然出会ったことを、「まいりあひまいらせぬる御契も、こぞみし夢の御おも影さへ、おもひいでまいらせて」（巻五）とか「みしゆめも、おもひあはせられ」（同上）とか記していて、私見では、二条晩年における宿願とする久我家歌運復興の鍵と意識されていたのではと思量する遊義門院との出会い（拙稿「『とはずがたり』の一遠景」〈文林・第30号、平成8・3、本書前章収録〉参照）を、熊野霊験の現れとしている点は、『西行物語』に「…夜の夢に見るやう、三位入道しゆつ恵《俊成（慶大本絵詞）》申ていはく、むかしにかはらぬことは和哥の道なり、これをよまぬ事をなげくと見て、おどろきてよみておくりけるうたに云々」（文明本）とあり、西行を都での和歌世界と再び結びつかせることになった夢のありかたと無関係ではなかったと思われるのである。すくなくともこの西行の夢を、『とはずがたり』の構想の中で生かすことのできる状況が二条の周辺にあったとはいえるであろう。仏法と王法の交錯融合するところ、やがて王道と一体の歌道へと導いてくれるはずの二条の夢は、西行の夢と一脈通じるところがある。因みにいえば、それだけに、その後の遊義門院の他界はこうした『とはずがたり』の構想を壊すことになるのであり、この作品の結尾を大団円に導くことを不可能にしたともいえよう。

ともかく、この両作品の熊野関連記事は、二条が『西行物語』の西行の生き方に同定化しようと意識していたことの証とすることができるように思われる。二条の写経行為を一種の修行と考えれば、二条の熊野入りの目的は西行の場合と同じであったともいえる。そこに見られる、精神面での西行との一体感は、客観的にも十分に首肯できるものがある。たとえば伊勢参詣記事など、二条本人の主観的意識はともかく実際には信仰質の本質的差異が看取され、表層的同定化にとどまっていること、またたとえば石清水八幡宮関係記事の有無にいっそう露わになった、両者の信仰生活面の相違が二条の西行私淑を越えて現実化していること、などと比べての大きな変化であろう。

そういえば、この熊野写経記事の前年、後深草院葬送のくだりにおける二条の行動と心理のあり方など、『西行物現象は、その晩年においては必ずしも表層的であったとはいえないと思うのである。[11]

語』の鳥羽院葬送時における西行のあり方との一体感ないし同定化意識が、すでに看取された（拙稿「二条の和歌二首私考」〈前掲『「とはずものがたり」の諸問題』所収、本書次章収録〉参照）。二条の『西行物語』を介しての西行との同定化

7

以上、本節では、二条の西行受容の実態について、『西行が修行のきといふゑ』の『とはずがたり』への投影度いかんという視点から、若干の問題点を取りあげて考察を加えた。出家行為や『とはずがたり』巻四の伊勢参詣記事などをめぐる比較では、二条の西行同定化意識はかなり空廻りしている嫌いがあり、外形的生活形態が相違するのに応ずるごとく、客観的にはこれを認め難い叙述内容であったといえよう。女西行とも評されるごとく、おそらく主観的には西行を範としたであろうし、実際に西行の存在は『とはずがたり』巻四・五を通じて到る所にその影をとどめている。けれども本質的には、すくなくとも巻四の段階で二条の西行同定化を認めることはできない。その原因は、石清水八幡宮関連記事の有無に顕現しているごとく、端的にいえば西行が大日如来、二条が阿弥陀仏をそれぞれ本尊とする両者の信仰質の差異にあったとも思われるのである。[12]

ところが、『とはずがたり』巻五の後半になると、上述のごとく後深草院葬送のくだりや熊野参籠写経のくだりなど、やや異なった様相が現れてくるように思われる。時間の経過とともに二条の身辺にも変化が生じているが、当然のことながらそれに伴なって二条の精神生活も微妙に変化し、『西行物語』の西行像との実質的一体化も可能となってきたのではなかろうか。それは、あえていえば両者の信仰質の差異を超えたものであり、そこに二条の成長が認められるのであろう。だが今は、この新しい問題には深入りしない。

なお、このように考えてくると、では本質的に西行の影響が希薄な巻四から巻五へかけて、実質的に二条の修行生活を支えあるいは規制した行動原理は何であったのだろうか。二条自身語るのは西行との同定化であるが故に、二条

自身はあるいは自覚していなかったかも知れない、意識の深部に存在する何者かの声である。この立場では、『西行物語』の西行が訪れていない、善光寺・熱田神宮・春日大社・当麻寺・厳島神社・足摺岬金剛福寺など（実際には参詣していない場合、虚構をも辞さない必要性を示す寺院として含める）を対象としての考察が、具体的に要請されてくるであろう。また、西行も訪れたが、『西行物語』と『とはずがたり』とで記述内容を異にする、讃岐の白峯・松山を対象とした比較考察も必要であり、その相違の意味が問われねばなるまい。『とはずがたり』巻四と巻五との間には約七年間の空白があり、脱文説が存する。(13) この七年間にどのような修行生活を送っていたのかの問題もあるので、いちがいに断定的なことはいえないが、重要な研究課題である。研究史的にいえば、早く次田香澄『とはずがたり』（日本古典全書、昭和41）が、「彼女は西行に私淑していたが、…一遍の足跡は、…西行よりも近似性がある」と時宗一遍上人の旅との関係に注意し、その後金井清光『時宗と中世文学』（東京美術、昭和50）や、松本寧至「『とはずがたり』に見られる時宗の影響―後深草院二条の旅の問題―」（『文学と仏教　一　迷いと悟り』〈教育出版センター、昭和55〉所収）、同氏『中世女流日記文学の研究』（明治書院、昭58）所収の「『とはずがたり』と時宗―旅の方法―」などが、こうした側面の考究をいっそう深めて、『とはずがたり』の二条寺社参詣の記事や仏教信仰関連表現に、『一遍聖絵』『一遍上人絵伝』『一遍上人語録』のそれと奇妙に重なる点の多いことが説かれている。また、稿者の勤務大学の担当ゼミ学生溝端規子の今年度レポート「仏教思想からみた『とはずがたり』私論―時衆・一遍との関係をめぐって―」などは、先学の諸研究を整理統合した上で、たとえばなお、「うきはうれしきたより」（巻一）という前述した二条の思考類型にも、2で述べたような先注の指摘する文献以外に、『一遍上人語録』「百利口語」の一節「僅（か）に命をつぐほどはさすがに人こそ供養すれ。それもあたらずなり果（て）ば餓死こそはせんずらめ。死して浄土に生れなば殊勝の事こそ有（る）べけれ」などの影響をもこの類型的表現に至らしめる触媒として汲み取ろうとする程、詳細に両者の密接な影響関係を説くとともに、一遍のことを一切匂わさないところにかえって時宗的信仰の血肉化した深さが感受されるという、思い入れの強い論となっている。なおこのレポートは、宮廷の持明院統に属する人々に時宗信仰が案外多く見られることをも説いて、有益であった。

では、二条修行生活の行動原理は一遍の生き方にこそ求められるべきなのかといえば、もちろん否であろう。その点についても、松本寧至氏の次の所説に耳傾けねばならない。

以上で『とはずがたり』と時衆の関係の並々でないことが分かった。旅の方法もおそらく時衆とのつながりを頼りにして行ったのであろう。それでは作者は時宗の熱烈な信者であったかというとそうではない。影響をうけながらも、踊躍歓喜したことも記してなく、踊り念仏のこともない。南無阿弥陀仏もとりわけ唱えていたようにも記してない。あくまでも文学者としての旅という一面を捨てていない。このことは、作者が、西行の精神を一遍のあるいは時衆の方法をかりて果したといってよいであろう。（前掲『中世女流日記文学の研究』）

ただし、では『一遍絵伝』など時衆とのつながりが、旅の方法換言すれば旅行案内的役割を単に果たしただけかといえば、必ずしもそうではないであろう。時宗の熱烈な信者ではないとしても、また松本氏が『一遍上人語録』『一遍聖絵』などに記された教説と『とはずがたり』の記事との多くの一致を指摘するような、信仰面でのある程度の融合化を完全に無視することは許されないであろうし、これまで本節で考察してきたごとく、『とはずがたり』巻四における二条の修行の旅は、西行との精神的一体化を果たしているものでもなかった。とすると、二条における一遍の受容質についてはなお考えるべき問題が残されるであろう。八幡大菩薩への二条の信仰質は始終一貫しているとして、二条の数十年にわたる西行との同定化意識の推移や、一遍教義との意識的無意識的関わりの総合的関係定位が、今後の課題として浮かびあがってくるのである。さらに西行に限っていえば、二条の晩年における私に見る西行との一体化が、宗派の相違を超えて何故可能となったのか、その構造の究明も必要となるであろう。いずれも、稿を改めねばならない問題である。

以上、後深草院二条の父雅忠の遺戒をめぐる考察から、関連的に展開論述することになった、具体的生活面に関わる三題噺風の一種の二条論である。

○　　○

注

（1）西沢氏論文以外に、椎本巻の影響を指摘した清水好子「古典としての源氏物語―『とはずがたり』執筆の意味―」（『源氏物語及び以後の物語研究と資料』〈武蔵野書院、昭和54〉所収）や、二条の血統面から源氏受容の様相を実証した宮川葉子「『とはずがたり』覚書―その源氏物語受容を中心に―」（文学・語学、平成4・6）など参照。

（2）注（1）の清水氏論文参照。

（3）原典に「たかあきそさたし侍□むかしなからにて」とあり、□の字判読困難。原典に忠実な翻字を謳う『桂宮本叢書第十五巻　物語一・とはずがたり』は、「たかあきそ、さたし侍らむかし、なからにてあらましかは…」とし新潮日本古典集成本は「隆顕ぞ沙汰し侍る。昔ながらにてあらましかば…」、新日本古典文学大系本は「隆顕《たかあき》ぞ沙汰《さた》し侍《（はべり）》し。昔《むかし》ながらにてあらましかば…」と翻字している。□字、「ら」か「る」か「し」か明瞭でないが、ともかくここで文が切れると考える。なおついていえば、新日本古典文学大系脚注には、「ここはあるいは、住みなれない隆顕の家で出産したことを嘆いたものか」とある。早く、次田香澄『とはずがたり全訳注』（講談社学術文庫、昭和62）にも「おそらく隆顕関係のところであろう」とあった。しかし私見では、なお存疑としておきたい。関連叙述中にそれらしい暗示的表現を一、二記しながら、それ以上の明言を避けた不審にこだわるのである。

（4）原典には「しはしは候（草体）いかゝくしけのやにてありしか」とある。今、文意を汲んで新潮日本古典集成・新日本古典文学大系の校訂本文に従う。

（5）久我文書五・比丘尼西蓮譲状案

　ゆづりあたふ　そりやう（所領）・家地・さう（雑）物の事／合／肥後国山本庄　近江国田根庄／伊勢国石榑庄／この三所の庄をバ、如月御房御一期の後／者、さいをんじの大納言どの、御ぜん（前）に御／ゆづりあるべく候／自余条々略之。

弘安弐年十一月廿三日　比丘尼西蓮《三条》判

などなどがある。

(6) 松本寧至『とはずがたりの研究』(桜楓社、昭和46)の第三章「作者研究」の「隆顕」の項参照。実在人としての隆顕には、その没年をも含めて未解決の問題が残されていると説かれる。従って私案は浅薄といわざるを得ないが、今は後考に委ねる。

(7) 久保田淳編『西行全集』(日本古典文学会、昭和57)所収本による。

(8) 私見では、二条は意識的に巻三から巻四へかけての出家関連記事を省筆したと考えるのであり、その点福田秀一氏の「少なくとも最終的には欠巻はない、場合によっては作者は一旦この部分の筆を執ったかも知れないが、それを書き残すことはしなかった、と考えている」(新潮日本古典集成・解説)に賛意を表したい。次田香澄氏もこうした立場で元来欠脱はなかったとしている(講談社学術文庫『全訳注』)。しかし、山岸徳平氏・冨倉徳次郎氏以来欠巻説も根強く、特に松本寧至氏の欠巻存在説は無視できないものがある(『とはずがたりの研究』参照)。

(9) 目崎徳衛『西行の思想史的研究』(吉川弘文館、昭和53)など参照。

(10) 『熊野の本地』などとの関連をも立論し得るかも知れない。お伽子草子以前、南北朝頃成立とされる『神道集』にすでに収められているこの作品の古本は、十四世紀後半にすでに成立していたと説かれているが、この熊野本地譚を唱導した熊野比丘尼の活動を通じて、その話の内容をある程度認識し、さらに熊野権現の霊力を信じる二条が、この熊野参籠を深く心に期していたことがいえるかも知れない。

(11) 『西行物語』諸本中、鳥羽院葬送場面の叙述をもつのは、文明本・久保家本絵巻詞書・正保版本などであり、伝阿仏尼筆本・永正本・慶大図書館蔵西行絵詞などには見えない。しかし、伊勢参詣記事に関する立論中に、二条が見たのは永正本系統本でなく文明本系統本であることを説いているので、この論は成立する。

(12) 辻本裕成「氏神と往生—『とはずがたり』試論—」(国文学研究資料館紀要・第20号、平成6・3)は、阿弥陀如来を本地とする八幡大菩薩への二条の信仰の重視されるべきことを説き、『とはずがたり』の主題へと迫る注目すべき業績である。本稿では、今は西行との比較という立場から、二条の阿弥陀信仰のみを取りあげて論じるが、二条の信仰質の総体的考察にまた別途のアプローチがあるべきこともちろんであろう。なおこの辻本論文は、先年執筆の拙論「『とはずがたり』の一遠景」(文林・第30号、平成8・3〈本書前章収録〉)と重なる内容を有し、補完関係にあるといえる。合わせてお読みいただければ幸いである。

（13）諸注釈書ほとんどが脱文説である。巻四の末尾に「まづかさをき寺と中所をすぎ行」とある尻切れから、そう考えざるを得ないのである。「上に『先づ』とある文の勢いから、笠置寺の伝説があったかとも思われる」（新潮日本古典集成頭注）という見解は妥当であろう。ただ、その後約七年間の空白期間における二条の人生はいかように展開していたのであろうか。巻三の末尾から巻四の二条旅立ちまでの間の空白期間について、「東山の聖の手によって髪をおろ」す二条出家の場面を想像し、交渉をもった多くの男達との別離を象徴するように剪りとられた黒髪を、朱塗りの箱におさめて実兼の許へ届けさせる二条の姿を生生しく描いた瀬戸内晴美『中世炎上』（朝日新聞社、昭和48）も、この七年間の空白には触れることがないが、興味は尽きない。再度の伊勢二見行が、初度伊勢行の折の神官荒木田尚良との約束を果たすためもあったかとすると（新日本古典文学大系脚注）、宮人たちとの風雅な交流が推定できるし、この前年二条三十六歳、伏見殿での後深草院との再会の際に男性遍歴のことを尋ねられ、「さるべきちぎりもなきにや、いたづらにひとりかたしき侍なり。…いまだ四そぢにだにみち侍らねば、行すゑはしり侍らず」と答えているのも意味深長である。憶測しはじめると、脱文では済まされない一巻相当の欠落ないし省筆を想定したくなる。むしろこの部分にこそ、二条の人生航路において最も重要な、苦悩とその克服という真の意味での修行成長の跡を読むことができるはずだったと、脱文欠巻説を提唱したい程である。だがしかし、稿者も結局は欠巻説に与し得ない。そこには当然、巻三までの宮廷生活編ないし愛欲編的要素も何程か混入することになり、ひとたびは出家している二条のよく告白し得るところではなかったと思うからである。それは、巻三と巻四との間の欠巻存否問題について述べた私見と同じ理由によるともいえよう。「まづかさをき寺と中所をすぎ行」とあった尻切れの巻四巻尾は、七年間にわたる人生軌跡を記録した一巻相当部分全体の意識的省筆を隠蔽し、書写過程における欠落かと受容させるための巧妙な、意識的省筆であったともいえるのではなかろうか。

〔付記〕

ゼミ学生と『とはずがたり』を読んでいる。「父の遺言に出家云々とあるが、何故出家しなければならないのか」「二条はどこに住み、どんな生活を送っていたのか」「ほんとに二条は女西行と考えてよいのか」など、低次元ともいえる問題で案外考え込まねばならないことが多い。研究史の短い作品の難しいところでもあり、面白いところでもある。結局は作品を通じてしか判らない非実証的考察が多くなるのであるが、そのような素朴な疑問を究明していくと、作者二条やこの作品の今まで隠されていたものに光を当てることになったり、新しい問題意識を喚起してくれることも少なくない。

そうした立場から、生活者としての二条から作家としての二条へと進める高度の二条論挑戦のための基礎的考察として執筆したのが本稿である。紙幅上、論中には引用紹介することができなかったが、それぞれ真剣にこの作品と取り組んでしかるべき成果を挙げた、多くのゼミ学生達との対話ないし共同考察のまとめていってもよいし、卒業後の学生がさらに考察を深めていく生涯学習のための一つのささやかな資料提供、アフターケア的発信を試みたともいえるのである。

（平成九年二月記）

第四章　後深草院二条の和歌二首私考

一、巻四「あり果てん身の行く末のしるべせよ」歌考

1

『とはずがたり』巻四は、巻五とともにいわゆる紀行篇を構成し、諸国を経廻しての写経修行の種々相を記述している。後深草院と契りを結んでから約十二年後の心ならずもの御所退出数年後には、すでに出家していたが、正応二年（一二八九）二月には逢坂関を越えて鎌倉へ赴いた。翌正応三年九月には帰京の途についているが、帰京後も奈良、熱田、伊勢、再度熱田と身の落ち着く暇もなかった。本稿でとりあげる次の二条歌は、正応四年のおそらく夏から秋へかけての頃、伊勢から熱田へ「帰り参らんとする」時に詠んだ歌である（時に二条三十四歳）。

あり果てん身の行く末のしるべせよ憂き世の中を度会の宮

（新潮日本古典集成本による）

書陵部蔵孤本も「ありはてん身の行すゑのしるべせようき世の中をわたらひの宮」とあり、すべての翻刻書・注釈書類はこの本文に従っている。その歌意は、たとえば「生き存らえている間はわが身の行く末をどうかお導き下さい。憂き世を渡る助けをして下さるという度会の宮よ」（角川文庫）などのように口語訳されているが、初句の解釈としては多少の違和感なしとしないのではなかろうか。「あり果てん」の「果つ」という語は、「最後まで～する」の意を添える補助動詞で、とすると初句の基本的意味は、「いつまでも生き続けるだろう」のようになろう。「生き存らえている間は」という角川文庫口語訳の受容は、死ぬことを前提としてそれまでの生きている間はの意であろうから、「いつまでも生き続けるだろう」と受容すべき基本的意味と齟齬し、そのために感じられた違和感であったと思われるの

である。

　これは、誰もが感じる違和感だったらしく、早い時期には呉竹同文会『とはずがたり全釈』（風間書房、昭和41）が、「定められた命を終えるまでの私の行く末をお導き下さい」と口語訳し、さらに「『あり果てん』は、たんに死ぬことではなく、定められた寿命を経ることで、『身の行末』は余命のこと」の如きやや苦しい解説を添えているのであり、近時の注釈書でも、「この世に生きているかぎり、つらい世の中をわたっていく私ですが、そんな私の行く末をお導きください」（新日本古典文学大系脚注）など、苦心の跡の読み取れる解釈がなされている。「あり果てん」本文に従う限りは最良の解釈とすべきであろう。ただ、「生きているかぎり」などの言葉を補って訳す必要があり、多少無理をしなければならない解釈のように思われるのである。稿者は、その点に些かの問題意識を抱くのである。

2

　総じて『とはずがたり』に見える二条の和歌は、すでに幾多の注釈実践が明らかにしている通り、古歌伝統との関わりがきわめて深い。本歌取りなどその影響を指摘できる場合も多いのであるが、「あり果てん」という歌詞については、どのような背景ないし状況を考えておかねばならないのであろうか。

　まず、「あり果てん」の用例は、歌集・歌学書類を通覧して次の二例しか管見に入って来なかった。しかも両首とも好例ではない。

(1)きえでやはつひにこのみはありはてむつゆのいのちのあさひまつまを（永承六年夏・六条斎院禖子内親王歌合）

(2)有はてん《ぬイ》命まつまの程ばかりうきことしげくなげか《おもはイ》ずもがな（悦目抄）

(1)歌の上句は反語表現であり、第三句「ありはてむ」は結局「あり果て得ぬ」の意となるであろう。また(2)歌は、「歌を眼耳鼻舌身意にあて、侍る事あり」とし、「六義にあて、注す」とする一節の「舌」項での例歌であるが、「有はてぬ」の校異を有する。いずれも十全な証歌としては認められないのである。

それに対して「あり果てぬ」という用例は枚挙に遑がない程頻出する。

①（つかさとけて侍りける時よめる）

有りはてぬいのちまつまのほどばかりうきことしげくおもはずもがな（古今・雑下・平定文）

という歌が初見と思われるが、この歌は、『大和物語』や『伊勢集』『和泉式部続集』などの私家集、『和歌体十種』『俊頼髄脳』『後六々撰』『和歌色葉』『時代不同歌合』などの歌学書類にも重出する有名歌で、この歌詞の用法を規制するルーツ歌的用例の位置を占めているともいえよう。その後も、

②かぎりなくうかりし身だにありはてぬ山にてきみが思ひをぞしる（宇津保物語・律師忠こそ）

③ありはてぬわが身とならば忘れじといひしほどへぬ我が身ともがな（和泉式部続集）

④みなそこにやどれる月のかげよりもありはてぬよのあはれなるかな（大斎院御集）

⑤ありはてぬやどのさくらのはなをみてをしむ心のほどはしらなむ（永承六年夏・六条斎院禖子内親王歌合）

⑥ありはてぬよとはしるしるたれもみないまゆくすゑといふぞはかなき（貧道集）

⑦ありはてぬ命をさぞとしりながらはかなくも世を明けくらすかな（二見浦百首・述懐・定家）

など厚い伝統が形成され、鎌倉時代に入ると、勅撰集だけについてみても次のように多出している。

⑧いつまでとこころをとめてありはてぬ命まつまの月を見るらむ（続古今・雑上・平義政）

⑨ありはてぬ身だに心にかなはぬにおもひのほかの世にもふるかな（続拾遺・雑中・赤染衛門）

⑩ながらへてありはてぬ世のほどをだにいきてわかれの道ぞかなしき（新後撰・離別・従三位忠兼）

⑪たのめおく人の契ぞありはてぬ命まつまもうたがはれける（新後撰・恋二・鷹司院帥）

⑫かはるまじき人の心と思ひなしてありはてぬ世をなげくはかなさ（玉葉・恋三・権大納言家定）

⑬ありはてぬうき世の中のかりの宿いづくにわきて心とどめむ（続千載・雑下・権大納言兼季）

⑭うき事もありはてぬ世とおもはずはいつをかぎりに身を嘆かまし（続千載・雑下・権大納言厳教）

以上十四首、いずれの「ありはてぬ」も「いつまでもずっと生き続けて行くことはできない」の意で通る用例群であるが、特に⑨『続拾遺集』赤染衛門歌は『赤染衛門集』にも見え、平安・鎌倉期を通じて断絶することなくこの歌詞が生き続け、この形で享受されていた有力な一証例となっている。南北朝・室町期の用例は省略に従うが、勅撰集および『新葉集』中に六例程を数えるのである。

なお、類語的歌詞に「あり果つまじ（き）」がある。この語についてみても、勅撰集レベルでは『続拾遺』『玉葉』『新千載』『新拾遺』『新続古今』各一例を数えるが、いずれも「あり果てぬ」の推量形として、歌詞「あり果てぬ」が多用されていることの補強となろう。また、かりに「あり果てん」という歌詞が市民権を得ていたとして、その歌詞と関連して一考すべき「あり果つ」という歌詞についてみると、「ありはつる世としおもはばいかばかり数ならぬ身も猶うからまし」（続千載・雑中・前内大臣公〈新拾遺に法印宗尋歌として重出〉）一例を見出すに過ぎないが、その反実仮想文型句文の歌意から推して、むしろ「あり果てぬ」と否定的に詠む歌詞が常識的発想に基づく伝統的表現であったことを証するのに役立っている、と言えよう。

3

以上、「あり果てん」「あり果てぬ」両歌詞の用例調査結果を背景にしていえば、二条歌の「あり果てん身の行く末のしるべせよ」とある初句「あり果てん」は、原態「ありはてぬ」とあった本文の誤写本文ではなかったかという疑問が生まれてくるのではなかろうか。前項で「あり果てん」の用例として掲げた、『悦目抄』の例歌に傍記された校異によって、「ありはてぬ」と作る伝本も存することが示されている事実も、些かの傍証となろう。そもそも変体仮名の「ぬ」と「む（ん）」とは、混同誤写される恐れのある文字であった。字母漢字でいえば「怒」と「無」の草体が類似した字形を示すことがままある混線現象ではないかと思われるのであるが、たとえば次のような例もある。

かくしつ、ついにとまらむよもぎふのおもひしらる、くさまくらかな（竜門文庫蔵本千載集・羇旅・円玄法師）

この第二句は、古写諸本ほとんど「ついにとまらむ」であるが、正保四年版本などは「つゐにとまらぬ」本文であり、今治市河野美術館蔵八代集本（近世写本）なども「かくしつ、つゐにとまらぬよもぎふの思ひ知る、草枕かな」となっている。これなどは、「む」→「ぬ」と変わる同様原理に基づく混線現象であった。

『とはずがたり』全体に見られる誤写例は、周知の如く多い。すでに早く、松本寧至「『とはずがたり』の誤写について」（文学・語学、昭和34・6）同上「『とはずがたり』本文存疑―玉井・次田両博士説にも関連して」（国語と国文学、昭和38・3）、次田香澄「『とはずがたり』本文考」（国語と国文学、昭和37・1）同上「『とはずがたり』本文の問題点」（国語と国文学、昭和40・6）、玉井幸助『『問はず語り』本文設定考」（文学、昭和41・6）などの先駆的研究を経て、校訂すべき箇所は大部分明らかにされている。こうした研究成果をふまえ、多くの翻刻・注釈書類はそれぞれの校訂本文を作成しているのであるが、校訂内容は厳密には必ずしも一致せず、いずれも定本と呼ぶにはまだためらわざるを得ないのが現況であろう。校訂者による判断の相違があって、いまだに二様の本文が並立されたままになっている箇所もまま目につく。たとえば、いま問題にしている二条歌の後続文（書陵部蔵写本では三十七行程の後文）に「…世を宇治川の河波も、袖の湊に寄る心地して、月ばかりこそよると見えしかと言ひけんふるごとまで思ひ続くるに」とある箇所の「月ばかりこそ」の「月」を、原文通り「月」と取るか、引歌「有明の月も明石の浦風に波ばかりこそよると見えしか」（金葉・秋・平忠盛）の正確な引用と認め、「波」の草体を「月」と読み誤っての誤写という立場を取って「波ばかりこそ」と校訂するか、諸注釈書類を検すると完全に二種の本文に分かれている。呉竹同文会本・新潮日本古典集成本・新日本古典文学大系本などは「月」説であり、その他の諸注釈書は「波」説である。しかしこうした問題箇所は、引歌との関係から誤写説も出し易いいわば幸福な場合であって、なかには当然、何の問題意識も抱かれないまま現在に到っているいわば不幸な問題箇所もあるに違いない。

本稿は、そのような見地からの一つの問題提起である。稿者は冒頭項に掲げた二条歌の初句本文を「あり果てぬ」と校訂し、その歌意を、「いつまでも生き続けては行けない無常な身ですが、せめて死ぬまでの私の行く末を導いて下さい。この憂き世を渡って行かねばならないのですから、渡会の宮よ」のように、解したいと思うのである。『とはずがたり』とほぼ同時代的な物語『苔の衣』にも、「ありはてぬかりのやどりをふりすててまことのみちをたづね入るかな」という一首が見えている。

二、巻五「露消えしのちの御幸の悲しさに」歌考

1

『とはずがたり』の巻五、後深草院葬送の後を追い「物は履かず、足は痛くて、やはらづつ行く」二条は、「…この春女院の御方御かくれの折は、二御方こそ御渡りありしに、このたびは、女院の御方ばかり渡らせおはしますらん御心の中、いかばかりかと推し量り参らするにも」として、次の歌を詠み、後文を添えた。

露消えしのちの御幸の悲しさに昔に帰るわが袂かな

語らふべき戸口もさしこめて、いかにと言ふべき方もなし。さのみ迷ふべきにもあらねば、その夕方帰り侍りぬ。

この辺の叙述に、次に記す西行『山家集』の一節が影響していることを最初に説いたのは、管見によれば、志村有弘「『とはずがたり』の中世的性格―世俗と出離―」(解釈、昭和49・6)であった。

一院かくれさせおはしまして、やがての御所へわたしまゐらせけるよ、高野よりいであひてまゐりあひたりける、いとかなしかりけり、この、のちおはしますべき所御覧じはじめけるそのかみの御ともに、右大臣さねよし、大納言と申しける、候はれけり、しのばせおはしますことにて、又人さぶらはざりけり、その御と

もにさぶらひけることのおもひいでられて、をりしもこよひにまゐりあひたる、むかしいまの事おもひつづけられてよみける

こよひこそおもひしらるれあさからぬ君にちぎりのあるみなりけり

をさめまゐらせける所へわたしまゐらせけるに

みちかはるみゆきかなしきこよひかなかぎりのたびと見るにつけても

をさめまゐらせてのち、御ともにさぶらはれける人人、たとへんかたなくかなしながら、かぎりある事なればかへられにけり、はじめたることありて、あくるまでさぶらひてよめる

とはばやとおもひよらでぞなげかましむかしながらの我が身なりせば

（新編国歌大観本による）

とある西行歌が『西行物語』（稿者注…文明十二年本・正保三年版本など）や『古今著聞集』にも見えることに触れながら、志村氏は「…諸国行脚より帰って来て後深草院の野辺送りを自己の目で見ることになった二条と、高野よりたま帰って鳥羽院葬送の場に遭遇する西行の状況は酷似する。二条の『露消えし…云々』の歌も西行の『道かはる…云々』、『とはばやと…云々』の歌に発想を得たものかもしれない」と説かれているのである。たしかに、契り浅からぬ至尊の葬送に加わり、昔日追憶の想いにふけるという総体的情況の類似や、西行歌の二首目「みちかはるみゆきかなしきこよひかな」と二条歌の上句「露消えしのちの御幸の悲しさに」との類似的表現は、その立論を支えるのに十分であるように思われるし、なおいえば、西行歌三首目詞書中の「かぎりある事なればかへられにけり」と二条歌後文「さのみ迷ふべきにもあらねば、その夕方帰り侍りぬ」との響き合いなどにも、二条歌をめぐる叙述に西行歌群の影響が感受されるように思われるのである。

だが、この志村説は、その後氏自身の『説話文学の構想と伝承』（明治書院、昭和57）所載「後深草二条―『とはずがたり』作者―」中でも深められることはなく、松本寧至『中世宮廷女性の日記』（中公新書、昭和61）などでも「この西

行の姿が、『とはずがたり』を綴る二条の念頭にあったことは疑いない」の如く軽く説かれただけで、学界レベルで強力に継承発展させられることがなかった。一応の市民権が主張されただけで、いたずらに二十数年の歳月を経過しているといってよい。この小論では、志村氏・松本氏の驥尾に付して、その着想の拡大再生産ないし公認化推進に努めたいのである。

2

迂遠のようであるが、少々角度をかえて関連する周辺的問題に目を転じ、いわば搦手からの考察を試みる。まず、『とはずがたり』には先行勅撰集歌や西行歌の本歌取りないし引歌表現が目立つ問題についてであるが、八代集や『源氏物語』などに関する二条の知識教養は現代人が考えるよりずっと該博であり、西行からの影響も、いまさら喋喋する必要もないほど広く深いことがいえる。この作品を読む上での一つの常識と言ってもよい程である。してみると、この条件に照らして、前項で紹介した『とはずがたり』と西行歌群との結びつきも状況証拠に頼る演繹的論法にせよやはり十分肯定できそうであるし、私見によれば、次の『新古今集』西行歌からの影響も無視できないといえよう。

思ひおく人の心にしたはれて露わくる袖のかへりぬるかな（羇旅）

『新古今集』では、「年たけて又こゆべしと思きや命なりけり佐夜の中山」という、二条もその影響を受け『とはずがたり』の鎌倉から都への帰途の叙述（巻四）にも引く有名西行歌の次に配列されている歌なので、この西行歌の下句と二条歌の下句との近似的表現にも注目せざるを得ないのである。この西行歌は、「いたづらにしほるるそでをあさ露にかへるたもととおもはましかば」（千載・恋二・俊恵法師）の本歌取りである。あるいは二条歌は、この俊恵歌をも意識し、いわゆる「本歌二首をもてよめる歌」（井蛙抄）としての作詠であったかも知れない。『とはずがたり』の巻三には、やはり『千載集』の俊恵歌「思ひかねなほ恋路にぞ帰りぬる恨みは末も通らざりけり」（恋四）を引く傍証例も存する。「かへる」は「色が返る」と「昔に帰る」の掛詞。二条の心情は後深草院との旧交の想い出、往昔の日々に帰るところにあったろうが、それはまた、前掲『山家集』の西行歌一首目の詞書「…むかしいまの事おもひつづけられてよみける」を、強く意識しながらの表現に相応しい。たとえ当初は、さほど明確に意識されていなかったとしても、書き進めるにつれて『山家集』(『西行物語』にも載る)のこの場面や『千載集』俊恵歌、『新古今集』西行歌が二条の脳裏に甦らなかったとすることは、二条の教養質からみてむしろ難しいであろう。後深草院葬列の後を裸足で追うという叙述に感受される迫真性は、この体験の真実性を保証するに十分なようであるが、その実際体験に基づく熱い思いは、教養のしからしめるところおのずから私淑する西行を時間を超えて呼び寄せるのである。

3

だが、二条の『山家集』や勅撰集歌の教養が広く深いものであるとして、それだけでは以上の立論を全面的に認めることはできまい。二条の教養質の深さはいわば必要条件に過ぎず、なお十分条件として、すくなくともその教養質が十全に機能し得たかどうかが確かめられねばならない。すなわち、生まの人間として当然の限界であろうが、時に多少の記憶の薄れなどを自覚したような場合、原典に当たって確認する機会を二条は持ち得たのかどうかの問題がクリアされねばならない。

この問題は、後深草院葬送場面がいつどこで執筆されたかという問題に換言できる。そのためには先ず、第一節に引いた二条歌前文の少し前に「泣く泣く一人なほ参るほどに、夜の明けし程にや、事果てて、空しき煙の末ばかりを見参らせし心の中、今まで世に永らふるべしとや思ひけん。伏見殿の御所ざまを見参らすれば…」とある、「今まで永らふるべしとや」の「今」がどの時点を指すかが、解き明かされねばなるまい。この「今」については、⑴葬送時説(筑摩叢書・角川文庫・講談社学術文庫・新日本古典文学大系など)、⑵執筆時説(呉竹同文会・研究大成・新潮日本古典集成・日本古典新書など)の両説を見るが、私見では葬送の時を指すように思われる。その理由は、「思ひけん」と過去推量の「けむ」が用いられていることもさることながら、この葬送記事と一連的に捉えられるべき故院四十九日仏事に関する叙述の末尾近く、「…数ならぬ身なりともと、さしも思ひ侍りし事の叶はで、今まで憂き世にとどまりて、七つの七日に逢ひ参らする、われながらいとつれなくて」とある、「今まで憂き世に」の「今」が明らかに四十九日法要の時点を指すこととの関連で、文脈的にはやはり葬送の時を指すとするのが穏当であると思量するからである。もちろん葬送当夜にこの記事を書くことはまずできまい。後日、当夜にタイムスリップして書いているのであるが、そのいわば表現レベルでは「葬送の時」と取らねばならないと思うのである。実時間レベルでの実際の執筆時期を特定することは難しい。上述の如く、四十九日仏事の記事との関連から、すくなくとも草稿的覚書風記事の執筆は、四十九日以前おそらく当夜からあまり日を置かずに執筆されたのではないかと推察するのみである。しかし当面の問題処理上は、この葬送当夜後なにがしかの時間を介在させての執筆であったことが確かめられれば、それでよかったのである。

ところで、その「なにがしかの時間」を二条はどこで過ごしていたのであろう。伏見小林の「伊予殿」の家（巻二）なども候補となるが、主としては、巻一に登場する二条の実家（＝父雅忠の家）である「川崎の家」（新潮日本古典集成頭注に「一条京極の東、賀茂川の西岸。川崎観音堂の辺」とある）を、その在所として考え得る。この家は、巻三に「里」「里居」「里住み」などの語で多出する二条の在所として、後深草院御所冷泉富小路殿から約一・五キロという小廻りの利く位置関係にあり、すくなくとも御所退出以前の里帰り先きに相応しい。ところが御所退出後も、やはり巻三の准后九十御賀の記事中に、二条の「里住みもはるかになりぬるを」と見えるので、依然として二条はこの実家に住居していたのではないかと推測し得るのである。したがって、巻四における二条の鎌倉下向後「十月の末にや、都にちと立ち帰りたるも」とある、都の家もこの川崎の実家であったとすることができようし、故院葬送の当夜「さのみ迷ふべきにもあらねば、その夕方帰り侍りぬ」とあり、また「御四十九日も近くなりぬれば、また都に帰り上りつつ」とあった帰るべき家も、またその同じ家であるとすることが許されるように思われるのである。

二条は、大和はじめ諸国を行脚する途中、時どき京に戻っているが、身を落ち着かせることのできる自家があったからこそできたことではなかろうか。この家は、父母の手箱や硯を「修行に出で立つ折も、心苦しきみどり子を跡に残す心地して、人に預け、帰りては先づ取り寄せて、二人の親に会ふ心地して…」（巻五）と記していることからも、親譲りの家であったことが十分に推測できる。それにしてもこの家は、二条の廻国修行中は無人の空家となっていたのだろうか。それとも、あまり信頼はできないが一応留守番らしい人が管理していたのだろうか。そもそもこの作品中では影の薄い雅忠男雅顕の生活実態とも関連して、事情不明としかいいようがないが、親譲りの家であるとすると、「続古今よりこのかた、代々の作者なりき」（巻五）というこの京の家に、何らかの書籍・手控え類が皆無であったとも思えない。手控え類などは、廻国中も持ち歩いていたかも知れない。記憶の薄れかかった西行歌などを確かめ直す機会は、二条にとって絶無ではなかった。

以上、故院葬送記事がいつどこで執筆されたかを憶測してみたが、要するに、この葬送記事執筆が必然的に呼び寄せたに違いない西行歌などについて、もしこれを確かめる必要が生じた時には時間的にも機会的にも可能な状況であったことを説き、西行歌本歌取説のいわば十分条件を整えたかったのである。現存本文として固まる最終段階では、二条は、西行歌群（さらにいえば『千載集』俊恵歌をも）を本歌・本説として自覚的に受容しながら叙述を進めて行ったことを、改めて想定したい。

4

西行と一体化しながらこの後深草院葬送場面を書き進めることは、では二条にとってどのような意味をもつのであろうか。『山家集』では「高野よりいであひてまゐりあひたりける」と偶然の邂逅であったことを強調するかに読めるし、『西行物語』『古今著聞集』もこの立場を取るが、もとよりこれは、西行みずからの積極的行為による葬送参列と解するのがよいであろう。この参列は、鳥羽院鎮魂のためであるともいえるが、より重く、「君にちぎりのある」

西行自身のためではなかったかと思われるからである。西行の出離に関して、目崎徳衛『数奇と無常』（吉川弘文館、昭和63）には、鳥羽院との男色関係清算説ともまま取られることもある、西行の院との深い関係離脱願望を、「遁世の前提に存した状況」として説くところがある。それはともかくとしても、宮廷からの離脱に際して鳥羽院の知遇を無視した出離に伴う西行の心の痛みは、「鳥羽院に出家のいとま申すとてよめる　をしむとてをしまれぬべきこの世かはみをすててこそみをもたすけめ」（異本山家集）という歌などにも投影しているように感得されるが、この心の痛みはその後もずっと西行の心奥から消えることがなかったのではないかと思われる。そうした思いに終止符を打つためにも、西行は高野を下りなければならなかったのである。「七月二日崩。即今夜奉渡安楽寿院御塔」（皇代記）とある如く、崩御即夜の葬送であったので、おそらく院危篤の情報を事前に得ての直ぐさまの下山であったろう。「去五月二十二日以後経日大漸」（兵範記）の如く、院の病いは一ケ月余に及び、次第に悪化していたのであった。後深草院御悩重態の報に接してからその葬送まで、二条の場合もやはり一ケ月程であったが、二条は鳥羽院葬送の列に加わる西行と同化しながら、同じように「あさからぬ君にちぎりのあるみ」として、後深草院との別離となった御所退出の際の複雑な状況を夢のように想い出していたであろう。吉本隆明「西行論」（全集撰6『古典』〈大和書房、昭和62〉）の説くところに従えば、鳥羽院の死がすべての恩讐を超えさせた思いを西行にもたらし、その心意が院の冥福を心底から祈る終夜の読経となった、という。二条の場合も、後深草院の死とともにすべての現世的妄執を超えることのできた思いが強かったであろう。それは、西行とともに恩讐の彼方へ自己を救済することでもあった。

『とはずがたり』巻一、二条九歳時での「西行が修行の記といふ絵を見し」体験記に始まり、「修行の心ざしも、西行が修行の式、羨しくおぼえてこそ思ひ立ちしかば、その思ひを空しくなさじばかりに、かやうのいたづら事を続け置き侍るこそ」と跋文で結ぶ構成に窺える執筆姿勢には、西行に重なろうとする二条の自己美化的意識も正当に商量されねばならないであろう。しかし、そうした美化意識云々の作品評価に関する問題は一応さておき、すくなくとも表現事実として後深草院葬送場面の叙述に冒頭項掲出西行歌群の影響を認めることは、この作品のこうした構成からも仮説的には十分に首肯できる読み方であろう。

しかしながら、昭和四十年代以来盛んに刊行されはじめたこの作品の注釈書類に、この葬送場面二条歌の西行歌受容ないし本歌取りについて触れた説明は見えない。鈴木儀一「とはずがたり二条の教養―引歌をめぐって―」(駒沢国文・第6号、昭和43・3)山田由美子「『とはずがたり』にみる西行の影響」(立教大学日本文学・第21号、昭和43・12)重松裕己「とはずがたり―引歌・本歌の補遺を中心に」(熊本女子大学学術紀要、昭和49・3)や、渡辺静子『中世日記文学論序説』(新典社研究叢書24、平成元)所収の第二章第二節「『とはずがたり』における和歌摂取の位相」和田英道「『とはずがたり』における西行と二条」(女流日記文学講座第五巻・勉誠社、平成2)などの研究論文類を検しても、触れるところがない。先述の如く、管見によれば志村有弘氏や松本寧至氏が着目され、たとえその後追随者がいたとしても大きくは取り上げられず、公認されているとは決していえない説であると思われる。両氏らの読みは、今後いっそう深められ、学界共有の認識とならねばならなかったのではなかろうか。本稿は、そのためのいわば紹介補足の一文にほかならない。

第四篇　誹諧歌考説

第一章　誹諧歌の変貌

一

歌学書の『俊頼髄脳』（源俊頼）・『八雲御抄』（順徳院）などに伝える、公任や経信ら当代歌壇の第一人者が誹諧歌に示した無理解[1]は、いったい何故生じたのであろうか。

この問題を解くためには、『古今集』誹諧歌に関する考察を、やはり先ず必要とする。だが先学の業績整理は、すでに伊賀上正俊「古今集における誹諧歌の位相」（札幌大学紀要・1の1）に、折口信夫の「諺の解釈」「歌による謎解き」という発生論的考察などをも含めた言及がなされており、その後の窪田章一郎「古今和歌集の物名と俳諧歌」（国文学研究・第43集）・渡辺秀夫「『古今集』における『誹諧歌』の考察—古今集的表現における逆接的措定—」（同上・第48集）などを披見すれば、現学界の理解水準に達し得ると思われるので、今は贅言を控え、これら諸先学の所論に依拠しながら本論の展開上必要な程度に私見を述べて行くことにしたい。

『古今集』誹諧歌の特質の一つとして、いわゆる褻の歌のすくないことが挙げられる。その全五十八首中[2]、明瞭に実用的な生活詠と目せられる歌は二首であり、逆に、晴の歌合歌二首・題詠歌二首の計四首を数えるのであって、その他残りの「題しらず」詠も、制作事情不明とした場合、撰者の立場からはすくなくとも生活詠であることを表に出すまいとする配慮がなされていたといえるのであり、主題不明とする場合は、一応題詠的に捉えられていたのであろうから、日常生活の中で詠まれた褻歌の僅少ということは、こうした点だけからでも充分に指摘できるが、他の部立で、褻歌がかなり多いことと比較した場合[3]、その特色はいっそうはっきりするであろう。もちろんこれらの誹諧歌の中には、実際には生活的な背景をもつ詠作がなお幾首か含まれていたらしい。[4] しかしながら、その制作事情を捨象し「題しらず」として扱ったところに、これらの特質を少なくとも生活詠的な面には認めようとしなかった、『古今集』撰者たちの誹諧歌観を指摘する必要はある。彼ら撰者たちにとって、誹諧歌は、かくの如く生活の場あるいは制作の場から切り離されたものとして位置づけられていたのではなかろうか。

こうした把握は『古今集』誹諧歌を通説的に滑稽文学として捉える立場で、たとえばいわゆるベルグソン（Henri Louis Bergson 1859~1941）流の、滑稽な現象は必然的に笑いを伴いしかもそれは何らかの社会的凝固現象などを排斥するために向けられる、といった風の理論[5]の応用的考察へとわれわれを導くであろう。すなわち、『古今集』中に現状の如く収められた誹諧歌では、制作事情の捨象という点において、詠者およびその歌の受け手（もしいたとして）が何を笑おうとしていたかは不問に付せられていたのであり、もっぱら、撰者自身あるいはこのアンソロジーの享受者たちが何を笑おうとしていたかが問われねばならなかったが故に、そこでの笑いの機能について、撰集事業という社会的視座での考察を必要とすると思われるからである。本来詠者自身には何かを笑おうとする意識などすこしもなかった場合さえ、あったのかも知れない。してみると、通説的な『古今集』誹諧歌＝滑稽文学[6]という公式自体の再検討も要請されてくるのであり、事柄はいっそう重大化するのである。だがこれは、簡単に解決できる問題でもあるまい。しばらく迂回して、撰者たちの誹諧歌をめぐる意識を、さらに他の面からも考察してみなければならないであろう。

二

『古今集』仮名序は、そのためのやはり貴重な資料である。作者・成立については通説にしたがい、資料価値を認める立場で考えると、

……しかあるのみにはあらず、さざれ石にたとへ、筑波山にかけて君をねがひ、よろこび身にすぎ、たのしび心

にあまり、富士のけぶりによそへて人をこひ、松虫のねに友をしのび、高砂住の江の松も、相生のやうにおぼえ、男山のむかしを思ひ出でて《古本てナシ》、女郎花のひとときをくねるにも、歌をいひてぞなぐさめける。

和歌の歴史中、特に古代和歌の私的状況に関し、物に託してのさまざまな詠歌実践について述べたこの部分の傍線部からは、

富士の嶺のならぬおもひに燃えば燃え神だにけたぬむなしけぶりを（一〇二八・紀乳人）

秋の野になまめき立てる女郎花あなかしがまし花もひと時（一〇一六・僧正遍昭）

などの誹諧歌が、他の部立の歌と同列に扱われていることが先ず認められるのである。[7] つまり仮名序の意識ひいては撰者代表貫之の意識に即せば、その発想内容に関する限り、これらを誹諧歌として特殊視すべき絶対的理由はなかったのかも知れない、ともいえるのである。同じ誹諧歌の、

身はすてつ心をだにもはふらさじつひにはいかがなると知るべく（一〇六四・興風）

という詠を、貫之が『新撰和歌』雑部に収めたことなどをも勘案すれば[8]、すでに前掲渡辺論文にも繰り返し説かれた如く、彼らの意識内で、誹諧歌とそれ以外の和歌との交錯する面はたしかに大きかったのであろう。

それに対して、前掲仮名序の後続部分に、

また、春の朝に花の散るを見、秋の夕暮に木の葉のおつるをきき、あるは、年ごとに鏡の影に見ゆる雪と波とをなげき、草の露水の泡を見てわが身をおどろき、あるは、きのふはさかえおごりて、時をうしなひ、世にわび、したしかりしもうとくなり、あるは松山の波をかけ、野中に水をくみ、秋はぎの下葉をながめ、暁の鴫の羽掻きをかぞへ、あるは呉竹のうきふしを人にいひ、吉野川をひきて世の中を恨みきつるに、今は富士の山も煙たたずなり、長柄の橋もつくるなりときく人は、歌にのみぞ心をなぐさめける。

とある箇所の傍線部分からは、

なにはなるながらの橋もつくるなり今はわが身をなににたとへむ（一〇五一・伊勢）

という誹諧歌の、その発想内容において他の部立の和歌とは異質であると意識されていた事情を、推測し得るのである。その論証のためには、「……世の中を恨みきつるに」の「きつるに」について、本居宣長が「きつるにといへる詞、次の文とあひかなはず」（遠鏡）と疑ったことから、考察の端緒をつかむのが有効のようである。宣長の疑問は、窪田空穂の、「『恨み来つるに』までは前段の結末と同じく『歌をいひてぞ慰めける』の心のものである」（評釈）と説かれたことによって解決されたと思われるが、してみると、ここまでが古代的発想類型にしたがう詠歌実践を述べた部分として大きく一括され、引用文冒頭の「また」は、それまでの前段とこの「恨み（きつるに）」までとを結びつけていると解さるべきなのであり、「……きつるに」と「今は……」との間には深い時間的断絶、次元の違いがあって、それまでの発想類型では処理し切れない現実の変化あるいは託すべき物自体の変化が生じたことを、述べようとしていることが看取されねばならなかったのである。いわば、和歌の世界を支えていた現実的基盤の喪失、両者の乖離という事態が生じたというのである。

したがって、「歌にのみぞ心をなぐさめける」の「歌」とは、そうした現実の変化に応じたありかたの歌を意味しているはずだが、そうした性質の歌にも、

(1)現実とのかかわりを喪失した場で、観念世界での伝統的発想類型にしたがう歌。

(2)現実の変化に即して、それにふさわしい新しい発想を試みた歌。

の二種を想定できるのであり、この「歌」は、古注類に「ふじのけぶりはたえず、ながらのはしはふりぬとよみをきたる歌を本として、なを歌をよみて心をなぐさむといふ也。この事は、ふじの山、ながらのはしをのみいふにはあらず。なに事も、むかしその躰をさしていへりし事の、今はその事ゝかはりたれども、もとよみをきたる歌につきていふ事どもをあらはすなり」（為家古今序抄）[9]「今はふじの煙絶る時あれど、歌には不断とよみ習ひて、ふじの煙の立事

世に残れば、歌にのみ心を慰むと也」（八代集抄）などと説き、その後の注釈史もだいたいこの線に沿っている如く、(1)の立場の歌であると理解してよかろう。「歌にのみぞ心をなぐさめける」の「のみ」も、現実から切断された観念的な歌の世界を限定的に強調していると思われること、それに反し前段末尾の「歌をいひてぞなぐさめける」では、歌を詠むこと自体が現実生活と一体的に捉えられ両者の分離が感じられず、二者相違していること[10]なども、こうした理解を助けているといえる。その点、伊勢の誹諧歌は、現実の変化と正面から係わり合った歌であり、(2)に属することは明らかであって、この「歌にのみぞ」の「歌」とは異質であろう。現実と和歌的観念世界とに齟齬をきたした時、その現実を再び変改しこれを観念世界に適合させることができれば、もちろん望ましい[11]。しかしそれが不可能な時には、現実から切断された観念世界での詠歌実践に耽ることが、古今以来の和歌の正統となったのであり、そこに和歌的現実、和歌的日常性が成立することになったのである。伊勢の誹諧歌は、「是は伊勢の御が中務の君に、かくよむべしといひける歌なり」（新撰髄脳）と評せられた如く、現実との係わりを積極的に志向し、充分な自覚をもって詠まれた注目すべき歌でもあろうが、古今的正統とはいかに相違していたことか。撰者たちは、そのことをはっきり認識していたのであろう。

かくの如く、仮名序から窺われる『古今集』撰者たちの意識に即していえば、誹諧歌とそれ以外の歌との関係は、発想内容的には異質であると意識されていた場合と、等質的に意識されていた場合と、二通りあることが判った。では、彼らが誹諧歌を誹諧歌として認定した基準は、いったいどんな点にあったのだろうか。それは、これら両者の場合の最大公約数的なところに求められるはずであると思われるが、それぞれの場合を分析してみると、後者の場合に属する紀乳人詠や遍昭詠は普通の正統的な和歌と比較して詞・姿についての異質性が認められ、逆に前者の場合に属する伊勢詠はむしろその点での等質性が認められるのである。つまり誹諧歌認定の基準は、これを歌の発想内容に求め得ないだけではなく、歌のいわばスタイルにも求め得なかったといわねばならないのであり、してみると両者の場合の最大公約数とは、より具体的にはこうした発想内容の異質性およびスタイルの異質性を任意に現象化せしめる根源的な何物かであったともいえるであろう。これこそが、誹諧歌を成立せしめる原点でなければならなかったが、それは具体的には、心においても詞においても優雅性――もとより知的趣向性と密接に関連する――を志向するいわば「古今ごころ」にとらわれない心であった、ということができるのではなかろうか。この想定は、古今集の誹諧歌すべてをかような視点から検証した場合、大部分の歌がこの最大公約数で割り切れると思われることにより、裏づけられているといえる。

『古今集』撰者たちの誹諧歌認定の基準は、かくの如くいわば「古今ごころ」にとらわれない発想ないしスタイルの歌を区分けするところに働いていたことを認め得るのであるが、ただそれは、これらの歌の低評価と結びつくわけではかならずしもなかった。前掲渡辺論文の「正格から外れた憎むべき歌体であるという如き単純に否定的な撰者の態度の現われではなかったはずである」という発言は、動かせない基本的立場として首肯されねばなるまいと思う。だがまた、高い評価を与えようとする積極的姿勢を認めることも、誹諧歌自体の美的形象度の弱さが否めない点からできかねるのである。前掲窪田論文に「ある意味では古今的本質をつきつめ、結晶させ、四季・恋の巻々の領域をさらに開放し開拓している」とあるのは、あくまでも「ある意味では」という側面観として受容されるべきだと思われる。

では、この誹諧歌認定の基準は、いったい撰者たちのいかなる意志に沿って働いていたのであろうか。渡辺氏は「正調を追認する逆説として措定され」ているという鋭い評価を示したが、それは「結果的な効用として」認められた現代的評価に他ならないのであり、撰者たちの当代的自覚的意志としては、氏は「正調、所謂古今集的表現を生み出す撰集作業に於ける陣痛――編纂過程そのもの――の化石的投影を示すものと言うべき」「本来的に『古今集』の成立に関わって、そうした意味合いを背景にもつ歌」を「無下に捨象し去ること」がなかったのだという把握をされている。たしかに、正調の逆説的措定という自覚が撰者たちにあったと断じることは難しい。しかしながら、氏の如く単に歴史的意味を担っていたに過ぎないと考えることには、いっそう問題があるのではなかろうか。その立場では、たとえ歴史的意味という当代的価値を認めるにしても、他の部立の和歌と同じ次元での当代的価値が軽視されていることはやはり否めず、してみると、小部立とはいえかなりの分量のそれをかような低評価の歌群で構成したことが、本来秀歌撰であり一箇の統一体であるべき勅撰集の編纂結果としては、不審の念を抱かせるのである。「誹諧」の語義を「諧調を誘る、又は諧調に非ざるもの」とする渡辺氏の独創的な解を、勅撰集という統一体としての諧調を誘るという意味にまで拡張することは、ためらわざるを得ない。

そこで無い知恵を絞るのであるが、そもそもこの小部立は、他の「短歌（＝実ハ長歌）」「旋頭歌」とともに巻十九「雑躰」部に属しているのであり、その点を重視すると、仮名序に「あるは春夏秋冬にもいらぬくさぐさの歌をなむえらばせたまひける」とある和歌の多様性を認めようとする意識が、いわば「雅」に対する「俗」の歌群としての誹諧歌という小部立を成立せしめた、という常識的見方を再認識してみたくもなるのである。同じく仮名序の冒頭に、「やまとうたは、人の心を種として、よろづの言の葉とぞなれりける」とあったのも、さまざまな「人の心」のありように応じる和歌の多様性を認めてかかろうとする、撰者たちの基本的姿勢の表明であったと思われる。そう考えることによって、この「雑躰」部と他の部立との関係を品等意識を介在させて処理する立場から、先ず抜け出すことができるであろう。さらに次には、新井栄蔵「古今和歌集四季の部の構造についての一考察―対立的機構論の立場から―」（国語国文、昭47・8）に説くが如き、ものごとの対立的把握という基本的編集意識が、ここにも働いていたのではないかと推察してみたくもなるのである。「雑躰」という部立設定そのものに、多様性意識とでもいうべきものと同時に、正格に対する破格の和歌という対立性意識とでもいうべきものが働いていたことは、長歌や旋頭歌が形式面での古形であり一種の破格と考えられはじめていたと思われること[13]から、充分に首肯できると思うのであるが、誹諧歌は内容面での破格という対立的構造を示していたと解し得る。すでに指摘された如く[14]、この小部立の構成が四季十一首・恋三十八首・雑九首から成り、実質的には四季歌をも侵す恋歌的色調の優勢が認められるのであるが、この小部立構成が、正格の和歌の部立構成と対応している側面も正当に認識されてしかるべく、こうした点にも、対立的把握という編集意識の細かい神経が行き届いていたことを検証できるであろう。正調の逆説的措定という自覚まではなかったとしても、正調の「雅」に対する心ないし詞・姿の「俗」という対立的把握の自覚はあり、和歌の多様性意識に支えられて、誹諧歌という小部立の出現が必然化されたと考えてみることもできそうである。

おそらく、このような高次の編集意識、撰者たちの意志に沿って、前述した誹諧歌認定の基準が働いていたのであろう。今後なお、専門の古今研究者による充分な論証あるいは修正・訂正を俟たねばならないとしても、『古今集』延いてはその全体と関連する誹諧歌の小部立が、一箇の統一体として捉えられることを要請しているという立場に基づけば、かような一応の見通しをつけてみることも許されるのではなかろうか。

三

以上、『古今集』誹諧歌をめぐる撰者たちの意識を考察し、彼らの主体的編纂意識によってこの小部立が成立し、具体的な撰歌もなされるに至った事情の推測を試みた。こうした考察結果としては、従来誹諧歌の特質とされ、したがってその認定基準でもあると看做し得る「滑稽性」についても、撰者の主体的立場に即しての追体験的考察が当然なされなければならなかったのである。

先ず、前章で扱った三首の誹諧歌に再度登場願おう。「滑稽」が「笑い」を伴うことを一応自明の理とし、さらに「笑い」を笑う主体と笑われる対象とに分けて考えるならば、たとえば「秋の野になまめき立てる女郎花あなかしがまし花もひと時」（遍昭）などは、女郎花（＝美シイ女性）の婀娜っぽいさまなりそれを取り巻く浮薄な男性たちなりを冷笑した詠とも解し得るものの、撰者たちの意識に即せば「女郎花のひとときをくねる」（仮名序）歌として受容されていたことになり、発想上詠者自身に笑いはなかったと考えられていたと思わねばならず、もしそこに笑いがあるとするならば、後世の「やがて見よ棒くらはせん蕎麦の花」（宗因）などにも通うスタイルの奇矯さを、撰者たちが笑ったとしか解しようがないようである。笑う主体は撰者であり、笑われる対象は一応歌自体であるとせざるを得ない。また「なにはなるながらの橋もつくるなり今はわが身をなににたとへむ」（伊勢）にしても、詠者自身に即せば「老いをかこつもので、実感としてのあわれのある歌」（窪田空穂氏評釈）なのであり、「しかし、長柄の橋の新造ということを聞いた瞬間、老いの譬喩としたものが無くなったと思って、当惑げな顔をしたことを思うと、おのずから可笑しみを覚えさせる」（同評釈）という「可笑しみを覚え」る主体は、この歌の享受者に他ならないのであった。そこではあるいは、現実の変化に戸惑う詠者の融通性に乏しい生真面目さなどが笑われる対象になっていたのかも知れないが、撰者たち享受者が笑う主体である点に変わりはない。その他「富士の嶺のならぬおもひに燃えば燃え神だけにけたぬむなしけぶりを」（紀乳人）なども、この歌を単独に享受する限り、詠者自身の笑いはどこにもない。これらの誹諧歌の笑いが、歌自体を対象とした撰者たちのそれでしかあり得なかったことは明瞭であろう。そしてこの小部立を通観すれば、同様のケースの多いことが判るのである。[15]対詠・独詠などの制作事情は捨象され、本来笑いの要素を含まない歌までが笑うべき誹諧歌として扱われ位置づけられている。

要するに、誹諧歌の「笑い」とは、撰者たちによって付与されたそれであったといわねばならないのである。ただ、その笑いの内容と、それが誹諧歌認定の基準になり得るかどうかについては、両者関連する問題としてなお考究を深める要があろう。実は、巻十七好色的戯咲歌群[16]などをも含めて「をかし」系の和歌が他の部立中にも非常に多く、誹諧歌を『古今集』一般を彩る「をかし」性の中に溶解させ、対立的把握という基本的編集意識の設定根拠を揺るがせる恐れもあったのであり、手続きとして先ずこの点の解決を迫られるのだが、例証するまでもなくこれら「をかし」

系の歌は、対詠・独詠、さらにそれぞれと交錯する生活詠・題詠の別を問わず、詠者自身の哄笑やその「をかし」志向の精神に発する微苦笑の類など、歌自体に笑いを内在させた場合の当然のことながら多いことが判るのであり、(17)したがって撰者たちの主体的笑いという現象は、誹諧歌にのみ限られるといえそうなのである。その意味では、「撰者の付与した笑い」という「笑い」は他の「をかし」系和歌とは次元を異にする「笑い」として、充分に誹諧歌認定の基準たり得ている、と先ずいえよう。とするとその「笑い」は、前節で確かめた認定基準すなわちいわば「古今ごころ」にとらわれない底の正調的「雅」に対する「俗」の歌であるということと矛盾することなく係わり合い、有機的につながり合わねばならないことになるはずだが、その接点へのアプローチとしては、撰者が笑おうとしていたのはいったい何であったかと問うことが有効のように思われる。古来多くの学者が挑みいまだに解明し尽されない「笑い」の本質はさて置き、一つの具体例として考察するならば、この「俗」なる歌群が品等意識でなく多様性意識で支えられている以上、撰者たちがこの誹諧歌自体を否定的に笑おうとする見方――詠者の大真面目さにもかかわらず歌そのものは案外低俗であったとか、あるいはその低俗さと比較して撰者たちの和歌の正調性に対する優越感を覚えたとかいう笑い――は成立し難く、むしろこうした「俗」の歌も存在すると対立させたところに、すくなくとも「雅」的正調が唯一の価値ではないとしてその独擅をチェックする意識があったようにも考えられ、そうした立場からは、「俗」なる歌群が正調に対して洗練さを欠く一方真率さなどそれなりの価値も有しているという、いわばそれらの和歌のとらわれない自由な表現態度への暖かい育成的笑い、「俗」の本来的意味を認識した高次の立場での異風許容的包摂的笑いが撰者たちの笑いであったとも解せられるのである。たしかに、古今的正調は当時における新風であったが、いかなる新風といえども、その成立の時点においてすでに悪しき固定化に陥る宿命を荷なっているのであり、そうした側面がベルグソン的凝固現象として排斥され矯正される必要はあったといえよう。古今撰者が、その正調の詩的生命の永続を図るために誹諧歌という小部立を設定したと論ずることは、「正調の逆説的措定」（前掲渡辺論文）という論に類して、彼らの自覚的認識とまで断じることを慎まねばなるまいが、誹諧歌を設定することによって集全体がいっそうダイナミックになり、生命力溢れる高度の統一体となり得ることは、多様性志向の心理からしても、集編纂時における撰者たちの意識するところであったと推察できるのである。このように、撰者たちが何を笑おうとしていたかを考察しきたると、「撰者の付与した笑い」という認定基準は、いわば「古今ごころ」にとらわれない「俗」の歌という認定基準と分かち難く密接につながり、両基準融合して誹諧歌の出現を必然化させたということが判るのである。

では、その「撰者の付与した笑い」という言い方は、「撰者の付与した滑稽性」という風に換言してもよかったのだろうか。第一に、それは集編纂の場において撰者たちの設定した滑稽であったという性質を備えていることになるわけだが、本来滑稽性は特定の場における特定の視点においてはじめて成立するものであろうから、これは問題ないとして、第二に、正調に対する異風許容的包摂的笑いという内容についてみると、果たしてそれは滑稽という名に価するものであったかどうか、疑念なしとしないのである。たとえば悪魔的な恐ろしい笑いをいかに冷静に観察し、いかに恣意的に解釈してみても、よほど特殊な視角を持たない以上滑稽感は湧き難く、滑稽は常に笑いを伴うかも知れないが笑いはかならずしも滑稽と結びつかないのではないかと思うからだが、誹諧歌に対するこの撰者たちの笑いの場合、上述の如く対象にそれなりの価値を認めて、和歌の源泉ともいうべき素樸であり時に粗野でさえある真率さが、心なり詞なりに生のまま現れている反面、一方また生命的でもあるような歌を感賞する暖かい許容的笑いであったのであり、それはいわゆる「をかし」的な笑みであったとは思量されるのである。「をかし」の本質を解明することは容易でないが、この語にかような意味内容の存したことはすでに岡崎義恵氏により説かれており[18]、「興味を引く」という原義を説いた諸家の解[19]や、また批判し選択し淘汰する精神を洞察した藤田徳太郎氏の所説[20]などとも交錯し合う面があり、かような意味において、『古今集』誹諧歌＝「をかし」の和歌、という規定はできるであろう。しかしながら、こうした意味内容の「をかし」は実は「滑稽」とは同義でなかった。「をかし」には、「可笑　見醜皃阿奈乎加之」〔享和本新撰字鏡〕などの如く滑稽的なもの、「をこ」的なるものへの傾斜ももちろんあり、時代が下るとともに特にそうした意味が強まるのであるが、巻十七好色的戯咲歌などがその方の「をかし」の和歌と思われ、これが「滑稽」と結びつくのである。すなわち、これまで「をかし」系の和歌という術語を用い一括的に扱ってもきたが、今は、すくなくともはっきり二種類に分類しての概念規定が必要とされる段階に達したといわねばならず、滑稽文学として扱われるのが至当の和歌に対し、興味を引き許容的に感賞する意の「をかし」の和歌であるともいえる『古今集』誹諧歌は、どうしても滑稽文学であったとは考えられないのである。とすると、「撰者の付与した笑い」はより正確に「撰者主体の感賞的をかし性」の如く規定されることこそ望ましかったが、「滑稽性」として換言されることは許されなかったといわねばならない。そこでの撰者たちの笑いは、誹諧歌の享受者である第三者が彼らと同じ高さの次元に達した時、はじめて理解できる底の暖かい笑みだったのである。伊勢の御が女中務に「かくよむべし」と教えたと伝える前引誹諧歌なども、さすがに古今撰者たちは、この歌の良さを理解し得ていたのではないかと思う。

なおこうした立場では、「誹諧」の字義についても、これを単に通常の「滑稽」と解することは許されないことになる。「戯作㆓俳諧体㆒遣㆑悶、二首」（杜少陵詩集・巻二十）など、中国文献からの影響を重視する説に心引かれながらも、やはり「誹」を「謗・非」と解する渡辺秀夫氏説を採るべきではないかといわねばならない。ただ、撰者に正調を謗る自覚があったとまでは考えられないことについては、先に渡辺論文を引いて同調した通りであり、したがって「謗」よりも「非」の方を採りたく、「誹之言非也、言㆑非㆓其実㆒」（段玉裁『説文解字注』）とあるが如き意の用法であると思われるが、「非㆓其実㆒」とあるのは、「性嗜㆑酒、言誹諧、由㆑之弥為㆔太子所㆓親狎㆒」（北史、文苑・柳誓伝）の「誹諧（ひかい）」が「おどけてわる口をきく」（大漢和辞典）など釈言されていることとも勘合され、先に誹諧歌を、正調にとらわれない自由で真率な歌と解したことと矛盾するようである。だがこの点は、誹諧歌の詠者には次節で述べた歌人層の調査からも判る通りいわゆる正調派の代表と看做される歌人も多く、彼らは充分に正調的表現を理解体得し、またその線に沿っての詠歌実践も行って来たのに、何かの事情あるいは心的状況に応じて（時にはおどけた調子のものもある）正調埒外的な歌を詠んだのであったが、そうした一首一首の具体的制作事情は捨象され、表現結果だけを集編纂次元の撰者的立場から「俗」なる歌群として定位せしめられたのであり、その立場では、雅的発想にとらわれない生のままの心の表出という意味における真率な歌として位置づけられていたとすることによって、解決されると思われる。「其実」の「実」とは、この場合詠者たちの正調的実質と考えればよいと思うのである。「誹諧歌」とは、したがって、詠者たちがその「実」に反して詠んだ「俗」なる歌群、古今的正調からは「をかし」の和歌として許容的に評価された歌群であったという、即撰者的な主体的意味内容で理解されるべきなのであろう。

以上『古今集』の誹諧歌（撰者が誤読しなかったとすると、ヒカイ歌）[21]について、あくまで本論の展開上必要な程度に私見を述べてきた。例歌を挙げての説明など、論としての豊かさはこれを庶幾せず、単に骨格・結論のみを述べるに性急であったことを、お許しいただきたい。

四

ところが、誹諧歌に関する平安後期歌人たちの意識に即していえば、『古今集』撰者のそれとは大きな変化が生じつつあった事情を察知しなければならなかったのである。

先ず形式的にみると、『古今集』以後誹諧歌の部立を設定した勅撰集としての『後拾遺集』で二十一首、『千載集』で二十二首の如く、所収誹諧歌数が『古今集』の場合と比較して約三分の一位に減少し、その分だけこの部立の比重の軽くなっていることを知るのであるが、より顕著な相違としては、生活の場で詠まれた褻の歌とはっきり判る歌が、後拾遺で十五首千載で十首と非常に増加してきていることと、歌人層の限定されてきたこととを指摘することができると思うのである。前者は、内容的特質とも当然関連するので後述することとし、後者についていえば次の如くになる。すなわち、古今誹諧歌歌人では、読人しらず詠三十首を除き躬恒・興風各三首、深養父・中興各二首、素性・敏行・兼輔・遍昭・棟梁・有朋・貞文・淑人・忠岑・時平・元方・千里・紀乳人・小町・伊勢・久曾・讃岐・大輔各一首の如く、かなり広範囲の歌人層への拡散を示しているのに対して、後拾遺では読人しらず詠三首を除き、和泉式部三首、実方二首、道済・嘉言・頼宗・義孝・匡衡・深覚・増基・源心・能因・陸奥・小大君・道綱母・赤染衛門各一首、千載では俊頼三首、道因二首、俊綱・輔仁親王・為頼・政平・基俊・道命・範玄・顕昭・良喜・空人・心覚・安性・空也・江侍従・小大進・堀川・赤染衛門各一首の如き入集状況を示し、僧侶と女性とが前者で四名と五名、後者で九名と四名の如く大量に進出してくる反面、一般男性歌人としては前者で公任・重之・道信・長能・定頼・経信ら、後者で俊成・清輔・実定・兼実・季通・定家・良経・家隆ら、それぞれ当代の勅撰集主要歌人名を欠いていることが注目されるのである。そのうち、清輔など後代の勅撰集誹諧歌に登場する歌人[22]は除いて考えねばなるまいが、この勅撰集の世界に限った場合、両集の誹諧歌歌人にある種の偏りがみられることは否定できない事実であろう。平安末期に緇衣歌人やまた女流歌人が新時代の新風形成に大きな役割を果したことは、一般的現象というべきであろうが、なおかつ誹諧歌ではその点が特に顕著であったといえようし、他の一般男性歌人にみられる偏りをも考慮した場合、後拾遺・千載の誹諧歌は僧侶や女性など比較的限られた特殊の歌人の詠むわざとなり、逆にそれとは無縁のあるいは無縁に近い男性歌人が生じつつあった事情を察知せねばならなかったのである。もっとも日常生活レベルでは、この誹諧歌作詠はさらに多くの歌人たちに見られる現象であったと考えられるのであるが、ともかく公的な勅撰集世界では、誹諧歌を詠まない歌人たちが出現し始めていたといえるのである。

補正詞花集としての『後葉集』や『続詞花集』についてみても、これらに誹諧歌ないし戯咲歌[23]が一括収められている意味は後述することとして、その歌人層にはやはり同様の傾向が認められる。すなわち、『後葉集』全十九首の誹諧歌では、俊頼詠五首を除いた十四首中僧侶詠は一首だが女流詠は五首を数えるのであり、また『続詞花集』の読人しらず詠三首を除く全四十六首の戯咲歌中、僧侶詠・女流詠ともに十二首ずつであって、反面後拾遺・千載の誹諧歌に入らなかった上掲歌人たちは、これらの私撰集のこれらの部立にも登場していないことが判るのである。

では、これらのやや特殊化されてきているともいえる歌人たちの誹諧歌は、どのような内容の歌として現れているのであろうか。先ず、その特質の一つが顕現していると思われる『後拾遺集』中の二例をめぐり、考察の端緒を摑んでみたい。

①　三条太政大臣許に侍ける人のむすめをしのひてかたらひ侍けり女のを《ママ》やはらたちてむすめをいとあさましくなむつみけるなといひ侍けるに三月三日かの北方三夜のもちゐ《ママ》くへとていたして侍けるによめる

藤原実方朝臣

みかの夜のもちゐ《ママ》はくはしわつらはしきけはよとのには、こつむなり（一二〇五）

②　入道摂政かれ〳〵にてさすかにかよひ侍けるころ帳のはしらに小弓のやをむすひつけたりけるをほかにてとりにを《ママ》こせてはへりけれはつかはすとてよメ《み侍けミセケチ》る

大納言道綱母

おもひいつることもあらしとみえつれとやといふにこそを《ママ》とろかれぬれ（一二一七）

①の、「よとの（＝「夜殿」ト「淀野」トヲ掛ケル）」「は、こ（＝「母子」ト「植物の母子草」トヲ掛ケル）」「つむ（＝「抓む」ト「摘む」トヲ掛ケル）」など多くの秀句を駆使したこの詠は、生活に根ざした詠歌実践であるところに、『古今集』誹諧歌と異なるその特質を何よりもよく示しているといえるが、現実生活でのトラブルに際してそれを解決する目的で詠まれ、娘に対する母親の折檻を柔かに制止する機能を果たそうとしたと思われる当詠は、たしかに実用的な歌だったのである。そもそも掛詞は、その二義の理解作業において知的操作を要請され、換言すればあまりに急激な感情

的反応は宥められて自己反省のゆとりを与えられるのであるが、実生活でのある困難な状況を人情に即した表現の力で変えようとする時、こうした秀句仕立ての詠が案外すぐれた効能を発揮するのではなかろうか。そこでの笑いの対象は、詠者自身からは母親のかたくなな感情であり、受け手の母親からは、自己自身の内なる感情の凝固であったということにもなるのであるが、ベルグソン流にいえば、笑われることによって母親の悪しき感情の凝固は溶解され排除される。

②の詠は、夫藤原兼家に「嘆きつつひとりぬる夜の明くるまはいかに久しきものとかは知る」と断腸の歌を返さざるを得なかった『蜻蛉日記』作者の、同じく兼家へ贈ったやはり褻の歌であるが、「や（＝「矢」ト「呼びかけの『や』トヲ掛ケル）」に性的卑俗さを盛り込んだ当詠は、現実における作者の屈辱的状況を、表現的虚構世界での哄笑によって主体的優位的立場へ転化させる機能を果たし得ている場合ではなかろうか。陰惨な現実そのものを変えよなどと言ってみても、どのようにかなる現実ではむろんない。そこでの笑いの対象は、詠者自身からは実はみずから身を焼くことにもなりかねなかった嫉妬の炎であり、受け手の兼家からは、哄笑されることによって変質しピエロ化された王朝的色好みの色褪せた理念だったのである。深刻な悩みの歌よりも、こうした歌が男の胸に鋭く突きささる。

いずれも実生活の場で詠まれ、そのある状況を和歌の力によって変えることが意図されている場合ではないかと思われ、そこでの笑いの主体は、詠者自身でありあるいはさらに転化してその歌の受け手であり、先述した『古今集』誹諧歌と比較しての大きな質的差異を認めざるを得ないのである。こうした性質の誹諧歌が、上述の通り後拾遺で十五首千載で十首の如く多かったというのであり、褻歌の増加を単に形式的量的な特徴として処理することを許さないといえる。

こうした、笑いの行方を見定める視座は、歌人層の特殊化という現象をも有機的に捉えさせる。すなわち、右の①②の詠者についていえば、道綱母は理性の人であるとともに激しい感情生活を送った人であることその『蜻蛉日記』

に明らかであり、また藤原実方は、平安貴族の枠内に安住できなかったやはりディオニソス型人間で、後に任国の陸奥で客死しなければならなかった不遇の歌人[24]であるが、後拾遺誹諧歌で二首以上採られたのは、この実方と、同じく激情型人間としては定評のある和泉式部とであって、してみると、『後拾遺集』誹諧歌歌人の特殊化現象には、歌人の個性の問題が一つのファクターとして介入してくるといえるのである。『千載集』誹諧歌では俊頼三首・道因二首が複数歌入集組であるが、そこにも実方的なるものを共通項として抽出することができるように思われる[25]。複雑なる人間としての個人を簡単に規定し去ることはもちろん危険だが、ディオニソス的という点では彼らの特質をある程度総括することが許されるのではなかろうか。彼らは、そのしば〳〵激しすぎる感情生活の故に平衡を失しかけた現実生活の秩序回復を図るため、笑いのもつ現実変改の力を内在させた誹諧歌の表現機能に頼ることが必要だった、という事情を想定してみたい。前掲①②の誹諧歌の内容的特質と、誹諧歌歌人の特殊化現象とは、有機的に連関していたと思われるのである。そこに形成されてきた誹諧歌の特性は、前節までに説いた『古今集』のそれとはかなり相違しているといわねばならない。何故こうした相違が生じたかについては後述することにして、今はこうした新しい様相の出現を認めておきたい。

五

仮設的にこうした一般的法則を設定した上で、さらに具体的に、『後拾遺集』『千載集』の誹諧歌の一つのパターンと考えられる詠歌実践群を取り挙げ、この問題の考察を深めてみよう。

③　法師のあふきを《（ママ）》をとして侍けるをかへすとて　和泉式部
はかなくもわすられにけるあふきかなを《（ママ）》ちたりけりと人もこそみれ（後拾遺集）

④　ものへまうでける女房三人ありけるが三すみにたちてものいふをみていひやりける

うちみれば鼎の足ににたる哉はけむねすみになりやしなまし
法橋忠命

返　し
女　房

打ちみれば鍋にもにたる鏡かなつくまの数にいれやしなまし（続詞花集）

⑤　六波羅蜜寺の講の導師にて高座に登るほどに、聴聞の女房の足を抓みて侍ければ、詠める
良喜法師

人の足を抓むにて知りぬ我が方へふみ遣せよと思ふなるべし（千載集・続詞花集）

⑥　山寺に籠りて侍ける時、心ある文を女のしば〳〵遣し侍ければ、詠みて遣しける
空人法師

恐しや木曾の崖路の丸木橋ふみ見る度に堕ちぬべきかな（千載集）

⑦　女を語ひ侍けるを、いかにもあるまじき事なり、思ひ絶えねといひ侍ければ、詠める
安性法師俗名時元

辛しとてさてはよも我やま烏頭は白くなる世なりとも（千載集）

すべて褻の歌であるが、法師と女人との間で詠まれた歌なのであり、危うくも楽しい男女関係を共通項として詠みこんでいる歌群である。⑤⑦の良喜法師や安性法師（俗名時元時代の歌としても、後代の法師像と交錯して受容されたことが考えられる）などは、千載のみならず以後の全勅撰集にこの一首しか入集していないのであり、法師さらにはその相手役の女人が誹諧歌において果たす役割のいかに大きかったかを示唆している。平安後期誹諧歌の一つの特色をこうした歌群に見得るのであるが、このように、法師と女人との間に交わされたきわどい感味もある誹諧歌は、例の『古今集』巻十七好色的戯笑歌群中の、

女どもの、見てわらひければよめる　兼芸法師

かたちこそみ山がくれの朽木なれ心は花になさばなりなむ（巻十七・雑歌上・八七五）

などをもかすかな先蹤とし、その後の説話世界などにもしばしば登場してくるのであり、道命阿闍梨と和泉式部の情事説話などその典型であって、③の歌などは、このような背景たとえば「道命阿闍梨は和泉式部に落つる不浄の僧なりしかども」（宝物集巻七）「道命あざりと和泉式部と、ひとつ車にて物へ行けるに道命うしろむきてゐたりけるを、和泉式部『などかくはゐたるぞ』といひければ、『よしやよしむかじ《おそろしやむきてもむかじイ》やむかじいが栗のえみもあひなば落もこそすれ』」（古今著聞集・巻第八・好色第十一）などという説話世界の中に、蘇生させることもできるのであり、『千載集』誹諧歌の冒頭に収められた、

⑧　花の本に寄り臥して詠み侍ける　道命法師

あやしくも花のあたりに臥せるかな折らば咎むる人やあるとて（一一七七）

などは、恐らくこうした説話と二重写しに受容されていたのであろう。大島建彦「中世説話とその周辺」（文学、昭和39・1）などの如く、意外に根強い「色好みと信心とのつながり」は、法師と女人との間に生まれた歌を誹諧歌の重要なパターンとして定着させていたことを知るのである。だが、法師と女人の色模様と信仰とのあわいに生まれた歌が、何故誹諧歌という内容で現れねばならなかったかがなお明らかにされなければ、この問題が充分に究明されたとはいえまい。さもなければ、この数例をもって普遍的公式を導き出すことはできないからである。

けだし遁世とは、特に平安朝において男女の仲そのものであったこの「世の中」を捨てることでもあり、念々この難事を実践することでもあったが、色にとらわれた情念の焔を鎮めて自己の主体性を回復する術としては、前節②の道綱母の如く、色そのものを笑うことが必要であったとも思量される。だがそれは、笑いという否定的契機によって情念の焔が止揚され浄化されるという意味からだけではなく、実は笑いそのものが、天鈿命以来性そのものと根源的

なところで結びつき、いわば性の本卦還りによる原初的自由性への復帰という意味を有している場合もあるからであった。この場合色好みと信心とのつながりは、信心が色好みと闘うことにより達成されるという側面よりも、積極的に色好みに加担し笑うことによって、おのずから信心への機縁をも作るという側面の方が強かったとも思われ、すくなくともそこでの笑いの対象は、色にとらわれた悪しき情念であるとは限らないであろう。あるいはむしろ、色に反してあまりに道念に凝り過ぎ緊張し過ぎた精神が笑われていたのかも知れないのである。信心への道筋は、先ず色好みとの和解を要求するというわけだが、色に係わる笑いへの傾斜は、信心への接近を図るための重要な働きを荷なっていたとさえいえよう。たとえば「説経の講師は顔よき。講師の顔をつとまもらへたるこそ、その説くことのたふとさもおぼゆれ」（枕草子・三三段）などの如く、王朝女性にとって、説経の場がサロン的性格を有していたこと(26)は周知の通りであり、説経に際して、法師が先ずこうした雰囲気にふさわしい笑いを誘って悪しき精神の緊張を解きほぐすというのが、説経の一つの型、一つの導入の型となっていた事情なども、⑤の歌などからは察知できるように思われるのである。今は、この問題への深入り(27)を避けねばなるまいが、このような説経導入部の一つの型の形式に、和歌が一役買っていたことも充分推察できるのであった。そもそも和歌には、万葉以来(イ)呪術的・カタルシス的鎮魂性(ロ)社交的・慰楽的ヲコ性とでもいうべき二つの機能(28)が備わっていたといえるが、この後者の、実生活の中で対他的にその機能を発揮してきた伝統の重みが顧みられることは、生活の知恵であったろう。説経の場ならずとも、一般に「色好みと信心」のあわいに詠む歌としてそれはふさわしい。そこでの笑いは、好色的戯咲歌系統のヲコ的滑稽的笑いであった。

かくして、法師と女人との危うい色模様を背景にし、滑稽的笑いを特質とする③〜⑧などの歌群が出現する必然的理由が、ある程度理解できたのである。

六

ところで、これらの歌群の詠み口には、おのずからヲコ的和歌としての伝統があったであろうことが推察される。(29)

前節の例歌に即していえば、いずれも即興的対詠であることはいうまでもないが、顕著な共通的特徴として、現実的日常秩序を超脱した虚構的性格をなお指摘できるのである。すなわち、その場でのちょっとしたきっかけを捉えて、虚構の世界へ飛翔させ遊ばせる風の歌であったことが認められるのである。情念を動かすのはやはり情念であり、現実を超えた虚構世界へ悪しき情念の緊張を解き放つことが、翻って現実世界の重みと意味とを正当に感じさせることになるとは、たとえば熟練した説経師輩の悟るところであったろうが、その呼吸は、現在もわれわれが種々の対人的接触の場で日常的に体験し実践していることでもあった。即興的にその場に臨んでの巧みな物言い、古人はこれを「興言利口」とも呼んでいる。「興言利口者、放遊得レ境之時、談話成二虚言一、当座殊有二取レ笑驚一レ耳者也」（古今著聞集・巻十六）はその定義であるが、前掲の誹諧歌群にこうした興言利口的性格が共通していることは疑えない。

すでに当時の歌人たちが、誹諧歌の特質としてのこの性格を認識していた。清輔の『奥義抄』には、

誹諧の字はわざごと、よむ也。是によりてみな人偏に戯言と思へり。かならずしも不レ然歟。今案に、滑稽のともがらは非レ道して、しかも成レ道者也。又誹諧は非二王道一して、しかも述二妙義一たる歌也。故に是を准二滑稽一。その趣弁説利口あるもの、如二言語一。火をも水にいひなすなり。或は狂言にして妙義をあらはす。此中又心にこめ詞にあらはれたるなるべし。

とあり、その他彼らの誹諧歌についてのいくつかの批評実践からも、そのことが覗われる。第二章で引いた『古今集』の伊勢詠誹諧歌について、「誠に橋をつくるにはあらじ。かくたとへきたるにせめてわが身のたぐひなきよしをいはむとて、彼はしもつくる也とはよめる也」（奥義抄）「まことに橋を作るにはあらで、せめて我身のたとへなき由をい

はんとて、彼橋もつくる也とよめる也。皇代記云、弘仁三年六月遣レ使造二長柄橋一といへり。嵯峨天皇弘仁三年より、宇多醍醐の御時までは八九十年をへたり」（顕昭・古今集注）などと説かれているが、俊成も同じく、

此歌はながらの橋くちにし後またつくらざれども、橋はつくりつべきものなるゆゑに、つくるなりとよめるが又誹諧の心にて侍るなり。（古来風躰抄）

の如く説いているのである。「誹諧といふハ、さすがにありぬべき事をおとたかくいふなり。よりてざれ事にてある也」（古今問答）以来の持論といえよう。これらの注解の流れは、その後「顕注之義、つくらぬ橋をつくるとよめるが誹諧なるべし。又まことに宇多の御時被造歟可尋之」（八代集抄）の如く疑われたり、「古来風体抄云（中略）とあり、いかゞ侍らんや。宇治橋はたえねど世をうぢ橋の中たえてとよめるも、橋はたゆる事もある物なれば、かくはよせけめど、さりとてはいかいに入られねば、つくりつべき物なりとて、またつくらぬをつくるといへるにてはいかいにはとるまじくや侍らん」（古今余材抄）の如く批判されたりするのだが、今は俊成らの意識に即して彼らの誹諧歌観を推定することに努めるならば、『風躰抄』中には、なお次の如き記述も存して注目される。

もろこしの吉野の山にこもるともおくれむと思ふ我ならなくに（左のおほいまうち君）

此歌は漢朝に商山と申す山は、我朝の吉野の山のやうに、みなみに侍るなり。よりてかくよめるが誹諧の心に侍るなり。

類似の理解は、「もろこしにとりて、この国のよし野山のごとくにあとたえたる所にいりたりとも、われはおくれじとよめるとぞ見ゆる。もろこしによしのゝ山をおけるに、誹諧の心はある歌とぞ見えたまふる」（奥義抄）などともすでに説かれており、時代のほぼ共通の誹諧歌観といえようが、その言わんとするところは、後世さらにこの説を敷衍した『三秘抄古今聞書』[30]に「このうたにて誹諧の躰をば心うべし。あるべくもなきことをもひきよせていふを本意とするなり」とあり。また同書に伊勢詠誹諧歌を「これも実につくるにはあらず。あらましごとなり」と評しているこ

とによって、いっそう鮮明化されるであろう。それは、やはり現実の秩序を超えた虚構的次元での詠歌であるという点に、誹諧歌の特質を認めようとする主張だったのである。

もとより仔細に読めば、清輔・顕昭の理解と俊成のそれとでは、微妙な相違が見える。俊成の場合、「つくりつべきものなるゆゑに」「我朝の吉野の山のやうに……よりて」とあるところに、現実を超えた虚構的表現の合理的解説を行なおうとしている気息を認めるべきであり、そこに、これらの虚構が全くの荒唐的表現ではなく、充分な現実的根拠を有していることを半ば無意識的に説いている彼の特性を捉えることができるのである。建久四年「六百番歌合」の俊成判と陳状に現れた顕昭の風情論との対立は周知のことだが、そこに現れていた、現実主義的あるいは即日常秩序的な俊成歌観の原理から全く逸脱した批評では、それは決してなかった。俊成と六条家歌人との歌観の差異は、誹諧歌という比較的共通項を示し得た土俵においても、微妙な差異を依然として残していたといえよう。けれども一方、その俊成においても、誹諧歌が他の詠歌実践とは異なり脱日常秩序的側面を強く現すものであったことは、やはり諾わざるを得ず、巨視的には、時代の普遍的誹諧歌観の成立を立論することができるのである。前引『余材抄』の如く、俊成的論法でいえば「わすらるる身をうぢ橋の中絶えて人もかよはぬ年ぞへにける」（古今集・八二五・読人しらず）なども、当然誹諧歌に入れられるべきであるというような批判も出てくるであろうが、こうした論理的破綻をも含めて、平安末期歌人たちの誹諧歌観は、「あるべきもなきことをもひきよせていふ」「あらましごと也」（三秘抄古今聞書）として要約される方向へ、固まりつつあったということができる。

法師と女人との間に生まれた前掲歌群の詠み口は、まさにその虚構的発想において当時の歌人たちのいう誹諧歌の特質に合致していたのであり、さてこそそれらは、誹諧歌として配列されるに至ったのである。

以上数例ではあるが、これら法師と女人との間に生まれた誹諧歌が何故誹諧歌としての出現を必然的ならしめたかを明らかにし、問題を普遍化することによって、これらの歌群が平安後期誹諧歌の一つのパターンであるのみならず、当時の誹諧歌の特質を具現すると認められ得ることについて説いた。こうした誹諧歌がそれのすべてであるのではもちろんなく、一つの有力な供給源だったわけだが、当時のすくなくとも勅撰集世界における誹諧歌歌人層の特殊化現象が、誹諧歌自体の内容的変質と密接に関連していたことの立証には、側面的に一役買い得たのではないかと思う。

七

前節までに考察しきたったが如く、『後拾遺集』から『千載集』へかけての、誹諧歌の主要な特質としては、一応、

(1)形式的には、実生活の場で詠まれた褻の歌が多く、対詠的社交的性格が著るしい。

(2)内容的には、詠者側の主体的笑いにより、現実のある状況を変化させるか、あるいはすくなくともその状況に何らかの影響を与えようとする目的で詠まれ、現実的日常秩序[31]から遊離した虚構詠が多い。

の二面が認められたのである。これは、やや図式的に過ぎる整理でもあろう。褻の歌もかならずしも公開性を拒否せず、むしろそれを計算に入れる晴れ歌性を有していた側面[32]や、そのことともからみ、形式的には独詠であるが実質的には対詠である場合も存することなども考慮されねばならないのであるが、今は、以上のように規定しておきたいと思う。

もちろん、後拾遺で六首千載で十二首[33]存していた題詠的誹諧歌のことも無視できず、特に『後葉集』五首[34]・『続詞花集』一首・『千載集』三首の誹諧歌入集をみた俊頼の場合などは、「さわらびをよめる」（後葉）「卯花をよめる」「旅恋」（千載）などの詞書を有する題詠が目につき、その他も「題しらず」とあってすくなくとも褻的生活詠とは積極的に認められていない場合が多く、その俗的反雅的表現[35]の特質からいっても、これらは後拾遺的誹諧歌の系列としてではなく、むしろ古今的なそれの系列として捉えられるべきであると思われる。[36]現実的日常秩序から遊離したという

より、三代集的伝統的詠風換言すれば和歌的日常秩序から離脱した詠風として位置づけられるべきなのである。歌集単位でいっても、こうした俊頼詠を五首含む『後葉集』の誹諧歌(37)には、総じて古今誹諧歌的性格が顕著である。すなわちその誹諧歌全十九首は、「きくのうつろふを見て(9)」「つゝみける男の同じならぬよしうらみける返事に(19)」とある例外二首を除き、「題不知」詠の八首以外はいずれも、「さわらびをよめる(1)」「三月三日桃花をよめる(2)」「春の歌の中に(3)」「三月尽の心を(4)」「百首歌為忠朝臣のときはの家にてよみけるに(6)」「堀川院の御時歌たてまつりけるに(7)・(8)」「三の御子の家にて恋の心をよめる(14)」「後朝の心をよめる(17)」などの如く、題詠が多い。殊に、『詞花集』中では、

たのめたるをとこをいまやとまちけるに、まへなるたけのはにあられのふりかゝりけるをきゝてよめる

和泉式部

たけの葉にあられふるなりさら〳〵に一人はぬへき心ちこそせね（恋下）

（笠間叢書『詞花和歌集』所収の翻刻本に拠る）

の如く生活詠として扱われていた式部詠が、当集では「題不知」詠となっているところに、非生活詠的歌群としてこの誹諧歌の小部立を性格づけようとする、撰者為経の積極的意識をも察知し得るのである。いったい当集に古今尊重的態度の著るしいことは、従来も説かれるところであった(38)が、そうした姿勢が当誹諧歌群にも反映してかような性格を顕著ならしめたことも、むしろ自然の結果であったのかも知れない。「地のうたは、おほくはみな誹諧歌の体に、みなナシ（再撰本）ざれをかしくぞ」（古来風躰抄）と評せられた『詞花集』の欠陥を、こうした誹諧歌の小部立設定によって克服しようとする補正詞花集的性格は(39)、その誹諧歌十九首中に『詞花集』歌五首を含むことによってもある程度裏づけられているが、それと同時に、上述の如き意識も働いていたのではないかと思われる。その他、この小部立には「瀬をはやみ岩にせかるゝ谷河のわれても末にあはむとぞ思ふ」（詞花・恋上）という有名な崇徳院詠も収められ、考究すべき

謎を提供しているの[40]であるが、今は、古今的誹諧歌の流れが、個人といい歌集といい決して消滅してはいなかったことを指摘するにとどめたい。

　だが、やはり難詞花集としての性格を有する『続詞花集』などは、概して後拾遺的誹諧歌の系列に属しているといわねばならないようだ[41]。その戯咲歌全四十七首[42]中一応題詠歌と看做し得るのは、「題しらず」とある十一首を除けば「新院人々に百首歌めしけるに」とある小大進の二首および巻頭の崇徳院詠のみであり、他の三十三首は、褻的な生活詠、それも多く対詠的にいわゆる興言利口的機能を託そうとした歌群であることが明らかであって、しかも、前者の題詠歌ないし「題しらず」詠が一箇所にまとまらず、比較的全体に拡散して後者の主調の中に融化していることを勘案すれば、総じてこの戯咲歌群には、後拾遺誹諧歌的性格が濃いことを認めなければならないように思われる。撰者清輔が、誹諧歌を古今的なそれとしてではなく、『万葉集』戯咲歌さらには後拾遺的誹諧歌の系列として理解していたことは、「誹音非也。無㆓俳音㆒。可㆑用㆓俳字㆒云々。雖㆑然古今拾遺等皆以用㆓誹字㆒。尤不審也」「その趣弁説利口あるもの、如㆓言語㆒」（奥義抄）と主張することによっても裏づけられるのであるが、『後葉集』誹諧歌十九首中の基俊詠「呉竹のあなあさましの世の中やありしやふしの限りなるらむ」の一首が、初句「ふえたけの」ではあるが、やはり『千載集』誹諧歌に採られているのに『続詞花集』では恋中部に入集せしめられていることなども、『後葉集』誹諧歌とは異なる当集戯咲歌の性格が奈辺にあるかを端的に語るものでなければなるまい。新しい後拾遺的誹諧歌の流れ、あるいはそれは万葉戯咲歌以来本流たるべく位置づけられねばならなかったといえるかも知れない誹諧歌の流れは、清輔にさえも『古今集』誹諧歌の本旨を見失わせるか無視ないし軽視させるかするほどに、滔々たるものとなり始めていた側面が存していたのである。

　してみると、『古今集』以来の反雅的俗的誹諧歌の流れと、そうした系列からいえば新風異端であるが、実は万葉戯咲歌以来の伝統に根ざすともいえる、後拾遺的虚構的誹諧歌の新しい流れと、この誹諧歌の両流が混在しながら、しかも大勢としては後者の新しい流れの優勢化してゆく時期が、『後拾遺集』前後ごろ、大きく捉えれば十一世紀から十二世紀後半へかけて始まっていたといわねばならなかった。

思えば公任や経信は、巨視的にはこの誹諧歌変貌のいわば前夜ないし初期過渡期に位置していたのであり、誹諧歌の二系列を正しく認識するためにも一元的にその本旨を捉えるためにも、きわめて困難な和歌史的地点に立っていたのだといえるであろう。『俊頼髄脳』以下、注（1）前掲書に記された彼らの誹諧歌に対する無理解は、先ずこのような背景から考えてみる必要があったのではなかろうか。『拾遺集』さらには『拾遺抄』『如意宝集』などを繙くと、こうした誹諧歌の混乱は、公任の時代にもさらには公任自身の意識の中にも、すでに始まっていたとも思われるのである。

八

当節では、『拾遺集』にも存していた誹諧歌的歌詠をめぐり、主として公任の誹諧歌観を考察する立場から、『拾遺抄』『如意宝集』とも関連させ(43)ながら、その実態についての認識を深めてみたい。

最初に、考察の対象となる誹諧歌的歌詠の範囲をどう定めるかが問題となるが、巻第七・物名に収められている藤六こと藤原輔相らの物名歌は、『古今集』にも存していたそれの踏襲であり、本稿で扱う誹諧歌とはまた別に考究すべきであると思われるので除外し、第一には、巻第九・雑下や巻第十八・雑賀に注目すべきであろう。ただ、巻第九に見える伊衡・躬恒・忠岑の諧謔性濃い問答歌群については、計五回分の贈答歌十一首中の第一回分三首は抄にも採られて公任との関係も認められるものの、これらは、風雅の世界内での社交的遊楽的問答歌であることをたがいに自認し、記録されて後代に残ることをも強く意図した一種の晴れ歌的性格を有する点に、やはり本稿で扱う誹諧歌とは異なる特質が見出され、しかもその詠作時は古今時代であって、これらの歌群に接する人々の意識が、後述の如く当時にもすでに存していた後拾遺的誹諧歌と同じではなかったとするのが穏当であると思われるので、除外したい。かくの如くに限定してくると、たとえば次の如き歌群が考察の対象として浮かびあがる。

(イ)　草合し侍ける所に　　恵慶法師
たねなくてなき物草はおいにけりまくてふ事はあらしとそ思（五二五）

(ロ)　なそ〳〵ものかたりしける所に　　そねのよした、
わか事はえもいはしろの結松ちとせをふともたれかとくへき（五二六）

(ハ)　屛風に法師の舟にのりてこきいてたる所　　右大将道綱母
わたつ海はあまの舟こそありときけのりたかへてもこきいてたるかな（五三〇）

(ニ)　ある所にせ経し侍けるに法師のすそはらのゐて侍けるにすたれのうちより花をゝりてといひ侍けれは　　寿玄法師
いなおろしつゆにたもとのぬれたらは物思けりと人もこそ見れ（五三二）

(ホ)　能宣に車のかもをこひにつかはして侍けるに侍らすといひて侍けれは　　藤原仲文
かをさしてむまといふ人ありけれはかもをもをしと思なるべし（五三五）

(ヘ)　返　し　　よしのふ
なしといへはおしむかもとや思覧しかやむまとそいふへかりける（五三六）

(ト)　廉義公家のかみゐにあをむまある所にあしのはなけのむまある所　　恵慶法師
なにはえのあしのはなけのましれるはつのくにかひのこまにやあるらん（五三七）

(チ)　雨ふる日おほはら河をまかりわたりけるにひるのつきたりけれは
恵《禅イ》慶法師
世中にあやしき物は雨ふれと大原河のひるにそありける（五五〇）
(リ)　かうふりやなきを見て
仲《恵慶法師イ》　文
河柳いとはみとりにある物をいつれかあけの衣なるらん（五五一）
(ヌ)　廉義公家のかみゐにたひ、とのぬす人にあひたるかたかける所
藤原為頼
ぬす人のたつたの山に入にけりおなしかさしの名にやけかれん（五六〇）
（片桐洋一『拾遺和歌集の研究』所収の翻刻、天福元年定家書写本臨模中院通茂筆本に拠る）(44)

などの誹諧歌的歌詠は従来も注意されてきたが、(45) (ニ)などは、後拾遺的誹諧歌の特質ともいえる法師と女人との間に成立した歌詠と等質的であり、他の歌詠も、詠者自身が笑う主体となってある現実状況裡での自己主張的機能を託そうとした生活詠といえる(イ)・(ロ)・(ホ)・(ヘ)・(チ)・(リ)などは、後拾遺誹諧歌的であるし、(ハ)・(ト)・(ヌ)などにも、従来の晴れ的屏障歌などとは異質の褻的性格が現れてきているように思われる。(ト)・(ヌ)は紙絵の場合であり、(ハ)の屏風絵に対する場合との比較も必要であろうが、さしあたり今は、画的現実を対象とした詠歌実践としての共通性を認める立場を取るならば、本来晴れ的優雅性を要請される歌体だけに、そこにみられる、くだけた虚構的発想や場面設定による諧謔的表現は、褻的生活詠にみられた同様傾向の影響ないしは同根的現象として、いっそう無視し得なかったといえよう。いずれも『拾遺抄』に見え、しかも(ハ)・(ニ)・(リ)・(ヌ)は現存『如意宝集』雑中部にも見えるのであって、公任の積極的に肯定した歌体の範囲に含まれていたことが判る。

巻第十八・雑賀の場合にも同様操作を可能とするが、これらが、後拾遺的誹諧歌の先蹤として当時の実生活中です

でにかなり詠まれ、公任も、そうした歌詠を肯定的に評価していた事情を察知しなければなるまい。

第二に注目すべきは、巻第十六・七の雑春・雑秋部であると思われる。そこには、本越隆氏が「表現からみた拾遺集雑四季歌の性格」（文学・語学・第62号）中に説かれた如く、非伝統的な「主観語」表現や「俗語」表現など、古今以来の伝統的雅的表現の枠外にはみ出した表現が多数見られ、これらと伝統的表現との関係は、やや付会的に私見を述べれば、『古今集』の正統的表現と同集誹諧歌との関係にかなり類似する構造を有しているのではないかと思われるのである。本越氏が例歌として挙げて論じられた四十六首中の十四首は、(46)『拾遺抄』にも入集している。この数字はさして大きいとはいえないものの、公任が彼なりの歌観の枠内で正格的表現に対する俗的表現、換言すれば古今的誹諧歌の系譜に属するとも看做し得る詠風に対する、ある程度の許容意識を有していたことを認めなければならない点で、無視することも許されない数字であろう。巻第十八・雑賀には、周知の如く連歌が収められているが、そのうち一首が抄に採られていることなども、注目すべきであろうか。

以上、総合的に考えてみると、『拾遺集』には後拾遺的誹諧歌と等質的なあるいはその萌芽的な歌群がすでに存する一方、古今的誹諧歌の系譜に属すると看做し得る歌群も見出されて、誹諧歌の部立こそ設定されてはいないものの、古今的誹諧歌と後拾遺的誹諧歌と、両者それぞれの一方からは継承であり一方からは先駆であるような実詠群が、おそらくはこれが誹諧歌であるというはっきりした自覚は伴わずに存在していた実態を、正当に認識しなければならなかったと思われるのである。こうした現象は、『拾遺抄』にもまた『如意宝集』にもすでにある程度反映していたのであって、公任の歌観ないし誹諧歌観も、実はこうした実態に基づき考察しなければならなかったといえよう。次節では、そうした面からの考究へと論を進めることとする。

九

もちろん、たとえ『拾遺抄』などにある程度古今誹諧歌的と目せられる歌群が入集していることを認め得たとしても、「凡そ歌は心深く姿きよげに」（新撰髄脳）「上品上、これはことばたへにしてあまりの心さへある也」「上中、ほどうるはしくて余の心ある也」（和歌九品）などに窺われる公任歌観の中でこうした詠風がどのように意識されていたかについては、また別途に、考究されねばならない。『和歌九品』に、古今誹諧歌の「世の中のうきたびごとに身をなげば深き谷こそあさくなりなめ」（一〇六一・読人しらず）と同想の「世中のうきたびごとに身をなげば一日に千たび我や死にせん」を下品下に入れて、「詞とゞこほりてお《を》かしき所なき也」と評していることは、こうした歌詠を劣れる歌として捉える見方が生まれはじめていたのではないかということを意味し、その品等意識によって格づけされた上品歌の心詞や姿のありようがいわゆる拾遺的詠風として定位される一方、その正格から外れた詠風は次第に市民権を失いはじめていた事情が、正しく理解されるべきなのである。この場合の正しい理解とは、『和歌九品』中になお「われを思ふ人を思はぬむくひ《い》にやわが思ふ人の我を思はぬ」（読人しらず）という『古今集』誹諧歌（一〇四一）を中品下に格づけし、「すこしおもひたる所ある也」と評した時、公任の視界が多少歌体の多様性ないし誹諧歌のケイス・バイ・ケイス的評価の方向へ開かれていたかも知れないことを配慮しての、それでなければならなかったということだが、『古今集』誹諧歌を他の歌体と同じ次元で評価している実状からいえば、彼の視界がやはり個別評価の方向へ開放的であったことを認めるべきであると思われ、してみると公任は、「世の中のうきたびごとに……」という上掲詠をも含め、『古今集』誹諧歌を他の歌体と全く異質のものとは意識していなかったこと、さらに、その評価は基本的には個別評価であるが、実際には彼の歌観に照らして低い評価の与えられる場合が多かったであろうことなどが、先ずいえるのである。

こうした正しい意味において、『古今集』誹諧歌および古今的誹諧歌ないし『古今集』誹諧歌的詠風は、公任の意識内で次第に影を薄くしてゆく運命を担っていたはずであろう。たしかに、正格埒外的表現を積極的に試み、その意味で集・雑四季歌のもっとも尖鋭な実践者であったともいえる曽根好忠の歌などは、抄に三首しか入集していなかった。好忠が三代集的詠風に清新の血を注入した側面は否定できず、俗的新風表現の作歌実践者として、後代の俊頼(47)らとともに『古今集』誹諧歌の系譜に属する一面を認めたいが、彼の歌をその面において正当には評価できなかったと思われる点で、こうした系列の詠風に対し、公任が明確な自覚をもって積極的に対処していたとは、やはりいえまい。要するにこうした系列の詠風も、公任歌観のフィルターにかけられ選別された事情が当然のことながら存した、と考えねばならなかったのであり、その結果入集の栄に浴した歌詠は、何らか彼の品等意識による撰歌に堪え得たものとして、『古今集』的意味での誹諧歌と意識されることはおそらくあり得なかったのであろう。『古今集』誹諧歌が、歌体の多様性意識と正格・破格という対立性意識とに支えられて出現し得たことは、第二節に説いた通りなのである。

ところで、当時すでに萌芽的に詠まれはじめていた後拾遺誹諧歌的詠風に対する公任の見解はどうだったのだろうか。前節で述べた如く、かような詠風の歌を公任は抄のみならず『如意宝集』にも入集せしめていたのであり、公任的なるもののより純粋な顕現を認め得るともいえる当集への入集四首という数字は、彼の積極的志向を立論せしめる根拠ともなし得るとさえ思う。だが公任の場合、後代のわれわれの如くこれらの歌群を誹諧体として扱う意識は、なかったように思われる。

ただし、『俊頼髄脳(48)』によって判る「これは（稿者注……誹諧歌）尋ね出だすまじき事なり。公任、逢ひとあひし先達どもに、随分に尋ねさぶらひしに、さだかに申す人なかりき。しかればすなわち、後撰、拾遺抄に撰べることなし」という公任自身の証言は、いわば伝承であり、果たして真にそうした意識がなかったかどうかについては、改めて確かめておく必要があろう。

迂遠なようだが、先ず、『後撰集』に誹諧歌の部立が設定されていなかったことについて考えると、当集の編集意識や内容からみて、こうした部立を設定しようとする意識は希薄だったといえそうである。すなわち、当集の性格や特質についての従来の研究成果(49)を参看すれば、当集には『古今集』の編纂意識や内容を範としようとする意識も乏しく、また独自の高度な編集意識も欠けていたと思われるが、『古今集』の場合、誹諧歌の部立設定がきわめて高度の編纂意識に支えられてはじめて可能となったことからいえば、当集の場合、『古今集』的意味での誹諧歌部立設定はほとんど不可能なことであったと思われる。事実、

躬恒

むつこともまたつきなくに明にけりいつら《イツト(中院本)》は秋のなかしてふ夜は

という、『古今集』誹諧歌（一〇一五）であった詠が、非定家本系諸本(50)および定家本系異本中院本の秋中部に入集しているのであり、『古今集』の部立を無視した無神経さも示されているのである。もっとも、撰集資料として巷説的歌語りを含む褻の歌群が生のままに用いられ(51)、その混沌がそのまま反映しているとすると、当集に現れる誹諧歌的詠風は、『万葉集』戯咲歌→『後拾遺集』誹諧歌という系列に属するはずの、生活詠的性格を帯びるはずだったともいえるのであるが、こうした面からいっても、

題しらす　　平　定文

我のみやもえてきえ南世と、もに思ひもならぬふしのねのこと

返し　　きのめのと

ふしのねのもえわたるともいか、せんけちこそしらね水ならぬ身は

という恋二入集の贈答歌が、注（4）の如く、

富士の嶺のならぬおもひに燃えば燃え神だにけたぬむなしけぶりを（紀　乳人）

という『古今集』誹諧歌（一〇二八）と何らかの関係を有していると推測されることなどは、そうした背景を有する歌詠が、本来の生活の場での制作事情に即して野放しにされていることを意味し、『古今集』的意味での誹諧歌に対する主体的認識の欠如をみずから露呈する結果となっていると思われるのである。いわば『古今集』での、誹諧歌を区別し独立した小部立を設定したところに顕現した、雅俗意識の喪失ないし無視の場に成立したのが『後撰集』だったともいえるのであり、こうした意識が、誹諧歌の部立継承を断絶させたのであった。

いその神といふてらにまうてゝ、日のくれにけれは、夜あけてまかりかへらむと、まりて、この寺に遍昭侍りと人のつけ侍けれは、ものいひ心見むとていひ侍ける

小野小町

いはのうへに旅ねをすれはいとさむし苔の衣を我にかさなん

返し

遍　昭

世をそむく苔の衣はたゝひとへかさねはうとしいさふたりねん（後撰集・巻第十七雑三）

などは、後拾遺的誹諧体ともいえる応酬であったが、こうした詠風を新しい誹諧歌として認定できる創造力が当集に内臓されていたわけでもなかった。

ところが、この『後撰集』に対して、『拾遺集』の部立は『古今集』に追随している面が著しい。後撰で消えた物名や神遊歌が、後者は神楽歌と改称してではあったが、いずれも『拾遺集』に復活していることなど、その具体的な現れといえよう。巻第九では、雑歌の次に旋頭歌・長歌の小部立も設定されているのである。長歌は、『古今集』での短歌という名称をその実質的内容に応じて言い改めたのであろうが、これらも古今追随意識の反映と解すべきだろう。かように『拾遺集』の場合には、『後撰集』と対照的に『古今集』復帰の性質を顕著に認め得るのである。してみると、その旋頭歌・長歌の次には誹諧歌の小部立が設定されてこそしかるべきであったともいえるのではなかろう

か。にもかかわらず、実際にはそうなっていないのであり、古今的誹諧歌の系列に属すると目せられる歌群は雑春・雑秋に拡散し、後拾遺的誹諧歌の先蹤と目せられる歌群は、実にこの雑下部の旋頭歌の前に雑歌として配列されていたのである。この事実は、『拾遺集』の編纂主体である花山院らに、誹諧歌認定能力の欠けていたことを暗示するものであろう。もちろん、集と抄とは別箇の存在であり、集に誹諧歌の小部立があるべくしてなかったからといって、抄の編纂主体公任にも、誹諧歌認定能力が欠けていたと短絡的に結びつけることは許されない。しかしながら、もし抄において、実際にはある程度入集していた誹諧体歌群を、公任がいささかでも誹諧歌として意識していたというような事情があったとするならば、抄↓集という展開線上で、上述の如く古今追随的に形式的には誹諧歌小部立設定の必要性を感じたと推定できる集編纂主体が、この設定を実行しなかったとは思えないのである。その資料には、すこしも事欠かなかったからだ。このように考えてみると、集に誹諧歌の小部立が設定されていなかったという事実は、単に集の対誹諧歌意識を示しているにとどまらず、抄に入集していた実質的誹諧歌群を公任が誹諧歌としては理解していなかった、という事情の証明でもあったと思われるのである。『俊頼髄脳』に伝える公任の誹諧歌観は、やはり彼の本心を吐露したものといわねばなるまい。

では公任は、これらの後拾遺的誹諧歌として成熟するまでにもう一歩であったか、あるいはすでに成熟していた歌群を、何故誹諧歌として認定できなかったのであろう。すべて現実における新しい認識の宿命としては一つの飛躍的思考が要請され、『古今集』誹諧歌とは異質のこれらの歌群をあらたに誹諧歌として規定することは、一般的にもきわめて困難なことであったろうが、まして、古今↓拾遺的な美意識の方向で、生活詠的褻歌の題詠的創作詠的晴歌化をさえ図ろうとしていた公任の場合、それはほとんど不可能なことであったと、先ずいえるのではなかろうか。そうした新しい認識は、褻歌を和歌の常態ないし基盤としてではなくむしろ特殊な機能を果たす歌とする視点の確立を俟って、換言すれば、褻歌本来の一般的な通達的機能が色褪せ、万葉戯咲歌的ヲコ歌的伝統につながる歌のもつ特殊な通達性が必要とされるほど、和歌のもつ意味が変化してきた地点で、はじめて可能となる認識であったようにも思われるのである。

『後撰集』で公卿歌人の褻歌が和歌史の表面に現われてきたのであるが、『拾遺集』では、公卿歌人の晴歌世界への進出も目立ちはじめた。(52)だが褻歌の流れは、その本来的機能ともいえる通達性を発揮して依然根強く詠まれ続けていたのであり、公任が後拾遺的誹諧体を含む抄の雑下部を構成したのも、そうした詠風の存在理由を正当に認めての結果なのであったろう。根強い褻歌の流れが潜在化しつつ、一方晴歌優勢という新事態の顕在化しはじめたのが『拾遺集』時代だったというわけであるが、次の『後拾遺集』には、その反動であるかの如く、褻歌がかなり含まれている。(53)反動とみるのは必ずしも妥当でなく、そもそも『拾遺集』での晴歌含有率が異常だったのであり、自然の流れとしては、後撰→後拾遺という巨視的線上に褻歌の推移を捉えるべきなのであって、真に晴歌が優勢化し、それが日常的詠法となったのは『金葉集』時代であったという見方をすべきかも知れないが、ともかく『後拾遺集』に、褻歌のある程度の復活がみられたのは否定できない事実だったのである。だが、そこでの褻歌に対する意識は、『後撰集』の場合とはもはや同じではなかったろう。すなわち、晴歌に対立するものとしての褻歌という意識が、拾遺時代の褻歌劣勢化といういわば反定立を経て、今やいっそう尖鋭なものになっていたことが察知できるのである。具体的にいえば、古今・後撰時代の褻歌が果たしていた通達性の内容は、『後拾遺集』ごろにはすでに変質していたと思われる側面がみられたのであり、(54)そうした背景の中で、なおかつ前時代と変わらない有効性を発揮する通達的機能を備えているとも看做し得る、『拾遺集』雑下部所収の如き詠風の歌群が、特殊な機能を内在させる歌として、改めて鋭く意識されるに至った事情が想定されるのである。

『後拾遺集』における、万葉戯咲歌的ヲコ歌の伝統につながる詠風を主とした誹諧歌小部立の設定は、このような和歌史的背景と決して無関係ではなかったと思われる。『拾遺集』から約八十年後、褻歌から晴歌へという和歌史の曲り角を過ぎて、はじめてかような詠風を特殊視する認識のしかたが可能となったのであり、藤原通俊には可能な認識であったといえよう。ということは、逆にいえば拾遺時代の公任や後拾遺時代すでに老齢であった経信らの場合には、まだ時期早尚の認識であったということになるのであろう。公任が、後拾遺的誹諧歌ともいえる歌群を誹諧歌と認定できなかった理由は、このように考えることもできるのではなかったろうか。

公任が、『拾遺抄』さらには『如意宝集』に実質的には古今的および後拾遺的誹諧歌とも目し得る歌群を収めたとしても、それは誹諧歌ないし誹諧体の歌を収めようとする意識でなく、別の意識に基づいていたといわなければならない。たとえば、『如意宝集』の雑上部に、

はるかぜはのどけかるべしやへよりもかさねてにほへやまぶきの花（菅原すけあきら）

とある詠を、一見四季歌であるにもかかわらず、抄でも雑上部に収め、また、

紫の雲とぞ見ゆる藤花いかなるやとのしるしなるらん

という自詠を、抄の四季部でなく雑上部に収めていることなどについて考えると、それは、自然と人事の等価的融合を志向する古今的歌境から一歩脱して、人事優先の立場から言語自立的に自然を操った歌境を独得の一風として定位する意識ではなかったかとも思われ、そこに、公任の個性的歌観、彼なりに和歌世界を拡張しようとする意識を認め得るのである。正雅的表現に対する一種の破格表現への志向という点を重視すれば、結果的には、これらを古今的誹諧歌の系列に位置づけることも、誤りではなかった。後拾遺的誹諧歌の場合も、『後撰集』で表面に出て以来和歌の晴化という趨勢の陰に隠れて地下水的に潜在化することになったともいえる褻歌の流れと、晴的創作歌の推進者として優雅な詠風を庶幾した公任的歌観の接点に成立した現象であると思われ、褻歌の通達的機能にいわば美的裏づけを与えようとする彼の意識を認め得るともいえる。

嵐の山のもとをまかりけるにもみちのいたくちり侍ければ
あさまたき嵐の山のさむければ紅葉の錦きぬ人ぞなき（秋・二一〇）
大学寺に人〳〵あまたまかりたりけるにふるきたきをよみ侍ける
たきの糸はたえてひさしく成ぬれと名こそ流て猶きこえけれ（雑上・四四九）

など、[55]その詞書からいえば褻的性格を認め得るにもかかわらず、ここには晴的創作性への公任の志向が明らかに見えるであろう。こうした公任歌観のしからしむるところ、そのような詠風の撰歌にもおのずから限界が存したであろうが、結果的には、後拾遺的誹諧歌の先蹤と認め得る歌群も見出されたのである。公任歌観によって濾過されながらも、なおかつ抄や『如意宝集』の雑部を彩るほどこうした誹諧体の生命力は根強かった、ともいえるのである。

なお、『後拾遺集』でこうした歌群に何故「誹諧歌」という名称を冠したかということについて、補足的に触れると、それには二つの条件が考えられると思う。一つは、中国文献との関係である。「戯作二俳諧体一遣レ悶」（社少陵詩集）など「俳諧体」という語は、当時の教養ある官人通俊らの知るところであったろうが、晴歌に対して特殊な通達的機能が自覚されたこれらの歌群は、内容的にみて、まさしく「俳諧歌」と称するにふさわしいものだったのである。二つは、『古今集』との関係である。これらの歌群を「俳諧歌」であると措定したとして、『古今集』にはすでに「誹諧歌」という先例が存していたのであり、勅撰集という伝統的世界にあっては、「誹」字を「俳」字に変えることはきわめて困難であったろう。そこで、内容的には滑稽諧謔歌という意味での「俳諧歌」という意識を有しながら、文字としては「誹諧歌」という記載を取るに至ったのであったと思われる。こうした立場からは、『古今集』誹諧歌をささえた撰者達の正しい意識は見失われ、滑稽歌であるという後代的受容がなされて、それ以後の誤った『古今集』誹諧歌観ないし「誹」字観を導く糸口を作ってしまったのではないかという事情なども、想定されるのである。上述の如く、和歌史の曲り角に位置するともいえる『後拾遺集』は、かくして誹諧歌の小部立を復活させ、しかも『古今集』のそれとは異質（ただし、通俊の意識では必ずしもそうとはいえない）の内容として出現させる結果となったのであった。

十

前節では、誹諧歌に対する認識の問題を、和歌史の展開相と関連させて説いたが、この問題はなお個人的資質という面からの考察をも必要としよう。このことについては、すでに第四節の終りで触れるところがあったが、別の角度から考察を深めれば、たとえば『撰集抄』に伝える次の挿話など参考になろうか。

むかし、殿上のをのこども、花見むとて東山におはしたりけるに、俄に心なき雨のふりて、人々、げに騒ぎ給へりけるが、実方の中将、いと騒がず、木のもとによりて、かく、

さくらがり雨はふり来ぬおなじくは濡るとも花の陰にくらさん

とよみて、かくれたまはざりければ、花より漏りくだる雨にさながら濡れて、装束しぼりかね侍り。此こと、興ある事に人々思ひあはれけり。又の日、斉信大納言、主上に「か丶るおもしろき事の侍し」と奏せられけるに、行成、その時蔵人頭にておはしけるが、「歌はおもしろし。実方は痴なり」とのたまひてけり。この言葉を実方もれ聞きたまひて、ふかく恨みをふくみ給ふとぞ聞え侍る。（巻八・実方中将桜狩歌事）

（西尾光一氏校注の岩波文庫本に拠る）

実方・行成不和説話の一コマとなる話であるが、この詠は、『拾遺抄』および『拾遺集』の春部に読人知らず詠として入集し、公任やおそらく行成の鑑賞にも堪え得たと思われるのである。ただ後鳥羽院歌仙絵（専修寺所蔵）では伊勢の詠となっていて、どこまで真実の話であったかは疑わしい。しかしそうした事実の穿鑿はさておき、当説話世界の秩序に即していえば、「心なき雨のふ」る現実のしからしむるところ、当然のこととして「げに騒ぎ」合わざる

を得なかった人々の中で、実方はこの風狂の歌一首によって現実的日常秩序の負の次元を超え、風雅の世界へ飛翔し得たことが語られているのである。「装束しぼりかね」るほど「雨にさながら濡れ」たとしても、周章狼狽して醜態を曝すよりは、風雅の精神によって現実を貫く方がよほど快かったのであり、風狂の和歌は、すくなくともそうした現実との直接的対面者の心においては、負の現実を正へ転化する霊妙な機能を発揮し得たのである。その点、「歌はおもしろし。実方は痴なり」と評して和歌の世界と現実の秩序とを截然と区別し、現実の生活はそのあるべき秩序に従って生きねばならないことを主張する行成は、このような和歌の現実との関わりを否定しようとする点で、はっきり実方と対立している。行成とて、和歌それ自体が虚構的世界を展開することを認めないわけではあるまい。だが、現実はあくまで現実であり、雨が降ればできるだけ濡れないように待避するのは当然のことだったのである。和歌は、現実とは別次元の独自的世界を建立するものではなく、現実の中の一存在として、単に興趣ある装飾物たり得るに過ぎないものと意識されていたのであろう。

この伝実方詠が、誹諧歌であるというわけではもちろんない。しかし、現実のある状況を転化しようとしている機能についていえば、後拾遺的誹諧歌に通う一面も有しているように思われ、誹諧歌の考察にこの説話を応用してみることも有効であると思われるのである。すなわち、行成のような歌観の所有者の場合、後拾遺的誹諧歌をその成立の場に即して詠者の側から捉えることをせず、生活を捨象した和歌を、鑑賞者自身の立場で裁断する批評実践の行われたことが十分に推察できるであろう。歌人の側からいえば、第四節で説いた如く誹諧歌を比較的好み詠むタイプとそうでないタイプとに分かれていた――それは、新しい後拾遺的誹諧歌がまだ誹諧歌として定着せず、したがってこうした詠風が自覚的手法として普遍化していなかったこととも関連している。その確立とともに前者の層は当然拡大されるはずであり、実際に平安末になると、後述の如く誹諧歌に無縁の歌人はきわめて限定されてくる――のであるが、享受者の側からいっても、誹諧歌の詩趣に共鳴できるタイプとそうでないタイプとに分かれていたのではないかという問題について、一考を要するように思われるのである。後拾遺的誹諧歌の場合には、生活の中での談笑的通達性の受容度に関する個人差、古今的誹諧歌の場合には、俗的表現の評価に関する個人差ということになるのであろうが、こうした二つのタイプの生ずる背景については、別に思想史的な考察を必要とするかと思われる程、深い意味を有するものとしてこの個人様式の差異の問題が、誹諧歌の考察にはかかわってくるといえよう。

行成などは、その背景となる生活的ひろがりを捨象して後拾遺的誹諧歌に接するであろうことを、この説話が語ってくれるのであるが、そうした個人の資質ないし好尚という要因は、後拾遺的誹諧歌を特殊な機能をもつ詠風として鋭く認識し、単なる雑歌とは異質の歌体として定位するために、公任にとっても必ずしも有利には働かなかったように思われる。たしかに公任は、実際には誹諧歌の二系列と認め得る歌をある程度抄に入集せしめて、こうした詠風に対する理解をも示し、上掲の伝実方詠をも抄に入れていた。だが後者の場合、春部の題しらず詠という扱いであって、その枠内での風趣の理解であったことを考慮しなければならないのである。題詠歌が虚構的な美的小世界をもつのは、「……歌のならひにて、さもよみ、また、逢ひたれど、ひとへにまだ逢はぬさまに詠めるなり。たとへば、月の、山のはに出でて、山のはに入る、と詠むがごとし」（俊頼髄脳）などの如く、むしろ詠法の常道でもあり、そうした立場でこの詠の風趣を公任は愛でたのであろう。当詠入集と、公任の誹諧体に対する自覚的尚好とは結びつかないのである。また前者についても、そうした歌体への尚好におのずから公任的美意識の限界が存したことは、前節で述べたところであるが、公任の志向する美的様式化の道をつきつめた和歌は、その典型的あり方においては、現実の中における一種の装飾物として眺められる歌とならねばならなかった、ともいえるのであり、そうした詠風の推進者であった公任は、行成と本質的に異なる歌人ではもちろんなかったように思われるのである。彼のような歌観の所有者が、上掲の伝実方詠をその説話的背景において理解すること、さらに後拾遺的誹諧歌を新しい誹諧歌として積極的に価値づけること、また古今的誹諧歌の系列に属する俗的表現を自己の美意識に基づく品等意識と無関係に定位することは、きわめて難しかったといわねばなるまい。

前説で説いた、時代の未成熟という要因以外に、この個人的資質という要因が介入し、『拾遺抄』延いて『拾遺集』に誹諧歌の小部立が出現することは、ほとんど不可能な宿命を担っていたといってよい。古い古今的誹諧歌は、公任の意識内で次第にその影を薄くしはじめていたのだが、新しい後拾遺的誹諧歌も、これを誹諧歌として認定する条件は整っていなかったのである。だが、こうした新しい認識が、時代の動きの常としてすでに徐々に表面化しつつあったであろうことは、これまた十分に推察できるといえよう。公任にとって、それは理解し難い動きであったが、また、まったく無視することもできないある疑問をも感じさせることがあったのではなかったろうか。古今的誹諧歌の系列に属する詠風を「ざれごと歌」として捉える動きも[56]、底流にはあったかも知れず、そうなると公任の誹諧歌に関する認識は、いっそう混迷状態に陥らざるを得なかったであろう。

先に第七節の結論として、古今的誹諧歌がその系列を残存させつつ、他面では後拾遺的誹諧歌へと変貌する前夜という困難な地点に公任・経信らが立っており、それが彼らに誹諧歌に関する正しい認識を不可能にさせたのではなかったかと予見的に述べた。そのことを、公任の歌観に即してやや分析的に証明すれば、以上の如くになるのである。『千穎集』のことなど、そこに見られる古今的誹諧歌の命脈をどうとらえるかというような派生的問題は残るが、紙幅上今は省略することにしたい。

十一

これまで、公任・経信らの誹諧歌に対する無理解が何故生じたかという冒頭の問題提起をめぐって、主として公任に重点を置き解こうとしてきた。それはおのずから、誹諧歌の平安中期ごろにおける変貌について説くことにつながったのであるが、またそれは、平安末期以後の誹諧歌を考察するための前提としても、必要かつ重要な手続きであったように思量される。

以下、そうした平安末期以後の誹諧歌について、展望的な考察を少々加えておきたいと思う。先ず、平安末期になると、誹諧歌を詠む歌人面に変化が現れてきたといえる。後拾遺・千載両集の誹諧歌入集状況に限っていえば、歌人面での特殊化現象を指摘できたが、その後の続千載・新千載・新拾遺・新続古今における誹諧歌の部立にまで考察範囲を拡大した場合、平安末から鎌倉期へかけての歌壇では、実際にはむしろ誹諧歌と縁の薄い歌人の方が定家ら少数派となり、多数の歌人はこの歌体を試みていた事情が察知されるのである。してみると、第四節で述べた『千載集』誹諧歌歌人の特殊化現象については、そのころからすでに、全体的には誹諧歌歌人層の拡大現象がはじまっていたことをも、合わせて正当に認識しなければならなかったのである。俊成が『千載集』にこの小部立を設定したのも、すでに別稿「誹諧歌と俊成」（国語国文、昭和50・8。のち『中世和歌文学論叢』〈和泉書院、平成5〉に収録）に説いた如く、単に先例に倣うという以上に、時代を反映すべき勅撰集としては当然そうあるべきだという主体性に基づいての結果であったと思われ、彼自身こうした歌体を詠むことがほとんどなかったとはいえ、それは決して誹諧歌の全面的拒否を意味するわけではなかったと思われるのである。では、この時代に至り歌人層の拡大現象が生じた理由をどこに求めるべきかといえば、前述の如く後拾遺的誹諧歌の定着によるそうした手法の自覚的普遍化に基因するといえるが、さらにその動きの背後には、次第に暗い翳を濃く落としはじめていた時代の政治的閉塞状況と、その中で求められた、特殊な通達的機能を発揮するこの誹諧体への強い一般的関心とがあったともいわねばなるまい。『詞花集』時代には、好忠や俊頼の重視に具顕したように、古今的誹諧歌の系列に属するといえる俗的表現ないし「ざれごと」的歌体への志向も、勅撰集世界に浸潤してきていた。

もっとも、このようにして誹諧歌に対する認識がかなり確立されてきたといえる一方、微視的には歌人間の認識の個人差もまたみられる。たとえば寂超（為経）は、『後葉集』に窺える如く誹諧歌を『古今集』誹諧歌の系列上に捉え、清輔は、『続詞花集』に窺える如く『万葉集』戯咲歌→『後拾遺集』誹諧歌の系列上に捉え、そして俊成は、おそらくそれほど明確な自覚は伴っていなかったであろうが、直観的正しさをもって両者の総合的立場での認識を有していたかも知れず、「誹諧といふは、さすがにありぬべき事を、おとたかくいふなり。よりてざれ事にてある也」（古今問答）など、誹諧歌の虚構性に対しても彼独特の現実主義的歌観に基づく理解が示されたりするのである。こうした諸点については、前記別稿や第五節に説いたのでそれを参照願いたいが、個人による認識の差も無視し得まい。だが、誹諧歌の巨視的流れとしては、公任らの時点で混乱していた誹諧歌に関する認識が、この平安末期ごろに至りともかくある明確な形を取りはじめていたということは認められると思う。

しかしながら、誹諧歌のその後の歩みは、必ずしも平担な道を辿ってはいなかったと思われる。『八雲御抄』や『桐火桶』にいう誹諧歌に関する疑問は(57)、鎌倉期に入っても誹諧歌の内容規定が統一された形で定着せず、混乱の度がかえって強まりはじめたことを暗示しているともいえるのである。鎌倉・室町期における誹諧歌の問題を考察する端緒を開くために、試みに頓阿の『続草庵集(58)』第四雑躰部を繙いてみよう。短歌（実は長歌）・物名・旋頭歌・誹諧という四つの小部立から成る点は、だいたい『古今集』雑躰部を模したと思われ、全十六首の誹諧歌を収めている。その内容は、題詠歌と目せられるもの十一首、折に触れての生活詠と目せられるもの五首の如く一応分類できるのであり、『千載集』的な誹諧歌観が反映しているともいえる。ところが、生活詠についてみると、

花を人のおりければ

香をぬすむ風たにうきをさくら花ぬしにしられて枝を折かな

あつまへ下侍し時、さめか井といふ所にて、むまねふりをさまして

みしか夜のあしたの眠さめか井にみゝもおとろく水の音哉

念仏申侍しとき

おひぬれは仏の御名をとなふるもおなしことすと人やきくらん

などの如く、いずれも自己を享受者に設定し、その自己に向かって笑いかけ苦笑するという風の歌境を示しているのであり、その点これらの歌は、実質的に対詠的性格の著しい後拾遺的誹諧歌とはやや異質であることを認めなければならないのではなかろうか。いわば、自己自身を享受者とする自己完結的詠風であり、本来他者に対する通達性にその特質をもつ後拾遺的誹諧歌が、即自的性格のもの——その意味では題詠的誹諧歌にも通うもの——に変質していることが判るのである。そこに、中世的な密室的詠歌態度の浸食を認め得るともいえるのであるが、後拾遺的誹諧歌の中世における変貌という現象を指摘できるともいえるであろう。また、古今誹諧歌的題詠についてみると、

互思恋

契のみなをあさかはの舟くらへともにこかれてあふよしもなし

夢を

ぬる時にみる物とてやむは玉の夢をもかへといひはしめけん

などの如く、必ずしも俗的表現とはいえない優美さを示しているのであり、内容面では前掲の生活詠的誹諧歌と同趣の滑稽味を主とした表現的特質を有しているように思われる。いわば、題詠と生活詠との差異がこれらの誹諧歌には認めにくいのである。そのような、頓阿誹諧歌の特色は、

暁くひなをきゝて

あくるまを猶たゝくこそ夏の夜の心みしかきくひなゝりけれ

としのくれによめる

水のおもにうつれるかけのさかさまにたちはかへらぬ老の波かな

など、その詞書からいえば、題詠とも生活詠とも取れる歌詠に端的に顕現しているともいえよう。その歌詠自体の表現的特質からみて、詞書がどういう形態を取るかは、さほど問題でならなくなりはじめていたのかも知れない。

ところが、さらに時代の下った『宗長手記』『宗長日記』(59)を繙くと、ここには十数首の誹諧歌が含まれ、これらは一座性・談笑性という特質を有するといわれる点(60)、後拾遺的誹諧歌の系列に属するともいえるのであるが、なお他に、「和歌的美・伝統的価値というべきものの否定と卑俗な用語とを特徴とし」「日常の感懐を軽い自嘲をこめて吐露したというにとどまる」と稲沢好章氏の説かれる(61)歌約三十首程を含み、これらは、

痾病に日比わづらひて、たはごとに、

おもはずもひたゝれをこそきたりけれ名をば糞一こめるといはん

などの如く、自己自身を享受者とした即自的詠風のものだったのである。つまり、制作の場が上述の如き特質を有する誹諧歌とは異なると考えられ、宗長自身、これらは狂歌であると意識していた節もみられる(62)。

してみると、鎌倉末期頓阿によってまだ誹諧歌と意識されていた歌体が、室町中期になると、宗長によって誹諧歌ではなく狂歌であると意識されはじめていた事情も想定できるのであり、上述した後拾遺的誹諧歌の中世における実質的変貌が、名辞の上にも変化を与えるようになったことを認め得るともいえるのである。しかもこの狂歌だけについていえば、俊成時代の、誹諧歌とさして区別なしに意識されていたと思われる用法(63)から、宗長的用法への変貌、さらに、後者において享受者が自己自身であったことから、落書などと同様社会一般が享受者として意識されるようになる用法(64)への変貌、また、内容的には次第に強くなりはじめたともいえる優雅性への傾斜(65)など、必ずしも単純でない様相を呈している。また一方、一座性・談笑性という後拾遺的誹諧歌の特質に眼を向けると、連歌・誹諧連歌といったジャンルも同時代的に並存し、その他職人歌合などもあって、それらが複雑にからみ合いながら、中世期誹諧歌の展開図が描かれるのである。そのような複雑な展開相は、勅撰集誹諧歌の部立だけにとらわれない新しい視点での、

広く深い考察を改めて要請しているといえよう。

注

（1）「誹諧歌といへるものあり、これよくしれる物なし。（中略）宇治殿の四条大納言にとはせ給けるに、これはたづねおはしますまじき事也、公任あひとあひし先達どもに、随分にたづねさぶらひしに、さだかに申人なかりき云々」（俊頼髄脳）
「誹諧はいにしへより人しらず。（中略）宇治殿の四条大納言にとはせ給ければ、是はたづねさせ給ふまじき事也。先達どもにとひ侍りしに、更に申す事なかりきといひし事也（下略）」（和歌童蒙抄）
「是はいかなるをいふにかあらん。まさしき様しる人なし。公任卿なども不レ知レ之。而通俊なにと心えたるに有けん、入二於後拾遺一。経信卿云、入二誹諧歌一にてこと事のわろさも被レ知云々、誠如二公任経信不一レ知ほどのことなれば、末代人非レ可レ定」（八雲御抄）
「古今の誹諧は、相伝の人またくなし。公任の卿に御堂殿問給しかども終に秘し申して、知ずと答申されけるとかや」（桐火桶）など。

（2）本論および補注の『古今集』歌・同序文の引用は、便宜角川文庫の翻刻（底本は伊達家本）に拠った。（ただし理解の便を図り作者名を適宜漢字に改めた）。異本（花山法皇本・元永本）によれば、誹諧歌をなお五首追加し得る。「題しらず」詠四首に、「人の牛をつかひけるが、死にければ云々」の詞書をもつ褻歌一首である。

（3）制作事情不明歌の多い読人知らず詠を除き、褻歌の含有率を部立別に調査すると、哀傷　一〇〇％、離別　九〇・九％、羇旅　七八・五％、雑　六〇・七％、四季　三〇・二％、賀　二三・五％、恋　一九％、の如くであり、巻十物名や巻廿大歌所御歌・神あそびのうた・東歌は、零％である。誹諧歌の場合は、七・一％。

（4）褻的生活詠であることの明らかな深養父・久曾の両詠以外、「富士の嶺のならぬおもひに……」（紀乳人）は、「もし是は後撰に　我のみやもえてきえなんよと、もに思ひもならぬふしのねのこと　平貞文　返し　ふしのねのもえわたるともいか、せんけちこそしらね水ならぬ身は　きのめのと　とある贈答を思ふに、同じ時の返しにて、もえはもえねとは、平仲にいへるにや。さらずはみづからにふて、いへる歟」（古今集余材抄）とある如き背景を有し、また「もろこしの吉野の山に……」（左のおほいまうちぎみ）は、『伊勢集』中の「三輪の山いかに待みむ年経とも尋ねる人も有らじと思へば」という伊勢詠に対する、藤原仲平の返歌「もろこしの吉野の山にこもるとも思はん人に我おくれめや」を原歌とすると考えられる。

（仲平詠が時平詠として入集した事情などについては、村瀬敏夫氏の『古今集の周辺と基盤』《一五二頁》参照）。いずれも、その制作事情に遡れば生活詠であったともいえる。こうした生活的背景を推測せしめる誹諧歌は、他にもまだありそうである。

（5）『Le rire』（1900）の邦訳には、林達夫訳『笑』（岩波文庫）がある。「笑を理解するためには、笑の本来の環境たる社会にそれを置いてみる必要がある。殊に、社会的の役目といふ、笑の有用な役目を決定しなければならぬ」（一七頁）などの叙述参照。

（6）『古今集』誹諧歌を滑稽文学として規定することは、むしろ通説といえる。「万葉集巻十六の戯れの歌の系統のもので、正格な改まった歌に対して、ひとふし笑いを含んだもの」（岩波・古典日本文学大系『古今和歌集』）

「俳諧歌　俳諧味のある和歌。古今集巻十九に誹諧歌として五十八首あるのが、名称の起源である。俳諧の意味については、『奥義抄』に〈誹諧者滑稽也〉と見えており、古くは史記の古注索隠の滑稽伝の部の注には〈姚察云、滑稽猶俳諧也〉とあって、和漢いずれも俳諧を滑稽の意に用いていたことがわかる」（和歌文学大辞典・麻生磯次氏執筆）

「『誹諧』（俳諧とも書く）とは『滑稽』の意で、中国の詩で用いられた用語である。本巻に収められた誹諧歌は縁語や掛詞、卑俗な語句擬人法などを意識的に用いて滑稽味を出そうとしたものである」（小学館・日本古典文学全集『古今和歌集』）

「誹諧は俳諧とも書く。滑稽の意。内容や言葉に笑をもつ歌で、笑は古今集の歌人に愛された重要な要素である」（角川文庫『古今和歌集』）など参照。

（7）前者については、「人しれぬ思ひをつねにするがなるふじの山こそわが身なりけれ」（五三四・読人しらず）などをも含めて考え得るが、この紀乳人詠をも無視することはできまい。

ところが後者については、「男山のむかしを思ひ出でて」と「て」文字があるために、この「男山のむかしを思ひ出でて、女郎花のひとときをくねる」の部分を、緊密につながるひとまとまりの句として捉えることもできるのであり、顕昭註の如く、ここに「をみなへしうしとみつゝぞ行きすぐるをとこ山にしたてりとおもへば」（二二七・布留今道）などをも引いていると説くことも可能となるのである。片桐洋一『中世古今集注釈書解題二』によれば、中世には男山の女郎花塚の本説を引く古今注も多かったことが判るのであり、その点、多少の説明を必要としよう。

実はこの部分、基俊本・筋切本・元永本・唐紙巻子本などの古本には「て」文字がなく（久曾神昇『古今和歌集成立論資料編』参照）、それを原態として、「おもひ出てのてもじはそひたれど、下へつゞけたるにはあらず」（古今余材抄）の如き解も出てきているのである。宣長は、はっきり「て」文字のない本文にしたがい、「又年ヨッテハ、男ハヲトコザカリデアツタ昔シノ事ヲ思ヒダシ、女ハワカザカリノ早ウスギタコトヲ愚痴ニクヨ〳〵ト思ウヤウナ時モ」（遠鏡）と口語訳している。

たとえ「て」文字のない本文にしたがうとしても、「『くねる』は、愚痴をいう意で、この詞の上の『昔を思ひいで』をも兼ねていったもの」（評釈）という故窪田空穂氏の如き釈文の出てくる余地はあり、そこに定家本系統の「て」文字の添った本文が生まれる理由も存したのかも知れないが、ここはやはり「古本、いで。『て』文字が無い。ここで句になる」（朝日古典全書頭注）と取るのが自然であろう。

すなわちこの部分は、「男山のむかしを思ひ出で」と「女郎花のひとときをくねる」とが並立関係をなしていると思われ、諸古注ひとしく引くところの、

今こそあれ我も昔はをとこ山さかゆく時もありこしものを（八八九・読人しらず）

秋の野になまめきたてる女郎花あなかしがまし花もひと時（一〇一六・遍昭）

の二首をふまえた叙述とみるのが正しいと考えるのである。「此両首の心にて男に女を対してかけり。しかも男山は女郎花の名所なれば引よせたるなり」（八代集抄）という気味合いはあったであろうが、ともかく遍昭詠を、他の歌詠と対等の独立した一首として扱う受容のしかたが望ましかったのである。「花のひととき」「花もひと時」という表現の類似も、注意されてしかるべきである。

（8）　山路平四郎「古今和歌集の部立に就て」（文学、昭和22・3）には、『古今集』で、ある歌がある部立に入れられたのは、「歌そのものの本質的相違によるものではなく、これを扱う撰者の態度によるものだと云ふ事ができる」場合もかなり見られることが説かれている。こうした撰者の撰歌基準の相違について、特に貫之と忠岑の場合をとりあげ考察した論文として、今井卓爾「古今和歌集の撰歌基準―貫之と忠岑―」（早大教育学部・学術研究・第11号）参照。

（9）　片桐洋一『中世古今集注釈書解題一』に翻刻。

（10）　高橋義孝『近代芸術観の成立』には、この両者の「なぐさむ」の相違を、「『うたをいひてぞ』と『哥にのみぞ』との相違であろう」として、詳細に論じている。すなわち、「前者は、うたをうたうことが積極的な心的行為方式であることをいい、後者はそれが、他のいくつかの手段を用ることが不可能になった現在、やむなくこれに拠らざるをえないというような含み

を持った、歌に対する消極的な見方を暗に示している。もし他に何らかの、同じ効果を挙げることのできる手段があったとしたならば、われわれは必ずしも歌によって、まだ煙の上っていた頃の富士山をしのばなくても差支えないわけである。（中略）前者は、ある条件の下では、人間にとって、歌を詠むということが、他のいかなる手段によっても代用されがたい、唯一の心的行為方式であることをいおうとし、後者はこれに反して、歌を詠むということが、代用満足を得るための数ある心的行為方式中の一方式であることをいおうとしているように解される」の如く説いている。私見では、なお「唯一の心的行為方式」を「現実相即的実感的詠歌実践」、「数ある心的行為方式中の一方式」を「現実遊離的観念的詠歌実践」の如く換言し、歌自体の質的差異にも留意しての考察が必要であると思う。

(11) たとえば、長柄橋に即していえば「朽ちはてしながらの橋をつくらばやふじの煙もたたずなりなば」（十六夜日記）の如き発想歌に、そうした心意の顕現を見る。

(12) 一首ずつの検証は省略せざるを得ないが、古くは『八代集抄』などに、「誹諧といふ事、世間にはあれたるやうなる詞をいふとおもへり。此集の心更にしからず。たゞ思ひよらぬ風情をよめるを、誹諧といふ也と申されし、されどあらき事をもまじへたるなり」とあり、新しくは『古今和歌集』（新註国文学叢書）に「正格に対し、どこか外れた処のあるもの」などとある。

(13) 両者とも万葉時代すでに衰退していた歌体であるとすることは、和歌史の常識であろうが、なお、久保木哲夫「平安期における長歌の意味」（和歌史研究会会報・第26号）など参照。
ただし、巻第十九を「雑体」と呼ぶ部立の名称は古写本にはなく、したがってそうした名称面から撰者たちの雑体巻設定意識を速断することはできない。「誹諧歌が大部分を占めている点雑体の名称は不適当であることが分かる」（島田良二「八代集の雑歌についてのノート」〈国語と国文学、昭和39・1〉）とも説かれている。しかし、たとえ後代にせよこうした名称が付加されたことの意味は、古今時代に遡って十分に考えてみなければならぬとも、なおかつ思うのである。

(14) 窪田章一郎「古今和歌集の物名と俳諧歌」（国文学研究・第43集）など参照。

(15) たとえば次の如き、女郎花を詠んだ読人知らずの誹諧歌群

秋くれば野べにたはる女郎花いづれの人かつまで見るべき（一〇一七）
秋ぎりのはれてくもれば女郎花花のすがたぞ見えかくれする（一〇一八）
花と見て折らむとすれば女郎花うたたあるさまの名にこそありけれ（一〇一九）

などを、秋部入集の、

　題しらず　　　　　　　　　　　　　　　　　　　僧正遍昭

名にめでてをれるばかりぞ女郎花われおちにきと人にかたるな（二二六）

　題しらず　　　　　　　　　　　　　　　　　　小野美材

をみなえしおほかるのべにやどりせばあやなくあだの名をや立ちなむ（二二九）

　朱雀院の女郎花合によみて奉りける　　　　　　　　忠　岑

人の見ることやくるしきをみなへし秋霧にのみたちかくるらむ（二三五）

などと比較した場合、もし滑稽味を誹諧歌認定の基準とするならば、前者よりも後者の歌群の方に、より洗練された滑稽的趣向を認め得べく、詠者自身がそうした滑稽性に笑みをもらしていると想定される歌としては、

　寛平御時、蔵人所のをのこども、さが野に花見むとてまかりたりける時、かへるとてみな歌よみけるついでによめる

　　　　　　　　　　　　　　　　　　　　　　　平　貞文

花にあかでなに帰るらむをみなへしおほかるのべにねなましものを（二三八）

などの方がより妥当であり、また確実度も高いであろう。誹諧歌の認定基準を、すくなくとも詠者自身の笑いを伴う滑稽性に置くことを疑わしめるのであるが、こうした疑惑の眼で見てゆくと、詠者自身が笑っていると確実にいえる歌は案外すくないことに気づくのである。解釈次第でどのようにも受容できる歌がかなりあり、一方詠者自身は大真面目で、むしろ深刻な気持を詠んだと認められる歌もかなりあるというのが実態であれば、この誹諧歌の笑いを、撰者主体のそれとして理解することがやはり正しかったといえよう。その笑いの内容については、本論に説くが如くである。

（16）竹岡正夫「古今集・雑上における好色的戯咲歌」（『言語と文芸』復刊第1号）参照。

（17）巻第十七の戯咲歌群以外にも、「人はいさ心もしらずふるさとは……」（四二・貫之）をはじめ、前引注（15）の貞文歌や、

　やよひに、鶯の声のひさしう聞えざりけるをよめる　　　　　　　　貫　之

なきとむる花しなければ鶯もはてはものうくなりぬべらなり（一二八）

　やよひのつごもりの日、花つみよりかへりける女どもを見てよめる　　　躬　恒

とどむべきものとはなしにはかなくもちる花ごとにたぐふこころか（一三二一）など、明らかに詠者自身の笑いの察せられる歌詠を容易に見出し得る。
(18) 岡崎義恵「『をかし』の本質」（『美の伝統』所収）参照。
(19) 最も端的な発言として、吉沢義則『源語釈泉』には「『をかし』の直意は『興味を引く』である」とある。
(20) 故藤田徳太郎「物合と『をかし』の精神」（国語と国文学、昭和14・4）参照。
(21) 「誹音非也。無二俳音一」（奥義抄）とある如く、「誹」はヒとしか読めない字である。渡辺秀夫氏は、本文所引論文中で「ヒカイ」と読むまでには徹しておられないが、今井卓爾氏の教示により、「『古今訓点抄』（鎌倉写・古典保存会複製）に『ヒカイ』の訓注がみえる」ことに注意すべき旨、注記される。筆者は、「ヒカイ」が当時における正しかるべき読み方であったろうとまで考えてみたい。
(22) 清輔の誹諧歌は、新拾遺に一首新続古今に二首入集。西行も新千載・新拾遺に各一首入集。実定も文治三年・前中務少輔季経歌合に誹諧体の歌を残している。その他、六条藤家・歌林苑の歌人達もほとんど皆誹諧歌を詠んでいるので、千載から新古今へかけ、これと無縁の歌人としては俊成・定家ら御子左家系歌人達を挙げるべきであろうが、俊成は、別稿「誹諧歌と俊成」に説く予定の如く誹諧歌とまったく無縁であると断じ切れない側面もあり、また慈円もやや異色と思われるので、結局、定家を中心とした典型的新風歌人達に限定されることになる。
(23) 『後葉集』の場合、巻第十八・雑三の長歌二首、旋頭歌五首に後続する十九首（ただし、当集の伝本中旋頭歌以下をも含む完本は書陵部蔵の一本のみ）は、特に部立名はないが、『古今集』と比較しての形式的類似からみて誹諧歌として部類されたものと考えてよかろう。また、『続詞花集』の場合、巻第二十に「戯咲」の部立が設定されているが、この名称については、『千載和歌集』（久保田淳・松野陽一編、笠間書院）の解題に説明されているような理由と、さらにあるいは、万葉戯咲歌的性格の歌体として誹諧歌を捉えようとする積極的見地とが背景にあったのかも知れないが、ともかくこれらの歌群を誹諧歌と一応等質的に扱うことは許されよう。後葉の誹諧歌が古今のそれに近い性格を示し、続詞花の戯咲歌が後拾遺の誹諧歌に近い性格を示すことについては、本論に説く通りである。
(24) 池田亀鑑「藤原実方論」（短歌研究、昭和11・9）岸上慎二「藤原実方について」（和歌文学研究・第12号）福田幸子「藤原実方考」（文学論藻・第39号）など参照。
(25) 俊頼の人間性については、基俊と比較して、穏和な、あるいは陰性で内向的な、性格を指摘する説が多い。だが一方、その家集について、父経信の死を悼む第六悲歎部や、身の不遇を嘆く「恨躬恥運雑歌百首」などの表現活動を見ると、彼の内面における激しい現実との葛藤、外界との不調和に陥り自我の分裂をきたしがちな個性の激しさを認め得る。道因についても、俊成の夢中に現われて千載入集に涙する激情ぶりを伝えた無名抄の挿話や、「住吉社歌合」「広田社歌合」を勧進する熱意などから、やはり同様の激情家であったことを推測し得るのではなかろうか。

(26) 説話文学や歴史物語・公卿日記などを通じて当時の実態を知り得るが、かかる面についての最近の研究書に、関山和夫『説教の歴史的研究』などがある。

(27) これらの歌は、いわゆる氷山の一角であり、その背後にかような歌を要求した説経の場を想定できるように思われ、「その趣弁説利口あるもの、如言語」(奥義抄)とある「弁説」または「弁舌」が、当時「説経」と同義で用いられていたことを思えば、こうした誹諧歌と説経とのつながりを想定させる一つの証言ともなり得よう。また、「弁舌ハ有事モ無事モ掻刷(カキツクロウテ)云者也」(庭訓往来)などとあることからは、こうした歌の表現的特性がどうであったかをも推察できよう。しかしこれらは、独立的に考察すべき分野であると思われるので、本論では省略に従う。

(28) 大伴家持についていえば、(イ)としては有名な雲雀の歌(四二九二)の左注、また(ロ)としては吉田連老への例の有名な贈歌(三八五三・三八五四)の左注を通じ、かかる両機能が、それぞれ必要な和歌のあり方として自覚されていたことを知る。なおこうした事情については、中西進氏の最近の研究などに詳しい。

(29) たとえば「勝間田の池はわれ知る蓮なししかいふ君が鬚なき如し」(万葉・三八三五・戯咲歌)などについていえば、虚構性とともに言語遊戯性を認め得るが、「失錯・失態を演じた主人公が興言利口で悲惨な破局から救われた」(『今昔物語』のいわゆる「物云説話」に関する日本古典文学大系本解説)とあるが如きこうした興言利口性なども、古くから存していたのであろう。

(30) 前掲注(9)書所収。

(31) 和歌の表現秩序は、現実の秩序を反映しつつも独自の表現的秩序を形成している。私見ではこの両秩序を区別し、前者を現実的日常秩序、後者を和歌的日常秩序という用語で処理することにしたい。

(32) 長谷川政春「〝笑い〟の文学の一考察―万葉集巻十六の戯笑歌から―」(文学・語学・第54号)など参照。万葉戯咲歌の呪術歌的要素を認められた故折口信夫氏の説を継承発展された石上七鞘「無心所著歌の一考察」(文学・語学・第71号)なども、和歌に本有の公開的性格を認め得る点で参考になろう。

(33) 詞書を通じ、題詠であることを明瞭に認め得る歌詠は九首である。しかしそれ以外にも、「水無月の晦方、機織の鳴くを聞きて詠める」（一一八二）「萩の露の玉と見ゆるとて折りけれども、つゆもなかりければ、詠める」（一一八三）「九月十三夜に詠める」（一一八六）の場合は、いずれも独詠であり、また対象を題化する詠歌意識も看取されるので、題詠に準じて扱うことにする。「題知らず」の二首は除いてある。なお、当集からの引用は、『千載和歌集』（笠間叢書）に拠った。

(34) この五首中、「風吹けば楢のうら葉のそよ〳〵と言合せつ、いづち行くらむ」の一首は、詞花集・冬部に、形式的には惟宗隆頼詠二首のうちの一首として出ていた詠で、結句に異同も見られるが、『散木奇歌集』にも見当らないので、俊頼詠とは認められない。当集の引用は新校群書類従に拠ったが、当翻刻のこの部分の底本、書陵部蔵本の作者名誤記か。誹諧歌をも含む完本はこの一本を存するのみなので、それ以上の推定は難しい。

(35) 実列に徴すれば、次の如し。

春来れど折る人もなき早蕨はいつかほどろとならむとすらむ
雪の色を盗みて咲ける卯の花はさえてや人にうたがはるらむ
卯の花よいでこと〴〵しかけ島の波もさこそは岩を越えしか
慕ひ来る恋の奴の旅にても身の癖なれや夕轟きは

(36) 俊頼時代は和歌史的に題詠的創作歌の方向への転回期でもあったが、俊頼をその推進者として位置づけ得る。一方彼は、そうした和歌に欠けがちな主情性を、伝統的な雅的表現に対する俗的表現の方向で回復しようとしたともいえる。康和二年「国信卿家歌合」一二番初恋判詞およびその基俊後記などを通じては、俊頼がこうした「ざれごと歌」を一つの歌体として肯定的に捉えようとしていた側面も理解できよう。彼の誹諧歌を、その和歌全体の中で果たす機能という点で、古今的誹諧歌の系譜に属すると考えたい所以である。

(37) 注（23）参照。

(38) その点を明確に説かれた、谷山茂「詞花集をめぐる対立―拾遺古今・後葉・続詞花の諸問題―」（人文研究、昭和37・6）には、「後葉集の部立は、巻十四（恋四）までは古今集のそれと全く同じであり、さらにその雑三の部の内容は古今集の雑体の部のそれに相当する。これほどまでに、部立とその順序とが古今集に酷似している撰集は、後葉集以前の現存する公私の撰集中では、他に見あたらない」とある。なお、樋口芳麻呂「詞花和歌集雑考」（愛知学芸大学国語国文学報、昭和30・12）など参照。

（39）当集が、基本的に補正詞花集さらには難詞花集的性格を有していることについては、前記注（38）の文献などに明らかであるが、誹諧歌の小部立設定にも、そうした性格が考えられるべきことは、当然であろう。

（40）同じく補正詞花集的性格を有する『続詞花集』戯咲部の巻頭に、やはり崇徳院詠が据えられていることを勘合すれば、無視できない理由が存したものとも思われるが、後考に委ねざるを得ない。

（41）『続詞花集』の部立構成が後拾遺集のそれに近いことは、谷山氏前掲論文などに説かれている。「戯咲」という名称使用に独自性が窺えるともいえるが、結果的内容的にはやはり『後拾遺集』の影響を認めたい。

（42）新校群書類従本に拠る。

（43）『如意宝集』（公任撰）→『拾遺抄』（同上）→『拾遺集』という成立順序を、学界の通説にしたがい前提として認める立場。

（44）『拾遺集』の成立・伝本研究・本文整定の研究成果は、『日本文学史・中古』（至文堂）『国文学全史2平安朝篇』（東洋文庫）補注や橋本不美男『原典をめざして』（笠間書院）など参照。『拾遺集』の誹諧体の歌の考察にも、成立過程や諸本の異同に関する考察が必要であろうが、今は公任の誹諧歌観について一通りの見通しを得る目的に沿い、流布本に拠った。

（45）久松潜一『日本文学評論史・詩歌論篇』など参照。最近の研究では、小町谷照彦「拾遺集の本質―三代集の終結点―」（国語と国文学、昭和42・10）片桐洋一「拾遺和歌集の組織と成立―拾遺抄から拾遺集へ―」（和歌文学研究・第22号）などがそのことに触れている。

（46）当論文中、氏が付した一連番号でいえば、①②⑦⑰⑱⑳㉓㊱㊲㊵㊻64 65 68の各詠。

（47）『俊頼髄脳』に、誹諧歌に対する俊頼の主体的自覚を認めることはできないであろう。しかし詠歌実践面で、彼がこの歌体のかなり積極的な推進者であったことはいえるし、またその実践を支える程度の自覚が、「国信卿家歌合」などからいえることについては、注（36）参照。

（48）本書の本文は、すべて日本古典文学全集『歌論集』（小学館）に拠る。

（49）『後撰集』の研究成果については、『日本文学史・中古』（至文堂）『国文学全史1平安朝篇』（東洋文庫）の補注など参照。『後撰集』に独自な編纂意識があったとする説もあるが、すくなくとも、高度な意識と認めるためには、種々の欠陥があり過ぎるように思われる。

（50）『後撰集』の本文および諸本についての調査は、すべて大阪女子大学国文学研究室編『後撰和歌集総索引』に拠る。

(51) たとえば最近の研究として、片桐洋一「後撰集」〈和歌文学講座・4〈桜楓社版〉〉など参照。
(52) 屛風歌・歌合などについて、広く『拾遺集』時代の和歌という観点から考察すればそういえる。
(53) 上野理「後拾遺集」〈和歌文学講座・4〈桜楓社版〉〉中の調査によると、『拾遺集』と『金葉集』において晴歌が増加し、『後拾遺集』はその過渡期として位置づけられる。
(54) 男女相聞の贈答歌を一応別にして考える。『古今集』の和歌および『後撰集』に入集している古今時代の和歌には、たとえ言語次元での交流であったとしても、同輩間はもちろん上層貴族と下層貴族との身分差を越えた精神共同体的連帯感を強めるという、通達的機能を果たしている詠がかなり目につくといえよう。

雷鳴の壺にめしたりける日、おほみきなどたうべて、雨のいたくふりければ、夕さりまで侍りて、まかり出でけるをりに、さかづきとりて　　貫　之

秋はぎの花をば雨にぬらせども君をばましてをしとこそ思へ（古今・三九七）

とよめりける返し　　兼覧王

をしからむ人の心をしらぬまに秋の時雨と身ぞふりにける（三九八）

家に行平朝臣まうてきたりけるに、月のおもしろかりけるに、さけなとたうへてまかりた、むとしけるほとに　　河原左大臣

てる月をまさ木のつなによりかけてあかすわかる、人をつなかん（後撰・一〇八二）

返　し　　行平朝臣

限なきおもひのつなのなくはこそまさきのかつらよりもなやまめ（一〇八三）

など。もっとも、「わすては夢かとぞ思ふ思ひきや雪ふみわけてきみを見むとは」（古今・九七〇・業平）の如く、時代の暗い動きを暗示するような詠もあり、藤原氏の専権体制の確立に伴って、上層貴族と下層官人との蜜月時代は終了したことを示す様相がやがて明らかになってくる。第一に、『拾遺集』時代に公任ら上層公卿歌人間の親密な歌の交流が目立ちはじめ、逆に、『古今集』時代の貫之・忠岑らと兼輔らの交流を背景とした贈答などが影を潜めはじめる現象である。

右衛門督公任こもり侍けるころ四月一日にいひつかはしける　　左大臣

谷の戸をとちやはてつる鶯のまつにをとせてはるもすきぬる

返　し　　　　　　　　　　公任朝臣

ゆきかへる春をもしらす花さかぬみ山かくれのうくひすのこゑ

など。また第二に、同時代ごろからの「数奇」という共通の美意識によって結ばれる新しい通達性の発生である。古今的蜜月時代の汎貴族的共同体意識が断絶した地点で、新らたに形成されてきた意識である。こうした詠風の先蹤としては、『後撰集』の兼輔と是則の贈答（一三〇二・一三〇三）など、身分の高低を超えた風流次元での交流として注目すべきだが、円融院歌会における好忠追放事件の話などが暗示する如く、当時はまだ、風流の精神がすべての歌人を結ぶ共通の場とはなり得ていなかった。ただ、そうした風土の中から、不遇な上層貴族と下層貴族との間、あるいは下層貴族同士の中に数奇というありかたでの共同体意識が芽生えてきたのである。その典型的なものとしては、いわゆる和歌六人党による小世界の形成などをあげ得よう。「心あらむ人に見せばや……」（後拾遺・四三・能因）「月のいと面白う侍りける夜……輔親が六条の家に罷れりけるに……前なる池に月のうつりて侍りけるをながめてなむ侍りける。おなじ心にもなどいひてよみ侍りける　池水は天の川にやかよふらむ……」（同上・八四〇・懐円）などの「心」は、すでにそうした数奇の心なのである。『金葉集』ごろになると、公実・国実らと俊頼の親密な交流や、忠実の許に俊頼がしばしば参上して歌話をするなど新しい様相が現れはじめ、歌合判者にこれら実力派歌人がなったり、歌林苑の如き活動が展開されたりもするようになるのである。こうした面からみても、後拾遺時代はたしかに和歌史の曲り角であった。

(55) 『拾遺集』の本文は、すべて片桐洋一『拾遺和歌集の研究』所収の翻刻に拠る。
(56) 注（36）参照。
(57) 注（1）参照。
(58) 和歌史研究会編『私家集大成・中世Ⅲ』所収
(59) 島津忠夫氏校注の岩波文庫本。
(60) 稲沢好章「『宗長手記』にみる連歌作者の俳諧嗜好について」（国語と国文学、昭和48・12）参照。
(61) 右論文
(62) 『宗長手記・下』（岩波文庫97頁）に、次の如く見える。

ある人狂歌とやらんいひて、
七十九年古来まれなり

上の句は失念

（63）「さ様の狂歌体の歌ども」（六百番歌合・恋七・七番寄海恋判詞）などは『万葉集』戯咲歌＝誹諧体＝狂歌体という意識に基づくし、その他「左右共に少し有戯気之由申す」と評定された番に対する俊成判「左のたはむれ、右のあらまし、共に有狂気にや」（同上・恋九・二十五番寄席恋判詞）なども注意される。「狂タハムル」（黒本本節用）「戯タハムル」（天正本節用）ともある。

（64）「一首の狂歌を四条河原に立たり。釘付にしたる桟敷の倒るるは梶井宮の不覚なりけり」（太平記・二七・田楽事付長講見物事）など多数例を見出す。

（65）「餅酒歌合」などにもすでにそうした面が看取されるが、「狂歌合」（永正五年一月二日）の判詞などには、「優艶」「幽玄」「有心幽玄」を基準とする批評意識が顕在化している。

第二章　誹諧歌補説

一

誹諧歌については、先に拙稿「誹諧歌の変貌（上）・（中）・（下）」（静岡女子大学研究紀要第七・八・九号、昭和49・3～51・3〈「誹諧歌の変貌」として本書に一括収録〉）を通じて、いささか考察するところがあった。歌学書『俊頼髄脳』『八雲御抄』などによると、平安中期の歌人・歌学者としては第一人者である藤原公任や源経信が、『古今集』の誹諧歌について暗く、理解に苦しんでいたという。それは何故であり、またいかなる和歌史的意味をもつのかという問題意識を抱いたからであった。

考究の結果、『古今集』以後その誹諧歌の本体が次第に不明瞭になるとともに、『後拾遺集』時代にはかなり截然とした質的変貌の見られることが、判ったのである。「是（稿者注…古今集誹諧歌）はいかなるを云にかあらむ。（中略）大かたはざれよめる事やらむなどは推せらるれども、其様知ことなし。後拾遺集、千載集に入たる歌は、物狂の事共なれば、さやうのことをいふにやあらむ」（八雲御抄）とあるのは、その一種の証言とも見做し得るのである。そうした、いわば誹諧歌変貌の前夜に生きていた公任や経信は、「古京はすでに荒れて新都はいまだ成らず」という過渡的地点に立たされていたといわねばならず、誹諧歌についての認識の崩壊を嘆かねばならなかった。

では、現代における『古今集』誹諧歌についての認識状況は、いかがであろうか。概して、誹諧歌を「おかしみの歌」とする傾向がまだ強く、その属性の一面についてはともかく、本性については、これを別の視座でとらえようとした前掲拙稿の主旨などからいえば、研究者の見解はまだかならずしも統一されていないように思われるのである。

こうした一種の混沌状態が続いている原因には、『後拾遺集』ごろを境にした誹諧歌の変貌という歴史的認識のあり方に、研究者間の差異が見られることを、当然挙げなければなるまい。しかしそのほかにも、『古今集』誹諧歌について はじめて正面から積極的説明を行い、現代においても参照されることが多い、平安後期の歌学書『奥義抄』（藤原清輔著）の誹諧歌観が及ぼしている微妙な影響を挙げなければならないのではないか、と思う。誹諧歌の本体を明確化するのに、ずいぶん有益であったとともに、それに拠り、その定義の枠組みの中で考える色眼鏡を提供した側面もあるのではないかと、恐れるからである。

そこで本稿では、前稿補正の意味も兼ねて、『奥義抄』をめぐる問題点について考察する。

二

『奥義抄』に見える、誹諧歌についての理論的説明は、下巻余（灌頂巻）問答部に次の如く出ている。

十九　問云、誹諧歌、委趣如何。

答云、漢書云、誹諧者滑稽也。滑妙義也。稽詞不レ尽也。史記滑稽伝考物云、滑稽酒器也。言、俳優者、出レ口成レ章不二窮竭一。若二滑稽之吐レ酒也。伝云、大史公曰、天道恢々広也。豈不レ大哉。談言微中亦可二以解レ紛。優孟多弁、常以二談咲一諷諫。優旃善為二咲言一、合二於大道一、〔淳于髡滑稽多弁〕。郭舎人発レ言陳レ辞、雖レ不レ合二大道一、然令二人主和悦一。是等滑稽大意也。誹諧の字はわざごと、よむ也。是によりてみな人偏に戯言と思へり。かならずしも不レ然歟。今案に、滑稽のともがらは非レ道して、しかも成レ道者也。又誹諧は非二王道一して、しかも述二妙義一たる歌也。故に是を准二滑稽一。その趣弁説利口あるもの、如二言語一。火をも水にいひなすなり。或は狂言にして妙義をあらはす。此中又心にこめ詞にあらはれたるなるべし。（下略。）

（日本歌学大系本による。以下同じ。）

すなわち、清輔は先ず「誹諧＝滑稽」という根基を定立している。その「滑稽」は、面白可笑《おか》しいという現代的意味ではない。「談咲」「咲言」とあるので、表面的にはそうした要素も無視できないが、本旨はむしろ、「諷諫」「大道」「和悦」などの成就にあるといわねばならず、かなり倫理的な性格をもつ語であることが判る。したがって清輔は、誹諧歌をも、戯言（ざれごと）風でありながら何らか「妙義を述べる」ところに本性がある、と睨むことになる。清輔は、この認識を根基とするのであるが、このような誹諧歌の趣きを弁説・利口という巧みな言いまわしの言語や狂言（たわぶれごと）が、火をも水にいいなす言葉の魔術を成功させたり、かえって反語的に妙義を通達しおおせたりする場合の働きにたとえて、さらに補説を加えているのである。この補説は、この部分の後に、弁説・利口・狂言の各種を心・詞の二面に細分して六種とし、それぞれに該当する『古今集』誹諧歌を一首ずつ引いて敷衍しているところからも窺えるように、きわめて自覚的な説明であるといえる。

この補説から読み取るべきことは、弁説・利口・狂言などの定位について、清輔がどう判断していたかということであろう。右の文脈からは、妙義の表現を誹諧歌の目的とするならばその手段として位置づけ、『史記』的意味での滑稽を誹諧歌の本性とするならばその属性として位置づけていた、と取らざるを得ない。これはこれで筋の通った説明であり、それまでとかく敬遠されがちであった誹諧歌についての本格的説明として、歌学者清輔の面目躍如たるものがあったともいえよう。

しかし、この清輔の誹諧歌観は、史記滑稽伝に即き過ぎた嫌いがある。すでに何人かの研究者によって指摘されている如く、『古今集』誹諧歌すべての実証的考察に基づき帰納的に得られた結論ではないだけに、この定義でうまく処理できない歌が実際にはかなり存在し、その総体を網羅できない弱点を示しているのである。清輔自身、そのような自己の理論の限界に気づいていたのではないか、と推測することもできよう。『奥義抄』の下釈部には、『古今集』の誹諧歌を十一首取り挙げ注釈を施しているが、これを読むとそのことがよく判る。十一首中には、上述した下巻余の「心弁説」「詞弁説」「心利口」「詞利口」「心狂言」「詞狂言」という六種の属性についての具体的説明に取り挙げら

れた歌も二首含まれているが、これらは、

○もろこしのよしの、山にこもるともおくれむと思ふわれならなくに

此歌ものしりたりとおぼしき人は、李部王の記に、吉野山は五台山のかたはしの雲に乗りて飛びきたるよし見えたり。さればもろこしの吉野の山とはいふ也など申せども、今案のごときこゆる。(イ)たゞ心ざしふかきよしをいはむとて、もろこしのよしの、山とは、今いひいでたることとなり。もろこしへいなむには、都にあらむをだに尋ねいたるべきにあらず。又此国なりともよしの山にいりなむ人をばおぼろけの、心ざしなくては尋ね行きがたし。いはんやもろこしにとりて、この国のよし野山のごとくにあとたえたる所にいりたりとも、われはおくれじとよめるとぞ見ゆる。(ロ)もろこしによしの、山をおけるに、誹諧の心はある歌とぞ見えたまふる。もとよりもろこしのよし野の山と云ふならばさせる心もなき歌にてこそはべらめ。

○難波なるながらのはしもつくるなり今はわが身をなに、たとへむ

此集雑部に、

世中にふりゆくものはつの国のながらのはしと我身也けり

といへる歌を本にてよめる也。誠に橋をつくるにはあらじ。かくたとへきたるに(イ)せめてわが身のたぐひなきよしをいはむとて、(ロ)彼はしもつくる也とはよめる也。

の如く、それぞれわたくしに引いた傍線部分(イ)の主旨のために、傍線部分(ロ)という表現を取ったところに誹諧歌たる所以を認めた解説が明快であり、下巻余の説明とも呼応して、(1)生彩があろう。だが、他の九首についてみると、最初には、

○梅花見にこそきつれうぐひすの人く〳〵といとひしもをる

鶯はなきはてに、きり声になくことあり。それはひとく〳〵となくやうにきこゆればかくよめる、或物にも、

かくぞ見えたる。

の如く、詠まんとする主旨も、その手段としての表現的特色も何ら説明されるところがなく、単なる語釈にとどまった注釈例が配され、以下、どの点に誹諧歌としての特質があるのかいっこうに触れずに素通りした注釈例が多いのである。わずかに最後の方の二首に、

○そゑにとてとすればかゝりかくすればあないひしらずあふさきるさに

あふさとはあふさま也。きるさとはきざま也。とざまかくざまといふ心也。とするもあしく、かくするもあし。いひしらぬわざかなとよめり。

○梅花さきての、ちのみなればやすきものとのみ人のいふらむ

さきすぎたるよしをいはむとて、梅花さきての、ちのみとはそへたり。梅はすければそのみなればやすきものとは人のいふらむとそへてよめる也。

など、歌の主旨についての解説が傍線部分に見える程度で、誹諧歌の注釈としてはまことに貧しい。この下釈部では、最初から誹諧歌の特質など説明する意図がなく、語釈程度にとどめるつもりであったといえばそれまでであるし、そもそも『奥義抄』成立の問題もからんでくる。下巻余の執筆が下釈部のそれより遅れての加筆であるとすると、この時点では清輔の誹諧歌観がまだ固まり切らず、成長過程にあったという見方も成り立つ。しかしながら、上掲の「もろこしの」歌や「難波なる」歌の如く、二箇所に分散している説明に有機的関連性を認め得る場合もあり、そうとばかりはいい切れない面があろう。下釈部を書きながら、誹諧歌の本性について十分に認識できないと感じた清輔のもどかしさが、下巻余に記載された、史記滑稽伝などに拠るいわば借り物の誹諧歌観の観念的形成へと向かわせた機微も察知されるのである。『奥義抄』の関連記述全体からは、『古今集』誹諧歌のすべてを把握しようとする、清輔の自信ないし熱意を読み取ることが困難であると思われる。

このような『奥義抄』誹諧歌観の弱点は、下巻余の六種の属性についての説明に続く、次の問答にも反映しているのではなかろうか。

三

問云、誹諧の趣如レ釈ならば、古今に他部にも誹諧の心ある歌まゝはべり、いかゞ。

答云、おの〳〵あひまじはれり。そのゆゑは誹諧の心ある歌を尽していれば、彼部すぐれておほかりぬべければよろしきにしたがひて、はからひいれたる也。四季雑部にもこの会釈はある事也。

誹諧歌部と他部との同趣歌交錯現象に関する問題である。清輔によると、誹諧歌部に入れた歌は「よろしきにしたがひて、はからひいれたる」歌であるという。その点から判断すると、清輔の論理では、他部の誹諧的な歌は、誹諧歌部のそれより誹諧性において劣る歌であるということに当然なる。したがって、

名にめでて折れるばかりぞをみなへし我おちにきと人にかたるな（秋上・遍昭）

を「俳諧の手本也」（三冊子・しろさうし）の如く批評されると、困ることにもなるのである。なるほど、撰者といえども人間であり、その人間のなすわざであるから、種々の手違いや例外があっても不思議ではない。

身はすてつ心をだにもはふらさじつひにはいかがなるとしるべく（誹諧歌・興風）

を貫之が『新撰和歌』雑部に入れたり、

むつごともまだ尽きなくに明けぬめりいづらは秋の長してふ夜は（誹諧歌・躬恒）

が、『後撰集』の非定家本系統本および定家本系異本中院本に入れられているといった例外は、まま起こり得よう。しかし同じ『古今集』の世界で、この遍昭歌のような例が出てくると、撰者の人間的不確実性に問題を溶解して了うこともできかねるのである。そこで合理的な解決を求めて、誹諧性の内容に関する清輔と芭蕉俳諧の意識の差に、こ

の遍昭歌評価の相違が生ずる原因を認め得るかと模索してみる。たしかに、両者の意識にはかなり基本的な相違があるともいわねばならなかった。『奥義抄』が「誹諧の字はわざごと、よむ也。是によりてみな人偏に戯言と思へり。かならずしも不レ然歟」というのに、『しろさうし』は「古今集にざれ歌を誹諧歌と定む」の如く割り切って規定している。戯言性・ざれ歌性からいえば、この遍昭歌はやはり「俳諧の手本」に値するのであるが、誹諧を史記的意味での「滑稽」に換言する清輔の意識では、特に妙義を蔵しているとも思えないこの遍昭歌を、「よろしきにしたがひて」誹諧歌部に入れるわけには行かないということになるのであろう。タテマエ論的にいうと、これで、この問題はすっきり処理できて了うのである。

けれども実際には、そのような解決のしかたを許さない要因が、まだ残されているように思われる。それは、清輔撰『続詞花集』の「戯咲」の部立の問題がからんでいるからである。周知の如く、この私撰集の巻第二十「戯咲」部には、誹諧歌とすべき歌四十七首が収められているのであるが、部立名を「誹諧歌」としなかったことに、やはりこだわらざるを得ない。(2)「戯咲」は明らかに『万葉集』の戯咲歌を意識した名称なので、先ず万葉のそれの特質を捉えておく必要があろう。それは、端的にいえば心情を真率に表現した歌でなく、知的遊戯性の濃厚な歌である。内容的には、戯笑性を基本とした諧謔歌の類であり、機能的には、対詠性を基本とした挨拶歌の類である。もちろん、一口に諧謔歌といっても、上品なざれ歌もあれば卑俗なざれ歌もあり、挨拶歌といっても、日常生活詠もあれば宴席即興詠もあり、軽いユーモアもあれば揶揄もあり、さらに、揶揄が実は親密さの表明という場合もあれば求愛など実意のカムフラージュ的表明という場合もあり、多様性に富むのであるが、清輔は、そうした一群の詠歌実践を意識しながら「戯咲」という名称を継承したと考えなければならない。では、『続詞花集』編纂過程で、『古今集』誹諧歌についての清輔の意識はどうなっていたのだろうか。

藤原俊成の『古来風躰抄』に、

万葉集にあればとて、詠まんことはいかがと見ゆることも多く侍るなり。第三の巻にや、太宰帥大伴卿酒を讃めたる歌ども十三首まで入れり。また、第十六巻にや、池田朝臣、大神朝臣などやうの者どもの、互に戯れ罵り交したる歌などは、学ぶべしとも見えざるべし。かつは、これらは、この集にとりての誹諧歌と申す歌にこそ侍るめれ。

とある意識は、俊成とほぼ同時代に歌人的成長を遂げた清輔の和歌観にも存していたと考えられる。とすると、『古今集』に倣って「誹諧歌」という名称を用いてもよかったのに、あえて「戯咲」としたのは、万葉尊重的傾向の強い六条家歌学の衒学に過ぎなかったという見方も一理として成り立つであろう。

しかし、『続詞花集』四十七首の戯咲歌を検討すると、『古今集』誹諧歌とはかなり異質な面があることを、一読して認めざるを得ないのである。前掲拙稿で説いた如く、『古今集』の場合は、制作事情を捨象し和歌表現自体の特質に基づいて誹諧歌と認定する傾向が著しく、したがって、その歌の機能は、享受者の反応をあれこれ楽しく推察させる対詠歌とはまったく無縁の次元で捉えられねばならなかった。そこにおける表現者はむしろ撰者であり、享受者は『古今集』の読者一般であるともいえる、集編纂次元で果たす機能に変えられている。内容的にも、いわゆる現代的意味での可笑性・戯言性・揶揄性などを認め難い歌がかなりある。しかるに『続詞花集』の場合は、四十七首中三十二首が褻の歌として収められており、しかもそのうちに返歌の付された問答歌が三例六首含まれ、明らかに題詠歌である四首を除いた他の十一首は題不知歌となっている。この内訳は、『古今集』の場合とまったく異なり、『後拾遺集』誹諧歌二十一首中褻的生活歌と認められる歌十五首という先例と同傾向である。内容的にも、

ものへまうでける女房三人ありけるが三すみにたちてものいふをみていひやりける　　法橋忠命

うちみれば鼎の足ににたる哉ばけむねずみになりやしなまし

返　し　　　　　　　　　　　　　　　　　　　　　　　女　　房

打ちみれば鍋にもにたる鏡かなつくまの数にいれやしなまし

人のたはぶれをしてかたみに乗りなどして後ひさしくおともせぬに女のもとよりはる駒ののるをくるしと思ふにやなどいへりけるかへしに　　右衛門督公保

くるしとも思はねばこそ春駒の乗れと心はなほはやるらめ

こぶしの花を人につかはすとて　　よみ人不知

時しあればこぶしの花も開けけり君が握れる手のかゝれかし

済円仲胤かたちのにくさげなるをかたみにおにとつけてなむいどみわらひけるに済円公請にまゐらすとて綱所の下部つきて房をこぼちたくなりとき、ていひつかはしける　　僧都仲胤

誠にや君がつかやをやぶるなるよにはまされるこゝめ有けり

返　し　　　　　　　　　　　　　　　　僧都済円

破られてたち忍ぶべき方もなし君をぞたのむかくれみのかせ

など、相手との戯れ合い的通達関係で詠まれた、諧謔的揶揄的な歌が多い。これはもはや疑いようもなく、『古今集』でなく『後拾遺集』の誹諧歌、さらに『万葉集』戯咲歌の系譜につらなる内容だったのである。その「戯咲」という部立名は、『万葉集』戯咲歌と『古今集』誹諧歌との似て非なる関係を認識できないまま、衒学趣味に任せて付けたものでは決してなかったと思われる。『万葉集』戯咲歌→『後拾遺集』誹諧歌→『続詞花集』戯咲歌という系譜が設定されるべく、おのずから『古今集』誹諧歌は、きわめて独自な一回的現象であったとして位置づけられることになるが、この和歌史的背景を無視して清輔の誹諧歌観を論ずることは、危険であろう。この誹諧歌の流れを明確に自覚

していたともいい切れないが、清輔にとって『古今集』の誹諧歌はもうひとつ馴染まないものがあり、本音的にはむしろ、前引『しろさうし』に近い誹諧性についての認識で動かされていた側面も、斟酌されねばならなかった。清輔の自然な思考からいえば、遍昭の「名にめでて」歌や、それに続く、

僧正遍昭がもとに、奈良へまかりける時に、をとこ山にて、をみなへしを見てよめる

ふるのいまみち

をみなへしうしと見つつぞゆきすぐるをとこ山にし立てりと思へば（秋上）

という歌などを、よろしからざる誹諧歌として簡単に処理することはできなかったはずであると思われる。

かくの如くに考えきたると、問者の「古今に他部にも誹諧の心ある歌まゝはべり、いかゞ」という疑問に対して、清輔が「おの〳〵あひまじはれり。そのゆゑは誹諧の心ある歌を尽していれば、彼部すぐれておほかりぬべければよろしきにしたがひて、はからひいれたる也」ともっともらしく答えることにした時、誹諧性の品等的評価基準について、清輔自身も明確には意識できないある混沌がすでに生じていたはずであるともいえるのである。すなわち、「よろしきにしたがひて」とは比較可能ということを前提にした思考であるが、「誹諧＝滑稽」という根基を問題として比較しようとする場合、『古今集』の誹諧歌は制作事情が捨象されているので、どういう状況で誰に向って妙義を表現しようとするのか皆目判らない歌がほとんどであり、判断の仕様がない。そこで、弁説・利口・狂言などの属性を比較する方向へ傾斜して行きがちとなる。これらは、ある程度表面的に捉え得るからであるが、戯言性なども比較の対象となり得るであろう。ようやく、「よろしきにしたがひて」という立言が生きてくるのであり、そこには、『続詞花集』戯咲歌的誹諧性の認識が都合よく混在しているように思われるのである。『古今集』の誹諧歌では、

明日春立たむとしける日、隣の家の方より、風の雪を吹きこしけるを見て、その隣へよみてつかはしける

清原ふかやぶ

冬ながら春の隣の近ければ中垣よりぞ花は散りける

などの数少ない褻歌が、前引秋部の女郎花歌などと比較されたり、古今歌一般の属性ともいえる弁説利口性という共通項をめぐって、「但し、弁説、利口くはしくいへば、わかれたることなきもの也」（前述六種の属性について説明した後に付した立言）ともいわざるを得ないような交錯状況を思いやったりしながら、清輔は「おの〳〵あひまじはれり」と答えたのであろう。誹諧歌の本性を「誹諧＝滑稽」という根基に沿って究明すべき厳しさがこの立言には感得されず、誹諧歌の小部立を特に設定した『古今集』撰者の真意の追究は、放棄されて了っている。

誹諧歌部と他部との同趣歌交錯現象について説く、この問答の部分は、やはり『奥義抄』誹諧歌観の弱点を反映しているように思われる。清輔の誹諧歌関係の活動を広い視座で捉え、その文脈の中で考えた場合、この問答は、『奥義抄』の誹諧歌についての定義が『古今集』誹諧歌のすべてを合理的に説明できるほど徹底したものではないことを、語るに落ちていたといわなければならない。それは結局、『古今集』誹諧歌の実態に即し、清輔の内面から必然的に形成されてきた理論ではなく、史記滑稽伝に拠った観念的理論だったのである。そうした理論一般がもつ弱点から免れることは、やはりできなかったのである。

清輔は、『奥義抄』の観念と『続詞花集』の現実との間に、混沌を蔵した存在としてあり、その混沌は、『奥義抄』自体の中にすでに顕れていた。

四

以上、『奥義抄』に存する誹諧歌の定義に内蔵された弱点ないし限界について述べてきた。しかし、それはともかく最初の優れた理論的説明であっただけに、なお現代に至るまで、意識的無意識的にこれを金科玉条として信奉したり、あるいは考察の原点化し、これに拠って『古今集』誹諧歌の理解を進めようとする応用的模索がなくなっていない。その模索は、次のような資料に接すると、かなり早い時期から二つの方向で進展していたように推測される。

誹諧歌　物を誹諧する心也

誹諧と云は史記に滑稽《クワツケイ》段といふ同儀也道にあらすして道を教る者此義也此哥の悪を見て吉哥をしる也非正道にして正道を教へ政の以悪政の善を知る義也是は唐の毛詩の童謡落書と同君主悪事あれ共臣下直に諫申事恐有間以落書是をしらしめ奉る也毛詩に正道にあらすして正道を知るといふ是也四書五経等は直に以道諫也（中略）又誹諧躰の事他流には利口の儀と計中当流者其のみにあらす支証には五首十首ならはさも有なん既六十首に及豈浮言浅語のみならんやと云々有用所事以之可推知す云々

（京都大学附属図書館平松文庫蔵『古今集抄』〈京都大学国語国文資料叢書十九〉）

新井栄蔵氏の解説によれば、室町期の状況を知り得る古注である。誹諧歌部の注釈は、『古今和歌集両度聞書』との類同性を有するもののようであるが、当時すでに「誹諧＝利口」と割り切った誹諧歌観が広く存在していたことのいわば批判的証言の一つとなっている。利口は弁説などとも区別しにくく、誹諧歌の属性として定位すべき要素であったが、広義には戯言として捉えることもできるであろう。清輔自身、『続詞花集』の「戯咲」の部立設定において、そうした誹諧歌観への傾斜をはしなくも示していたが、室町期には、いっそう徹底したかたちで継承されていたことが察知できよう。現代に見られる「誹諧歌＝おかしみの歌」とする理解は、この系譜の延長線上にあるものなのである。『奥義抄』所説の一部の拡大解釈的展開であるが、『後拾遺集』誹諧歌の流れという和歌史的背景もあっただけに、一つの有力な模索の方向であり得た。

他のもう一つの模索は、これこそこの古注の基本的立場であるが、「誹諧＝滑稽」という根基にあくまでも執して、『古今集』誹諧歌の全五十八首の表現目的を、単に「滑稽」の如く抽象的に捉えるだけではなく、さらに具体化して検証しようとする努力の方向でなされる。該古注のそれは、試みに最初の三首について前記『両度聞書』などともほぼ同内容の要点のみを摘記すると、次の如くである。

梅花見にこそきつれ鶯の人く〳〵といとひしもおる。
（上略）我事をは置て人をいとふ事を世におもひしれと也
山吹の花色衣ぬしやたれとへとこたへすくちなしにして
（上略）世上は人々物いはすなるかよしといふ事也
いくはくの田をつくれはか郭公しての田をさをあさな〳〵よふ
是世上にしたりかほして口たてする物を諌の哥也（下略）

要するにこの古注は、『古今集』誹諧歌の本性を教戒歌群として捉える注釈実践を行っているのであり、前掲定義ともだいたい符合している。清輔の『奥義抄』での釈にくらべると、はるかに具体的であり、徹底していて見事である。この教戒歌説は、利口歌説などよりは余程『古今集』誹諧歌の本性に迫った説として、評価すべきであろう。だがまた、かならずしも正しい受容とはいい切れない不安もつきまとう。『古今集』真名序には、

（上略）但見㆓上古哥㆒。多存㆓古質之語㆒。未㆑為㆓耳目之翫㆒。徒為㆓教戒之端㆒。

の如き一節があり、教戒性からむしろ蟬脱して、純粋な言語文芸たらしめんとする方向に、『古今集』編纂の意図があったと考えられる点からの危ぶみである。しかしまた、そもそも巻第十九なるものが、「雑躰歌」というおそらく後世の命名がいみじくも喝破した如き構成内容のものとしてあるならば、長歌・旋頭歌という形式的古体歌に対して、教戒歌という内容的古体歌を配し、もってこの巻を構成したということも十分に考えられ、教戒歌説を生かすこともできるのである。真名序の「六義」中に、「風」の一体が見えることも勘案されてよかろう。「利口の儀と計申」す他流説に対し、「当流者其のみにあらす」とあるので、該古注の作者は、誹諧歌の属性ないし手段として位置づけ得る利口性さらには戯言性も正当に計量している。総体的にはかなり牽強な解釈も見られて、この方向での模索の限界を

認めねばならないが、『奥義抄』説その後の推移を知る上で参考になろう。

五

その他、誹諧歌研究上重要な資料が、実は身近にもあった。天理図書館蔵定家卿筆『奥義抄』(下巻余のみの残欠本。天理図書館善本叢書『平安時代歌論集』所収)には、前掲文とほぼ同内容の誹諧歌の説明が記された後に、他の『奥義抄』諸本に見られない、次の如き一文がやはり定家の筆で書き加えられている。

上書

前金吾基俊云古式云誹諧述事理不労詞云々又本紀云諧字ヤハラクとよめり凡誹諧哥有九種様秘之故不注也

すなわち、藤原基俊が、古式によれば誹諧歌の主旨は事理を述べるところにありその属性として詞を労らない面がある、と述べたというのである。「上書」とあるのは、どういう意味なのか。この文の長さからみて、二重に上書きしていたものとも思われないが、としても、また『奥義抄』原本に、頭書のように記されていた文であるとしても、清輔が参考までに記して置いた一説を、その重要性を認識した定家が本文と同列に扱って記したということになる。基俊が誹諧歌についての一家言を持っていたことは、公任や経信の不案内について、「誹諧事如レ上に侍るこそおぼつかなく侍れ。その故は史記の滑稽伝とかやに、てをとりてをしへて侍るなれば、四条大納言、文にうとくおはせばや、あふ人毎にもとひ給ふべき。是は人をおとさんとてつくり出給へる事なり」といったということが、『色葉和難集』に見えることから推察できようが、ここで基俊が引く「古式」は、それとはまた別の誹諧歌観を提供してくれる。この説の要所は、古今的表現の特質を事理表現と押さえる認識を前提として、誹諧歌と普通の和歌とは本来等質であると取る見方をしているという点である。むしろ、事理を詠むのに急な余り、詞の洗練度ないし優雅さに難点が現れているような歌こそが、誹諧歌だというのであり、『奥義抄』通説とは異質のアプローチとなる。

してみると、この古式の誹諧歌観は、前掲拙稿で説いたそれと相通うところがあるのではなかろうか。拙稿では、『古今集』誹諧歌認定の基準を模索して、「心においても詞においても優雅性―もとより知的趣向性と密接に関連する―を志向する『古今ごころ』にとらわれない心であった」と述べ、古式説では「事理にとらわれ過ぎた心」拙稿説では「古今ごころにとらわれない心」の如き規定となり、両者相反するともいえるのであるが、拙稿説の真意は、誤解を避けるために字句の訂正を要すると思われ、本稿の場では「古今ごころに昇華されない心」の如く改訂したいのであり、とすると、他部の和歌が志向する古今的特性という基準に照らして、古式説は「過ぎたるは及ばざるが如し」となり、拙稿説は「達せずして及ばず」となり、ともに古今的特性に合わないという理由で区分され、雑躰部に配されたとする共通性を有することになるともいえるのである。

しかしながらまた、両説には、微妙ではあるが重要な差異も存するのではなかろうか。それは、拙稿説の上述した字句訂正とも関連することである。「古今ごころに昇華されない心」といっても、主観的に昇華を目指したのに失敗したという意ではなく、客観的にはそういわなければならなくても、作者の主観に即してはむしろ前拙稿通り、「古今ごころにとらわれない（自由な）心」というべき側面を内包していると解さなければならないが、このことは、『古今集』編纂に際して、何故誹諧歌という小部立が、他部と区別されて設定されたかという問題とさらに関連するのである。古式説・拙稿説とも、一応、前掲『古今集抄』（京都大学蔵）所引の「哥の悪を見て吉哥をしる也」というが如き機能を付与されての小部立設定かと理解することができるであろう。この古注の立言は、実は後続の「非正道にして正道を教へ政の以悪政の善を知る義也」などと同様、誹諧歌＝教戒歌説をいう一つの比喩的説明としてなされたに過ぎず、『古今集』自体の中で果たす構造上の機能を説くものではないが、我田引水的に借用すれば参照し得るのである。ただし私見では、この仮にいう悪歌としての誹諧歌が、他部のいわば良歌をして良歌たらしめる相対的価値しかもたない、と考えるべきではないと思う。私見は、渡辺秀夫「『古今集』における『誹諧歌』の考察―古今集的表現における逆接的措定」（国文学研究・第48集、昭和47・10）に触発され新井栄蔵「古今和歌集四季の部の構造についての一考察―対立的機構論の立場から―」（国語国文、昭和47・8）にも啓発されて書いた前掲拙稿（上）に述べた通り、品等意識でなく、真の雅的正調成立のために必要であった、「俗」の本来的意義を認識する異風許容的多様性意識を導入することにより、誹諧歌自体の価値をも保証しようとする立場を取るものであった。『古今集』の場合のみは、「誹諧歌」は「ヒカイ歌」(3)と読むべきであるという認識にもつながる立場であった。「誹諧歌を設定することによって集全体がいっそうダイナミックになり、生命力溢れる高度の統一体となり得る」（前掲拙稿）という考え方をしたであろう撰者の意識に基づいて、『古今集』が編纂されたと見るこの立場からは、古式説より拙稿説の方がより有効性を発揮するように思量するのである。ただし拙稿説の如き、「古今ごころにとらわれない、あるいはそこまで昇華しない」という抽象的説明は、誹諧歌各首の享受実践によって検証され、裏づけられねばならない。その意味で、菊地靖彦「古今集『俳諧歌』論」（平安文学研究・第44輯、昭和45・6〈後に、日本文学研究資料叢書『古今和歌集』所収〉）に敬意を表さねばならず、援用の許しを得たいと思うものであるが、なお、この古式説の「事理表現に過ぎて詞の洗練味を欠く」場合なども、一つの有力な具体的事例として位置づけることが可能であり、拙稿説を補強する一資料と見做してよいと思うのである。

　そのほか、この定家付加文では、「凡誹諧哥有九種様」とある点が注目される。かような分類の現存歌学書初見は、順徳院『八雲御抄』の次の如き記述であろう。

　　或説曰く、誹諧有二様々一。
　　一俳諧、二誹諧、三俳読、四滑稽、五誹讔、六謎字、七空戯、八鄙諺、九狂言、
　　此等子細末レ弁レ之。

しかし、清輔本『古今和歌集』（日本古典文学会刊宮本家蔵本）勘記には、「誹諧有二九種名一」としてすでにほぼ同様の

記述が見え、こうした九種の分類が、基俊・清輔ごろやはりすでに秘説として用いられていたことが判る。その勘記と項目を同じくし、さらに注付して詳しい一例（稿者が某古書肆で瞥見した古今集古写一本の頭書。ただし本書の現所有者は不詳）を参考までに記すと、次の如くである。

此体九種アリ

一俳諧言狂心真　二誹諧ソシリカナフ　三誹詭詞字カラコトハノ哥也　四滑稽言巧ニ虚ヲモ実ニイヒナス也　五誹謔心キコエス外物ニスカリテ狂スルナリ　六謎字言コトニツヽリタル哥也　七空戯物ニタハフレスカリタル哥也　八鄙諺《ヒケン》《イヤシキコトワサ》田舎ナトニ云コトハサヲ云哥也　九俚《リ》言《イヤシキコトハ》心詞イヤシクツタナキ哥也

両者、多少の相違が存することを認め得るのであるが、『奥義抄』通行本の説明と比較すると、「弁説」「利口」が表面化されず「滑稽」の属性として吸収されていること、「狂言」も、後者の文献では影が薄くなっていること、この九種の分類に照らして『奥義抄』の誹諧歌観はかなり狭く、前述勘記と矛盾すること、などが判ろう。『奥義抄』が、『古今集』の誹諧歌を全面的に把握できなかった弱さは、かようなところにも現れているのかも知れない。この分類は、「誹諧」といっても広義と狭義の二種あり得ることを示唆している。広義の「誹諧」とは、九種のすべてに関わる最小公倍数的概念として定立されることになるはずであるが、一案として、前掲拙稿に説く如く主観的には「古今ごころにとらわれず」、「客観的には「古今ごころに昇華されない」心や詞の和歌などは、やはり誹諧歌の定義として一考すべきであろう。『奥義抄』の「誹諧＝滑稽」という図式についていえば、この「誹諧」は広義であり『滑稽』は下位分類の狭義であると解さないと、結びつきにくいのであるが、してみるとこの点からも、誹諧を九種中の一種と結びつけたに過ぎない『奥義抄』の誹諧歌本旨に関する定義は、不等式を等式的に扱う論理的矛盾を犯していることになろう。

なお、諸文献必ずしも一定していないこの九種の分類に関しては、当然発展的本格的考察が要請されねばなるまい。今後に残された課題である。

六

以上、縷縷述べてきた如く、『奥義抄』の誹諧歌についての説明には、「誹諧歌＝滑稽」という根基面についても「誹諧歌＝弁説・利口・狂言」という属性面についても、さまざまな側面からの限界や弱点が指摘できた。特に『古今集』の場合、『奥義抄』に全面的に拠りながら考察を進めることが危険であることを理解し得たと思う。まして、滑稽を現代的意味に取った上での「誹諧＝滑稽（利口）」説など、本性と属性との混合をも含めた、二重の誤謬を犯しているというべきではなかろうか。

『奥義抄』の呪縛から速やかに脱した、主体的な誹諧歌研究の確立を望むものであるが、そうした試みの一つといえる、前掲拙稿の自説に即していえば、その後接し得た新しい資料の中には、こうした研究の立場を取る自説にとってむしろ有益に作用する文献も存することを、意味深いことのように思量するのである。和歌史全期を通じての誹諧歌の諸相が、今後なおいっそう合理的学問的に考究されなければならない。

注

（1）「もろこしの」歌について、下巻余には「是等心、利口也。斉威王置㆑酒召㆓淳于髠㆒（史記本文は髠《こん》）賜㆑之。問曰、先生飲㆓幾何㆒酔。（下略）」などと説く。中国故事を引用しての利口説である。この故事は、どの位飲めば酔うかと斉王に尋ねられた淳于《じゅんう》髠《こん》が、一斗でも酔うし一石でも酔うと答えたところ、一斗でも酔うのにどうして一石を飲む必要があるかと王が不審がったのに対し、執法（裁判官）や御史（監察官）の居る所で飲むと一斗で酔うが、男女同席、杯盤狼藉の宴席では歓を尽して一石をも飲み干し酔っぱらう、しかし物事すべて極まれば乱れ、悲しく、衰えるものですね、と述べたので、「王曰、善、乃罷㆓長夜飲㆒」というめでたい結果になるという内容である。酒量についての質問を機として王を諷諫し、長夜宴を止めさせたという言葉巧みな言語魔術が、この誹諧歌の特質であるという説明となる。すなわち、愛人に何処までも慕い行かん熱情を詠む目的のために、中国に実際にはない吉野山をあるものとして詠み、受け手の心理的効果を狙う詐術的巧みさにこの歌の誹諧性を認める、下釈の説明と呼応する。

「難波なる」歌について、下巻余には「是等心弁説也。斉王使三淳于髡（髠）献二鵠於楚一。道蜚二其鵠一。（下略）」などと説く。やはり中国故事を引用しての弁説説である。この故事は、斉王の命で楚王に鵠（くぐい）を献ずべく使した淳于髠が、途中その鵠を放しやり、空籠をさげて謁した楚王には種々陳弁して、「故来服レ過、受二罪大王一」という態度を取ったところ、「楚王曰、善、斉王有二信士一。若此哉。厚賜二之財一。倍二鵠在時一也」というめでたい結果になったという内容である。普通なら叱責されるところを、逆に、鵠を無事献じた時の倍の財を手に入れたというのであるから、まさに「火をも水にいひなす」奇弁の類であり、それと同趣の言語詐術がこの伊勢歌の特質であるという説明となる。すなわち、わが身をたとえるものがないと嘆く目的のために、実際には「つくるにはあらじ」なのに「はしもつくる也」と巧みに構えたところにこの歌の誹諧性を認める、下釈の説明と呼応する。なお、この伊勢歌の「つくる」が「尽くる」か「造る」か、また「尽くる」と「造る」の掛詞的用法かという問題については触れない。今は、清輔の説明（「尽くる」とも「造る」とも取れる）に即して、事実に反する表現を手段とした誹諧歌の特性を理解できればよい、という立場で扱っておく。

（2）この四十七首中には、「六波羅といふ寺の講の導師にまかれりけるに高座にのぼるに聴聞の女房のあしをつみければよみける　人の足をつむにて知りぬ我が方へふみおこせよと思ふ成べし　良喜法師」など、『千載集』の誹諧歌が三首、「山にかたわきて花をつくりけるにかた木のかたにをみなへしをつくりたりけるを人々をかしがりければねたくてよみてむすびつけゝる　草も木も仏になるといふなれど女郎花こそうたがはれけれ　僧都観教」など、『新続古今集』の誹諧歌が八首含まれている。この戯咲歌が誹諧歌と等質的に意識されていたことの、客観的証言として有力である。

（3）竹岡正夫「古今和歌集・雑体の『誹諧歌』―『誹《ヒ》諧』は『俳諧』にあらず―」（香川大学一般教育研究6、昭和49・10）の説をも参照されたい。同上『古今和歌集全評釈』（右文書院、昭和51・11）にも再説がある。

第三章　『古今集』誹諧歌試論

――俊頼・基俊をめぐって――

一、『俊頼髄脳』誹諧歌説読解の重要性

平安後期歌壇の第一人者源俊頼が、遠く『万葉集』に始まり、その後王朝文化爛熟期を背景にした古今・後撰・拾遺・後拾遺の各勅撰集が培養した和歌伝統を、自覚的批評的に受容していたことは容認されてよかろう。その詠歌実践のみならず、歌合加判・歌学書『俊頼髄脳』（以下多く単に『髄脳』とのみ表記）執筆・『金葉集』撰進などの活動を通じて、そのことを十分に諾い得るのである。したがって、歌体の一である誹諧歌が俊頼生存当時どのように認識されていたかについても、俊頼和歌観の直接的体系的反映とすべき『髄脳』中に見える次の一節は、誹諧歌考察の重要資料として尊重されねばならない。

次に誹諧歌といへるものあり。これよく知れるものなし。又髄脳に見えたることなし。古今についてたづぬれば、されごと歌といふなり。よく物いふ人のされたはぶるゝが如し。

うめの花みにこそ来つれうぐひすの人く〱といとひしもする

秋の野になまめき立てる女郎花あなことぐ〱し花もひとゝき

是《これら》（顕昭本）がやうなることばある歌はさもと聞《きこゆ》（顕昭本）ゆる。さもなき歌のうるはしきことばあるは、なほ人に知られぬことにや。

（国会図書館蔵定家系統本に拠る〈校異・句読点・清濁、稿者〉）

定家本と対立する顕昭本との異同が少ない箇所なので、この本文に拠ることとする。

この所説で、俊頼は先ず、誹諧歌について十分に認識している人もいないし、当時多作されていた髄脳類（「和歌の髄脳いと所せう」〈源氏物語・玉鬘〉とある）にも説くところがないことを述べた上で、『古今集』誹諧歌群を検討することによって誹諧歌とは「されごと歌」であると一応規定する。ただ、「といふなり」といふ表現には多少引っ掛かるものがある。明確な断定でなく伝聞推定と取る方が落ち着くあいまいな言説に、俊頼の自信のなさが察知できるように思われるからである（この問題については後述するが、この叙述部分だけからもそのように読解しなければなるまい）。次いで俊頼は、この誹諧歌すなわち「されごと歌」を「よく物いふ人のされたはぶるゝが如し」と比喩的に説明し、例歌を挙げて補完する。「よく物いふ人」とは弁舌巧者をさすとしてよいであろうが、「されたはぶるゝ」は必ずしも一義的でない。具体的釈文は後述することになるが、「さる（戯・洒落）」「たはぶる（戯）」いずれも古語辞典類多くは三義程に分類している。(1) 日本古典文学全集『歌論集』（小学館、昭和50）などはこの比喩的説明の箇所を「多弁な人がよくする、冗談事のようなものであろう」と釈文して穏当のようであるが、「冗談事」を「ふざけた言動」と解しても、現代語「ふざける」はまた一義ではない。なお広く深く俊頼の表現意識に即して、例歌などとも関わらせての考察がなされねばならないであろう。

二、誹諧歌例二首をめぐる考察

例歌二首に徴すれば、前歌の歌材ないし客観的な詠歌対象は初春の梅が枝に鳴く鶯であり、後歌のそれは風に靡く秋野の女郎花群であり、ともに自然界の一情景であって、この客観的詠歌対象自体に「冗談事」とか「ふざける」とかの言動に伴うような〈をかしみ〉や笑いの要素があるわけではもちろんない。だがそれにもかかわらずこの二首に、いわゆる古今的正雅の調べとは微妙に異なる一種のおどけたような〈をかしみ〉が感受されるのもたしかである。それは、擬人法仕立てで人の意表を突く趣向や、「人く〳〵」「あなこと〴〵し」（元永本など）という俗語的口語表現などからもたらされる印象と考えねばなるまい。生真面目に受け止めれば、人を食った歌だということにもなろうが、いうなれば要するに、詠者自身が詞によって創造した〈をかしみ〉なのである。

ベルグソン『笑い』（岩波文庫版・林達夫訳）によれば、「言葉が言い現わすおかしみと言葉が創造するおかしみとの間には区別を立てなければならぬ」のごとく、対象自体に〈をかしみ〉の要素がありそれが言葉によって表現される場合と、対象自体には〈をかしみ〉の要素がなく言葉によって創造する場合とのあることが判る。われわれさらにおそらく俊頼がこの例歌二首に感受したのは、後者の〈をかしみ〉だったのではなかろうか。〈をかしみ〉の創造という働きを託された詞は、しばしば雅の世界との違和感を生じさせ俗の世界への移調をもたらす俗語的口語表現であり、現実的局面から異次元への遊離を誘う掛詞であり、自然現象を人事現象へすりかえる擬人的表現などである。〈をかしみ〉ないしそれと密接に連関する笑いをもたらすのは、正常な判断を戸惑わせる違和的現象であり、現実秩序から遊離した荒唐無稽ないし不条理な現象である場合が多いからである。

このように考えてくると、俊頼の場合、普通の客観的現実世界すなわち私流にいえば第一次詠歌対象（以下この意味でこの術語を用いる）を、言語の力で〈をかしみ〉の世界へと転化する魔法とでもいうべき「されごと歌」が誹諧歌であったのだ、ということになる。俊頼がこの例歌二首に基づき「是がやうなることばある歌」と述べたのも、そのような言語重視の立場からの所説であると理解すべきであろう。かような詠歌行為においては第一次詠歌対象はもはや消失し去り、言語次元で形成された何らか〈をかしみ〉と関わる趣向世界、これも私流にいえば第二次詠歌対象（以下この意味でこの術語を用いる）のみが現前することになるであろう。してみると「よく物いふ人のされたはぶるゝ」という立言も、「言語魔術のテクニシャンが現実とは異次元の〈をかしみ〉ある世界を創造する」という、根基的内容と整合するように釈文されねばならないのである。

それにしても、何故このような歌を詠むのであろうか。その問いは、この例歌二首が対他的性格の歌か対自的性格の歌かという制作事情についての考察を要請するであろう。一般的にいえば、もし対他的に〈をかしみ〉の要素をもつ誹諧歌を詠んだのだとすると、日常生活における談笑などの効能と同様に面倒な状況・事態の解消に有効な通達的機能を果たすことになり、もし対自的にこうした〈をかしみ〉の要素をもつ誹諧歌を詠んだのだとすると、そうした詠歌行為が対象の客観化をもたらし、困難な状況・事態に拘泥していた心を開放するなどの自浄的機能を果たすことになるともいえるからである。だが、この問題を解くのは必ずしも容易ではない。たとえばこの例歌二首は、擬人法が用いられていても結局は自然現象自体を詠む戯画的表現であると取ると対自性が強くなり、自然現象から人事現象への完全転化という作意に基づき、「うめの花」歌の鶯を自分に嫌悪感を示す女性、「秋の野に」歌の女郎花を井戸端会議的女性集団それぞれの比喩として、その女性達へのあるメッセージと取ると対他性が強くなろう。また後者の場合でも、そうした状況に際して自己にいい聞かせるように傍観的戯画化的表現を試み心気の開放を果たしたと取るならば、同じ作意であっても対自性が濃くなるともいえるのである。このように、対他的か対自的かという問題の解決は難しい。

『古今集』でも、この二首は「題しらず」とあるので、制作事情不明また主題不明というべく、俊頼の言説もそうした点に関する明確な判断を示さないままになされている。しかしあえていえば、俊頼はこの例歌二首に何の詞書も付さず掲げているので、すくなくとも積極的に対他性を強調しようとする意図は希薄であったと思われ、そこまでの深読みはしない、独立した和歌自体に基づく享受が要請されていたのだと受け止めておいてよいのではなかろうか。前述した第一次はもちろん第二次をも含めた詠歌対象としての鶯や女郎花（またはその比喩的存在）に対して呼びかける歌でなく、そうした対象を冷静に眺めて、その外界との関係づけを何らか〈をかしみ〉の要素をもつ歌によって自己完結的に行う、対自性の強い歌であるという受容へと傾くのである。その外界との関係づけは、『髄脳』の立場ではもちろん言語次元での趣向構想的思考によってなされるのであり、してみるとここに、前述したごとき特性を有する誹諧歌が何故詠まれるのかという問いに対する答えもおのずから用意されたとみることができよう。誹諧歌を詠むとは、種々の状況を示す外界の諸現象を意想外の発想で解釈し、現実的日常秩序とは異なる言語次元での〈をかしみ〉を伴う趣向世界を建立することにより、詠者自身が一種の超現実的境地に立つことを庶幾する営為であったということになるであろうか。『髄脳』の所説では、誹諧歌の特性が何故それを詠むのかという問題と実は有機的に連関していたといわねばならないのである。

以上のような見地からは、「よく物いふ人のされたはぶるゝが如し」の「されたはぶるゝ」は、他者に対しての言動としてでなく、「よく物いふ人」自身の対象把握における心情表現のありかたについていう叙述として釈文されねばなるまい。紙幅上今は詳説を避け結論的に私解を記すと、「気の利いた風のいいまわしに興じる」のごとき釈文となる。もし強いて「ふざける。冗談をいう」の意に解するならば、それは特定の対象に対しての言動でなく、広く天地に対しての独白的言語行為としなければならない。要するに、自由奔放に表現世界あるいは言語次元で「遊び興じる」歌、その結果現実との違和による〈をかしみ〉を生む歌、それが俊頼にとっての「されごと歌」であり誹諧歌だったのである。

三、『俊頼髄脳』誹諧歌説の限界

ところで俊頼は、『古今集』誹諧歌を「されごと歌といふなり。よく物いふ人のされたはぶるゝが如し」と一応規定し、例歌二首を掲げて「是がやうなることばある歌はさもと聞ゆる」と検証しながら、「さもなき歌の云々」となお補足しなければならなかった。「さもと聞ゆる」の「さ」は、「よく物いふ人のされたはぶるゝが如」き「されごと歌」であることをさすのであるから、「さもなき歌」とはそのような「されごと歌ではない歌」の意となろう。俊頼はいわば、そのような普通の歌で「うるはしきことばある」歌が誹諧歌群中に存在する事実を認める立場で、「なほ人に知られぬことにや（やはり世の人に何故これが誹諧歌なのか理解できないことであろうか）」と疑問を表明しているのである。冒頭に「誹諧歌といへるものあり。これよく知れるものなし」とあったのとおそらく有機的に呼応する、疑問である。

この補足的説明は、そもそも『古今集』誹諧歌についての疑問なのか、それとも誹諧歌のその後の展開相をも視野に入れての疑問なのかを、一応確かめておかねばならない。『髄脳』のこの一節の後続文に父帥大納言経信を登場させ、四条大納言公任の教えとして、古今以後、誹諧歌のことを「さだかに申す人なかりき」という状況裡に、「されぱすなはち後撰拾遺抄にえらべることなし」と述べていた歌話を紹介させていることや、さらに経信直接の言として、通俊中納言の後拾遺誹諧歌部立設定を「若しおしはかりごとにや。これによりて異事もおしはかるにはかゞしき事やなからむ」と評させていることをふまえ、この古今以後の誹諧歌の流れを軽視する文脈に即していえば、この補足説明はやはり、『古今集』誹諧歌に関する言説であったと取るのが穏当であろう。

ただし、何故俊頼が『後拾遺集』誹諧歌について自身の見解を示さなかったのかという問題は残る。憶測すれば、『難後拾遺』を著し『後拾遺集』に対して批判的であった父経信への配慮に基づく無視ということがあるのかも知れない。また、経信の言としての「若しおしはかりごとにや」という批評が、誹諧歌部立の設定自体に疑問を感じているが故のみでなく、内容的にも『古今集』誹諧歌とは異質の誹諧歌で構成されていることへの不審に基因していたとすると、こうした父の認識への同調による無視ということも考えられよう。おそらくこのような種々の要素が絡み合っての無視であったろうとは思量される。ともかく俊頼は、『後拾遺集』誹諧歌に関する自己の見解を開陳しないままに『髄脳』を執筆していたのだといわねばならず、『髄脳』中に唯一首引かれた『後拾遺集』誹諧歌中の藤原実方歌も、故事との関連的解説のみで誹諧歌に関してはまったく触れるところがない。それは、『後拾遺集』成立後二十数年程を経て書かれた和歌指南書としては、不親切であり怠慢なことであった。俊頼の意識的無視、あるいは認識不足ないし限界が指摘されねばならないであろう。『髄脳』における『後拾遺集』誹諧歌への言及欠落現象は、今後なお継続して考察すべき問題である。

四、『古今集』誹諧歌との照合的考察

さて本題に立ち戻っていえば、前述した俊頼の補足的説明は十分に根拠を有する疑問であった。たしかに、『古今集』誹諧歌群中の、

（題しらず）

1012 山吹の花色衣ぬしやたれとへどこたへずくちなしにして（素性法師）

1013 いくばくの田をつくればか郭公しでのたをさのあさなあさなよぶ（藤原敏行朝臣）

1017 あきくればのべにたはる女郎花いづれの人かつまで見るべき（よみ人しらず）

（新編国歌大観本に拠る。以下同じ）

などはそれぞれ、黄色に美しく咲く山吹の花（一説）、朝毎に聞く郭公の鋭い鳴き声、秋野に咲き乱れる女郎花群であり、客観的現実としての第一次詠歌対象自体に〈をかしみ〉の要素はない。いずれも言語次元で何らか〈をかしみ〉が感受される世界を創造している歌であり、俊頼が『髄脳』中に掲げた二首の例歌と同趣の誹諧歌として位置づけ得るであろう。こうした誹諧歌がこの小部立中に多かったことは事実である。しかしながら、

寛平御時きさいの宮の歌合のうた

1031 春霞たなびくのべのわかなにもなり見てしかな人もつむやと（藤原おきかぜ）

などには、そう断じられないものがあるように思われる。歌合の場では単に春歌として詠作され、したがって「つむ」も「摘む」の一義に解し得るが、誹諧歌としての採歌撰入は、「摘む」に「抓む」を掛けた卑俗な詞遣いによる

恋歌への転化という言語次元での〈をかしみ〉の創造が認められた結果であろう。だがそれは、実は享受者の立場からの独立した一首としての受容なのである。だからこそ、『古今集』誹諧歌は撰者の付与した誹諧性に支えられているとする学界レベルの見解(2)を再確認することにもなるのであるが、「作者の肩越し」（ヴァレリイ『文学論』）に素直に受容すれば、摘まれるのを待つようにも思われる春野の若菜に共感する優雅な景情融合歌であるとする受容も、いちがいには捨て切れまい。『古今集』誹諧歌について「よく物いふ人のされたはぶる、が如し」と見る俊頼の意識では、詠者の作意を重視する立場が強いと思われ、そのような受容からは、この歌が「さもなき歌のうるはしきことばある」誹諧歌として意識されていた可能性も高かろう。第一、二句に小異があり、よみ人しらず歌としてではあるが、この類歌が『後撰集』春上部に採られていることも、そうした見方の支証となろうか。

（題しらず）

1046 鶯のこぞのやどりのふるすとや我には人のつれなかるらむ（よみ人しらず）

なども一考の余地がある。「ふるす」は「古巣」と「旧す」の掛詞。若さの衰え、清新味の喪失につれて恋人に冷たくされる嘆き節であり、第一次詠歌対象自体に〈をかしみ〉の要素はない。この歌の誹諧歌撰入は、古巣にたとえられるのが相応しい草臥れた旧人である自分に苦笑する詠者の自嘲ぶりや、かような旧人をおそらくは若い恋人が冷笑するであろう人間模様に、一種の〈をかしみ〉を撰者が受容したが故であったと思われる。ボードレール「笑いの本質について」（『全集Ⅲ』〈筑摩書房、昭和60〉所収。阿部良雄訳）に、「笑いは無限な偉大さの徴《しるし》であると同時に無限な悲惨の徴であって、（中略）この二つの無限の絶え間ない衝突からこそ、笑いが発する」とあるのを応用していえば、自己の偉大さに基づく恋の理想的状態と、なべて有限なる人間の悲惨さに基づく現実的齟齬との矛盾的衝突に発生する、当事者にとっては苦笑であり他者にとっては憫笑などとなる〈をかしみ〉である。だが詠者自身は、その自嘲的苦笑によって自身を対象化し何らかの〈をかしみ〉を感じる程の余裕を生み出し得ていたのかどうか。すくなくとも俊頼のいう、「よく物いふ人のされたはぶるゝ」詠歌実践であるとはいえまい。

また、「古巣」には「旧す」が掛けられているのであるが、上二句からの流れの主調音「古巣」は歴とした雅語である。『古今集』はこの一例のみだが、『古今六帖』『後撰集』各一例『後拾遺集』二例のほか、物語中の和歌にも『宇津保物語』三例『源氏物語』一例のように用いられ、『敦忠集』『好忠集』『義孝集』などの私家集や歌合にも用例を数えて、新古今時代には殊に多用されることになる歌語なのである。竹岡正夫『古今和歌集全評釈』（右文書院、昭和51）に「『鶯のこぞの宿りの古巣』と風雅に続いて来たイメージがそこで『古す』と一転してきわめて人間臭くなるところに『誹諧』がある」とされた、下句への主調音「旧す」にしても、『古今集』『後撰集』各三例のごとく用いられた雅語であった。「古巣」「旧す」ともに雅語であるとすると、掛詞による自然から人事への転換は和歌の常套でもあり、風雅趣から俗人臭へのいわば「移調」（ベルグソン『笑い』参照）を過大に享受するのはいかがであろうか。古注類多くは「ふるさる、は忘らる、心也」（顕注密勘）などを説明の核として注するのみであるが、近世の支考『古今集誹諧歌解』には、「ふるすは人にふるさる、によせたり。此哥俳いかん」と誹諧性への疑問が記されている。その〈をかしみ〉はやはり撰者の受容いかんに関わり、「さもなき歌のうるはしきことばある」歌とすべきなのであった。

（題しらず）

1059 よひのまにいでていりぬるみか月のわれて物思ふころにもあるかな（よみ人しらず）

この歌は、落ち着いた逢う瀬を持てぬ相手故に千々に乱れる恋心の切なさを詠むのであり、詠者の「されたはぶるゝ」意識すなわち言語次元で〈をかしみ〉を創造しようとする意識は感受しにくい。竹岡氏前掲書は「あまりにも大仰で、かけ離れた『み日月の割れて』と寄せているところに、やはり恋歌としては破天荒な詠み方で、誹諧歌となっているのである」と説くが、上句序詞の景を受けて下句に恋情を詠む類型は決して少なくないし、「みか月のわれて」という歌詞も、すでに『古今六帖』に「みか月のわれては人をおもふともよにふたゝびは出るものかは」（大伴家持）と詠まれている。俊頼の意識ではこの歌も、その誹諧歌認定は撰者の受容いかんに関わることになる「さもなき歌のうるはしきことばある」不審歌だったのではあるまいか。

これらのように、俊頼を不審がらせたと思われる誹諧歌もかなり見られるのである。しかも、「さもなき歌」は実は他にもあった。

（題しらず）

1063なにをして身のいたづらにおいぬらむ年のおもはむ事ぞやさしき（よみ人しらず）

この歌は、いたずらに齢のみ重ねて人生の暮れ方を迎えた嘆き節であり、このいわば第一次詠歌対象としての心情においてはもちろん、それに対してのいわば第二次詠歌対象たるべき趣向面においても、言語次元で気の利いた風に興じようとする「されたはぶるゝ」意識が詠者にあったとは思われない。ただ、下句の擬人的表現と、歌語としての定着度に乏しく八代集での用例はこの一例のみであり、「世俗詞〻やさしき人などといふは歌にはたがへり」（顕注密勘）ともある「やさし」という詞とが、普通の述懐歌としての受容をためらわせるともいえるが、この点は、嘆きの余りに節度を失い詞遣いに難点を残したのだと理解することで解決できようか。この歌などは『髄脳』にいう「よく物言ふ人のされたはぶるゝ」「されごと歌」ではないが、「さもなき歌のうるはしきことばある」誹諧歌ともいえまい。けれども大きく、「さもなき歌」の部類には入るのであり、かような歌は他にも見えるのである。

1061世中のうきたびごとに身をなげばふかき谷こそあさくなりなめ（よみ人しらず）

1064身はすてつ心をだにもはふらさじつひにはいかがなるとしるべく（おきかぜ）

などは、俊頼の説く誹諧歌の埒外となろう。

五、基俊的誹諧歌観を援用しての考察

以上から、ひとまず『古今集』誹諧歌部を類型別にまとめると、
(1)俊頼誹諧歌観に合致する、「よく物いふ人のされたはぶる、が如」き「されごと歌」。
(2)俊頼誹諧歌観に合致しない、「さもなき歌のうるはしきことばある」不審歌。
(3)右の(1)・(2)いずれにも属さない不審歌。

という三種の誹諧歌が混在していることが判る。(1)の類型については、前節までに説いた通りその存在を確認できるし、(2)の類型についても、前節で具体的に三首程取りあげて説いた。だがその歌数も限られており、俊頼自身が具体的に例挙しているわけでもないので、何故撰者がこれらの歌を誹諧歌としたのか、その撰歌意識の内容について明らかにするなどなお今後の検証に俟つべき点が残されているとしても、一応そうした類型の存在を認めてよさそうである。ところがこの(3)に属する誹諧歌の本性については、俊頼は何も説いていないし、あるいは俊頼は、こうした性質の誹諧歌が含まれていることさえ明確には自覚していなかったのかも知れない。第一節で説いた、「されごと歌といふなり」というややあいまいな言説は、俊頼の主観では一応(2)に属する誹諧歌を意識しての煙幕であったろうが、なおその背後に、俊頼の認識を超える誹諧歌の複雑な諸相が広がっていた実情が、客観的には認められねばならないであろう。

ところで、この(3)に属する誹諧歌の本性について触れていると思われる、注目すべき立言があった。俊頼と同世代の歌界指導的歌人藤原基俊の口伝とされる、冷泉家旧蔵本伝定家卿筆『奥義抄・下巻余』（天理図書館善本叢書『平安時代歌論集』所収）中に見える次の一節である。

前金吾基俊云。古式云。誹諧述事理不労詞云々。

他の『奥義抄』諸本には見えない一節。定家の写した『奥義抄』の素姓も判らず、(3)また実際に基俊の口伝であったのか、「古式」とは具体的に何をさすのかも不明であるが、おそらくは定家の誹諧歌観の一隅を占める、俊頼・基俊時代の誹諧歌認識に関わる一見解として位置づけることは許されるであろう。定家の捉えた一つの誹諧歌観として、注意されよう。「誹諧述事理不労詞」を敷衍していえば、誹諧歌とは事理を述べるに急な余り詞の雅趣にまでは配慮が及ばず、心と詞の調和を乱して俗語なども交えた表現となっている歌をさすことになるのであろうか。この見解は、『色葉和難集』が「史記の滑稽伝とかやに、てをとりてをしへて侍るなれば云々」と伝える、『史記』滑稽伝に拠ろうとする基俊の言とは異なる。基俊がどの程度「古式」の見解に同調していたか疑わしくなるのであるが、少なくとも関心強きが故の引用紹介であると考え、仮りに基俊引用誹諧歌観として扱うことにする。(4)

この誹諧歌観を認める立場からは、俊頼には理解できなかったと推察される前掲「なにをして身のいたづらにおいぬらん」歌なども、まさしくこうした誹諧歌の一類型であったということになり、落着するのである。

六、歌合判詞類の俊頼・基俊誹諧歌観

以上の検討をふまえ、なお補完的に、俊頼・基俊の両判あるいは両判的性格を有する歌合の誹諧歌と関わる判詞類について考察する。

A風ふけばたぢろぐやどの板じとみやぶれにけりなしのぶこころは（康和二年・源宰相中将家和歌合・二番初恋・左負・俊頼朝臣）

左の歌は、されごと歌にこそ侍るめれ。うるはしからねばともかうも申すべからず、おほきなるあやまりにこそとあれば、歌の品さまざまにあまたわかれてはべめれば、かかるすぢのうたなきにあらず、証歌をや申すべきと申せども、証歌などたづぬべきほどにあらず、なほひがごとなりとあるは、ひとへにかかることばのうた

をこのまずしられぬとがなめりとぞ、こころえられ侍る。

（『新編国歌大観』に拠る。以下同じ。ただし句読点稿者）

この歌合は俊頼・基俊両判でなく、基俊主導的衆議判であったのを俊頼が整理して判詞を記したものであるとされる（『平安朝歌合大成』萩谷朴氏解説参照）。当判詞で、左歌を「されごと歌にこそ侍るめれ。うるはしからねばともかうも申すべからず、おほきなるあやまりにこそ」と難じたのは基俊であると考えてよかろうが、それに対して、作者の俊頼は、「されごと歌」であっても「歌の品さまざまにあまたわかれてはべめれば、かかるすぢのうたなきにあらず」と弁じている。俊頼の場合についてみると、この歌は『髄脳』に「よく物いふ人のされたはぶるゝ」という底の「されごと歌」ではないことに留意せねばならない。忍び切れなくなった恋心の切なさという第一次詠歌対象のみならず、言語次元での趣向という第二次詠歌対象においても、気の利いた風に興じようとする意識やそれと関わる〈をかしみ〉の要素は感受されないであろう。前節で整理した『古今集』誹諧歌についての分類によれば、(1)でないことは確かであるが(2)でもなく、(3)に属するといえるのではなかろうか。基俊が「うるはしからねば」と評していることをも勘案し、実詠に徴してそのように考えられるのである。『髄脳』によると、こうした歌は誹諧歌とは認識されていないが、「歌の品さまざまにあまたわかれてはべめれば」とあることから俊頼自身は自覚的に詠んでいたといえるし、実はこのような俊頼歌が、のちに私撰集『後葉集』や勅撰集『千載集』に誹諧歌として撰入されている事実に注目せざるを得ないのである。(5)

内心に激するところ余りに強きが故に、表現の洗練度に欠ける点があって麗しからざる詞遣いのあるこうした歌を、基俊引用「古式」に「誹諧」と称するのであるが、その実例ともいうべきこの俊頼歌に接した基俊は、この時点では単に「されごと歌」と呼び、非難しているに過ぎなかった。そもそも「されごと歌」ないし「され歌」とは、その歌合での初出用例承暦二年「内裏歌合」三番鶯判詞に、「いかなればはるくるからにうぐひすのおのれがなをばひとにつぐらん」（右・匡房）が「ひだりよわげなり、みぎもされうたなりとて、持とさだめられしも、されうたとはいかなるをいふにかとて、いらへまほしかりし」とあるのを参照すれば、基俊においても定義が固まっての使用であったかどうかは疑わしい。この時点では、「うるはしから」ざる歌の意で否定的に用いていることだけが明らかなのであるが、基俊がいつの時点かで引用することを試みた前掲「古式」との関連的考察が当然要請されるであろう。この「古式」をおそらく意義ある立言として、何故基俊は紹介する心境になったのであろうか。この疑問を解くには、次に掲げる宮内庁書陵部蔵桂宮本「宰相中将源朝臣国信卿家歌合」巻末の「基俊後記」が重要な鍵を握っているように思われる。

（上略）就中判辞、已被レ称二滑稽歌一。此定又玄中玄也。貫之已没、此定少二知者一。今聞二此説一、如下披二雲霧一見中青天上而已。

基俊執筆とされるこの「後記」によると、「歌の品さまざまに云々」と述べた俊頼の自評に基づき基俊が主観的にそう解したのか、あるいは、表面的には記録されていない応酬の中での俊頼の言辞中にあったのか、ともかく「されごと歌」と否定的価値意識を伴って評したこの俊頼歌を、肯定的価値意識を伴い「滑稽歌」と評している点、さらにその「玄中玄」ともいうべき認識が、貫之にまで溯っての、あえていえば『古今集』誹諧歌に関しての正当な認識の系列に属するものであって、きわめて意義深いことを強調していることが留意されねばならないのである。すなわち基俊は、伝定家卿筆『奥義抄』下巻余に見えた「述事理不労詞」の具体的歌例としての俊頼歌を、判詞では「されごと歌」と否定的に評したのであるが、「後記」では俊頼自身の言として「滑稽歌」と肯定的に捉えていることになる。歌合評定の場という表舞台から「後記」という比較的私的な場への移行に伴う変化であろうが、何故こうした変化が生じたかはなお追究されねばならない。何よりも、歌合の場で「うるはしから」ずと難じられた歌が何故「滑稽歌」として肯定的評価を受け得たかが問われねばならないのであるが、それは、「述事理」に急なる余り「不労詞」の優雅ならざる表現となった歌が、第三者の眼で読むと失笑せざるを得ないような一種の〈をかしみ〉を感受させることがあるという考え方を導入することによって解決できそうである。『古今集』誹諧歌群中にこうした歌がまま見えることはすでに説いたところであるが、推察するに基俊は、歌合における俊頼の出詠歌、基俊判詞では「されごと歌」「後記」引用俊頼言では「滑稽歌」に触発された結果、紀貫之の主導に成ったと考えられる『古今集』誹諧歌の本性について、はっと思い当たる啓示を受けたのではなかろうか。すなわち基俊は、『古今集』誹諧歌の特質が撰者の感受した〈をかしみ〉にあることを察知し、その理解の喜びが「今聞二此説一、如下披二雲霧一見中青天上而已」という感慨となって表明されたのではなかったろうか、と思量するのである。基俊の理解は多分に我田引水的受容であったともいえるが、この俊頼歌は基俊が引いた前掲「古式」の誹諧歌の定義と実質的には関連していると認めてよいであろう。してみるとこの「古式」の定義について、基俊はやはり肯定的に受容していたのだとしなければならないであろう。

ただし、この「古式」に対する定家の意識についてはなお一考を要する。「宮河歌合」の定家判詞で、西行歌「哀哀此世はよしやさもあらばあれこむ世もかくやくるしかるべき」（三十六番・右持）を、「（上略）偏に風情を先として詞をいたはらずは見え侍れど、かやうの難は此歌合に取りてはすべてあるまじき事に侍れば云々」と評していることなど参照すれば、基本的には否定的受容とすべきであろうか。

Bつれなさのためしは誰ぞたれにても人なげかせてはてはよしやは（元永元年・内大臣家歌合・恋五番左・俊持基負・師俊朝臣）

俊云、（中略）左は恋のこころみゆれど、体詞優ならず。右はなだらかなれどこひの心すくなし。仍、持と可申。

基云、この歌は詞は滑稽のことばにこそ侍るめれ。いみじくのろのろしくはらくろげに思ひよりて侍る恋かな（後略）。

俊頼・基俊両判歌合におけるこの師俊歌も、その実詠に徴すれば俊頼が「体詞優ならず」と評した通り、薄情な恋人を責めるに急な余りに「不労詞」という結果になった優美ならざる歌であり、前掲「源宰相中将家和歌合」の俊頼歌と同趣の歌であるといえよう。基俊はこの歌を「後記」と同様に「滑稽」と評していて、そこに批評態度の継続性が観取される。また、「詞は滑稽のことばにこそ侍るめれ」のごとく、詞の滑稽さをいい心のそれではない点が注意される。たしかに歌の心は、冷淡な恋人に対する八つ当たり的心情であり、この第一次詠歌対象自体に滑稽的要素はまったくない。では言語次元に「よく物いふ人のされたはぶるゝ」気の利いた表現による〈をかしみ〉の要素が感受されるかといえば、それもない。基俊が「詞滑稽」というのは、泥臭い表現に〈失笑〉を覚えるというやはり第三者たる判者の立場での受容に関わる批評であった。この判詞についてのかような分析理解は、「源宰相中将家和歌合」の場合について前述した考察の妥当性を裏づけることにもなるであろう。

C　けさみればはぎをみなへしなびかしてやさしの野辺の風のけしきや（保安二年・関白内大臣家歌合・野風一番左負・俊頼朝臣）

たかまどの野ぢのしのはらすゐさわぎそそや秋風けふふきぬなり（同右・右勝・基俊）

左歌、はぎをみなへしなびかして、といふもじつづき、やさしののべなどまで、いとみどころなくはべり。誹諧の体のことばゆかぬにてこそ侍めれ。右歌、さまもいとたかくことばをかしうはべればかつべきにやと思給ふるもいかがはべらん。

左方人、右歌のそそやといふことばをすこぶるあざけりまうす。

判者云。左歌、なびかしてといふことばいみじくけなるさまなり。上句すこぶるちからもなきやうなり。右歌、そそやとよめるは曾禰好忠歌に、そそや秋風ふきぬなり、とよめれば証歌なきにあらず。されば右をまされりと申すべからん。

この基俊後日推蔵判詞の奥に同人当座判詞を一字下げて付した歌合の場合は、どうであろうか。判者基俊が左俊頼歌を「誹諧の体のことばゆかぬ」と難じているのは、後続当座判に「なびかしてといふことばいみじくけなるさまなり」とあるように、優雅ならざる褻的口語的表現を否定するが故であったとして、そうした表現の歌を「誹諧の体」と捉えている点が注目される。基俊の認識する「誹諧歌」とは、やはり「不労詞」という歌であって、「されたはぶる丶」歌ではなかったのだというべきであろう。

第三者の受容による誹諧歌認定であることを説いた、前掲A・B二歌合判詞例の延長線上に位置づけ得る批評実践であったといえるのである。

七、俊頼・基俊誹諧歌観の特性と限界

前節で考察した三度の歌合の張行時期は、A「源宰相中将家和歌合」が康和二年（一一〇〇）、B「内大臣家歌合」が元永元年（一一一八）、C「関白内大臣家歌合」が保安二年（一一二一）であり、これらに挟まれて『髄脳』が執筆されている。その成立時期は一応天永二年（一一一一）頃から永久二年（一一一四）末までの間とされているので、AとBとの中間である。

Aの段階で基俊が俊頼歌を「されごと歌」と難じた時の意味と、『髄脳』で俊頼が誹諧歌を「されごと歌」と定義した時の意味とでは差異がある。基俊は俊頼との応酬を通じて「後記」では「されごと歌」を「滑稽歌」と換言し、さらに『古今集』誹諧歌の特性と結びつけて、おそらくは「古式」に即し「述事理不労詞」歌を第三者の立場で「滑稽歌」と捉えるという理解を示すのであり、この基俊引用誹諧歌観はその後のB・C歌合の場合にも一貫していたことが判明するのである。基俊によって「滑稽歌」「誹諧体」などと評された歌は、俊頼歌をも含めていずれもこの「述事理不労詞」風の歌どもであった。その点先に基俊引用誹諧歌観とした用語は、今や基俊同調誹諧歌観さらに基俊的

誹諧歌観として扱ってもよかったとさえ思うのである。

それに対して俊頼の場合は、Aでの自詠を自身「滑稽歌」と称したように基俊の「後記」が記している。真偽の程は不明であるが、十年程後に執筆した『髄脳』で、言語次元での〈をかしみ〉を感受させる誹諧歌を「されごと歌」と規定したのには、この「後記」との因果関係を想定しなければならないかも知れない（もちろん「後記」が先の成立で俊頼の眼に触れているという前提に立つ論である）。ただそこには、基俊のいう滑稽性は第三者の感受するそれであるのに、俊頼のいう滑稽性は詠者自身の創造するそれであり、歌詠自体も「不労詞」歌と「されたはぶる、」歌との相違があるという、両者の認識のずれがあった。前述のようにAにおける基俊の理解は多分に独り相撲の面があったと思われるが、俊頼の場合にも思い違いがあったといわねばなるまい。もとより、基俊も俊頼も『古今集』誹諧歌の特性を一面的には鋭く捉えているのであるが、いずれもその全体を網羅しての総合的誹諧歌観を表明しているとはいえなかったのである。しかし基俊は、「いどむ人」（無名抄）「すべて思ひ量りもなく人の事を難ずる癖の侍りければ」（同上）と評される人柄の故か、B・Cにおいても一貫した批評実践を行っているのであるが、俊頼は冴えない。Bにおいて「体詞優ならず」と評しながら、基俊のような滑稽歌説への進展を示し得ないし、Cにおいて自詠を基俊に「誹諧の体」と評されることなどもありながら、どういうわけかみずからはその多くの歌合加判に際して、誹諧歌をめぐる積極的発言をしていないのである。『無名抄』などの伝える俊頼の人物像は、よくいえば思慮深くあしくいえば狡猾であるが、こうした人柄と関連するのかも知れない。しかし『髄脳』でかなり明瞭なかたちで誹諧歌について説いた俊頼にその後の積極的発言が見られないことは、単に人柄の問題だけでなく、そうした慎重な人柄だけに自分自身誹諧歌についての透徹した認識を持ち得ていないと自覚していたこと、自己の認識を越えた誹諧歌の多様性ないし変貌を察知し得ていたことに基因するのではないかとも思量するのである。

こうした俊頼の誹諧歌観は、第五節で述べたごとく『髄脳』にもすでにやや自信を欠く所説となって反映していたと考えるが、その後判者として競合することが多かった基俊の誹諧歌観に接する機会が増えるにしたがい、俊頼はいっそうこの歌体に関して声高な発言を慎むようになって行ったようにも思われる。

しかも当時は、前述した俊頼誹諧歌観や基俊誹諧歌観で処理し切れない、私にいえば第一次詠歌対象自体に〈をかしみ〉の要素を内在させたり対他的通達性を強めたりする、いわゆる『後拾遺集』的誹諧歌がかなり詠まれていた。(6)

これは、実はすでに『古今集』誹諧歌群中にも、

あすはるたたむとしける日、となりの家のかたより風の雪をふきこしけるを見て、そのとなりへよみてつかはしける

1021冬ながら春の隣のちかければなかがきよりぞ花はちりける（清原ふかやぶ）

いとこなりけるをとこによそへて人のいひければ

1054よそながらわが身にいとのよるといへばただいつはりにすぐばかりなり（くそ）

など見える対詠的な歌を源流とする、水脈中の一景物として位置づけ得る現象であった。

前歌の第一次詠歌対象は、立春が明日に迫っているのにこともあろうに雪が隣家の方から風に運ばれ吹き込んで来たという、自然界の一情景である。規則正しい自然の運行をよしとする立場からは、意想外な現象であり、不条理なことでもあろう。しかし現実は、常にあるべき秩序との齟齬を繰り返すのであって、その齟齬はしばしば人びとに〈をかしみ〉をもたらすことにもなるようである。齟齬によって生じた外界との違和感を克服し、新たなる調和を回復するための能動的反応として、苦笑あるいは哄笑などの笑いが必要とされるのである。してみるとこの歌は、第一次詠歌対象自体に〈をかしみ〉の要素が内在するといえるのであり、前掲分類の(1)〜(3)には属さない誹諧歌なのであった。ただこうした客観的事象が、常に心底からの笑いを誘うとばかりはいえないかも知れない。「東風解氷」（礼記・月令）に因みこの隣家は東隣りと定めてよかろうが、もし日頃仲悪ければ吹き込む雪さえ腹立たしいこともあろうからであ

る。しかしそれはそれで、「力をもいれずしてあめつちを動かし……たけきもののふの心をもなぐさむるは歌なり」（古今集仮名序）とあるごとく、雪を花に喩える優しさで、隣家との関係改善を図るべくこうした歌を贈る逆手を用いることもできるであろう。まして日頃仲良ければ、この一見意想外な事象に伴う〈をかしみ〉を種にしていっそう親しみを増すためのメッセージを送ることもあり得たのである。「なかがき（中垣）」という、竹岡正夫氏前掲書に「俗語」とする表現が、生活レベルの親しさをいや増すであろう。対象自体の矛盾に基づきその発動が必然化されるともいえる笑いによって、自己の違和感を解消するとともに、相手の心理にも影響を及ぼすというこの歌は、そのような対他的通達的機能を果たしている誹諧歌なのである。

後歌は、「いとこ（従兄）」あるいは「いと」（古写本文「いととなありける」）という名の男と出来ているという噂を流されるが、詠者は一応濡れ衣であると主張しようとする事象が、第一次詠歌対象となる。真実濡れ衣であるとすると、現実とは掛け離れたこうした架空の現実は当事者にとってしばしば悲劇的現象ともなるが、客観的には一種の不条理あるいは荒唐無稽な事象であり、〈をかしみ〉を誘い出す現象となるのである。もし濡れ衣でないならば（実際にはその可能性も高い）、噂を恍けて過ごし事態を切り抜けようとする事象が第一次詠歌対象となろう。当事者にとっては真剣なごまかしかも知れないが、客観的には空空しく馬鹿げた事象である。現実の対象自体に〈をかしみ〉の要素は見られない。とするとこの歌は、「糸」「縒る」「針」「すぐ（着）」の縁語を掛詞的に構成して、言語次元で遊び興じている、前記分類(1)に属する誹諧歌であるということになるのである。しかしこの歌は、一応濡れ衣という立場で詠んでいるので、こうした想定的享受は無視してよい。すなわちこの歌は、対象自体に内在する〈をかしみ〉に即して詠者も苦笑あるいは嘲笑しながら詠み、濡れ衣もままよと過ごしているのだと、悪意の噂を巧みに擦れ違わせているといえよう。掛詞・縁語の言語遊戯性が恍けた感味を添えて、この作意をいっそう効果的たらしめている。

なお、詞書によればこの歌は、噂を流す「人」へ送った歌とは断じられない。その噂を耳にして、現在さらに今後における自己のありかたを自己にいい聞かせるように詠んだ歌であろう。しかしその「人」を強く意識しながら心中ではその「人」に応答していると受容することもできるのであり、前歌に準じて対他性の強い誹諧歌として扱うこともできるのではなかろうか。

もっとも、第一次詠歌対象自体に〈をかしみ〉の要素が含有され、しかも対他的性格を示す歌が『古今集』誹諧歌以外の部立に見えないわけではない。

　　女どもの見てわらひければよめる

875かたちこそみ山がくれのくち木なれ心は花になさばなりなむ（雑上・けむげいほうし）

など、解釈上の諸説にまで踏み込まなくても、一読してほぼ同趣の歌であると受容できよう。笑われるという外界との違和感を覚えざるを得ない事態を、笑いかえすという詠歌行為によって調和を回復する機能をこの歌は果たしているのであり、右の深養父歌などの類としての誹諧歌的性格をかなり十分に具有していると認められるのである。何故この歌が誹諧歌でなく深養父歌が誹諧歌であったのかという問題が浮上するが、これは私見によれば、深養父歌でさえ当時の認識では誹諧歌の範疇内に確固たる位置を占め得なかった、という時代的成熟度の問題に基本的に還元できるように思われる。『古今集』誹諧歌中にこの深養父歌のような歌が一首ないし二首しかないという事実が何よりもよくその機微を語っているといわねばなるまい。だがそれでも、兼芸法師歌が外され深養父歌が採られた微差が問われねばならないのであり、結局、「なかがき」という歌語としては熟さない詞、すなわち俗語などの使用の有無が判断の決め手になっていたと見てよいのではなかろうか。その決め手となるものが後歌の久曾歌のように言語技巧面の遊戯性にあったとしても、もちろんよかったであろう。

ともあれ、かくのごとくすでに幽かに源流はあり、次第に太く豊かに流れて『後拾遺集』誹諧歌も成立していたのである。そうした歌壇情勢に対応して、藤原清輔『奥義抄』の誹諧歌論も現れようとする前夜を生きた俊頼は、息を潜めて沈黙を守らざるを得なかったともいえよう。

八、『古今集』誹諧歌の類型分類

このように考察しきたると、第五節で述べた『古今集』誹諧歌の分類整理についても、改めて次のような手直しが必要となるように思われる。

(1)俊頼誹諧歌観に合致する、「よく物いふ人のされたはぶる、が如」き「されごと歌」。

(2)俊頼誹諧歌観に合致せず不審とされるが、撰者の享受により誹諧歌と認定された「さもなき歌のうるはしきことばある」歌。

(3)基俊誹諧歌観に合致し、撰者の享受によっても誹諧歌と認定された「述事理不労詞」という歌。

(4)『後拾遺集』的誹諧歌の源流とみなし得る、客観的詠歌対象自体に〈をかしみ〉の要素を含有し、対他的通達性の強い歌。

若干補足しておくと、これらの各類型が実際には相互に入り組むこともあるべしということに留意しなければならないであろう。たとえば(1)に属する誹諧歌と考えられる、

1017 あきくればのべにたはるる女郎花いづれの人かつまで見るべき（よみ人しらず）

1018 花と見てをらむとすればをみなへしうたたあるさまの名にこそ有りけれ（同右）

などの歌が、他の部立に見える、

229 女郎花おほかるのべにやどりせばあやなくあだの名をや立ちなむ（秋上・をののよし木）

237 をみなへしうしろめたくも見ゆるかな荒れたる宿にひとり立てれば（秋上・兼覧王）

などと比べてどのような点が異なるかという問題。同じく言語次元で遊び興じながら微差があるからこそ誹諧歌か否

かの判別であったとしなければなるまいが、誹諧歌の方には「たはるる」「うたたある」という歌語として熟さない俗語的表現の見られる点がやはり注意されよう。そもそも『古今集』に「遊び心の歌」の多いことが佐佐木幸綱氏によって説かれている（「新日本古典文学大系」月報21）。そうした一般的傾向が見られる中で、なお誹諧歌として特別視されるには、表現面での正調性あるいは洗練度の欠如というような他の要因のあったことをやはり説かざるを得なくなろう。とするとこの分類の⑴は、⑶とも密接に関わることになるのである。また、俊頼と基俊の誹諧歌観は前述のごとく擦れ違って噛み合わない面があるが、こうした面からは有機的につながっていたともいえるのである。さらに、⑷が⑶と密接に関わることについてはすでに前節で述べたが、してみると一応四項に分類整理した中で、⑶の重要性がクローズアップされてくるようにも思われる。新たな問題意識に基づき、誹諧歌の展開相に即しての検証的考察が要請されるといえよう。そうした検証作業の一部は、拙稿「誹諧歌史断面―『後葉集』をめぐって―」（樋口芳麻呂編『王朝和歌と史的展開』〈笠間書院・平成九〉所収〈本書次章〉）に説くところもあるが、多くは別稿に委ねざるを得ない。(7)

源俊頼は、第五節で述べたように、前掲分類の⑶に属すると認められる自身の歌が後世の撰集類に誹諧歌として多数採歌される運命となることを知るよしもなく、またそのほかに、⑷に属すると認められる自身の歌が誹諧歌として幾首か撰入される結果となることもおそらくは予知できずに、ただ⑴と⑵とに属する誹諧歌に限定された、『俊頼髄脳』の誹諧歌論を執筆していたのである。そしてその後も、誹諧歌に関する認識に新しい進展を示すものは、すくなくとも文献的には何も残していなかったのである。

注

（1）　たとえば『角川古語大辞典』は、「さる」については次の三義に分かつ。「⑴泥臭いところを捨て去って瀟洒にふるまう。あかぬけする。⑵世事に通じている。世慣れている。ことに男女間の機微に通じていることをいう。⑶ふざける。戯れる。

相手への介意を捨てて、なれなれしく接する態度をいうのであろう」。また「たはぶる」については、次の三義に分かつ。「(1)興味のおもむくままに遊ぶ。遊び興ずる。(2)冗談を言う。また、ふざけてことばで人をからかう。(3)異性にふざけかかったり、みだらな、あるいは、いどみがましい言辞やふるまいをする」。単純にいえば、「さる」の(3)、「たはぶる」の(2)を組み合わせることによって「されたはぶる」の語義も確定しそうであるが、対自的性格を示す場合が多い実詠のありように徴して、従いにくいのである。

（2）菊地靖彦「古今集『誹諧歌』論」（平安文学研究・第44輯、昭和45・6）に、「誹諧歌」として採歌されたのは「古今集の撰集に際してのことであり、作者の意図とはまったく関係なく、撰者たちの判断によったわけである」と説かれ、「その歌が『誹諧歌』であるかないかということの判断は、古今撰者たちの、歌に対する相当にきびしい見識と密接にかゝわりあうものであったというべきであろう」とされている。『古今集』誹諧歌のすべてに作者としての誹諧性志向的意識がなかったのかどうか、と問い直せば、異論の出る余地はあろう。だが、そうした作者の表現意識をも内包するかたちで撰者の誹諧歌撰歌意識が働いていたことは、やはり認められてよい。そのほか、山路平四郎「古今和歌集の部立に就て」（文学、昭和22・3）・新井栄蔵「古今和歌集四季の部の構造についての一考察―対立的機構論の立場から―」（国語国文、昭和47・8）・渡辺秀夫「『古今集』における『誹諧歌』の考察―古今集的表現に於ける逆接的措定―」（国文学研究・第48集、昭和47・10〈のち『平安朝文学と漢文世界』勉誠社、に収録〉）などを引用して説いた、拙稿「誹諧歌の変貌（上）」（静岡女子大学研究紀要・第七号、昭和49・2）など参照。

（3）東野泰子「『奥義抄』下巻余の伝本について」（有吉保編『和歌文学の伝統』〈角川書店、平安9・8〉所収）など参照。

（4）こうした誹諧歌観に近いものとして、たとえば「誹諧トハ、詞スクナク直ニ読タル歌也」（『弘安十年古今集歌注』〈片桐洋一『中世古今集注釈書解題二』所収〉）、「誹諧哥ト云ニ、三義ノ差別アリ。（中略）三ニハヤサシキ詞ハナクテ、言ノ拙キ哥也」（片桐洋一氏蔵〈毘沙門堂旧蔵本〉古今集注）「誹諧ハオホカタ詞ノ正シク直ナル哥也」（古今和歌集三条抄）などを挙げ得る。一つの普遍的誹諧歌観として、その系譜を辿り得るであろう。

（5）拙稿「誹諧歌の変貌（中）」（静岡女子大学研究紀要・第八号、昭和50・2）に触れるところがあるが、なお「誹諧歌史断面―『後葉集』をめぐって―」（本書次章収録）で詳しく説く。

（6）（注2・5）に掲げた拙稿参照。なお近時の川村晃生「俳諧性の基盤―無心所著歌・誹諧歌―」（国語と国文学、平成6・5）は、『古今集』誹諧歌中の読人しらず歌の実態究明との関連的考察が残されていることを慎重に考慮しながら、現象的には認め得るとする『後拾遺集』の「日常的褻歌としての誹諧歌の新生面を開拓した」特性について説いている。私見によれば、『古今集』誹諧歌と『後拾遺集』誹諧歌とは、一部重なる側面を見せつつも特に撰者の意識において基本的に異なる様態を示していると思量する。柳田国男『笑の本願』（養徳社、昭和21）は、笑いの文学に二種の様式があることを説き、話者ないし作者が自分も共に笑う場合と自分は生真面目な顔をして効果を見届けようとする場合とのあることを述べていた。誹諧歌の場合の表現主体は、詠者と撰者の二者が想定されるし、私案のごとく第一、二次詠歌対象の別や対他性・対自性の別を考察要素として導入した場合、柳田説をどのように絡み合わせてより深い考察の進展を図るべきか、今後の課題として残すことにするが、『後拾遺集』誹諧歌に、第一次詠歌対象自体に〈をかしみ〉の要素があり、対他的性格が強く、詠者・撰者ともに笑っているとすることのできる歌が多く見られるようになったことは、否定できない新しい和歌史的現象であると思うのである。なお、『古今集』と『後拾遺集』の誹諧歌に一部重なる面があるという問題について考察した論考に、古谷範雄「誹諧歌の系譜（二）—『古今・後拾遺』誹諧歌の連続面—」（小論・第5号、昭和62・3）などがある。

（7）高畑（現姓、久富木原）玲「誹諧歌—和歌史の構想・序説」（国語と国文学、昭和56・10）・阪口和子「『古今和歌集』の誹諧歌に関する一考察」（羽衣学園短期大学研究紀要・第18号、昭和56・12）・古谷範雄「誹諧歌の系譜（一）—古今集誹諧歌の古代性について—」（小論・第4号、昭和61・3）などは、それぞれに、歌垣的呪術的あるいは座興的性格、伝誦的口頭文芸的性格、古代的性格などについて説き、『古今集』誹諧歌の特性を明らかにしようとしている。いずれも参照すべきであるが、本稿ではそのレベルまで深入りすることなく、現にある文献資料の解釈を主として、当面の問題処理上必要な程度の論述に止めた。ただし本稿を一つの作業仮設として、誹諧歌の流れに即しての検証的あるいは発展的考察や、誹諧歌を取り巻く歴史社会的あるいは歌壇史的考察がなお積み重ねられねばならないことは、いうまでもない。また特に、第五節で述べた分類整理の(2)に属する誹諧歌については、撰者の撰定理由を究明する問題がなお残されているのである。ある程度は、拙稿「誹諧歌の変貌（下）」（静岡女子大学研究紀要・第九号、昭和51・3）・「誹諧歌補説」（同上紀要・第十四号、昭和56・3）に説くところもあるが、多くは、稿者自身にとっての今後の課題として残されている。

〔付記〕

拙稿「誹諧歌の変貌（上・中・下）」は、一括して本書の第四篇第一章に収めた。また「誹諧歌補説」は、同じく第二章に収めた。

〈付説〉『金葉集』入集基俊歌考
――その撰定理由について――

源俊頼撰の勅撰集『金葉和歌集』には、当時俊頼と並び称せられていた歌人、藤原基俊の詠が一首（三奏本）ないし三首（二度本）入集している。この数は、彼の歌壇的地位からみて決して多くはない。したがって論者によっては、革新的歌人と目し得る俊頼が、保守派の基俊を抑えようとしたか抑えることになったかの動機なり結果なりを、そこに認めようとする見解なども現れてくることになろう。(1)しかし本稿では、それが動機か結果かの解明を意図する問題意識を有しながらも、何故こうした少数の歌しか撰入されなかったかの詮索はあえてしばらく措き、現に在るこの数に即して、俊頼がこれらの歌をいかなる理由で選びいかなる理由で減じたか、いわば基俊歌の現態的撰定理由とでもいうべきものについて先ず考察してみたいと思うのである。また本来勅撰集が、入集歌選択という精神の働きに基づいて成立する主体的な芸術作品創造の営みでもある以上、このような撰定理由の追体験的考察は、勅撰集研究の比較的未開拓だが重要な分野として注目される必要もあろう（松田武夫氏の『金葉集の研究』その他の諸論考など参照）。本稿の副次的意図は、そこに働いてもいる。

一

最初に『金葉集』への基俊歌入集状況について、これを初度本（天治元年〈一一二四〉）・二度本（天治二年〈一一二五〉）・三奏本（大治二年〈一一二七〉）の各本により整理すると次の如くである。

(A)静嘉堂文庫蔵伝為相筆初度本金葉集（八代集全註本）

1夏の夜の月待つほどのてすさみに岩もる清水いくむすびしつ（第二夏部）

(B)続群書類従本初度本金葉集（同前）

1作者名のみにて歌闕（第二夏部）

2秋霧の立わかれぬる君によりはれぬ思にまどひぬるかな（第六別離部）

3　公実卿かくれ侍て後、かの家にまかりたりけるに、梅の花のさかりにさけりけるを見て、枝にむすびつけて侍ける

昔みしあるじがほにて梅が枝の花だに我に物がたりせよ（第十雑部下）

(C)八代集抄本二度本金葉集（同前）

1　公実卿の家にて、対レ水待レ月といへることをよめる

夏のよの月まつほどのてすさびに岩もる清水いくむすびしつ（第二夏部）

2秋霧のたちわかれぬるきみによりはれぬおもひにまどひぬるかな（第六別離部）

3　公実卿かくれ侍て後、かの家にまかりたりけるに、梅花盛にさけるを見て枝にむすびつけて侍ける歌

むかし見しあるじがほにも梅がえ《てイ》の花だに我に物がたりせよ（第十雑部下）

(D)伝後京極摂政良経筆三奏本金葉集（岩波文庫本）

1　公実卿かくれ侍りて後、宇治の家にまかりたりけるに、梅の花の盛りに咲きたるを見て、枝に結びつけ侍りける歌

むかし見しあるじがほにて梅が枝の花だに我に物がたりせよ（第十雑部下）

(B)は、続群書類従に初度本として収められているものの、実は松田武夫氏が「最も初期に出来た二度本と見なす方が妥当であろう」（『金葉集の研究』〈山田書院、昭和31〉）と説かれる如くであり、厳密な初度本は、現存唯一伝本として静嘉堂文庫本を有するのみである。だが、便宜八代集抄本（近世以降流布）を取りあげた二度本や三奏本については

他に諸伝本が存し、それらとの異同が考慮されねばならない。しかし『金葉集の研究』によれば、二度本では「独自の系統を立て得る本文」という伝公夏筆本や、「二度本としては最も精撰されたもので、歌数は少く、三奏本に非常に接近してゐる」という伝兼好法師筆本によって代表されるところのいわゆる精撰本諸本も、上掲の基俊歌に関する限り八代集抄本と比較して異同が見られず、また三奏本では、「良経本とは異系続で、良経本の欠陥を補ふ資料としての価値を持つ」という伝為遠筆本や、その系統で同本の不備を補正し得るという黒川家旧蔵本（現在ノートルダム清心女子大学蔵）を検しても、伝良経筆本と比較して字句の小異以上の異同は存しない。とすれば、以上(A)〜(D)に整理したところにしたがい、先ずこれら各本に属する伝本を資料として論を進めることは、許されてよいであろう。

さて、(A)の初度本は巻五までの残闕本で、残念ながらその全貌を知り得ず、巻六以後の基俊歌入集状況を確認することは不可能である。しかし、初度本から二度本への過渡本とも認め得る(B)を勘案しながら、(C)の八代集抄本と比較した場合、すくなくとも基俊歌に関する限り、巻五までの前半の一致によって、巻六以下の後半も同様の一致を示していただろうことは、かなり高い蓋然性を有しているといえるのではなかったろうか。また、(B)続類従初度本は夏部所収の基俊歌を闕いているのであるが、当歌の前に位置する俊頼詠「山のはを玉えの水にうつしもて月をば浪の下に待かな」の詞書が、八代集抄本の基俊歌の詞書と同様「公実卿家にて対水待月といへることをよめる」であることからいえば、闕けている基俊歌が、やはり「夏のよの……」という歌であったと考えて、恐らく誤りあるまいと思われる。(2)ともに公実卿邸の歌会における詠作であり、両詠を並べて収めることは、きわめて自然な排列であったろう。

してみれば、それぞれ完全な姿ではない(A)・(B)の場合も、基俊歌に関する限り、いずれも(C)八代集抄本の入集状況と大差ないものと考えることができるのであり、以後、この後世の流布本を中心として説明を進めることは許されるのである。

二

この(C)流布二度本の基俊歌を通観すると　1の「夏のよの月まつほどの」は上述の如く公実卿邸に催された歌会の席上詠まれた歌であり、3の「むかし見しあるじがほにて」は、その公実薨後の追憶歌であることが、それぞれの詞書を通じて明瞭である。さらに2の「秋霧のたちわかれぬる」は、特に具体的な詞書はついていないものの、排列からいえば、「百首歌の中に別の心をよめる」という詞書の付された源国信詠と並んでいるのであって、両詠とも、その出典は長治元年成立の「堀河院御時百首」雑・別部であることが判明し、結局三首ともに、当時白河院政の別当として政界の実力者であり歌人としても著明であった藤原公実と、何らかのかかわりをもつ歌であったことを認めざるを得ない、と先ずいわなければなるまい。

もっとも、『二十一代集才子伝』中の権大納言公実の項に、「（前略）其得二貴顕栄耀一者、諸家之中無二及レ卿者一矣。卿好二和歌一、有二名声一。或云、堀川百首和歌者、卿所二勧進一也。二郎百首、亦為二作者一矣」とある。公実の百首勧進説については異説もあり、石田吉貞氏は、源俊頼発起説を出されたことがあった。(3) だがその後上野理氏により、「すべてのものが政治の問題に結びつき、政治による解決がのぞまれた時代であった」という政治的季節を背景として、「いろいろな場合を空想しても、現在のところ、古来の公実説に随うのがもっとも合理的のようである」と公実勧進説が肯定されているのであり、(4) この百首歌と公実との関係はやはり深かったといえる。三首とも、その制作事情において背後に藤原公実像を浮びあがらせ、基俊と公実との親密な関係を印象づけることを否定することはできない。

ところで、俊頼と公実との交遊関係も、実は基俊の場合に劣らずあるいはそれ以上にきわめて親密なものがあった。俊頼の家集『散木奇歌集』から、両者に親昵な心の交流の行われていたことを証する資料(5)を抜き出すことは易しいが、いま一例を挙げると、

太政大臣殿のこのゑの家に新院の東宮と申ける時おはしましけるころ大夫公実の宿所にてあそはれけるに

人々ゐひさまたれてまはる、をみて

さかもりのことくらくともみゆるかな（参議為房）

彼の大夫のつけよとありけれは

たうとくりきてまひよろほへは（俊頼）

（第十雑部下）

などの酔態交歓図は、俊成『古来風躰抄』の大伴旅人讃酒歌評に「さけなども、このごろの人も《はイ》、うち〳〵には、ことのほかにゐひにのう《そイ》むなれど、大饗などのはれには、まねばかりなるを、はやくは、はれにも、おか《（ママ）》しきことになむしける」とあることなどを斟酌し、貴族間の連帯感も次第に喪われはじめた平安後期社会における酒席の実情として、当事者たちの私的に昵懇な関係を証するに十分なのである。因みに参議為房は、公実の親族として彼と因縁浅からぬ顕隆の父であり、やはり白河院政の切れ者であった。その他、公実の『金葉集』入集歌数が、二度本では二十五首三奏本では十五首というように、いずれの場合も俊頼自身及び彼の父経信に次いで第三位を占め、白河院近縁者中最多であることも、その近縁者という有利な条件以外に両者の間に特別な関係が存していたことを推測させる一資料として、見逃せない事実かも知れない。

　両者のこうした関係が何故成立したかは充分明らかでないが、「堀河百首」と結びつけて考えることはできるし、またそれは、必要な考察であろう。すなわち、『二十一代集才子伝』に記された公実勧進説を認めるにしても、当然他に実務担当者の存在が考慮されねばならず、上野氏も「百首の成立に責任を持つ立場にあった」実務者俊頼を重視されているのであり、[6]『一宮紀伊集』にこの百首を「左京権大夫百首」と記しているのも、当時におけるそうした立場での一般認識であったと思われ、実務上当百首を斡旋した俊頼と勧進者公実との交流が、たとえ元来はそれほど密接昵懇なものでなかったとしても、当百首成立を機縁としてきわめて親密なものになったであろうことは、容易に想像できるのである。

基俊と公実との交流も、この百首歌成立の前夜にはじめて表面に現れてくるようである。『藤原基俊家集』（流布類従本）中の、

三条大納言（稿者注…公実）花みにまかるとてはじめてさそひ侍りしかば、まかりて又の日かくいひつかはしたりし

山ざくら尋ねし人の心こそ散る花よりも今朝は惜しけれ

かへし

咲かざらば何ゆゑ人にしられまし花うれしかる春も有りけり

とある贈答歌は、「はじめてさそひ侍りしかば」という詞書から両者の交際が始まったころの成立と推測できるが、橋本不美男氏は、三条大納言という呼称に基づき、その制作年時を康和二〜五年の間とされた(7)。当時基俊はすでに散位であり、官途不遇を喞っていたが、公実の答歌に「咲かざらば何ゆゑ人にしられまし」とある点について考えると、社会的に埋もれた境遇から、何らかの意味で基俊を浮びあがらせようとする意図が働いての、彼への接近であったということが推察できよう。しかも、その後彼が依然として官界に復帰していないこと、この接近が当百首歌成立のすこし前に当たっていることを勘合すれば、それは、文化を通じての宮廷社会への進出を意味する百首歌詠進の慫慂であったと考えねばならないのである。勧進者の立場からいえば、百首を成功させるために当代一流の歌人たちの参加を図ることが得策であったろうし、当時、基俊はすでに俊頼らと並ぶ有力な歌人の一人であった。基俊と公実との交流が、「堀河百首」勧進をめぐって行われていた事実は、認められてよい。

橋本氏が、「権門にして歌人である公実を中心とした、一の歌人グループの存在を認めることができる(8)」と説かれる、康和期の歌壇情勢と、百首歌撰進事業との因果関係は、早急には推断できないかも知れない。だが、そうした歌

人グループの形成が当百首歌撰進事業の進行とともに並行的にいっそう促進され、俊頼と公実・基俊と公実というそれぞれに親密な交遊関係として、彼らの疾風怒濤時代ともいえる一種の華やかな文芸サロン的雰囲気を醸成して行ったことは、確かであろう。

三

かくの如き考察に基づき、改めて『金葉集』に入集せしめられた基俊歌を見直した場合、三首とも、俊頼のある濃やかな心情がそこに強度に投影されていることをはっきり認めざるを得ないと思われる。すなわち、単に基俊の代表歌であるが故にというよりも、むしろ公実に対する自己の追憶の念故に、無限の懐かしみをこめてこれらの歌詠を入集せしめた撰者俊頼の心の動きが、見えてくるのである。

もちろん、これら三首の歌詠がそれ自体としても優れたものであり、そのことが撰定理由の一つになっていたのではないかという観点も、看過することは許されない。たとえば、「夏のよの月まつほどのてすさびに岩もる清水いくむすびしつ」などは、『古来風躰抄』中にも秀歌例として引かれている澄明清雅な歌詠なのである。

しかし、この歌も伝統的詠風に属する古質の歌ではあり、当詠と同程度に優れた歌あるいは何らか特色のある歌は、「堀河百首」（新校群書類従本）の基俊歌中にも、まだ多くを容易に数え得る。

1み山木のかげ野の下の下わらびもえ出づれどもしる人ぞなき（早蕨）
2春をへて《すぐとイ》花ちらましや奥山の風をさくらの心とおもはじ《ばイ》（桜）
3春雨のふりそめしより片岡のすそ野の原ぞあさみどりなる（春雨）
4けさかふるせみの羽衣きてみれば袂に夏はたつにぞありける（更衣）
5葵草てる日は神の心かは影さすかたにまづなびくらむ（葵）
6いとゞしく賤の庵のいぶせきに卯の花くたし五月雨ぞふる（五月雨）

7秋風のや、はだ寒くふくなべに荻の上葉の音ぞかなしき（荻）
8楸生ふる小野の浅茅に置く霜の白きをみれば夜やふけぬらむ（霜）
9ふえ竹のあなあさましの世中やありしや節の限りなるらむ（遇不逢恋）
10奥山のやつをの椿君が代にいくたびかげをかへむとすらむ（祝）

『千載集』の基俊入集歌全二十七首中の十三首はこの百首歌から採られているのであるが、いまは、質的な高さについての客観的保証を考慮し、これらの基俊歌群から引用した。引例を数首にとどめようとしながら思わず多くなったが、同程度の歌境を示す歌が決して少なくないことの証となっているともいえよう。いずれも、優美な心となだらかな詞つづきとを有する「姿うるはしき」詠風である中にも、2・4・9の如き一ふし珍らしき節のある歌や、6・7・8の如き当時流行の万葉復古的新風の歌も含まれていて、かなり多彩でもある。5の如く『古来風躰抄』に引かれた歌もある。さらに、作歌態度として「めづらしき一ふし」（俊頼髄脳）を庶幾したといわれる俊頼の個性との関係であるが、その晩年『金葉集』撰進当時には、たとえば摂政左大臣忠通歌合（大治四年）の判詞などに、「僅か二十首の歌に対して『なだらか』三例・『すべらか』二例を見出だすことは、俊頼判の著しい特徴をあらわしたものと云えよう」（平安朝歌合大成・六）と説かれるが如き特徴が現れていて、歌論意識的には伝統的詠風への回帰あるいは止揚的様相が観取されねばならず、俊頼の眼からこれらの歌群が否定的に意識されたという関係は、一般的には設定できないといえるのである。その他、

11まきもくの檜原の山の木の間より鹿の子まだらに洩れる月影
12あたら夜をいせの浜荻をりしきて妹恋ひしらにみつる月かな

などは、いずれも「堀河院の御時集めしかばまゐらせし」とある『藤原基俊家集上』の所収歌であり、「堀河百首」同様、『金葉集』の選歌対象となり得た歌であるが(9)、前者はいわゆる金葉好みの細かい自然観照歌であるし、後者は

定家の『近代秀歌』（遣送本）に採られた基俊歌二首中の一首であって、『続詞花集』などにも撰入されている。三代集歌人の詠を多く含み、やや新味に乏しいと評される初度本はともかく、当代歌人の比較的新味に富んだ歌を多く収めた二度本には、撰入されてむしろしかるべき歌詠であったろう。ところが実際にはそのことなく、逆に入集した「秋霧のたちわかれぬるきみによりはれぬおもひにまどひぬるかな」についてみると、これは「秋霧の共に立ち出て別れなば晴れぬ思ひにこひや渡らむ」（古今・離別・平元規）という古歌に依存してそれを超え得ない類型歌だったのであり、ただ単に優れているということだけが基俊歌撰定の理由であったとすることは、すくなともこの「秋霧の」の歌に関してはできそうもない。

かくの如くに考えきたると、歌自体の内容といいそれを受容する俊頼の意識といい、多くの基俊歌が価値低いものとして斥けられ、先の入集歌三首のみが優れた歌として高い評価を与えられたとは、考え難いのである。基俊歌として、具体的にこの三首を入集せしめた要因としては、先ず公実を軸とした俊頼と公実、基俊と公実という二つの親密な交遊関係の存在、次には、そうした俊頼の対公実意識に基因して昔日の回想と重なる彼の対基俊歌意識とでもいうべきものを設定してみることが、やはり妥当なのではなかったろうか。

四

以上、『金葉集』入集の基俊歌撰定理由について、一つの仮説を立ててみた。以下、その検証も兼ねて三首についての考察をさらに深めたい。

「堀河百首」の数多い秀歌群の中から、類型的で陳腐ともいえる「秋霧の……」の一首を選んだ理由は、これが「別」題に属していることと結びつけて、なおいっそうの充分な納得を得られるであろう。当詠は、「百首歌の中に別の心をよめる」という詞書下に、源国信詠と並べその次に排列されているのであるが、たとえこれらが公実生前の題詠であり、したがってここでの惜別の対象が公実ではあり得ないとしても、『金葉集』撰進に際し俊頼の対公実意識がかなり強度に働いていたとする視点からは、彼との別離を追悼する俊頼の心情が、これらの歌詠に託され表明されているとも考えることができ、もちろん断定はできないが、百首歌中の詠であることの意味以上に、「別」題の詠であることの意味を重視しなければならないといえるのである。

ただ、国信詠と比較した場合その歌詠自体の価値は見劣りするのであるし、また、ひとたび集中において「百首歌云々」という詞書を付され客観的存在となった時には、公実とのかっての別離を追悼する俊頼の当詠に対する恣意的映像は分解され、捨象されていた具体的時間の蘇生した中で、この歌詠自体の価値が再吟味されることも止むを得なくなるであろう。特に、第六別離部の所収歌はほとんど実際の別離に際して贈答された実情歌であり、その歌群の中に排列された時、題詠である当詠の異色性はくっきり目立っていやでも撰入の当否を問われることにならざるを得ないのである。その時、俊頼をしてなお当初の撰定理由に固執せしめるだけの価値を、当詠はもはや有し得なかった。より正確にいえば、公実との別離を追憶する撰定理由の遂行は、国信詠を残すことだけで充分過ぎる程になってしまった。この基俊歌が三奏本で除かれるに至った理由も、実はそこに求められるのだと思われる。一体、三奏本における当代歌人の入集歌減少ということは、基俊のみならず他の歌人たちにも共通する一般的現象であり、いま、二度本での入集歌が十首以下だった当代歌人たちの三奏本における入集歌数[10]について、当面必要な程度に調べてみると、二度本への入集が元来少なかった場合には、三奏本になってもそれほど減じていない場合の多いことが判ろうが、その中で、基俊の如き三首から一首への減少はやや極端例に属するとも考えられ、この点にも、基俊に対する俊頼の特殊な個人的悪感情の介入を臆測する余地が存していた、といえるかも知れない。しかし「秋霧の……」の歌の出入りについては、上述の如く考えるのがむしろ穏当ではなかったかと思われ、俊頼の基俊への敵対意識を表面に出す必要は、かならずしもなさそうである。三代集歌人詠の増加とともに当代歌人詠を減少させようとする意識の働く[11]三奏本改撰に際し当詠の切り出された理由は、その歌詠価値に即して考えることが妥当であろう。

だが、『古来風躰抄』などにも秀歌例として引かれた「夏のよの月まつほどの……」という歌の消去については、歌詠自体の価値に基因させることが難しい。また当詠は、公実卿邸における歌会での詠作として、その点が撰入の要因になっていたと思われるのであるが、この当初における俊頼の撰歌意識が薄弱化される理由も、見当たりそうにない。とするとこの場合は、当代歌人詠を減少させるという三奏本編纂の基本方針に沿って、ただ、整理のための整理の対象になったのではないかということが、考えられねばならなくなろう。「秋霧の……」の歌が上述の如く切り出されるとして、基俊歌は三首から二首への減少となるが、この数字は前調査[12]では平均的減少であり、さらにその上の切り出しはやや極端に過ぎるともいえよう。俊頼の敵対意識をやはりここにこそ想定すべきである、という見方の有力化するのももっともなのである。

しかし子細に読むと、この歌の消去にも、俊頼の敵対意識とは無関係の理由が存していたようだ。以下その点を考察してみる。

先ず、巻二・夏部の巻末部分に限定して、八代集抄本（二度本中精撰本系統を代表する伝兼好筆本とくらべて、歌及び歌の排列に関する異同は、この巻末部分にはない）と三奏本との歌の排列状況を比較すると、三奏本に働いていた改撰意識が、かなり明確に捉えられるように思われる。両本の夏部巻末部分を、論述上必要な程度に記すと、

(一)八代集抄本二度本

水風晩涼といへることをよめる　　源俊頼朝臣

風ふけばはすのうきばに玉こえてすゞしくなりぬ日ぐらしのこゑ

ともしの心をよめる　　源　仲正

さは水にほぐしの影のうつれるをふたともしとや鹿は見るらん

神祇伯顕仲

しかたゝぬは山のすそにともしていくよかひなきよをあかすらん

家の歌合に盧橘をよめる　中納言俊忠

さつきやみ花たちばなのありかをば風のつてにぞ空にしりける

百首歌の中に盧橘をよめる　春宮大夫公実

やどごとにはなたち花ぞ匂ひける一《ふなイ》木がすゑを風はふけども

二条関白家にて、雨後野草といへることをよめる　源俊頼朝臣

この里もゆふだちしけりあさぢふに露のすがらぬ草のはもなし

実行卿家の歌合にう川の心をよめる　中納言雅定

おほゐ川いく瀬うぶねの過ぬらんほのかになりぬかゞり火のかげ

夏月をよめる　源　親房

玉くしげふたかみ山の木のまよりいづればあくる夏のよの月

六月廿日ごろに秋の節になる日、人のもと《がりイ》につかはしける　摂政左大臣

みな月のてる日の影はさしながら風のみ秋のけしきなるかな

公実卿の家にて、対レ水待レ月といへることをよめる　藤原基俊

夏のよの月まつほどのてすさびに岩もる清水いくむすびしつ

秋隔二一夜一といへる事をよめる　中納言顕隆

みそぎするみぎはに風の涼しきはひと夜をこめて秋やきぬらん

(二) 伝良経筆本三奏本

照射をよめる　　　　　　　　　　　　橘俊綱朝臣

照射して箱根の山にあけにけりふたよりみよりあふとせし間に

源　仲正

沢水に火串の影のうつれるを二照射とや鹿は見るらん

天徳四年内裏歌合によめる　　　　　　　壬生忠見

夏草のなかを露けみかきわけて刈る人なしに繁る野辺かな

夏夜月をよめる　　　　　　　　　　　源　親房

玉くしげ二上山の雲間よりいづればあくる夏の夜の月

納涼のこゝろをよめる　　　　　　　　曾祢好忠

杣河の筏のとこの浮枕夏は涼しきふしどなりけり

二条関白家にて、雨後草花といへることを　　源俊頼朝臣

この里も夕立しけり浅茅生に露のすがらぬ草の葉もなし

六月廿日頃に、立秋の日、人のもとにつかはしける

摂政左大臣

水無月の照る日の影は射しながら風のみ秋のけしきなるかな

六月祓の心をよめる　　　　　　　　源　有政

みそぎする河瀬に立てる堰杙さへ菅抜かけて見ゆるけふかな

の如くになっている。二度本巻尾の中納言顕隆詠が、三奏本で、内容的にはほぼ同趣の源有政詠（初度本で顕隆詠の前に採られた歌）に差し換えられた理由は、「六月祓」という歌題のあらわなこの歌をより適当と考えたからか、あるいは、当代歌人としてはより有名な顕隆詠を減らす目的によるのか、速断を慎まなければなるまいが、三奏本で、この歌の前に「六月の廿日ごろ」の秋の気配を詠んだ摂政左大臣の歌を移していることは、夏部のすくなくとも巻末歌群を季節の時間的推移に合わせて排列し直そうとする、俊頼の意識の働きに基因することを推定せしめるのである。いまかような視点を設定して考察すれば、夕立の涼気をただよわす「この里も夕立しけり……」という自詠をできるだけ下げようとしたことの妥当性も、充分に理解できるのであるし、さらに、かくして鋭敏化された「時」の感覚が、同じ「夏月」であってもすでに「いづれば」という親房詠を、まだ「まつほどの」という基俊詠より後に配置せしめねばならなかったであろうことも、想像することができるのである。最終的には切り出されることになったものの、その前段階として基俊詠がかくの如く次第にせりあがって行く事情の存し得たことを想定してみることが可能であったが、それは、この基俊歌消去の問題を考える際には必要かつ有効な手続きではなかったかと思われる。

ところで、三奏本では、巻末から三番目に位置することになった俊頼の夕立詠の前に、二度本にはなかった好忠詠、「納涼のこゝろをよめる」という「杣河の筏のとこの……」が置かれている。そこには、夏ながらの涼気をただよわせた歌詠を夕立詠ともども排列しようとする意識以外に、三代集歌人詠を積極的に入れようとする意識をも観取しなければなるまいが、もし置くならばやはりここでなければならない俊頼の「風ふけばはすのうきばに……」という秀歌が、三奏本で切り出されたところに、この当代詠よりも三代集歌人詠を優先させようとする意識の働いていたことを、はっきり認めざるを得ない。実際に、「涼」を詠んだこれらの歌を二首とも収めた場合、俊頼詠が二首続きもしくは近接したかたちで排列されることになり、古歌を増加し相対的に当代詠を減らすという基本方針に照らして再整理の意味が失われると思われ、したがってこの趣旨から、好忠・俊頼のどちらの詠を残すかとなれば、当然俊頼詠が切り出されねばならなかったのであろう。推測をたくましくすれば、歌の内容面から排列換えをした際に俊頼詠二首の隣接することになった結果が先ず生じ、この排列上の難点を解消するために、俊頼詠と同趣の好忠詠を、古歌の増補という目的も兼ね一石二鳥的に入れ換えたというような事情だったのかも知れないが、どのみち、歌の内容面からの排列換えと三代集歌人詠の補入という二つの要因の接点に、この「風ふけば……」の歌が切り出されるに至った必然性の存したことが認められよう。この秀歌の消去に関しては、俊頼歌観の変化と結びつけて説く立場もあり得ようが、私見では、それとは別次元におけるかくの如き経緯を想定してみたい。

基俊詠の「夏のよの……」の場合も、実はこれと同様の事情が考えられそうなのである。すなわち、前述の如く次第に前方に繰りあがり安定した位置を失いかけた基俊詠が、かろうじて「玉くしげふたかみ山の……」という親房詠の前あたりに落ち着きかかった時、この辺に三代集歌人忠見の「夏草のなかを露けみ……」を入れようとする改撰意図とかち合い、ふたたび不安定な状況に陥って行ったことが推測されるのである。

忠見詠の補入は、これも、夏部歌の排列に関する整理と、三代集歌人詠の増加という二つの要因の接点に現れた、必然的な結果であった。『古今集』以下『後拾遺集』に至る勅撰集の夏部の排列について調査すると、特に『後撰集』など未整理な面も眼につくが、おのずから、ある程度の秩序が形成されかかっていた面も無視できず、たとえば、夏部の終りを「六月祓」あるいはそれに匹敵する歌で結ぼうとする意識だとか、「郭公」「五月雨」「花橘」「菖蒲」を歌材とする歌を、ほぼ同じ箇所にまとめて排列しようとする意識だとかは、だいたいどの勅撰集にも見られる共通の意識だったといってよかろうが、『金葉集』の二度本では、その点の乱れも目立っていたのである。すなわち、「花橘」の歌二首が、郭公・菖蒲・五月雨の歌群から離れてかなり後の方に位置させられていた。三奏本ではこの排列の不備を改め、いずれも当代歌人である俊忠と公実の花橘詠が二首とも削除されるとともに、三代集詠の「宿近くはなたちばなは……」という花山院御製が、上記郭公などの歌群中に補入されているのであり、ここに、三奏本編纂の方針として、先行勅撰集を規範とする排列上の整理、及び三代集歌人詠の増加という二要因の働きが、端的に露呈されているといえよう。俊忠詠と公実詠とが前に移されず切り出されてしまったことは、三代集歌人詠増加に伴い当代歌人詠の積極的に切り出された事情をもさらに察知せしめるのであるが、八代集抄本の総歌数七一六首が伝兼好筆本で六七七首三奏本で六四八首に減じている事実は、たしかにそうした意識の積極的働きをも立論せしめずにはおかない。かくして当代の花橘詠二首が消去され、そこに、何らか古歌の補入される空席は用意されたのである。

次に角度を変え、この忠見詠前後の排列状況を先行勅撰集と関連づけ考察してみると、「照射」の歌を採っているのは『拾遺集』であるが、そこでは次に「鹿」の歌一首が続き、さらに「夏草」の歌や「涼」の歌が続くという排列になっている。また『後拾遺集』では、「夏月」の歌三首の次に「床夏」の歌二首「夏草」の歌一首が続き、さらに「涼」の歌となっている。三奏本の場合このいずれとも多少異なり、『拾遺集』の排列に従うかに見えて、それにはなく『後拾遺集』に採られた「夏月」の歌をも撰入せしめているのであるが、その位置は、「涼」の歌の直前であった。この位置は、先述の如く二度本を巻尾から整理してきた場合止むを得なかったのであり、総体的にこの辺には、三奏本の排列が拾遺集の排列と脈絡を通じる側面も存するように思われ[13]、「沢水に火串の影のうつれるを二照射とや鹿は見るらん」という、「照射」と「鹿」の両歌材を一首中に盛り込んだ仲正詠の次に、だれか三代集歌人の夏草詠を補入しようとすることは、そうした線から考え、それほど不思議ではない結果だったのである。忠見の夏草詠は、かくしてこの位置に出現したのであった。

先行勅撰集をも参看して前方から整理してくると、かくの如く忠見夏草詠がこの位置に据えられた理由がよく判るのであるが、後方から整理してみると、基俊詠がこの辺に位置せざるを得ないことも必然的だったのであり、さてこそ前述の如く両詠のかち合いを想定してみなければならなかったのである。このかち合いにおいて、基俊詠がそのまま残される可能性ももちろんあったろう。しかし、総歌数を一定の枠内にとどめようとする制約とも関連し、当代歌人詠を減らそうとする意識の働くところ、基俊詠の切り出される可能性の方を、俊頼はむしろ現実化しなければならなかったのではなかろうか。

三奏本編纂に関し、すくなくとも夏部巻末部分についての俊頼の意識がある程度見えてきたところで、なお多少補足するならば、二度本の顕仲「照射」詠に換え、三奏本で初度本入集の後拾遺歌人橘俊綱詠を復活させたのは、やはり当代歌人詠を減少させようとする意識の反映と解し得るし、巻尾の顕隆詠を有政詠に換えたのも、このより有名な当代歌人詠に換えて比較的無名の初度本歌人詠を復活させようとする意図に基づき、かならずしも歌自体の内容によるものではなかったかも知れないと、いまは推測することもできよう。俊頼の秀歌「風吹けば……」の切り出しについても、三奏本が先行勅撰集の排列に近づいている立場からいえば、これは「涼」の歌であると同時に「蟬」の歌でもあり、素材的に排列上の不安定性を内包していた面をも考慮しなければならず、こうした側面をも参酌することによって、その消去の必然性はいっそう強まるのではなかったかと思量される。

このように「夏のよの……」の消去については、基俊を迫害しようとする俊頼の敵対意識を特に設定しなければならぬ理由もなかったのであり、歌詠自体としても無難で、公実卿邸における歌会詠としても俊頼の印象に強く残る歌であったが、三奏本改撰過程で止むを得ず切り出されたと考えることの方が、妥当なのである。その消去は、公実への追憶の念故にこの詠を入集せしめたとする、前述の仮説を否定する要素にはなり得ない。

それどころか、基俊の「秋霧の……」「夏のよの……」の両詠が、いずれも三奏本編纂上止むを得ない経緯で切り出されたことが判明したいま、残されている他の一首、二度本の三首中基俊と公実との親密な関係をもっとも明瞭に語りかけ、公実追憶の念をもっとも強く喚起してくれる「むかし見しあるじがほにて……」の歌は、俊頼の対公実意識に基因する対基俊歌意識が、基俊歌選択の基準となっていたとする私見を、依然として強力に主張し続けているといわねばならないのである。一体、歌集における各巻の巻頭歌は、撰者が相応の自覚をもってそこに位置せしめたものとしなければなるまいが、『金葉集』では、全十巻のうち、流布二度本における各巻頭歌中巻一・二・三の三首のみ、三奏本で第二首目に下げられている以外、巻四以下はいささかの変化をも示していない。第二首目になるとなお巻五・七・八に変動の見られることを斟酌すれば、巻頭歌の安定度ひいてそれに対する撰者の自覚的な撰歌態度を認めることができるであろう。巻十雑部下の巻頭歌であるこの基俊歌も、したがって簡単には動かすことのできない存在理由を、俊頼の意識の中で最初から有していたと思われ、基俊歌選択に際して、公実に対する俊頼の意識の占める役割がいかに大きかったかを証する根拠を、その点に求めることもできるのである。

因みにこの基俊詠は、彼の家集の中では次の如き一連の贈答歌中の一首として収められている。

東宮大夫うせ給ひて又の年のはる植ゑられし《まへにうゑられて侍りしイ》紅梅のいとさかりに咲きて侍りしかばものへまかりし道にていそがしく侍りしかど人かげもせざりしかばむかしおもひいでられてた、う紙に書きて木にむすびつけて侍りし

昔見しあるじがほにて梅が枝の花だに我にものがたりせよ

後に見侍りて少納言さねゆき(が)《イ》斯いひおこせて侍りし

根に帰るもと《花イ》の姿の恋しくはたゞ木のもとをかたみにはみ《せイ》よ

又かへし

恋しさにさはこのもとに立ちよらむ昔に似たる匂ひあるやと

実行は公実の二男であり、後に三奏本の書写者でもあったが、彼と基俊とのこの贈答歌には、俊頼の心にも通う暖かい感情が流れていた。たとえ、俊頼と基俊との間に革新的あるいは保守的歌人としての久しきに渡る複雑な確執があり、たがいにライバルとして意識し合う対立があったとしても、そうしたわだかまりを一瞬忘れさせ、たがいの庇護者であった公実追慕の情に浸らせてくれるに充分な真率さが流れているように感じられるのである。公実が薨じた

のは嘉承二年十一月であったが、それ以前七月には、堀河帝が崩じていた。堀河帝に近習の一員として仕え、長治二年には長い左京権大夫生活にも終止符を打って木工頭に任ぜられた俊頼は、その歌壇的地位も次第に確立され始めていたのだが、いわゆる堀河院グループの中核であった帝をすでに喪い、いまはまた、院政グループの庇護者公実と別れねばならなかったのであり、彼の寂寥は想像に余りあるものがあった。その点では基俊も全く同様であった。恐らくは公実の庇護推輓により、散位のまま宮廷歌壇生活が可能となった彼の場合、公実の死による失望は俊頼以上に大きかったともいえよう。その悲哀を、自分のこととして共鳴することが俊頼にはできたのであり、『金葉集』の雑部下を哀傷歌群により彩ろうとした編纂意図からいえば、最初にこの基俊歌を位置せしめた心理的必然性は、そこにあったのである。

巻九雑部上の冒頭には、次の如き、俊頼の父経信の歌詠が据えられている。

昔道方卿に具して筑紫にまかりて、安楽寺に参りて見侍りしに、みぎはの梅の我が任にまゐりて見れば、木のすがた同じさまにて、花の老木になりて、所々咲きたるを見て

神垣に昔我が見し梅の花ともに老木になりにけるかな

太宰帥たりし祖父道方に従いかって筑紫の地に眺めた梅を、後年同じく太宰帥となった老父経信が懐かしく矚めているその傍には、ともに下向した俊頼が介添っていたはずであり、この歌は、いまだ父健在なりしころの若き日を俊頼にも鮮やかに想起させてくれたであろう。往年を偲ぶ個人の感懐をも託し得るこの歌を巻頭に据えたところに、しかもそのことが、二度本→三奏本の改撰過程を通じて揺がなかったところに、『金葉集』雑部編纂に際して俊頼が志向していたあるべき内容の一端も推察され、巻十巻頭の基俊歌について上述した私見は、一つの傍証を有することになったともいえるのである。「個人的感懐の吐露」という点では、たとえば二度本諸本の最末尾に位置して連歌群を包みこんでいた、「七十になるまでつかさもなくて、万にあやしき事を思ひつゞけて」との詞書を有する、

な、そぢに満ちぬる潮の浜びさし久しくよにも埋れぬるかな

という述懐自詠が、伝良経筆本三奏本からは消去されていた(14)ことに示される如く、この改撰三奏本では、そうした要素がいくぶん薄らいでいるかとも疑われるのであるが、なお「世の中は憂き身にそへる影なれや思ひすつれど離れざりけり」「日の光あまねき空のけしきにも我が身ひとつは雲がくれつゝ」「せきもあへぬ涙の河は早けれど身のうき草はながれざりけり」などの訴嘆的述懐歌が切り出されずに残されたことは、無視できない。それと一連的に、これらの経信歌や基俊歌がそれぞれの属する巻の冒頭に据えられるという形態を通しても、この場合若き日を追憶するその「個人的感懐の吐露」が、三奏本さらには『金葉集』自体に色濃く流れる一要素であったことを、いまや認めなければならないであろう。

五

以上本稿では、『金葉集』入集の藤原基俊歌について、撰者俊頼の撰定理由が、対公実意識に基因する対基俊歌意識に求められることを想定し、そうした視点から、二度本→三奏本への改撰過程において、それぞれの歌詠があるいは切り出されあるいは残された理由を追体験したり、逆にその考察を通じて右の仮説的私見を検証してみたりした。そして結論的にいえば、私見を否定せねばならなくなるような難点はこれを見出し得なかったのである。

ただ本稿では、基俊歌が最初何故三首しか撰入されなかったのかの理由解明を棚上げし、その三首を選んだ時の意識や、三奏本で何故「むかし見し……」の一首に減らされたかの理由のみについて考察を加えてきた。『金葉集』入集の基俊歌についての考察としては、やや一方的との謗りを免れまい。しかし、二度本・三奏本、また恐らくは初度本においても、巻十雑部下の冒頭を対公実意識に基因する対基俊歌意識によって選ばれた一首で飾ろうとする編纂意識が最初から働き、他の基俊歌もそうした角度から撰定されたとするならば、その三首という数はそれほど不自然な数ではなかったとみることもできるのであり、してみれば、何故三首しか撰入されなかったかを考える立場からも、

基俊抑圧の動機を重視し過ぎることは危険であるという一つの可能的見方を提出する程度の役柄は、本稿も果たしているといえるのである。俊頼・基俊両判の歌合判詞などを見ると、すでに説かれている如く両者の対立を立論する材料にこと欠かないのであるが、公実を媒介にして両者が一つの共通な文芸サロン的世界に住し得た時もあり、後日『金葉集』の撰進時においても、俊頼はいわば彼らの疾風怒濤時代を回想する立場から基俊の存在を強く意識し、したがって逆にいえば、それ以後判者として対立した基俊の、俊頼の魂に落とした影は薄かったのではないか、という視点を提供し得たといえよう。

その他、なお付随的に一、二の知見を加えるならば、先ず、先行勅撰集を意識した排列上の整理や古歌の増加及び当代詠の減少など、俊頼の三奏本改撰意識に関する解明について、きわめて部分的端緒的にではあるが触れ得たようである。いずれもすでに説かれていることであるが、こうした一首の撰歌意識の考察を通じても、そうした大きな問題に接近し得る可能性のあることが判ったともいえる。さらに、かような改撰意識の解明は、『金葉集』の文学性の究明という問題にも若干つながって行ったようだ。第六別離部などでは、歌詠自体の価値が歌の切り出しの評価基準になる面も存したと述べたが、すくなくとも夏部巻末部分については、個々の歌の価値よりも、歌の排列順序とか古歌と当代詠の比率だとかがその改撰に際し優先させられたと考えられ、したがって三奏本は、形式的には洗練され整った集となったものの、当代新風に傾斜した二度本の内蔵するカオス的エネルギーを喪失しているともいわねばならず、勅撰集を、入集歌の選択を通じて創造する一個の芸術作品と規定した場合、それは、優美ではあるが荒削りの野性美に乏しい集になっているという評価を、一視点として与えることもできたであろう。しかしながら、雑部については、俊頼の「個人的感懐」のあるいは激しくあるいは深く静かに息づいているという特質が、三奏本においても依然として失われず、撰者のいわば素顔として洗い出されることを待っていることが認められもするのであった。

かくの如く、一首々々の歌詠が何故当該勅撰集に撰入されたかの研究は、その集の性格や文学性を究明する上にも相応の有効性を発揮するのであり、こうした研究の累積が、解釈・鑑賞など注釈研究の分野から独立して、やはり一つの重要な研究分野であることを主張する日がやがて到来してもよいのではなかったか、と思量されるのである。

以上、学術論文というには随想的な余りに随想的な一編にしかなり得なかったが、また、俊頼・基俊のさわやかな交情の一こまを浮き彫りにして、『金葉集』編纂事業における撰者俊頼の一つの素顔を洗い出すべく、余りに考証めいた瑣末事にかかわり過ぎたともいわねばなるまい。貧しい模索的な試論である。(15)

注

（1）『日本文学史・中古』（至文堂）の昭和39年度版には、「俊頼一派と六条家一派とが合同し、公任の流を汲む保守派の藤原基俊を圧へた結果と見られる」の如く、動機をも含めて説明しているが、46年度新版では「歌壇史的には俊頼一族と顕季の六条家一派とが合同し、公任・通俊の流れを汲む保守派の基俊を押えた形となっている」の如く、「形となっている」とあるところに、動機はともかくとして結果に重点を置こうとする、微妙な説明の変化を示しているともいえる。

（2）続類従本の祖本といわれる九州大学所蔵中御門宣秀筆烏丸光広奥書本『金葉集』（西日本国語国文学会翻刻双書）によりこの欠脱部分を検しても、結論は動かない。

（3）「堀河院百首の成立その他について」（国語と国文学、昭和9・9）

（4）「堀河院御時百首の歌めしける時」（国文学研究・32輯、昭和40・10）

（5）関根慶子『散木奇歌集の校本と研究』（明治図書出版K・K、昭和27）の歌番号によれば、一八三・五〇一・五〇二・七〇九・一五二九など。

（6）前掲注（4）論文。

（7）『院政期の歌壇史研究』（武蔵野書院、昭和41）一一四頁。

（8）同右書一一二頁。

（9）橋本不美男氏は、以前「金葉集入集歌三首が三首共乙本にあるといふこと（中略）から、乙本は金葉集編撰のため需められた、保安末年頃の自撰本とは考へられまいか」（桂宮本叢書第四巻基俊集解題）と問題提起されたことがあり、至文堂『新版日本文学史』も同じ説を掲げる。とすると、本稿挙例の基俊歌すべてがこの異本基俊集乙本に含まれているわけではないので、支障をきたすことになろう。しかし氏は、その後発展的に前説を改められた（『院政期の歌壇史研究』一二四頁）。巻十の入集歌「むかし見し」についていえば、乙本が基俊歌のみを採っているのに対し『金葉集』ではこの贈歌に答える実行の歌をも収めているのであり、俊頼の見た資料範囲はそれほど狭いものでなく、「堀河百首」や流布本『基俊家集』上などは、充分その撰定対象となっていたと考えてよい。

(10)『金葉集』初見歌人を中心とし、後拾遺歌人であってもその活動期が俊頼の活動期と重なる歌人は加えて調査すると、次表の如くになる。この場合、二度本での三首入集歌人が特に問題となろう。

歌集入集数／歌人名	流布二度本入集歌数	三奏本入集歌数
源　顕仲	10首	6首
雅　光	10	6
永　縁	10	5
匡　房	9	8
有　仁	9	3
肥　後	8	4
行　宗	7	6
雅　定	7	2
師　賢	5	4
師　時	5	4
経　忠	5	3
雅　兼	5	3
師　俊	5	3
伊　通	5	1
顕　国	4	4
周防内侍	4	4
仲　実	4	4
藤原顕仲	4	3
国　信	4	3
隆　源	4	2
小大進	3	3
通　俊	3	3
顕　隆	3	2
国　基	3	2
忠　季	3	2
俊　忠	3	2
基　俊	3	1
忠　教	2	2
仲　正	2	2
道　経	2	2
頼　綱	2	2
顕　綱	2	1
兼　昌	2	1
為　忠	2	1
行　家	2	1

(11) 松田武夫『金葉集の研究』（山田書院、昭和31）一〇五頁。

(12) 注（10）参照

(13) 谷山茂氏は、三奏本に拾遺集歌一二首（内三首は流布二度本との共通歌）が補入されていると説かれる（国語国文、昭和27・10「玄々集と金葉集三奏本」）。夏部巻末部分に限っていえば、『拾遺集』の影響は、歌の排列にまで微妙に及んでいたともいえるのではなかろうか。

(14) 為遠筆本三奏本には当詠が存し、黒川家旧蔵本三奏本でも、歌は欠脱しているが詞書を残している。当述懐詠の切り出しは、書写者の誤脱でないとして、良経筆本三奏本にのみ見られる特色である。

(15) 近藤潤一氏は、『金葉集』改撰過程各本の差異を「伝統性のなかの異端的近代の主張と、近代的様式の主軸に生きる伝統の受容と。かれの意識で揺れるその整合の幅が、白河院の意向との邂逅をめぐる二度本と初度本・三奏本の風体の差」（和歌文学講座・4〈桜楓社版〉）として、的確に要約される。ところで、揺れながらも不変であり、自律的にも他律的にもどう変えようもなかったいわば化粧の下にある撰者の素顔も、顧みられねばならないのではなかろうか。それは、改撰過程の各本全体を対象とし、種々の面から数量的統計的に調査することによっても洗い出し得るし、すでに幾多の研究成果も示されている。だが、かような数量的処理によってはその網目から洩れる要素も当然あり得るわけで、具体的一首の、改撰過程における扱いの追尋も並行的になされ、両者相補うかたちで考察の深められることが望ましいであろう。そこに、改撰各本を貫く基本的性格を、いわば撰者の素顔として換言すれば撰者俊頼の「肩越し」に捉えることも可能となるように思われる。本稿は、そうした構想の一環として位置づけられるべき模索であるが、紙幅上、単に一つの仮説をそれ自体に即して証明するにとどまる、小試論となった。

〔付記〕

本論は、直接誹諧歌について考察した論文ではないが、前掲論文「『古今集』誹諧歌試論」中に取り扱った、源俊頼と藤原基俊の人間関係について、私見では、必ずしも対立関係とのみ捉えることには与し得ないと考えるので、そうした立場を表明している論文として、参考までに掲げた。

第四章　誹諧歌史断面

――『後葉集』をめぐって――

一

『古今集』巻第十九雑躰部に歌体の一として配された、誹諧歌の本性や諸相を見極めることは、非常に難しい。拙稿「『古今集』誹諧歌試論―俊頼・基俊をめぐって―」(1)(京都語文・第2号、平成9・10〈本書収録〉)では、『俊頼髄脳』に記された誹諧歌に関する言説をめぐり、源俊頼・藤原基俊両判あるいは両判的性格を内在させる歌合判詞類などをも援用して考察した結果、『古今集』誹諧歌群五十八首(流布定家本)は、各歌の具体相に応じて、次のごとく四類型に分類整理されることになった。

(1)俊頼誹諧歌観に合致する、「よく物いふ人のされたはぶる、が如」き「されごと歌」。

(2)俊頼誹諧歌観に合致せず不審とされるが、撰者の享受により誹諧歌と認定された「さもなき歌のうるはしきことばある」歌。

(3)基俊誹諧歌観に合致し、撰者の享受によっても誹諧歌と認定された「述事理不労詞」という歌。

(4)『後拾遺集』的誹諧歌の源流とみなし得る、客観的詠歌対象自体に〈をかしみ〉の要素を含有し、対他的通達性の強い歌。

当然、誹諧歌のその後の展開相に沿ってのこの立場からの継続的検証的考察が要請されるであろう。前掲拙稿と重なる面もあるが、その補説も兼ねて、右の分類に関する多少の説明を加えておきたい。(1)についていえば、『俊頼髄脳』では誹諧歌を「されごと歌」と定義し、さらに「よく物いふ人のされたはぶるゝが如し」と説いている。この比喩的説明を、稿者は「弁舌巧者が言語次元で気の利いた風に遊び興じる」の意に釈文すべきであると考えており、この時の詠歌対象はもはや客観的現実世界としての私にいう第一次詠歌対象でなく、私に第二次詠歌対象と称する言語次元での趣向世界となるのであるが、その具体的表現としての荒唐無稽あるいは不条理な趣向などに感受される〈をかしみ〉は、当然詠者自身の意識するところであった、と考えてよかろう。俊頼はしかしまた、こうした「されごと歌」以外に、言語表現次元で興じる意識も特には感受されず詞にも雅語が用いられていて、何故誹諧歌とされるのか不審な歌があることに気がついていた。そうした歌を「さもなき歌のうるはしきことばある」誹諧歌とするのであるが、これが⑵に当たる。前掲拙稿では、「春霞たなびくのべのわかなにもなり見てしかな人もつむやと」（藤原興風）などの歌について論じたが、詠者自身が言語次元で〈をかしみ〉を創造しようとする意識はほとんどないといえるのである。ただ、詠歌行為そのものを媒介として詠者が自己を客観視できたような場合、苦笑などする心境になることがあったかも知れないが、それは悲しみを伴う自嘲であるなど純粋な〈をかしみ〉とは異質であろう。こうした歌を誹諧歌として採歌撰入したのは、第三者である撰者の所為であった。詠者としては普通の歌を詠んだつもりであるが、第三者の享受では何らかの〈をかしみ〉が感受されたという場合であるが、同様に⑶も、詠者の過度の緊張や激情やこだわりなどに基因して、これは詞の洗練味を欠いたが故に第三者の立場からは滑稽であると受容され、誹諧歌とされた歌である。見方によれば⑵と⑶とに大きな相違はなく、ともに撰者の享受に基づく誹諧歌認定であるが、詞の面では、⑵には「うるはしきことば」が用いられているのに、⑶には俗語などの使用が多く、詞遣いに難点のある歌が多かったといえるのである。定家卿筆『奥義抄』下巻余に「基俊云。古式云。誹諧述事理不労詞」とある所説が、この⑶を特立する理論的根拠となっている。さらにこうした見解は、俊頼・基俊共判あるいは一方が判者一方が歌人として関わった歌合の判詞や、実詠を検討することによっても裏づけられるのである。

以上述べたごとく、平安後期の俊頼・基俊時代に『古今集』誹諧歌についての歌学的知見は相応に形成されはじめていたといえるが、実は当時すでに、俊頼・基俊の理解を超えるより多彩な様相が見られた。こうした新しい流れの水源の一つは、『古今集』誹諧歌中に存した「冬ながら春の隣のちかければなかがきよりぞ花はちりける」（清原深養父）である。詠者の言語次元での〈をかしみ〉の創造もさることながら、その趣向構想の基盤となった客観的詠歌対象としての現実的事態、私にいう第一次詠歌対象自体に〈をかしみ〉の要素が内在している場合であり、また詞書に徴して対他的通達的機能を発揮する歌であるという特性が注目されるのである。量的には誹諧歌全五十八首中厳密にはこの一首のみであるが、『後拾遺集』誹諧歌の問題を考えるとその先蹤としても無視できない歌であり、(4)として特立分類した所以である。

このような分類整理がはたして意味あるものであるのかどうかは、『古今集』以後の誹諧歌の展開相に即し、その諸事象を検証考察することによって確かめられねばならない。本稿では、俊頼・基俊時代に比較的近接し（基俊没後約十三年）、この両者の歌をかなり多量に採歌撰入している『後葉集』誹諧歌をめぐって、考察してみたい。

二

『後葉集』誹諧歌全十九首中に見える、俊頼・基俊の歌はそれぞれ五首と三首である。この数字は、撰者藤原為経がこの二名をいわば誹諧歌多作歌人として認識していたのかも知れないという、隠された真実を透視させるに足るものがあるともいえよう。両者とも歌学書や歌合判詞類に誹諧歌に関する積極的発言のあったことが、その一つの傍証となるかも知れないが、本稿の主題から外れるので今は深く触れない。ともあれ、両者の誹諧歌を記すと次のごとくである。

①　さわらびをよめる

541春くれどをる人もなきさわらびはいつかほどろとならむとすらん

②　題不知

545雪の色をぬすみてさける卯の花はさえでや人にうたがはるらん

③（堀川院の御時歌たてまつりけるに）

548秋の田にもみぢ散りける山里をこともおろかにおもひけるかな

④　題不知

550風吹けばならのうらばのそよそよといひあはせつついづち行くらん

⑤　題不知

555こひしともさのみはいかがかきやらん筆のおもはんこともやさしく

——以上五首、俊頼歌——

⑥　堀川院の御時歌たてまつりけるに

547あだしのの心もしらぬ秋風にあはれにたよるをみなへしかな

⑦（題不知）

553くれ竹のあなあさましの世の中やありしやふしの限なるらん

⑧　三の御子のいへにて恋の心をよめる

554ゆかちかしあなかま夜半のきりぎりす夢にも人にあひもこそすれ

——以上三首、基俊歌——

本文は宮内庁書陵部蔵本を底本とする新編国歌大観本に基本的に拠り、その歌番号を歌頭に記した。以上八首、詠者が誹諧歌として自覚的に詠んだのかどうかは家集類詞書などを検しても不詳の場合が多く、一応撰者の享受による認定採歌であったとして論を進めることにする。その立場で詠者の意識をも推察しながら考えるが、俊頼歌五首中、『俊頼髄脳』にいう「よく物いふ人のされたはぶる、が如」き「されごと歌」、前掲分類に即すれば(1)に該当するのはどの歌であろうか。私見では、②・④歌がそれに当たると思われる。

〈そもそも歌を詠むとは〉という作詠の営みを限定的具体的にいえば、普通先ず、景物であれ心情であれあるいは両者の融合的事物であれ、現前する客観的詠歌対象に即しての発想表現となるのであろうが、その客観的詠歌対象を仮に私に第一次詠歌対象という場合、この②・④歌のそれ自体に〈をかしみ〉の要素は感受されないであろう。②歌は『詞花集』夏部にやはり「題しらず」とあるが、『散木奇歌集』夏部四月に「源中将の八条の家に歌合しけるに卯花をよめる」という詞書で載り、卯花という対象自体に誹諧歌認定を必然化させる要素があるわけではない。④歌も、詳しくは後述するが、第一次詠歌対象は木枯らしに楢の枯葉が吹き散らされる情景であって、それ自体に〈をかしみ〉の要素が含有されているわけではない。しかしながらこの両首を読むと何かしら〈をかしみ〉を感じるのも確かな事実であり、それは、詠者が言語表現面で遊び興じ面白おかしく趣向を凝らして詠んだからにほかならないと思われるのである。前述のごとく、この趣向構想世界を私に第二次詠歌対象と称した場合、この詠歌対象に即した表現に〈をかしみ〉の要素が感受されるということになるのである。

②歌は、顕昭『詞花集注』に、

万葉云、雪ノ色ヲウハヒテサケル梅花イマサリ（ママ）ナリミム人モカナ　此ウハヒテサケルト云詞ヲ模シテヌスミテサケルト読歟。

とあるように、万葉歌の「うばひて」をより卑俗に「ぬすみて」と換え、さらにその縁で「うたがはるらん」とこれも卑俗な詞を用いて、荒唐無稽な事象、あるいは、錯覚利用による変身の頭隠して尻隠さず式の失策がもたらす〈をかしみ〉を、言語次元で創造している歌であろう。「さえて」は、松野陽一氏説（和泉古典叢書7『詞花和歌集』参照）

に従い「寒えで」と解するのである。とするとこの②歌の場合は、『俊頼髄脳』から読み取れる俊頼誹諧歌観に基づく自覚的詠歌実践であったともいえるのであり、『後葉集』の撰者はすくなくとも結果的にはその点を正当に受容しての採歌撰入であったといえよう。

④歌は、『詞花集』冬部に「落葉こゑありといふ事をよめる」との詞書を付し、第二句「楢の枯葉」として載る惟宗隆頼の題詠である。『散木奇歌集』には見えないので、俊頼歌ではあるまい。とすると俊頼歌として扱うことは無意味であるかも知れないが、撰者の誤認であるとしてもその主観的受容意識に即しての考察はそれなりに意味があろうし、後人の作者表記誤写であるとしても、異文を見ない現存本文(2)はそれを尊重する立場での考察も必要であろう。『後葉集』には周知のごとく難詞花集的性格が見られる。撰者為経のこの歌についての受容も、当然『詞花集』の詞書を意識した享受であったと考えねばならないが、その際「落葉にこゑあり」という歌題のもつ意味は大きいと思われる。前述のごとく、この歌の第一次詠歌対象自体に滑稽的要素が内在するとはいえず、万物凋落の悲愁の思いを託す歌が詠まれていても不思議でない歌材だったのであるが、詠者は歌題に導かれ、その題意に沿って詠んだ結果、擬人的表現のもたらす〈をかしみ〉が感受される歌を詠み、撰者もその点に着目して誹諧歌と認定したのではないかといえるからである。歌題の指示するところ、このような趣向世界すなわち私にいう第二次詠歌対象が現前し、言語次元で遊び興じて〈をかしみ〉を創造するという前掲分類(1)の誹諧歌が詠まれる基盤が備っていたのだといえよう。「そよそよといひあはせつつ」という口語的表現など、まさに遊び興じて誹諧歌を具現化する十分条件となっている。この④歌も、詠者が俊頼でないとしても、『俊頼髄脳』に「よく物いふ人のされたはぶるゝが如」き「されごと歌」とある、俊頼誹諧歌観に適う誹諧歌認定であった。

三

①・③・⑤歌の場合はどうであろうか。いずれの歌も第一次詠歌対象自体に〈をかしみ〉の要素がほとんど感受されないことは、実詠に徴して明らかであろう。では、②・④歌と同様に第二次詠歌対象すなわち言語次元での趣向面に〈をかしみ〉の要素があるかといえば、これも実詠に徴して否定せざるを得ない。①歌は、採取する人もいないままにほうける蕨に、引き立ててくれる庇護者もなく一生を終えそうな自己の憂愁を重ねて詠み、③歌は、秋田に紅葉散る山里の美しさに気づかずに過ごして来た自己の迂闊さを詠み、⑤歌は、恋文執筆に逡巡する面映ゆい心情を詠むのであって、そうした要素は感受されにくいのである。

しかし撰者の意識に即すれば、三首それぞれにしかるべき理由あるが故の誹諧歌撰入であったろう。佐藤明浩「後葉和歌集の誹諧歌」（詞林・第三号、昭和63・5）が説くように、①歌の「ほどろ」、③歌の「こともおろかに」という口語的俗語的表現、⑤歌の「筆のおもはんこともやさしく」という『古今集』誹諧歌の「なにをして身のいたづらにおいぬらむ年のおもはむ事ぞやさしき」（よみ人しらず）と類似する表現が注意されるのである。この誹諧歌としての撰歌基準は、私見によれば前掲分類の⑶に該当する場合であった。⑤歌の撰歌基準は異なるともいえるが、前掲拙稿で触れたごとく歌語としての定着度に難点のある詞遣いという点では、『古今集』誹諧歌ともども基本的には⑶に属する歌として扱うべきかと思われる。事理を述べるに急なる余り詞の洗練度に欠けて、伝統的表現との違和感ひいて何らかの〈をかしみ〉を感じさせる俗語的表現の目立つ歌どもなのである。

もし俊頼が撰者であるならば、彼自身の誹諧歌観に照らして選ぶことがなかったかも知れない歌どもであったともいえよう。前掲分類⑴に属さないのみでなく、俗語的表現の目立つ点で、「うるはしきことばある」（俊頼髄脳）という⑵にも属さないと考えねばならないからである。『後葉集』の撰者為経は、この三首については俊頼と異なる基準で誹諧歌を選んでいたといえるのであり、それは結果的に、基俊の誹諧歌観に拠っていたともいえるのではないかと思量している。

四

ただし、基俊歌三首についてみると、その誹諧歌観に合致する歌ばかりが選ばれているとは限らない。⑥歌は、第一次詠歌対象は化野の女郎花がたよりなげに秋風に吹かれている情景に過ぎないのであるが、実詠はその景に、仇し心の男にやがて飽きられ捨てられるかも知れないのになお男を頼る女の哀れなさまを二重写しに視て詠むと解すべく、そこに第二次詠歌対象としての趣向世界が現前することになろう。この趣向世界の女郎花イコール女性の暗喩表現には、基俊自身「あはれにたよる」と詠んでいるごとく、〈をかしみ〉の要素は希薄であると思われる。もしあるとしても、かすかな憫笑とでもいうべき感情の揺れであって、『俊頼髄脳』に「よく物いふ人のされたはぶる丶」とあるような、言語次元で積極的に〈をかしみ〉を創造しようとした歌ではあるまい。それよりも、「あはれにたよる」の「たよる」が八代集中に用例を見ない口語的表現であることの方が、撰者にとって問題視されたのではないだろうか。とすると、「述事理不労詞」という基準での採歌であったということになり、①・③・⑤歌と同様に前掲分類の(3)に属する歌となろう。詠者基俊にとってもある程度納得できる採歌であったといえる。⑦歌は、「堀河百首」に「遇不逢恋」題で詠まれ『基俊集Ⅲ』（書陵部蔵）にも「恋」題で入る。その他『続詞花集』恋中部では「堀河院御時百首哥たてまつりけるに」の詞書で載る。『千載集』では誹諧歌小部立に採られるが、その詞書は「堀河院御時百首のうち、恋の歌とてよめる」（初句「ふえ竹の」）であり、これらの詞書からは詠者自身に誹諧歌詠作の積極的意志があったことは読み取れないし、第一次詠歌対象自体にも〈をかしみ〉の要素はない。では、「くれ竹」との縁で「あな」「ふし」の掛詞を用いた歌想に言語次元での〈をかしみ〉の創造が意図されていたのであろうか。これは鑑賞の問題であるが、実詠に徴すれば、和歌的優美さとはやや異質の真率な激情めいたものが感得されるのであり、それは、「遇不逢恋」という歌題に深く思い入るためとはいえ、恋の終焉を切実に詠もうとする余りに心・詞ともに優美とはいえないぎこちない表現となったからであろう。縁語・掛詞は和歌の常套であり、それが誹諧歌撰入の主因になったとは思えないので、詠者基俊の立場からはやはり⑥歌と同様に「述事理不労詞」という前掲分類⑶に属する歌として意識されるべきであったと考えたい。『後葉集』成立時にまだ基俊が生存していたとするならば、自己の誹諧歌観にも適う場合として、その誹諧歌撰入に異存はなかったといえよう。もちろん、撰者の受容意識もまったく同じであったとはいい切れない。たとえば、言語次元での話であるが歌中人物の不器用な生き方に微苦笑を伴うような〈をかしみ〉を感受しての誹諧歌認定であった、というような受容も考えられよう。第二次詠歌対象としての趣向世界を客観的に捉え、そこにいわば擬似現実としての第一次詠歌対象を設定することにより、その対象自体に〈をかしみ〉を感受するという構造の享受である。こうした享受では、前掲分類の⑶と⑷との境界があいまいになる複雑な様相も現れてくるのであろう。その他、俊成がこの基俊歌の初句を諸本に従い「ふえ竹の」と改めて『千載集』誹諧歌部に採った時、「くれ竹の」とあるよりも「あな」への移りをスムーズにして一首全体の調べを優美化するように思われるが、これは、前掲分類⑴に属する歌であるとする受容の可能性を示唆することになるともいえよう。ともかく撰者の受容実態は、前掲分類で単純に割り切れない複雑な揺れ的様相を示すことがあるといえそうであるが、詳しくは後考に俟たねばならない。

⑧歌は、『基俊集』諸本「虫寄恋」「虫のうらみ、恋に寄す」など歌材としての虫にある程度重みをかける歌題であるが、結局は恋歌の範疇に属する歌。夢中での逢瀬が床近く鳴くきりぎりす（「こおろぎ」の古名）のために邪魔されては困るという歌意であるが、誹諧歌に厳しかった『新古今集』の恋五に結句「見えもこそすれ」として採られた題しらず歌であることからも判る通り、普通の恋歌であって、『俊頼髄脳』にいう「さもなき歌のうるはしきことばあ

る」歌であるともいえよう。また、「あなかま」という俗語的表現に「述事理不労詞」の弊が意識されての採歌であったともいえないわけではあるまい。佐藤明浩氏の前掲論文でもその点に留意し、「俗的ないしは口語的表現であると判断されて誹諧歌に含められたとみることができるであろう」と説き、さらに『古今集』誹諧歌の「秋ののになまめきたてるをみなへしあなかしかまし花もひと時」（僧正遍昭）の「あなかしかまし」との類似にも触れている。なお補足すれば、『後拾遺集』誹諧歌の「題しらず　まだちらぬ夜もやあるとたづねみんあなかましばし風にしらすな」（藤原実方朝臣）との関係もあろう。ただしこの「あなかま」は、『伊勢集』『好忠集』『頼政集』などの私家集や『古今六帖』『金葉集』など用例も多く、清輔『和歌初学抄』に「制する心なり」ともあるように、歌語でないとは必ずしもいえない詞なのである。さらに『新古今集』冬部には、「百首歌めしける時　みかりするかたののみのにふる霰あなかまだき鳥もこそ立て」（崇徳院）も入集していた。とすると、「あなかま」が用いられているが故の誹諧歌撰入は基俊にとって不本意なものであったろうし、撰者の認定基準もおそらく別のところにあったのではないかと思われる。撰者の認定が主観的享受による面もあったということは、⑦歌について前述したところでもあり、その内実を確定することは容易でない。ただ前掲分類に従えば、この⑧歌などは⑴や⑶ではなく、やはり⑵の「さもなき歌のうるはしきことばある」不審歌として、すくなくとも俊頼には享受されるべき歌だったのではなかったろうか。

五

以上、『後葉集』の俊頼・基俊誹諧歌八首をとりあげ、前掲分類に基づいて検討すると、次のように整理することができよう。

⑴に属する歌……②・④
⑵に属する歌……⑧

⑶に属する歌……①・③・⑤・⑥・⑦

一応の分類整理であり、多少の揺れはあるが、それでも⑶に属する誹諧歌の多いことがいえそうである。また、『俊頼髄脳』および定家卿筆『奥義抄』下巻余に記された、俊頼と基俊の誹諧歌観に適合する歌の多いことがいえるのである。こうした誹諧歌観のうち特に⑶に当たるそれが、『後葉集』撰者為経の誹諧歌撰入基準の主柱となっていたことが、すくなくとも結果的には推定されよう。

この見方は、『後葉集』誹諧歌の他の十一首にも当て嵌まるのであろうか。

⑨　三月三日、桃花をよめる
542 山賤のそのふにさける桃の花すけりやこれをうゑて見けるよ（経信卿母）

⑩　春の歌の中に
543 桃の花ものいはずとかききしかばたれすきあふとたはれしもせじ（小大進）

⑪　三月尽の心を
544 行く春のすがたにみえぬ物なればひきだにえこそとどめざりけれ（関白前太政大臣）

⑫　百首歌、為忠朝臣のときはのいへにてよみけるに
546 駒よわみゆきぞわづらふ時鳥なくかた山によりによられて（源仲正）

⑬　きくのうつろふを見て
549 白菊の花ごころにもみゆるかなうつろふべしや一よばかりに（大僧正行尊）

⑭　（題不知）
551 たますだれいとのたえまに人をみてすける心はおもひかけてき（読人不知）

⑮　（題不知）

552瀬をはやみ岩にせかるる谷河のわれても末にあはんとぞ思ふ（新院御製）

⑯（題不知）

556わがこひはかたしかたしのからすがひあふやあふやと心さわがす（小大進）

⑰　後朝のこころをよめる

557しののめの空しらずしてねたる夜を鳥のねたくもおどろかすかな（平実重）

⑱　題不知

558竹の葉にあられふるらしさらさらにひとりはぬべき心ちこそせね（和泉式部）

⑲　つつみけるをとこのおなじ心ならぬよしうらみける、返事に

559おのが身のおのがこころにかなはぬをおもはば物をおもひしりなん（同右）

⑨～⑱を通覧して、私にいう第一次詠歌対象自体に〈をかしみ〉の要素の感受される歌は認められない。⑱歌までには、前掲分類(4)に属する歌はないといってよかろう。では、順次検討することにして、先ず(1)に属する歌いかんといえば、これらのうち⑨・⑩・⑫・⑯などを挙げ得るのではなかろうか。⑨歌は、初奏・三奏本『金葉集』春部にほぼ同様の詞書を付して載る歌（三奏本第二句「そのふにたてる」）。「梅花さきてののちの身なればやすき物とのみ人のいふらむ」（古今集誹諧歌・よみ人しらず）「ももの花すき物どもをせいわうがそのわたりまでたづねにぞやる」（蜻蛉日記・中）「ももの花やどにたてればあるじさへすける物とや人の見るらむ」（後拾遺集誹諧歌・大江嘉言）などをふまえる詠である。「酸き物」と「好き者」を掛ける伝統的趣向世界に遊び、「好き者に相応しい庭の桃よ」と興じる歌想は、その第二次詠歌対象がすでに擬似現実としての第一次詠歌対象化しているが故の発想であるという見方もできるかも知れないが、厳密にはやはり擬似現実であることを無視できず、言語次元での私にいう第二次詠歌対象との関わりによる歌想であったことは否定できまい。⑩歌は、「桃李不レ言下自成レ蹊」（史記）をふまえる歌。この本説を擬人法で読

み込むだけでは、「ものいはばとふべきものをもものはないくよかへたるたきのしらいと」（後拾遺集・雑四・弁の乳母）のような普通の歌になりかねない。「桃の花は沈黙を守ってくれるから、いくら好きになり色恋に溺れても、（結果的には）溺れたことにならない」と言語次元で興じたところに、荒唐無稽な趣向性に基因する〈をかしみ〉が感受される誹諧歌となったといえよう。⑫歌は、ひ弱な馬に乗っての山路行に難渋するという第一次詠歌対象に〈をかしみ〉の要素はない。その片山（山ノ片側）に鳴く時鳥に心を引かれ進むこともままならずと読む趣向に、屁理屈の〈をかしみ〉が感受されるのである。「よりによられて」という口語的表現が、下手な屁理屈としてこの〈をかしみ〉を増幅させているともいえよう。以上三首は、いずれも詠者の表現態度に、第二次詠歌対象と関わって遊び興じるゆとりの感じられる場合である。

⑯歌も、一応同じ種類に分類できるかと考えてみた。逢瀬を待って焦る恋心という第一次詠歌対象自体に〈をかしみ〉の要素はないが、逢瀬の困難さを片方ずつの二枚貝を合わせることの難しさにたとえる趣向に、詠者の「されたはぶる、」表現意識が受容できるともいえるからである。だが、恋の苦悩をやけ気味に吐露する余りに、「からすがひ」という卑俗な詞や重詞の頻用という洗練度を欠く表現になったと受容するならば、前掲分類⑶に属する歌であるともいえないことはない。といってもこの受容とて、詠者の実情がそうであったというのではなく、題詠的に自棄的心情に深く思い入りての詠であったということにはなるのであるが、言語次元で遊び興じようとする意識は比較的希薄であったという微差が、⑨・⑩・⑫歌との間には存したように思われる。一応⑴に属する歌として位置づけたのではあるが、⑶に属する可能性もあるという揺れを内包する歌であろう。

撰者に、⑶に属する誹諧歌を採ろうとする意識がかなり強かったことは、俊頼・基俊の誹諧歌をめぐって前述した通りであるが、その他では、右の⑯歌にその一端が看取される以外に⑪・⑮歌にその投影が認められる程度である。⑪歌は、第一次詠歌対象たるべき惜春の心情に〈をかしみ〉の要素があるとはいえない場合である。では、擬人化した春のその姿が見えないのでとする奇抜な趣向表現に、意外性のもたらす一種の〈をかしみ〉が感受される歌であり、前掲分類(1)に属するのかといえば、そうともいえまい。実詠に徴すれば、言語次元で遊び興じる表現意識は⑯歌以上に希薄であると享受され、逆に惜春の真情はかくもあらんと思われるので、切実に詠もうとする余りに「ひきだに」など「不労詞」という結果を招来した歌として、(3)に分類するのである。詞の洗練度を欠く点に失笑あるいは微笑などにつながる〈をかしみ〉を第三者として感受したが故の、撰者主体による誹諧歌撰入であったと考えたい。⑮歌は、『詞花集』恋上部に第三句「滝川の」として入集する歌。要するに下句に詠む恋の苦渋の喩としての上句であり、この第一次詠歌対象自体に〈をかしみ〉の要素はない。ただ、その事理を述べるに急で「われても」という詞を用いたところに、基俊的誹諧歌観との合致が認められての採歌だったのではないかと受容されるのである。「わる（割）」は「思い乱れる」の意の歌語としても用いられ、この歌も「久安百首」の本文では「ゆきなやみ岩にせかるる谷川のわれてもすゑにあはんとぞおもふ」となっていて、この場合は、川波の水路と恋路とがともに「ゆきなやみ」となる二義性と呼応して「思い乱れる」の意も掛けられていると考えられ、歌語としての伝統的用法であろう。しかし『後葉集』歌の場合は単に「分かれる」の意で用いられていると解するのがよかろう。前掲佐藤氏論文は、「俗語的表現、非歌語は含まれていない」のに誹諧歌として採られた理由を、「よひのまにいでていりぬるみか月のわれて物思ふころにもあるかな」(古今集誹諧歌)との表現上の共通性に求めている。一説として傾聴できるが、私見では「われて」の用法が異なっていると思うのであり、この詞の伝統的歌語的用法に反する点が、「述事理不労詞」という誹諧歌として扱われることになった所以であると思うのである。

一応前掲分類(1)に属するとした⑯歌をこの(3)に移しても、ある程度明確に(3)として扱い得る歌は、それほど多くない。前述した俊頼・基俊誹諧歌中この(3)に所属させ得る五首を加えても、計七、八首程度である。けれども、『後撰集』撰者の誹諧歌主要撰歌基準としてこの(3)が強く意識されていたことを、誹諧歌部全体に渡ってもやはり認めることが許される数字ではあろう。

ところで、『後葉集』誹諧歌全十九首中には、⑴にも⑶にも所属させにくい歌がなお五首残ることになる。そのうち⑬・⑭・⑰・⑱歌の四首については、いま詳細に考察する紙幅がない。佐藤氏論文では、⑭歌の「俗的ないし口語的表現」や⑱歌の『古今集』誹諧歌との表現の類似性について解説するところがあるが、いまは私見を保留し、仮に前掲分類⑵に属する歌どもとして位置づけるに止めて、別の考察機会を持つことにしたい。

六

以上の考察を経て、なお残された一首である⑲歌について触れることにする。この歌は『詞花集』雑上部に「たがひにつつむ事ありけるおとこの、たやすくあはずとうらみければよめる」という詞書で入集し、家集類詞書も基本的に同様と考えてよい。これにより、第一次詠歌対象となった事態は明らかであろう。自己の浮気を忘れるか隠すかして相手の不実のみを責めるのは、目糞鼻糞を笑う底の滑稽事である。不条理な自己主張というべきか、非常識な矛盾的行為というべきか。しかもまた、相手は相手で浮気しているので客観化された人間模様としては喜劇である。こうした滑稽な事態を背景にしての説教じみた歌に接すると、何を図図しく恍けてとその人間模様自体に〈をかしみ〉が感受される。詠者自身その辺の事情を心得て詠んでいる可能性も高いのである。さらにいえばこの歌は男女応酬の返歌といえるので、この場合の享受者は相手の浮気男ということになるが、この返歌に接して目糞鼻糞を笑う愚に気づき、大笑一番一件落着する可能性も大であろう。詠者自身もそうした現実的効果を期待しての作詠であったのかも知れない。ただ当事者だけに、この返歌を受理した男が大笑いするとは限るまい。自分が目糞であることを忘れて立腹することもあり得る。そこが同じ享受者であっても第三者としての撰者と当事者である返歌受取人との相違であるが、撰者の享受意識が詠者の表現意識と合致する確率は、〈をかしみ〉という人間的感情の普遍性からみて高いのである。

佐藤氏論文は、「思へどもおもはずとのみいふなればいなやおもはじ思ふかひなし」（古今集誹諧歌）「われを思ふ人をおもはぬむくいにやわが思ふ人の我をおもはぬ」（同上）との類似性を撰歌基準の一つとして説き、同感であるが、なおこの歌の誹諧歌としての特性について私見を述べてみた。

このような、疑似現実でない実際の第一次詠歌対象自体に〈をかしみ〉の要素が含まれ、対他的通達性の強い歌、前記分類でいえば(4)に属する歌は、『後葉集』誹諧歌部に少ない。この一首だけなのである。しかも、『詞花集』歌としての前記詞書から「たがひに」を削除することによって、女の浮気は表面から消すという、いわば疑似現実を創り出して一方的に相手を誹謗する歌としているところに、むしろ(3)の要素が窺えるともいえるのである。もちろん、詠歌事情を穿鑿すれば、特に「題不知」歌などには対他性の強い歌があったかも知れない。⑨歌など「題不知」歌ではないがそうした背景の十分に想像できる歌もある。しかしすべて対自性の強い誹諧歌として扱われ、(1)〜(3)に属するとされる歌ばかりなのである。

ほとんど皆、俊頼・基俊の誹諧歌観で処理できる歌を配列しながら、ただ一首やや異色のこの⑲歌を巻末に配置した撰者の意図が奈辺にあるかは、厳密には不明である。だが、こうした特質の歌が第一節で述べたごとく『古今集』誹諧歌中にも存し、『後拾遺集』誹諧歌では主流を占めはじめていることに思いを至す時、あるいは撰者は、そうした誹諧歌の歴史を通観しての認識に基づく独自の誹諧歌観をある程度具体的に撰歌配列の上に反映させたのかも知れない。ただし、『後葉集』の約十年後成立の藤原清輔撰『続詞花集』戯咲部が、『後拾遺集』誹諧歌に多い、前記分類(4)に属すると思われる歌を多量に採っているのと比べ、『後葉集』の場合はこうした誹諧歌は一応そうとも取れる一首のみを巻末に添えていたに過ぎなかったのである。しかしながらまた、その一首のもつ意味は正当に理解されなければなるまい。

『後葉集』全体に『古今集』追随の基本的編纂態度が見られることは、すでに先学の説かれた通りである。(3)誹諧歌部について検しても、『後拾遺集』誹諧歌から『続詞花集』戯咲歌へという誹諧歌の新しい流れの中で、『古今集』のそれを比較的忠実に継承しようとしている様態が見られると思う。そうした私見は、かつて「誹諧歌の変貌（中）」（静岡女子大学研究紀要・第8号、昭和50・2〈本書「誹諧歌の変貌」第七節〉）で説いているが、その時は、『古今集』誹諧歌五十八首中にこうした(4)に属する誹諧歌が一首程であったことにも倣おうとする、撰者為経の誹諧歌部構成意識にまでは思い及ばなかった。しかし今は、そのような撰者の眼をはっきりと認識しなければならないであろう。それは、俊頼・基俊の誹諧歌観におおよそは従いながらも、なお為経独自の誹諧歌観を保持していたことをも証しているのである。

注

（1）掲出拙稿に、本文をも引いて詳しく説いたので、本稿では、参考までに関係本文のみを注として掲げることにする。前稿では定家本を用いたので、ここでは顕昭本を掲げるが、両者に基本的な異同の見られない箇所である。

　次に誹諧歌といへる物あり。これよくしれる物なし。又髄脳にもみえたる事なし。古今についてたつぬれはされことうたと云也。よく物いふ人のされたはふる、かことし。

　むめのはな見にこそきつれうくひすの人くひとくといとひしもする

　あきの野になまめきたてるをみなへしあなこと〳〵しはなもひとゝき

　これらかやうなる詞あるうたはさもときこゆ。さもなき哥のうるはしき詞あるはなを人にしられぬ事にや。

（俊頼髄脳研究会編『顕昭本俊頼髄脳』〈底本京大付属図書館蔵本〉に拠る。句点稿者）

（2）松野陽一「後葉和歌集本文考」（『鳥帚　千載集時代和歌の研究』〈風間書房、平成7〉所収）参照。

（3）谷山茂「詞花集をめぐる対立―拾遺古今・後葉・続詞花の諸問題―」（人文研究、昭和37・6。後に『谷山茂著作集三・千載和歌集とその周辺』〈角川書店、昭和57・12〉収載）参照。なおこの谷山論文には、樋口芳麻呂「詞花和歌集雑考」（愛知学芸大学国語国文学報、昭和30・12）が盛んに引用されているので、参照されたい。

第五章　誹諧歌史断面

――『新続古今集』をめぐって――

一

勅撰和歌集二十一代集のうち、誹諧歌の部立（小部立）を設けたのは、中古では『古今集』（通行本五十八首）『後拾遺集』（二十一首）『千載集』（二十二首）、中世では『続千載集』（二十首）『新千載集』（十八首）『新拾遺集』（十七首）『新続古今集』（十九首）の計七集である。こうした勅撰和歌集誹諧歌史の最終点であり、その点、延喜五年（九〇五）の『古今集』撰進から永享十一年（一四三九）の『新続古今集』撰進まで、長い勅撰和歌集の歴史の最後を締め括るものとして、誹諧歌がどのような様相を呈して存在していたかを振り返る意味で、この『新続古今集』の誹諧歌について考察することは有意義であろう。

『新続古今集』の誹諧歌十九首という歌数は、他の勅撰集誹諧歌と比べてほぼ同歌数というべく、おそらく撰者の飛鳥井雅世は、当初からこのような概数を意識しながら撰に当たったのであろう。とするとかなり自覚的に、一首一首の誹諧歌を慎重に選んで行ったと考えてよかろう。この十九首の誹諧歌を通覧すると、春歌二首に始まり、夏歌二首、秋歌四首、冬歌一首、恋歌四首、雑歌六首という配列構成となっている。雑歌の中には、袈裟を歌材とする贈答歌、熊野参詣と関連する歌、髪と神とを掛けて詠む歌、かまどの明神への奉鏡の歌があるので、釈教歌・神祇歌的要素をもつ歌も採られていることが留意されよう。このことは、その誹諧歌小部立が勅撰集の四季部・恋部・雑部を中心として成る部立構成に準じていることを意味するのであり、さらに『千載集』誹諧歌の場合と比べて類同的であったことになるともいえるのである。

『古今集』誹諧歌五十八首（流布本）の配列構成は、そうした面では厳密には未整備であった。『後拾遺集』になると、強いて分類すれば春一首、旅あるいは雑一首、春四首、夏一首、秋三首、冬一首、恋四首、雑六首のごとくになり、かなりその配列構成が整備されてきたことを認め得るが、恋に分類した四首中の第三首目に配された一首は、「題不知　さならでもねられぬものをいとどしくつきおどろかすかねのおとかな」（和泉式部）という、むしろ雑とした方がよいかと思われる歌であり、春歌が二つに分割されていることもあって、その構成意識はいまだ混沌の尾を曳いているといわねばなるまい。改めて『千載集』のそれが、格段に整備されていることを首肯しなければならないのである。

その後『続千載集』『新千載集』誹諧歌の場合も、こうした配列構成にある程度意を用いていたことはいえるようである。しかしながら、前者が春五首、秋七首、恋四首、雑四首のごとき構成を示し、後者が春三首、夏三首、秋二首、冬一首、恋三首、雑六首のごとき構成を示していると一応分類してみても、それぞれにすっきりしない点が残る。前者に、夏・冬歌が欠けている点、後者に四季歌のアンバランスが見られる点、形態面だけに限っても、これらの集の誹諧歌小部立に細かな配列構成意識が働いていたとはいえない。『新拾遺集』に至っては、春三首、秋一首、冬一首、雑三首、恋一首、冬一首、雑一首、夏一首、雑一首、冬一首、夏一首、雑二首のごとき無秩序といってよい乱れた様態を示している。雑歌と分類した歌には、あるいは撰者は羇旅歌と意識していたかといえる歌や四季歌と意識していたかも知れない歌も含まれていて、その構成は無秩序そのものである。それらと比べて、『新続古今集』誹諧歌小部立の配列構成は非常に整っている。上述したごとく、『千載集』のそれに匹敵するものである。

二

以上、主として形態面から、『新続古今集』の撰者飛鳥井雅世が誹諧歌小部立の配列構成をきわめて自覚的に整え、結果的にせよ『千載集』のそれと類同することを説いた。では、内容的にはどのような特性を示しているのであろうか。

稿者は先に、本書にも収録した、「『古今集』誹諧歌試論—俊頼・基俊をめぐって—」（京都語文・第2号、平成9・10）「誹諧歌史断面—『後葉集』をめぐって—」（樋口芳麻呂編『王朝和歌と史的展開』〈笠間書院、平成9・12〉所収）の誹諧歌関係論考二編を執筆し、いささか私見を述べたが、そこで『古今集』誹諧歌の分類整理を行い、次のような四類型に分類してみた。

(1)俊頼誹諧歌観に合致する、「よく物いふ人のされたはぶる、が如」き「されごと歌」。

(2)俊頼誹諧歌観に合致せず不審とされるが、撰者の享受により誹諧歌と認定された「さもなき歌のうるはしきことばある」歌。

(3)基俊誹諧歌観に合致し、撰者の享受によっても誹諧歌と認定された「述事理不労詞」という歌。

(4)『後拾遺集』的誹諧歌の源流とみなし得る、客観的詠歌対象自体に〈をかしみ〉の要素を含有し、対他的通達性の強い歌。

(1)〜(3)は、『俊頼髄脳』に見える源俊頼の誹諧歌に関する所説と、定家卿筆『奥義抄』下巻余に見える藤原基俊関連の誹諧歌説とを読み込むことによって立論した類型分類であり、(4)は、俊頼・基俊の誹諧歌観では処理できない歌がすくなくとも一首あると考えての私見による、類型追加である。詳しくは、前掲拙稿を参照されたい。もちろん、これらの類型各項が相互に入り組むこともあり、したがってより適切な分類整理が可能であるかも知れないし、自説についてなお補足説明しておきたい問題も残されている[1]。今後の学界レベルでの研究進展に期待するものであるが、現時点では私見に基づく前掲類型分類について、その後の誹諧歌の展開相に即しての妥当性の検証が当然要請されるのであり、前掲拙稿の後者はその立場での考察として位置づけられるものでもある。

本稿においても、基本的には同様の意図と方法とによる考察を試みたいと思う。

三

『新続古今集』誹諧歌十九首を通覧すると、先ず一大特色として、『続詞花集』の戯咲歌と重なる歌が十九首中の八首を占めるということが判明する。この重出現象は、先行勅撰集では実はすでに『千載集』誹諧歌部にみられるのであり、三首が重出している。この点も『新続古今集』と『千載集』の誹諧歌部類同性をいう一支証となろう。『続詞花集』戯咲歌には、前節で触れた『古今集』誹諧歌中に一首程見える(4)の類型に属する歌を源流とすると認められる、『後拾遺集』的誹諧歌と同質的な歌が多い[2]。この『金葉集』時代の俊頼や基俊にとっては誹諧歌の正統とは認識されていなかった『後拾遺集』的誹諧歌が、当時すでに盛んに詠作されていた歌界の実情については、前掲拙稿などでも触れるところであるが、『続詞花集』戯咲歌は、そうした『古今集』誹諧歌を正統とする立場からいわば異端とされる誹諧歌の系譜に属する歌群を、おそらくその名称にもこだわって名づけたと推察される、「戯咲」の部立の主要部分として集めたといえよう。その歌群の特徴は、多く私にいう客観的第一次詠歌対象自体に何らかの〈をかしみ〉を内在させ、対他的に何らかの通達的機能を果たさせようとするところにあったといえる。このような『続詞花集』戯咲歌との八首もの重出が何を意味するのかは、一つの大きな問題点である。

ただし、『続詞花集』所収の戯咲歌すべてが上述のごとき特性で括られるわけではない。何程かの例外やある程度の多様性を含有するのは、事物一般の常である。『続詞花集』戯咲部といえども、その埒外ではあり得まい。ならば

『新続古今集』の重出歌八首の内実はどうなのか、より細かい考察が要請されねばならない。また上述のごとく、これらの重出歌が『新続古今集』誹諧歌小部立の中でどのように意味づけられているのかの全体的考察も要請されよう。以下基本的考察として、一首ずつについての検討を順次加えることにする。

四

百首御歌の中に

①2058子の日すと春の野ごとに尋ぬれば松にひかるる心ちこそすれ（崇徳院御製）

（新編国歌大観本に拠る。以下同じ）

『続詞花集』戯咲部巻頭に、同じ詞書で配置された歌。「久安百首」の春題歌であり、『詞花集』初奏本春部に入集していた。いわゆる第一次詠歌対象は、詠者の立場からいえば、春野に子の日用の小松を引く作業を繰り返している自分が、次第にその行為にのめり込んでいく心情である。享受者の立場からも、詠者に成り代わってその肩越しに心情を追体験しようとする受容であったとすると、ほぼ同様の詠歌対象が意識されていたであろう。ただその心情の具体的内容をどうとらえるかを、〈をかしみ〉ないし笑いの要素と関連づけていえば、両者の受容には微妙な差異があるとも思われる。

詠者が、小松引きの行為に次第に熱中していく自分の姿や心境の推移を客観的に対象化し、その心情を「松にひかるる（自分が松を引くのでなく逆に松に引かれるような）心ちこそすれ」と表現したとき、もし実感実情的表現であったとすると、野毎に尋ね廻って肉体的に疲労していることでもあり、「何てこったこれではまるで…」と苦笑を伴うような心情で詠むことになったであろう。苦笑することによって自己が客観化され、多少疲労が軽減されるような効能がこの詠作行為を通じて生じたかも知れない。しかし実際には題詠であるので、肉体的疲労を伴う実情性の希薄な次元での発想とせねばならず、しかも実はこの歌、後述のごとく『源氏物語』歌の本歌取りともいえるのであり、かなり観念的な発想歌として捉えねばならないのである。この立場では、よほど題意に思い入り、肉体的疲労をも覚える錯覚に陥らない限り、松を尋ね廻る自分とその自分に捜し尋ねられる松という関係から松が自分を引き廻す関係への転換という、単に主客転倒の〈をかしみ〉を覚えての趣向的発想であった可能性が高い。前掲分類でいえば、現実的にはあり得ない点で、私にいう第二次詠歌対象としての言語面で遊び興じる場合、すなわち(1)に属する歌を結果的には詠んだことになろう。その詠作行為に伴う笑いは、苦笑ではなく微笑あるいは朗笑とさえいってよい笑い、よくぞこうした趣向歌を詠み得たという一種の満足感ないし優越感を伴う笑いであったと思われる。

享受者特に撰者の場合の受容も、おおよそは趣向的発想性に傾斜してのそれであったといえようが、とするならば、前掲分類(1)に属する誹諧歌として意識されていたかということに一応はなろう。子日題の詠みかたとしてこの場合は詠者が、やはり言語面で遊び興じている趣向歌であるとの受容であった。

だが事柄は、それほど単純ではあるまい。そのように考えざるを得ないのは、詠者の崇徳院自身がこの歌を『詞花集』精撰本から除棄しているという問題があるからである。すなわち、『詞花集』初奏本のうち国立歴史民俗博物館蔵伝為忠筆本（旧高松宮蔵本）などでは、この歌を含む院歌三首、盛経歌・頼保歌・範綱歌各一首の計六首に「依御定止了」と注記されており、院の意向によって除棄されることになったことが明らかであるが、全体的に見て誹諧歌的な歌が特に除かれているとは決していえないのであり、この①「子の日すと」歌の場合も先入見なしに除棄理由を考えてみなければならないのである。真相は不明であろうが、私見一説では、表現趣向上の要である「松にひかるる」が『源氏物語』初音巻の「とし月をまつにひかれてふる人にけふうぐひすのはつねきかせよ」をふまえているとして、その「まつ」が「待つ」と「松」との掛詞であるのと比べて、院歌のそれは単なる「松」であり、伝統的用法と断絶しているといわねばならず、その辺の相違を意識しての除棄ということもあり得たのではないかと推測するのである。

『続詞花集』の撰者清輔はもとより、『新続古今集』の撰者雅世もこの除棄問題に関しての認識を有していたであろう。とすると、撰者雅世の「子の日すと」歌の誹諧歌認定にも、この院の除棄理由が影響したかとする仮説を無視することは許されない。おそらく雅世は、この「松にひかるる」という表現の古歌伝統から逸脱した非優美性や恣意性を強く意識していたのであろうと思うのである。推理を重ね過ぎた嫌いがあるが、このように考えてくると、雅世の院歌誹諧歌認定は前掲分類(1)の立場からではなく、(3)の立場からのそれとすべきではなかったかと思われてくる。多少の傍証めいた事例もないわけではない。『後葉集』に誹諧歌として採られた崇徳院歌「瀬をはやみ岩にせかるる谷河のわれても末にあはんとぞ思ふ」についても、同様の撰定理由により(3)に属する誹諧歌として認定されていたように考えられるからである。(3)

(1)に属する誹諧歌か(3)に属する誹諧歌か、ということになるが、前述したごとく前者は詠作時点における詠者の表現意識に関わり、後者は除棄問題をふまえての撰者の享受意識に関わるのであり、撰者の誹諧歌認定意識に即した前掲分類の立場からいえば、後者と取るのが妥当であろう。詠者崇徳院が実質的には子日題歌の趣向面に走る余り、古歌伝統や『源氏物語』の優美な世界から逸脱して、結果的に「述事理不労詞」という歌になっている点に、撰者雅世は「優美性」と「卑俗性」とのズレによる違和感を覚え、失笑などを伴う一首の〈をかしみ〉を感じ取っていたという見方ができよう。(4)

題しらず

②2059あやなくも風のぬすめる梅の香にをらぬ袖さへうたがはれぬる（賀茂重保）

これも、『続詞花集』戯咲歌との重出歌。詞書も同じ。第一次詠歌対象は、風が運んで来た梅の香で袖が匂うとも錯覚される程だという情況であり、それは風雅な趣きが感受される事柄でこそあれ、特に〈をかしみ〉が感受されるような筋合いの対象ではない。それを、「さては梅の枝を折ったことよと人に疑われて了った」と発想表現したのは、いわば言語次元で遊び興じ、趣向面でことさらに〈をかしみ〉を表現しようとしたが故であったといってよい。もし梅の枝を折ったのではないかと濡れ衣で人に疑われ、困惑しているという実情を詠んだ歌であるとすると、それが第一次詠歌対象ということになるが、この歌はそうした差し迫った困惑の実情を詠もうとしたものではあるまい。やはり、詠者自身の構想設定した虚構的状態すなわち私にいう第二次詠歌対象に即して詠んだ歌なのであり、この言語次元での趣向的構想に、詠者自身してやったりと独り悦に入っている趣きがある。実質的には朗笑といってもよい含み笑いを伴うような、一種の〈をかしみ〉が感受されるのであり、前掲分類では、(1)に属する誹諧歌としてよいであろう。

灌仏の心を

③2060百敷のかものみあれのしめの内に仏の身をもなほすすぐかな（前大僧正慈鎮）

賀茂神社四月例祭に、その境内で仏像に香水を注ぎかけるという行事を行うことを、比較的素直に詠む歌である。この第一次詠歌対象自体に〈をかしみ〉の要素は感受されない。では、この歌を誹諧歌とする基準はどこに求められるべきなのか。あるいは「仏の身をもなほすすぐかな」という表現が、灌仏という行事を人間の禊ぎになぞらえ、いわば仏を人間のレベルにまで引き下げて詠むところに、多少の違和感が感受され、「何てことをまあ」という一顰一笑的な〈をかしみ〉を感受させるのかも知れない。「仏の身にも」でなく「仏の身をも」とあるところに、本来罪・穢れとは無縁であるはずの仏を人間レベルに引き下げる違和性がいっそう増幅されよう。

ところでこの歌は、詞書に徴して対他的通達性を欠く歌であり、灌仏題の本意を詠むべき題詠歌であって、基本的には対自性の強い歌として現前する。とすると詠者は、どのような意識でこのような〈をかしみ〉を感受させる歌を詠んだのであろうか。もしそれが意図的意識によるとするならば、前掲分類(1)に属する歌、すなわち第二次詠歌対象としての言語趣向面で遊び興じた歌であるということになろうが、仏事に因む歌題柄といい前大僧正慈鎮という作者柄といい、考えにくい線であろう。違和感に伴う〈をかしみ〉は、あくまで結果的なものである。おそらく詠者は、灌仏題により深く徹しようとして詠む余りに、やや勇み足的に、結果的には〈をかしみ〉を誘う下句表現を詠むことになったのではなかろうか。このように考えると、この慈鎮歌の誹諧歌認定は、詠者の関知しない次元での撰者による受容にかかる結果であったということになる。なおこの歌、「正治後度百首」公事題として詠まれている。

前掲分類では、(3)に属する誹諧歌となろう。

　　人人あそび侍りける所にて、隆源法師いたくねぶりければかはらけさすとて

④2061 おひしげるねぶりの森のしたにこそめさまし草はううべかりけれ（俊頼朝臣）

俊頼家集『散木奇歌集』詞書も「あそび侍りける所にて隆源阿闍梨いたくねぶりければかはらけとらすとてかけ《かけるイ》、る」とあり、第一次詠歌対象は、それと同様の情景であると考えてよい。詩歌管絃の遊楽の席で居眠りする隆源の滑稽な状態が、苦笑ないし失笑あるいは憫笑を伴って詠まれている。そこに感受される滑稽さは、法師といえども人間であって、人間としての限界換言すれば人間存在の悲惨さを体現している状況自体に由来するものであり、ボードレール「笑いの本質について、および一般に造型美術における滑稽について」（全集Ⅲ『美術批評上』〈阿部良雄訳〉・筑摩書房、昭和60）に、「人間の笑いというものは古い昔に起った一つの失墜、肉体的精神的墜落という事故と内密に結びついているものであることは確かだ」とある意味合いにおいては、まさしく〈笑い〉の本性に基づく場合であった。客観的情景の当事者が法師であることは、滑稽性をもたらす一般的法則の一つとして「荘重なもの」から「下卑たもの」への「移調」を説く、ベルグソン『笑い』（岩波文庫〈林達夫訳〉）を参照すれば、この場合の滑稽性をいっそう極立たせるのに一役買っている。この歌は、第一次詠歌対象自体に〈をかしみ〉の要素を含有する場合であり、前掲分類(4)に属する誹諧歌であろう。

ところでこの歌、「ねぶりの森」という森名と「めさまし草[5]」という植物名とを対比させる趣向によって、この状

況から感受される〈をかしみ〉がもたらす失笑ないし苦笑あるいは憫笑、冷笑といった類の〈笑い〉が、微笑あるいは哄笑といった類の〈笑い〉への変化、あるいはそれらの複合的笑いへの変質ないし複雑な味付けによる表現的効果をもたらしているともいえるのである。『俊頼髄脳』に「よく物いふ人のされたはぶる、が如し」とある、俊頼の誹諧歌観に即せば、詠者俊頼の意識では前掲分類(1)に属する誹諧歌と見做されていたのかも知れない。

ただし、上述のごとく第一次詠歌対象自体に〈をかしみ〉の要素があり、対他的通達性の強いこの歌の場合、撰者雅世の立場では、やはり前掲分類(4)に属する誹諧歌として意識されていたとするのが妥当であろう。『後拾遺集』的誹諧歌の系譜ないしその影響を無視し得なくなった誹諧歌史を背景とした、撰者の誹諧歌認定基準によれば、(4)に属する誹諧歌としての認定であったことを立論しなければならないと思うからである。

ひえの山にかたわきてけづり花しける事侍るに、かたきの方にをみなへしをつくりけるを人人もてあそびければ、ねたくてむすびつけける

⑤2062草も木も仏になるといふなれどをみなへしこそうたがはれけれ（僧都観教）

『続詞花集』戯咲部所収歌。第一次詠歌対象自体に〈をかしみ〉が感受されるという点では、④俊頼歌と通じるところのある歌である。天台比叡山における女人禁制の僧侶の世界で催された、花競べの遊びでのたわいもない出来事を第一次詠歌対象としているのであるが、法師たちの世俗的心情を、たとえ趣向的設定であるとしても一応素材としたところに、聖なる世界から世俗的世界へのベルグソン的「移調」がもたらす滑稽性を感受できるし、さらに、草も木も仏になるという天台真言両宗ともに説く「草木国土悉皆成仏」の教義と、それから漏れる女郎花（字面に「女人」を暗示）とを組み合わせた表現に、建前的理想から本音的現実への変調となる肩透かし的落ちが強調されるというべく、このいわば第二次詠歌対象としての趣向的構想が第一次詠歌対象としての状況と有機的に関連し、その〈をかしみ〉はより複雑に増幅されて、この花競べ行事の参加者さらに撰者の笑いを、苦笑的なものから微苦笑ないし微笑、

あるいは朗笑とさえいえるものへと微妙に変化させていくようにも思われる。

詞書に「ねたくてむすびつけける」とあるのは、もちろん状況に応じてその場をいっそう興あるものにしようとする所為であり、この歌の表現趣向は、その詠作目的に相応しい対他的機能を十分に果たしていたことになる。この目的のしからしめるところ詠者には言語次元で遊び興じようとする意識があり、その点に前掲分類(1)の要素も認められようが、詠歌の場をも考慮して、撰者雅世は④歌と同様に(4)に属する誹諧歌として認定していたと商量する。

⑥　はたおりのなきけるをききて

2063 秋の夜は露におりはへ七夕の手にもおとらぬ虫のこゑかな（頓阿法師）

新編国歌大観本では第四句「手でもおとらぬ」とあるが、諸本および頓阿家集『続草庵集』により「手にも」と改める。第一次詠歌対象は、秋の虫「はたおり」（現在のキリギリス）が音色も妙に鳴いている状況であり、そこに滑稽的要素は当然あり得ない。夜露を栄養にして長く美しく鳴き続けるキリギリスの音色を、織女の優れた技術によって織り続けられる織機が奏でる妙音に劣らないとする言語次元での表現趣向に、虫名「はたおり」とはいえなんと大仰なと、そのやや勿体振ったもっともらしさに一種の〈をかしみ〉が感受される歌なのであろう。

とすると、この歌は第二次詠歌対象としての言語構想面での趣向的発想に興じようとした誹諧歌であり、前掲分類(1)に属するともいえそうである。だがまたあえていえば、この歌程度の比喩的趣向性はそれほど特殊であるとはいえないという見方もできよう。その立場では、虫と織女の行為が混線していて、唐突に第二句で用いられる掛詞としては判りにくい「露におりはへ（織り延へ）」という表現や、「手にもおとらぬ」という俗語的口語的表現に、趣向表現に急なる余り詞の洗練度が等閑に付されている歌であることを認めざるを得なくなるともいえよう。前掲分類(3)に属する誹諧歌であるとする受容なのである。一応前者は詠者の立場を重視しての受容であり、後者は、撰者など第三者の立場での受容であるといえよう。だがこの受容も、そう単純には処理できない面がある。

そもそも、この歌の詠者頓阿の誹諧歌には留意すべきことがあった（拙稿「誹諧歌の変貌（下）」〈静岡女子大学研究紀要・第九号、昭和51・3〉＝本書「誹諧歌の変貌」第十一節参照）。すなわち、『続草庵集』巻第四末尾に配列された頓阿の誹諧歌全十六首に徴すれば、『後拾遺集』に多く見られるようになった褻的生活歌としての誹諧歌が対他的通達性を顕著に示すのに対して、同じく褻的生活歌的側面を有しながら、『続草庵集』の中のそれは自己自身を享受者とする対自的性格を示している歌が多い。旧拙稿では、こうした性格の誹諧歌を三首程挙げて説いたのであるが[6]、本稿ではなお、そこで具体的に触れなかった次の一首について考察しておく。

やまひおこたりて、三月尽によめる

わが身こそ今は限と思ひしにかへりて春を惜むけふかな　（新編国歌大観本による）

この詞書からいえば、「三月尽」題を詠む題詠意識が絶無ではなかったかも知れないが、「三月尽を」でなく「三月尽に」とあることからやはり生活詠と取るのが穏やかであろうか。重病が快方に向かい再び春を迎えさらに送り得た感慨を詠むこの歌の第一次詠歌対象自体に、〈をかしみ〉の要素は感受されない。では、詠者であり自撰家集の撰者でもあった頓阿自身の認定基準は奈辺にあったのだろうか。もはや限りかと思われた自分の命が延び、春の限りである三月尽の方は予定通りに来たという、第二次詠歌対象としての言語次元で趣向を凝らした対比的表現に、惜しまれる者から惜しむ者への転化という意外性のもたらす一種の〈をかしみ〉が感受されるともいえるが故に、頓阿はこの自歌を誹諧歌として撰入したのではないかとも思われる。こう詠むことによって苦しかった病いとの闘いを振り返るゆとりが生まれ、この〈をかしみ〉は自己完結的に微笑を伴って享受されるはずであるということになろう。前掲分類(1)に属する誹諧歌と認定した、頓阿自身による誹諧歌部撰入であるともいえようか。

だが、言語次元で遊び興じる意識が真に頓阿にあったのかと問い直せば、どうも疑わしい。むしろ重病回復の実感に根ざす率直過ぎるといえる心情吐露的詠風が感得されるのであり、その点にこそこの歌についての頓阿の誹諧歌認定基準を見定めねばならないように思われるのである。とするならばこの歌は、前掲分類⑶に属する誹諧歌として頓阿に意識されていたとするのが穏やかではなかろうか。事理を述べることやや露わに過ぎて、歌意の筋目が明確な反面優艶味に欠ける点が誹諧歌とされたのではなかろうか。詠者頓阿の顔に笑いはなく、家集撰者頓阿の顔に、己れの性急な事理偏重表現を持て余し気味にいとおしむ微苦笑めいた笑いがあったのだろう。

『続草庵集』に観取されるこのような頓阿誹諧歌観と関連づけていえば、先の⑥歌も、上述した二解の可能性のうち、すくなくとも頓阿には後者すなわち⑶に属する誹諧歌として意識されていた蓋然性が高いと判断されよう。詠者の場合にして然り。『新続古今集』の撰者雅世の場合も、おそらく同様な享受がなされていたのであろうと思われる。

ながつきのころ月の比花なしを法印静賢もとにつかはすとて

⑦2064これをみよ菊より外にこの比は花なしといふ人はありとも（よみ人しらず）

第一次詠歌対象とすべき、知人に「花なし」（＝いちじく）を贈るという事柄自体には、〈をかしみ〉の要素が感受されない。それは、「花（が）無し」と「無果花（いちじく）」の異名「はななし」の掛詞「花なし」を核とし、さらに「なし」と「あり」の対比的技巧をも加味した言語次元での趣向表現に感受されるのであり、いわば第二次詠歌対象に見られる〈をかしみ〉なのである。なお、作者については注（15）参照。

ただ、果物のいちじくを贈るのに添えたこの歌が、受取人静賢に微笑あるいは朗笑を起こさせ、贈物の効果をいっそう増大させる他対的機能を発揮することも、十分に推察できよう。受取人静賢の立場では、この歌をも含めての事態が一つの現実として与えられているのであり、それがいわば第一次享受対象となるといえるのである。詠者の立場でも、あらかじめそうした受容を想定しての詠歌行為であるとすると、すでにそこに、第二次をも含めた詠歌対象がいわば疑似的第一次詠歌対象として現前していたとも考えられ、そこには〈をかしみ〉の要素もすでに内在していて、あるいは詠者も、微笑しながら楽しみながら詠作していたのではなかったろうか。

このように考えると、⑦歌は前掲分類⑷に属する誹諧歌として位置づけられるように思われる。

とくさに露のおきたるをみて

⑧2065しなの野やとくさにおける白露はみがける玉とみゆるなりけり（三条院女蔵人左近）

『続詞花集』戯咲部所収。この歌も、第一次詠歌対象は信濃国の特産である木賊の葉に露が宿っている情景であって、特に〈をかしみ〉の要素は感受されない。物を磨く材としてその硬い茎を使う木賊の縁で「みがく」を用い、「木賊の葉に宿る白露は他の植物の葉とはさすがにちょっと異なり、磨いた玉と見えるよ」という趣向表現に、もっともらしい条理の実は不条理という、一種の〈をかしみ〉が感受されるのである。この⑧歌は、前掲分類⑴に属する誹諧歌として位置づけられよう。

冬ごろ高野に侍りける僧のもとへ、ふすまをつかはしたりければ

⑨2066さむかりし嵐はいまはおとばかりうれしさのみぞ身にはしみける（よみ人しらず）

『言葉集』所収。詞書から判明する第一次詠歌対象自体に、〈をかしみ〉の要素は感受されない。冬の高野山に籠もる僧に寒気を防ぐための「ふすま」（夜具）を贈った人物への、贈られた僧の謝意を込めた歌であり、この夜具を用いる今は寒気も身に沁みることなく、あなたの思いやりのうれしさだけが身に沁みて激しく音立てる冬の嵐も気にならぬという歌は、真情をしみじみと吐露していて、詠者の心にも〈滑稽〉と換言できるような〈をかしみ〉の要素があるとは思えないのである。ただ詠者に、贈主の好意に対するうれしさの現れとしての微笑ないし嬉笑などの笑いがなかったとはいえないし、そのうれしさが浮き浮きとした発想基盤を醸成し、その気持ちを贈主に伝達する表現として、寒さが身に沁む状況からうれしさが身に沁む状況への変化という言語次元におけるややオーバーな趣向的表現を生むことは十分に考えられるのである。この⑨歌には、そうした巧まざる趣向が見られるであろう。しかしその趣向は、上述のごとく詠者には、滑稽さや〈をかしみ〉を含むものとしては意識されていなかったと思量するのである。

滑稽ないし〈をかしみ〉は必然的に笑いを生むが、笑いは必ず〈をかしみ〉と結びつくとは限らないのである。

享受者である贈主も、このややオーバーともいえる趣向表現に接して、贈ってよかったと微笑をもって受容したことであろう。そのような対他的通達的機能を果たし得ることを、詠者はある程度予測していたかも知れない。ただしそれは、〈をかしみ〉をもたらす趣向表現を積極的に意図することに必然的に伴う予測や期待でなく、かなり無意識的な弱いものであったことはいうまでもない。そして、こうした経緯や状況を追体験したはずの撰者も、言語次元で「されたはぶれ」、遊び興じた歌とは受容していなかったのではなかろうか。この程度の趣向表現は特に誹諧歌として特立する理由にはならないように思われるし、歌の心・詞の優雅さにもそうした見方を裏づけるものがあるように思われるのである。すなわち撰者の立場では、前掲分類⑴に属する誹諧歌とは意識されていなかったといわねばなるまいし、「不労詞」という⑶に属する歌でもなかったと考えねばなるまい。ではいかなる意識に基づく採歌であったかといえば、『俊頼髄脳』に「さもなき歌（稿者注、『されたはぶるる』ことのない歌）のうるはしきことばあるは、なほ人に知られぬことにや」とある、前掲分類⑵に属する誹諧歌として意識されていた可能性にも配慮しなければならないが、考えてみると、この分類の⑵項にはなお考えるべき問題が残されている。

『俊頼髄脳』の所説、すなわち俊頼の意識に即して前掲分類⑵の項目を立てたのであるが、その実態は不明であり、その⑵に属する誹諧歌を具体的に措定することは難しいのである。そもそも「さもなき歌のうるはしきことばある」歌とは、結局普通の歌をさすことになり、誹諧歌と認めること自体ができなくなるともいえるのではなかろうか。しかし俊頼も大きくは現に存在する『古今集』誹諧歌を対象とし、当然これらも誹諧歌であるとの認識を有しての所説であったのだから、客観的にはやはりある特性をもつ誹諧歌としてとらえねばなるまい。その正体を明らめることは容易でないが、この⑨歌がある示唆を与えてくれるようにも思われる。

⑨歌の場合、上述のごとく歌自体は前掲分類⑴でも⑶でもないが、対他詠である点⑷に属するともいえばいえるで

あろう。前掲拙稿「『古今集』誹諧歌試論」では、第一次詠歌対象自体に〈をかしみ〉の要素があるとともに、言語次元での趣向構想にも〈をかしみ〉や俗語表現などの特性が見られ、また、現実の状況を変化させる程の対他的通達的機能を果たすという特性を有する誹諧歌を⑷として定立したのであるが、第一次詠歌対象に笑いを伴う〈をかしみ〉が見られず、また口語的俗語的表現が見られない点、この⑨歌を無条件に⑷に属する誹諧歌として受容することは許されない。だが、対他詠である点に、この⑨歌と⑷項の内容との重要な接点があり、表現趣向面でも前述のごとく結果的にせよ笑いの要素が感受されることも、無視することはできないのである。このように考えると、⑨歌はやはり前掲分類⑷に属さしめるべきであるとして、その類型は誹諧歌史的にはさらに下部ないし細部分類される必要性が出て来ることになろう。前掲拙稿では、『古今集』誹諧歌五十八首中に形式的には対他詠が厳密には一首のみであり、その性格も一義的にとらえ得ると思われるところから、これを⑷のごとく定義してみたのであるが、後世の和歌史ないし誹諧歌史を視界に入れた今はすくなくとも、より多様に、

⑷『後拾遺集』的誹諧歌の源流とみなし得る客観的詠歌対象自体に〈をかしみ〉の要素を含有し、対他的通達性の強い歌。また、客観的詠歌対象に〈をかしみ〉の要素は少ないが、表現面で結果的には享受者の笑いを誘う、対他性の強い歌。

のごとき補完的定義を必要とするのではないかと思量するのである。人間関係の潤滑油的機能を果たすという、基本的性格には変わりがないが、補完部分に該当する誹諧歌は、その笑いの要素も微笑類などソフトなものであり、用いる詞も伝統的歌詞から大きく外れるものではなく、見方によれば特に誹諧歌とする必要のない普通の歌とも受容できるといえよう。⑨歌の誹諧歌特立には、やはり詞書から窺える対他的通達歌であることが重要な理由となってはいたのであろう。

ところで『古今集』誹諧歌中には、私見によれば、元来対他的な歌であったものが、「題しらず」として撰入され

ている場合も見られるのではないか、と推察される。たとえば、

（題しらず）

1049もろこしのよしのの山にこもるともおくれむと思ふ我ならなくに（左のおほいまうちぎみ）

1051なにはなるながらのはしもつくるなり今はわが身をなににたとへむ（伊勢）

などは、『伊勢集』によると前歌は、人の婿となった仲平への未練を抱きながら父の任国大和にしばらく身を隠そうとする伊勢の贈歌、「みわのやまいかにまちみむとしふともたづぬる人もあらじとおもへば」に対する仲平の返歌であり、対他性の強い、歌物語中の一齣を形成する歌である。また後歌は、同じく『伊勢集』諸本に「ながらのはしつくるをききて」との詞書をもつ生活述懐歌として収められている。また、

（題しらず）

1036かくれぬのしたよりおふるねぬなはのねぬなはたてじくるないとひそ（ただみね）

などは、『忠岑集』一本（書陵部蔵三十六人集）に「（いとまにてこもりゐて侍比とひ侍らぬ人に）」との詞書をもつ、対他詠である。その他にも、「1030人にあはむ月のなきには思ひおきてむねはしり火に心やけをり」（小野小町）は「（つねにくれとえあはぬをんなのうらむる人に）」（正保版本「歌仙家集」本小町集）という、「1053なにかその名の立つ事のをしからむしりてまどふは我ひとりかは」（おきかぜ）「1064身はすてつ心をだにもはふらさじつひにはいかがなるとしるべく」（同上）はともに、「（おやのまもりけるひとのむすめにいとしのびてものいひけるほどにおやよふといひければいそきていりけるにもをすて、いりにけるかへすとて）」（西本願寺蔵三十六人集本興風集）という、それぞれの家集の詞書の規制を受ける歌群中に配列されている歌どもなのである。制作事情が判明すれば、他にもなお同様に扱える歌があったといえようが、これらの誹諧歌が何らかの生活的背景あるいは対他詠的性格を有していることは十分に推察できるのであり、家集↓勅撰集という経路を短絡的に想定しないとしても、おそらく撰者たちの撰歌資料には、そうした背景や性格を察知さ

せるものが含まれていたのではないかと思われる。それらの具体的詠歌事情を捨象し、「題しらず」とした『古今集』誹諧歌の編纂方針が改めて問われねばならないのであるが、当面の問題に限っていえば、前掲拙稿でも述べたごとく、対他的通達性の強い『後拾遺集』的誹諧歌に関する認識が『古今集』の時点ではいまだ成熟せず、一応誹諧歌として扱いながらも、前掲分類で説いた俊頼・基俊の誹諧歌観に従っていえば⑴と⑶の認定基準を主としての撰歌編纂であって、多く詞書を外したが故に、歌自体では歌意の唐突性ひいて受容の困難性を来たすことを自覚したが故の、「題しらず」扱いではなかったかとも考えられるのである。したがってこの「題しらず」は、旧来の通説のごとく制作事情不明と取るだけでなく、対他詠としての具体的状況を無視したため一義的受容を難しくすることになったことを示すとする、主題不明など別途の理解をも必要とするであろう。(7)

これらの歌の中には、「1030人にあはむ月のなきには思ひおきて…」歌、「1036かくれぬのしたよりおふる…」歌、「1049もろこしのよしの の山に…」歌など詞書を欠くために唐突性・意外性あるいは恣意性や多義性などが目について受容しにくく、そのいわゆる古今正調とやや異なる表現に、優美な伝統的世界からの逸脱や何らかの〈をかしみ〉がかなり明らかに感受され、その点に普通の歌体とは異質の誹諧歌たる理由の認められるものもあるが、「1051なにはなるながらのはしも…」歌、「1064身はすてつ心をだにもはふらさじ…」歌など、特に詞書がなくても歌自体の享受にさほどの影響がなく、発想にやや意表を突く表現が見られるが基本的には普通の歌との差異がそれほどあるとはいえないものもある。前掲拙稿では、「1046鶯のこぞのやどりのふるすとや我には人のつれなかるらむ」（よみ人しらず）「1059よひのまにいでていりぬるみか月のわれて物思ふころにもあるかな」（同上）などを、『俊頼髄脳』にいう「さもなき歌のうるはしきことばある」誹諧歌と受容し得ることを説いたが、上述のごとき誹諧歌についてみると、この「さもなき歌」とは元来は対他的性格を有する歌の類であり、詞書とともに享受してはじめて正しく受容されるべき、その意味では前掲分類⑷に属して⑨歌のようにあるべき歌も多かったのではないかと思うのである。だが上述したごとくに時いまだ熟さずして、それらは俊頼や基俊が『古今集』誹諧歌の主流とみなしたと私に考える、⑴・⑶の基準に従い「題しらず」歌として配列されるのであり、撰者以外には何故それが誹諧歌なのか不明瞭となっている歌が幾首かあったとしても、不思議ではないように思われる。詞書がなくても差し支えなく、表現趣向面の特徴から⑴あるいは⑶に分類し得る歌もあり、それらはたとえば「よく物いふ人のされたはぶるゝが如し」（俊頼髄脳）「基俊云。古式云。誹諧歌述事理不労詞」（天理図書館蔵・伝定家卿筆『奥義抄』下巻余）など、俊頼や基俊の誹諧歌観によって具体的に指摘される歌の中にも含まれ得るのであって、前掲の「かくれぬの」歌や「もろこしの」歌なども該当するのではなかろうか。しかしながらそのように扱うことができず、『俊頼髄脳』での分類によれば⑵とされる歌もあったのである。

　このように⑵に属する誹諧歌の実態を捉えることができるとするならば、⑵項の記述も次のように手直しする必要が生じるのではなかろうか。

⑵俊頼誹諧歌観に合致せず不審とされるが、撰者の享受により誹諧歌と認定された「さもなき歌のうるはしきことばある」歌。だがその実態は、元来⑷に属する誹諧歌たるべき歌も多く、後代にはそのように分類される歌。

　以上、⑨を⑷に属する誹諧歌として措定する考察の副次的知見として、前掲分類⑵についての手直しをも試みる結果となった。

五

題しらず

⑩2067しるらめやあはでひさしの槇柱ひとまひとまにおもひたつとは（源親房）

『続詞花集』戯咲部所収歌。一別以来の久闊を叙したいという、第一次詠歌対象自体に〈をかしみ〉の要素はもちろんあるまい。逢わなくなって久しいので、人目のない時に逢いたいものと思い立つの意と、庇の間の一間一間に槇柱が立つの意とを掛けて詠む、言語次元での趣向、すなわち第二次詠歌対象に、山高帽子からの鳩や瓢箪からの駒というがごとき意外性の〈をかしみ〉が惚けた味を伴って感受される歌なのであるといえよう。前掲分類(1)に属する誹諧歌としてよいであろう。

恋歌の中に

⑪ 2068 うすぎぬのいかにはるとも心よくよりあふべくもみえぬ君かな（清輔朝臣）

出典不詳。身を近づけ合い親しく一体化しようとしてもできない恋の嘆きが、第一次詠歌対象であるが、それ自体に〈をかしみ〉の要素はない。そのもどかしさに懊悩する心情を直截に詠むのでなく、薄衣の洗い張りが整いにくいことに掛けて比喩的に詠むところに、言語次元での趣向すなわち第二次詠歌対象に含有される〈をかしみ〉が感受される歌なのである。こうした趣向によって詠者に一種のゆとりが生じ、自己を第三者の立場に置いて笑うことさえ可能となろうが、それでも詠者の笑いは、苦笑あるいは瘂笑の類であるかも知れない。しかし撰者の享受では、失笑ないし冷笑、あるいは放笑や高笑を伴う〈をかしみ〉が感受されていたともいえよう。もちろん題詠なので、詠者が当事者の立場で詠むとは限らず、失恋に悩む人を第三者の立場で戯画化して詠むこともあり得るであろう。それに応じて笑いの性質も動く可能性が出てくるが、どのみち、詠者が言語次元で「されたはぶ」れ興じて詠もうとしたことにはなるので、前掲分類(1)に属する誹諧歌として詠者も撰者も受容していた可能性が高いであろう。

（恋歌の中に）

⑫ 2069 大原へゆくとはなしに恋すればやせとほりぬる物にぞ有りける（同右）

出典不詳。前歌と同趣ともいえる歌。恋の悩みで痩せ衰えたことを直截的に詠まずに、大原への道すがら恋をしたばかりに、八瀬の地を通過せざるを得なかったせいもあってか、何だか痩せ衰えて了ったよ、と趣向的発想を試みたところに、第二次詠歌対象としての言語次元における趣向に含有される〈をかしみ〉が感受される歌であろう。図式的にいえば、詠者にとっては苦笑の類、撰者にとっては失笑の類を伴う〈をかしみ〉である。やはり、前掲分類(1)に属する誹諧歌であると考えたい。

寄箭恋を

⑬2070 あづさ弓ひきもとむべき別ぢをやといひしにもかへらざるらむ（前中納言公雄）

出典「亀山殿七百首」か。恋の破局さらに別離に際して、留まってほしいと懇願したのにどうして元の鞘に収まってくれないのだろうと嘆く歌であり、第一次詠歌対象はこうした状況そのものである。もちろんこの第一次詠歌対象自体に〈をかしみ〉の要素があるわけでなく、やはり言語次元で〈をかしみ〉の感受される歌とすべきなのであろう。「ひき」を導く枕詞「あづさ弓」の縁で、「おい」という呼びかけの意を掛けた「矢」を用いることにより、飛び去って戻らない矢のイメージも加味され、ほろ苦さが増幅された表現となり、恋の破局、失って戻らない恋の切なさを本意とする歌題「寄箭恋」を詠みおおせているのであるが、「や」という卑俗な詞が〈をかしみ〉を感受させる一因となっているとはいえよう。ただ、それだけでは誹諧歌とする根拠微弱というべく、なお『後拾遺集』誹諧歌の「おもひいづることもあらじとみえつれどやといふにこそおどろかれぬれ」（大納言道綱母）との関連的受容が要請されるように思われる。この道綱母歌は、「入道摂政かれかれにてさすがにかよひ侍けるころ、帳のはしらに小弓の箭をむすびつけたりけるをほかにてとりにおこせてはべりければつかはすとてよめる」という詞書が示すごとく、夫兼家との夫婦生活の一齣として詠まれた褻的生活歌である。「や」という掛詞を核としたこの歌の機微、すなわち、こうした歌を詠むことにより夫兼家との愛の違和感を昇華させ、いわば自己の外界との調和回復のために機能する誹諧歌としての特性は、すでに旧拙稿「誹諧歌の変貌（上）」（静岡女子大学研究紀要・第七号、昭和49・3〈本書「誹諧歌の変貌」第四節〉）に説くところでもあるが、関係する人物の知名度の高さもあって、強い印象を伴い受容されたことであろう。あえていえば、「や」という詞が誹諧歌専用歌語として認識されはじめていた誹諧歌史の伝統の存在をさえ考えてみる必要がある、と思われる。稲田利徳「桜井基佐の作品における俳諧的表現」（連歌俳諧研究・第四十号、昭和46・3）によれば、後代の「梓弓春や雲井になくひばりやといふよりもい《（は）》や落にけり」（基佐集）などにまで続く、伝統の流れを察知し得るのである。詠者がこの伝統に従っているとするならば、第二次詠歌対象としての趣向世界はこの伝統に深々と根ざしているのであり、おそらく撰者も、詠者がしてやったりとほくそ笑んでいるさまを推量享受し、その点に〈をかしみ〉を受容しているのではなかろうか。前掲分類では、やはり⑴に属する誹諧歌であるといえよう。

　　　法橋顕昭まうできてあしたに帰るとて、袈裟をわすれたりけるをかへしつかはすとて

⑭2071 名残をば夜すがらこそはながめつれけさをわするる人も有りけり（左京大夫修範）

　　返し

⑮2072 我はいさけさわするるともおぼえぬにかへすは夜の衣なるべし（法橋顕昭）

『言葉集』に見える褻の贈答歌である。⑭歌で、もし忘れ物をした人物が老人などであるならば、それは人間的悲惨さに基因する所業であり、滑稽的要素は希薄となろう。そこに何らかの笑いの要素があるとしても、自己を含めての人間一般の限界・悲惨を笑うことになるので、苦笑とでもいうべきものになるであろう。しかし⑭歌の場合は、忘れ物などするはずのない、さらに凡俗人に説教すべき立場の法橋顕昭が職務上大切な袈裟を置き忘れたという失態なので、そこにはいわゆるベルグソン流「移調」の原理に基づく〈をかしみ〉が感受され、むしろ人間存在に対する親愛の情に根ざす、微笑あるいはさらに哄笑などをもたらすように考えられるのである。してみると、この顕昭が袈裟を置き忘れたという第一次詠歌対象自体に〈をかしみ〉の要素が内在しているというべく、その対他性をも加味して、前掲分類⑷に属する誹諧歌とすることができよう。言語次元での趣向性に⑴に属する誹諧歌としての性質をも示すが、それもよりよく事態の円滑化を果たそうとする対他的機能に奉仕収斂するものとしてとらえ、基本的にはやはり⑷に所属させたいと考える。

⑮歌は、置き忘れた袈裟を返して貰った顕昭の謝礼返歌であり、この場合は第一次詠歌対象に〈をかしみ〉を感受することは難しい。「袈裟」に「今朝」を掛け、「今朝、袈裟を忘れたとは覚えていないので、あなたが返すのは多分夜の衣であり、きっと私との別れの名残りを惜しみ、夜着を裏返して着ることで夢に見ようとするのでしょう」と、贈答歌の詠みかたそのままに贈歌の詞尻を捉えて機知を弄し、第二次詠歌対象としての虚構的言語次元で遊び興じた歌なのである。返歌としての対他性に、⑱・⑲歌の検討で触れるような⑷に属する要素を含有しながらも、一応基本的には前掲分類⑴に属する誹諧歌であるとしておきたい。

　源通清、熊野よりかへりまうでくとききて、よき墨や侍るとたづねけるにあしきよし申したりければ

⑯2073 すみよしといまはたのまじ津の国のなにはたがへる所なりけり（藤原朝家《宗イ》）

この褻的対詠歌の第一次詠歌対象としての具体的事態は詞書に明らかであるが、作者に関しては存疑。この歌、惟宗広言撰『言葉和歌集』雑下部・述懐（冷泉家蔵本に拠る）に、

　通清クマノヨリ下向シタリトキ、テヨキスミヤアルトタツネタルヲカヘリ事ニスミノワロキヨシ申テ

源　通清

マツカセノ□トノミカヨフ、チシロヲスミヨシ□□ミキミカイフナル

　返　シ　　藤　朝宗

スミヨシトイマハタノマシツノクニノナニハタカヘルトコロナリケリ

のごとく載り、「朝家」が「朝宗」となっているように読めるのである。[8] 源通清（保安四年〈一一二三〉生）は続詞花・今撰・千載作者なので、朝家あるいは朝宗も同時代人となるが、朝家の素姓は確認できない。六条藤家知家（一一八二～一二五八）は「本朝家」（尊卑分脈）ともされるが、時代的にすこし若過ぎて無理があろう。朝宗だとすると、「住吉社」「広田社」両歌合の作者なので整合する。松野陽一・井上宗雄両氏の推定されるように、[9] やはり朝家は朝宗の

誤写とせねばなるまい。

さて、墨や硯を特産とする熊野の土産として期待した墨なのに、良質ではなかったという通清の報告は、朝宗にとって決して快い事態ではなく、そこに〈をかしみ〉は感受されにくかろう。だが、その事態にどう対処するかについてさまざまな感情が生まれ、それに応じて多様な和歌表現が成立することになる。その感情は時に失望であり憤慨であり、時に苦笑であり冷笑である。前者の場合、その激情的表現が詞の洗練に意を用いるゆとりを失わせ、享受者の立場からの前掲分類(3)に属する誹諧歌認定となる可能性もあろうが、俗語的表現を見ない実詠に徴してこの見方は成り立たない。後者の立場で詠者の心情を追体験していえば、たとえ苦笑にせよ笑うことによって事態の客観化を図るゆとりが生じた時、こうした歌が詠まれる。朝宗が通清を迎えたのが摂津住吉の地であったとすると好都合だが、虚構であってもよい。ゆとりがもたらした趣向であろうが、この趣向が詠者のゆとりをいっそう増幅させるのである。「墨」との掛詞で「住吉」の地名を利用し、「難波」に「名には」を掛けて、現実には必ずしも住み良き「住吉」の地ではないと地名に罪を転嫁するという、いわば言語遊戯的一趣向、換言すれば観念的別世界の建立を媒介として悪しき感情は棄て去られるかも知れない。すなわち、苦笑を伴うこの趣向歌が期待と現実の矛盾衝突する事態をとりなし、その違和感が克服されるという機能を果たしていることになる。

このように考えると、この⑯歌は、形式的には朝宗が通清に対して詠む対他的性格が著しいともいえるが、本質的には自己の感情を鎮めるための対自的性格の強い歌というべきであろう。結局、前掲分類(1)に属する誹諧歌であると考えたい。

⑰2074 千早振かみもなしとかいふなるをゆふばかりだに残らずや君（大蔵胤材）

あひしれりける女の、をとこにかみきられにたりとききてつかはしける

『続詞花集』戯咲部所収。この褻歌の第一次詠歌対象自体は、詠者の知人である女性が愛憎のもつれか相手の男に

女の生命ともいえる頭髪を切られたという、人間世界の一種悲惨ともいえる事態であり、すくなくとも当事者にとってはそこに〈をかしみ〉の要素はない。しかし第三者の立場からいえば、人間たちの愚かさの現れともいえるこの第一次詠歌対象に、〈をかしみ〉の要素が感受される可能性も大であろう。

この歌の場合、詠者が事態を悲惨的に捉えているか滑稽的に捉えているか不明のようであるが、「あひしれりける」女友達への贈歌である点を考慮すれば、建て前としては事態を悲惨的に受け止め、慰めの歌を贈ったと理解すべきであろう。ただ、言語表現面にそれほどの暗さはない。「髪」に「神」を掛け、「木綿」に「夕」を掛けて、神は目に見えないが木綿は残って神の存在を暗示するように、髪は無くても夕べは有るから新しく男が訪れることもあるだろうと詠む、この歌の趣向に一種の〈をかしみ〉さえ感受されよう。慰めの歌としては、真面《まとも》に深刻ぶって詠むよりも、こうした詠みかたの方がかえって効果的な場合がある。詠者は、悲惨な事態にとらわれて女性の心情に同化することなく、一段高い立場から効果的な慰問の歌を贈ったといえよう。夕べが消えてなくなったわけではないのだから、新しい恋も不可能ではない、望みを捨てないようにと慰めとりなすことによって、状況を明るい局面へと転化させることも可能となるのである。寺島恒世・佐藤明浩両氏のご教示によれば、「ゆふ」には「結ふ」が掛けられ、髪を木綿の紐で結ぶ意も含まれていて、短く残った髪への言及に〈をかしみ〉が感受されるとのことである。

この第二次詠歌対象としての表現趣向には、上述のごとく一種の〈をかしみ〉を感受されるのであるが、それはやがて朗笑の類へと変わる可能性をも秘めているであろう。こうした笑いによって現実を変える、言語の力を思うべきである。

この⑰歌が、髪を切られた女性へのどの程度の慰めとなったかは断じられないとしても、気分転換の一助とはなり得たであろう。言語次元の趣向に限っていえば、前掲分類⑴に属するともいえるが、総体的に判断すればその対他的機能を重視すべく、分類⑷に属する誹諧歌であると考えてよかろう。

誹諧歌には、人間世界の暗い現実を明るく方向転換する、不思議な働きがある。

筑前守にて国に侍りけるに、日のいたく照りければ、雨の祈にかまどの明神にかがみをたてまつるとてそへたりける

⑱2075雨ふれと祈るしるしのみえたらば水かがみとも思ふべきかな（藤原経衡）

『続詞花集』戯咲部所収。歌徳説話に属すると考えられる祈雨の歌。『経衡集』には、「日のいたくてりはべりしに、かまどの明神に、むまかがみなどたてまつるとて」の詞書で載る。第一次詠歌対象としての旱魃という事態および祈雨の行為自体に、〈をかしみ〉の要素は感受されない。近代ならばその迷信的行為が笑いの対象となろうが、当時にあっては真剣な行為であったろうからである。〈をかしみ〉があるとすると、ただ、一応歌を詠みかける相手とされる「かまどの明神」に、もし祈雨の効験が現れ雨の降りそうな気配が見えたら、この捧げ物の鏡を水鏡（＝水面に物の影が映るので「水」を鏡にたとえていう）と思わなければなりませんね、と呼びかける歌意面に、鏡と水鏡という異質のものを同次元的に扱う不条理がもたらす違和感が感受される、言語次元での表現趣向面にこそ求められるであろう。この違和感を解消するためには、微苦笑あるいは失笑といった類の笑いが要請され、〈をかしみ〉を具象化するのである。「かまどの明神」を意識して詠む対他性を考慮すれば、前掲分類⑷に属する誹諧歌となるともいえようが、結句「思ふべきかな」の主語は詠者自身と考えられるので、形式的には対他歌といえるが、実質的には対自的性格の強い歌であると考えられ、言語趣向面での〈をかしみ〉であることにも留意すれば、また⑴に属する誹諧歌とすべきであるともいえよう。ただ歌徳説話的にいえば、この歌に接して雨神も頤《おとがい》を解いて雨を降らせる成り行きとなるという対他的機能を重視する立場で、⑷に属すると考えることができる。明神の霊験あらたかに降雨となったという文献的証跡も見当たらないが、詠歌の場を考慮すると、単に言語次元でのみ遊び興じた歌とは受容しにくいと取るのが穏やかであろうから、やはり⑷に属する誹諧歌であると判断してよいのではなかろうか。たしかに前述のごとく、第一次

詠歌対象自体には〈をかしみ〉の要素があると思えないが、撰者の享受意識では当事者程の切実感が乏しいので、いわば自慰的なままごと遊び的状況として事態が捉えられ、客観的第一次詠歌対象に替わる擬似的第一次詠歌対象として多少の〈をかしみ〉を伴い意識されていた可能性もあろう。

因みに、祈雨と「かまど」の関連性についていえば、中山太郎『日本民俗学辞典』（梧桐書院、昭16）に、雨乞と火焚とは深い関係があり、刈草・松明・薪などを焚いて雨を乞う祈願の習俗が各地にあったことを記している。『月堂見聞集・薪一五』には、「五月六日、御霊社へ法皇御所より御湯二釜被レ進候。此間久敷雨降り不レ申処に出火多く、殊に早苗植付がたきに依て也。果して同日七ツ時雨降、翌七日七ツ時に晴る」ともある。火と縁のある「かまどの明神」と祈雨の営みとは、案外関連が深いのかも知れない。なお、祭祀の具として神に鏡を捧げるのは、周知のごとく常套の所為であった。家集『経衡集』には、前掲のように「むまかがみ」とあるので、捧げ物は正真の鏡でなく絵馬として描いた鏡であったのかも知れない。また、「むまかがみ」を「むま、（および）かがみ」と取ると、「むま」を馬の絵馬と解することもできよう。雨乞いの捧げ物として、もとは生馬、のちに藁の馬さらに絵馬となるともいわれる。祈雨は黒馬、止雨は白馬とされるので、とするとこの場合、黒馬の絵馬と鏡の二つであったかも知れない。

　　人のえびをこひにおこせたるに、ありけるままに十九やるとて

⑲2076世の人は海のおきなといふめれどまだはたちにもたらずぞありける（大中臣能宣朝臣）

『続詞花集』戯咲部所収。第一次詠歌対象は、海老を乞われた時手許にあった十九尾というやや半端な数の海老を贈ったという事態であるに過ぎず、詠者の心情としては、むしろ数の少なさを恥ずかしくあるいは気の毒に思うような状況であって、特にそこに〈をかしみ〉の要素があるとは思えない。しかしこの添え歌が、十九という半端で時化た数に微笑さらに朗笑あるいは爆笑という類の笑いを伴う〈をかしみ〉の味付けを施し、この何の変哲もないともいえる事態を明るい愉快な状況へと転化するのである。すなわち、「えび」を漢字で「海老」と書くその字面と二十に

も見たない十九という数とを、擬人的に老人と若者として対比させるところに、十九尾という海老の数の少なさは、その言語遊戯の魔法的表現の中に溶解して、対他的にいわば日常生活を円滑に運ぶ機能を果たすことにもなるといえよう。

このように考えると、この歌が発想された時、詠者自身にとっての上述したごとき客観的な第一次詠歌対象も変質し、いわば擬似的第一次詠歌対象として、言語次元での趣向世界のもたらす広がりをも含む状況が意識されていたようにも思われる。この擬似的第一次詠歌対象には、〈をかしみ〉の要素が感受されていたであろう。とするならば、形式的あるいは本来的には言語趣向面で遊び興じる歌として、前掲分類(1)に属する誹諧歌の性格をもちながらもこの⑲歌は、結局⑱歌と同様、(4)に属する誹諧歌であると分類されてしかるべきではなかったろうか。

六

以上、各歌ごとに検討を加えて来た十九首の誹諧歌を、改めて前掲分類に従い、類型別に一覧化すると次のようになる。

(1)に属する歌……②・⑧・⑩・⑪・⑫・⑬・⑮・⑯
(2)に属する歌……ナシ
(3)に属する歌……①・③・⑥
(4)に属する歌……④・⑤・⑦・⑨・⑭・⑰・⑱・⑲

通覧して、(1)・(4)に属する誹諧歌の多いことが判る。すでに述べたように、これらが相互に他の要素を含む側面があることを考慮しても、こうした誹諧歌が『新続古今集』当該部に多いことは否定できまい。

(1)に属する誹諧歌が多いのは、『俊頼髄脳』に「誹諧歌といへるものあり。これよく知れるものなし」としながらも、「古今についてたづぬれば、されごと歌といふなり。よく物いふ人のされたはぶる、が如し」と説いたところと整合するのであり、『古今集』誹諧歌についていい、前掲拙稿「『古今集』誹諧歌試論」でその一面の妥当性を説いた、俊頼誹諧歌観が誹諧歌の歴史の中で生き続けていたことの証となろう。換言すれば、室町時代に成立した最後の勅撰集にまで、こうした性質の誹諧歌がその生命力を保持していたということになる。ただし、これら八首の作者についてみると、⑫歌の前中納言公雄が鎌倉時代作者であることを除き、他はすべて平安時代歌人であることが注意されねばならない。つまり、(1)に属する誹諧歌が多いといっても、それはこうした歌が室町期にも詠まれ続けていたことを意味するのでなく、撰者の誹諧歌撰歌意識の中で生き続けていたことを意味しているということになるのである。

(4)に属する誹諧歌が多いことは、『後拾遺集』誹諧歌と深い関係を指摘できると考えられている、『続詞花集』戯咲歌が全十九首中八首を占める『新続古今集』誹諧歌のありかたとして、むしろ当然過ぎることであったともいえよう。『続詞花集』の撰者藤原清輔の独自明確な誹諧歌観は、周知のごとく『奥義抄』に述べられている。[10] この所説の功罪をめぐる私見は、拙稿「誹諧歌補説」（静岡女子大学研究紀要・第十四号、昭和56・3〈本書収録〉）に説くところがあるので参看願いたいが、『俊頼髄脳』にいう、誹諧歌イコールされごと歌説に従わず、『史記』に説く「滑稽」の本来的意義と同義的に、「その趣弁説利口あるもの、如二言語一」という立場から「非レ道してしかも成レ道」「火をも水にいひなす」「狂言にして妙義をあらはす」という、困難な現実的事態を言葉の力で変改させる底の対他的性格が強い歌を措定している。制作事情的にいえば褻的生活歌が多くなることにもつながるのであるが、『続詞花集』の戯咲歌四十七首中の三十三首程がこうした性格の歌であり、『奥義抄』の清輔所説と整合しているといえよう。その所説がこの清輔誹諧歌観の系譜と関連する歌学書類も多い。[11]『新続古今集』の撰者雅世は、当然『奥義抄』やその系譜と関連する所説にも通じていたであろうから、『続詞花集』から多数の戯咲歌を重出入集させたのは十分に自覚的な誹諧歌観に基づく所為であったといわねばならない。

ただし、『続詞花集』との重出歌八首中、本稿の各歌検討で(4)に属する誹諧歌として分類したのは⑤・⑰・⑱・⑲歌の四首に過ぎない。というのは、他の重出歌①・②・⑧・⑩歌はいずれも対他詠ではないからである。『続詞花集』中にも、(4)以外に属するといえる歌が十四首程含まれることになるのは上述の通りであるが、撰者雅世は、こうした歌（(1)に属する歌が多い）にも注意を向けて四首を撰入したといえるのであり、雅世の誹諧歌部構成意識が、ある程度多様性の方向へ開かれていたことを示していると考えてよかろう。

雅世のいわば誹諧歌多様化意識は、(3)に属する誹諧歌を撰入したところにも顕現していると思われるが、その歌数は案外少なく①・③・⑥歌の三首程である。このことは何を意味するのであろうか。「前金吾基俊云。古式云。誹諧述事理不労詞」（定家卿筆『奥義抄』下巻余）とあるのに基づき、私に基俊誹諧歌観と定めた基準に照らして(3)に分類できる誹諧歌は、『古今集』にもかなり見られたし、『後葉集』誹諧歌十九首中にも七、八首程見られた。(12) こうした誹諧歌の歴史をふまえ、さらに①・③・⑥三首の作者が崇徳院・慈鎮・頓阿であることを勘案すれば、それは、(3)に属するような誹諧歌が室町期に入ると詠まれなくなっていた実情の反映であるともいえるが、より重要なことは、多様化意識を抱くとは言う条撰者の誹諧歌観内に占める(3)の比重が軽くなってきていた機微を現すともいわねばならないであろう。では何故、こうした比重の変化が生じはじめたのかといえば、私見によれば狂歌との関連的考察が要請されるように思われる。近世中期の私撰集ではあるが、松風也軒撰『今代和歌渚の松』（野村貴次氏編の影印本に拠る）は、誹諧歌部（巻十七）と狂歌部（巻十八）とを截然と区別して編纂し、狂歌部冒頭に、

狂歌といへるものハ実情の不得已にせまりて詞の雅俗えらふにいとまあらさるに起れるものならしいにしへをかうかゆるに釈門の徒仏意を述るの言多く此体あり心を本として詞にかゝハらされハ成へし末の代にいたりてハおかしき事を本として詞の俗なるをむねとすその起るゆへんをわするゝに似たり（下略）。

と述べている。風也軒がとらえた原初的狂歌が、いかに基俊的誹諧歌観に基づく(3)の誹諧歌に類似することか。逆に

いえば、(3)に属するような誹諧歌を狂歌として意識しはじめていた歌人たちがいたとしても不思議ではない状況が、狂歌の原初期にはあったということになる。風也軒は、狂歌の原初期を具体的にいつ頃と考えていたのだろうか。周知のごとく俊成は、「六百番歌合」恋七・七番寄海恋判詞で『万葉集』戯咲歌を「狂歌体」と呼び、「誹諧といふは狂歌なり」（和歌肝要）「人毎にたゞ誹諧とは狂歌をいふと心得たる許にて侍る程に小智の妨げにて至極を知らぬなるべし」（桐火桶）などの用例も見えるが、一般に狂歌に関する文献資料は鎌倉期に乏しく、室町期に入り急増する。[13]『渚の松』の前掲引用言説の後文には「凡狂哥の名いつの比よりはしまれるにやさたかならねと心の狂るといふにハあらすたゝ詞の正風ならす詩の拘体なといへるたくひと見え侍れは」などの一節も続くので、風也軒の狂歌観は狂歌の初出用例などを厳密に押さえての学問的なものでないことが判るが、また後鳥羽院時代に「柿本栗本とてをかれ」「柿本はよのつねの哥是を有心と名つく栗本は狂哥是を無心といふ」ことをいい、「庭に大なる松あり風吹てことにおもしろき日有心の方より慈鎮和尚　心あると心なきとか中にまたいかにきけとや庭の松風　とよミて無心の方へをくられける返しに　宗行卿　心なしと人はのたまへと耳しあれはきゝさふらふそ軒の松風」として引いた狂歌の実例に徴すれば、その第二、三句の口語的俗語的詞遣いがまさしく狂歌の原初的ありかたに適うので、風也軒が「狂歌といへるものハ」と述べた時意識していた時代は、鎌倉時代初期であったことを想定してもよいのではなかろうか。

すなわち鎌倉時代すでに、(3)に属する誹諧歌とそれとほぼ同質の狂歌との混線現象が始まっていたかと思われるのであり、狂歌の流行し出した室町期には、相対的に(3)の誹諧歌の影が薄くなったことが、『新続古今集』撰者雅世のこの類型に対する意識を弱からしめていたのではないか、と推察するのである。

もちろん、狂歌自体のありかたも単純ではない。『渚の松』の前掲引用文中にはなお、「末の代にいたりてハおかしき事を本として詞の俗なるをむねとすその起るゆへんをわするゝに似たり」のごとき言説を見るのであり、(1)あるいは(4)に属する誹諧歌との混合現象ともいうべき新たな状況が発生していたことを、察知せしめるであろう。誹諧歌と狂歌とは、絡み合いながらも、独自の道を歩もうとしていたと考えねばなるまいが、たとえば『細川幽斎聞書』（古典文庫本）に、「誹諧の事…たゝよのつねのをもいく度も狂哥と云へし。はいかいとは云へからすとそ」とあるように、時代的には狂歌と認識されるべき歌体を旧態依然として誹諧と称していた人たちの存在していたことなどもあった。前掲分類(3)に属する誹諧歌が詠まれなくなったわけではないが、それらが狂歌と意識されがちな時代もあったし、前掲分類(1)・(4)に属する誹諧歌と類同化する狂歌の変貌に伴い、こうした狂歌が誹諧歌と意識されがちな時代もあったろう。誹諧歌と狂歌の絡み合いは、時代と個人の絡み合いをも重層させて、中世誹諧歌史を複雑に展開させていったものと思量されるのである。

『新続古今集』誹諧歌十九首中、(3)に属すると思われる歌が三首程であることの背景には、こうした状況があったのではないかと考えたい。

七

若干の問題について、補足説明を加えておく。先ず第一に、前節で『新続古今集』誹諧歌十九首中(1)と(4)に属する歌が各八首ずつ数えられること、しかもこれらが明確に分類しにくく、両要素の混融する場合がかなり見られることを述べたのであるが、こうした現象の背後には、俊頼的誹諧歌観と清輔的誹諧歌観との融化を志向する撰者雅世の意識が働いていたのかも知れない、といえるのかどうかという問題である。雅世の父飛鳥井雅縁（宋雅）の『諸雑記』に、「俳諧哥如此他本ハ誹諧也」とあるのが何を意味するのか厳密には不詳であるが、もし誹諧歌の本性の認識に他者との差異を自覚しており、清輔が『続詞花集』で「戯咲」と称した程の信念はなかったとしても、多少それに近い思いがあるとすると、雅世の誹諧歌観形成における父のかような庭訓的要素をも顧慮しなければならなかったであろう。「誹諧歌」の読みかたについていえば、あるいはそれは、「ハイカイ歌」と読む明確な自覚を伴うものではなかったかと思われる（注1参照）。ということは、他方に「誹諧歌」と書くのを正しいとするだけでなく、その読み方もあるいは「ヒカイ歌」であったかも知れない流れが存したことを、証するともいえるのである。

また、内容的にいえばそれは、(1)に属する誹諧歌に(4)に属する誹諧歌を重ね合わせて捉える営みともなろうが、(1)と(4)それぞれに内在する〈をかしみ〉が媒体となって両者を結びつけることになるのではと思われる。すでに説いたごとく、(1)の誹諧歌の〈をかしみ〉は第二次詠歌対象としての言語次元におけるそれであり、(4)の誹諧歌の〈をかしみ〉は第一次詠歌対象としての現実自体に含まれるそれであり、いわゆるベルグソンの「言葉が言い現わすおかしみと言葉が創造するおかしみとの間には区別を立てなければならぬ」（岩波文庫版『笑い』）が教える、〈笑い〉の二大類型であるが[14]、その融化は⑦・⑱・⑲などについて説いた通り、(1)的立場での言語次元的趣向的発想が観念的に擬似的第一次詠歌対象を成立させ、そこに発現する〈をかしみ〉を詠むことによって、笑いを伴う対他的機能が発揮されるという構造でなされることになるのであろう。

こうした⑦・⑱・⑲歌などを採歌したところに、俊頼的誹諧歌観と清輔的誹諧歌観とを融化しようとする、撰者雅世の独自の誹諧歌観が幽かに匂い出ているように思われる。雅世の息雅親（栄雅）の講説聞書である『蓮心院殿説古今集註』（『中世古今集注釈書解題四』所収）に、「誹諧歌　昔はざれ歌といふ也。利口したる歌也。物いはぬものに物をいはせ、心なき物に心をつけなどする事也」とあるのも、支証とし得る飛鳥井家家説であるといえよう。

次には、この『新続古今集』十九首の作者についてみると、部分的にはすでに述べたことでもあるが、「よみ人しらず」歌二首を除く他の十七首中に当代歌人は見えず[15]、鎌倉期歌人としての公雄と頓阿の二名をも一応除くと、他の十五名はすべて平安時代の『後撰集』～『千載集』初出歌人であることを[16]、どう考えるべきかという第二の問題がある。この事実について、こうした傾向が『続千載集』以降の勅撰集誹諧歌に見られることに留意して、浅田徹氏は、「存命の人を採らないのは、思うに誹諧歌として自作が入集することが必ずしも名誉ではなかったことを意味するのでは」という見方を私信で提示された。一理あるが、『続千載集』から約百二十年後の『新続古今集』の場合、二、三世代前の歌人も採っていないのであるから、なおやはり独自の考察が要請されよう。すなわちこの場合、平安時代には誹諧歌と認定されるべき歌が多産されており、勅撰集・私撰集の誹諧歌部編纂に際して歌数の制約上惜しくも洩れていた歌が多く残されていたからだと考えるべきなのか、あるいはまた平安時代に誹諧歌として採られなかったのは、当時の誹諧歌認定の主要基準からみて微妙なズレがあったので洩れていたのであるが、そうした歌を救済したとすべきなのか、一考の要もあろう。実際には、『古今集』『後葉集』誹諧歌の流れを主流とする立場からは傍流とすべき『続詞花集』戯咲歌が八首採られていることからいえば、後者の可能性の方が大であろうか。この重出採歌は、当時採歌されてしかるべきであったのに洩れていた歌を、遅ればせに入れたという見方を否定するとともに、上述のごとき意味での傍流的誹諧歌を積極的に再評価したということを語っていると思うからである。[17]とすると、『新続古今集』誹諧歌部は単に平安時代歌人の歌を主とした構成が企図されたというだけでなく、そこに撰者雅世独自の誹諧歌観が働いていたことをも察知しなければならないであろう。それはまた、上述した第一の問題点について考察したところとも合致するといえるのである。

ただ、視点を変えれば別の側面も現れてくる。平安時代歌人を主とし多少鎌倉時代歌人を加えた歌人たちの歌がほとんどであるということは、こうした誹諧歌が室町時代においてはもはやすでに過去の遺物となりつつあり、当代歌人による誹諧歌の生産が途絶えたのか、あるいは誹諧体の歌に質的変化が生じたのか、前節で述べた誹諧歌と狂歌の絡み合いやそれぞれの変貌の問題とも関連させての、新しい問題提起とそれに関する考究とが必要となるであろう。今後の研究課題である。

最後に第三の問題として、前掲分類(2)に属する誹諧歌が皆無と判断されることについて、少々補足する。それはいうまでもなく、『新続古今集』の誹諧歌いずれも、(1)・(3)・(4)のどれかに分類できるという、誹諧歌としての特徴が比較的顕著に感受された結果ではあろう。しかしこうした結果が招来されたについては、そのプロセスについてなお考えておくべき問題がある。それは、(2)に属する誹諧歌の『古今集』以後のありかたについて、その後どのような状況で展開して来ていたのかという問題である。すなわち、一応先ず、

(A)『古今集』以後、こうした類型の歌を詠むことが次第に少なくなり、適当な歌を採歌できなくなった結果の現象。

(B)『古今集』以後も、こうした類型の歌は詠まれていたが、それは誹諧歌と認識されず、他の部立に採歌されることになった結果の現象。

(C)『古今集』での撰歌基準が不明のまま、こうした類型を意識的に避け、明確な類型のみを採歌した結果の現象。

とする三項を設定し、実態はどうであったのかについて考察してみよう。そのためには、誹諧歌史に即した幅広い検証的考察が必要となろう。

概観的に、「さもなき歌（されごと歌ではない歌）のうるはしきことばある」（俊頼髄脳）という、(2)に属する誹諧歌ありやなしやを各集について検すると、一応次のような歌を取り挙げることができそうである。

〔後葉集〕

三の御子のいへにて恋の心をよめる

ゆかちかしあなかま夜半のきりぎりす夢にも人にあひもこそすれ（藤原基俊）

後朝のこころをよめる

しののめの空しらずしてねたる夜を鳥のねたくもおどろかすかな（平実重）

〔続千載集〕

きさらぎのころ、俊恵法師わづらふこと侍りければ遣しける

君がため風をぞいとふこの春はなにゆゑとのみなにおもひけん（大僧正行尊）

〔新千載集〕

亭子院にて梅の花をよみ侍りける

ちるまではきつつだにみん春雨に我をぬらすな梅の花がさ（大中臣頼基朝臣）

題しらず

やはらぐる光もちりにまじるらむあさぎよめすな神の宮つこ（賀茂遠久）

〔新拾遺集〕

暁くひなをききて

あくるまを猶たたくこそ夏のよの心みじかきくひななりけれ（よみ人しらず〈頓阿〉）

文保三年百首歌たてまつりける時

大ゐ川かへらぬ水のうかひ舟つかふと思ひし御代ぞ恋しき（権中納言公雄）

いずれも、明確に(1)・(3)・(4)に所属させにくい誹諧歌を拾い挙げるべく努めてみたのであるが、多少は見出し得るようである。しかし、その数はそれほど多いとはいえない。論者による歌の出入りが多少あったとしても、全体的に少なく、(2)に属する誹諧歌を避けようとする姿勢が撰者たちに見られるといってよいのであろうか。ただ、最後に掲げた公雄歌については、浅田徹氏が私信で、誹諧歌の「通常の機知を越えてスタンダードとなりうるスタイル」の一候補例としてこの歌に触れ、「『勅撰集誹諧部』の一つの在り方として選択されてもいい作風だったと感じます。いくらかの『移調』を交えつつ、主題は真面目な政教性を備えているような（史記・滑稽伝にいうところに近い）作品です。この場合、巻末に当たることから、ことさらそのような内容の歌が求められたに違いありません」との見解を提示された。傾聴すべき視点であり、今後の発展考察が望まれるが、今は私見を述べることに努めたい。第四節の⑨歌の検討で触れたように、『古今集』の(2)に属すると思われる誹諧歌は、私見によれば撰者には理解できても一般享受者には受容しにくい形態的不備があったといえるのであり、このようないわばヌエ的存在の誹諧歌が次第に消えていくのは、なべて進化の理に適うべき一事例として捉え得るものであったかも知れないと思う。特に、『千載集』誹諧歌部などには該当する歌が見出されないように考えるのであるが、これはやはり、撰者俊成が⑵に属する誹諧歌に対して否定的認識を有していたことを推察させるものがあろう。誹諧歌部への撰入いかんは、こうした歌の詠作行為の有無よりも、第一義的にはあくまで撰者の誹諧歌観に基づくはずのものだからである。

ただ、とするならば、『千載集』を除く中世期勅撰集の誹諧歌部に多少とも⑵に属すると思われる歌が採られていることは、これら勅撰集撰者の意識の甘さを示すことになるともいえるであろう。そして相対的に、こうした類型の誹諧歌を採らなかった『新続古今集』の撰者雅世の意識の高さ、さらには第一節で説いた、『新続古今集』誹諧歌部の構成面が『千載集』のそれと形態的に類似する特性が、内容的にも指摘できるのではないかということを改めて考えざるを得ないのである。もちろんそれは、前述のごとく総体的に⑵に属する誹諧歌が少なくなっていたところに具顕している、『古今集』以後の長い誹諧歌の歴史を背景とした、撰者たちの誹諧歌学習成果の一帰結として捉えられねばならないのではあろうが、雅世の誹諧歌観が、すくなくとも⑵に関する限り、俊成を継承する形でより明確になってきていたとはいえるであろう。

このように考え来たると、前掲三項のうちの(C)について、次にように多少の修正を施し、これを穏当な見解であるとして結論づけることができるのではなかろうか。ダッシュを付け、(C′)として記す。

(C′)『古今集』の撰歌基準が不明のまま、中世勅撰集ではこうした類型の採歌が減少気味であり、特に『千載集』で評価されなかった誹諧歌史の流れに沿っての現象。

注

（1）拙稿「『古今集』誹諧歌試論」での誹諧歌分類整理で、⑵に属するとした誹諧歌の特性については、ほとんど説くところがなかった。そこで本稿では、第四節での⑨歌についての説明と第七節での第三の問題点についての説明の箇所で、多少触れてみた。また、『俊頼髄脳』執筆に当たって俊頼の披見した『古今集』がいかなる素姓の本であったかについても、まったく説いていなかった。『髄脳』中に引かれた「秋の野になまめき立てる女郎花あなことごとし花もひと、き」の「あなことごとし」が、元永本に見られる本文であることから、あるいはこの系統本かとも推察されるが、現存元永本の成立は時代的に『髄脳』執筆時より遅い上に、俊頼筆とされる多数の『古今集』古筆切本文との異同も非常に多いので、認められない。俊頼がどのような本に拠ったかは、いまなお不詳である。さらに、「宰相中将源朝臣国信卿家歌合」巻末の「基俊後記」の「滑稽歌云々」について、これを肯定的評価と捉える私見が、萩谷朴氏の「揶喩説《ママ》」（『平安朝歌合大成』解説）と異なる点に不審を抱く研究者も多いと思われるので、一言触れておきたい。私見はもちろん、萩谷説とは異なる独自の立場での立論である。結果的には、橋本不美男氏の説（『院政期の歌壇史研究』参照）と重なる面もあるであろう。なお、『古今集』の「誹諧歌」の読みかたについては、すでに拙稿「誹諧歌の変貌（上）」（静岡女子大学研究紀要・第七号、昭和49・3〈本書「誹諧歌の変貌」第三節〉）で「ヒカイ歌」説を述べているので、この「試論」では改めて触れなかったが、もとより自説に変更はない。ただし通称で、「ハイカイ歌」と読むことに特に異議はとなえない。

（2）拙稿「誹諧歌補説」（静岡女子大学研究紀要・第十四号、昭和56・3〈本書収録〉）など参照。

（3）拙稿「誹諧歌史断面―『後葉集』をめぐって―」（樋口芳麻呂編『王朝和歌と史的展開』〈笠間書院、平成9〉本書収録）参照。

（4）井上宏他『笑いの研究』（フォー・ユー、平成9）参照。ジョン・モリオール（現代米国の哲学者）『ユーモア社会をもとめて』（森下伸也訳。新曜社、平成7）が、「笑いの理論」を要約して「優越の理論」「ズレの理論」「放出の理論」の三つに整理していることを紹介している。

（5）『蔵玉集・雑』には、「（松）（天智天皇花尽異名）　山里の暁ごとの松風や目ざまし草の種となるらん」とあり、「松」の異名とするが、『重訂本草綱目啓蒙・巻十一』には、「荻　ヲギ　ヲギヨシトモ云。古歌ニハ　フミ、グサ…メサマシグサ…」とあり、「荻」の異名とする。

（6）次のごとき三首である。

花を人のおりけれは
香をぬすむ風たにうきをさくら花ぬしにしられて枝を折かな
あつまへ下侍し時、さめか井といふ所にて、むまねふりをさまして
みしか夜のあしたの眠さめか井にみゝもおとろく水の音哉
念仏申侍しとき
おひぬれは仏の御名をとなふるもおなしことすと人やきくらん

（7）吉川栄治「『題しらず』という語について」（『講座平安文学論究』第二輯〈風間書房、昭和60〉所収）など参照。なお『千載集』の題不知歌については、同様視点をも取り入れた立場から考察した拙稿「『千載和歌集』一面」（『中世和歌文学論叢』〈和泉書院、平成5〉所収）に説くところがある。『古今集』誹諧歌の題しらず歌五十二首についても、この詞書の諸本に見られる異同をも含めての考察が要請されよう。

（8）冷泉家時雨亭叢書本『言葉集下』（外題）の作者名について検すると、明瞭に「家」と読める場合も多く、「行家」（恋上・三オ）「実家」（恋上・七オ、恋下・一八ウ、雑上・二五オ）「重家」（恋下・一六ウ）「家通」（雑上・二八ウ）などを数え得る。また明瞭に「宗」と読める場合も多く、「康宗」（恋中・一一ウ）「惟宗」（恋中・一四オ、恋下・一七オ）「行宗」（恋下・一八ウ）「定宗」（述懐・三八ウ）などを数え得る。なかに「藤顕家」（恋中・一四ウ）などの「家」はやや不明確であり、「藤朝宗」（述懐・三五ウ）の「宗」もやや不明確である。後者を「朝家」と読んだ人や冷泉家蔵本の転写本系統伝本の存在があり得た所以であろうが、明瞭に記された場合と比べながら熟視すると、前者はやはり「顕家」と読むべく、後者はやはり「朝宗」と読むべきであるといえるのではなかろうか。

（9）松野陽一「言葉集（惟宗広言撰）について」（和歌史研究会会報・第76号、昭和56・6。後〔補説〕を付して『鳥帚　千載集時代和歌の研究』〈風間書房、平成7〉所収）と井上宗雄『平安後期歌人伝の研究増補版』（笠間書院、昭和63）の六四九頁〔補注〕参照。

（10）『奥義抄』下巻余（灌頂巻）問答部に、次のように記される。
十九　問云、誹諧歌、委趣如何。
答云、漢書云、誹諧者滑稽也。滑妙義也。稽詞不レ尽也。

史記滑稽伝考物云、滑稽酒器也。言、俳優者、出レ口成レ章不二窮竭一。若二滑稽之吐一レ酒也。伝云、大史公曰、天道恢々広也。

豈不レ大哉。談言微中亦可二以解一レ紛。優孟多弁、常以二談笑一諷諫。優旃善為二咲言一、合二於大道一、〔淳于髠滑稽多弁〕。郭舎人発レ言陳レ辞、雖レ不レ合二大道一、然令二人主和悦一。是等滑稽大意也。誹諧の字はわざごと、よむ也。是によりてみな人偏に戯言と思へり。かならずしも不レ然歟。今案に、滑稽のともがらは非レ道して、しかも成レ道者也。又誹諧は非二王道一して、しかも述二妙義一たる歌也。故に是を准二滑稽一。その趣弁説利口あるもの、如二言語一。火をも水にいひなすなり。或は狂言にして妙義をあらはす。此中又心にこめ詞にあらはれたるなるべし。（下略）。　（日本歌学大系本に拠る）

(11)「誹諧と申す体は利口なり。ものを欺きたる心なるべし。心なきものに心をつけ、ものいはぬ物にものをいはせ、利口にしたる姿なるべし」（桐火桶〈日本歌学大系本〉）「誹諧歌　誹　誹謗《ヒバウ》《ソシル》也。諧和也。合也。調也。偶也。此はいかいの事、他流の義は、物をいかにもよくいふ人の、あらぬ事をいふが、しかもよくいひなせるよしとぞ。当流に不用之。当流の心は、非道教道非正道進正道といふ、これにかなへり。史記に滑稽段といふ、其に似たりとぞ」（常縁講説・近衛尚通本両度聞書〈片桐洋一『中世古今集注釈書解題三』所収〉）「誹諧歌　物を誹諧する心也　誹諧と云は史記に滑稽《クワツケイ》段といふ同儀也道にあらすして道を教る者此義也此哥の悪を見て吉哥をしる也非正道にして正道を教へ政の以悪政の善を知る義也（中略）又誹諧躰の事他流には利口の儀と計申当流者其のみにあらす」（京大附属図書館平松文庫蔵古今集抄〈『京都大学国語国文資料叢書十九』所収〉）など。

厳密にいえば、各書に微妙な差異があることを指摘できようが、大きな流れとしては『奥義抄』の系譜に属するか、あるいはそれと関連するものとしてよかろう。

(12)　次のような歌どもである。

春くれどをる人もなきさわらびはいつかほどろとならむとすらん（俊頼朝臣）
行く春のすがたにみえぬ物なればひきだにえこそとどめざりけれ（関白前太政大臣）
あだしのの心もしらぬ秋風にあはれにたよるをみなへしかな（基俊）
秋の田にもみぢ散りける山里をこともおろかにおもひけるかな（俊頼朝臣）
瀬をはやみ岩にせかるる谷河のわれても末にあはんとぞ思ふ（新院御製）
くれ竹のあなあさましの世の中やありしやふしの限なるらん（基俊）
こひしともさのみはいかがかきやらん筆のおもはんこともやさしく（俊頼朝臣）
わがこひはかたしかたしのからすがひあふやあふやと心さわがす（小大進）

なお、これらの誹諧歌を⑶に属すると解する理由については、拙稿「誹諧歌史断面―『後葉集』をめぐって―」（樋口芳麻呂編『王朝和歌と史的展開』〈笠間書院、平成9〉本書収録）参照。

(13)『後鳥羽院御口伝』や『明月記』に「狂歌」の語が見え、鎌倉末期には暁月房（藤原為守）という専門狂歌師も現れて、『狂歌酒百首』は現存最初のまとまった狂歌作品とされる。しかし作品数はまだ少なく、その盛行を室町期以後とする見方が通説である。

(14)『細川幽斎聞書』（古典文庫・底本、東大国文学研究室蔵『和歌受用集』）の「三十九　誹諧の事」の一節に、「哥の躰古今を見へしと侍り。心の誹諧、詞の誹諧と云事侍とやらん御説…」とある、「心の誹諧」「詞の誹諧」という分類も、この二大類型と関連づけて理解することができるのではなかろうか。

(15)この読み人知らず歌二首のうち、前者は法印静賢と同時代人故、やはり平安時代人の詠であることになる。稲田利徳「『新続古今集』の「読人しらず歌」をめぐって」（中世文学研究・第2号、昭和51・7）によれば、『拾玉集』に載る贈答歌の贈歌であり、「静賢から慈円にとどけられた歌だが、作者は明示されていない」と説かれている。後者の作者も平安時代人ではあるが、『言葉集』成立以前としか判らない。

(16)中世期勅撰集の誹諧歌部が、総体的に平安時代歌人や鎌倉時代の前期歌人たちの歌によって構成されていることは、すでに拙稿「誹諧歌と俊成」（『中世和歌文学論叢』〈和泉書院、平成5〉所収）に説くところがある。したがって、『新続古今集』のみに見られる特殊現象ではないが、撰者の具体的撰歌意識には微妙な差異もあろう。たとえば、同じ平安時代歌人であっても、為世撰『続千載集』の誹諧歌部に採られた「みだれたる名をのみぞたつかるかやのおくしら露をぬれてきぬらん」（大弐三位）歌は、『続詞花集』秋下部の歌である。いま『新続古今集』について改めて考えるのも、それなりの意味があろう。

(17)『続詞花集』戯笑歌全四十七首中にも、題しらず歌が十一首含まれている。『新続古今集』誹諧歌は、それからも二首採歌するが、多くは対他的性格の強い歌を採歌しており、⑷に属する歌を積極的に採ろうとする撰歌意識がやはり察知されよう。この『続詞花集』戯咲歌からの重出歌は、すでに第三節で述べたごとく『千載集』誹諧歌に三首見られる以外、その後の中世勅撰集の誹諧歌部には皆無であり、『新続古今集』独自の（おそらくは『千載集』の誹諧歌部構成意識を継承しようとする）撰歌構成意識が浮き彫りになって来るのである。さらに、『古今集』『後葉集』誹諧歌を主流とし『後拾遺集』『続詞花集』のそれを傍流とする私見に従う、平安時代誹諧歌史の流れに照らせば、『新続古今集』独自の誹諧歌撰歌意識には、この平安時代には傍流とされ、俊成によってはじめて正当に評価されるに至ったといえる誹諧歌への見直し意識が、かなり働いていたと思量するのである。第五節で整理した⑷に属する歌のうち、『続詞花集』との重出歌でない④・⑦・⑭など平安時代歌人の歌も、雅世の同じ意識に基づく採歌と考えられる。このように考えると、単に歌数の制約上撰入されずに残されていた平安時代歌人の誹諧体の歌を採ったのではなく、誹諧歌観のありかたと関わる、傍流的誹諧歌救済的採歌であったといわねばならない。『続詞花集』戯咲歌に誹諧歌としての市民権を与えようとする、それは営みでもあった。

〔付記〕

第五節で触れた、松風也軒撰『今代和歌渚の松』については、平成七年十月二十一日の和歌文学会（於熊本大学）での公開講演、松野陽一氏の「江戸の私撰和歌集」に啓発されるところがあり、その後、天理大学教授　大橋正叔氏のご厚意により、野村貴次氏の手に成る影印本『渚の松』（天理時報社梓）を披見するを得た。両氏および野村貴次氏に深謝の意を表する次第である。ただし、単に皮相な受容援用にとどまったことをお詫びしなければならない。

あとがき（含初出一覧）

先に私の論文集『中世和歌文学論叢』（和泉書院、平成5）を上梓してから、すでに十年経過した。その間に発表した論文は十数本程になる。また、かなり昔から発表するところのあった誹諧歌に関する試論類は、大部分上記書に収録していないので、かねがね、これらの論文を集成して一書に編めればという希望を抱いていた。

しかしその後、荊妻の急逝に伴う日常生活の家事多忙や定年退職・転居のことなどがあり、また旧稿に補訂を加える必要も出て来て、このほど遅ればせに刊行の運びとなったのである。結果的に喜寿自祝の意味を持たせ得たのは、幸いであったかも知れない。

書名を『中世和歌文学諸相』としたのは、研究対象として長年考察して来た誹諧歌が、いわば普通の正統的な和歌に対して、異端的性格を有しているともいえるのではないかと考えられることや、『とはずがたり』中の和歌関連問題をめぐる考察をも含むということなど、和歌の多様なありようを取り上げている内容に配慮しての措置である。

なお、誹諧歌に関してはまだ考えるべき問題が残されていると思われ、新稿の用意もあるが、今回は既発表のものに限って集成することにした。険難な山路を辿る道程そのままの軌跡であり、整理された秩序をもつ論文群の趣には程遠いが、その歩みの試行錯誤的たどたどしさをむしろいとおしみ残すことにしたのである。機会を得ての総括的執筆を期したいと思う。異端的性格を帯びる誹諧歌の考察が、正統的和歌のあるべき本性をなお深く探究するために、逆照射の役割を果たしてくれるのではないかと思うからである。

本書の各篇各章の標題と対応する旧稿の原題名、発表刊行物名、刊行年月などは次の通りである。（第一篇第五章の後に配した〈付説〉のみは新稿である）。

第一篇　藤原俊成考説

序　藤原俊成の和歌と歌論（『日本古典文学史の基礎知識』有斐閣、昭和50年2月）

第一章　藤原俊成の生涯＝原題「藤原俊成」（和歌文学講座5『王朝の和歌』勉誠社、平成5年12月）

第二章　藤原俊成・定家の歌論（和歌文学講座6『新古今集』勉誠社、平成6年1月）

第三章　『千載集』への道＝原題「千載集への道」（和歌文学論集6『平安後期の和歌』風間書房、平成6年5月）

第四章　「藤原俊成筆自撰家集切」考＝原題「藤原俊成筆自撰家集切考」（『文林』第三十三号、平成11年3月）

第五章　「藤原俊成筆自撰家集切」考補説＝原題「補説二題—藤原俊成筆自撰家集切と建礼門院右京大夫集と—」（『文林』第三十四号、平成12年3月）

〈付説〉「源通具・俊成卿女五十番歌合」について（新稿）

第二篇　新古今時代歌人考説

第一章　定家と西行—その一断面—（『文林』第二十九号、平成7年3月）

第二章　後鳥羽院「遠島百首」の一首—一類本・二類本の先後関係に及ぶ—（『文林』第二十八号、平成6年3月）

第三章　『百人一首』追考—『明月記』関連記事の周辺など—（『文林』第二十七号、平成5年3月）

第四章　『百人一首』の性格一面（『文林』第三十五号、平成13年3月）

第三篇　女流作品考説

第一章　『建礼門院右京大夫集』補説＝原題「補説二題—藤原俊成筆自撰家集切と建礼門院右京大夫集と—」（『文林』第三十四号、平成12年3月）

第二章　『とはずがたり』の一遠景（『文林』第三十号、平成8年3月）

第三章　後深草院二条の生活断面（『文林』第三十一号、平成9年3月）

第四章　後深草院二条の和歌二首私考＝原題「二条の和歌二首私考」（『「とはずがたり」の諸問題』（和泉書院、平成8年5月）

第四篇　誹諧歌考説

第一章　誹諧歌の変貌＝原題「誹諧歌の変貌㊤・㊥・㊦」（『静岡女子大学研究紀要』第七・八・九号、昭和49年2月・同50年2月・同51年3月）

第二章　誹諧歌補説（『静岡女子大学研究紀要』第十四号、昭和56年3月）

第三章『古今集』誹諧歌試論―俊頼・基俊をめぐって―（『京都語文』第2号、平成9年10月）

〈付説〉『金葉集』入集基俊歌考―その撰定理由について―（『静岡女子大学研究紀要』第五号、昭和47年3月）

第四章　誹諧歌史断面―『後葉集』をめぐって―（『王朝和歌と史的展開』笠間書院、平成9年12月）

第五章　誹諧歌史断面―『新続古今集』をめぐって―（『文林』第三十二号、平成10年3月）

第四篇第三章「『古今集』誹諧歌試論」の次に、〈付説〉として「『金葉集』入集基俊歌考」を配したのは、前論文中に触れるところのあった、「宰相中将源朝臣国信卿家歌合」巻末の「基俊後記」中に「滑稽歌云々」とあることと関連する。私見ではこの言辞を必ずしも否定的評価とは解しなかったのであるが、そのような基俊のいわば事実判断的な立場が想定され得ると考える一証としたいがためである。俊頼と基俊の人間関係について、悪感情が支配するのみと捉える見方には与し得ない稿者の立場を明らかにする付載にほかならない。

その他これは全般的にいえることであるが、既成論文集集成という性格上、各論文の個別性を払拭できなかった点もあり、諸論中、年齢や年月日など漢数字で記すべきところを便宜算用数字で表記したり、用例依拠本文が不統一だったり、内容的に新しい研究成果を十分に吸収援用できなかったというようなことがある。ご容赦いただきたい。

末尾になったが、第一篇第四、五章での考察対象となった俊成筆古筆切資料について、原論文の〔付記〕中にも記した通り、その写真掲載などに関するご許可をいただいていた藪本荘五郎氏が、昨年二月不帰の客となられた悲報を、歳末にお聞きしなければならなかった。生前のご厚誼に感謝し深く哀悼の意を表する次第である。

なお、古典研究学術書の出版必ずしも有利とはいえない時勢にもかかわらず、本書の刊行にご尽力下さった、和泉書院社長廣橋研三氏および直接編集事務を担当下さった廣橋和美氏に心からの謝意を表する。

（平成十五年七月二十六日記）

■著者紹介

上條彰次（かみじょう　しょうじ）
一九二六年　姫路市に生まれる（現住所　松本市）
京都大学文学部文学科国語学国文学専攻卒業
元静岡女子大学・神戸松蔭女子学院大学教授
主要著書『百人一首古注釈「色紙和歌」本文と研究』（新典社　昭和56年）
『中世和歌文学論叢』（和泉書院　平成5年）
『藤原俊成論考』（新典社　平成5年）ほか

研究叢書　305

中世和歌文学諸相

二〇〇三年一一月三日初版第一刷発行
（検印省略）

著者　上條彰次
発行者　廣橋研三
印刷所　亜細亜印刷
製本所　渋谷文泉閣
発行所　有限会社和泉書院

大阪市天王寺区上汐五-三-八
〒五四三-〇〇〇二
電話　〇六-六七七一-一四六七
振替　〇〇九七〇-八-一五〇四三

ISBN4-7576-0231-6　C3395

研究叢書

（価格は税別）